KB232363

동아시아 속의 한일관계사

(上)
반도와 열도의 교류

고려대학교 일본사연구회 편

제이앤씨
Publishing Company

동아시아 속의 한일관계사

<동아시아 속의 한일관계사>의 발간에 붙여

역사연구는 현재적 관심을 떠나서는 존재할 수 없다. 역사적으로 볼 때 일본은 한국에게 가장 중요한 나라 중의 하나이다. 더욱이 한국은 근대화과정에서 일본을 모델로 삼아왔다. 그럼에도 불구하고 70년대까지만 해도 한국에서 일본사 연구는 전무한 상태로 당시 대학에서도 동양사하면 중국사 일변도였다.

고려대학교 정재각 선생님과 김준엽 선생님은 당신들이 중국사를 전공하셨으면서도 일찍부터 일본사의 필요성을 설파하셨던 분들이다. 두 분 선생님의 권유와 도움으로 한국에서는 일본사 연구가 어렵다는 판단에서 1977년 일본유학 길에 올랐다.

일본역사에 대한 일본학계의 정치한 연구성과는 높고 두터워 내가 넘을 수 없는 벽처럼 느껴졌다. 그러나 완벽한 것처럼만 느껴지던 그 벽도 한반도와의 관계에 대해서만은 납득할 수 없는 부분이 적지 않았다. 이들을 전제로 하고 있는 일본고대사의 틀에 대해서 의문을 갖기 시작했다. 당시 한국사학계를 풍미하던 강만길 교수의 '분단시대 역사인식'에서 영향을 받아 분단된 한반도에 대해서 일본이 어떤 생각을 가지고 있는가를 삼국에 대한 일본의 정책을 통해서 알아보고자 했다.

김춘추의 도일문제에서 출발한 나의 연구는 663년 백촌강싸움, 645년의 다이카 개신(大化改新), 율령제 전단계로서의 스이코조(推古朝), 임나 문제, 야마토 정권과 한반도 각국과의 관계 등에 대해서 통설적인 일본고대사의 틀과는 전혀 다른 틀을 제시하는 일정한 성과를 거두었다. 그 성과를 1985년 요시카와코분칸(吉川弘文館)에서 『大和政權の對外關係研究』라는 이름으로 출판했다.

『大和政權の對外關係研究』가 통설적인 일본고대사에 정면으로 배치되는 것임에도 불구하고 세상에 나올 수 있었던 것은 '만세일계'에 대해서 '삼왕조(三王朝)교체설', '야마토(大和) 중심의 역사'에 대해서 '이즈모(出雲) 연구'라는 지방사 연구로 일본고대사연구에 새로운 방향을 제시한 와세다대학 미즈노 유(水野祐) 교수의 지도가 없었다면 불가능한 일이었다. 1985년 귀국해서는 『大和政權の對外關係研究』를 바탕으로 그 앞 부분을 재검토한 '임나일본부연구'와 그 뒷 부분을 재검토하는 '동아시아세계와 백촌강싸움'에 관심을 가져왔다.

내가 귀국한 1980년대 중반에도 한국에서 일본사 연구는 열악한 상태였다. 한때는 고려대에서 5개 대학의 대학원수업을 합동으로 진행한 때도 있었다. 당시 한국에서 일본사연구가 얼마나 어려운 상황에 있었는가를 잘 보여주고 있다고 생각된다. 그만큼 일본사연구에 대한 열망은 높았지만 담아낼 곳은 적었다고 할 수 있다. 그들이 일본에 건너가 본격적으로 연구를 하기 시작한 것은 90년대부터라고 생각된다.

한국인이 일본사를 연구하는 경우에도 최종적인 관심은 한국문제에 있기 마련이다. 당시 일본에서는 이미 일본사를 동아시아적 시각에서 보고 있었다. 따라서 어느 시대, 어느 분야를 전공하던 그들의 시선은 자연히 한일관계, 나아가서는 동아시아 세계에 미치지 않을 수 없었다. 이 과정에서 그들은 일본의 높고 두터운 학문의 벽을 뚫고 일정한 연구 성과를 거두었다.

역사가라면 누구나 과거와의 대화를 통해 바람직한 역사상을 생각하기 마련이다. 그런데 오늘날 인류의 바람직한 모습을 보여주는 곳은 EU라고 생각된다. 역사적으로 보면 인류는 지역, 인종, 종교, 이념 등에 관한 문제로 분쟁을 거듭해왔다. 그러나 EU는 오늘날 그들을 극복하고 하나의 공동체를 향해서 나가고 있기 때문이다. 이런 면에서는 동아시아도 세계도 시차는 있겠지만 하나의 공동체를 향해 나가지 않을 수 없으리라고 생각된다. 실제로 동아시아의 중심축이라고 할 수 있는 한중일 삼국은 갈수록 상호의존도를 높여가고 있다. 그리고 동아시아는 세계의 중심축으로 자리 잡아가고 있다.

요즈음 한중일에서는 '동아시아 공동체'라는 말이 화두가 되고 있다. 일본사에서 출발하여 한일관계와 동아시아 공동체에 시선을 두고 있는 학연을 같이 하던 사람들이 인연을 맺은지 4반세기를 맞아 '동아시아 속의 한일관계'를 세상에 내놓게 되었다. 그간 한국에서 이루어진 성과를 한번 정리할 필요가 있다고 생각했다. 여기에 학연이 있는 일본의 저명한 연구자들이 참여했다. 일본학자들의 참여는 동아시아 공동체에 시선을 두고 있는 우리들에게 적지 않은 의의가 있다. 일본에도 우리와 같은 곳에 시선을 두고 있는 적지 않은 동학들이 있음을 보여줄 뿐만 아니라 그들을 통해서 4반세기에 걸쳐 한국에서 이루어진 성과를 반추해 볼 수 있기 때문이다.

우리들의 작은 정리가 다가오는 4반세기 시선은 한 곳을 향하고 있지만 바탕을 달리하고 있는 한국과 일본에서의 연구가 상승작용을 하면서 한 차원 높게 역동적으로 이루어지는 계기가 되었으면 하는 마음이다.

2010년 4월 30일
고려대학교 명예교수
一史 金鉉球

(下) 목차 〈반도와 열도의 불협화음〉

제1부
고대사

제1장 ▌ 대외관계로 본 고대

동아시아 속의 한일관계사

제1부
고대사

1

神話에서 본 古代의
出雲과 韓半島

瀧音能之*

1. 문제의 소재

일본해(동해)에 면해있고 한반도와도 근접한 島根縣은 그 지리적 환경으로 인해 한반도와의 교류가 고대부터 있었다고 한다.

한반도와의 교류가 일찍부터 보이는 구체적인 예로써 다수의 고고유물을 들 수 있다. 예를 들면 韓式토기가 그 중 하나이다. 이것은 松江市의 다테쵸(タテチョウ)유적 등에서 출토되고 있다. 韓式토기 가운데에는 손잡이가 있는 것도 있는데, 이것은 냄비(鍋)의 역할을 했다고 생각된다. 이 韓式토기는 일찍이 신라나 가야지역을 루트로 하여, 그곳에서 일본열도에 전해지게 되었다고 한다. 이처럼 고고학 측면에서 出雲과 한반도와의 교류를 말하는 것은 비교적 용이하며, 양자교류의 濃密함도 엿볼 수 있다.

그렇다면 문헌사료는 어떨까. 이 점에 대해 일찍이 『出雲國風土記』를

---

* 일본고대사 駒澤大學 文學部 教授

주된 사료로 하여 神社를 테마로 양자의 교류를 생각해 본 적이 있다.[1] 그 결과, 『출운국풍토기』에서 도래계 神社라고 말할 수 있는 것은 엄밀하게 말하면 2社를 검출할 수 있었다. 이 2社라는 숫자를 어떻게 생각할 것인지에 대해서는 의견이 나뉘지만, 수적으로 확실히 많다고는 말할 수 없을 것이다. 그러나 한편으로는 出雲과 한반도 사이의 교류를 확실히 인정할 수 있는 것이며, 이 점은 평가해도 좋을 것이다.

　종래 出雲과 한반도와의 교류를 말할 경우 거리적인 가까움이나 일본해(동해)를 북상하는 對馬 난류의 존재를 강조한 나머지 당연히 교류가 있었을 것이라는 선입관이 자칫 선행하는 경향이 있었던 것은 아닌가 여겨진다. 물론 거리의 문제나 일본해(동해)의 존재는 중요하며 충분히 고려하지 않으면 안되지만, 그로 인해 교류의 실태가 선입관에 기초한 것이 되어버려서는 안될 것이다.

　본고에서는 신화를 소재로 出雲과 한반도의 관계에 대해 생각해 보고자 한다. 알려진 것처럼 8세기 초에 성립된 『고사기』·『일본서기』는 양적으로도 질적으로도 신화가 풍부하다. 『고사기』는 상·중·하 3권으로 되어있는데 그 가운데 상권이 신화에 할당되어 있다. 즉 전체의 3분의 1이 신화에 할당되어 있는 것이다. 또 『일본서기』는 전30권으로 되어있는데, 그 권1과 권2가 신화로 되어 있다. 즉 전체의 15분의 1이 신화로 되어있어 『고사기』의 3분의 1에는 미치지 못하지만 분량적으로는 결코 적지 않다. 이들 『고사기』·『일본서기』에 보이는 신화, 즉 記·紀 신화 가운데 그 3분의 1이상은 出雲系의 신들이나 出雲을 무대로 한 것이라고 말해지고 있다. 記·紀신화 가운데 얼마나 出雲이 중요한 위치를 점하고 있는지를 이해할 수 있을 것이다.

---

1) 瀧音能之, 「古代の出雲と朝鮮半島－二つの渡來系神社をてがかりとして－」, 瀧音能之編, 『日本古代の鄙と都』所收, 岩田書院, 2005.

그러나 出雲에 관련된 신화가 보이는 것은『고사기』·『일본서기』뿐만은 아니다. 특히『출운국풍토기』의 존재는 빠트릴 수 없다.『출운국풍토기』는 8세기 초에 일본열도의 각 國을 대상으로 편찬된『風土記』가운데 하나이다. 원래 諸國의『풍토기』에 요청된 사항은,

    A. 지명에 好字를 붙일 것.
    B. 그 토지의 산물을 열거할 것.
    C. 토지의 상태에 대해 보고할 것.
    D. 山·川·原·野의 지명유래에 대해 기록할 것.
    E. 古老가 구전하는 전승을 기록할 것.

의 다섯 가지이다. 따라서『출운국풍토기』의 경우에도 이러한 내용들에 대한 보고가 의무사항이었던 것이다. 그러나『출운국풍토기』에 수록되어 있는 것은 이들 다섯 가지 정보에만 머물지 않는다. 거기에는 8세기 초 및 그 이전의 出雲지역에 산 사람들의 생활·풍속·관습·신앙 등과 같은 각종 내용 혹은 지명유래나 혹은 산물의 열거라는 형태를 취하여 기록되어 있다.

그리고 거기에는 풍부한 신화도 기재되어 있다.『출운국풍토기』에 보이는 신화의 대부분은 지명유래를 목적으로 하고 있으며, 따라서 신화 자체는 단편적인 것이 되지 않을 수 없다. 그 점, 記·紀신화가 체계적인 것이라는 점과는 대조적이며 정보량에도 한계가 있음은 부정할 수 없다. 그러나『출운국풍토기』에는 지방(지역)에서 정리된 데 따른 지역의 색깔이 강하게 보이며, 거기에는 記·紀신화에 보이지 않는 신화도 기재되어 있다. 따라서 記·紀신화의 검토와 함께『출운국풍토기』의 신화 분석도 불가결하다고 말할 수 있을 것이다.

　이상의 점을 전제로 하여 신화로 본 出雲과 한반도 간의 교류의 제양상
에 대해 고찰하고자 한다.

2. 記・紀신화로 본 出雲과 한반도의 교류

　記・紀신화 가운데 出雲과 한반도의 관계에 대해 언급한 것으로 스사
노오(スサノオ)신의 야마타노오로치(ヤマタノオロチ) 퇴치신화를 들 수
있다.

　야마타노오로치 퇴치신화는 記・紀신화 가운데에서도 가장 잘 알려진
것의 하나로『일본서기』에는 본문 이외에 다섯 개의 다른 전승, 즉「일서
(一書)」를 싣고 있다. 지금 야마타노오로치 퇴치신화를 대략『일본서기』
본문에 의해 확인하면 제8단[2])에 스사노오신이「하늘에서 出雲國 簸川의
상류에 내려오시다」라고 쓰여있다. 그때 스사노오신은 강의 상류에서 나
는 울음소리를 듣고 그 소리를 찾아가자 노부부가 한 명의 딸을 감싸
안고 울고 있었다. 그래서 스사노오신이 우는 이유를 묻자 노인이 자신은
國神으로 아시나즈치라 하며, 아내는 테나즈치라 한다고 밝히고 딸은 구
시이나다히메라고 말했다. 그리고 야마타노오로치가 자신들의 딸들을 매
년 먹어 삼키고 있는데, 지금 이 딸이 먹힐 차례가 되었다고 호소하는
것이다. 이를 들은 스사노오신은 딸을 자신에게 바치는 것을 조건으로
오로치에 맞서기로 한다. 우선 구시이나다히메를 빗으로 만들어 자신에
게 꽂고, 아시나즈치・테나즈치에게 술을 빚게 하여 8개의 용기에 담아
놓고 오로치를 기다린 끝에 찾아온 오로치에게 술을 마시게 하여 잠들도
록 만들어 버린다. 그래서 스사노오신은 十握劍을 뽑아 오로치를 베어

----

　2)『日本書紀』第8段, 岩波書店, 1976, 121~123쪽.

죽여 버리는 것이다. 이때 오로치의 꼬리 부분에서 십악검이 조금 떨어져 나갔기 때문에 꼬리를 잘라 본 즉 草薙劍이 나왔다고 한다. 이상한 검이라고 생각한 스사노오신은 이 검을 天上에 헌상하기로 한다. 그 후 구시이나다히메와 함께 살 곳을 찾아 淸地에 이르고, 여기에 궁전을 세워「八雲立つ, 出雲人重垣, 妻ごめに, 八重垣作る, その八重垣ゑ」라는 노래를 부르고, 오오나무치신을 낳는다. 그리고 아시나즈치・테나즈치를 宮主로 임명하고 자신은 根國으로 가 버린다.

이상이 스사노오신의 야마타노오로치 퇴치신화의 개요이다. 『고사기』및『일본서기』제8단의 본문과 다섯 개의 일서(一書)를 비교해 보면 물론 각종 차이는 보이지만, 신화의 대강으로서는 공통되고 있다고 해도 좋다. 이들을 요약하여 표로 제시하면 다음과 같다.

서명 / 항목	古事記	日本書紀 본문	日本書紀 第一의 一書	日本書紀 第二의 一書	日本書紀 第三의 一書	日本書紀 第四의 一書	日本書紀 第五의 一書
스사노오신의 표기법	須佐之男命 速須佐之男命	素戔嗚尊	素戔嗚尊	素戔嗚尊	素戔嗚尊	素戔嗚尊	素戔嗚尊
스사노오신이 내린 장소	出雲國의 肥의 河上의 鳥髮의 地	出雲國의 簸의 川上	出雲國의 簸의 川上	安藝國의 可愛의 川上	出雲國의 簸의 川上의 山	新羅를 거쳐서 出雲國의 簸의 川上의 鳥上의 峰	韓鄕에서 紀伊國을 거쳐서 熊成峯
國神의 표기법	大山津見髮의 아들인 足名椎・手名椎 딸인 櫛名田比賣	脚摩乳・手摩乳 딸인 奇稻田姬	稻田宮主簀狹之八箇耳 딸인 稻田媛	脚摩手摩・稻田宮主簀狹之八箇耳 딸인 稻田媛	脚摩乳・手摩乳 딸인 奇稻田媛		
八岐大蛇의 표기법	高志의 八俣遠呂智	八岐大蛇		八岐大蛇	彼의 大蛇 彼의 蛇	大蛇	
나오는 검의 명칭	十擧劍 都牟刈의 大刀(草那藝의 大刀)	十握劍 草薙劍		蛇의 鹿正 草薙劍	蛇의 韓鋤 草薙劍	天蠅斫劍草薙劍	
비고		마지막에 根國으로 감					마지막에 根國으로 감

야마타노오로치 退治神話의 개요

이 표에서 문제로 삼고 싶은 것은 『일본서기』에 보이는 제4의 일서와 제5의 일서이다. 이들은 어느 것이나 스사노오신이 고천원에서 추방되는 도중에 한반도를 경유하고 있다. 이 점은 다른 경우와는 크게 차이가 난다.

구체적으로 제4·제5의 일서를 보면,[3] 우선 제4의 일서는 고천원에서 각종 악업을 행한 스사노오신이 諸神에 의해 千座置戶의 벌에 처해져 추방당해 버린다. 이때 스사노오신은 御子神(자식신)인 이타케루신을 이끌고 「新羅國에 내려오시어 曾尸茂梨라는 곳에 자리한다」이 되어 있다. 『일본서기』에 「신라국」이라는 표기가 보이는 최초의 기사이며, 「曾尸茂梨」는 왕도를 의미한다고도 말해지고 있다.

어쨌든 스사노오신은 이 땅을 자신들이 있을 장소가 아니라고 하여 「마침내 埴土를 가지고 배를 만들어 그 배를 타고 동쪽으로 건너가 出雲國의 簸川 상류에 있는 鳥上의 峯에 이르렀다」고 되어 있다. 그곳에는 사람을 먹어 삼키는 오로치가 있었기 때문에 스사노오신은 그 오로치를 베자 오로치의 꼬리 부분에서 스사노오신의 칼의 칼날 일부분이 떨어져 나가 버린다. 꼬리를 잘라 보자 그 속에 한 개의 수상한 검이 발견되었다. 스사노오신은 이것은 내가 개인적으로 가질 수 있는 검이 아니다라고 말하고, 5세 손인 아메노후키후네신을 고천원의 사자로 보내 이 검을 하늘에 헌상하였다. 이것이 草薙劍이라고 한다. 처음 이타케루신은 식물을 많이 소지하고 하늘에서 내려왔는데 「韓地」에 심지 않고 모두 일본열도로 가지고 와 筑紫에서 스타트하여 大八洲國의 모든 지역에 식물을 심어 어디라도 「靑山이 되지 않는 곳이 없는」 상태로 하였다. 이로써 이타케루신을 「有功의 神」이라 칭하고 있다고 하며, 이 신은 紀伊國에 鎭座하고 있다고도 기록되어 있다.

이어서 제5의 일서는 스사노오신이 「韓鄕の島には, 是金銀有り. 若

---

3) 『日本書紀』 第8段 第4·第5의 一書, 岩波書店, 1976, 126~128쪽.

使吾が兒の所御す國に, 浮寶有らずは, 未だ佳からじ(韓郷의 島에는 바로 金銀이 가득하다. 그래서 만약 내 아이가 다스리는 나라에서 그곳으로 건너 가려고 해도 浮寶(선)가 없다면 이 어찌 건널 수 있겠는가-역자)」라고 하여 자신의 수염을 뽑아 뿌리자 곧바로 삼나무가 되었다고 한다. 나아가 胸毛를 뽑아 뿌리자 檜가 되고, 尻毛는 柀가 되고 眉毛는 橡樟으로 각각 변화하였다. 그리고 각각의 용도에 따라 나누어 사용하였다. 즉 스사노오신은 「杉及び橡樟, 此の兩の樹は, 以て浮寶とすべし. 檜は以て瑞宮を爲る材にすべし. 柀は以て顯見蒼生の奧津棄戶に將ち臥さむ具にすべし. その噉ふべき八十木種, 皆能く播し生う(杉과 橡樟, 이 두 나무를 가지고 浮寶를 만들어라. 檜는 瑞宮을 만드는 재료로 삼아라. 柀는 靑人草(백성들)의 奧津棄戶(묘소)의 관을 만드는 재료로 해라. 또한 식료가 되는 각종 나무 열매를 많이 뿌려 심어라-역자)」이했다고 되어 있다.

또 이때 스사노오신의 御子神으로 이타케루신·오오야쓰히메신·쓰마쓰이스이히메신의 세 신이 있어, 함께 木種을 分布하였다고 한다. 이 세 신을 紀伊國에 鎭座시키고 스사노오신 자신은 熊成峯에 있은 후에 根國으로 갔다고 한다. 여기에 보이는 熊成峯에 대해서는 상세한 것은 不明이지만, 熊成에 주목하여 구마나스라고 읽고, 나아가 나스(ナス)를 누(ヌ)와 같다고 하여 熊野를 말하는 것으로 이해하여 出雲의 熊野와 관련시키는 것도 가능하다.

이상이 『일본서기』제8단에 보이는 제4의 일서와 제5의 일서인데, 그 어느 경우에 있어서도 스사노오신이 고천원에서 추방되는 도중에 한반도에 들렀고, 나아가 그곳을 경유하여 出雲(일본열도)으로 건너오고 있다. 이러한 신화상의 스사노오신의 경로를 어떻게 파악하면 좋을까. 물론 신화는 어디까지나 신화이며 그 이상의 것은 아니라고 여기는 것도 하나의 사고방식이며, 이것이 가장 온당한 것이라 해야 할지도 모른다. 그러나 거기에서 한 발 더 나아가 스사노오신이 고천원에서 出雲으로 직접 天降하지 않고 한반도를 경유했다고 하는 일서가 왜 남겨져 있는 것인지 하는 점을 생각해 보는 것도 의미가 있는 것으로 여겨진다.

이러한 시점에서 스사노오신을 생각하면 스사노오신에게는 원래 출생시부터 기묘한 점이 보인다. 스사노오신은 記・紀신화에 있어서 아마테라스大神・쓰쿠요미신과 함께 三貴子라 칭해지며, 매우 높은 神格을 부여 받고 있다. 그런데 그 출생의 사정을 보면 아마테라스大神・쓰쿠요미신과 스사노오신의 경우는 그 취급이 다른 것처럼 여겨진다. 그 출생 상황을 『고사기』를 통해서 보면 黃泉國에서 되돌아 온 이자나키신이 미소기(ミソギ) 즉 목욕 재계를 할 때에

　　ここに, 左の御目を洗ひたまふ時に成りませる神の名は, 天照大御神. 次に, 右の御目を洗ひたまふ時に成りませる神の名は, 月讀の命. 次に, 御鼻を洗ひたまふ時に成りませる神の名は, 建速須佐之男の命.[4]

이라 한다. 즉 이자나키신의 왼쪽 눈에서 탄생한 것이 아마테라스大神이고 오른쪽 눈에서 태어난 것이 쓰쿠요미신이며, 코에서 출생한 것이 스사노오신이라는 것이다. 즉 아마테라스大神・쓰쿠요미신이 이자나키신의 양쪽 눈에서 태어난 것에 대해 스사노오신은 코에서 나왔다고 하고 있는 것이다.

좌우 양쪽 눈에서 일신・월신이 탄생한다는 패턴은 자연스러우며 일본 이외에서도 類例가 있지만, 일・월 양 신과 트리오가 되는 신이 코에

---

4) 『古事記』三貴子の誕生と分治, 新潮社, 1979, 42~43쪽.

서 태어났다고 하는 신화는 달리 유례가 없다고 여겨진다. 그 점에서 스사노오신은 아마테라스大神·쓰쿠요미신과 비교하여 兄弟神으로 되어 있다고는 해도 위화감을 갖지 않을 수 없다.

이 위화감이라는 점에서는 세 신의 지배영역에 대해서도 말할 수 있다. 즉 아마테라스大神이 이자나키신으로부터 「너는 고천원을 맡아라」 라고 지시를 받고, 쓰쿠요미신이 「너는 夜의 食國을 맡아라」 라고 들은 데 대해 스사노오신은 「너는 海原을 맡아라」 라는 명령을 받고 있다. 이들 가운데 고천원은 天上界라는 점에서 문제가 없다고 생각되지만, 夜의 食國과 海原 사이에는 이미지적으로 겹치는 부분이 나온다. 그것은 死者의 國의 이미지이다. 死者의 國은 黃泉國이나 根國으로도 표기되는 것이 일반적이다. 여기에서 고대인은 死者의 國을 지하(地底)에 있다고 인식하고 있었다고 추측하는 것이 가능하지만, 그 한편으로는 暗闇이라고 하는 점에서 夜의 食國과도 연결되는 면이 있어 스사노오신이 根國의 主宰神이라는 점에서 根國과 海原의 관련도 상정할 수 있다.[5] 즉 스사노오신과 쓰쿠요미신 사이에는 지배영역을 둘러싼 혼란이 보이고 있는 것이다.

이러한 점들을 전제로 하면 記·紀 신화에서는 당초, 일·월 두 신을 핵으로 하는 체계가 있었으며 거기에 나중에 스사노오신이 끼어들게 된 것은 아닌가 하는 추측도 성립하지 않을까 여겨진다. 그것은 三貴子가 이자나키신에게 각각 지배영역을 배정받은 후의 스사노오신의 행동에 의해서도 엿볼 수 있다. 『고사기』에 의하면,

> かれ, おのもおのも依さしたまひし命のまにまに知らしめす中に, 速須佐之男の命, 命さしし國を治めずて, 八拳須, 心前に至るまでに啼きいさちき. その泣く狀は, 靑山は枯山なす泣き枯らし, 河海はこと

---

5) 日本人의 他界觀에 대한 최근의 업적으로서는 大東俊一,『日本人の他界觀の構造』, 彩流社, 2009을 들 수 있다.

ごと泣き乾しき. ここをもちて, 惡しき神の音狹蠅なすみな滿, 萬の
物の妖ことごと發りき.6)

라고 묘사되어 있다. 즉 아마테라스大神과 쓰쿠요미신은 이자나키신에
게 명령을 받은 대로 지배영역을 영유했지만, 스사노오신만은 말하는 것
을 듣지 않고 靑山이 枯山이 될 정도로, 또 하해(河海)가 다 말라버릴
정도로 계속 울었다고 한다. 여기에 보이는 스사노오신은 분명히 아마테
라스大神이나 쓰쿠요미신과는 이질적이며, 記・紀 신화에 등장하는 다
른 신들과 비교해도 완전히 이단(異端)이라고 할 수 있을 것이다.
　　이러한 스사노오신에 관해서는 종래부터 각종 고찰이 행해지고 있으
며, 나 자신도 이전에 의견을 제시한 적이 있다.7) 그 결과 스사노오신의
성격을 제철기술을 가진 한반도로부터의 도래인 집단에 의해 초래된 製
鐵神으로 규정하였다. 그렇게 파악한 것은 크게 말해 네 가지의 이유에서
였는데, 그 하나는 역시 『고사기』・『일본서기』에 보이는 스사노오신의
거칠고 사나운 神으로서의 성격이었다. 스사노오신은 고천원을 중심으로
하는 세계 속에서는 분명히 이단의 神이라고 자리매김 할 수 있다. 물론
아마테라스大神을 중심으로 하는 고천원의 세계, 바꾸어 말하면 農耕神
的인 세계와는 양립할 수 없는 神이라는 점 때문에 이를 근거로 하여
곧바로 스사노오신을 製鐵神으로 규정할 수는 없을 것이다. 그러나 농경
과 제철이라는 두 가지 작업을 비교하면 제철 쪽이 한 단계 더 격렬하고
거친 작업인 것은 일목요연할 것이다. 이러한 점에서도 농경집단에 있어
서 제철집단의 존재는 실로 경이이며 거친 집단이었음은 충분히 생각할

---

6) 『古事記』 須佐之男命の異端性, 新潮社, 1979, 44쪽.
7) 瀧音能之, 「スサノオ神の硏究」, 『出雲國風土記と古代日本－出雲地域史の
　硏究－』, 雄山閣出版, 27~94쪽.

수 있을 것이다.

스사노오신을 이처럼 한반도에서 찾아 온 제철기술을 가진 도래인 집
단에 의해 신앙되고 있었던 신이라고 생각하여 큰 무리가 없다고 하면
고천원에서 추방될 때 한반도를 경유하여 일본열도(出雲)에 내렸다고 하
는 것도 위화감 없이 받아들일 수 있다고 여겨진다. 스사노오신을 신앙했
다고 생각되는 도래인들이 언제쯤 일본열도로 건너 왔는지를 분명히 밝
히기는 어렵지만, 그들이 거점으로 한 지역으로는 出雲의 須佐鄕이 있었
다고 추측된다. 그것은『출운국풍토기』의 飯石郡條에,

　　須佐の鄕郡泉の正西一十九里なり. 神須佐能袁命, 詔りたまひし
　　く,「此の國は小さき國なれども, 國處なり. 故, 我が御名は石木には
　　著けじ」と詔りたまひて, 卽ち, 己が命の御魂を鎭め置き給ひき. 然し
　　て卽ち, 大須佐田・小須佐田を定め給ひき. 故, 須佐といふ. 卽ち正
　　倉あり.8)

라고 기록되어 있고, 스사노오신을 鎭座하는 神社로 須佐社도 소재하고
있기 때문이다. 따라서 記・紀 신화를 소재로 해도 이처럼 出雲과 한반도
의 관련성을 찾아내는 것이 가능하다고 할 것이다.

3. 國引신화와 한반도

다음으로『출운국풍토기』의 신화에서 出雲과 한반도와의 교류를 살펴
보고자 한다. 소재로서는 意宇郡의 지명유래로 일컬어지고 있는 國引신

----

　8)『風土記』飯石郡 須佐鄕, 岩波書店, 1989, 217쪽.

화를 들기로 한다.

　國引신화는 出雲 이외의 4지역에서 토지를 끌어와 현재의 島根半島部를 만든다고 하는 장대한 스케일을 지닌 신화이다. 그 서두를 보면,

> 意宇と號くる所以は, 國引きましし八束水臣津野命, 詔りたまひしく, 「八雲立つ出雲の國は, 狹布の稚國なるかも. 初國小さく作らせり. 故, 作り縫はな」と詔りたまひて, 「栲衾, 志羅紀の三埼を, 國の余ありやと見れば, 國の余あり」詔りたまひて, 童女の胸鉏取らして, 大魚のきだ衝き別けて, はたすすき穗振り別けて, 三身の綱うち掛けて, 霜黑葛くるやくるやに, 河船のもそろもそろに, 國來々々と引き來縫へる國は, 去豆の折絶より, 八穗爾支豆支の御埼なり. 此くて, 堅め立てし名志は, 石見の國と出雲の國との堺なる, 名は佐比賣山, 是なり. 亦, 持ち引ける綱は, 薗の長浜, 是なり.9)

라고 보인다. 이것이 1회째의 國引이다. 우선 야쓰카미즈오미즈누命이 출운국은 작게 만들어 버렸기 때문에 꿰매 맞추어 크게 하자고 하여 「志羅紀」 즉 신라의 곶(岬)에서 토지를 끌어와 만든 것이 杵築의 땅이라는 것이다. 이 이후도 國引은 거듭 계속되어 北門(隱岐)에서 2회, 高志(越)에서 1회 토지를 끌어오게 된다. 이 합계 4회의 國引을 정리하면 다음과 같다.

---

9) 『風土記』 意宇郡 郡名由來, 岩波書店, 1989, 99·101쪽.

	國을 끌어온 곳	꿰에 맞춘 곳	비고
1회	志羅紀의 三埼	去豆의 折絶로부터 八穂爾支豆支의 御埼	綱→薗의 長濱 杭→佐比賣山(三瓶山)
2회	北門의 佐伎國	多久의 折絶로부터 狹田國	
3회	北門의 波良國	宇波의 折絶로부터 闇見國	
4회	高志의 都都의 三埼	三穂의 埼	綱→夜見島 杭→火神岳(大山)

4회의 國引神話

또, 國引 신화에 의해 만들어진 장소를 지도로 표시하면 아래와 같다.

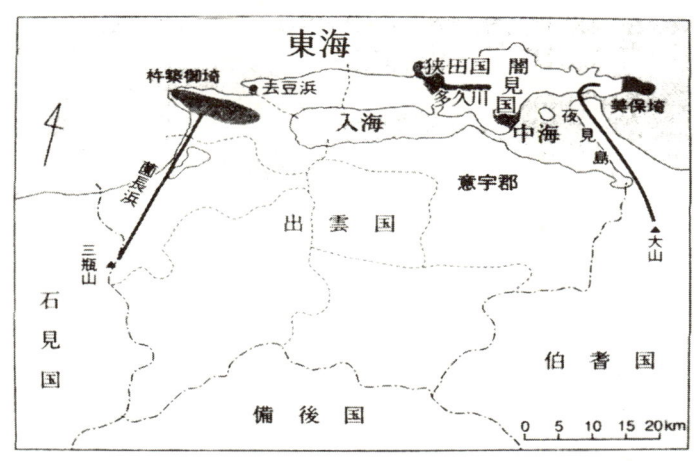

國引신화의 무대

이들 가운데 한반도와의 관련이 인정되는 것은 보아서 알 수 있는 것처럼 1회째의 國引이다. 즉 신라의 岬에서 토지를 끌어와 현재의 島根半島의 서부에 해당하는 지역을 만들었다고 하는 것이다. 우선 여기에 보이는 신라인데, 삼국시대의 신라인지 통일신라를 의미하는지에 따라 약간의 문제가 발생한다.

신라가 한반도를 통일한 것은 7세기 후반이다. 한편 『출운국풍토기』가 완성된 것은 天平5년(733)이기 때문에 가능성으로서는 그 어느 쪽의 신

라도 성립할 여지가 남아 있다. 따라서 이 점에 대해서는 어느 쪽 한편으
로 단정하는 것은 곤란하지만 國引신화가 島根半島 전체를 멀리 바라볼
수 있는 視点에서 구성되어 있는 점은 놓칠 수 없다. 즉 國引신화는 4회
의 國引에 의해 杵築·狹田·闇見·美保와 같이 島根半島의 서부에서
동부로 시야가 옮겨지고, 결과적으로는 島根半島 전체를 커버하고 있다.
　더 나아가 國引신화의 마지막 부분에 주목하면,[10]

　「今は, 國は引き訖へつ」と詔りたまひて, 意宇の社に御杖衝きたてて,
　「おゑ」と詔りたまひき. 故, 意宇といふ.

라 하여 意宇의 社에 야쓰카미즈오미즈누命은 가지고 있던 지팡이를 세
워두고, 國引의 종료를 고한 사실이 기록되어 있다. 나아가 이 意宇의
社의 소재지에 관해서도,

　謂はゆる意宇の社は, 郡家の東北の辺, 田の中にあるこやま, 是なり.
　圍み八步ばかり, 其の上に一もとの茂れるあり.

라 기록하여, 意宇郡衙의 동북에 있는 小山이라 하고 있다. 이것은 신화
적으로는 야쓰카미즈오미즈누命이 意宇郡衙에 상당히 가까운 小山의 숲
(林)에 지팡이를 세워두었다고 하는 것이지만, 意宇郡司가 郡衙를 거점
으로 出雲의 國作(나라 만들기)을 행했다고 이해할 수 있는 것은 아닐까.
　본래 율령제하에 있어서 출운국을 경영하고 지배하는 것은 國守를 비
롯한 國司層이지만『출운국풍토기』에는 國司가 1명도 등장하지 않는다.
그 대신에『출운국풍토기』편찬의 총책임자로 서명하고 있는 것이 出雲

----

10)『風土記』意宇郡 郡名由來, 岩波書店, 1989, 103쪽.

國造이며 意宇郡의 大領이기도 하였던 出雲臣廣島이다. 즉 『출운국풍토기』에는 출운국조를 정점으로 한 세계관이 전개되어 있다고 해도 과언은 아닐 것이다.

이러한 시점에서 國引신화를 다시 살펴보면 출운국조에 의한 出雲의 國作을 신화화한 것이 國引신화라고 말할 수 있는 것은 아닐까. 물론 이러한 島根반도 전체, 더 나아가 綱이나 杭까지 고려하면 출운전체에 미쳤다고 해도 좋을 정도로 장대한 신화가 간단히 만들어지는 것은 아니며, 그 원형이라고 할만한 모습이 있었다고 생각된다. 이 점에 대해서는 일찍이 서술한 적이 있으며,[11] 綱과 杭을 갖지 않은 2회째·3회째의 國引이 그에 해당한다고 생각하고 있다. 그것이 기초가 되어 『출운국풍토기』가 편찬될 때 마침내 出雲의 國作이라고도 해야 할 國引신화로 결실되었다고 볼 수 있을 것이다.

이상과 같이 생각하여 大過가 없다고 한다면 國引신화에 보이는 신라란 『출운국풍토기』가 정리된 8세기 전반의 단계에서 사용된 「신라」라는 것이 된다. 이 점을 근거로 하면 삼국시대의 신라라기 보다는 통일신라시대의 신라로 받아들이는 편이 타당하지 않을까 여겨진다. 즉 國引신화에 보이는 신라는 한반도와 같은 의미라고 생각해도 좋을 것이다.

따라서 한반도의 岬의 일부를 나누어 끌어 온 것이 島根반도 서부의 杵築의 地라는 뜻이 되는데, 한반도와 杵築의 관계를 어떻게 받아들이면 좋은 것일까. 杵築에는 出雲大社가 진좌하고 出雲大社의 西方에는 國讓신화의 무대로 알려진 稻佐浜이 있다. 稻佐浜은 해류 탓인지 한반도로부터의 폐기물 집합소가 되어 있으며 한글문자 용기 등이 다수 표착해 있는 것이 눈에 띈다. 또 出雲大社의 본전은 남면해 있는데 본전내부에서 祭神

---

11) 瀧音能之, 「國引き神話の基盤」, 『出雲國風土記と古代日本—出雲地域史の研究—』, 雄山閣出版, 1994, 108~126쪽.

인 오오쿠니누시신은 서면하고 있다고 말해지고 있다. 즉 오오쿠니누시 신은 바다를 향해 있다는 것이 된다.

이들은 그 모두 현대의 상황에 다름 아닌데, 2000년에 커다란 발견이 있었다. 그것은 현재의 본전 바로 앞 부분을 발굴했는데 巨大 柱(기둥)의 일부가 출현한 것이다. 이 기둥이 세워진 년도는 1200년 전후로 판단되었다. 이 기둥의 발견은 각종 화제를 제공했는데 그 하나로 社殿의 위치 문제를 들 수 있다. 고대에 창건 유래를 가진 神社에서도 그 위치나 社殿이 어떤 것이었는지를 파악하는 것은 꽤 어려운 일이다. 그 점은 出雲大社에 대해서도 마찬가지이다.

2000년의 발견은 이러한 상황에 한 줄기 광명을 주었다고 할 수 있다. 그것은 우선 본전의 위치에 관해서인데, 적어도 1200년 전후의 단계에는 이미 현재와 거의 같은 장소에 세워져 있었던 사실이 분명해 졌으며, 그 상황은 그 이전의 단계, 즉 고대에까지 거슬러 올라갈 가능성까지도 시사하고 있다. 또 본전의 平面설계에 대해서도 현재의 것과 기본적으로는 같은 것임이 확인되었다. 이러한 사실은 단정할 수는 없지만 오오쿠니누시의 신사 스타일도 바다를 향해 西面하고 있었을 가능성을 생각할 수 있지 않을까. 만약 그렇다고 한다면 오오쿠니누시의 서면의 이유가 다시 문제가 될 것이다. 이 문제도 조급히 답할 수 있는 성질의 것이 아니라 여겨지지만, 바다 저쪽에 宗像을 비롯한 북부 九州나 더 나아가 그 앞에 한반도가 있다는 사실은 간과해서는 안 된다.

出雲大社의 남쪽에는 神門水海라 칭해진 거대한 호수가 펼쳐져 있고, 그것은 일본해(동해)로 통해 있었음을 『출운국풍토기』에서 알 수 있다. 즉 적어도 8세기전반에는 杵築 지역은 神門水海를 이용하여 각지와 교류하는데 호조건의 입지를 가지고 있었던 셈이며, 거기에는 한반도와의 교류를 상정하여도 하등 부자연스럽다고는 할 수 없다. 따라서 이러한 교류가 신화화되어 한반도의 岬에서 토지를 떼어내 끌어와서 杵築을 만들었다는 스토리가 되었다고 생각할 수도 있지 않을까.

4. 結語

일본열도의 고대사에 커다란 영향을 미친 지역의 하나로 생각되는 出雲과 한반도와의 교류에 대해 신화를 키워드로 검토해 보았다. 구체적으로는 8세기 전반에 율령정부에 의해 수도에서 편찬된『고사기』・『일본서기』에 보이는 신화 즉 記・紀 신화와 記・紀와 거의 동시기에 在地인 出雲에서 정리된『출운국풍토기』의 신화를 들어, 각각에 보이는 한반도와의 연관에 대해 생각해 보았다. 記・紀 신화에서는 스사노오신의 出雲으로의 추방 과정에서 한반도를 경유한 사실이 있는 점에 착안하여 그 배경으로 어떤 것을 생각할 수 있는지에 대해 검토를 시도하였다.『출운국풍토기』의 신화에서는 國引신화를 예로 들어 島根반도 서부의 杵築과 한반도의 관계를 추구해 보았다.

그 모두 사료적인 제약도 있어서 충분히 고찰했다고 하기는 어렵다. 그러나 出雲이라는 지역과 한반도와의 관련성에 대해서는 일본열도의 고대사를 생각하는데 있어서도 중요한 문제이며, 앞으로도 더욱 해명해 나가지 않으면 안 되는 문제라고 말할 수 있을 것이다.

제1장 | 대외관계로 본 고대

2

5세기 한반도 남부의
정세와 倭

홍성화*

1. 머리말

5세기는 東아시아의 국제관계가 복잡한 양상을 띠었던 격변의 시기였다고 할 수 있다. 중국 대륙은 5호16국의 시대를 거쳐 5세기에 들어오면서 北魏와 宋 및 齊에 이르는 南北朝가 대립을 하는 시기로 재편된다. 한반도의 경우는 廣開土王碑文에 나오는 바와 같이 고구려와 백제의 대결이 5세기의 서막을 알리면서 475년 백제가 고구려에 패배해 도읍을 옮기는 등 격동의 한 시기를 보내고 있었다. 또한 고구려와 백제가 전투를 벌이는 과정에서 백제와 연합한 倭가 한반도의 전투에 참전을 하는 등 일본 열도의 倭도 점차 東아시아 세계의 전면에 등장하는 상황이 재현되고 있었다.[1]

---

* 일본고대사 고려대 동아시아문화교류연구소 연구원
1) 『晉書』, 『宋書』 이전에 倭國의 상황을 알 수 있는 문헌으로는 『漢書』地理志, 『三國志』 등이 있는데 邪馬台國의 시대 이래 中國과의 통교를 보여주는 기사를 마지막으로 하고 있어서 150여 년간의 공백기를 보이고 있다.

특히 5세기는 倭의 5왕이 宋으로부터 한반도 남부에 대한 諸軍事號를
받는 기사가 『宋書』에 등장함으로써 왜가 한반도 남부와 관련된 미묘한
국제관계의 기류 속에 있었음을 보여주고 있다. 이에 대해 일본학계에서
는 왜왕의 백제왕에 대한 군사적 우위성을 말해주는 것으로 南朝鮮에
있어서 倭가 군사적 지배권을 가진 것으로 이해하는 설2)이 통설적인 지
위를 가지면서 야마토 정권이 한반도 남부를 지배한 것으로 설정한 『日
本書紀』의 내용을 합리화하고 있다.

한편 韓半島 南部에 대한 연구는 1990년대 이래 考古學的인 발굴의
성과와 地域史 연구의 진전에 따라 전라, 경상도 등에 관한 연구가 활기
를 띠고 있다. 그러나 아직까지 5세기대의 한반도 남부의 정황에 대해서
는 합일된 이론이 정립되지 못하고 있다. 馬韓 및 加耶 지역에 대한 인식
등 한반도 남부가 다수의 정치체로 분할되어 있다는 학계의 연구 성과는
야마토 정권의 한반도 남부 경영론이 이미 자취를 감춘 것으로 인식하고
있는 경향 때문인지3) 한반도와 일본 열도라는 큰 틀에서 조망하지 못하
고 지역적이고 단편적인 분석에 묻혀있는 한계를 보이고 있다.

2) 坂元義種의 통설 (『古代東アジアの日本と朝鮮』, 吉川弘文館, 1978)을 중
심으로 한반도에 대한 왜의 군사적 영향력을 강조한 일본학계의 연구로는
藤間生大, 『倭の五王』, 岩波新書, 1968, 106~135쪽 ; 平野邦雄, 「金石文の
史實と倭五王の通交」, 『岩波講座 日本歷史』1, 岩波書店, 1980, 254~256쪽
; 山尾幸久, 『古代の日朝關係』, 塙書房, 1989, 221~223쪽 ; 鬼頭淸明, 『大和
朝廷と東アジア』, 吉川弘文館, 1994 등이 있다.
3) 한일학계 모두 과거 末松保和에 의해 구축된 고전적인 야마토 정권의 한
반도 지배설은 부정되고 있지만, 일본학계의 흐름은 末松保和를 위시한
기존 학계의 통설적 견해를 부정하는 것이지 정작 倭의 임나 지배 자체를
부정하고 있지는 않다(山尾幸久, 「任那に關する一試論 － 史料の檢討を中
心に」, 『古代東アジア史論集(下)』, 吉川弘文館, 1978, 198~202쪽 ; 請田正
幸, 「六世紀前期の日朝關係－任那'日本府'を中心として」, 『朝鮮史研究
會論文集』11, 1974, 195쪽 ; 大山誠一, 「所謂'任那日本府'の成立について」,
『日本古代の外交と地方行政』, 吉川弘文館, 1999, 56쪽).

　　그런 상황에서 5세기『宋書』에 나오는 倭의 '使持節都督倭百濟新羅任那加羅秦韓慕韓七國諸軍事' 등 都督諸軍事號 문제는 그동안 기본적으로 한반도 남부에 대해 갖고 있었던 통설적인 전제에 무언가 문제가 있었다는 의심을 갖게 한다. 때문에 그동안 5세기 한반도의 남부와 일본 열도 간에 문헌적으로나 고고학적으로 부정확한 고대사의 틀을 노정하고 있었던 것은 아닌지 재검토를 필요로 하고 있다.

　　그런 의미에서 우선 5세기 한반도 남부의 상황에 대한 올바른 이해가 선행되어야 할 것이다. 한반도 남부의 상황을 논하기 이전에 5세기 한반도와 일본 열도와의 관계를 이야기하기는 어려울 것이다.

　　따라서 本考에서는 문헌, 고고학 자료를 통해 5세기대 한반도 남부의 상황을 영산강 유역 및 서남부 일원, 가야 지역, 신라 지역으로 나누어 고찰하고 종국적으로 5세기대에 있었던 한반도와 일본 열도와의 관계를 살펴보고자 한다.

2. 榮山江 유역 및 서남부 일원

1┃百濟의 서남부 經略 시기의 문제

　　그동안 百濟의 南方經略과 관련해서는『日本書紀』神功紀 49년조의 기사에 토대를 두고[4] 百濟가 4세기 중엽경인 近肖古王 때 전라남도 서

---

4)『日本書紀』卷第9 神功 49年
　　春三月 以荒田別鹿我別爲將軍 則與久氏等 共勒兵而度之 至卓淳國 將襲新羅 時或曰 兵衆少之 不可破新羅 更復 奉上沙白蓋盧 請增軍士 卽命木羅斤資 沙沙奴跪 【是二人 不知其姓人也 但木羅斤資者 百濟將也】領精兵 與沙白蓋盧共遣之 俱集于卓淳 擊新羅而破之 因以 平定比自㶱 南加羅 喙國 安羅 多羅 卓淳 加羅 七國 仍移兵 西回至古奚津 屠南蠻忱彌多禮 以賜百濟 於是

남해안 지방까지 이르렀다고 보아왔다.5)

그러나 文獻史學에 있어서의 논의와는 달리, 1990년대 이후 考古學的 발굴이 가속화되면서 전남 지방에서 甕棺古墳 등 백제의 고분과는 다른 양식의 고분이 출토되자 近肖古王代의 남해안 진출설이 부정되는 경향을 보이기 시작했다.6)

물론 초기의 고고학계에서는 近肖古王代 남해안진출설의 영향으로 榮山江 유역의 甕棺古墳을 백제의 고분에 편입시키기도 했지만,7) 계속되는 발굴로 인하여 옹관고분의 조성시기가 5세기 후엽으로까지 확대가 되자 近肖古王代의 남쪽 영역을 古阜와 全州를 잇는 노령 이북이나8) 錦江 이북으로 보는 견해가 등장하였고,9) 심지어 安城川 이북에 머물러 있는 것으로 보는 견해도 나타났다.10)

영산강 유역의 정치적 실체에 대해서는 이 지역에서 나타나는 옹관고분을 馬韓의 무덤으로 추정하기도 하면서11) 馬韓의 目支國이 백제의 남방 경략으로 인해 계속 남쪽으로 밀려나 영산강 유역에 정착했다는 馬韓

其王肖古及王子貴須 亦領, 軍來會 時比利辟中布彌支半古四邑 自然降服

5) 李丙燾, 「近肖古王拓境考」, 『韓國古代史硏究』, 博英社, 1976 ; 千寬宇, 「復元加耶史」, 『加耶史硏究』, 一潮閣, 1991 ; 金鉉球, 『任那日本府硏究』, 일조각, 1993.

6) 徐聲勳, 成洛俊, 『羅州潘南古墳群』, 국립광주박물관, 1988, 25~26쪽.

7) 金元龍, 『韓國考古學槪說』, 一志社, 1986, 195~196쪽.

8) 이도학, 『백제고대국가연구』, 一志社, 1995, 140쪽 ; 「한성후기의 백제왕권과 지배체제의 정비」, 『百濟論叢』2, 1990, 304~305쪽 ; 李根雨, 「熊津時代 百濟의 南方境域에 대하여」, 『百濟硏究』27, 1997.

9) 金起燮, 「近肖古王代 南海岸進出說에 대한 再檢討」, 『百濟文化』24, 1995.

10) 姜仁求는 2~4세기 周溝土壙墓가 나타나는 충남 북부와 동부지방을 후기 馬韓의 주요 지역이었을 것으로 추측하여 근초고왕시기까지의 백제영역을 경기지방으로 국한시키고 있다(姜仁求, 「周溝土壙墓에 대한 몇가지 問題」, 『考古學으로 본 韓國古代史』, 1997, 96~97쪽).

11) 成洛俊, 「榮山江流域의 大形甕棺墓 硏究」, 『百濟硏究』15, 1985.

의 殘存勢力이라는 가설이 제기되기도 했다.12) 또한『晋書』의 張華傳에 나오는 新彌國을 영산강 유역에 비정하기도 했다.13) 따라서 영산강 유역에 6세기 초반에까지도 馬韓이 명맥을 유지하였다는 견해,14) 더 나아가서 6세기 중엽에 이르러서야 백제가 영산강 유역을 점유했다는 견해가 표출되기도 했다.15)

그러나 만약 마한의 존재를 기원전 3세기로부터 5~6세기로 잡는다면 마한의 역사는 700~800년으로 확대되어 문헌적 뒷받침 없이 고고학적인 주장만을 하는 馬韓論에 대해서는 많은 문제점이 지적되고 있다.16) 영산강 유역의 정치적 실체를 문헌적인 뒷받침이 없이 단순히 고고학적 자료가 백제 것과 다르다는 이유로 백제가 아닌 馬韓이라고 하는 것은 그 실체를 이해하는 적절한 방법이 되지 못한다.

오히려『三國史記』東城王 20년(498년)의 기사를 검토하면,17) 耽羅가 조공을 하지 않아 武珍州까지 이르렀다는 내용으로 볼 때 5세기 후반 이전에 백제가 전라남도 및 남해안 일대를 복속했다는 사실을 알 수 있다.

또한『南齊書』에는 490년에 面中王이었던 姐瑾을 都漢王으로 제수할 것을 요청하고, 495년에는 木干那를 面中侯로 제수할 것을 요청하고 있

---

12) 崔夢龍,「考古學的 側面에서 본 馬韓」,『馬韓, 百濟文化』9, 1987.
13) 盧重國,「目支國에 대한 一考察」,『百濟論叢』2, 1990, 89쪽 ; 兪元載,「晋書의 馬韓과 百濟」,『韓國上古史學報』17, 1994, 152~153쪽.
14) 林永珍,「馬韓의 形成과 變遷에 대한 考古學的 考察」,『三韓의 社會와 文化』, 신서원, 1995.
15) 姜鳳龍,「榮山江流域 古代社會와 羅州」,『羅州地域 古代社會의 性格』, 목포대학교박물관, 1999.
16) 최성락,「마한론의 실체와 문제점」,『박물관연보』9, 목포대박물관, 2001, 11~25쪽.
17)『三國史記』卷第26 東城王20년
　　八月 王以耽羅不修貢賦 親征至武珍州 耽羅聞之 遣使乞罪 乃止【耽羅卽耽牟羅】

는 기록이 보인다. 『三國史記』地理志를 통해 面中과 비슷한 음가가 武珍州(광주), 武尸伊郡(전남 영광), 未冬夫里縣(전남 나주 남평), 勿阿兮郡(전남 무안)에 다수 보여[18] 面中을 광주 및 전남 나주 일대의 영산강 유역으로 비정할 수 있게 되면 이들 기록은 5세기 후반이 되기 이전에 영산강 유역이 백제에 복속되어 있었다는 사실을 보여주고 있다.[19]

뿐만 아니라 충청 지방과 전라도 지방을 통틀어 고분의 양식이 석곽묘, 주구묘, 옹관묘 등 다르게 나타나도 동질적인 威勢品(prestige goods)이 나타나고 있다는 사실이 속속 밝혀지고 있다. 따라서 백제 지역으로 알려진 충청 일원과 고분의 양식이 다르다는 것이 백제가 영산강 유역을 복속했다는 것을 부정하는 필요충분조건이 되지 못하고 있다.

2 ┃ 出土 威勢品의 분석

옹관고분인 新村里 9호분의 경우[20] 金銅冠, 金銅신발, 銀裝單鳳紋環頭大刀, 金銀裝單鳳紋環頭大刀, 銀裝三葉紋環頭大刀 등이 출토되었다. 乙棺에서 발굴된 금동관은 외관과 내관으로 되어 있는데, 모자 모양을 한 내관은 三葉紋과 봉오리 모양의 花紋으로 세공되어 있고, 외관은 금동판을 오려 만든 花形을 모티프로 하고 있다.

또한 5세기 중엽으로 추정되는 전남 고흥의 안동고분의 석실분에서 금동관모, 금동신발, 금동 귀걸이, 銅鏡, 환두대도 및 투구와 갑옷 등 당대

----

18) 末松保和, 『任那興亡史』, 吉川弘文館, 1956, 111쪽.
19) 洪性和, 「古代 榮山江 流域 勢力에 대한 검토」, 『百濟研究』51, 2010.
20) 신촌리9호분의 조성 시기에 대해서는 5세기 전반대(이남석, 「백제금동관모출토 무덤의 검토」, 『선사와 고대』26, 2007)에서 5세기 후엽(小栗明彦, 「全南地方 出土 埴輪의 意義」, 『百濟研究』32, 2000), 6세기 초엽(穴澤咊光, 馬目順一, 「龍鳳文環頭大刀試論-韓國出土例を中心として」, 『百濟研究』7, 1976) 등 다양한 견해가 있지만, 석실분 유입 전의 묘제로 보아 5세기 중반을 넘어가지는 않을 것으로 보인다.

최고 지배자를 상징하는 威勢品이 대량으로 출토되었다.[21]

특히 이들 고분에서 발견되는 금동관모와 금동신발 및 환두대도의 威勢品은 백제 지역의 출토품과 유사하게 나타나고 있는 것이어서 주목된다.

백제 양식으로 보이는 전북 익산 웅포면 입점리의 횡혈식석실 1호 고분에서 금동관모와 금동신발, 금동제 장신구류의 금동제품이 출토되었고,[22] 충남 공주 수촌리 유적에서는 4세기말~5세기초 무렵에 축조된 것으로 추정되는 무덤 6기에서 금동관모 2점과 금동신발 3켤레, 금제귀걸이 및 環頭大刀, 중국제 청자 등이 다량으로 출토되었다.[23] 또한 충남 서산의 부장리에서 5세기 초중반 무렵으로 추정되는 백제시대의 주구묘에서 수촌리 4호 석실분에서 출토된 금동관모의 모양과 제작 연대가 거의 같은 것으로 추정되는 금동관모와 環頭大刀, 철로 만든 자루가 달린 솥(鐎斗), 금제 귀고리 등이 대량으로 출토되었다.[24]

충청 일원이나 영산강 유역 및 남서부 일대의 고분에서 출토된 금동관모를 살펴보면, 모두가 동일한 구조를 갖고 있다는 것이 주목된다. 관모를 押捺로 장식한 것과 透彫로 장식한 차이는 있지만, 형태적인 면에 있어서 고깔 모양의 기본적인 모티프가 같다.[25] 또한 고깔 모양의 기본형에다 뒷면에 대롱처럼 생긴 빈 관을 통해 연결된 수발 장식이 붙어 있는데, 이러한 형태는 범백제권의 관모에서 보이는 대체적인 특징이라고 할 수 있다.

21) 임영진, 「고흥 길두리 안동고분 출토 금동관의 의의」, 『충청학과 충청문화』 5-2, 2006.
22) 문화재연구소, 『익산입점리고분 발굴조사보고서』, 1989.
23) 강종원, 「수촌리 백제고분군 조영세력 검토」, 『百濟研究』42, 2005.
24) 충청남도역사문화원, 『瑞山 富長里 遺蹟－現場說明會資料』, 2005.
25) 이훈, 「공주 수촌리 백제금동관의 고고학적 성격」, 『충청학과 충청문화』5 -2, 2006, 19쪽.

신촌리 9호분의 乙관 출토 금동관의 경우 帶輪 외면에 타출기법으로 시문한 연화문이 표현되어 있는데, 연화문이 있는 例는 익산 입점리 1호 분 출토의 관모가 있어 이와 유사한 연화문이 시문된 신촌리 9호분의 금동관을 백제계로 보는 것에는 무리가 없다고 생각된다.[26]

이처럼 충청, 전라 지역에서 발견되는 고분이 유형은 서로 달라도 관모 는 백제 지역의 것과 유사하기 때문에 백제 계통으로 보아도 틀림이 없다. 비록 세부적인 형태 차이는 있지만, 전체적으로 백제적인 특성을 갖추고 있다는 공통점으로 미루어 백제의 중앙에서 지방에 사여된 위세품으로 보아야 할 것이다.[27]

金銅신발의 경우도 옹관고분에서는 나주 신촌리 9호분 乙관, 나주 복 암리 '96석실 등에서 출토된 例가 있다. 그런데, 이와 형태가 유사한 것으 로는 익산 입점리 1호분, 무령왕릉, 원주 법천리 1, 4호분, 공주 수촌리 1, 3, 4호묘, 서산 부장리 8호 목곽묘, 고흥 길두리 안동고분 등지에서 출토되고 있다. 前方後圓形 古墳인 함평의 신덕고분에서도 6각의 龜甲 文으로 되어 있는 금동 파편도 발견되어 이곳도 금동신발이 있었던 것으 로 짐작되고 있다.

이처럼 4~5세기 무렵의 전라도 지방을 포함한 충청 지방에까지 발굴 된 고분을 살펴보면, 고분의 형태가 석곽묘, 주구묘, 옹관묘, 횡혈식석실 등으로 다르게 나타나더라도 각각 고분의 부장품에서 금동관모, 금동신 발 등 同質的인 威勢品이 나타나고 있어 전체적으로 백제의 통치 질서 안에 편입되고 있다는 것을 보여주고 있다. 결국 이들 지역이 백제의 간 접 지배를 받고 있었다는 것이다. 백제가 충청과 전라 지역 지배자를 정 치적으로 편입시키고 이에 대해 금동관이나 금동신발 등 최고 威勢品을

---

26) 洪潽植,「영산강유역 고분의 성격과 추이」,『호남고고학보』21, 2005, 123쪽.
27) 李南奭,「百濟의 冠帽, 冠飾과 地方統治體制」,『韓國史學報』33, 2008.

그 대가로 지불했던 것이다.

[표1] 충청, 전라 지역의 백제 威勢品 출토 고분

지역	명칭	묘제	시기	출토위세품
천안	용원리1호석곽묘	수혈식석곽	4세기중엽	금동용봉문환두대도
천안	용원리5호석곽묘	수혈식석곽	4세기말	은상감환두대도
천안	용원리9호석곽묘	수혈식석곽	4세기말	금동관모 장식품
천안	용원리12호석곽묘	수혈식석곽	4세기말	은상감용봉문환두대도
청주	傳신봉동		4세기중엽	금은상감소환두대도
공주	수촌리1호분	목곽	4세기말~5세기초	금동관모, 금동신발, 은상감소환두대도
공주	수촌리3호분	횡구식석곽	4세기말~5세기초	금동신발, 환두대도
공주	수촌리4호분	횡혈식석실	4세기말~5세기초	금동관모, 금동신발, 은상감환두대도
서산	부장리4호분	주구토광묘	5세기초중반	금동이식, 환두대도
서산	부장리5호분	주구토광묘	5세기초중반	금동관모, 환두대도, 금동이식
서산	부장리6호분	주구토광묘	5세기초중반	금동신발, 금동이식, 환두대도
서산	부장리7호	주구토광묘	5세기초중반	환두대도, 금동이식
서산	부장리8호	주구토광묘	5세기초중반	금동신발, 환두대도, 금동이식
서산	부장리10호	주구토광묘	5세기초중반	환두대도
서산	부장리12호	주구토광묘	5세기초중반	금동이식, 환두대도
익산	입점리1호분	횡혈식석실	5세기중엽	금동관모, 금동신발

고흥	안동고분	수혈식석곽	5세기중엽	금동관모, 금동신발, 환두대도
나주	신촌리9호분을관	옹관묘	5세기중엽	금동관모, 금동신발, 단봉환두대도
나주	복암리3호분	옹관묘	5세기말~6세기초	금동신발, 환두대도
함평	신덕고분	전방후원형고분	5세기말~6세기초	금동관, 금동신발 잔편

3. 加耶 지역

1┃ 加耶 지역에서 木氏의 활동

　5세기 가야 지역의 현황에 대해서는 廣開土王碑文의 일련의 기사를 통해 400년 전후 백제와 고구려의 전투에서 백제 ― 가야 ― 왜의 관계가 군사적으로 밀접한 관계를 갖고 있었던 것을 알 수 있다. 즉, 백제의 주도로 연합전선이 펼쳐질 수 있었던 것인데, 이는 『日本書紀』 神功 49년에 있었던 加羅 7국의 정벌이 왜가 아닌 백제에 의해 이루어졌던 것을 그 전제로 하고 있다. 또한 5세기초의 기사인 應神 25년의 木滿致 기사를 통해서도 가야가 백제의 木氏에 의해 통치되고 있었다는 사실을 알 수 있다.

　　(ㄱ) 『日本書紀』 卷第10 應神 25年
　　　　百濟直支王薨. 卽子久爾辛立爲王. 王年幼. 大倭木滿致執國政.
　　　　與王母相婬. 多行無禮. 天皇聞而召之【百濟記云. 木滿致者是木
　　　　羅斤資討新羅時. 娶其國婦而所生也. 以其父功專於任那. 來入我
　　　　國往還貴國. 承制天朝執我國政. 權重當世. 然天皇聞其暴召之】

(ㄱ)의 기사에서 木滿致가 '專於任那'를 했다는 기록이 보인다.[28] 특히 『百濟記』에 木滿致가 '專於任那' 했던 것은 아버지인 木羅斤資의 공 때문이라고 했기 때문에 이는 木羅斤資가 神功 49년조에 加羅 7국을 평정했다는 기록과 神功 62년조에 加羅를 구원한 행위와 관련이 있을 것이라고 생각한다.

이 기사가 야마토 정권이 백제를 복속하고 있다는 전제 하에 任那를 전담했던 木滿致의 권력 배경도 야마토 정권이라고 서술하고 있는 것이지만, 木氏는 『隋書』「百濟傳」에 나오는 백제 大姓八族 중에 하나로 木羅斤資와 木滿致는 백제의 중신으로 백제왕권의 정책결정을 주도하였던 것으로 짐작되기 때문에[29] 木滿致가 '專於任那' 할 수 있었던 것은 야마토 정권에 의해서가 아니라 백제에 의한 것임을 알 수 있다.

木滿致의 경우는 왜국으로 건너가서 蘇我滿致로 살았다는 견해도 있다.[30] 만약 이 견해가 타당하다면, 木滿致의 경우 구이신왕이 재위한 420년경에 왜국으로 넘어갔다가 다시 백제로 돌아온 후, 475년경 다시 渡日하여 왜국으로 아예 이주했던 것으로 생각할 수 있을 것이다.

어쨌든 『日本書紀』와 『三國史記』를 비교 고찰하면, 420년을 전후한 시기에서 475년에 老軀의 木劦滿致가 등장하는 기사에 이르기까지 사실상 任那가 木氏를 매개로 百濟에 의해 간접 통치되었던 것을 알 수 있다.

....

28) 久爾辛王의 즉위에 대해서는 400년을 전후로 한 시기에 태어난 木滿致가 한창 청년이었을 때 백제의 정사를 집행하고 권세가 높았다는 사실과 부합할 수 있기 때문에 이 기사는 『三國史記』의 기록과 같이 420년의 기사로 보는 것이 타당하다.
29) 『三國史記』 卷第25 蓋鹵王 21년 秋9월
　文周乃與木劦滿致祖彌桀取 【木劦祖彌皆複姓 隋書以木劦爲二姓 未知孰是】 南行焉
30) 門脇禎仁, 『飛鳥-その古代史と風土』, 日本放送出版協會, 1977, 47쪽 ; 金鉉球, 「백제의 木滿致와 蘇我滿智」, 『日本歷史研究』25, 2007.

특히 백제와 가야諸國의 관계에 대한 면면은 상대적으로 사료적인 가치
가 높다고 평가하는『日本書紀』의 欽明紀 기사 내에서 聖王의 입을 통해
父子관계와 兄弟관계에 있었음을 알 수 있다.[31]

　이처럼 5세기 加耶 지역의 경우는 木氏 일족을 매개로 하여 백제에
의해 간접 통치되고 있음을 알 수 있다. 이러한 상황 속에서『日本書紀』
에 487년의 사실로 기록되어 있는 顯宗 3년 是歲條 紀生磐宿禰의 반란
기사는 5세기 후반에 있었던 가야 지역의 정세를 짐작할 수 있게 한다.

　(ㄴ)『日本書紀』卷第15 顯宗 3年
　　是歲 紀生磐宿禰 跨據任那 交通高麗 將西王三韓 整脩宮府 自稱
　　神聖 用任那左魯那奇他甲背等計 殺百濟適莫爾解於爾林【爾林
　　高麗地也.】築帶山城 距守東道 斷運粮津 令軍飢困 百濟王大怒
　　遣領軍古爾解 內頭莫古解等 率衆趣于帶山攻 於是 生磐宿禰進軍
　　逆擊 膽氣益壯 所向皆破 以一當百 俄而兵盡力竭 知事不濟 自任
　　那歸 由是 百濟國殺佐魯那奇他甲背等三百餘人

　(ㄴ)의 기사는 백제가 適莫爾解를 爾林에서 살해하고 帶山城을 쌓아
東道를 봉쇄하여 군량을 나르는 나루를 끊으려는 무리들을 공파하는 기
록이다. 이들 분쟁 지역에 대해 東韓之地 중에 하나로 나오는 爾林을
경북 영주 지역으로 보면[32] 나루를 이용해서 백제의 동쪽 루트인 東道로

----

31)『日本書紀』卷第19 欽明 2년 4월
　　昔我先 速古王·貴首王之世 安羅·加羅·卓淳旱岐等 初遣使相通 厚結親
　　好. 以爲子弟 冀可恆隆.
　　『日本書紀』卷第19 欽明 2년 7월
　　乃謂任那曰 昔我先祖速古王·貴首王 與故旱岐等 始約和親 式爲兄弟. 於
　　是 我以汝爲子弟 汝以我爲父兄.
32) 東韓之地는『日本書紀』,廣開土王碑文,『三國史記』地理志 등을 분석하면

이동할 수 있는 강은 낙동강인 것을 확인할 수 있다.

紀生磐宿禰의 出自와 관련해서는 백제장군설,[33] 야마토 정권이 파견한 왜인설,[34] 서일본 세력설[35] 등이 있다. 일단 紀生磐宿禰는『日本書紀』欽明紀 5년 2월조 성왕의 말 중에 나오는 有非岐와 같은 인물로 볼 수 있다.[36] 또한 紀氏에 대해서는『日本書紀』應神 3년과 仁德 41년에 나오는 紀角宿禰가『古事記』에서는 木角宿禰로 나오는 등 紀氏를 木氏로 기록한 근거가 있으므로 倭에서 파견된 것이 아니라 加耶 지역과 관련해서 활약한 백제계 木氏 세력으로 상정할 수 있다.[37]

그렇다면 紀生磐宿禰라는 倭系의 명칭은『日本書紀』의 찬자가 야마토 정권의 任那 지배를 전제로 하고 加耶 지역에서 倭의 역할을 부각시키려는 의도에서 나온 것으로 생각된다. 따라서 (ㄴ)의 기사는 야마토 정권과 관련된 가야와 백제와의 관계를 서술하고 있는 것이 아니라 야마토 정권과 관련 없이 백제와 가야와의 관계를 이야기하고 있는 것이다.

대체적으로 간계를 꾸민 左魯那奇他甲背는『日本書紀』欽明紀에서 언급한 那奇陀甲背와 동일인물인 것으로 보아 그의 후손인 河內直과의

경북 영주를 비롯한 경북 북부로 판단되어 東쪽의 韓地라는 명칭과 부합한다는 것을 알 수 있다(洪性和,「『日本書紀』應神紀 東韓之地에 대한 고찰」,『日本歷史硏究』30, 2009).

33) 千寬宇, 앞의 책, 48쪽 ; 金鉉球, 앞의 책, 61~79쪽.
34) 山尾幸久,『日本古代王權形成史論』, 岩波書店, 1983, 221~224쪽.
35) 大山誠一, 앞의 논문.
36)『日本書紀』卷第19 欽明 5년 2월
別謂河內直【百濟本記云 河內直·移那斯·麻都. 而語訛未詳其正也.】自昔迄今 唯聞汝惡. 汝先祖等【百濟本記云 汝先那干陀甲背·加獵直岐甲背 亦云那奇陀甲背·鷹奇岐彌. 語訛未詳.】俱懷奸佞誘說. 爲歌可君【百濟本記云 爲哥岐彌 名有非岐】專信其言 不憂國難 乖背吾心 縱肆暴虐. 由是見逐. 職汝之由.
37) 이와 같은 改變은『日本書紀』편찬 당시 실무에 참가한 紀氏인 紀朝臣淸人과 무관하지 않을 것이라고 한다(金鉉球, 앞의 책, 75~77쪽).

연령을 고려해 볼 때 5세기 후반에 있었던 사건으로 보인다.

백제는 대대로 木氏에 의해 가라의 경영을 담당하게 했고 그것이 紀生磐宿禰에게까지 이르게 되었다. 그런데 任那의 左魯那奇他甲背가 계략을 써서 백제의 適莫爾解를 爾林에서 죽였다는 (ㄴ)의 기사를 통해 이 시기에 들어 左魯那奇他甲背로 대표되는 加耶의 在地 수장층들이 막후에서 반란을 부채질했던 것으로 추정된다. 백제는 이 사건에서 領軍 古爾解, 內頭 莫古解 등을 직접 파견하여 반란을 진압하고 있다. 이러한 것으로 보아 이후 백제는 이 지역에 직접 군을 주둔시키기 시작하여 직접 경영의 전 단계까지 왔었던 것을 시사해주고 있다.

그러나 고고학적인 근거를 바탕으로 하여 이러한 기록을 부정하고 있는 견해가 있다.[38] 즉, 加耶 지역의 고분을 발굴하면 4~5세기에 걸쳐 백제의 요소가 나타나지 않는 것으로 보고 있기 때문이다. 당시 加耶 지역이 외부세력에 의해 지배당했다는 증거가 없다는 점에서 백제의 加耶 진출이 부정되고 있는 것이다.

그렇지만 당시 加耶 지역에 고고학적으로 외부 세력의 흔적이 없었다고 해서 이 지역에 대한 군사 행동과 정벌이 없었다고 단정할 수는 없을 것이다.[39] 즉, 외부세력의 정복이 곧바로 지배 세력의 교체로 이어지고 문화의 격변을 초래한다는 전제 조건에 문제가 있다고 생각된다.[40] 만약 군현제를 실시하여 직접 통치를 하였다면, 이것이 문화적 격변을 가져와서 고고학적인 변화를 가져왔을 지도 모르지만, 기존의 지배기구를 둔

---

38) 金泰植, 『加耶聯盟史』, 一潮閣, 1993, 4~7쪽.
39) 군사적인 정벌이 이루어졌다고는 해도 이것이 近肖古王과 阿莘王대인 346년~405년 사이에 일시적이었던 것으로 보는 견해도 있지만(白承忠, 「6세기 전반 백제의 가야진출과정」, 『百濟研究』31, 2000, 58쪽), 『日本書紀』 등의 문헌에서 5세기대에 木氏에 의해 이루어졌던 가야 관계의 기사가 등장하는 것을 통해 일시적인 것이 아님을 알 수 있다.
40) 이희진, 「4세기 중엽 百濟의 '加耶征伐'」, 『韓國史研究』86, 1994, 4쪽.

상태에서 간접적으로 통치를 해왔다면 이는 고고학적인 문제와는 별개가
될 수 있기 때문이다.

이는 백제가 영산강 유역을 점유했던 상황과 흡사하다. 실질적으로 영
산강 유역에서 백제의 직접 통치가 이루어지기 전까지 토착세력 고유의
묘제가 나타나는 실상은 가야 지역에도 그대로 적용될 수 있을 것이다.
다만, 영산강 유역은 6세기 중엽 백제의 직접 지배가 이루어진 반면, 가야
지역에서는 백제의 직접 지배가 실질적으로 이루어지지 못했거나 일부
지역에서만 단기간에 실시되었기 때문에 백제식 고분이 잘 나타나지 않
는 것으로 생각된다.

백제에 의한 가야 지배의 사실성을 부정하고 단순히 交聘사실만을 인
정하여 倭를 매개로 한 가야와 백제 간 교역 관계 정도로 보는 견해도
있다.[41] 하지만, 廣開土王碑文에 나타난 사실만으로 보아도 단순히 교역
관계에 머문 수준이었다고 보기 어렵다. 廣開土王碑文에 의하면 4세기
말~5세기 초에 백제 ― 가야 ― 왜의 관계가 군사적으로 밀접한 관계를
갖고 있었음을 알 수 있기 때문이다. 또한 廣開土王碑文 400년조에 고구
려군이 任那의 종발성까지 이르는 일련의 사건과 특히 倭가 대방군까지
올라갔던 404년의 기사를 보더라도 이러한 사건이 백제와 무관하게 진행
되었다고는 생각하기는 어렵다. 내부적으로는 백제의 주도로 이루어진
것이지만, 표면적으로 廣開土王碑文에는 倭가 주도한 것으로 표현되었
을 뿐인 것이다. 이는 백제가 고구려왕의 노객이 된 이후 백제가 왜와
화평을 했다는 구절이 碑文에 잇달아 나오는 것만 보더라도 백제가 주도
하지 않았다면 백제 ― 가야 ― 왜의 연합전선이 펼쳐질 수 없었을 것이
다. 따라서 전체적인 비문의 해석상 백제와 가야의 관계를 단순히 교역관

---

41) 金泰植, 「文獻上에 나타난 加耶와 倭」, 『東北아시아에 있어서 伽倻와 倭』,
    韓日國際學術討論會, 1993, 22쪽.

계에 머물었던 수준으로 보기는 어렵다.

따라서 『日本書紀』의 倭와 加耶와의 관계는 百濟와 加耶와의 관계로 치환될 수 있는 것이며, 加耶는 백제에 의한 공납적 지배의 상황,[42] 또는 가야 지역이 백제에게 臣屬하고 있었던 상태였던 것으로 생각된다.

2 ┃ 加耶 지역의 百濟 유물 분석

앞서 『日本書紀』에서 가야 지역에서 있었던 야마토 정권의 활동은 백제가 주도적으로 활동하였던 것을 알 수 있다. 그럼에도 불구하고 그동안 고고학적인 분석으로는 가야 지역에 백제의 영향을 받은 유물과 유적이 뚜렷이 보이지 않는다는 이유로 백제의 가야 진출이 부정되어 왔다.[43] 하지만, 점차 가야 지역에 대한 발굴 성과가 진전되면서 5세기에 이르는 기간에 백제로부터 영향을 받은 유물들이 다수 나타나고 있다.

우선 옛 가야 지역이라고 할 수 있는 복천동 80호묘에서 나온 금박샌드위치유리옥의 경우도 천안 청당동 2, 5호 목관묘와 공주의 무녕왕릉, 나주 신촌리 4호분, 대안리 9호분 등에서 출토되었는데, 백제의 것이 연대적으로 앞서고 수량도 풍부하므로 백제 지역에서 이입되었을 가능성이 높다.[44]

이러한 점은 출토된 馬具에서도 찾을 수 있다. 鐙子의 경우 근래에 이르기까지 백제의 것이 수량적인 면에서 절대 빈곤상태였다. 1980년대

----

42) 이도학, 「백제 집권국가형성과정 연구」, 한양대학교대학원 박사학위논문, 1991, 99쪽.
43) 金泰植, 앞의 책, 4~7쪽.
44) 금박샌드위치유리옥이란 일반의 유리옥을 제작하면서 그 위에 금박을 입히고 다시 금박위에 투명한 유리를 입혀 전체적으로 금으로 만든 구슬처럼 보이게 한 것으로 그 기원은 알렉산드리아 등 近東에 있으며 중국 漢代에 나타나고 있다(崔種圭, 「濟羅耶의 文化交流」, 『百濟研究』23, 1992, 65~66쪽).

까지만 해도 청주 신봉동 유적 鐙子가 전부라고 해도 과언이 아니었다. 그러나 1990년대 이후 화성 마하리, 원주 법천리, 천안 두정동과 용원리, 청주 신봉동 등지에서 輪鐙이 출토됨으로써 백제의 예가 늘어나고 있는 추세이다.

특히 공주 수촌리 고분에서는 壺鐙과 輪鐙이 함께 출토되었는데, 壺鐙은 나주 복암리 고분, 합천 반계제 고분, 경산 임당 고분 등에서만 발견되는 삼국시대의 희소 자료이다. 현재까지 발굴된 것을 보면 수촌리 壺鐙의 출토지가 가장 북쪽에 위치할 뿐만 아니라 제작 시기도 가장 이른 것으로 추정된다.[45] 따라서 壺鐙의 경우 백제로부터 영산강 유역이나 가야 지역에까지 전파되었음을 보여주고 있다.

또한 수촌리 1, 4호분에서 출토된 輪鐙의 경우 柄部와 輪部 한가운데에 능각이 세워져 있는데, 이는 고령 지산동 32, 33, 35호분, 합천 옥전 70호분, M2호분에서 출토된 것으로 소위 '지산동형 등자'로 알려진 것이다.[46] 특히 이러한 형식은 원주 법천리에서 발견된 鐙子와 같은 것으로 고령의 지산동이나 합천에서 출토된 鐙子가 백제로부터 유입되었을 가능성이 높아졌다.[47]

신봉동 82 채집품인 ⊥자형 環板轡의 경우도 동래 복천동 31호분의 것과 유사한데, 그동안 이 유물에 대해서는 고구려의 남정 직후 낙동강 하류 전역에 전기 가야 세력에 의해 자체적으로 개량 발전된 것으로 보았

----

45) 이훈, 「수촌리고분군 출토 백제마구에 대한 검토」, 『4~5세기 금강유역의 백제문화와 공주 수촌리 유적』, 2005, 100쪽.
46) 申敬澈, 「加耶의 武具와 馬具」, 『國史館論叢』7, 1989, 29~31쪽.
47) 그동안 영남 쪽 연구자들은 삼국시대의 마구가 가야에 처음 도입되어 신라나 백제 쪽으로 퍼졌다고 보았으나, 원주의 법천리 유적은 4세기 중엽경으로 추정되고 수촌리 고분도 4세기 후반에서 5세기 전반으로 것으로 보이기 때문에 이들 鐙子는 백제에서 제작되어 가야로 전해졌을 가능성이 크다(이훈, 앞의 논문, 2005, 105~107쪽).

다.48) 이를 근거로 帶方界 전투 등 백제권역에서 일어난 백제, 고구려의 전쟁에 가야가 참전하였던 것으로 추정하기도 하였던 것이다. 하지만, 백제 지역에서 馬具의 예가 속속 발굴됨에 따라49) 이는 거꾸로 廣開土王 의 南征 시에 백제가 낙동강 유역까지 출전하였음을 보여주는 물증이 되고 있다.

특히 이러한 사실은 합천 玉田 23호분 출토의 금동관모를 통해 확인할 수 있다.50) 합천 玉田 23호분에서 출토된 금동관모는 전체적인 형태는 타원형 내부에 三葉文이 투조된 금동판의 가장자리를 서로 맞대어 테를 둘러 결합한 형태에 중앙에는 단면 원형의 金銅棒이 붙어 있어 백제관모 와 유사한 백제계 유물로 추정하고 있다.51) 합천 반계제 가―A호분에서 출토된 관모도 봉이 둘러있는 백제관모의 형식일 뿐만 아니라 전체적으로 보더라도 익산 입점리 1호분이나 나주 신촌리 9호분 乙관 출토 관모와 유사하여52) 이를 백제에서 사여한 威勢品으로 볼 수 있을 것이다.

---

48) 金斗喆, 「韓國 古代 馬具의 硏究」, 동의대학교 박사학위논문, 2000, 142~ 144쪽.
49) 김량훈, 「4~5세기 남부가야제국과 백제의 교섭 추이」, 『역사와 경계』65, 2007, 199쪽.
50) 朴天秀의 경우 대가야권 고분의 편년을 통하여 옥전 23호분과 같은 단계 인 복천동 21,22호분의 역연대에 대해 일본열도에서 가장 이른 시기에 제작된 大阪府 大庭寺 TG231, 232 출토 스에키와 유사한 점에 주목하여 4세기말로 편년하고 있다(朴天秀, 「가야고분의 편년」, 『伽倻文化』18, 2005, 56쪽).
51) 국립공주박물관, 『한성에서 웅진으로』, 2006, 38쪽.
52) 李漢祥, 「加耶의 威勢品 生産과 流通」, 『가야 고고학의 새로운 조명』, 2003, 657쪽 ; 「新羅와 百濟 冠帽의 比較」, 『충청학과 충청문화』5-2, 2006, 66쪽.

(그림2) 가야지역의 관모53)

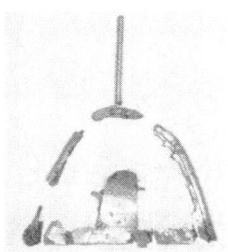

합천 반계제 가-A호분   합천 옥전 23호분

이처럼 5세기를 거치는 동안 가야 지방에 점차 백제의 성향을 지닌 威勢品이 나타나면서 대형 고분이 축조되고 있다. 따라서 가야 지역도 영산강 유역과 마찬가지로 백제로부터 威勢品을 사여 받아 간접적인 지배를 수행하는 단계에 있었던 것으로 보인다.

또한 環頭大刀에 관한 분석을 통해서도 백제 지역과 가야 지역의 상관관계를 고찰할 수 있다. 특히 環頭大刀는 고대에 각 지역 수장층의 위상을 나타내주는 상징물로서 중앙의 국왕이 지방 지배에 필요한 거점지역의 수장층에 대한 통제목적에서 차등 있게 수여한 威勢品으로 보고 있다.54) 지금까지 環頭大刀의 연구는 우리보다 출토 例가 많은 일본 학자들을 중심으로 하여 이루어져 왔고 특히 백제 지역의 경우 環頭大刀의 출토 例가 많지 않아 제대로 연구가 진전되지 못했다. 따라서 우리나라에서는 상대적으로 출토 例가 많은 신라, 가야의 環頭大刀를 중심으로 해서 이루어져 왔던 것이 사실이다. 하지만, 근래에 들어 천안 용원리 등 백제의 지역이라고 볼 수 있는 지역에서 다양한 環頭大刀가 출토됨으로써 점차 백제, 가야, 신라의 環頭大刀의 상관관계를 고찰할 수 있게 되었다.

---

53) 이한상, 위의 논문, 2006.
54) 이한상, 「삼국시대 환두대도의 제작과 소유방식」, 『한국고대사연구』36, 2004, 283~285쪽.

우선 용원리 5호(4세기 후반) 출토의 銀象嵌環頭大刀의 경우 環頭部
및 柄頭金具에 波狀線과 唐草文이 시문되어 있다. 이러한 상감제작기법
은 천안 화성리 A－1호(4세기말~5세기초)와 傳 신봉동고분 출토 金銀象
嵌素環頭大刀(4세기 중엽경)에서 나타나고 있다.[55]

그런데, 이러한 상감기법이 이후 고령, 합천 등지의 가야 지역에서도
나타나고 있다. 즉, 천안 화성리에서 출토된 環頭大刀의 環頭部에 銀象
嵌으로 당초문을 시문한 象嵌기법은 이와 비슷한 것이 합천 옥전 70호의
素環頭大刀의 環頭와 옥전 M3 및 창녕 출토로 전하는 環頭大刀에도
보이고 있어서 서로 관련성이 있는 것으로 추정된다.[56] 또한 상감기법을
활용하여 세부문양을 표현한 옥전 35호, 池山洞 32NE－1호의 大刀도
天安 龍院里 12호 석곽묘, 천안 花城里 A－1호, 公州 水村里 1호 목곽묘
에 출토된 環頭大刀에 표현된 기법과 유사하여 그 기원을 백제에서 찾을
수 있을 것으로 생각된다.[57] 상감기법은 금속공예의 장식 기술 중에서도
고난도의 기술로 알려져 있으므로 이를 기준으로 환두대도 등의 제작시
기와 전달 경로에 대한 추정에 참고가 될 것이다. 특히 가야 지역에서
大刀에 상감을 하는 例가 증가하는 추세에 있기 때문에 가야 지역에서
출토된 상감기법은 중국에서 백제로 전달되고 다시 백제에서 가야로 전
해진 것으로 판단된다.[58]

한편, 龍鳳紋環頭大刀의 경우 백제 지역에서는 그동안 6세기 초엽의
것으로 추정되는 무령왕릉의 것을 중심으로 연구가 이루어져왔다.[59] 하

55) 朴淳發, 「百濟의 南遷과 榮山江流域 政治體의 再編」, 『韓國의 前方後圓墳』,
　　2000, 121쪽.
56) 崔種圭, 앞의 논문, 66~67쪽.
57) 李漢祥, 「裝飾大刀로 본 百濟와 加耶의 交流」, 『百濟硏究』43, 2006, 67쪽.
58) 위의 논문.
59) 龍鳳紋環頭大刀는 環內에 龍이나 鳳凰의 頭部가 표현된 도상이 들어있는
　　것을 말하는데, 개별적으로 또는 조합되어 나타나며 單龍, 單鳳, 雙龍, 雙

지만, 지속되는 발굴로 인하여 천안 용원리에서 이에 선행하는 龍鳳紋環頭大刀가 출토됨으로써[60] 향후 龍鳳紋環頭大刀의 출토가 주목되는 상황이 되었다.

가야 지역의 龍鳳紋環頭大刀는 고령과 합천을 중심으로 하는 대가야권에 집중 분포되어 있는데, 대체적으로 합천 옥전고분군의 출토품이 다수를 점하고 있다. 따라서 그동안 옥전 고분군 등 가야의 대형 고분에서 보이는 龍鳳紋環頭大刀를 둘러싸고 그 제작지에 대해서 많은 논의가 있었다. 백제의 영향으로 추정하는 백제설[61]과 일부 백제왕이 多羅王에게 하사한 것이 있지만, 다수는 고령의 大加耶에서 제작된 것으로 추정하는 견해[62]가 있다.

그런데, 백제 지역과 가야 지역 일대의 고분에서 출토된 龍鳳紋環頭大刀의 분포지역을 고찰해보면 象嵌環頭大刀와 마찬가지로 백제 지역을 중심으로 가야 지역과 영산강 유역에 확산되어 나타나고 있는 것을 알 수 있다.

가야 지역의 龍鳳紋環頭大刀 가운데 이른 시기에 보이는 것은 고령 池山洞 1지구 3호 석곽묘, 池山洞32NE－1호묘, 합천 玉田 35호에서 출

鳳, 龍鳳 등의 5가지 형태로 세분될 수 있다. 鳳凰을 朱雀으로 보아 龍雀紋環頭大刀로 부르기도 한다. (具滋奉, 「環頭大刀의 圖像에 대하여」, 『韓國上古史學報』27, 1998) 그러나 경우에 따라 龍과 鳳凰의 구별이 쉽지 않아 입으로부터 혀를 내밀어 상하 1개씩의 이빨이 있는 것을 용, 구슬을 물고 있는 것을 봉황으로 보기도 하고 (新納泉, 「單龍, 單鳳環頭大刀大刀の編年」, 『史林』65－4, 史學研究, 1982) 상하 턱의 앞쪽 끝이 밖으로 구부러진 것은 龍, 그렇지 않은 것은 鳳凰으로 보기도 한다(穴澤咊光, 馬目順一, 앞의 논문).

60) 용원리 1호 석곽출토의 金銅龍鳳紋環頭大刀는 반출 토기의 형식으로 보아 4세기 후반으로 비정되고 있다(박순발, 앞의 논문).

61) 穴澤咊光, 馬目順一, 「陝川玉田出土의 環頭大刀의 諸問題」, 『古文化談叢』 30(上), 1993.

62) 町田章, 「加耶의 環頭大刀と王權」, 『加耶諸國의 王權』, 신서원, 1997.

토된 環頭大刀이다. 그런데, 이들 龍鳳紋環頭大刀는 백제 지역과 완벽하게 동일한 例가 출토되지는 않았지만, 표면에 상감기법을 활용하여 세부 문양을 표현한 기법이나 그 도안을 보면 기원을 백제에서 찾을 수 있을 것이다.[63]

또한 池山洞 39호분의 單鳳環頭大刀도 環內 도상이나 칼집의 제작기법으로 보아 무령왕릉의 大刀와 유사성이 높기 때문에 백제산일 가능성이 높다.[64]

가야의 龍鳳紋環頭大刀는 5세기 후반(3/4분기)으로 비정되는 합천 玉田 M3호분 출토 龍鳳紋環頭大刀 4점이 대표적인 것이다.[65] 그런데, 이들 龍鳳紋環頭大刀는 지금까지 발견된 백제의 大刀와는 다소 다른 독특한 의장을 하고 있지만, 소위 가야계 환두대도의 출현과 관련된 M3호분 1호 대도는 백제계로 추정되고 있으며[66] 龍鳳紋環頭大刀의 분포를 고찰해보면, 이들이 金銀象嵌環頭大刀와 분포를 함께하고 있는 점을 알 수 있기 때문에 龍鳳紋環頭大刀의 경우도 백제에서 기원을 찾는 것이 타당하다고 생각된다.[67]

따라서 가야 지역 출토의 環頭大刀가 5세기 후반 이후 대가야 중심부에서 자체적으로 제작된 것으로 보는 견해는 합천의 玉田고분에서 출토된 環頭大刀의 경우만을 보아도 타당하다고 보기 어려우며 백제와 가야의 環頭大刀를 비교해 보면, 象嵌기법이나 龍鳳紋環頭大刀의 형식이 대체적으로 백제의 영향을 짙게 받고 있어 백제에서 가야로 전파된 것을 알 수 있다. 한반도에 나타나는 環頭大刀의 전체적인 양식과 기법에 있어

---

63) 李漢祥, 앞의 논문, 2006, 67쪽.
64) 崔鍾圭, 앞의 논문.
65) 趙榮濟 外, 『陜川玉田古墳群Ⅱ－M3號墳』, 慶尙大學校博物館, 1990.
66) 町田章, 앞의 논문.
67) 朴淳發, 앞의 논문, 123쪽.

서 백제의 중앙에서 제작하여 가야와 영산강 유역에 배포했다고 보는
것이 타당하다.68)

　가야 지역에서 環頭大刀 등 백제계의 문물이 많이 보이고 있는 것에
대해 백제가 가야와 교류를 많이 가졌던 증거로 볼 수도 있지만,69) 앞서
백제가 가야에 대해 木氏 일가를 매개로 하여 간접 통치했던 문헌의 분석
에 따르면 백제가 가야를 간접적으로 통치하면서 수여한 威勢品으로 보
는 것이 타당하다.

　이렇게 環頭大刀의 형태 및 특성을 통해 그 범위를 추정해보면, 5세기
한반도 남부에서 百濟의 세력권을 확인할 수 있다. 環頭大刀가 6세기
초엽을 기점으로 하여 6세기 중반 이후에 보이지 않는 것은 백제에 의한
가야諸國의 간접적 지배가 종식되고 직접 지배로 통치 체제를 강화했던
정황과 깊은 관련이 있는 것으로 생각된다.

　이는 앞서 가야 지역뿐만 아니라 영산강 유역의 경우에서도 6세기초중
엽을 지나는 시기에 고분 형태의 변화 및 금제관식 등 위세품의 변화가
나타나면서 백제에 의해 직접 지배가 실현되고 있었던 것과 시기적으로
일치하는 결과를 보여주고 있다.

[표2] 백제 및 가야 지역에서 出土된 象嵌環頭大刀 및 龍鳳紋環頭大刀

지역	고분명	장식대도	특징
천안	龍院里1호석곽묘	金銅龍鳳紋環頭大刀	둥근고리표면에 2마리 용, 고리 내부에 봉황의 머리
	龍院里5호석곽묘	銀象嵌環頭大刀	은상감문양, 波狀線, 唐草文

---

68) 김낙중, 「6세기 영산강 유역의 장식대도와 왜」, 『영산강 유역 고대문화
　　성립과 발전』, 학연문화사, 2007.
69) 李漢祥, 앞의 논문, 2006, 74쪽.

공주	龍院里12호석곽묘	銀象嵌龍鳳紋環頭大刀	둥근고리표면에 용, 고리 내부에 봉황, 은상감
	花城里A-1호묘	素環頭大刀	은상감 문양, 당초문과 유사한 문양
	水村里1호목곽묘	銀象嵌素環頭大刀	철제 환두 표면에 상감기법으로 雙龍紋
	武寧王陵	龍鳳紋大刀	용의 몸과 머리 일체형, 손잡이 상부와 칼집 입구에 봉황 무늬 투조
청주	傳 新鳳洞	金銀象嵌素環頭大刀	금은상감, 청주대 박물관 소장
나주	신촌리9호분을관	鐵地金裝單鳳環頭大刀, 鐵地金銀裝單鳳環頭大刀	원환 내에 삼엽문, 魚鱗紋의 은판
남원	월산리, 두락리	金銀象嵌環頭大刀	상원하방형 은장대도
고령	池山洞 39호분	單龍 環頭大刀	무령왕릉의 대도와 유사
	池山洞32NE-1호묘	鐵製 單鳳環頭大刀	환두에 은상감으로 당초문
	池山洞 1지구 3호 석곽묘	單鳳 大刀	
	池山洞 73호분	鳳凰紋環頭大刀	장식대도 8점
합천	옥전 M3호	龍鳳紋環頭大刀2점, 單鳳環頭大刀, 龍紋裝環頭大刀, 環頭大刀	龍頭鳳首가 목을 교차하는 도상, 상원하방형 은장대도
	옥전 M4호	單鳳環頭大刀	
	옥전 M6호	單鳳環頭大刀	
	옥전28호	銀裝大刀, 三葉環頭大刀	柄頭金具의 銀板에는 波狀紋이 打出
	옥전35호	銀象嵌 單鳳環頭大刀	표면에 상감기법
	옥전67-A호	象嵌環頭大刀	상감문양
	옥전70호	銀象嵌環頭大刀	당초문 문양
함안	도항리고분군 馬甲塚	裝飾大刀	上圓下方形 環, 칼등에 金入絲로 鋸齒文
창원	道溪洞 6호 석곽묘	銅象嵌環頭大刀	상감기법
창녕	傳 창녕 교동 11호	有銘龍紋環頭大刀	東京박물관 소장, 무령왕릉의 대도와 유사

(그림3) 龍鳳紋環頭大刀[70]

   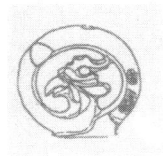

1.천안 龍院里1호　2.龍院里12호 석곽묘　3.공주 武寧王陵　4.고령池山洞1지구3호

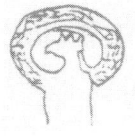 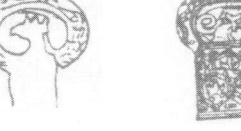 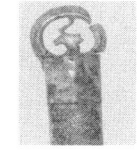 

5.池山洞32NE-1호　6.池山洞 39호　7.池山洞73호　8.창녕 傳 창녕교동11호

  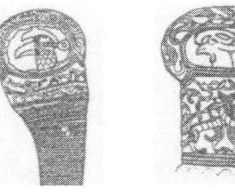  

9.합천 玉田 M3호　10. 玉田 M3호　11.玉田 M4호　12.玉田 M6호

 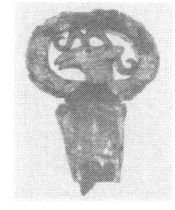

13.玉田 35호　14.나주 신촌리 9호 乙관

70) 조영현, 「고령지산동 제73,74,75호분 발굴조사」, 『한국의 고고학』8, 2008 ; 朴敬道, 「百濟의 裝飾大刀」, 『日本所在 百濟文化財 調査報告書』III, 2002, 국립공주박물관 ; 穴澤咊光, 馬目順一, 앞의 논문, 1993 : 앞의 논문, 1976 ; 町田章, 앞의 논문 ; 국립공주박물관, 앞의 책 ; 金鍾徹, 『高靈池山洞古墳 群』, 啓明大學校 博物館, 1981 참조.

4. 新羅 지역

통상 5세기대의 신라에 대해서는 廣開土王碑文에 나오는 시기 동안 고구려의 영향권 내에 있다가 중기 이후 점차 고구려의 영향력에서 벗어나면서 羅濟同盟으로 백제와 동등한 입장에서 고구려와 대항한 것으로 보고 있다.

羅濟同盟에 대해서는 눌지마립간 17년(433년) 백제가 사신을 보내와 和를 청하자 이에 응하였다는 기사,[71] 눌지마립간 38년(454년) 고구려가 신라의 북변을 침범하고 다음해 고구려가 백제를 침공하였을 때 신라군이 백제를 구원하였다는 기사[72]를 중심으로 이해하면서 소지마립간 15년 (493년)에는 동성왕의 청혼에 따라 양국의 화친은 절정기에 이르렀던 것[73]으로 보고 있다.

羅濟同盟의 성립에 대해서는 그 기간에 대해 대개 433년에서 554년으로 보는 설,[74] 455년에서 554년으로 보는 설[75]로 나뉜다. 이밖에 나제동맹이 6세기 이후부터 변화되었다고 보는 견해[76]와 496년 변화했다는 설[77] 등 다양한 견해가 있다.

----

71) 『三國史記』 卷第3 訥祗麻立干立 17년 秋7월
　　百濟遣使請和 從之
72) 『三國史記』 卷第3 訥祗麻立干立 38년 8월
　　高句麗侵北邊
　　『三國史記』 卷第3 訥祗麻立干立 39년 冬10월
　　高句麗侵百濟 王遣兵救之
73) 『三國史記』 卷第3 照知麻立干 15년 春3월
　　百濟王牟大 遣使請婚 王以伊伐 比智女送之
74) 金秉柱, 「羅濟同盟에 관한 硏究」, 『韓國史硏究』46, 1984, 29~39쪽.
75) 鄭雲龍, 「5~6世紀 新羅 對外關係史 硏究」, 高麗大學校大學院 博士學位論文, 1996, 91~105쪽.
76) 梁起錫, 「5~6世紀 前半 新羅와 百濟의 關係」, 『新羅文化學術發表會論文集』 15, 1994, 85~89쪽.

그러나 이 시기 고구려의 신속 상태에서 벗어나기 위해 신라가 먼저 화친을 요구한 것이 아니라 백제의 필요에 의해 우호관계를 유지하고자 했다는 점 등은[78] 5세기 羅濟同盟의 실상에 대해 여러 가지 측면에서의 의문점을 가져다주고 있다.

실제 5세기 말~6세기 초엽의 상태에서 신라가 백제와 대등한 세력으로 동맹을 할 수 있었을까?

우선 백제의 경우 4세기 중반 이래 가야 지역의 진출, 왜국과의 교섭 등을 통해 한반도 남부에서 고구려와 대등한 세력으로 자리하고 있었던 것을 알 수 있다. 475년 고구려에 의해 백제가 잠시 위례성을 함락 당하였을 때도 고구려와의 관계에 있어서 열세에 놓여 있었던 것이지 신라 등 남부 세력권 내에서는 우위를 점유하고 있었다. 이는 『南齊書』에서 480년 牟都(文周王)가 '鎭東大將軍'을 받았으며, 490년에는 牟大(東城王)가 여전히 '行都督百濟諸軍事鎭東大將軍百濟王'이라는 2品의 책봉을 받고 있는 것을 통해서도 알 수 있다.

반면, 신라의 경우는 고구려에 臣屬하고 있는 상태에서 막 벗어났다고 하는 5세기 말~6세기 초엽에도 아직까지 중앙집권국가로 발돋움을 못한 상태에 있었던 것으로 보인다.

『三國史記』新羅本紀에도 지증마립간 4년인 503년에 와서야 비로소 斯羅에서 新羅로, 마립간에서 왕으로 국명과 존호가 바뀐 것을 알 수 있으며,[79] 정작 법흥왕대에도 백제를 따라 남조의 梁과 교섭하는 내용

---

77) 朴眞淑, 「百濟 東城王代 對外政策의 變化」, 『百濟研究』32, 2000, 98~102쪽.
78) 鄭載潤, 「熊津時代 百濟와 新羅의 關係에 대한 考察-羅濟同盟에 대한 비판적 검토」, 『湖西考古學』4,5, 2001.
79) 『三國史記』 卷第4 智證麻立干立 4년 冬10월
群臣上言 始祖創業已來 國名未定 或稱斯羅 或稱斯盧 或言新羅 臣等以爲 新者德業日新 羅者網羅四方之義 則其爲國號宜矣 又觀自古有國家者 皆稱

(521년)이 등장하고 있다.[80]

아직 영일 냉수리비의 시기에도(503년) 七王等에 至都盧葛文王 뿐만 아니라 阿干支 등 6명의 귀족도 포함되어 있어 왕권이 미약했음을 알 수 있으며, 법흥왕대로 추정되는 울진 봉평비(524년)에서도 신라왕이 아직 寐錦으로 불리고 있어 신라 자체 내의 금석문 자료를 토대로 볼 때도 왕권이 미약했음을 알 수 있다.[81]

또한 대형 규모로 조성된 적석목곽묘의 시대를 마립간의 시대로 보아 아직 제정이 미분리된 사회로 인식하고 550년경 횡혈식석실분이 출현하게 되면서 정치를 왕이 담당하였다고 보기도 한다.[82]

이처럼 5세기 이후의 신라는 백제와 대등하게 和親을 한 것이 아니라, 과거 고구려에 臣屬하고 있던 관계에서 이탈하여 백제 중심의 동맹에 편입되었던 것을 의미하는 것으로 판단된다.

그런 관점에서 동성왕이 신라 伊伐湌 比智의 딸을 맞아들였다는 혼인 동맹의 사실은 493년 당시 백제와 신라의 세력 관계 속에서 파악해야 할 것이다. 즉, 아직까지 신라의 국력이 충분하지 못해 혼자 힘으로는 사절을 혼자 보내지 못하던 시기에 있었던 백제 우위의 화친이었던 것이다. 이는 고구려 유리왕이 계비로서 鶻川人의 딸 禾姬와 漢人의 딸 雉姬를 맞아들인 것이나[83] 동천왕이 동해로부터 미녀를 바치게 하여 후궁으로 맞아들였던 것,[84] 또한 백제의 책계왕이 帶方王女 寶菓를 부인으로

帝稱王 自我始祖立國 至今二十二世 但稱方言 未正尊號 今群臣一意 謹上
號新羅國王 王從之.
80) 『梁書』 卷54 列傳 第48 諸夷 新羅
其國小 不能自通使聘 普通二年 王姓募名秦 始使使隨百濟奉獻方物
81) 金昌鎬, 「고고 자료로 본 신라 고대 국가의 성립 시기」, 『新羅文化』21, 2003, 85~90쪽.
82) 김창호, 「고고 자료로 본 신라사의 시대구분」, 『인하사학』10, 2003.
83) 『三國史記』 卷第13 瑠璃明王 3년 冬10월
王妃松氏薨 王更娶二女以繼室 一曰禾姬 川人之女也 一曰稚姬 漢人之女也

삼은 것과 같은 세력관계였다.[85]

　고고학적으로 新羅의 環頭大刀에는 경주 및 옛 신라 지역에 집중적으로 출토되는 三累環頭大刀를 비롯, 三葉環頭大刀 등 다수의 출토품이 있다. 그런데 흔치는 않지만, 백제와 가야에서 나타났던 龍鳳紋環頭大刀가 출토되는 例가 있어 특별히 주목된다.

　신라 지역에서 발견되는 龍鳳紋環頭大刀로는 경주의 飾履塚에서 合口形의 雙鳳環頭大刀,[86] 天馬塚에서 單鳳環頭大刀,[87] 壺杅塚에서 單龍環頭大刀 등이 있으며[88] 그밖에 安康출토품으로 전하는 交叉形의 雙鳳環頭大刀의 경우가 알려져 있다.[89]

(그림4) 신라의 **龍鳳紋環頭大刀**[90]

 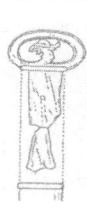  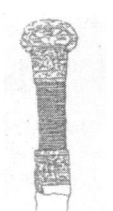

　　호우총　　　　　천마총　　　　　식리총　　　　전 안강출토

84)『三國史記』卷第17 東川王 19년 春3월
　　東海人獻美女 王納之後宮
85)『三國史記』卷第24 責稽王 卽位條
　　高句麗伐帶方 帶方請救於我 先是 王娶帶方王女寶菓爲夫人 故曰 帶方我舅甥之國 不可不副其請 遂出師救之 高句麗怨
86) 梅原末治,「慶州金鈴塚飾履塚發掘報告」,『大正三年度古蹟調査報告』, 朝鮮總督府, 1932.
87) 文化財管理局,『天馬塚』, 1974.
88) 金載元,『壺杅塚과 銀鈴塚』, 國立中央博物館, 1948.
89) 李午熹,「古代製鐵의 象嵌技法 및 材質에 대한 科學的 硏究」,『湖巖美術館研究論文集』1, 1996.
90) 文化財管理局, 앞의 책 ; 李漢祥,「裝飾大刀의 下賜에 반영된 5~6世紀 新羅의 地方支配」,『軍史』35, 1997 ; 具滋奉,「新羅의 環頭大刀」,『新羅文化』15, 1998 참조.

우선 신라에서 발견되는 龍鳳紋環頭大刀는 대체적으로 경주 및 경주 인근에서 출토되고 있는 것이 특징적이다.

龍鳳紋環頭大刀가 출토된 고분들에 대해 간략하게 살펴보면, 먼저 飾履塚은 고분 내에서 金冠이 출토되지 않았지만 冠帽와 금동신발 및 環頭大刀가 출토되어 왕릉급 무덤인 것으로 추정된다. 고분의 조성 시기는 金冠塚과 같은 시기로 보아 5세기 후반으로 생각된다.[91]

天馬塚에서는 天馬圖 등 화려한 유물이 많이 출토되었는데, 금관과 金製銙帶 등 유물 자체의 양식이나 형식을 기반으로 해서 추정하면 500년을 전후한 시기에 조성된 고분인 것으로 추정할 수 있다.[92]

壺杅塚에서도 金銅冠을 비롯한 威勢品이 출토되어 왕릉급 유력자의 무덤이라고 추측되는데, 축조 연대를 지적할 수 있는 유물로 바닥에 '乙卯年國崗上廣開土地好太王壺杅十'이라는 명문이 새겨진 청동 壺杅가 출토되어 무덤의 주인이 살아 생전에 고구려와 밀접한 관련이 있는 왕이었을 것으로 추정된다. 이 壺杅의 기년명이 415년인 것으로 알려져 이를 근거로 하여 고분의 조성 연대를 비정하기도 했지만, 적석봉토분인 壺杅塚을 적석목곽묘의 전개과정에 대입하면 후기 단계에 속하는 고분인데다가 출토된 토기로 볼 때 6세기 1/4분기의 것으로 추정된다.[93]

이상 신라 지역에서 龍鳳紋環頭大刀가 등장하는 시기를 출토된 고분을 통해 짐작하여 보면, 대체적으로 5세기 후반~6세기 전반인 것을 알 수 있다. 이처럼 신라에서 나타나는 龍鳳紋環頭大刀의 경우도 가야에서

....

91) 이한상, 「금공품을 통해 본 5~6세기 신라분묘의 편년」, 『경주문화연구』창간호, 1998, 1~31쪽 ; 藤井和夫, 「慶州古新羅編年試案－出土新羅土器を中心として」, 『新奈川考古』6, 1979 ; 최병현, 『신라고분연구』, 일지사, 1992.
92) 文化財管理局, 앞의 책, 167~168쪽.
93) 김용성, 「호우총의 구조 복원과 피장자의 검토」, 『先史와 古代』24, 2006, 459~462쪽.

龍鳳紋環頭大刀가 나타나는 시기와 대략 일치하고 있다.

뿐만 아니라 龍鳳紋 또한 백제와 가야 지역에서 나타나는 것과 유사하다. 그리고 壺杅塚의 龍鳳紋環頭大刀에서는 앞서 백제에서 전파된 것으로 추정되는 상감의 예도 나타나고 있는 것이 목격된다.[94]

지금까지 고찰한 바, 한반도에서 나타나는 龍鳳紋環頭大刀의 분포를 보면 백제에 의해 주도된 한반도 남부의 정황을 알 수 있다. 이를 더욱 구체적으로 알려주는 문헌이 『梁職貢圖』이다. 『梁職貢圖』에서 旁小國과 더불어 나타나는 百濟의 공간적인 범위가 지금까지 고찰한 한반도의 남부의 정세와 대체적으로 일치하는 것을 알 수 있다.

㉢ 『梁職貢圖』

旁小國有叛波 · 卓 · 多羅 · 前羅 · 斯羅 · 止迷 · 麻連 · 上巳文 · 下枕羅等附之

『梁職貢圖』는 526년부터 534년 사이에 작성된 문건으로 파악되며,[95] 특히 武寧王이 521년 梁에 보낸 사신의 전언일 가능성이 크다. 따라서 이웃한 9개 속국을 백제에 부속하고 있다는 기술을 龍鳳紋環頭大刀의 분포와 연관 지어 살펴보면 6세기 초반의 한반도 남부의 상황을 정확하게 기술하고 있는 것으로 보아도 무방하다고 생각된다.

백제가 신라까지도 부속하고 있다는 표현에 대해 주변국가에 대한 영토 확장 내지 영향력 확대의 야심을 드러내고 우월의식 내지 대국의식을 대외적으로 과시하기 위한 것으로 파악한 견해가 있지만,[96] 지금까지

---

94) 李漢祥, 앞의 논문, 2006, 70쪽.
95) 김영심, 「5~6세기 백제의 지방통치체제」, 『한국사론』22, 1985, 66~67쪽.
96) 李鎔賢, 「『梁職貢圖』百濟國使條の'旁小國'」, 『朝鮮史研究會論文集』37, 1999, 185~189쪽.

살펴 본 바에 따르면 실제 신라가 백제의 영향력 아래에 있었다는 것이
실증되고 있다.

　이후 신라가 급속하게 성장하여 백제와 대등한 세력내지는 백제 보다
우위의 국가로 성립하게 된 단초는 지증왕과 법흥왕대에 지속된 내정
개혁의 성공을 들 수 있을 것이다.[97] 하지만, 무엇보다도 지속적으로 영
토 확장 정책을 펴고 있던 신라가 532년 금관가야를 점유했던 데에 그
원인이 있었던 것으로 판단된다. 신라 당대에 기록된 금석문을 보면, 울
진봉평비 단계(524년)에서는 법흥왕이 寐錦王으로 불리다가 川前里 書
石 단계(535년)에 와서 太王의 명칭이 보이는 등 이 무렵을 전후해서
국내외적 위상이 급격히 격상된 것으로 보인다.[98]

　가야 지역은 일찍이 『三國志』에 기록되어 있는 것과 같이 鐵을 통해
樂浪, 帶方, 倭와 교역을 했던 鐵생산의 중심지였다.[99] 백제와 왜의 교류
의 경우도 鐵의 교역을 기본으로 해서 밀접한 관계를 맺어온 만큼[100]
백제가 가야 지역을 복속했던 것이 백제의 발전에 일정 부분 기여했던
것으로 생각된다. 따라서 신라의 경우도 가야 지역을 점유하면서 이를
통해 질적인 성장을 이루었을 것으로 판단된다.

　또한 신라의 발흥에는 가야 지역이 차지하고 있었던 지리적인 위치와
국제관계의 변화도 한 몫을 했던 것으로 보인다. 신라가 금관가야를 점유

97) 『三國史記』에는 지증왕 3년(502년) 순장제 폐지, 5년(504년) 상복제 시행,
　　6년(505년) 주, 군, 현의 제도와 軍主制의 시행, 13년(512년) 우산국 정벌,
　　15년(514년) 謚號의 시행 등이 나타나있으며, 법흥왕대에는 7년(520년)
　　율령 반포, 8년(521년) 백제의 도움으로 중국 남조 梁과 외교관계를 맺고
　　있다.
98) 양정석, 「신라 麻立干期 왕권강화과정과 지방정책」, 『韓國史學報』창간호,
　　1996, 235~236쪽.
99) 『三國志』 卷30 魏書30 烏丸鮮卑東夷傳 第30 弁辰傳
　　國出鐵 韓濊倭皆從取之. 諸市買皆用鐵 如中國用錢 又以供給二郡
100) 서보경, 「鐵製品을 매개로 한 百濟와 倭의 교섭」, 『史叢』52, 2000.

하면서부터 그동안 백제가 독점하였던 일본 열도와의 교섭로를 확보할 수 있게 되었다. 이후 553년 신라의 한강 유역의 점유와 562년 대가야 멸망으로 신라는 동해와 서해를 통해 중국과 일본 열도를 잇는 교량 역할을 하게 되어 한반도 남부 세력의 중심 세력으로 자리하게 된다.

그동안 新羅史에 있어서 중앙집권국가의 성립시기를 대개 내물왕 때에 시작되어 법흥왕 때에 완성되는 것으로 보아왔다.[101] 하지만, 이는 『三國史記』의 기록만을 전적으로 의존한 것이다. 『三國史記』에 묘사된 신라 중심주의는 신라에 의해 통일이 된 후 신라 측의 입장이 과도하게 반영되었던 탓 때문이라고 생각된다. 반면, 백제의 경우는 백제 멸망 이후 역사적 기록이 제대로 남아있지 않은 탓에 과소평가되었던 것이다. 5세기~6세기초의 백제는 한반도 남부의 중심 세력으로 자리매김하고 있었던 것이다.

5. 5세기 百濟와 倭

5세기초 한반도와 일본 열도의 교섭 현황은 廣開土王碑文, 『三國史記』 및 『日本書紀』 應神紀 등을 통해 일부 조망할 수 있다. 백제가 396년 고구려에게 패배하자 다음해인 397년 腆支를 倭에 보내 倭를 끌어들이는 『三國史記』와 『日本書紀』의 내용이 廣開土王碑文 399년조 '百殘違誓 與倭和通'을 통해 확인된다. 이후 백제는 倭의 군사파견에 상응하여 王仁 등을 보내 일본에 論語 등 선진문물을 전달하게 되며[102] 또한 腆支

---

101) 金哲埈, 「韓國古代國家發達史」, 『韓國文化史大系』 I , 1964.
102) 『古事記』 應神段
　　貢上横刀及大鏡 又科賜百濟國 若有賢人者貢上 故受命以貢上人名 和邇吉師 即論語十巻 千字文一巻 并十一巻付是人即貢進【此和邇吉師者 文

王은 世子의 탄생에 즈음하여 七支刀를 倭王에게 보내게 된다.[103]

　그러나 이후『三國史記』에서는 毗有王 2년 왜의 사신의 방문 기록[104] 이후 한동안 백제와 왜의 교류 현황이 나타나지 않는데다가『日本書紀』의 경우도 2주갑 수정하여 해석했던 應神紀 이후 즉, 仁德紀에서 雄略紀에 이르는 과정은 기년의 문제로 인해 당시의 상황을 제대로 이해하기 힘들다. 따라서 5세기 일본 열도의 상황은 단편적이기는 하지만『宋書』및『南齊書』,『梁書』등의 중국사료를 통해 파악하는 것이 당시의 상황을 이해하는데 도움이 된다고 생각한다.

　이들 사서에는 5세기 당시 倭의 5王에 관한 기사가 나오는데 倭王이 413년의 조공을 시작으로 중국에 朝貢 및 爵號 除授를 요청하는 기사가 보인다. 그런데, 438년 倭國 讚의 동생인 珍이 '使持節 都督倭百濟新羅任那秦韓慕韓六國諸軍事 安東大將軍 倭國王'을 자칭하면서 승인해주기를 요청하고 있으며, 451년에는 宋이 濟에게 '安東將軍 倭國王'과 백제가 빠진 '使持節 都督倭新羅任那加羅秦韓慕韓六國諸軍事'를 加號하고 있다. 또한 462년 興에게 '安東將軍 倭國王'을 내리고, 武가 '使持節

....

　首等祖】
　『日本書紀』卷第10 應神 16년 (405년)
　春二月 王仁來之 則太子菟道稚郎子師之 習諸典籍於王仁 莫不通達 故所謂王仁者 是書首等之始祖也
103) 石上神宮에 보관되어 있는 七支刀의 명문에 대한 확대 근접사진과 X선 사진을 검토하면 年月의 글자 사이에 '十'자가 검출되어 기존 5月로 보았던 명문을 丙午의 간지와 함께 11月로 읽을 수 있게 되었다. 즉, 七支刀의 제작연도는 369년이 아닌 11월 16일이 丙午日인 408년 백제의 腆支王 4년에 만들어진 것을 알 수 있다. 또한 七支刀는 명문에 쓰인 '百濟王世子奇生聖'에 따라 百濟王世子(久爾辛)가 진귀하게 태어난 것을 계기로 倭王에게 하사된 칼인 것으로 보인다. 자세한 내용은 洪性和,「石上神宮七支刀에 대한 一考察」,『韓日關係史研究』34, 2009를 참조.
104)『三國史記』卷第25 第3 毗有王 2년(428년) 春2월
　倭國使至 從者五十人

都督倭百濟新羅任那加羅秦韓慕韓七國諸軍事 安東大將軍 倭國王'을 자칭하며 조공하자 478년 武에게 '使持節 都督倭新羅任那加羅秦韓慕韓 六國諸軍事 安東大將軍 倭國王'을 受爵하고 있다.[105]

이와 같은 倭 5王의 한반도 남부에 대한 제군사권의 자칭이나 제수 요청에 대해서 기존 일본의 통설은 倭王이 중국 南朝의 국제질서체제에 자신을 자리매김함으로써 조선반도의 제문제를 유리하게 해결하려고 한 것으로 보고 한반도에 대한 倭의 영향력을 강조하고 있다.[106]

그러나 실제 倭王이 이들 지역에 대해 실제로 군사권을 행사할 수 있었 던 곳은 하나도 없었다. 廣開土王碑文을 보면, 399년에서 404년까지 倭 가 고구려나 신라와 싸운 경험은 있었어도 최소한 珍이 제군사권을 자칭 하기 시작한 5세기 중반 이후에는 한반도에서 倭가 활동한 흔적이 보이 지 않는다. 따라서 倭王이 受爵한 都督諸軍事에 대해서도 이를 夷民族國 家간에 현실적 규제력을 가지고 있었던 것이 아니라 명목적이고 형식적 이며 실효성이 없는 칭호였던 것으로 보는 것이 타당하다. 당시 北魏조차 고구려가 宋朝에 책봉을 받았음에도 불구하고 아무런 통제를 하지 못했 다는 사실을 통해[107] 將軍號의 授受로 맺어지는 책봉체제가 현실적 규제 력을 발휘하고 있지 못했던 것으로 생각된다.

그렇다면 倭王이 모종의 의도를 갖고 奏請을 한 것으로 생각되는데, 일단 내용만으로 보면 한반도에 왜왕이 군사권을 확대하여 지배권을 주장 하고자 하는 의도가 담겨있는 것으로 판단된다. 물론 이러한 주장을 하게

---

105) 대체적으로 讚을 『日本書紀』에 기록되어 있는 履中으로, 珍을 反正, 濟를 允恭, 興을 安康, 武를 雄略으로 비정하고 있지만, (藤間生大, 앞의 책, 36쪽) 당시의 정치적 상황이 『日本書紀』의 기사 내용과 부합하는지에 대해서는 아직까지 의문이 제기되고 있다.
106) 坂元義種, 앞의 책.
107) 江畑武, 「四~六世紀の朝鮮三國と日本－中國との冊封をめぐって」, 『古代 の日本と朝鮮』, 學生社, 1974.

된 것 자체가 일본의 東아시아에 대한 인식 변화인 것만은 확실하다.

478년 高句麗에 대한 무도함을 나타내면서 宋朝에 보낸 武의 上表文에 나오는 '渡平海北九十五國' 또한 한반도를 정복 지배했던 사실을 표현한 것이 아니라 廣開土王碑文에 나타나듯이 廣開土王 대에 전개된 倭軍의 군사 활동을 과장하여 묘사한 것으로 볼 수 있다.[108] 이러한 행위는 비록 왜왕 讚이 한반도에 군사를 파견하여 고구려와의 전쟁에 패배하기는 했지만, 당시 국제관계 질서에 새로운 눈을 뜨게 된 계기가 되었던 것으로 생각된다. 즉, 왜왕의 입장에서는 대외적으로 한반도의 출병으로 인해 南朝－百濟－倭로 이어지는 국제관계 속에 편입이 된 것을 인식하게 되었고 이를 계기로 중국과의 교섭을 시도하게 된 것으로 보인다.

일단 제군사호에는 秦韓, 慕韓이 들어 있어 秦韓, 慕韓이 5세기 이후에도 존재한 것으로 보고『宋書』의 내용을 사실로 보려는 경향도 있지만,[109] 앞서 한반도의 남부가 5세기대에 백제에 의해 간접 지배되고 있다는 정황을 보면 倭 5왕의 제군사권은 사실에 근거하지 않은 것으로 판단된다. 어쨌든 秦韓, 慕韓을 한반도에 존재했던 국가의 舊명칭으로 판단한다면 百濟, 新羅, 任那, 加羅, 秦韓, 慕韓의 경우 한반도 남부의 전체를 망라하는 지칭인 것을 알 수 있다. 앞서 분석했듯이 5세기대 한반도 남부의 중심 세력은 백제인 것을 알 수 있으므로 실제 百濟, 新羅, 任那, 加羅, 秦韓, 慕韓에 대한 작위는 원래 백제가 요구해야 하는 것이 타당하다. 그럼에도 불구하고 이를 倭가 차용하고 있는 것이다.

---

108) 千寬宇,「廣開土王碑と任那問題」,『韓』2,3, 1973 ; 李永植,「五世紀倭國王의 爵號에 보이는 韓半島南部諸國名의 意味」,『史叢』34, 1988, 44~45쪽 ; 李在碩,「宋書 倭國傳에 보이는 倭王(武) 上表文에 대한 검토」,『新羅文化』24, 2004, 73쪽 ; 서보경,「5세기의 高句麗와 倭國」,『百濟研究』43, 2006, 15쪽.
109) 東潮,「倭と榮山江流域」,『前方後圓墳と古代日朝關係』, 同成社, 2001.

그렇다면, 倭의 遣使는 413년 시점에서 재개되었는데, 정작 한반도의 제군사권에 대해서는 최초 讚이 국교를 재개한 413년이 아니라 왜 동생 珍이 438년에 와서야 자칭했던 것일까.

만약 廣開土王碑文에 나온 對고구려전의 주체가 倭였다면 413년 국교를 재개한 讚이 제군사권을 주장했어야 하는데, 讚이 한반도 남부에 대한 제군사권을 자칭하지 않았다는 것은 5세기초 對고구려전의 주체가 왜가 아니었으며 한반도에서 왜의 활동이 백제를 지원하는 존재였다는 것을 讚 스스로가 익히 알고 있었기 때문일 것이다.[110]

『晉書』의 기록에 의하면 義熙 9년(413년) 倭는 고구려와 함께 방물을 바친 것으로 되어 있다.[111] 이때 왜국이 고구려와 함께 나오고 있는 것에 대해서는 고구려의 유화책으로 왜가 함께 遣使하였다거나[112] 고구려가 전투에서 사로잡은 왜병의 포로를 왜국의 사신으로 꾸몄다는 설[113]이 있다.

하지만, 당시 고구려와 대치하고 있었던 왜가 고구려와 공동입공을 했다는 설이나 왜병의 포로를 고구려가 왜국의 사신으로 둔갑시켰다는 설은 무리라고 할 수 있다. 오히려 당시 왜국의 국제관계로 보면[114] 왜가 동진과의 교섭을 할 때에는 백제의 제공에 의해서 입공했을 가능성이 크다. 당시 왜의 교역의 창구는 백제였을 것으로 보인다.[115]

---

110) 김현구, 「5세기 한반도 남부에서 활약한 倭의 實體」, 『日本歷史研究』29, 2009.
111) 『晉書』卷10 帝紀10 義熙 9년 冬12월
　　是歲 高句麗倭國及西南夷銅頭大師 並獻方物
112) 池田溫, 「義熙九年倭國獻方物」, 『江上波夫教授古稀記念論文集』, 1977.
113) 坂元義種, 『倭の五王』, 教育社, 1981.
114) 『三國史記』에 백제가 409년 왜의 사신이 와서 대접했다는 기사와 417년 사신을 왜국에 보냈다는 기록이 있다.
115) 『太平御覽』에 인용된 『義熙起居注』에 왜가 고구려의 특산물인 貂皮와 人蔘을 바쳤다고 한 것을 근거로 고구려 공동입국설과 왜인포로설이 나

이후 『晉書』에는 왜왕 讚이 421년과 425년 조공을 한 기록이 있고 430년 사신을 보냈으나 이때도 작호의 흔적이나 都督諸軍事의 자칭이 보이지 않는다. 그러다가 讚의 동생인 珍이 438년 遣使貢獻하면서 한반도에 대한 제군사권이 주장되고 있다.

이러한 상황은 『三國史記』에서 毗有王 2년 (428년) 왜의 사신의 방문 기록 이후 한동안 백제와 왜의 교류 현황이 나타나지 않는 것으로 보아 이 시기에 백제와 왜국 간에 모종의 변화가 있었다는 것을 의미하고 있다. 따라서 毗有王의 즉위 전후에 있었던 백제와 왜의 관계를 면밀히 검토해 보아야 할 필요가 있다.

이는 백제와 왜의 왕족 간에 혼인에 의해 久爾辛王의 왕통 계보와의 연관성에서 촉발되었을 것으로 추측된다. 腆支王의 아들인 구이신왕의 모친은 八須夫人인데, 八須夫人은 新羅本紀와 달리 母系의 기록이 드문 『三國史記』 百濟本紀에서 王后의 이름으로 기재되어 있는 것이 눈에 띈다. 또한 腆支王이 왜국에 체류했던 정황이 있었기 때문에 八須夫人을 倭人으로 볼 가능성은 매우 높다고 할 수 있다.[116] 특히 七支刀의 銘文에 나오는 '百濟王世子奇生聖音故爲倭王旨造'의 문구로 인해 七支刀가 久爾辛이 태어난 것을 倭國에 알리기 위해 만들어졌던 것으로 볼 수 있기 때문에 八須夫人이 倭系이며 腆支王이 倭왕실에 있으면서 왜왕의 혈족과 혼인을 했을 가능성은 더욱 높아진다.[117]

온 것이지만, 당시 인삼 등이 백제의 특산품으로 등장하는 것을 보면 이때의 조공품은 백제를 통해 입수되었던 것으로 짐작된다(盧重國, 「5世紀 韓日關係史 -『宋書』倭國傳의 檢討」, 『한일역사공동연구보고서(제1분과편)』, 2005, 173~175쪽).

116) 김기섭, 「5세기 무렵 백제 渡倭人의 활동과 문화전파」, 『왜 5왕 문제와 한일관계』, 한일관계사연구논집 편찬위원회, 2005, 227~229쪽.

117) 洪性和, 앞의 논문, 『韓日關係史硏究』34, 2009, 22~25쪽.

그런데 비유왕에 대해서는 『三國史記』에 구이신왕의 아들이라는 기록이 있지만, 분주에 전지왕의 서자라는 기록이 있다.[118] 구이신왕은 재위기간이 8년밖에 되지 않았으며 즉위할 당시 유년이었다는 기록으로 볼 때 비유왕을 구이신왕의 아들이라기보다는 전지왕의 서자로 보는 것이 타당하다.[119] 또한 七支刀의 명문에 의거하여 볼 때 즉위 시기의 나이는 12세, 서거시의 나이는 20세 정도로 추정되므로 만약 구이신왕의 장자였다면 많아야 5세 전후의 어린아이였을 텐데 『三國史記』에 '外貌가 아름답고 口辯이 있어서 사람들에게 推重을 받았다'는 기록과 상충된다. 따라서 비유왕이 전지왕의 서자일 가능성이 크다.[120]

이처럼 비유왕이 전지왕의 서자라고 한다면 비유왕의 모계는 왜계가 아닌 백제계인 것으로 보인다.[121] 그렇다면 유년에 즉위한 구이신왕이 재위 8년만인 427년 12월에 갑자기 서거를 한 것은 모종에 정변에 의한 것으로 추측된다. 이와 유사한 상황이 동성왕 이후 무령왕 등극의 상황에서도 보이므로[122] 구이신왕은 모종에 정변으로 서거하고 백제계인 비유왕이 推重을 받아 왕위에 올랐을 것으로 짐작된다.[123]

118) 『三國史記』 卷第25 毗有王條
   毗有王 久爾辛王之長子 【或云 腆支王庶子 未知孰是】
119) 이기백, 「백제왕위계승고」, 『역사학보』11, 1959 ; 이도학, 「한성말 웅진시대 백제왕위계승과 왕권의 성격」, 『한국사연구』50,51, 1985 ; 盧重國, 「5세기 韓日關係史의 성격 개관」, 『왜 5왕 문제와 한일관계』, 한일관계사연구논집 편찬위원회, 2005, 28~29쪽.
120) 이는 『宋書』에 久爾辛王이 나타나지 않고, 『三國史記』 비유왕 4년에 先王을 전지왕으로 기록하고 있는 사실에서도 증명된다고 할 수 있다.
121) 解씨출신의 소생으로 보는 견해도 있다(盧重國, 앞의 논문, 『왜 5왕 문제와 한일관계』, 2005).
122) 무령왕도 곤지의 서자로서 동성왕이 시해되면서 왕으로 등극하게 되는 일련의 정변을 주도하였을 가능성이 높다(鄭載潤, 「熊津時代 百濟 政治史의 展開와 그 特性」, 西江大學校 博士學位論文, 1999, 126~130쪽).
123) 大橋信弥, 『日本古代の王權と氏族』, 吉川弘文館, 1996, 126쪽.

그렇다면 毗有王 2년(428년)에 倭가 백제에 사신을 파견하였다는 『三
國史記』의 기록은 비유왕에 대한 축하사절이라기보다는 구이신왕에 대
한 조문사절일 가능성이 농후하다.[124] 이를 통해 왜국에서는 구이신왕의
타살을 알게 되었고 이를 통해 백제와 왜와의 관계에도 모종의 변화가
생겼던 것은 아닐까 추측된다.

이처럼 왜가 한반도에 대한 제군사권을 요구하게 된 계기는 전지왕,
구이신왕, 팔수부인 그리고 왜왕 찬, 진 등이 서로 인척관계로 이루어졌
기 때문에 나타났던 것으로 판단된다. 백제 구이신왕의 혈통이 반은 백제
계통, 반은 왜계의 혈통을 갖고 있었기 때문에 왜의 입장에서는 구이신왕
을 제거하고 집권한 비유왕의 정통성을 인정하지 않았을 가능성이 있고
그 정통성을 왜왕 본인이 가져야 한다고 생각했을 것이다. 따라서 백제가
영유하고 있던 한반도 남부에 대한 지역 또한 자신의 관할이라고 주장했
을 것이다. 『三國史記』에 백제 비유왕 이후 상당 기간 왜와의 교류의
기록이 나타나지 않고 『日本書紀』 내 백제 관련 기사에서도 비유왕이
등장하지 않는 것은 당시 백제와 왜 간에 있었던 이러한 軋轢을 반영하는
것이라고 판단된다. 이러한 정황으로 인해 왜는 자신이 실제로 한반도
남부에 대해 군사권을 행사할 수 없었음에도 불구하고 한반도 남부에
대한 관할권을 주장하게 된 것이다.

물론 그렇게 주장하게 된 동기에는 내부적인 계기도 있으리라고 생각
된다. 대내적으로는 고구려와의 패배 경험에 따른 복수의식을 조장함으
로써 당시 수장연합으로 구성되어 있는 일본 열도 내 체제의 결속을 도모
하기 위해 한반도 남부의 관할권을 주장하고 反고구려 노선의 맹주를
자처한 행위도 있었을 것으로 판단된다. 왜왕의 이러한 행위는 왜국 조직

----

124) 427년 12월 구이신왕이 서거한 후 2개월만인 428년 2월 왜의 사신과
　　　從者 50명이 왔다는 기록은 倭國에서 구이신의 서거를 듣고 파견된 사신
　　　이라는 것을 짐작케 한다.

내부의 결속을 다지기 위한 기대효과를 노리고 행한 방편 중에 하나였을 것이다.125)

이처럼 한반도 남부의 중심 세력으로서 고구려와 대항하던 백제가 왜를 끌어들였던 讚의 시대 이후에 倭가 자신을 고구려에 대항하는 주체로 인식하기 시작한 것은 백제와 왜의 왕족 간에 혼인이 계기가 된 왕통의 문제였던 것을 알 수 있다. 따라서 당시 倭王의 한반도 남부에 대한 제군사권의 자칭이나 제수 요청이 실제 한반도 남부의 점유 및 지배와는 아무 관련이 없었던 것이며 이 지역은 백제에 의해 점유되었던 것을 알 수 있다.

6. 맺음말

지금까지 5세기대의 백제를 중심으로 한 한반도 남부의 정황과 왜의 관계를 고찰해보았다. 문헌적 분석뿐만 아니라 고고학적인 고찰을 통해서도 백제가 영산강 유역 및 가야 지역 등 한반도 남부를 간접 지배했다는 정황을 살펴볼 수 있었다. 특히 5세기 중반 이후부터 자주 나타나기 시작한 龍鳳紋環頭大刀의 분포 상황은 5세기에 백제가 한반도 남부의 중심 세력이었던 것을 알려주고 있다.

신라의 경우 5세기 상당부분을 고구려에 신속하고 있었지만, 433년 백제와 和를 했다는 기사를 통해 백제를 중심으로 했던 구도에도 편입되었던 양속관계에 있었던 것으로 짐작된다. 이 때문에 438년 倭王 珍이 자칭하면서 승인해주기를 요청하고 있는 諸軍事號에 신라가 들어있던 것으로 판단된다.

---

125) 李在碩, 「5세기 倭王의 對南朝外交와 통교단절의 요인」, 『일본역사연구』 13, 2001.

　이렇듯 지금까지의 분석 결과 5세기 한반도 남부의 중심 세력은 백제
이며 당시의 한반도와 일본 열도와의 관계는 백제와 야마토 왜의 관계인
것을 알 수 있다. 하지만 5세기대 한반도 남부에 대한 주도권이 백제에
있다는 전제가 한일사학계에 정립되지 않았기 때문에 그동안 고대 한일
관계의 제문제가 제대로 해결되지 않았던 것이라고 생각한다.

　한반도 남부의 경우 백제에 의해 주도되던 구도가 6세기 중반에 들어
서면서 신라에 대한 구도로 바뀌게 된다. 결국 한반도는 신라가 통일을
하였기 때문에『三國史記』등의 사료에서 백제에 대한 기록이 잘 남아
있지 않게 되었거나 왜곡되어 나타났던 반면에, 일본 열도는 6세기 중엽
까지도 각 지역이 통합되지 않은 상황에 있었음에도 불구하고 과거부터
줄곧 영향력을 행사했던 畿內의 야마토 정권에 의해 열도가 일원화됨으
로써『日本書紀』등의 사료에 야마토 정권이 이른 시기부터 통일정권이
었던 것으로 기술되었던 것이다.

　한반도의 경우는 신라에 의해 통일이 이루어짐으로써 그 이전 백제에
의한 구도가 역사 속에 묻혀 신라의 위주의 기록으로 남게 되었던 반면,
일본 열도의 경우는 畿內를 중심으로 한 야마토 정권이 열도를 통일함으
로써 그 구도가 확대 재생산되어 급기야는 야마토 정권의 한반도 남부
경영으로까지 표출되기에 이른 것이다.

제1장 | 대외관계로 본 고대

3

武寧王代의 對倭關係
－武寧王 治世期의 對外政策을 중심으로

서보경*

1. 머리말

　　동서고금을 막론하고 일국의 '外政'은 국가(지역) 간의 이해관계와 직결된 것이기에 대단히 복잡하고 미묘한 양상을 띠기 마련이다. 따라서 일국의 외정을 남겨진 기록만으로 밝혀내기란 쉬운 일이 아니다. 또한 서로 입장을 달리하는 국가와 국가 간에 이루어지는 외교 행위는 개별 정치체 내부에서 일어나는 內政과 무관하게 움직인다고 보기도 어렵다. 이런 의미에서 본다면 외정은 내정의 연장선상에 있다 하여도 좋을 것이다.1)

　　본고는 이러한 관점에서 武寧王代의 對倭關係를2) 살펴보고자 한다.

──────────

　* 일본고대사 고려대 동아시아문화교류연구소 연구교수
　1) 鬼頭淸明, 『日本古代國家の形成と東アジア』, 校倉書房, 1976, 22~23쪽 ; 金鉉球, 『大和政權の對外關係硏究』, 吉川弘文館, 1985, 6~7쪽 ; 주보돈, 「熊津都邑期 百濟와 新羅의 關係」, 『古代 東亞細亞와 百濟』百濟硏究叢書 12 충남대학교 백제연구소편, 2003, 183~185쪽.
　2) '日本'이라는 국호는 天武·持統朝부터 사용되어 大寶律令에서 정식으로

무령왕 치세기는 백제를 비롯한 한반도 諸國과 일본 列島가 모두 내적 통합을 향해 부단히 움직인 시기였다. 따라서 이러한 시기의 백제의 對倭 관계를 이해하기 위해서는 백제가 처한 대내외적인 상황에 대한 이해가 전제되어야 할 것이다. 이 글에서는 일단 이 점을 우선적으로 고려하고자 한다.

　백제에게 있어 고구려는 백제의 외정은 물론이고 내정까지도 규정한 요인으로 이해되며 4세기 이래 '대립일변도'의 관계를 유지한 것으로 간주된다.3) 이러한 논리는 백제와 고구려의 전반적인 관계나 백제의 대외 정책의 방향을 논함에 있어서는 타당한 설명이라 여겨지지만 무령왕대의 고구려 관계에 한정한다면 자세히 분석하지 못하고 넘어간 부분이 없지 않다. 왜냐하면『三國史記』에 전해지는 무령왕대의 백제와 고구려의 교전 기사는 무령왕 즉위 이후부터 재위 12년까지만 집중적으로 나타나고 있고 양국의 전투가 소강상태에 들어간 시기에 백제와 고구려가 우호적인 관계였음을 전하는 기사가 한·중·일 삼국의 사서에 모두 기재되어 있다. 따라서 백제의 고구려에 대한 적극적인 대립 정책이 과연 무령왕 치세기 전체에 적용될 수 있는 지에 대해 의문을 제기하지 않을 수 없기 때문이다. 그러므로 본고에서는 백제의 對高句麗戰이 소강상태에 들어간 시점을 하나의 축으로, 무령왕의 치세기를 전·후반기로 나누고 각 시기의 대외 정책을 구체적으로 규명하고자 한다.

채용된 것으로 간주되고 있다.『舊唐書』東夷傳에는 '倭國條·日本國條' 가 倂載되어 있고,『新唐書』동이전 이후부터는 '日本國條'로 정착된다(石井正敏,『東アジア世界と古代の日本』, 山川出版社, 2003, 1쪽). 이하 본고에서 검토하고자 하는 시대는 '日本'이라는 국호가 사용되기 이전이므로 '倭'라는 표기를 사용하기로 한다.
 3) 盧重國, 「高句麗·百濟·新羅 사이의 力關係變化에 대한 一考察」,『東方學志』28, 1981, 55~77쪽.

그리고 『삼국사기』에는 무령왕 시기의 對倭 교섭 상황을 전하는 기사가 전무한 데 비해 『일본서기』에는 상당 양의 관계 기사가 존재한다. 따라서 양국 관계에 대한 연구는 이를 기초로 진행되었고 상당한 정도의 연구가 축적되어 있는 상황이다.[4] 단 이 경우에도 구체적이고 다양한 교섭 사례를 전하는 繼體조 말년과 欽明조에 연구의 중심이 두어지고 있다 해도 과언이 아니다. 따라서 본고에서는 무령왕대에 해당되는 武烈 · 繼體天皇 시기의 관계 기사를 적극적으로 재해석하여, 무령왕 치세 전 · 후반기의 대외정책이 對倭 정책에 미친 영향을 검토하고자 한다. 또한 무령왕대는 백제와 왜국 간에 인적 · 물적인 이동 양상이 눈에 띠게 증가하는 시기인 만큼, 이른바 인 · 물의 이동 방식에 관해서도 아울러 살펴보고자 한다.

이러한 작업은 이른바 백제 재건의 초석을 마련한 것으로 이해되는 무령왕이 한반도 내의 주변 諸國과는 어떠한 관계를 맺고자 했으며, 이러한 관계가 對倭 관계의 형성에는 어떤 영향을 주었는가. 또한 백제와 왜국 간에 실제로 오고 간 인적 · 물적인 이동 양상은 어떠했으며 무령왕 조정에서는 어떠한 형식으로 이러한 움직임을 관리하고자 했는가 하는 등의 제 문제에 대한 이해의 정도를 심화시켜 줄 수 있을 것이라 기대하는 바이다.

----

4) 6세기 전반기의 백제와 왜국의 관계는 이른바 '任那日本府' 문제(관련 연구사는 나행주, 「6세기 한일관계의 연구사적 검토」, 『임나문제와 한일관계』 한일관계사연구논집3, 경인문화사, 2005 참조)와 '傭兵關係'론(鬼頭淸明, 『日本古代國家の形成と東アジア』 22~23쪽 ; 金鉉球, 『大和政權の對外關係研究』, 27~28쪽) 그리고 '倭系百濟官僚' 문제(관련 연구사는 李在碩, 「소위 倭系百濟官僚와 야마토 王權」, 『韓國古代史研究』20, 2000 참조) 등이 중심 주제로 논의되었다.

2. 武寧王의 南北方에 대한 政策

1 ▌ 武寧王 前半期의 對高句麗 政策

무령왕 재위기(501～523)의 對外 정책을 파악하기 위한 첫걸음으로
무령왕 즉위를 전후한 시기의 백제 내부 상황부터 살펴보고자 한다.

『삼국사기』에는 동성왕 치세 말기의 상황을 다음과 같이 기술하고
있다. 동왕 21년 여름에는 큰 가뭄으로 백성들이 굶어 相食하며 도적떼
가 일어나게 되자 신료들이 창고를 열어 구제해 줄 것을 요청했지만 왕
이 이를 듣지 않자 국경지대의 漢山人 2천인이 고구려로 도망하는 사건
이 발생했다고 전한다. 더구나 동년 겨울에는 역병이 크게 유행했다 한
다.5) 동왕 22년에는 이와 같은 상황에서 왕이 궁궐 동쪽에 臨流閣을
짓고 諫臣들의 항소에도 불구하고 左右 측근과 환락을 즐겼다는 내용이
전해진다.6)

이러한 정황은 동성왕으로부터 民心이 이반하게 하는 큰 요인으로 작
용한 것으로 보이며 동성왕 조정이 '諫臣'이라 표현된 세력과 '左右'의
측근이라 칭해지는 세력으로 분열된 상황이었음을 아울러 시사해 준다.

따라서 동성왕의 사망과 무령왕의 즉위는 이러한 분열과 갈등 속에서
이루어진 것으로 이해되는데, 『삼국사기』와 『일본서기』는 이러한 당시
의 상황을 각기 다르게 묘사하고 있다. 즉 『三國史記』는 東城王 23년조
에 동성왕의 시해를 苩加가 보낸 자객에 의한 것으로 기재하고 있다.7)

---

5) 二十一年 夏大旱 民饑相食 盜賊多起 臣寮請發倉賑救 王不聽 漢山人亡入
高句麗者二千 冬十月 大疫(『삼국사기』 백제본기 동성왕 21년 夏, 10월조)
6) 二十二年春 起臨流閣於宮東 高五丈 又穿池養奇禽 諫臣抗疏 不報 恐有復
諫者 閉宮門. 五月 旱 王與左右宴臨流閣 終夜極歡(『삼국사기』 백제본기
동성왕 22년조 春, 5월조)
7) 八月築加林城 以衛士佐平苩加鎭之 冬十月 王獵於泗沘東原 十一月 獵於熊

이것은 동성왕의 사망이 백가 개인의 움직임이라 설명하고 있는 것이다. 이에 비해『百濟新撰』을 분주로 한『日本書紀』武烈天皇 4년 是歲조는[8] 동성왕의 無道와 백성들에 대한 포학을 이유로 國人이 함께 왕을 제거한 것으로 기재하고 있다.[9] 따라서 양 사서에 전해지는 내용을 기초로 동성왕을 시해한 이유와 그 주체를 규명하는데 논의가 집중되었다.

이기백은 동성왕이 백가를 견제하기 위해 그를 지방으로 전출시키자, 백가가 이를 불만으로 여겨 왕을 시해한 것으로 보았다.[10] 이에 비해 노중국과 정재윤은『삼국사기』와『일본서기』에 전하는 동성왕과 무령왕의 교체에 관한 내용은 양 사료가 서로 다른 사실을 전하고 있는 것이 아니라 상호 보완적인 기사임을 지적하고 있지만 세부적인 부분에서는 시각 차이를 드러내고 있다. 전자는『일본서기』에 보이는 國人이 단순한

川北原 又田於泗沘西原 阻大雪 宿於馬浦村 初王以苩加鎭加林城 加不欲往 辭以疾 王不許 是以怨王 至是 使人刺王 至十二月乃薨 諡曰東城王(『삼국사기』 백제본기 東城王 23년 8월, 11월조)

8) 四年是歲, 百濟末多王無道, 暴虐百姓. 國人遂除, 而立嶋王. 是爲武寧王.<百濟新撰云, 末多王無道, 暴虐百姓. 國人共除. 武寧王立, 諱斯麻王. 是琨支王子之子. 則末多王異母兄也. 琨支向倭. 時至筑紫嶋, 生斯麻王. 自嶋還送, 不至於京, 産於嶋. 故因名焉. 今各羅海中有主嶋. 王所産嶋. 故百濟人號爲主嶋. 今案, 嶋王是蓋鹵王之子也. 末多王, 是琨支王之子也. 此曰異母兄, 未詳也.>(『일본서기』 武烈天皇 4년 是歲條)

9)『일본서기』 무열천황 4년 시세조는 502년에 末多王(동성왕)을 폐하고 嶋王(무령왕)을 세웠다고 하고, 『삼국사기』는 동성왕 23(501)년 12월에 왕이 사망했다 전한다. 또한 다음 왕대인 무령왕 즉위조에도 '牟大在位二十三年薨 卽位'라 하여 卽位當年稱元에 의해 기재하고 있다. 따라서 무령왕 즉위년에 대해서는 越年稱元에 의거한 『일본서기』와 1년의 차이가 있다. 그러나 武烈天皇 4년 시세조를 동성왕을 폐한 연도가 아니라 무령왕 즉위 연도에 관한 내용에 포인트를 둔 것이라 해석하면 양 사서는 일치된 내용을 전한 것으로 이해된다(三品彰英, 『日本書紀朝鮮關係記事考證』下, 天山舍, 2002, 64쪽).

10) 이기백, 「熊津時代 百濟의 貴族勢力」, 『百濟研究』9, 1982, 9~10쪽.

백성을 의미하는 것이 아니라 위사좌평 백가를 중심으로 한 일정한 세력 집단을 칭하는 것이라 설명했고[11] 후자는 동성왕 23년의 정변은 백가를 위시한 신진세력에 한정된 것이 아니라 동성왕 말년 측근 위주의 독선적인 정치에 반대하는 귀족과 왕족들도 함께 참여한 것으로 보았다.[12]

　이러한 연구 성과에 기초해 보면 苩加 개인뿐만 아니라 정치에 영향력이 있는 國人들이 동성왕을 함께 제거하고 무령왕을 즉위시켰다는『일본서기』의 서술이 오히려 당시 상황을 구체적으로 전한 것이 아닌가 생각된다.

　다음으로는 동성왕 정권을 붕괴시키고 들어선 무령왕의 對內外 정책을 살펴보자. 우선 국내 정책부터 간략히 살펴보면『삼국사기』에는 동왕 6년 봄에 기근이 들자 창고를 열어 救恤하고[13] 동왕 10년에는 제방을 완전하게 하며 내외의 遊食者를 귀농하도록 조치했다한다.[14] 이러한 정책은 피폐해진 농가경제를 회복하고 국가재정을 충실히 하기 위해 토지에서 이탈된 농민들을 다시 토지에 긴박시킨 조치라 이해된다.[15]

　그렇다면 무령왕 치세기의 對外 정책은 어떻게 진행되었나. 우선 고구려와의 관계부터 살펴보자.『삼국사기』에 기재된 무령왕 치세기 고구려와의 대립양상을 전한 기사는 다음과 같다.

....

11) 노중국,「百濟武寧王代의 執權力 强化와 經濟基盤의 擴大」,『百濟文化』21, 1991, 11~12쪽.
12) 정재윤,「熊津時代 百濟 政治史의 展開와 그 特性」, 서강대학교 대학원 박사학위논문, 1999, 121~122쪽.
13) 六年春 大疫 三月至五月 不雨 川澤竭 民饑 發倉賑救(『삼국사기』백제본기 무령왕 6년 春條)
14) 十年春正月 下令完固隄防 驅內外游食者 歸農(『삼국사기』백제본기 무령왕 10년 춘정월조)
15) 盧重國,「百濟 支配勢力의 變遷」,『百濟政治史研究』, 一潮閣, 1988, 164쪽 ; 박현숙,「百濟 地方 統治體制 研究」, 고려대학교 대학원 박사학위논문, 1996, 161~162쪽.

- ・(元年)冬十一月 遣達率優永 帥兵五千 襲高句麗水谷城.
- ・(二年)冬十一月 遣兵侵高句麗邊境.16)
- ・三年秋九月 靺鞨燒馬首柵 進攻高木城 王遣兵五千 擊退之.
- ・(六年)秋七月 靺鞨來侵 破高木城 殺虜六百餘人.
- ・七年夏五月 立二柵於高木城南 又築長嶺城 以備靺鞨 冬十月 高句麗將高老與靺鞨謀 欲攻漢城 進屯於橫岳下 王出戰退之.17)
- ・(十二年)秋九月 高句麗襲取加弗城 移兵破圓山城 殺掠甚衆 王 帥勇騎三千 戰於葦川之北 麗人見王 軍少易之 不設陣 王出奇 急擊 大破之.

무령왕은 즉위하자마자 達率 優永을 파견하여 5천의 병력으로 고구려의 水谷城을18) 공격했다. 이어 동왕 2(502)년에도 고구려의 변경을 침략

16) 『삼국사기』고구려본기 文咨明王 11(502)년 11월조(百濟犯境)와 同王 12(503)년 11월조(百濟遣達率優永 率兵五千來侵水谷城)에 대응 기사가 보인다.
17) 『삼국사기』고구려본기 문자명왕 16(507)년 10월조(王遣將高老與靺鞨謀 欲攻百濟漢城 進屯於橫岳下 百濟出師逆戰 乃退)와 동왕 21(512)년 9월조 (侵百濟陷加弗圓山二城)에 대응 기사가 보인다.
18) 水谷城・橫岳・馬首城(柵)・高木城・長嶺城 등은 백제가 한성에 도읍하고 있던 시기에도 보이는 지명이다. 따라서 관련 지명의 비정은 백제가 웅진도읍기에 한강유역을 지배하고 있었는지의 여부와 관련되어 논의될 수밖에 없는 사안이다. 기존의 연구에서는 '부정론'과 '지명이동'설이 중심이 되었지만, 근래에는 영유의 시기나 지역에 대해서는 논자마다 차이를 보이고 있지만, 동성왕대 이후 한성 관련 기사를 적극적으로 해석하는 '영유'설(朴燦圭, 「百濟의 熊津初期 北境問題」, 『史學志』24, 1991, 61쪽 ; 金榮官, 「百濟의 熊津遷都 背景과 漢城經營」, 『忠北史學』11・12합집, 2000, 81쪽 ; 梁起錫, 「5-6세기 百濟의 北界-475-551년 百濟의 漢江流域 領有問題를 중심으로-」, 『博物館紀要』檀國大學校石宙善紀念博物館, 2005, 42쪽)과 고고자료를 기반으로 최근 백제 웅진도읍기 한강유역 상황을 검토하여 '영유'설은 받아들이기 어렵다는 견해(崔鍾澤, 「고고자료를 통해 본 백제 웅진도읍기 한강유역 영유설 재고」, 『百濟研究』47, 2008, 150~155

하였다. 이에 대해 고구려는 말갈을 이용하여[19] 동왕 3(503)년과 6(506)
년에 걸쳐 백제를 공격하고 있다. 동왕 7(507)년에는 고구려와 말갈의
침입에 대비해 高木城 남쪽에 2개의 柵을 세우고 長嶺城을 축조했다.
또한 동년 10월에는 고구려의 장수 高老가 말갈과 모의하여 漢城을 공격
하고자 했지만 왕이 직접 군사를 이끌고 나가 물리쳤다는 내용이 보인다.
그리고 동왕 12(512)년에는 고구려가 加弗城을 습격하여 취한 뒤 병사를
옮겨 圓山城을 격파하고 살육을 자행하자 왕이 기병 3천을 거느리고 기
습하여 대파했다는 내용이 보인다.

　　위 사료에 따르면 무령왕 원년부터 동왕 12년까지는 고구려와의 대립
일변도 정책이 시행된 것으로 이해된다. 이와 같이 무령왕 등극 이후 동
왕 12년에 이르는 기간에 나타난 고구려에 대한 선제공격과 성공적인
방어는 백제로 하여금 이전의 열세를 만회하고 '屢破高句麗'라고[20] 국제
적으로 공언하게 만든 배경이라 평가된다.[21]

　　요컨대 동성왕이 치세 말기를 제외하면 신라와의 동맹 관계에 기초해
對고구려전을 수행했고 한성회복을 추진하기 보다는[22] 남부지역에 대한

쪽)가 아울러 제기되어 있다. 이 문제는 본고의 논점을 벗어나는 문제인
　　까닭에 연구 경향을 제시하는 데 그치고자 한다.
19) 權五重, 「靺鞨의 宗族系統에 관한 試論」, 『震檀學報』49, 1980, 22쪽 ; 李康來,
　　「『三國史記』에 보이는 靺鞨의 軍事問題硏究』, 1985, 60~66쪽.
20) 2.2 사료 참조(『삼국사기』 백제본기 무령왕 21년조·『梁書』 列傳48 동이
　　백제조)
21) 盧重國, 『百濟政治史硏究』, 163~164쪽 ; 양기석, 「熊津時代의 百濟支配層
　　硏究」, 『史學志』14, 1990, 23쪽.
22) 정재윤은 동성왕 후반기에 추진된 적극적인 사비 정책이 한성에 기반을
　　가진 南來 귀족들의 반발을 가져왔을 뿐만 아니라, 웅진부근에 기반을
　　가진 백가 등도 불만을 가지게 했다고 보았다. 또한 이 논리를 동성왕
　　21년조의 소위 '한산인 救恤 문제'에 적용하여 구휼하자는 측과 사비정책
　　을 추진한 측근이 반대 입장에 선 세력이라 추론했다. 따라서 '구휼'을
　　둘러싼 대립은 구휼 자체의 문제가 아니라 정국의 주도권 장악이라는 문

지배권을 다져가는 정책을 수행한 것에[23] 비해, 무령왕은 고구려의 백제 공격에 신라의 원조가 없는 상황에서도 적극적으로 고구려에 대한 공격 을 감행하고 직접 병력을 거느리고 전투에 참가하는 등 대외 정책 면에서 상당한 차이를 보인 것으로 이해된다. 이러한 정책의 변화는 동성왕대와 는 일정한 차별성을 두면서 정권의 지지와 정통성을 확보하는 수단이 된 것으로 이해된다.

그러나 무령왕 12년의 加弗·圓山 전투[24] 이후 동왕이 사망할 때까지 고구려와의 전투 기사가 보이지 않는다.[25] 이러한 전투의 중지는 양국이 처한 상황과 무관하지 않았을 것이다.

우선 고구려의 대내외적인 상황은 어떠하였나. 먼저 對中 관계는 이전 시기와 유사한 상황을 유지하고 있었던 것으로 보인다.[26] 다음으로 내부 관계를 간략히 살펴보면 무령왕의 재위 연간은 고구려 文咨明王 재위 (491~519) 후반기와 安藏王 재위(519~531)[27] 초반기에 해당된다. 512

제와 연관된 사안이라 평가했다(정재윤, 「東城王의 卽位와 政局 運營」, 『韓國古代史硏究』20, 2000, 526쪽). 정국의 구도를 이와 같이 이해한다면, 무령왕이 동성왕을 제거하고 들어선 직후 곧바로 '북진' 정책을 추진한 것이 자신의 즉위에 동참한 세력과 무관하지 않았음을 시사한다.

23) 사비지역에 관심을 둔 점이나(『삼국사기』 백제본기 동성왕 12년 9월조) 탐라에 대한 압력을 강화한 점(동서 동성왕 20년 8월조), 그리고 가야 지 역과의 관계를 정비한 사례(『일본서기』 顯宗天皇 3(487)년 시세조) 등은 동성왕이 對남방 정책에 역점을 두었음을 알 수 있다.

24) 『삼국사기』 백제본기에는 무령왕 12(512)년의 사건으로 수록되어 있지만, 同書 고구려본기에는 文咨明王 21(513)년이라 되어 있어 1년 차이를 보인다.

25) 고구려와 백제의 전투는 『삼국사기』 백제본기 성왕 원년(523) 8월조(高句 麗兵至浿水 王命左將志忠 帥步騎一萬 出戰退之)부터 재개된다.

26) 동아시아의 국제정국의 세력균형적 상태와 동북아방면에서의 고구려의 패권은 6세기 초반에도 큰 변동 없이 유지되었다(노태돈, 「영영국가체제 의 형성과 대외관계」, 『고구려사연구』, 사계절, 1999, 346쪽).

27) 『일본서기』 繼體天皇 25(531)년 12월조 분주에는 安藏王이 시해된 것으로 기록되어 있지만(是月, 高麗弑其王安. 又聞, 日本天皇及太子皇子, 俱崩薨.

년 이후는 문자명왕 말년에서 안장왕 초반기에 해당되는데 안장왕대의 고구려는 문자명왕 시기부터 싹트기 시작한 내부 세력 간의 갈등이 서서히 표면에 드러나기 시작한 것으로 이해된다.[28]

고구려의 내부 상황을 고려하면 무령왕 치세 후반기가 되면 고구려에 대한 공격에 더욱 적극성을 띠는 것이 타당할 것이다. 그럼에도 무령왕 치세 후반기가 되면 고구려 공격 기사는 보이지 않고 오히려 가야 지역과의 대립 국면이 나타난다. 이 문제는 절을 달리해서 구체적으로 살펴보고자 한다.

이러한 상황에 의거하면 백제와 고구려의 전투가 소강상태에 진입한 512년을 기점으로 백제의 대외 정책에 변화가 생긴 것으로 이해해도 큰 무리는 없을 것이다. 따라서 무령왕 시대를 치세 12년을 중심으로 전·후반기로 나누면 전반기는 고구려 경략 즉 북방 정책에 중점을 둔 시기라 평가할 수 있을 것이다.

2 ┃ 武寧王 後半期의 對加耶 정책

한·중·일 사서에는 백제와 고구려의 전투가 소강상태에 들어간 시기에 백제와 고구려가 우호 관계를 유지하고 있음을 전하는 사료가 기재되어 있다. 관련 사료는 다음과 같다.

由此而言, 辛亥之歲, 當卄五年矣. 後勘校者, 知之也.),『삼국사기』에는 '王薨'이라는 단순한 사실만을 기록하고 있어 자세한 내용은 알 수 없다. 그런데『삼국사기』고구려본기 安藏王 즉위년조 분주(梁書云 安臧王在位第八年普通七年卒 誤也.)에는『梁書』를 인용해 '安藏王이 재위한 지 8년째 되는 普通 7(526)년에 사망했다'는 기록은 잘못이라 기재하고 있어『삼국사기』편찬 단계에는 梁 中大通 3(531)년을 사망연대로 인정한 것이 아닌가 한다.
28) 김현숙,「熊津時期 百濟와 高句麗의 관계」,『古代 東亞細亞와 百濟』百濟研究叢書12, 충남대학교 백제연구소편, 2003, 172쪽.

· (二十一年)十一月 遣使入梁朝貢 先是 爲高句麗所破 衰弱累年
至是 上表稱累破高句麗 始與通好 而更爲强國 十二月 高祖詔
冊王曰 行都督百濟諸軍事鎭東大將軍百濟王餘隆 守藩海外 遠
修貢職 迺誠款到 朕有嘉焉 宜率舊章 授玆榮命 可使特節都督
百濟諸軍事寧 東大將軍(『삼국사기』 백제본기 무령왕 21년 11
월·12월조)
· 普通二年 王餘隆始復遣使奉表 稱累破句驪 今始與通好 而百濟
更爲强國 其年高祖詔曰 行都督百濟諸軍事 鎭東大將軍 百濟王
餘隆 守藩海外 遠脩貢職 迺誠款到 朕有嘉焉 宜率舊章 授玆榮
命 可使持節都督百濟諸軍事寧東大將軍百濟王(『梁書』列傳48
東夷 百濟條)
· (十年秋九月)戊寅 百濟遣灼莫古將軍·日本斯那奴阿比多 副高
麗使安定等 來朝結好(『日本書紀』 繼體天皇 10년 9월조)

　　『三國史記』와[29)] 『梁書』에는 무령왕 21년(梁 普通 2년 521)에 梁에
사신을 파견하고 上表한 기록이 있는데 이 표문 내용 가운데는 백제와
고구려가 521년경에 '通好'했다는 내용이 보인다. 더구나 『일본서기』 繼
體天皇 10(516)년조에도 백제 사신의 인도로 고구려 사신이 도해하여
왜국과 '結好'했다는 기사가 기재되어 있다.[30)]
　　이 사료들은 6세기 초반의 한·중·일 삼국의 관계를 이해할 수 있는
단서가 되는 내용을 전하고 있어, 일찍부터 연구 대상이 되었다. 기존의
연구에서는 무령왕 치세 전반기에 행해진 고구려와의 적극적인 대립 정

29) 『三國史記』 백제본기의 무령왕 21년조는 일반적으로 『梁書』를 轉寫한 것
　　으로 이해된다.
30) 拙稿, 「百濟を媒介とする高句麗と倭との交渉」(『東京大學史料編纂所研究
　　紀要』18, 2008)이 小節의 구성 자체가 상당 부분 이 논문에 의거한 것임을
　　밝혀둔다.

책에 기초하여 '累破(高)句驪'라는 문구는 당시 사실에 기초한 내용이라 보았다. 또한 무령왕대가 되어 백제가 내부적으로 안정 국면을 맞이하며 재기에 성공한 것이 '百濟更爲强國'이라 표현된 것이므로 이 부분도 사실을 전한 것이라 이해한다. 더구나 무령왕은 이때의 교섭에서 梁 高祖에게 '使特節都督百濟諸軍事寧東大將軍'이라는 작호를 수여받는데 梁으로부터 이러한 작호를 수여받은 것 자체가 무령왕 즉위 후의 백제의 신장된 국력을 반영한 것이라 설명되었다.[31]

요컨대 표문에 기재된 '稱累破高句驪 更爲强國'이라는 표현은 무령왕이 對中 관계에서 사용한 수사적인 문구가 아니라[32] 실제로 백제가 고구려의 침입을 받고 웅진으로 천도한 이후의 내적인 정국 불안이나 외적인 국제적 고립 상태에서 벗어났음을 의미하는 문구라 평가받고 있음을 알 수 있다.[33]

그런데 '始與通好'라는 문구는 앞 뒤 문구와는 다르게 평가되고 있다. 즉 무령왕이 치세 동안 지속적으로 고구려와 대립 정책을 취했다고 이해하는 것이 연구의 주된 경향이다. 그러므로, 무령왕 21년을 전후한 시기에 양국이 '通好' 상태였을 리가 없다고 이해하고 이 부분은 사실을 전한 것이 아니라 평가한다. 또한 繼體天皇 10년에 백제를 매개로 고구려와 왜국이 好를 맺었다는 내용도 고구려와 백제의 우호적인 관계가 전제되어야 가능한 움직임이기에, 고구려와 왜국의 교섭은 차치하더라도 그 전제 자체가 성립되기 어려운 기사라 이해되었다.[34]

---

31) 이기백, 「百濟史上의 武寧王」, 『武寧王陵』文化財管理局編, 1973, 67쪽 ; 노중국, 『百濟政治史研究』, 163~164쪽.

32) 유원재, 「武寧王代의 對外關係」, 『百濟武寧王陵』, 충청남도 공주대학교 백제문화연구소, 1993, 53~56쪽.

33) 강봉룡, 「고대 한·중·일 관계에 있어서 백제의 역할」, 『百濟文化』31, 2002, 27~28쪽.

34) 李弘稙, 「日本書紀所載 高句麗關係記事考」, 『東方學志』1, 1954(『韓國古代

그러나 매년 전투 중이던 양국이 512년부터 무령왕의 사망에 이르기까지 전투가 중단된 점과 한·중·일 삼국에 전하는 사서가 모두 바로 이 시기에 고구려와 백제가 '通好'했다는 내용을 기재한 점을 단지 우연의 일치라고 보기는 어렵다. 따라서 이러한 여러 가지 사안들은 바로 이 기간에 고구려와 백제 사이에 모종의 밀약이 성립된 것이 아닌가 추론하게 한다.

그렇다면 지속적으로 전투를 전개한 고구려와 백제가 전투를 정지하고 단기간이나마 우호적인 관계를 유지할 수 있었던 이유는 어디에 있는 것인가.

『삼국사기』에는 양국의 전투가 소강상태에 접어든 기간에 한반도 내부에서 전투나 이에 준하는 상황이 발생했음을 알리는 사료가 확인되지 않는다. 그런데 『일본서기』에는 繼體天皇 7(513)년 6월~同 10(516)년 9월조에 걸쳐 倭가 백제에게 가야 지역인 己汶 등지를 하사했다는 내용이 전해진다.[35] 이 일련의 하사 기사는 과거에는 왜의 한반도 남부 지배론에 입각하여 검토되었다.[36] 그러나 왜의 한반도에 대한 지배논리가 부정되고 있는 근래에는 본 기사군이 기문 등지를 둘러싸고 백제와 伴跛가 대립한 내용을 전한 것이라 이해한다.[37]

....

史研究』, 新丘文化社, 1971, 172~189쪽) ; 山尾幸久, 「大化前後の東アジアの政勢と日本の政局」, 『日本歴史』229, 1967, 29쪽 ; 李成市, 「高句麗と日隋外交」, 『思想』795, 1990, 32쪽 ; 金恩淑, 「6세기 후반 신라와 왜국의 국교 성립과정」, 『新羅의 對外關係史研究』15, 1994, 204~215쪽.

35) 『日本書紀』 繼體天皇 7년 6월조~同 10년 9월조 참조.

36) 末松保和, 『任那興亡史』, 吉川弘文館, 1949, 124~129쪽.

37) 왜의 토지 하사가 아니라, 백제의 가야 지역으로의 영역 확장 기사라는 데는 의견의 합치를 보고 있지만, 6세기에 전개된 백제의 가야 지역 진출 문제는 6세기만의 문제로만 설명될 수 없는 부분이 상당히 존재한다. 따라서 백제와 가야의 공식적인 관계가 수립된 것으로 보이는 近肖古王대 이후 양국 혹은 양 지역이 어떠한 관계를 유지했는가 하는 문제에 대해서

이러한 시각에 대해서는 필자도 동의하는 바이지만 백제의 가야 진출 문제는 백제와 가야와의 관계만으로 완결되는 문제가 아님을 지적하지 않을 수 없다. 가야 지역은 백제는 물론이고 신라와도 영역을 접한 존재였기에 백제와 신라가 고대국가로 발전함에 있어 가야 문제는 양국 관계를 규제하는 요인으로 작용했다.[38] 요컨대 가야 지역에 대한 영역화 문제는 백제와 신라의 이해관계가 상반되는 사안이기에 이 문제로 인해 양국은 갈등 국면을 형성했지만[39] 고구려라는 공동의 적이 존재하는 만큼 적극적인 충돌을 삼가고 있던 것이라 여겨진다.

이와 같이 복잡한 문제를 안고 있는 가야 지역에 무령왕이 깊은 관심을 보인 것이 『일본서기』繼體天皇 치세기의 한반도 관계 기사에서 확인된

는 의견의 일치를 보지 못하는 것이 현재의 실정이다. 대표적인 논리로는 공납적인 지배 관계였다고 보는 견해(이도학, 「百濟 集權國家形成過程 硏究」 한양대학교 대학원 박사학위논문, 1991, 99쪽), 군사정벌이 이루어졌다 해도 近肖古王과 阿莘王 연간 즉 346~405년 사이에 일시적이었던 것으로 이해하는 견해(白承忠, 「6세기 전반 백제의 가야진출 과정」, 『百濟硏究』31, 2000, 58쪽); 백제와 가야 간의 교빙 사실만을 인정하고 왜를 매개로 한 백제와 가야의 교역 관계로 이해하는 견해(김태식, 「文獻上에 나타난 加耶와 倭」, 『東北아시아에 있어서 伽倻와 倭』 한일국제학술토론회, 1993, 22쪽) 그리고 근초고왕의 가야 지역에 대한 平定 이래 백제와 가야는 지속적으로 부용관계를 맺고 있었다고 이해하는 견해(김현구, 「百濟의 任那經營體制 성립」, 『任那日本府硏究』, 일조각, 1993, 147~163쪽) 등이 제기 되어 있다.

38) 『삼국사기』 신라본기 소지마립간 18(496)년 2월조에는 가야가 신라에게 祥瑞物이라 간주되는 白雉를 보낸 것으로 되어 있다. 이러한 가야의 움직임 즉 祥瑞物 전달은 5세기 후반 이래 성장 일로에 있던 가야가 백제와 신라라는 강국의 틈바구니에서 국제 관계를 적절히 활용한 고도의 정치술이라 이해된다(졸고, 「5세기 말 6세 초 한반도 諸國과 倭國의 관계」, 『先史와 古代』18 2003, 218~219쪽).

39) 『삼국사기』 백제본기 동성왕 20(498)년 7월조(築沙井城 以扞率毗陁鎭之)와 동왕 23(501)년 7월조(設柵於炭峴以備新羅)에는 백제가 신라에 대비하여 성을 쌓고 책을 설치한 사례가 기술되어 있다.

다. 따라서 繼體天皇 7(513)년 즉 무령왕 13년부터 진행된 백제의 남방으로의 진출은 동 기간 백제와 고구려 간의 우호관계 유지가 백제의 가야 지역 진출 문제와 불가분의 관계에 있는 사안임을 시사한다. 물론 백제의 남방 진출도 긴 안목에서 본다면 고구려와의 결전에 있어 후방 안정이라는 측면으로 연결해서 이해할 수 있는 사안이긴 하지만, 512년경에 나타난 백제의 북방 정책 변화는 남부 지역 진출에 집중하기 위해 취해진 조치였다고 이해하는 것이 타당할 것이다.

그렇다면 고구려는 어떠한 점에서 백제와의 이해관계의 합치를 본 것인가. 결론부터 말하자면 고구려와 신라 간의 문제가 하나의 변인으로 작용한 것으로 이해된다. 신라는 6세기에 접어들면서 고구려와의 영역 쟁탈전을 통해 505년에는 悉直州를 설치했다.[40] 실직(三陟)은 본래 신라의 북변 주요 군사 거점으로 큰 역할을 담당해 왔기 때문에 실직에 주를 설치하는 행위는 이 지역의 군사력을 제고함으로써 고구려에 대응하려는 조치라 간주된다.[41] 더구나 512년이 되면 신라는 于山國(鬱陵島)을 복속시키고 何瑟羅(江陵)까지 진격하는 등[42] 동해안을 따라 북진정책을 취하고 있었다.

요컨대 6세기 들어 신라는 고구려의 군사력을 동해안에서 몰아내고 영역을 실질적으로 확대하고 있었다. 이러한 상황을 고려하면 고구려는 백제와의 通好를 통해 신라에 위협을 가하며 신라의 팽창을 저지하려한 것이 아닌가 생각된다. 따라서 백제와 고구려는 신라에 대한 이해관계의

---

40) 六年春二月 王親定國內州郡縣 置悉直州 以異斯夫爲軍主 軍主之名始於此 (『삼국사기』 신라본기 智證麻立干 6년 2월조)
41) 鄭雲龍, 「5~6世紀 新羅 對外關係史研究」, 83쪽.
42) 十三年夏六月 于山國歸服 歲以土宜爲貢 于山國在溟州正東海島 或名鬱陵 島 地方一百里 恃嶮不服 伊湌異斯夫爲何瑟羅州軍主(『삼국사기』 신라본기 지증마립간 13년 6월조)

합치로 512년 이후부터 무령왕이 사망하는 523년까지는[43) 양국이 전투
를 중지하고 우호관계를 유지한 것으로 이해된다.

그러나 백제와 고구려가 신라 문제에 대해 이해관계의 일치를 보고
전투를 중지하며 우호적인 관계를 유지할 때에도 백제는 물론이고 고구
려도 신라와의 관계를 완전히 단절한 것은 아니었다. 그 대표적인 사례로
들 수 있는 것이 중앙집권화를 추구하던 신라 조정의 일련의 정책이나
북방불교의 도입에 고구려의 영향이 보인다는 점과[44) 백제의 도움으로
무령왕 21년 즉 法興王 8년인 해에 신라가 梁에 사신을 파견하며 對中
교섭을 시도한 점 등이다.[45)

이러한 일련의 사례는 백제와 고구려가 신라 문제에서 이해관계의 일
치를 보고, 단기간이나마 전투를 중지하며 우호적인 관계를 유지한 시기
에도 양국 모두 신라와의 공조의 끈을 놓지 않고 있음을 나타낸다. 이러
한 상황이야말로 각국의 이해관계에 따라 침략과 우호, 동맹의 형성과
이완 그리고 해체에 이르는 현상이 빈번히 반복되던 한반도 내부의 상황
을 단적으로 시사하는 것이 아닌가 한다.

요컨대 동성왕 정권을 붕괴시키고 왕위에 오른 무령왕은 대내외적으

---

43) 무령왕의 사망은 『삼국사기』 백제본기 무령왕 원년조('武寧王諱斯摩 或云
隆 牟大王之二子也)와 同王 23(523)년조에 보이는 '夏五月 王薨 諡曰武寧'
이라는 기사 내용과 무령왕 지석 내용(寧東大將軍百濟斯麻王年六十二歲
癸卯年五月丙戌朔七日壬申崩到乙巳年八月 癸酉朔十二日甲申安厝)에 의
거해 523(癸卯)년 5월 7일이라 이해된다.

44) 梁起錫, 「新羅 5小京의 設置와 西原京」, 『湖西文化研究』11, 1993, 13쪽
; 노태돈, 「『삼국사기』 신라본기의 고구려관계 기사 검토」, 『慶州史學』16,
1997, 82쪽.

45) 『梁書』 本紀3 武帝下 普通 2(521)년 11월조(百濟新羅各遣使獻方物)와 동
서 列傳48 東夷 新羅條(其國小不能自通使聘 普通二年 王名募秦 始使使隨
百濟 奉獻方物) 그리고 『삼국사기』 신라본기 법흥왕 8(521)년조(八年 遣
使於梁 貢方物)에 기재되어 있다.

로 이전 시기와 차별화된 정책을 취해야 할 필요가 있었다. 이러한 백제 내부의 상황은 무령왕이 등극과 동시에 고구려와의 접전을 적극적으로 진행하게 만들었다. 그리고 후기가 되면 비교적 안정된 왕권을 기반으로 고구려와 우호적인 관계를 형성을 통해 배후의 안정을 기하며 가야 지역의 영역화 작업에 박차를 가한 것으로 이해된다.

3. 무령왕의 對倭 政策

1 | 무령왕의 南北方 정책과 對倭 교섭

『삼국사기』를 통해서는 무령왕대의 對倭 교섭에 관한 흔적을 찾을 수 없지만 고고학 자료를 통해서는 무령왕대의 對倭 관계가 여러 각도에서 조명된 바 있다.[46] 본고에서는 이 부분은 각기 전문가들에게 맡겨두고, 문헌에 의거해 양국의 교섭을 검토하는데 집중하려 한다.

무령왕 재위 시기는 바로 武烈天皇과 繼體天皇 치세기에 해당되는데, 무령왕의 한반도 남북방에 대한 정책 시행이 對倭 교섭에 어떤 영향을 미쳤는지를 살펴보자.

『일본서기』 武烈天皇 6년과 동 7년조는 무령왕이 즉위 후 왜국에 麻那君과 斯我君을 파견한 내용이 기재되어 있다.[47] 이 문제는 별고에서[48]

---

46) 直木孝次郎外,『古代日本金石文の謎』古代日本を考える15, 學生社, 1991 ; 蘇鎭轍,『金石文으로 본 百濟 武寧王의 世界-王의 世上은 大王의 世界-』, 원광대학교 출판국, 1994 ; 小田富士雄, 「武寧王陵の發見と日本考古學界の研究傾向」,『武寧王陵과 東亞細亞文化』, 국립부여문화재연구소, 2001 ; 吉井秀夫, 「무령왕릉의 목관」,『百濟 斯麻王--무령왕릉 발굴, 그후 30년의 발자취』, 통천문화사, 2001 ; 권오영, 「喪葬制를 중심으로 한 武寧王陵과 南朝墓의 비교」,『百濟文化』31, 2002.

47)『일본서기』 武烈天皇 6년 10월조(百濟國遣麻那君進調 天皇以爲 百濟歷年

살펴본 바 있어 여기에서 자세히 논하지 않겠지만, 武烈朝의 對倭 교섭 이후 繼體·欽明朝가 되면 백제와 왜의 교섭이 매우 활기를 띠고 전개된 것으로 보아 마나군과 사아군의 파견은 5세기 후반 이래 소원했던 왜국 과의 관계를 재개하는 계기가 된 사건이라 여겨진다.

그렇다면 504년과 505년에 연이은 백제의 對倭 교섭은 어떠한 목적을 띤 것인가. 양자가 파견된 시기는 고구려와의 접전이 한창인 무령왕 치세 전반기에 해당된다. 이러한 상황에 기초해 마나군과 사아군의 파견을 高 句麗戰과 바로 연결하는 논의가 제기되었다. 즉 麻那君은 繼體天皇 23년 3월 是月條에49) 보이는 '百濟將軍麻那甲背'와 동일인물이라 이해되므 로 무령왕이 將軍 麻那君과 왕족인 斯我君을 왜에 파견한 목적은 당시의 對高句麗·靺鞨戰을 위한 請兵에 있었다고 보기도 한다.50)

그러나 斯我君 파견 이후 왜에서 백제로 원군이 도해한 기사는 보이지 않는다. 또한 5세기 말 이래 중단된 교섭을51) 재개하면서 바로 원군을 청하기는 어려웠을 것이다. 더구나 이 시기는 왜 왕권 내부에서도 혼란 이52) 계속되고 있었기에 무령왕은 왕족 사아군을 파견하여 이른바 '왕족

....

不脩貢職 留而不放)와 同 7년 4월조(百濟王遣斯我君進調 別表曰 前進調使 麻那者 非百濟國主之骨族也 故謹遣斯我 奉事於朝 逐有子 曰法師君 是倭 君之先也)

48) 졸고, 「5세기 말 6세기 초 한반도 諸國과 倭國의 관계」, 219~221쪽.

49) (二十三年三月)是月, 遣近江毛野臣, 使于安羅. 勅勸新羅, 更建南加羅·喙 己呑. 百濟遣將軍君尹貴·麻那甲背·麻鹵等, 往赴安羅, 式聽詔勅(『일본서 기』 繼體天皇 23년 3월 是月조)

50) 羅幸柱, 「古代韓·日關係에 있어서의 '質'의 意味」, 『建大史學』8, 1993, 335~336쪽.

51) 『日本書紀』 雄略天皇 23년 是歲條(百濟調賦, 益於常例)와 淸寧天皇 3년 11월 是月條(海表諸蕃, 幷遣使進調) 이후 武烈天皇 6년에 이르기까지 백 제와 왜 간의 교섭 사례는 확인되지 않는다.

52) 『일본서기』 淸寧天皇부터 繼體天皇에 이르는 시기에는 吉備씨의 반란과 平群씨가 전횡을 일삼고 천황이 되려 했다는 전승과 顯宗과 仁賢형제의

외교'를[53] 통해 안정적인 양국 관계 형성을 추진하려 한 것이 아닌가 한다.

마나군과 사아군의 對倭 교섭 이후에 등장하는 양국의 교섭 사례로는 『일본서기』繼體天皇代에 등장하는 다음과 같은 기사를 들 수 있다.

- 三年春二月, 遣使于百濟.<百濟本記云, 久羅麻致支彌, 從日本來. 未詳也.> 括出在任那日本 縣邑, 百濟百姓, 浮逃絶貫, 三四世者, 並遷百濟附貫也.
- 六年夏四月辛酉朔丙寅, 遣穗積臣押山, 使於百濟. 仍賜筑紫國馬卌匹.

전자는 繼體天皇 3(509)년 2월에 久羅麻致支彌가 日本에서 왔다는 『백제본기』를[54] 분주에 인용하고 있고, 백제와 관련된 내용을 서술한 것으로 보아 백제계 사료에서 나온 내용이라 이해된다. 그러나 '括出·浮逃·絶貫·附貫' 등 고대 율령제와 관련된 용어와 7세기 이후에 사용된 '日本'이란 용어가 함께 사용된 것으로 보아 『일본서기』를 편찬하는 과정에서 윤색이 가해진 기사임을 알 수 있다.[55]

또한 이 기사에는 日本(왜)이 보유한 '任那日本縣邑'에 불법으로 이주

즉위과정에서의 혼란, 應神天皇의 5세손이라 칭하는 繼體天皇이 越 지역에서 옹립되어 왕위를 계승하는 등 일련의 전승은 5세기말 6세기 초의 왜국 내부의 혼란상을 잘 드러내준다.

53) 延敏洙, 「백제의 대왜 외교와 왕족」, 『百濟研究』27, 1997(『고대한일관계사』, 혜안, 1998, 432~441쪽) ; 김현구, 「백제와 일본간의 왕실외교」, 『百濟文化』31, 공주대학교 백제문화연구소, 2002, 35~36쪽.
54) 百濟三書에 대한 연구사에 대해서는 김은숙, 「『日本書紀』의 百濟關係記事의 基礎的 檢討-百濟三書 연구사를 중심으로-」(『百濟研究』21, 1990) 참조.
55) 大山誠一, 「所爲'任那日本府'의 成立에 대하여」下, 『古代文化』32-12, 1980, 12쪽.

한 백제 백성의 刷還을 청했다는 내용이 보인다. 이것은 왜의 한반도 남부에 대한 지배를 전제로 한 내용에 다름 아니다.[56] 따라서 왜의 한반도 남부 지배론이 부정되고 있는 현 상황에서 왜가 백제에 사신을 파견하여 임나(가야)에[57] 있는 백제 백성의 쇄환을 요구한다는 것은 『일본서기』에만 존재하는 논리라 이해된다.

더구나 『백제본기』에 기술된 '久羅麻致支彌, 從日本來'라는 문구에서 알 수 있듯이 원래는 백제가 주체가 된 기사인데 『일본서기』 편찬 시에 왜가 사신을 파견한 것으로 주체를 바꾸어 기록된 것이라 설명된다. 따라서 이와 같은 관점에서 기사의 주체를 백제로 바꾸어 해석하여[58] 繼體天皇 3년 2월조의 백제민 '쇄환' 문제를 무령왕대에 진행된 '귀농정책'과 연결하기도 한다.[59]

그런데 이 기사는 繼體天皇 3년부터 3~4대를 소급한 시점에 백제에서 가야 지역으로 민의 이동이 있었다는 내용이 전제가 되고 있기에 3~4대를 소급한 시기에 백제민이 왜 가야 지역으로 이동했는지가 설명되어야 한다. 이 경우, 백제에서 가야로의 민의 이동 자체가 백제와 가야 지역 간의 역학관계를 나타낸 것으로 이해한다면[60] 가야 지역에 거주한 백제

---

56) 김현구외, 『일본서기 한국관계 기사 연구』II, 일지사, 2002, 42~44쪽.
57) '任那'라는 표현은 일본이 사용한 '加耶' 지역을 일컫는 명칭이다. 『三國史記』에는 '加耶·伽耶·加羅·伽落·加良' 등으로 표기되고 있다. 또한 『日本書紀』에 보이는 '任那'는 특정한 가야의 一國을 가리키는 경우와, 가야 지역을 범칭 하는 경우가 있음은 널리 알려진 사실이다.
58) 『백제본기』를 기초로 하면서도 인명을 비정하기 어려울 경우나 문맥이 자연스럽지 않은 경우는 왜가 주체가 된 기사라 하더라도 전후 관계를 고려하여 백제로 주체를 바꾸어 해석하는 것이 하나의 연구방법론으로 제시된 바 있다(千寬宇, 「復元加耶史」下, 『文學과 知性』9-1(통권31), 1978 봄(『加耶史硏究』, 一潮閣, 1991, 41쪽) ; 李根雨, 「『日本書紀』에 引用된 百濟三書에 관한 硏究」 한국정신문화연구원 박사학위 논문, 1994, 162쪽).
59) 『삼국사기』 백제본기 무령왕 10년 춘정월조 참조.

인에 대한[61] 소환 요구는 무령왕 치세 후반의 무력을 수반한 영역화 작업을 시행하기 전에 가야 지역에 포석을 놓는 작업이 아닌가 여겨진다.

후자인 繼體天皇 6(512)년 4월조에는 穗積臣押山이 백제에 筑紫의 말 40필을 가지고 왔다는 내용이 기재되어 있다. 왜에서 백제로 馬・弓・矢 등의 군수 물품을 보낸 사례는 欽明朝에도 여러 차례 등장한다. 또한 왜가 이러한 물품을 백제에 보내는 경우는 일반적으로 백제의 요청에 응해 시행된 것으로 이해된다. 이러한 사례에 준해 본다면 백제 측의 요청에 관한 기사가『일본서기』편찬 시 누락된 것이 아닌가 한다.[62]

이러한 추론에 대과가 없다면 백제의 군원 요청은 당시에 백제가 당면하고 있는 상황과 무관하지 않을 것인데 이 시기에 백제는 북방의 고구려와 교전 중이었다. 이러한 정황을 고려하면 이 때 행해진 백제의 군사원조 요청은 고구려와의 전투에 대비하기 위한 것이라 이해된다.

한편 穗積臣押山은 筑紫馬 수송에 관한 건 이외에도 繼體天皇 6년 12월조와 동 7년 6월조에도 활동 전승이 보이는 인물이다. 따라서 그의 활동 전승을 검토하여 그가 실제로 백제와 왜국을 왕래하며 어떤 일을 담당했는지 살펴보고자 한다. 전자는 이른바 '任那 4縣 하사' 기사로 후

----

60) 『梁職貢圖』의 '傍小國有叛波・多羅・卓前羅云云'하는 내용에 따르면 가야의 주요한 소국들이 叛波・多羅・卓 등이 백제의 '傍小國'으로 백제에 附庸했음을 알 수 있다(노중국,「武寧王代의 政治・經濟와 社會・文化」,『百濟武寧王陵』, 충청남도 공주대학교 백제문화연구소, 1993, 42쪽).

61) 백제인의 주변국으로 이동한 경우는『삼국사기』의 越境 케이스를 참조하면, 정치적 망명의 사례를 제외하면 饑餓나 戰役을 피하기 위한 流亡의 사례를 들 수 있다(조법종,「三國時代 身分制 硏究」고려대학교 대학원 박사학위논문, 1995, 164~166쪽). 이 이외에의 가능성으로는 백제가 4세기말 5세기 초에 가야 지역과 맺은 동맹 관계에 기초하여(졸고,「『日本書紀』神功 49年條에 대한 검토」,『百濟研究』35, 2002, 39~42쪽) 가야 지역에 徙民을 시도했을 가능성도 제시할 수 있다.

62) 김현구외,『일본서기 한국관계 기사 연구』II, 272쪽.

자는 '己汶·帶沙(多沙津) 하사' 기사로 칭해지는 유명한 왜의 토지 하사
기사들이다. 관련 사료는 다음과 같다.

- (六年)冬十二月, 百濟遣使貢調. 別表請任那國上哆唎·下哆
  唎·娑陀·牟婁, 四縣. 哆唎國 守穗積臣押山奏曰, 此四縣, 近
  連百濟, 遠隔日本. 且暮易通, 鷄犬難別. 今賜百濟, 合爲同國,
  固存之策, 無以過此. 然縱賜合國, 後世猶危. 況爲異場, 幾年能
  守. 大伴大連金村, 具得是言, 同謨而奏. 迺以物部大連麤鹿火,
  宛宣勅使. 物部大連, 方欲發向難波館, 宣勅於百濟客. 其妻
  固要曰, 夫住吉大神, 初以海表金銀之國, 高麗·百濟·新羅·
  任那等, 授記胎中譽田天皇. 故大息長足姬尊, 與大臣武內宿
  禰, 每國初置官家, 爲海表之蕃屛, 其來尚矣. 抑有由焉. 縱削
  賜他, 違本區域. 綿世之刺, 詎離於口. 大連報曰, 敎示合理, 恐
  背天勅. 其妻切諫云, 稱疾莫宣. 大連依諫. 由是, 改使而宣勅.
  付賜物幷制旨, 依表賜任那四縣…於是, 或有流言曰, 大伴大連,
  與哆唎國守穗積臣押山, 受百濟之賂矣.
- 七年夏六月, 百濟遣姐彌文貴將軍·州利卽爾將軍, 副穗積臣押
  山.<百濟本記云, 委意斯移麻 岐彌. 貢五經博士段楊爾.> 別奏
  云, 伴跛國略奪臣國己汶之地. 伏願, 天恩判還本屬. 冬十一 月
  辛亥朔乙卯, 於朝庭, 引列百濟姐彌文貴將軍, 斯羅汶得至, 安羅
  辛巳奚及賁巴委佐, 伴跛旣 殿奚及竹汶至等, 奉宣恩勅. 以己汶
  滯沙, 賜百濟國. 是月, 伴跛國, 遣戟支獻珍寶, 乞己汶 之地. 而
  終不賜. 九年春二月甲戌朔丁丑, 百濟使者文貴將軍等請罷. 仍
  勅, 副物部連.<厥名.> 遣罷歸之.<百濟本記云, 物部至至連.> 是
  月, 到于沙都嶋, 傳聞伴跛人, 懷恨銜毒, 恃强縱虐. 故物部連,
  率舟師五白, 直詣帶沙江. 文貴將軍, 自新羅去(下略)

왜의 백제에 대한 토지 하사 기사는 앞에서도 잠시 서술한 바 있지만, 왜가 한반도를 직접 지배한 사례가 확인되지 않는 현 시점에는 '왜의 백제에 대한 토지 하사'가 아니라, '백제의 가야 지역에 대한 영역화' 과정을 묘사한 것이라 간주되고 있다.[63]

전자는 임나의 4현을 백제에게 하사해 줄 것을 요청한 인물로 穗積臣 押山과 大伴大連金村을[64] 그 반대의 입장을 표명한 인물로 物部大連麁 鹿火를 들고 있다.[65] 또한 이 임나 4현 하사 문제는 欽明天皇 원년조에 天皇이 신라를 치기 위해 신하들에게 자문을 구하는 과정에도 다시 보인다. 즉 物部大連尾輿等이 大伴大連金村의 실책(=임나 4현 하사) 때문에 신라 정토가 어렵다고 답하는 것이 그것이다.[66]

....

63) 今西龍, 「加羅疆域考」, 『史林』4-34, 1919(『朝鮮古史の研究』, 國書刊行會, 1937, 149쪽) ; 千寬宇, 『加耶史硏究』, 41~44쪽) ; 김영심, 「5~6세기 百濟의 地方統治體制」, 『韓國史論』22, 1990, 91~92쪽 ; 延敏洙, 「6世紀 前半 加耶 諸國을 둘러싼 百濟·新羅의 動向」, 『新羅文化』7, 1990(『고대한일관계사』, 180~182쪽) ; 李根雨, 「『日本書紀』에 引用된 百濟三書에 관한 硏究」, 149~150쪽 ; 白承忠, 「6세기 전반 백제의 가야진출 과정」, 65~67쪽.
64) 『일본서기』에는 仁賢天皇의 사후 大臣 平群臣眞鳥를 멸망시킨 후 武烈을 즉위시키고 대련 지위에 오른 인물이라 기재되어 있다. 大伴金村은 이후 武烈이 후사 없이 사망하자, 繼體를 越前國에서 데려와 즉위시키고 繼體 6년 이후 欽明 원년에 실각할 때까지 對內外 정책을 총괄한 인물로 기술되어 있다.
65) 『일본서기』繼體天皇 23년 3월조에는 哆唎國守·下哆唎國守 등으로 나오는 인물이다. 그러나 國守制는 大寶年間(701~703)에 실시된 것으로 이해되므로 6세기에 사용된 호칭일 수 없다. 또한 繼體天皇 6년 12월조에 기재된 物部大連의 부인이 간언한 내용에도 '國守·住吉大神·神功新羅征討物語·武內宿禰傳承' 등 7세기 이후에야 성립한 문구나 이야기가 보이고 있다. 더구나 이 이야기의 배후에는 大伴氏와 物部氏의 대항관계가 나타나있는데 이 부분 역시 兩氏의 家記에 의거해 서술된 것을 보여 주고 있으므로 이 점도 당시 사실을 반영한 것이라 이해하기 어렵다(津田左右吉, 「百濟に關する日本書紀の記載」, 『古事記及日本書紀硏究』, 岩波書店, 1924, 570~571쪽).

근래 흠명천황 원년조는 소위 '신라정토' 문제보다는 당시 최고 실권
자였던 大伴大連金村의 실각 문제에 논의가 집중되었고 欽明天皇 원년
무렵에 大伴大連金村이 조정에서 실각한 것으로 간주되고 있다. 따라서
繼體 6년조의 임나 4현 하사는 欽明 원년조의 탄핵 사건을 서술하기 위
한 예비 서술이라 설명되고 있다.[66]

또한 任那 4현은 전라도와[68] 충청도 등[69] 광범한 지역에 비정되고
있다. 대개가 音이 유사한 지역에 지명을 비정하는 방식을 취하고 있는데
이렇게 광범한 지역에 비정되는 임나 4현을 백제가 繼體 6년 즉 512년에
일시에 영역화한 것으로 이해하기 보다는 『일본서기』에 기재된 '四'자의
의미에 주목하여 본 기사를 해석하고자 한다. 일본어로 '4'(よ)는 수량의
무한 증대를 의미하는 いよ(愈)와 같은 말이다.[70] 따라서 이러한 점에
초점을 맞추어 4현 하사 기사를 이해하면 왜가 임나의 '四至四方'을 지배
했음을 강조하기 위해 한반도 계통 지명을 모아 만들어 낸 것으로 이해하
는 것이 합리적일 것이다. 그러므로 이 임나 4현 하사는 왜 조정 내부의
政爭 즉 大伴大連金村의 탄핵 기사의 소재로 이용되었을 뿐 당시의 사실
을 반영한 것으로 보기는 어렵다.[71]

---

66) (元年)九月乙亥朔己卯, 幸難波祝津宮. 大伴大連金村・許勢臣稻持・物部
   大連尾輿等從焉. 天皇問諸臣曰, 幾許軍卒, 伐得新羅. 物部大連尾輿等奏曰,
   少許軍卒, 不可易征. 曩者, 男大迹天皇六年, 百濟遣使, 表請任那上哆唎・
   下哆唎・娑陀・牟婁, 四縣. 大伴大連金村, 輒依表請, 許賜所求(下略)(『일
   본서기』 欽明天皇 원년 9월조)
67) 山尾幸久, 『日本國家の形成』, 岩波書店, 1977, 19쪽 ; 松尾 光, 「物部氏と
   『先代舊事本紀』」, 『古代の豪族と社會』, 笠間書院, 2005, 59쪽.
68) 末松保和, 『任那興亡史』, 118~121쪽.
69) 井上秀雄, 『任那日本府と倭』, 寧樂社, 1978, 9쪽.
70) 日本古典文學大系 『日本書紀』上, 坂本太郎・家永三郎・井上光貞・大野
   晋 校注, 岩波書店, 1967, 卷第一 神代上 補注24, 551쪽.
71) 津田左右吉, 『古事記及日本書紀硏究』, 571쪽 ; 山尾幸久, 『日本古代王權形
   成史論』, 岩波書店, 1983, 216~217쪽.

한편 기문 지역 하사와 관련된 내용이 기재된 繼體天皇 7년부터 동
10년 9월조에 이르는 일련의 기사에는 백제와 伴跛가 기문 등지를 두고
대립한 내용 이외에도 백제와 왜 관계를 전하는 내용도 아울러 전하고
있다.

繼體天皇 7년 6월에 백제는 姐彌文貴 장군과 州利卽爾 장군을 왜에
파견할 때 백제에 사신으로 와 있던 穗積臣押山을 동행하게 하였고 이
때 백제에서 오경박사가 파견된 것으로 보인다. 도해한 저미문귀 장군
일행은 1년 이상 왜에 체류한 뒤 동 9년 2월조에 物部連軍과 함께 귀국했
다. 그리고 이 때 物部連이 이끌고 온 군사가 繼體 9년 2월과 4월에 반파
와 접전한 것으로 기재되어 있다.

따라서 物部連軍의 渡海가 백제의 요청에 의거한 것이라는 내용은 기
재되어 있지 않지만, 物部連의 도해 상황과 백제와 대립하던 반파와의
전투에 임한 점 등으로 미루어 보아 物部連의 도해는 백제가 왜에게
군사 원조를 요청한 결과라 이해된다. 그렇다면 백제가 왜에 사신단을
파견한 목적은 기문 등지를 하사받는 데 있는 것이 아니라 왜 조정에
군사 원조를 요청하는 데 있었던 것이다.[72]

요컨대 위의 양 기사는 표면상으로는 왜의 백제에 대한 토지 하사라는
내용이 공통의 주제인 듯 보이지만 실제로 전하는 내용은 상당한 차이가
있다. 전자인 임나 4현 하사 기사는 백제 조정이나[73] 왜 조정의 정치적인

---

72) 金鉉球, 『大和政權の對外關係研究』, 24~27쪽.
73) 『일본서기』應神天皇 8년조와 同 16년조의 阿莘王과 腆支王에 대한 천황
의 토지 탈취와 하사 그리고 雄略天皇 21년조의 文周王에 대한 토지 하사
기사는 백제 내부의 왕위 계승을 비롯한 정치적인 변동에 왜 조정이 개입
해 토지를 하사(혹은 탈취)했다는 내용을 싣고 있다. 즉 枕彌多禮와 東韓
之地의 하사와 탈취 그리고 久麻那利의 하사 기사는 왜국의 한반도 지배
를 전제로 한 영토 하사 기사로서 왜 조정의 권위와 은혜를 표현하기 위해
만들어진 허구의 설화에 불과하다(津田左右吉, 『古事記及日本書紀研究』,

변동을 설명하는 장면에 등장하는 토지 하사의 사례이고 후자인 기문 등지의 하사 기사는 실제로 백제가 특정 가야 지역과의 대립을 통해 가야 지역의 영역화를 추진하는 과정에서 등장하는 토지 하사의 사례이다. 또한 전자는 임나 4현 하사 기사와 같이 왜의 임나 혹은 한반도 지배를 전제로 한 『일본서기』 찬자의 作爲에 불과한 내용이지만 후자는 기문 등지의 하사 기사처럼 백제가 한반도 내부에서 영역을 확장하는 과정에 왜가 조력한 상황을 전하는 사료라 이해된다.

따라서 穗積臣押山의 실제 활동 내용을 전한 것은 후자임이 분명하다. 즉 繼體天皇 6년에 백제에 군수물자를 운반하러 왔다가 다음 해에 백제 사신이 渡倭할 때 오경박사 등과 함께 왜로 돌아간 것으로 이해된다. 또한 이 때 도해한 저미문귀 등의 사신단이 백제로 돌아올 때는 穗積臣押山과 혈연적 정치적으로 긴밀한 관계를 가진[74] 物部(至至)連이 舟師 500을 이끌고 渡海한 것이다. 이러한 일련의 움직임은 무령왕 치세 전·후반기에 진행된 高句麗·伴跛와의 전투에 왜국이 군수물자와 군사를 동원했음을 보여준다.

그리고 이 교섭에서 穗積臣押山과 物部(至至)連이 양국을 연결하는 교량 역할을 담당한 것으로 보인다. 이러한 활동 내용은 欽明·敏達朝에 백제의 관위를 가지고 백제와 왜를 오가며 활동한 이른바 '倭系百濟官僚'라[75] 칭해지는 인물의 활동상과 맥을 같이 하고 있다 해도 과언이

568쪽).
74) 直木孝次郎,「物部氏に關する二, 三の考察」,『日本書紀研究』2, 塙書房, 1966, 180~184쪽.
75) 소위 '왜계백제관료'는 현재까지는 『日本書紀』에서만 확인되고 있는데, 백제의 관위를 보유하고 백제의 사신으로 왜국이나 가야 지역을 왕래하거나 백제에서 武將으로 활동한 측면과 함께 왜 왕권에 신속된 징표로 간주되는 倭의 氏와 姓을 함께 보유한 존재를 지칭한다(李弘稙,「任那問題を中心とする欽明紀の整理」,『靑丘學叢』25, 1936 ; 岸俊男,「紀氏に關する一考

아니다.

2 백제와 倭 간의 人·物 이동 방식

백제의 對고구려전과 對가야전에 군수물자와 군사 원조를 행한 왜에게 백제는 어떻게 답했는가. 이 문제는 김현구에 의해 백제가 군사 원조를 요청한 때에는 반드시 무엇인가 答物을 제공했음이 명쾌히 지적된 바 있다.[76] 단 이러한 답물 즉 예물을 백제에서 어떻게 구성했는가 하는 문제 등 구체적인 사안까지는 논의가 진전되지 않고 있다. 따라서 이 부분에 중점을 두고 백제에서 왜로 또한 왜에서 백제로의 인적·물적인 이동에 대해 살펴보고자 한다. 繼體朝에 실린 관련 사료는 다음과 같다.

> ·七年夏六月, 百濟遣姐彌文貴將軍·州利卽爾將軍, 副穗積臣押山. <百濟本記云, 委意斯移麻 岐彌. 貢五經博士段楊爾.>
> ·十年夏五月, 百濟遣前部木刕不麻甲背, 迎勞物部連等於己汶, 而引導入國. 群臣各出衣裳斧 鐵帛布, 助加國物, 積置朝庭. 慰問慇懃. 賞祿優節. 秋九月, 百濟遣州利卽次將軍, 副物部連來, 謝賜己汶之地. 別貢五經博士漢高安茂, 請代博士段楊爾. 依請代之.

察」, 『日本古代政治史研究』, 塙書房, 1966 ; 笠井倭人, 「欽明朝における百濟の對倭外交—特に日系百濟官僚を中心として」, 『古代の日本と朝鮮』, 學生社, 1974 ; 鬼頭淸明, 「日本民族の形成と國際的契機」, 『大系日本國家史』1, 東京大出版會, 1975 ; 金鉉球, 『大和政權の對外關係研究』 ; 山尾幸久, 『古代の日朝關係』, 塙書房, 1989 ; 李永植, 『加耶諸國と任那日本府』, 吉川弘文館, 1993 ; 鈴木英夫, 『古代の倭國と朝鮮諸國』, 靑木書店, 1996 ; 田中史生, 『日本古代國家の民族支配と渡來人』, 校倉書房, 1997 ; 李在碩, 「소위 倭系百濟官僚와 야마토 王權」 ; 延敏洙, 『古代韓日交流史』, 혜안, 2003).

76) 김현구, 『大和政權の對外關係研究』, 50~51쪽 ; 鬼頭淸明, 「ヤマト王權と東アジア」, 『歸化人と古代國家』, 吉川弘文館, 2007, 66~67쪽.

繼體天皇 7년 6월 穗積臣押山이 귀국할 때는 五經博士 段楊爾가 파견되었고 3년 뒤인 繼體天皇 10년 9월 物部連이 귀국할 때는 오경박사 高安茂가 파견되어 왜에 체류하던 오경박사 段楊爾와 교체한 것으로 되어 있다. 양 기사에 공통된 내용은 백제에서 오경박사가 왜국으로 파견된 점이다. 倭의 경우 大化改新까지는 직접 임명한 제도상의 직명으로 박사의 사례는 찾을 수가 없다. 즉 大化前代의 박사는 백제에서 파견된 사람들에게만 확인되고 있다.[77]

요컨대 백제에서 왜[78] 혹은 왜에서 백제로의 인적 물적인 이동이 있을 경우, 일방적으로 전달되는 것이 아니라, 수용하는 측의 사회적인 조건이나 정치적 의지가 있을 때 비로소 가능한 것임은 주지의 사실이다. 따라서 백제에서 왜로의 오경박사의 파견도 왜국의 필요 논리와 연결된 것은 두말할 필요도 없을 것이다.

그렇다면 倭에서 오경박사를 백제에 요청한 이유는 무엇인가. 당시 한·중·일 삼국의 경우 고대국가로의 발전에 무엇보다 중요한 지표의 하나로 들 수 있는 것이 '문자' 지식이다. 특히 '한자'는 중국의 선진문화와 기술을 받아들이는 데 필수적인 요소였다. 문자는 외교문서 작성에서부터 조정의 행정문서, 재정 출납과 징세 등 국정 전반에 걸쳐 필요한 수단이었다. 또한 문자의 전래는 다양한 문화를 전파시켰는데 그 가운데 유학은 정치사상과 학문의 기초로 일찍이 중국에서 발달하여 주변 제국에 영향을 준 대표적인 사례이다.[79]

---

77) 金善民,「古代의 '博士'」,『日本歷史硏究』12, 2000, 15~22쪽.
78) 繼體朝의 왜의 군수물자나 군사 파견 등이 백제의 요청에 의거해 이루어졌음은 앞 절에서 살펴본 바 있다.
79) 東野治之,「古代日本の文字文化-空白の六世紀を考える」,『古代日本 文字の來た道-古代中國·朝鮮から列島へ』, 國立歷史民俗博物館編, 大修館書店, 2005, 94쪽.

이러한 관점에서 본다면 6세기 초의 왕위 계승 상의 혼란을 겪고 성립된 繼體天皇 입장에서[80) 내적인 정치 질서의 확립을 도모하기 위해 유교적 통치이념을 확립하려 했을 것이고 이러한 필요에서 왜 조정에서 백제에게 오경박사의 파견을 요청한 것으로 보인다.[81)

결국 백제가 對高句麗戰과 對加耶戰에 필요한 군원을 요청하자 왜 조정에서는 군수물자와 군사를 2회에 걸쳐 파견했고 이에 대해 백제에서 2회에 걸쳐 오경박사를 파견한 것이다. 또한 오경박사의 파견은 2차 모두 군원과 직접 관련된 인물인 穗積臣押山과 物部連이 귀국할 때 이루어졌다. 2회에 불과하지만 2회 모두 동일한 형식을 취하고 있음은 주목하지 않을 수 없다.

그렇다면 백제가 왜의 요청에 의거해 파견한 오경박사 段楊爾나 高安茂는 어떤 인물인가. 이 문제는 이들의 출신이 어디인가 하는 문제에 논의가 집중되었고 두 가지 견해가 제시되어 있다. 하나는 이들이 백제의 관위를 갖고 있지 않은 점과 段·高·王 등의 中國 姓을 가지고 있는 점에 의거해 그들이 백제와 남조와의 교류 속에 백제에 와서 정착한 최신 전문 지식을 가진 남조 梁 사람이라 보는 견해이다.[82) 다른 하나는 웅진 시대에 들어 남조문화의 백제유입이 활성화된 것은 사실이라 평가하지만 문물만이 아니라 정기적 인적 이동을 수반한 것이라 이해하기 어렵다고 보고 이들이 이미 4세기 이래 백제 땅에 살고 있던 중국인일 가능성이 높다고 보는 견해이다.[83)

---

80) 水野祐, 『日本古代王朝史論序說』, 1952(水野祐著作集 1, 早稻田大學出版部, 1992) ; 黛弘道 「古代王朝交代論」, 『日本歷史』323, 1975(『律令國家成立史の研究』, 吉川弘文館, 1982).

81) 연민수, 「일본고대국가 형성과 백제」, 『한국사시민강좌』44, 2009, 257~259쪽.

82) 平野邦雄, 『大化前代社會組織の研究』, 吉川弘文館, 1965, 24~26쪽.

83) 加藤鎌吉, 「フミヒト系諸氏の出自について」, 『古代文化』49-7, 1997.

그러나 후자의 경우 과연 4세기초에 백제에 들어온 중국인이 백제에
정착하고 백여년이 지난 뒤에도 최신의 중국 문화에 대한 식견을 가지고
있었다고 볼 수 있을 것인지 의문이다. 또한 무령왕대에 梁과의 교류를
통해 某某博士를 요청한 사례는 보이지 않지만 성왕이 毛詩博士·涅槃
등의 經義 및 工匠·畫師 등을 요청한 사례에[84] 기초해 보면 백제가
梁의 신기술이나 신사상을 도입할 때 전문가를 직접 초빙한 것이라 여겨
진다.[85]

단 繼體朝의 경우는 무령왕이 파견한 博士라 칭하는 인물들이 '職名+
博士+姓名'의 형태로 기술되어 있는데 비해 欽明朝(539~571)가 되면 성
왕이 파견한 박사들이 '職名+博士+官位+姓名'이라는[86] 형식으로 기재되
어 있다.[87] 이것은 6세기가 되면 박사의 직능이 세분되었을 뿐만 아니라,

84) 『三國史記』 백제본기 聖王 19년조(王遣使入梁朝貢 兼表請毛詩博士 涅槃
等經義 并工匠 畫師等 從之)와 『梁書』 東夷傳 百濟條(中大通六年 大同七
年 累遣使獻方物 並請涅槃等經義 毛詩博士 並工匠畫師等 敕並給之)
85) 鈴木靖民,「古代東アジアのなかの日本と新羅」,『前近代の日本列島と朝鮮
半島』佐藤信·藤田覺編, 山川出版社, 2007, 48쪽.
86) 『일본서기』 欽明天皇 15년 2월조(五經博士王柳貴, 代固德馬丁安. 僧曇慧
等九人, 代僧道深等七人. 別奉勅, 貢易博士施德王道良·曆博士固德王保
孫·醫博士奈率王有㥄陀·採藥師施德潘量豊·固德丁有陀·樂人施德三
斤·季德己麻次·季德進奴·對德進陀. 皆依請代之.)와 崇峻天皇 원년 시
세조(<崇峻天皇元年>是歳, 鑪盤博士將德白昧淳, 瓦博士麻奈文奴·陽貴
文·㥄貴文·昔麻帝彌, 畫工白加) 등이 있다.
87) 이른 시기 백제의 '博士'에 관한 기사는 『삼국사기』 백제본기 근초고왕
30년 11월조에 기록된 '博士高興'의 예(古記云 百濟開國已來 未有以文字
記事 至是 得博士高興 始有書記 然高興未嘗顯於他書 不知其何許人也)가
전부이지만, 『일본서기』에는 應神天皇 15년 8월조(阿直岐亦能讀經典. 卽
太子菟道稚郎子師焉. 於是, 天皇問阿直岐曰, 如勝汝博士亦有耶. 對曰, 有
王仁者)에 '博士王仁'의 사례가 전해진다. 따라서 『삼국사기』와 『일본서
기』에 전해지는 박사 관련 표기를 시대순으로 정리해 보면, 첫째 4세기의
경우 博士+姓名→6세기 무령왕대 職名+博士+姓名→6세기 성왕대 職名+
博士+官位+姓名이라는 단계의 변화 과정을 거친 것이 아닌가 여겨진다.

여러 박사에게 관위를 수여하여 국가의 행정조직에 편입했음을 의미한
다.[88]

이러한 논의에서 한걸음 나아가면 무령왕과 성왕대에 나타난 중국계
박사들의 칭호 표기의 차이는 왜인(계통)이 도해하여 백제에서 활동할
경우에도 유사한 방식으로 적용된 것이 아닌가 추론하게 한다. 즉 繼體ㆍ
欽明朝에 유사한 역할을 수행하며 백제 조정에서 활동하던 왜인들이 繼
體朝에는 백제의 관위를 띠지 않고 있다가 欽明朝가 되면 백제의 관위를
띤 인물로 묘사된 것도 백제 조정의 관인 관리 방식의 차이에 기인한
것이라 여겨진다.

결국 繼體朝에 등장하는 오경박사 段楊爾나 高安茂도 梁에서 백제로
초청된 인물들을 백제가 다시 왜국으로 파견한 것이라 여겨진다. 백제가
梁의 오경박사를 왜국에 파견하여 체류하게 한 행위는 백제가 중국과의
친연관계를 대내외적으로 드러내는 사례의 하나가 아닌가 한다. 이러한
추론은 백제 왕권이 무령왕의 예처럼 중국 남조양식의 塼室墓를 왕의
묘제로 채택하여 대내외적으로 남조와의 각별한 친연관계를 의도적으로
드러내려 한 것과도[89] 맥을 같이 한 것으로 보인다.

이러한 사례들에 기초하면, 무령왕대의 백제의 對中 교섭은 자신의
문화 수준을 한 단계 높이는 데 이용되었을 뿐만 아니라 교섭의 부산물을
왜국에 알리고 전달하는 과정을 통해 백제의 대외적 위세를 강조함과
더불어 정치ㆍ외교적으로 우월한 위치에서 對倭 교섭을 진행하려는 등
다양한 의미를 담고 있는 것이라 이해된다.

이러한 변화과정은 백제의 행정조직의 분화와 개편이라는 측면과 무관하
지 않을 것이라 여겨진다.

88) 노중국, 『百濟政治史硏究』, 221~222쪽 ; 김선민, 「古代의 '博士'」, 10쪽.
89) 우재병, 「榮山江流域 前方後圓墳의 出現과 그 背景」, 『湖西考古學』10,
2004, 77쪽.

다음으로는 백제에 군사 500명을 이끌고 도해한 物部連 등에게 백제 조정이 취한 물품 사여와 관련된 내용을 살펴보자. 繼體天皇 10년 5월조에는 백제 조정에서 前部 木刕不麻甲背를 보내 物部連 등을 己汶에서 위문하고 인도하여 입국시킨 내용이 보인다. 이 때 입국한 物部連 등의 응접에 관한 내용 가운데 주목하고자 하는 것은 '群臣各出衣裳斧鐵帛布, 助加國物'이라는 문구이다. 이 내용은 백제 조정의 禮物이 方物을 의미하는 '國物(國調)'90) 즉 백제와 왜 조정과의 공적 외교 관계의 場에서 수수된 예물과 群臣들이 각기 지참한 물품(群臣物)을 더하여 구성되었음을 시사한다.91)

따라서 이 사료는 무령왕 조정에서 왜국에 보낼 예물을 어떻게 구성했는지를 보여주는 하나의 사례가 아닌가 여겨진다. 이러한 백제 조정의 物部連에 대한 물품사여 사례에 비추어 본다면 筑紫의 말을 이끌고 도해한 穗積臣押山에게도 이와 유사한 형식의 예를 표했을 것이라 이해된다.

이러한 시각에서 보면 繼體天皇 6년 12월조 말미에 등장하는 流言을 재조명하지 않을 수 없다. 떠도는 소문의 내용은 大伴大連金村과 穗積臣押山이 백제의 뇌물(賂)을 받았다는 것이다. 이 문제는 大伴大連金村이라는 인물과 백제가 어떠한 관계를 맺고 있나 하는 부분에 대한 이해가 수반되어야 할 것으로 보인다. 즉 大伴大連金村은 倭系百濟官僚의 하나인 日羅를92) 파견한 인물이라 간주되고 있어93) 백제와의 관계에 매우 적극적이었던 인물이라 이해된다. 더구나 그는 欽明天皇 원년에 실각할

---

90) 石上英一,「古代における日本の稅制と新羅と新羅の稅制」,『古代朝鮮と日本』, 龍溪書舍, 1974.

91) 백제의 예물이 國物과 群臣物이라는 이중적인 형태로 구성되었다는 것은 백제의 왕 즉 무령왕 이외에도 群臣이 외교 교섭의 場에서 중요한 역할을 수행하고 있음을 시사하는 것이 아닌가 한다.

92) 『日本書紀』 敏達天皇 12년 7월조와 是歲條 참조.

93) 김현구,『大和政權の對外關係硏究』, 66~77쪽.

때까지 대내외 정책을 총괄한 인물이기도 하다. 이러한 상황을 종합해 보면 백제가 자국의 필요에 따라 왜국에 군사 원조를 요청할 때 당시 왜 조정에서 대내외 정책을 총괄한 인물인 大伴大連과 실제 원조 행위를 한 穗積臣押山에게 禮物을 보낸 것이 사실이었을 것이다. 그런데 이러한 사실이 大伴씨의 실각을 설명하는 기사에 실리면서 뇌물로 묘사된 것이 아닌가 한다.

요컨대 6세기 무령왕 치세기의 왜 조정과 백제의 관계는 백제의 對高句麗戰과 對加耶戰 수행에 필요 한 왜의 군수 물자와 군원의 전달을 통한 군사 원조와 백제의 왜가 필요로 하는 지식을 보유한 인물과 '國物과 群臣物'을 포함한 禮物이라 표현되는 물품의 전달이라는 형식을 통해 유지된 것임을 알 수 있다.

4. 맺음말

동서고금을 막론하고 일국의 '外政'은 국가(지역) 간의 이해관계와 직결된 것이기에 대단히 복잡하고 미묘한 양상을 띠기 마련이다. 더구나 국가와 국가 간에 이루어지는 외교 행위는 개별 정치체 내부에서 일어나는 內政과 무관하다 보기도 어렵다. 이러한 관점에서 內政과 外政 면에서 많은 변화가 있었다고 간주되는 6세기 전반 武寧王 치세기의 대외 정책을 집중적으로 조명하고자 했다. 그 결과로 맺음말을 대신하고자 한다.

우선 정변으로 동성왕 정권을 붕괴시키고 왕위에 오른 무령왕은 대내 외적으로 이전 시기와 차별화된 정책을 취했다. 특히 무령왕은 동성왕대 와 달리 치세 전기는 단독으로 고구려와의 접전을 진행하는 정책을 후기 에는 고구려와 우호적인 관계를 형성한 뒤 남으로 가야 지역의 領域化

정책을 적극적으로 추진한 것으로 이해된다.

이 경우 백제의 가야 지역 영역화는 양국만의 문제가 아니라, 가야 지역과 경계를 접하고 있던 신라와의 관계에 의해 규정되는 면이 존재했다. 물론 무령왕대의 백제와 신라는 고구려라는 공동의 적이 존재하고 있었기에 적극적인 전투에 임하는 상황까지 이르지는 않았지만 양국의 가야를 둘러싼 갈등은 양국의 '同盟' 자체를 이완시켰다. 더구나 6세기 초가 되면 고구려도 신라의 비약적인 성장과 영역 확장 문제로 신라와 갈등상태에 놓이게 된다. 이러한 상황은 백제와 고구려가 신라 문제에서 이해관계의 합치를 보고 밀약을 맺고 전투를 중지하게 만들었다. 또한 이러한 관계 변화가 한·중·일 사서에 백제와 고구려의 우호라는 형태로 기록된 것이다. 결국 무령왕 치세 후반기가 되면 백제가 고구려와의 대립 중지를 통해 배후의 안정을 기하며 가야 지역으로의 침투를 적극화하는 정책을 취한 것이다.

이러한 한반도 내부 관계 변화는 백제에게 기존의 우호국인 倭國과의 관계를 강화해야 할 필요성을 提高시켰고 이에 백제는 麻那君과 斯我君의 파견을 통해 양국의 관계를 재개했다. 이어 繼體朝에는 무령왕의 적극적인 軍援 요청 시도에 응해 穗積臣押山과 物部連이 군수물자와 군사와 함께 도해하기에 이른다. 또한 이들의 귀국에 즈음해 백제는 梁에서 청해 온 五經博士를 왜국에 파견했다. 이러한 穗積臣押山과 物部連의 활동은 欽明朝에 백제의 관위를 가지고 백제와 왜를 오가며 활동한 이른바 '倭系 百濟官僚'라 칭하는 인물의 활동상과 맥을 같이 하는 것이라 이해된다.

그리고 物部連에 대한 백제 조정의 禮物 구성 사료에 기초해 백제 조정의 예물이 '國物(國調)+群臣物'의 형태로 구성된 사례를 통해 당시 백제의 외교의 場에 무령왕만이 아니라 群臣층이 함께 관여한 것이 아닌가 하는 추론을 제시했다.

요컨대 6세기 무령왕 치세기의 왜 조정과 백제의 관계는 백제가 필요로 하는 왜의 군수 물자를 비롯한 군사 원조와 백제의 왜가 필요로 한 지식을 보유한 인물과 '國物과 群臣物'을 포함한 禮物이라 표현되는 물품의 이동이라는 형식을 통해 유지되었음을 알 수 있다.

부족한 사료에 기초하여 논리를 전개하다 보니 추론 단계를 벗어나지 못한 부분이 많이 존재하며 남겨진 과제도 상당하다. 先學諸賢의 많은 비판과 질정을 바라는 바이다.

제1장 | 대외관계로 본 고대

제1부
고대사

4

「임나의 조」와 임나
-소위 '금관4읍설'의 재검토

나행주*

1. 서언 -문제의 소재-

주지하는 것처럼 임나일본부와 「임나의 조」을 둘러싼 문제는 고대한
일관계사의 오랜 쟁점 가운데 하나이며, 특히 후자는 대화개신 전후의
왜국(일본)의 한반도에 대한 대외정책의 문제를 이해하는데 있어서도 불
가결한 테마의 하나라 할 수 있다.

종래의 일본학계를 중심으로 하는 「임나의 조」에 대한 이해는 주로
가) 「임나의 조」의 역사적 기원 및 유래, 나)사적의의 및 실체, 다)신라(백
제) 측의 납입이유 및 목적이라는 3점에 대한 해명을 중심으로 논의가
진행되어 왔는데, 후술하는 것처럼 이러한 이해에는 적지않은 문제점이
있다고 하지 않을 수 없다.

그런데 특히 나)와 관련한 종래의 일본학계의 이해, 즉 末松保和

---

* 일본고대사 대진대 일본학과

설[1] 및 石母田正설[2])에 기초한 통설이나 근년 통설비판의 일환으로 제기된 鈴木英夫설[3])로 대표되는 신설들에 있어서도 공통적으로 다음의 두 가지 사실을 대전제로 하여 논의가 진행되어 왔다는 점이 주목된다. 즉 (1)「임나의 조」의 사적의의와 관련해서는 推古紀31년 각조에 기초하여 소위 임나사의 존재를 필수불가결한 요소로 간주하고 있다는 점, (2)「임나의 조」의 실체에 대해서는 추고기8년 시세조에 의거해 「임나의 조」의 임나는 협의의 임나인 금관4읍을 의미한다고 하는 소위 금관4읍설에 입각하고 있다는 점이다.

　문제는「임나의 조」의 이해에 있어서 과연 (1)과 (2)의 전제가 성립하느냐 하는 점이며, 만약 이 두가지 전제가 성립하지 않는다고 하면 종래의 이해는 마치 사상누각과 같은 매우 취약한 토대 위에서 입론이 행해졌다고 할 수 있다. 여기에 종래의 일본학계를 중심으로 하는「임나의 조」이해의 근본적인 모순 내지 한계가 있다고 하지 않을 수 없다.

　이와 관련해 필자는 이전 일본학계의 「임나의 조」이해상의 문제점을 분명히 하기 위해 추고기 31년조를 중심으로 하는 관련사료에 대한 검토를 통해 전제(1)의 문제, 즉 「임나의 조」에 있어서 임나사의 존재가 결코 필수불가결한 요소가 아니라는 점을 밝힌 바 있다.[4] 다만, 전고에서는 전제(2)의 문제에 대해서는 지면관계상 금후의 과제로 남겨두었다.

　본고는 지금까지 필자가 행해 온「임나의 조」문제에 관한 일본학계의 통설 및 신설의 이해에 대한 비판적 검토 작업의 일환이자 동시에 전고에서 다루지 못한 과제의 하나인 (2)의 문제에 대한 가부의 검토, 즉 추고기

1) 末松保和, 『任那興亡史』, 吉川弘文館, 1946.
2) 石母田正, 『日本の古代國家』, 岩波書店, 1971; 『石母田正著作集』3, 岩波書店, 1989.
3) 鈴木英夫, 『古代の倭國と朝鮮諸國』, 靑木書店, 1996.
4) 나행주, 「임나의 조와 임나사-임나의 조 관련사료의 재검토-」, 『일본연구』 11, 2009. 2.

8년 시세조를 중심으로 하는 관련사료에 대한 재검토를 통해 그 타당성 여부를 확인하는데 목적이 있다.

2. 「金官四邑」설의 문제점

일본학계를 중심으로 하는 종래의 「任那의 調」이해와 관련하여 본고의 검토과제는 「임나의 조」의 실체와 관련한 문제다. 즉 「임나의 조」의 임나란 금관4읍을 의미하는 것인지, 따라서 「임나의 조」이 과연 일본학계의 공통적인 견해처럼 「金官四邑의 調」을 의미하는가 하는 점을 해명하지 않으면 안 된다.

그런데 이러한 종래의 이해, 즉 소위 「임나의 조」＝金官四邑설에 대해서는 몇가지 의문이 있다고 말하지 않을 수 없다.

왜냐하면 「임나의 조」의 실체를 金官四邑의 調로 한정하는 종래의 이해에는 무엇보다도 관련 사료의 이해에 적지 않은 문제가 있다고 하지 않을 수 없기 때문이다.[5]

이하 이점에 대해 관련사료를 통해 보다 구체적으로 검토하기로 한다.

주지하는 것처럼 末松설로 대표되는 「임나의 조」에 관한 통설적 이해에서는 敏達紀 4년 6월조(후게 사료(b))에 기초하여 「임나의 조」의 실체

---

5) 일본서기 敏達紀에서 孝德紀에 걸친 임나의 조 관련사료에 대한 末松설로 대표되는 종래의 일본학계의 통설 및 신설논자들의 이해에 대한 비판적 연구성과로서는 김현구, 『大和政權의 對外關係硏究』, 吉川弘文館, 1985 ; 김은숙, 「일본서기 임나 기사의 기초적 검토」, 『한국사시민강좌』11, 일조각, 1992 ; 연민수, 「일본서기 임나의 조 관계기사의 검토」, 『고대한일관계사』, 1998[초출 1992] ; 정효운, 「임나의 조」, 『고대한일정치교섭사연구』, 1995 ; 나행주, 「신라와 임나의 조-신라 측에서 본 종래설 비판-」, 『한일관계사연구』29, 2008 등을 들 수 있다.

를 多多羅 이하의 금관국을 구성하는 4개 지역 즉 소위 「四邑의 調」로
간주해 왔다.

　그리고 이러한 「임나의 조」의 실체에 대한 이해는 末松설에 기초한
통설의 문제점을 극복하기 위해 제시된 鬼頭淸明설[6]이나 山尾幸久설,[7]
그리고 근년에 있어서 많은 연구자들의 지지를 받고 있는 鈴木英夫씨의
소설 및 鈴木설 이후 제시된 신설의 제 논자들[8]에 있어서도 또한 거의
공통인식으로서 통용되고 있다. 말하자면 이는 일본학계 전체의 공통인
식이라 할 수 있다.

　예를 들면 鈴木씨는『일본서기』의 임나는 이를 모두 加羅諸國 전체가
아닌 멸망후의 금관가야 즉 구금관국을 의미하는 것으로 해석하면 관련
기사는 서로 아무런 모순이 없으며, 따라서 종래 통설에 대해 제기되었던
문제점이나 의문을 모두 해결할 수 있다고 이해하는 것이다.[9]

　요컨대 종래의 일본학계에서는 「임나의 조」의 임나란 협의의 임나 즉
구금관국을 의미하며, 따라서 「임나의 조」의 실체는 다름 아닌 금관국을
구성하는 4읍으로부터의 「調」(물산) 즉 금관국 「四邑의 調」로 간주하고
있는 것이다.

　그렇지만 이러한 종래의 통설적 이해가 과연 타당한지 의문이며, 따라
서 관련사료를 통해 그 가부를 재검토해 보고자 한다.

　우선적으로 검토를 요하는 관련사료는 다음과 같다.

　　사료(a)계체기 23년4월조
　　(前略)上臣抄掠四村＜金官・背伐・安多・委陀是爲四村.一本云

　6) 鬼頭淸明,『日本古代國家の形成と東アジア』, 校倉書房, 1976.
　7) 山尾幸久,『日本國家の形成』, 岩波書店, 1977.
　8) 山尾幸久,『古代の日朝關係』, 塙書房, 1989 ; 西本昌弘,「倭王權と任那の
　　調」,『ヒストリア』129, 1990 등을 들 수 있다.
　9) 鈴木英夫,『古代の倭國と朝鮮諸國』, 246쪽 등.

多々羅·須那羅·和多·費智爲四村也.>盡將人物入其本國.

　사료(b)민달기 4년6월조

新羅遣使進調. 多益常例.幷進多多羅·須奈羅·和陀·發鬼四邑之調.

　사료(c)추고기 8년시세조

是歲命境部臣爲大將軍.以穗積臣爲副將軍.<並闕名.>則將萬余
衆爲任那擊新羅.於是直指新羅以泛海往之.乃到于新羅攻五城而拔.
於是新羅王惶之擧白旗到于將軍之麾下而立.割多々羅·素奈羅·弗
知鬼·委陀·南迦羅·阿羅々六城以請服.

　이들 세 가지 사료가 「임나의 조」의 이해를 둘러싸고 「임나의 조」＝金
官四邑의 調, 즉 임나＝금관국을 가리킨다는 통설적 이해의 사료적 근거
인데, 이하에서는 통설의 기초적 견해를 제시한 末松설과 신설의 대표적
논자인 鈴木설을 중심으로 그 문제점을 검토해 보기로 한다.

1 │ 五城 = 六城설의 문제점

　우선 末松씨는 「임나의 조」의 실체에 대해 사료(b)의 四邑(多多羅·須
奈羅·和陀·發鬼)과 사료(c)의 六城(多多羅·素奈羅·弗知鬼·委
陀·南迦羅·阿羅羅)은 양자 사이의 阿羅羅를 제외하고 기본적으로 일
치하고 있으며, 나아가 그것은 사료(a)의 신라의 장군 異斯夫가 抄掠했다
고 하는 四村名(多多羅·須那羅·和多·費智 혹은 金官·背伐·安
多·委陀라 함)과도 일치하기 때문에 사료(b)의 「四邑의 調」란 소위 「임
나의 조」에 다름 아니며, 따라서 소위 「임나의 조」의 실체는 금관국 四邑
의 調라고 결론짓고 있는 것이다.[10]

　한편 「임나의 조」 문제와 관련해 신설을 제기한 鈴木씨는 관련사료에
대한 해석에 있어서 왜 왕권의 임나지배를 전제로 하는 末松설로 대표되

10) 末松保和, 『任那興亡史』, 194~195쪽.

는 종래의 통설과 같은 의미부여에 대해서는 기본적으로 비판적이다. 예를 들면 씨는 사료(c)에 보이는 600년의 對신라 출병과 관련하여 종래 그 사실성을 그대로 인정한 위에서 그것을 7세기 초의 역사적 사건으로 간주해 온 末松설을 비롯한 통설의 이해를 부정하는 등 한편으로 종래의 이해와는 전혀 다른 견해를 제시한다.

그런데 다른 한편으로 문제의 四村·四邑·六城(五城)의 이해에 대해서는 末松설을 거의 그대로 계승하여 『일본서기』에 보이는 소위 임나는 구금관국 왕가를 가리키며 따라서 「임나의 조」의 실체는 금관국 「四邑의 調」에 다름 아니라고 결론짓는 것이다.[11]

이렇게 하여 「임나의 조」은 金官四邑의 調라는 일본학계의 공통인식이 널리 정착하게 되는데, 문제는 관련사료(전게)에 대한 양씨의 사료해석에는 근본적인 의문이 남아있다는 것이다.

특히 사료(c)의 이해에 있어서 커다란 문제점이 내포되어 있다.

첫째로, 무엇보다도 우선 문제가 되는 것은 사료(c)에 보이는 「阿羅羅」의 이해 문제이다. 즉 왜국이 군사행동에 의해 신라의 五城을 점령한 후에 신라로부터 할양받았다고 하는 六城 가운데에 「阿羅羅」＝안라국이 포함되어 있다는 점이다.

바꿔 말하면 『일본서기』가 「임나의 조」 성립의 역사적 배경으로 가야 제국과 관련되는 여섯 지역을 예시하고 있는데, 그 가운데 阿羅羅 즉 안라국이 존재하고 있는 사실의 해명이다. 즉 왜국의 출병에 의해 항복을 하지 않을 수 없게 된 신라가 강화를 위해 왜 왕권에 할양했다고 하는 지역 가운데에 구금관국의 지배영역으로 간주되고 있는 지역뿐만 아니라, 금관국과는 명확히 구별되는 국명인 安羅(阿羅羅)가 포함되어 있다는 점을 어떻게 설명할 것인가 하는 점이다.

---

11) 鈴木英夫, 『古代の倭國と朝鮮諸國』, 239~243쪽.

왜 금관국을 구성하는 「四邑의 調」의 근거지로 할양된 六城 가운데 안라국이 포함되어 있는 것일까.

이점에 대해 종래설에 있어서는 다음과 같이 이해하고 있다.

우선 末松설에서는 이 점을 무시하거나 혹은 예외로 간주하고 있으며, 한편 鈴木설의 경우는 일단 그것을 제외하여 해석하면서 여기에 安羅(阿羅羅)가 보이는 이유에 관해서는 그저 불명이라고만 언급하고 있다. 요컨대 종래의 이해에서는 이 점에 대해 전혀 문제로 하고 있지 않는 것이다.

결론적으로 말하면, 「임나의 조」＝ 金官四邑의 調라는 전제 하에서의 종래의 이해로서는 결코 그 의미나 이유를 해명할 수 없는 것은 아닐까 생각한다. 여기에 종래의 일본학계의 공통인식인 「임나의 조」＝ 金官四邑설의 문제와 한계가 있다고 할 수 있다.

둘째, 보다 기본적이고 근본적인 문제로 종래의 통설적 이해의 기초를 이룬 末松설의 경우 관련 지명의 비정에 있어 매우 커다란 의문이 있다고 말하지 않을 수 없다.

주지하는 것처럼 통설에서는 사료(a)의 「四村」과 사료(b)의 「四邑」, 그리고 사료(c)의 「五城」 및 「六城」의 경우는 그 모두가 동일지역·동일 실체를 가리킨다고 이해하고 있다.

그런데 이러한 末松설에 기초한 종래의 이해에는 무엇보다도 사료(c)의 추고기 8년 시세조의 이해에 근본적인 문제가 있다.

즉 末松설에 있어서는 사료(c)에 있어서 五城과 六城이란 모두 동일지역·실체를 가리킨다고 이해되는데, 이 末松씨가 제시한 소위 五城＝六城설의 견해에 대해서는 근본적인 잘못이 있다고 하지 않으면 안되는 것이다.

그래서 우선 末松씨의 五城＝六城이라는 이해의 타당성에 대해 검토해 보고자 한다.

末松설에서는 왜국이 점령했다고 하는 신라의 불명의 五城과 그후 신라가 부득이 하게 왜국에 넘겨준 多多羅·素奈羅·弗知鬼·委陀·南迦羅·阿羅羅 등 六城의 관계에 대해 사실상 동일지역으로 이해한다. 즉 이 六城에 대해 씨는 그 가운데 南迦羅를 多多羅·素奈羅·弗知鬼·委陀 등 금관국을 구성하는 소위 金官四邑의 총칭, 혹은 素奈羅 즉 금관국의 異稱으로 이해한다.

어쨌든 이들 六城은 실제로는 多多羅·素奈羅·弗知鬼·委陀의 四城에 阿羅羅라는 一城이 더해진 것이라고 이해하며, 따라서 신라가 할양한 六城은 사실상 五城이라고 간주하여 이 6성과 왜군이 점령했다고 하는 불명의 五城을 동일한 것으로 파악한다.

그리고 특히 이 가운데 多多羅·素奈羅·弗知鬼·委陀 등의 四城은 사료(a)의 四村(金官·背伐·安多·委陀 혹은 多多羅·須那羅·和多·費智), 나아가 사료(b)의 四邑(多多羅·須奈羅·和陀·發鬼)과 같은 지명으로 보아 결국 소위 「임나의 조」의 실체란 金官四邑의 調에 다름 아니라고 결론짓고 있는 것이다.[12]

그렇지만 이러한 末松씨의 이해에는 의문이 남아 그대로 인정하기 어렵다. 왜냐하면 末松설에 대해서는 적어도 다음과 같은 문제점을 제기하지 않을 수 없기 때문이다.

첫째, 사료(c)에 있어서 五城과 六城을 둘러싼 이해상의 문제인데, 결론적으로 말하면 씨의 소위 五城＝六城설은 성립하기 어렵다고 생각된다.

우선 하나는 해당 기사의 전체적인 문맥에서 생각해보면, 씨의 이해는 성립하지 않는다. 무엇보다도 왜국이 출병에 의해 신라 측으로부터 빼앗았다고 하는 五城(불명)과, 그 결과로서 신라가 왜 왕권에게 소위 항복

---

12) 末松保和, 『任那興亡史』, 190~195쪽.

또는 강화조건으로 할양했다고 하는 六城(多多羅·素奈羅·弗知鬼·委
陀·南迦羅·阿羅羅)은 결코 같은 것일 수 없기 때문이다.

바꿔 말하면 전자(5성)는 신라출병이라는 왜국의 물리력에 의한 강제
적 점령지이고, 이에 대해 후자(6성)는 어디까지나 위기상황에 빠진 신라
가 그 사태해결을 도모하기 위한 방편의 하나로 스스로 왜국에 할양해
준 지역이기 때문이다.

나아가 상식적으로 생각해도 결코 五城과 六城이 동일한 것일 수는
없는 것이다.

예를 들어 사료(c)의 六城과 사료(b)에 보이는 四邑의 숫자가 각각 여
섯 개의 성과 네 개의 읍을 나타내고 있는 것처럼, 당연한 일이지만 사료
(c)의 五城은 결코 여섯 개의 성이 아닐 것이기 때문이다. 즉 五城이란
문자그대로 단순히 다섯 개의 성을 의미한다고 이해하지 않으면 안 되는
것이다.

무엇보다도 이점은 『일본서기』기사 중에 산견하는 숫자 세는 방법을
나타내는 구체적인 사례를 통해서 확인해 보면 보다 분명해질 것이다.

그래서 이하에서 『일본서기』에 보이는 三城, 四村, 四邑, 五城, 六城
등 숫자를 나타내는 사례를 몇가지 찾아 보면 다음과 같은 예를 들 수
있다.

① 三城 : 繼體紀 23년 春3월 是月條「遂於所經拔刀伽·古跛·布那牟
　　羅三城. 亦拔北境五城.」
② 四邑 : 神功紀 5년 春3월 癸卯朔己酉條「今桑原·佐糜·高宮·忍海
　　凡四邑漢人等之始祖也.」
③ 四縣 : 繼體紀 6년 12월조「百濟遣使貢調. 別表請任郡國上多利·下
　　多利·娑陀·牟婁四縣.」
④ 四人 : 欽明紀 5년 11월조「又吉備臣·河內直·移那斯·麻都猶在任

那 國者天皇雖詔建成任那 不可得也. 請移此四人各遣還其本邑.」

⑤ 四村 : 전게사료(1)「金官・背伐・安多・委陀是爲四村. 一本云多多
羅・須那羅・和多・費智爲四村也.」

⑥ 四邑 : 전게사료(2)「幷進多々羅・須奈羅・和陀・發鬼四邑之調」

⑦ 五城 : 계체기 24년 秋9월조「還時觸路拔騰利枳牟羅・布那牟羅・牟
雌枳牟羅・阿夫羅・久知波多枳五城.」

⑧ 六城 : 전게사료(3)「割多多羅・素奈羅・弗知鬼・委陀・南迦羅・阿
羅々六城」

⑨ 七國 : 神功紀 49년조「因以平定比自伐・南加羅・㖨國・安羅・多
羅・卓淳・加羅七國.」

⑩ 十國 : 欽明紀 23년 春정월조「新羅打滅任那官家. ＜一本云廾一年任
那滅焉.總言 任那. 別言加羅國・安羅國・斯二岐國・多羅國・卒麻
國・古嵯國・子他國・散半下國・乞 國・稔禮國合十國.＞」

이상에서 알 수 있는 것처럼 ①에서 ⑩까지의 사례 가운데 그 어느
경우에도 숫자상에 있어서 어떤 착오나 혼용은 전혀 보이지 않는 것이다.

결국 사료(c) 가운데 보이는 五城과 六城에 대해서는 『일본서기』의
숫자 사용방법에 있어서 특히 오와 육 사이에 어떤 혼란이나 혼용은 전혀
인정하기 어렵기 때문에 문자 그대로 五城은 다 섯개의 성, 六城은 여
섯개의 성을 각각 의미한다고 해석하지 않으면 안 된다고 생각한다. 따라
서 사료(c)의 이해에 있어서 末松씨의 五城＝六城설은 결코 성립하기
어렵다고 말하지 않으면 안 되는 것이다.

그리고 이 점을 보다 중시하면 四邑・四村이나 六城을 둘러싼 종래의
이해, 특히 구체적인 지명비정 문제에 있어서도 역시 몇가지 중대한 문제
가 있음을 알 수 있다.

그래서 다음으로 이 지명비정의 문제를 다시 검토해 보기로 한다. 다름

아닌 이 문제는 왜 왕권의 「임나의 조」정책이라는 대외정책의 성립 배경
(역사적 유래)을 이해하는데 있어 중요한 시사를 제공해 주는 문제이기도
하기 때문이다.

2┃ 관련지명에 대한 재검토

우선 첫번째로 四邑 · 四村 · 六城 가운데 최초로 거론되고 있는 多多
羅에 대한 이해이다.

주지하는 바와 같이 통설에서는 多多羅는 금관국을 구성하는 네 개의
주된 지역의 하나로 이해되고 있다.

확실히 앞의 사료(a)의 四村과 사료(b)의 四邑, 그리고 사료(c)의 六城
가운데 四城(즉 多多羅 · 素奈羅 · 弗知鬼 · 委陀) 사이에는 多多羅(a) -
多多羅(b) - 多多羅(c), 金官(a) - 須那羅(a) - 須奈羅(b) - 素奈羅(c) 등과
같이 지역적인 공통성이 인정된다. 즉 多多羅 이하의 이들 네 개 지역은
통설의 이해처럼 이를 四村=四邑으로 파악하여 동일지역으로 이해해도
거의 틀림이 없다고 생각한다.

다만 여기에서 문제가 되는 것은 이들 四村 · 四邑을 가지고 곧바로
소위 협의의 임나 즉 금관국을 구성하는 네 개의 지역으로 간주해도 좋은
가 하는 점이며, 이에 대해서는 보다 신중하지 않으면 안 된다고 생각한다.

결론을 먼저 말하면, 多多羅의 경우는 반드시 금관국을 구성했다고
하는 소위 임나 四邑 즉 네 개 지역 가운데 하나라고는 한정할 수 없는
것이다.

왜냐하면 이 四村 · 四邑을 六城과 관련하여 정합적으로 이해하고자
할 경우, 다음의 3点에 대해서는 충분히 주의를 기울이지 않으면 안 된다
고 생각하기 때문이다.

첫째로, 앞서 『일본서기』에 보이는 숫자에 관한 구체적인 사례를 통해

확인한 바와 같이 사료(c)의 六城을 6개의 각각 독립된 별개의 성·지역
으로 이해하지 않으면 안 된다는 점, 둘째로 동시에 이들 六城으로 거론
되고 있는 諸城·諸지역은 문자 그대로의(혹은 좁은 의미에서의) 하나의
성·지역만을 의미하는 것이 아니라, 素奈羅＝금관국, 阿羅羅＝안라국
의 예에서도 분명한 것처럼 각각 가야제국 내의 독립된 하나의 나라(국
가)를 가리키고 있다는 점, 그리고 셋째로 이 역시 지극히 당연한 일이지
만, 四邑·四村의 하나인 多多羅와 六城 중의 多多羅는 동일지역·실체
로 간주해야 하는 점 등의 세 가지 요소를 전제로 하여 정합적으로 생각
하지 않으면 안 되는 것이다.

따라서 이상의 3점을 전제로 생각해 보면 多多羅·須奈羅·和陀·發
鬼 등 소위 임나 四邑이라 칭해지는 지역에 대해서도 종래와는 전혀 다른
이해가 가능하지 않을까 생각된다. 환언하면 이들 지역·지명에 대해서
는 통설의 이해처럼 소위 임나(협의) 즉 금관국을 구성하는 네 곳의 주된
지역으로 반드시 그 범위를 좁혀 이해할 필요는 없는 것처럼 여겨진다.

예를 들면, 須那羅(須奈羅·素奈羅) 그 자체가 「須(素)의 那羅」(우리
말로 「金·철의 國」의 의미), 즉 금관국이라는 하나의 독립국을 가리키
고 있는 것처럼, 多多羅 등의 경우도 또한 결코 금관국의 영역에 속하는
좁은 범위의 한 지역으로서가 아니라, 금관국의 경우와 같은 하나의 독자
적인·독립된 나라를 의미한다고 이해해야 하는 것은 아닐까.

이상을 요컨대 적어도 종래의 통설적 이해인 임나 四邑＝금관국설에
대해서는 사료(a)·(b)에 보이는 四村·四邑에 대한 위치비정의 문제에
있어서도 의문시하지 않을 수 없는 것이다.

왜냐하면 四村·四邑 가운데 安多와 委陀＝和多에 대해서는 불명이
지만, 須那羅＝김해, 背伐＝진해시 熊川, 費智＝창녕으로 비정하는 견
해[13]가 있는데, 만약 이에 따른다면 費智에 비정되는 창녕지역은 그 위

치로 보아 지금의 김해를 중심으로 하는 금관국의 영역 즉 금관국을 구성
하는 지역의 하나라고는 도저히 생각할 수 없기 때문이다.

게다가 이 창녕이라는 지역은 최근의 校洞고분군의 발굴을 통해서도
하나의 국가의 존재가 알려진 것처럼 결코 금관국을 구성하는 한 지역이
아니라, 諸사료에 있어서 「比只」(『삼국사기』신라본기)·「比自火」(『삼
국사기』지리지)·「比自鉢」(神功紀 49년조) 등으로 보이는 가야제국 내
의 일국인 「費智」이 위치한 지역으로 이해되는 것이다. 즉 지금의 창녕지
역은 가야제국의 일국이였던 「比自火」·「比自鉢」의 故地에 다름아닌
것이다.

요컨대 이상의 諸点은 사료(a)·(b)·(c)에 보이는 諸지역에 대해 이를
모두 금관국을 이루는 하나의 구성요소로서가 아니라, 6개 지역 모두가
가야제국 속의 일국으로서 개별 독립적으로 이해해야 마땅함을 시사하고
있는 것이다.

결국 多多羅에 대해서도 素奈羅=금관국과는 다른 지역·국가로 상정
하지 않을 수 없는 것이다.

그렇다면 구체적으로 多多羅의 경우를 어떻게 이해해야만 할까?

그래서 다음으로 多多羅의 구체적인 위치 및 국명 비정의 문제에 대해
검토해 보고자 한다.

통설에서는 多多羅는 금관국을 구성하는 네 지역 가운데의 하나로 보
고, 현재의 부산에서 남쪽으로 약 20킬로 거리에 위치하는 多大浦에 해
당한다고 간주되고 있다.[14)]

그러나 이 비정에는 약간의 문제가 있는 것처럼 생각된다.

---

13) 東潮·田中俊明, 『韓國の古代遺跡』2百濟·伽耶篇, 中央公論社, 1989,
      243쪽.
14) 日本古典文學大系本 『日本書紀』下, 岩波書店, 1969, 41쪽의 頭注22, 井上
      光貞監譯, 『日本書紀』, 中央公論社, 1987, 26쪽 등.

하나는 문헌자료상 10개국 이상이나 그 존재를 확인할 수 있는 가야제
국[15]가운데 가야제국을 구성하는 일국의 본거지가 지금의 다대포라는
지역에 위치해 있었다는 근거가 그 어디에도 보이지 않는다는 점이다.

다른 하나는 多多羅는 사료상「多多羅原」(계체기 23년 4월 시월조)으
로도 기록되고 있는데, 일반적으로「浦」은 바다에 면한 해안지역·지대
를,「原」(「羅」「那」「伐」도 동일)은 내륙의 넓은 평야지역을 의미하는
경우가 많다는 점을 전제로 하면 多多羅(「多多羅原」)의 구체적인 위치비
정으로 현재 한국에서 해수욕장으로도 이름 높은 곳의 하나인 지금의
多大浦는 너무나도 어울리지 않는다는 느낌을 지울 수 없는 것이다.

즉 이상의 2점을 전제로 생각해도 일본학계의 통설인 多多羅＝多大浦
설은 타당하지 않다고 말하지 않을 수 없는 것이다.

그렇다면 문제의 多多羅는 구체적으로 어디로 비정하는 것이 가능할까.

결론적으로 말하면 多多羅는 북부 가야제국의 대표격인 多羅國으로
간주할 수 있다고 생각한다. 즉 多多羅는 일찍이 역사적으로 저명한 대야
성이 위치한 지역으로, 근년 玉田古墳群의 발굴조사에 의해 명백한 고대
국가의 존재가 확인되었으며, 게다가 현재에도 여전히「多羅(里)」라는
지명이 남아있는 지금의 陜川지역으로서 가야제국 가운데에서도 북부
加羅의 유력한 國의 하나였던 多羅國에 비정하는 견해[16]를 가장 타당하
다고 해야할 것이다.

한편, 종래설에 대한 두 번째 의문으로 제기하지 않으면 안 되는 것은

---

15) 전체로서 加羅를 구성하는 諸國名에 대해서는 東潮·田中俊明,『韓國の古
代遺跡』2百濟·伽耶篇, 222쪽의「加耶諸國國名表」을 참조.
16) 東潮·田中俊明,『韓國の古代遺跡』2百濟·加耶篇, 297쪽 ; 李永植,「加耶
諸國と古代日本の交流史硏究－日本列島における加耶關連の文獻と遺跡
を中心に－」,『訪日學術硏究者論文集－歷史－』제6권, 日韓文化交流基金,
2002, 367쪽.

사료(c)에 보이는 南迦羅의 이해, 즉 그 위치나 비정에 대한 이해상의 문제이다.

통설에서는 多多羅・素奈羅・弗知鬼・委陀・南迦羅・阿羅羅 등 六城 가운데 南迦羅에 대해서는 多多羅・素奈羅・弗知鬼・委陀 등 四城의 총칭이거나 혹은 素奈羅 즉 금관국의 이칭으로 이해되고 있다. 그렇지만 과연 이러한 이해가 타당한지 다시 검토를 요하는 바이다.

물론 사료(c)에 보이는 六城 가운데 南迦羅가 素奈羅 즉 금관국의 이칭으로서의 南加羅 즉 양자가 동일실체일 가능성이 전혀 없는 것은 아니다.

왜냐하면 『일본서기』가운데 南加羅(南迦羅도 포함)의 用例를 찾아보면 대부분의 경우 다름아닌 素奈羅＝금관국을 의미하고 있기 때문이다. 즉, (1)神功紀 49년조, (2)계체기 21년 夏6월조, (3)계체기 23년 春3월 시월조, (4)흠명기 2년 夏4월조, (5)흠명기 2년 7월조(이상은 「南加羅」), (6)추고기 8년 시세조(「南迦羅」) 등에 그것을 확인할 수 있는데, 그 가운데 다만 (6)의 一例를 제외하고 (1)에서 (5)까지의 경우는 모두가 532년에 신라에 병합된 김해의 금관국을 가리키고 있는 것은 분명하기 때문이다.

다만, 문제의 南迦羅의 경우를 곧바로 素奈羅(＝금관국)와 동일실체로 이해하고, 이를 전제로 六城＝五城으로 간주하기 위해서는 결국 『일본서기』편자의 숫자 세기방법에 있어서 어떤 착오나 重出 등의 잘못이 있었음을 전제로 하지 않으면 안 되는 것이다. 그러나 이미 앞서 확인한 대로 그것을 인정하는 것은 좀처럼 불가능하다고 생각한다. 따라서 南迦羅에 대해서는 역시 素奈羅＝南加羅와는 다른 지역・나라로 생각하는 것이 보다 타당하리라 여겨진다.[17]

17) 혹은 그 일단이 南加羅와 南迦羅라는 表記上의 차이로서 나타나 있는 것일까. 즉 南加羅의 「加」과 南迦羅의 「迦」의 경우는 漢字의 음독으로는 완전히 동일하나, 『日本書紀』에 보이는 南加羅의 事例 가운데에는 지금 여

무엇보다도 이미 검토를 통해 확인한 것처럼『일본서기』에 나타난 사물의 세는 방식을 신뢰한다고 한다면, 南迦羅는 多多羅 등의 경우와 마찬가지로 독립적인 지역으로 이해하지 않으면 안 된다. 적어도 결코 네 성의 총칭 즉 金官四邑과 동일한 지역을 가리킨다고 간주하는 것은 불가능하다고 여겨지는 것이다. 왜냐하면 만약 그렇다고 한다면『일본서기』편자는 당연히 이를 六城이 아닌 五城으로 기록하는 것이 마땅하다고 생각되기 때문이다.

요컨대 이 六城의 하나로 열거되어 있는 南迦羅에 대해서는 그 위치를 多多羅 이하 네 개의 성과는 전혀 다른 독립된 어느 일정 지역·성으로 생각하지 않을 수 없다.

그렇다면 과연 이 南迦羅의 경우는 어디를 가리키는 것일까?

결론적으로 말하면 이 南迦羅는『일본서기』에 보이는「下韓」또는「南韓」과 동일지역은 아닐까 생각한다.

그래서「下韓」또는「南韓」의 사례를 찾아보면, 흠명기 2년 7월조, 同4년 冬 11월조, 同5년 2월조(이상「下韓」), 흠명기 5년 12월조(「南韓」) 등에 각각 보이고 있다.

우선「下韓」과「南韓」의 관련성인데, 실은 이 두 지역은 하나의 동일지역을 가리키고 있다.[18] 무엇보다도 양자가 동일지역인 것은 흠명기 4년 11월조, 同5년 2월조, 5년 12월조 등이 전하는 郡令·城主의 기사[19]

기서 문제로 하고 있는 사료 (c)만이「南迦羅」즉「迦」으로 표기되어 있으며 기타의 경우는 모두 南加羅로 되어 있는 점에도 주의할 필요가 있지 않을까 생각된다.

18) 日本古典文學大系本『日本書紀』下, 90쪽의 頭注 一三을 참조.

19) 百濟의 郡令·城主에 대해서는 흠명기 4, 5년조의 다음의 기사가 주목된다. 즉 欽明紀 4년 冬11월조의「在任那之下韓, 百濟郡令城主」「在下韓之, 我郡令城主」, 欽明紀 5년 2월조의「將出在下韓之, 百濟郡令城主」, 그리고 欽明紀 5년 11월조의 소위 百濟의 三策 중의 策二策으로서「猶於南韓, 置

를 통해서도 확인할 수 있다. 즉 「下韓」과 「南韓」은 모두 백제의 郡令·城主가 파견 설치되어 있었던 곳으로 완전히 같은 지역인 것이다.

그리고 이 점은 각 명칭 속에 「韓」이 공통적으로 보이고 있다는 점은 말할 것도 없고, 실은 「下」과 「南」이 상통한다는 점에서도 말할 수 있는 것이다. 즉 「下」과 「南」은 그저 단순히 아래나 남쪽을 의미하는 것이 아니라 모두 「前」이나 「先」등의 의미까지도 포함하고 있으며, 결국 양자는 의미상에 있어서도 거의 같다고 할 수 있다. 따라서 이러한 측면에서도 양자가 동일지역임은 틀림이 없을 것이다.

다음으로 동일지역인 「下韓」·「南韓」과 南加羅(南迦羅)의 관계인데, 기본적으로 양자가 어의상에 있어서는 완전히 같다.[20] 즉 『일본서기』에서의 음독이 각각 下韓(アルシカラクニ)·南韓(アリヒシノカラ), 南加羅(アリヒシノカラ)라 되어 있는 점에서도 알 수 있는 것처럼, 실은 이들 三者가 下＝南＝南, 韓(カラ)＝韓＝加羅(カラ)의 관계에 있는 것이다.

이상을 통해 南加羅(南迦羅)＝下韓＝南韓의 관계가 명확해 졌다고 생각하는데, 그렇다면 사료(c)의 문제의 南迦羅는 통설처럼 素奈羅＝금관국의 이칭으로서의 南加羅가 重出된 것, 혹은 多多羅 이하의 四城 즉 소위 金官四邑의 총칭으로서의 南加羅가 되는 것일까.

결론을 먼저 말하면, 이 南迦羅가 금관국＝素奈羅를 의미하는 바의 南加羅와 같은 지역은 결코 아니라는 것이다.

그런데 여기에서 한 가지 주의되는 것은 「下韓」과 「南韓」은 어의상에서는 「南加羅」(즉 素奈羅＝금관가야)와 완전히 같다는 점이다. 어쩌면 이 점이 여기서 문제로 하고 있는 南迦羅의 이해나 앞서 본 五城＝六城

郡令·城主者」이 보이고 있다. 그 어느 경우도 「下韓」은 百濟의 郡令·城主가 설치된 地域으로 되어 있기 때문에 거의 同一事實을 나타내고 있다고 이해해도 좋을 것이다.
20) 日本古典文學大系本 『日本書紀』下, 76쪽의 頭注 五를 참조.

설에 있어서 오해를 초래하는 요인으로 작용한 것은 아닐까 여겨지기 때문이다. 바꿔 말하면 六城 가운데 南迦羅(南加羅)를 多多羅 이하 四城의 총칭 혹은 素奈羅＝금관국의 이칭으로 간주해 온 종래의 통설의 이유·원인이 되어 있는 것인지도 모르는 것이다.

어쨌든 이 南迦羅는 앞서 확인한대로 下韓·南韓과 같은 지역으로 이해해야만 하며, 그것이 결코 532년에 신라에 의해 이미 병합된 南加羅(素奈羅＝금관국)가 아닌 것은 다음의 3점으로 보아도 거의 틀림이 없을 것이다.

첫째,「南加羅」나「下韓」·「南韓」등의『일본서기』의 用例를 검토해 보면 양자의 차이가 분명해 진다.

우선『일본서기』에 보이는 南加羅(南迦羅)의 用例는 앞서 확인한 것처럼 (1)―(5)의「南加羅」과 (6)의「南迦羅」등 모두 6例가 있다.

그런데 (1)에서 (5)까지의 경우는 모두 南加羅 즉 532년에 신라에 병합된 금관국＝素奈羅로 이해해도 전혀 문제가 없다. 이에 대해 (6)의 南迦羅의 경우는 이것을 素奈羅 즉 금관국으로 이해하면 앞서 지적한 것과 같은 숫자상의 모순·문제가 생기는 것이다.

한편 下韓＝南韓에 대해서는 흠명기 2년 7월조, 同4년 11월조, 同5년 2월조, 同5년 12월조 등에 散見하는데, 특히 흠명기 2년 7월조의「來奏下韓·任那之政」의 기사가 주목된다. 즉 이것은 백제가 왜 왕권에 견사하여「下韓과 임나의 政」을 보고했다고 하는 것인데, 이 임나를 광의·협의 어느 쪽의 의미를 취하든[21] 이 下韓은 일단 임나와는 다른 지역·성으로 해석하지 않을 수 없는 것이다.

---

21) 물론 百濟가 현재 新羅의 치하에 있는 金官國의「政」을 보고할 의무도, 또한 그럴 필요도 없는 것이기 때문에 이를 협의의 임나 즉 金官國으로 이해할 수는 없으며, 당연히 광의의 임나 즉 加耶諸國으로 이해하지 않으면 안 된다고 생각된다.

요컨대 이상을 통해 적어도 『일본서기』편자가 南加羅(금관국)와 下韓·南韓 즉 南迦羅를 확실히 구별하고 있는 것은 분명하다고 할 수 있다.

둘째, 흠명기 2년 7월조를 비롯한 이들 下韓·南韓 관련기사[22]가 모두 예외 없이 532년의 南加羅(금관국＝素奈羅) 멸망후에 처음으로 나타나고 있다는 점에서도 분명하다.

셋째로, 무엇보다도 역사적인 사실의 문제로서 백제의 군대주둔을 전제로 하는 下韓·南韓에 대한 郡令·城主의 배치와 같은 백제측의 군사적 행위가 南加羅 즉 김해를 중심으로 하는 금관국의 영역내에서 행해진 사실도 없으며, 사료상 그 흔적도 전혀 찾을 수 없다는 점이 그것을 증명하고 있다고 말할 수 있는 것은 아닐까.

이상을 요컨대 사료(c)에 있어서 六城의 하나인 南迦羅는 下韓·南韓과 동일 지역이라는 점, 그리고 下韓＝南韓＝南迦羅가 532년에 신라에 병합된 素奈羅＝금관국＝南加羅와 동일실체가 아니라는 점, 이들 2점은 움직이기 어려운 사실이라는 것이다.

그러면 문제의 南迦羅(下韓·南韓)가 南加羅＝素奈羅＝금관국과 같은 지역이 아니라고 한다면 그 위치를 어떻게 이해해야 좋을까.

결론적으로 말해 그 정확한 위치를 구체적으로 특정하는 일은 매우 어렵다고 생각한다. 왜냐하면 『일본서기』가운데에는 「南加羅」은 김해의 금관국을 가리키는 고유명사로 사용되고 있는 데에 대해, 「下韓＝南韓＝南迦羅」의 경우는 「남쪽에 위치하는 加羅」라는 의미로 사용되고 있어, 거의 보통명사와 같은 사용방법으로 나타나 있기 때문이다. 따라서 지금 현재의 입장에서 그 구체적인 위치를 특정하는 일은 불가능하다.

다만 흠명기 5년 12월조의 「猶於南韓置郡令·城主者豈欲違背天皇遮斷貢調之路.」라는 기사에서 금관국보다는 아래 혹은 南에 위치하는 지역

22) 앞의 주19) 참조.

으로 이해할 수 있거나[23] 下韓・南韓에 대한 郡令・城主의 파견이 532
년의 금관국의 멸망과 전후하는 시기에 백제가 안라국에 군대를 주둔시
킨 일[24]과 어떤 관련이 있다고 한다면 안라국에서 그다지 멀지 않거나
또는 근접한 지역으로 보인다는 점에서 금관국과 안라국 사이의 지역이
거나 안라국에 가까운 곳에서 찾지 않으면 안 될 것이다. 또는 더 나아가
안라국보다도 이남의 지역을 생각해야만 할까.[25]

어쨌든 南迦羅(下韓・南韓)는 지리적으로는 김해의 금관국보다는 남
쪽 방면에 위치하는 곳으로서, 지금의 咸安에 해당하는 안라국에 가깝거
나 그다지 멀지 않은 지역으로 생각하여, 결국 가야제국 중에서는 상당히
남쪽에 위치한 지역으로 이해하는 것이 타당하다고 생각한다.

이상 多多羅와 「南迦羅」의 위치비정 문제를 중심으로 종래설의 타당
성 문제를 검토해 보았는데, 특히 南迦羅＝金官四邑의 총칭이라고 하는
이해에 기초한 「임나의 조」＝金官四邑의 調라는 통설적 이해가 더 이상
성립할 수 없음을 확인했다.

....

23) 日本古典文學大系本『日本書紀』下, 76쪽의 頭注 五는 下韓의 위치와 관련
   하여 本文에서 본 欽明紀 5년 11월조의 기사로부터 [任那의 南部로 南加羅
   에 진출한 新羅의 前面에 해당하는 지역일 것이다]라고 추측하고 있다.

24) 繼體紀 25년 冬12월 丙申朔庚子條의 割注에 「或本云, 天皇, 廿八年歲次甲
   寅崩. 而此云廿五年 歲次辛亥崩者, 取百濟本記爲文. 其文云, 太歲辛亥三
   月, 軍進至于安羅, 營乞乇城. <下略>」이라 보인다.

25) 南迦羅의 南의 의미는 본문에서도 언급한 것처럼 반드시 方位上에 있어서
   의 남쪽방면만으로 한정해서 볼 필요는 없을 것이다. 오히려 남쪽을 포함
   하여 그 범위를 보다 넓게 이해하여 어떤 중심점・거점에서 보아 前・
   下・先 등의 의미로 보다 넓게 이해할 필요가 있다. 그렇다고 한다면,
   『日本書紀』에 任那四縣으로 보이는 多唎地域(繼體紀 6년 12월조), 혹은
   6세기 초두 百濟와 大加羅 사이에 분쟁지역이 되었던 己汶(지금의 南
   原)・滯沙(지금의 河東)地域(繼體紀 7년 6월조 및 同11월조)을 상정할 수
   있지 않을까 생각된다.

3 │ 소위 임나 및 「임나의 조」의 실체

마지막으로 이상의 검토내용을 전제로 하여 「임나의 조」에 있어서 소
위 임나의 실체에 대해 살펴보기로 한다.

지금까지 살펴 본 것처럼 「임나의 조」＝「금관국 四邑의 調」라는 통
설의 이해에 있어서 六城 가운데 보이는 南迦羅에 대한 이해는 그 可否
에 관련된 하나의 커다란 문제라 할 수 있는데, 우선 전장의 검토를 전제
로 한다면 南迦羅가 결코 多多羅 이하의 4읍 혹은 4촌의 총칭이 될 수는
없는 것이다.

왜냐하면 앞서 검토한 것처럼 多多羅의 경우는 북부가야를 구성하는
주요국의 하나로 대야성이 위치한 현재의 합천지역으로 간주되는데, 만
약 그렇다고 한다면 남쪽 가라를 의미하는 명칭인 南迦羅의 구성요소는
결코 될 수 없다고 여겨지기 때문이다.

더욱이 백보를 양보하여 통설의 이해처럼 가령 南迦羅가 多多羅 등
四城과 동일지역, 즉 금관국 四邑의 총칭(혹은 素奈羅의 이칭)이라 하더
라도, 6성 중에 보이는 「阿羅羅」의 존재를 무시할 수 없는 한 임나＝금관
국 4읍설은 성립할 수 없다. 두 말할 나위도 없이 금관가야를 구성하는
요소로 「阿羅羅」즉 安羅가 포함되지 않는다는 점은 재론의 여지가 없기
때문이다.

따라서 전게 사료(c)에 나타난 「임나의 조」과 관련된 지역으로서 6성
의 존재를 중시한다고 한다면 적어도 임나 및 「임나의 조」의 실체와 관련
된 가라지역은 금관국 일국만이 아닌 금관국과 안라국이라는 두 나라라
는 점은 더 이상 움직이기 어려운 것이다.

다시 말해 「임나의 조」의 임나는 결코 협의의 임나인 금관국 일국만을
의미하는 것이 아니며, 적어도 금관국과 안라국을 포함하고 있다고 이해
하지 않으면 안 된다. 따라서 「임나의 조」의 실체를 둘러싸고 적어도

「임나의 조」=「금관국 四邑의 調」라는 등식이 곧바로 성립하지 않는다는 점은 이미 분명하다.

　원래 종래의 「임나의 조」에 대한 이해에 있어서 그 실체를 金官四邑의 調라 간주하는 통설적 이해는 소위 임나=금관가야라는 이해 및 신라·백제의 임나 즉 구 金官가야지역에 대한 영유·지배라는 두 가지 사실을 그 전제로 해야만 비로서 성립하는 것이다. 바꿔 말하면 종래의 금관4읍설은 이러한 두 가지 전제가 성립하지 않는다면 곧바로 성립할 수 없게 되는 것이다.

　그렇다면 과연 그 두 가지 전제는 성립하는 것일까?

　우선 전자의 전제가 성립하지 않는다는 점은 이미 확인한 대로이다. 그래서 여기에서는 후자의 문제를 중심으로 간단히 살펴보기로 한다.

　결론을 먼저 말하면, 왜 왕권의 「임나의 조」라는 대외정책의 문제에 있어서 반드시 신라·백제에 의한 금관국의 영유·지배를 그 전제로 하지 않는다는 점은 645년 7월에 나온 「임나의 조」정책에 관련된 백제(왕)에 대한 詔(사료(d))[26]에 대한 분석을 통해서도 말할 수 있을 것이다.

　이전 별고[27]에서 검토한 것처럼, 이 사료(d)는 「임나의 조」에 관련된 왜 왕권의 대외정책이 변화된 내용, 즉 개신정권 성립후에 「임나의 조」도 입정책의 대상이 신라에서 백제로 전환되었음을 나타낸 것이다.

　그런데 종래의 이해에 있어서 그 방침 결정의 배경으로 주목되어 온 것이 백제에 의한 소위 구임나령의 탈환이다. 즉『삼국사기』에 보이는 642년 7, 8월에 있어서 백제의 신라침공에 의한 구가야지역 일부에 대한

─────────

26) 효덕기 대화원년 7월조. 아울러 이 사료를 둘러싼 末松설로 대표되는 일본 학계의 통설적 이해의 문제점에 대한 구체적인 분석은 김현구,『大和政權の對外關係研究』, 370~376쪽을 참조.
27) 나행주,「대화개신 정권의 대외정책─질의 관점에서 본 종래설 비판─」,『일본역사연구』12, 2000.

회복·영유의 사실이다.[28]

그리고 종래의 이해에서는 이러한 임나령의 奪回라는 백제의 움직임을 전제로 그에 대응하는 조치로서 백제 측으로부터 「임나의 조」의 貢進을 받게 되었다고 간주하고 있는 것이다.

말할 것도 없이 義慈王 즉위 후의 백제가 642년 7·8월에 걸쳐 대대적인 대신라 군사행동을 일으켜, 신라 국서(國西)의 40여 성과 일찍이 多羅國의 중심지였던 대야성 일대의 탈환에 성공한 것으로, 그 결과 오랜 기간 동안 염원했던 구가야지역에 대한 영유를 이룬 것은 틀림없는 사실이다.

그런데 여기서 검토를 요하는 문제는 「임나의 조」의 실체를 舊金官加耶 지역 즉 金官四邑의 調라고 간주하는 종래의 통설적 이해의 가부와 관련하여 과연 642년의 백제의 군사행동의 결과에 金官四邑=금관국이 포함되어 있는가 하는 점이다.

바꿔말하면 이 시기에 백제가 奪回한 신라 「國西의 四十余城」가운데 과연 金官四邑을 포함한 구금관국의 故地가 모두 포함되어 있는가 하는 점일 것이다. 왜냐 하면 만약 이 전제가 성립하지 않는다면 「임나의 조」=金官四邑의 調라는 종래의 일본학계의 이해가 커다란 모순에 봉착하기 때문이다.

결론적으로 말하면 백제가 642년 7·8월의 군사행동에 의해 구금관가야의 故地를 포함한 가야 남부지역까지도 손에 넣었다라는 점을 적어도 사료적 근거에 의해 증명하는 것은 불가능하다고 여겨진다.

백제가 642년의 군사행동에 의해 새롭게 영토로 한 諸지역 가운데 「(신라)國西四十余城」의 구체적인 내용은 불명이지만, 저명한 대야성의 경우는 玉田古墳群으로 알려진 지금의 陜川지역이며 다름아닌 多羅國의

---

28) 『三國史記』 百濟本紀 義慈王 2년 7·8월조 및 新羅本紀 善德王 11년 7월·8월是月條.

故地이다. 주지하는 바와 같이 多羅國은 고령의 대가야와 비견되는 세력으로서 북부지역의 加羅連盟을 구성하는 대표국의 하나이다.[29] 따라서 642년에 감행한 신라침공으로 백제가 얻은 것은 지역적으로는 주로 대야성을 중심으로 하는 북부가라 지역의 대부분(혹은 40여 성이라는 점에서 추측하면 고령의 대가라 지역 등도 일부 포함되었을 가능성이 있지 않을까 추측된다)을 손에 넣었다고 이해하는 것이 지금으로서는 무난하지 않을까.

　요컨대 백제가 642년의 전과에 의해 신라로부터 새롭게 획득한 영토대상을 그 지리적 위치나 방위상으로 보아 신라의 「國南」이라 칭해야 마땅할 김해의 금관국까지도 포함시켜 영유했다고 생각하는 것은 상당히 무리일 것이다.

　이점은 물론 사료의 잔존형태라는 문제도 있지만, 백제의 신라침공과 그 전과(신라의 國西四十余城과 대야성의 奪回)를 기록한 『삼국사기』가 백제의 구금관국 영유라는 사실을 전혀 전하고 있지 않다는 점에서도 충분히 추측할 수 있지 않을까. 환언하면 『삼국사기』 편자가 대야성에 관한 내용을 기록하면서도 가야제국 가운데 고령의 大加羅와 함께 「大加羅(大加耶)」으로 칭해졌던 가야제국 중의 또 하나의 중심국인 김해의 금관국에 관한 내용을 기록에서 빠뜨렸다고는(혹은 일부러 그 사실을 은폐하기 위해 사서에 채록하지 않았다고는) 쉽게 상상할 수 없기 때문이다.

　즉 문제의 구금관국을 구성한 지역의 귀속은 532년 멸망과 함께 신라령이 된 이래 한번도 백제의 영토가 된 적이 없으며, 신라가 멸망하기까지 계속 신라령으로 존속되었다고 생각되는 것이다.

　그렇다고 한다면 여기에서 한 가지 주의해야 할 점은 실제로 백제가

----

29) 田中俊明, 『大加耶連盟の興亡と「任那」』, 吉川弘文館, 1992 ; 金泰植, 『加耶聯盟史』, 一潮閣, 1993 참조.

642년의 군사활동에 의해 구금관국 四邑지역을 영유하고 있지 않음에도 불구하고 사료(d)가 말해주는 것처럼 645년 7월의 단계에서 왜 왕권은 신라에 대해서가 아니라 백제에 대해 「임나의 조」의 납입을 요구·주장하고 있다는 점이다. 다시 말해 645년 7월 현재의 왜 왕권에 있어서 「임나의 조」정책의 추진 대상은 현재 구금관가야 지역을 영유하고 있는 신라가 아닌 백제라고 하는 사실이다.

무엇보다도 이 사실은 「임나의 조」＝金官四邑의 調라는 종래의 통설적 이해에 있어서의 모순·문제점을 부각시켜 주는 것이며, 동시에 왜 왕권에 있어서 「임나의 조」의 요구대상 즉 정책시행의 대상은 반드시 백제·신라의 구금관국＝金官四邑에 대한 지배·영유를 그 전제로 하고 있지는 않다는 점을 다시 확인시켜 주는 것이기 때문이다.

이상을 요컨대 「임나의 조」문제의 이해에 있어서 신라·백제 양국의 임나지역에 대한 지배, 특히 구금관국 지역에 대한 영유를 그 전제로 하는 종래의 사고방식에 대해서도 재고의 여지가 있다고 말하지 않으면 안되는 것이다.

결국 「임나의 조」과 관련된 임나의 실체는 금관4읍 즉 협의의 임나인 금관가야만을 의미하는 것이 결코 아니며, 적어도 금관국과 안라국으로 대표되는 남부가야, 다라국으로 대표되는 북부가야 지역을 포괄하는 가야제국 전체를 의미하고 있다고 이해하지 않으면 안 되는 것이다.

4. 결어

지금까지 「임나의 조」의 실체에 관한 일본학계를 중심으로 하는 종래설의 문제점을 검토하기 위해 특히 통설적 이해의 疵瑕에 관련된 중요한 문제의 하나인 「임나의 조」＝金官四邑설에 대해 그 통설의 기초를 이룬 末松설 특히 씨의 六城＝五城설을 중심으로 살펴보았는데, 이상에서 살펴 본 바에 의거해 다음과 같은 몇 가지 사실을 확실하게 말할 수 있는 것은 아닐까 생각된다. 즉,

(1) 추고기 8년조에 보이는 六城에 대한 지명분석을 통해서 「임나의 조」의 임나가 협의의 임나 즉 금관국 일국만을 반드시 의미하지 않는다는 점, 따라서 「임나의 조」＝구금관국 四邑의 調(물산)만을 의미하지 않는다는 점이다.

(2) (1)의 당연한 귀결로서 「임나의 조」의 임나는 6성을 구성하는 제지역을 포함하는 것으로 이해해야 하며, 적어도 금관국과 안라국, 그리고 다라국과 비자벌과 같은 가야남부 및 북부에 위치한 주요국이 그 대상이 되고 있다는 점이다.

(3) 왜 왕권의 「임나의 조」정책의 성립·수행은 반드시 신라·백제 양국의 구임나지역(특히, 南加羅 즉 금관가야)에 대한 직접적인 지배·영유를 그 불가결한 요소·전제로 하고 있지 않다는 점, 환언하면 왜 왕권에 있어서 「임나의 조」은 구임나 지역을 신라가 지배할 때에는 신라에, 또 백제가 지배할 때에는 백제에 대해 왜 왕권이 그 지배권을 승인하는 代償으로서 「임나의 조」의 납입을 요구·주장하는 것과 같은 성질의 것이 결코 아니었다는 점이다.

(4) 따라서 왜 왕권이 신라·백제의 어느 일국으로부터 「임나의 조」을 도입하는 정책을 추진하는 것은 결코 두 나라의 임나영유에 대한 지배권의 승인을 의미하는 것이 아니며, 그에 대한 보상도 결코 아니라는 점이다.

(5) 앞의 (1) 및 (2)와 관련한 중요한 사실로서, 「임나의 조」라는 왜 왕권의 대외정책 수립의 배경은 결국 6성을 구성하는 가야제국 특히 금관국, 안라국 그리고 다라국 등과 같은 가야남부 및 북부지역과 왜왕권

간의 장기간에 걸친 역사적 관계 속에서 해명되어야만 한다는 점이다. 즉 멸망전의 가야제국과 왜왕권 간의 교류교통관계에 대한 해명의 문제 인데, 이점에 대한 구체적 검토는 금후의 과제로 남겨두기로 한다.

제1장 | 대외관계로 본 고대

5

孝德期의 對外關係

仁藤敦史*

1. 머리말

효덕기(孝德期) 前後에 관한 대외관계연구의 기조는 수·당제국(隋唐帝國)의 성립에 의한 동아시아 제국(諸國)의 긴장을 배경으로 권력집중을 시도한 시기로 자리매김하는 논의가 통설적 위치를 점한다.[1] 특히 고구려의 연개소문(淵蓋蘇文), 신라의 김춘추(金春秋), 그리고 백제의 의자왕(義慈王)에 의한 권력집중과 왜국(倭國)에서 일어난 을사(乙巳)의 변(變)은 물론, '다이카개신(大化改新)'의 여러 정책도 당시 초대국(超大國)이었던 수·당제국의 동아시아에 대한 군사적·외교적 개입에 국가적으로 대응한 시책으로 평가되고 있다.

신라는 당에 대해 영합적인 입장을 취하였고 고구려와 백제는 대항적인 입장을 취하였지만 어느 쪽도 완벽한 속국화(屬國化)나 군사적 결전

---

* 일본고대사 國立歷史民俗博物館 研究部 教授

1) 井上光貞, 「大化改新と東アジア」, 『井上光貞著作集』5, 1986[初出: 1975], 135쪽 등.

을 바라고 있었던 것은 아니며 당에 대한 상대적인 독립성을 주장하는
점에서는 공통점이 있었다고 생각된다. 왜국의 입장도 크게 다르지는 않
았지만 영토가 근접해있지 않다는 지세적(地勢的)인 유리함과 고구려와
의 연대 등에 의해, 한반도 삼국보다는 중국에 대해 독립성을 유지할 수
있었다고 상정된다.

본고에서는 고대사 이해에 있어서 '국민국가(國民國家)', '일국사(一國
史)'적 틀을 비판한다. 즉, 국가 · 민족 · 국적이라는 전제에 기초하는 국가
간의 일원적 외교를 상대화하고 다원적 교류의 가능성을 지적한다.[2]

전전(戰前)에는 야마토조정(大和朝廷)이 국내의 통일을 전제로, 4세기
까지 한반도에 군사적으로 진출하여 그 지역을 지배하였고 반도 남부의
지배 · 경영을 둘러싸고 한반도 제국(諸國)과 항쟁 · 대립을 반복하였으며
대중국외교도 이러한 상황에 대응하기 위한 것이었다는 설명과, 백촌강
(白村江) 싸움에서의 패배에 의해 종래의 '권익(權益)'을 상실하였다는
이해가 일반적이었다. '한반도남부의 지배'를 중시하는 전전(戰前)의 관
점은 메이지유신(明治維新) 이후 '국민국가 담론'을 구축할 때 근대를 통
하여 자화상(自畵像)으로써의 '고대'를 '발견'한 데에 따른 것이다.

전후 역사학(戰後歷史學)에서는 전전(戰前)의 독선적인 일본사를 극
복하기 위해 동아시아를 하나의 역사적 세계, 완결된 '지역'으로 파악하
여 그 속에서 일본사를 자리매김하고자 하는 시도가 활발하게 나타났다.
이러한 동아시아의 국제관계론에 대한 연구는 중국을 중심으로 하는 국제
질서론(國際秩序論='책봉체제론[冊封體制論]')[3]과 고대국가의 성립과정

---

2) 각론(各論)으로써의 人質 · 婚姻 · 調 문제에 대해서는, 拙稿, 「文獻よりみ
   た古代の日朝關係」, 『國立歷史民俗博物館硏究報告』110, 2004를 참조하
   기 바란다.
3) 西嶋定生, 「東アジア世界と冊封體制」, 『西嶋定生東アジア史論集3 東アジ
   ア世界と冊封體制』, 岩波書店, 2002[初出: 1982]; 同, 「序說」, 『中國古代國

에 있어서 국내적 제 모순(諸矛盾)뿐만 아니라 '교통(交通)'에 의해 매개
되는 국제적 환경이 독립적 요인으로 작용한다고 하는 '국제적 계기론(國
際的 契機論)'[4]의 두 가지 흐름을 중심으로 전개되어 왔다. 그러나 근대
국민국가의 틀을 전제로 하는 '일국사'의 극복이 반드시 충분히 이루어진
것만은 아니다. '책봉체제론'은, 중국을 중심으로 하는 동아시아의 정치
질서를 밝혀주었으나 어디까지나 중국 중심의 질서에 대한 설명일 뿐,
주변 국가들의 주체적인 동향이나 '소중화사상(小中華思想)'의 존재를
경시하고 있다.[5] '국제적 계기론'도 내정(內政)과 외교가 가지는 불가분
의 관계를 밝혔지만 '임나지배(任那支配)'를 전제로 한 국가성립사(國家
成立史)라는 점 등이 극복되지 않았다.[6] 이와 같이 역사적으로 형성된 국
가·국민·국적·국경 등을 암묵적 전제로 하는 논의는 다수 존재하는데
근년의 '임나일본부(任那日本府)' 문제 등도 그 예외는 아니다.[7]

家と東アジア世界』, 東京大學出版會, 1983[初出: 1970]; 同, 「東アジア世
界の形成と展開」, 『西嶋定生東アジア史論集3 東アジア世界と冊封體制』,
岩波書店, 2002[初出: 1973] 등.

4) 石母田正, 「古代における『帝國主義』について」, 『石母田正著作集4 古代國
家論』, 岩波書店, 1989[初出: 1972]; 同, 「日本古代における國際意識につ
いて」, 『石母田正著作集4 古代國家論』, 1989[初出: 1982]; 同, 「天皇と諸蕃」,
『石母田正著作集4 古代國家論』, 1989[初出: 1983].

5) 旗田巍, 「十~十一世紀の東アジアと日本」, 『岩波講座日本歷史4 古代4』, 岩
波書店, 1982; 鬼頭淸明, 「古代東アジア史への接近」, 『日本古代國家形成
と東アジア』, 校倉書房, 1978[初出: 1975]; 酒寄雅志, 「古代東アジア諸國
の國際意識」, 『歷史學研究 別冊·東アジア世界の再編と民衆意識』, 靑木
書店, 1983.

6) 山尾幸久, 『古代の日朝關係』, 塙書房, 1989.

7) 이른바 '任那日本府'에 대한 私見의 자세한 내용은 別稿에서 전개하고자
하며, 여기에는 결론만을 서술해둔다. 그 階層은 다양하고 的臣과 같은
'卿'·'大臣' 등으로 표기되는 派遣使者인 倭臣, 그리고 吉備臣과 같은 雄
略期 이래의 '在安羅諸倭臣' 혹은 '執事'로 표기된 사람들 및 阿賢移那
斯·佐魯麻都를 전형으로 하는 金官國 내지 加羅國 등의 在地系 사람 이

　　이하에서는 이러한 관점에서 기존의 연구가 가지는 문제점을 지적하고, 사료에 기초한 검토를 시도하고자 한다.

2. 孝德期의 外交基調를 둘러싼 諸說

　　당시 왜국의 외교기조에 대해서는 등거리(等距離)·균형외교로 평가하는 설과 분열외교로 평가하는 설이 병존하고 있다. 前者인 등거리·균형외교설은 이노우에 미쓰사다(井上光貞), 기토 기요아키(鬼頭淸明), 스즈키 야스타미(鈴木靖民), 모리 기미유키(森公章), 니시모토 마사히로(西本昌弘) 등이 주장하고 있다.

　　이노우에 미쓰사다는 다이카개신 정권의 신노선(新路線)이란, "親백제·反신라적인 소가씨(蘇我氏) 이래의 구노선(舊路線)과는 다르며 당·신라와 고구려·백제와의 대립이 한층 심화되어 가는 현상 속에서 당과의 통교를 요구하고 신라와의 우호를 중시하며 백제·신라에 대한 종주적(宗主的) 입장을 유지하고자 한 방침"이라고 말한다.[8]

　　기토 기요아키는, "백제·신라에 대한 정책은 양국의 대립상태를 이용하여 쌍방으로부터 「조공(朝貢)」을 계속해서 확보하고자 하는 「균형외교」"라 규정하고 "균형외교의 형식적 표현이 일본의 대국의식(大國意識)

　　　상 가지 집단으로 구성되었다. 어느 계층의 활동을 강조하는가를 가지고 外交使節, 殘留倭臣, 倭系在地人의 성격을 지적할 수 있다. 이들이 일괄하여 '任那(安羅)日本府'로 표기되었던 것은 가야침공에 대해서 安羅王과 함께 親신라적 활동을 한 집단을 대립적으로 百濟系 史料가 표현한 것. 倭臣 및 加耶諸國의 독자적인 판단에 의한 외교활동을 읽어내야 하고 現地 倭系集団의 연합을 왜왕권이 사자를 파견함으로써 단기간, 외교적으로 이용하고자 시도한 것이 실태에 가까우며 恒常的인 外交機關라고는 말할 수 없다.

　8) 井上光貞, 앞의 논문, 108쪽.

으로 채색되어 있다"라고도 설명한다.9)

스즈키 야스타미는, '이면적(二面的) 외교'로도 표현되는 외교정견(外交政見)의 불일치를 인정하면서도, "정변 직전의 소가 본종가(本宗家)는 친백제, 고구려·당 무시의 외교방침이고 고토쿠(孝德) 옹립파는 여기에 반대하여 같은 친백제이지만 신라·당과의 외교를 고려하는 정책"이며 "왜는 친신라를 기본으로 잡아놓으면서 對신라·당 정책을 모색하였고 이 해에 단절되어 있던 신라와의 유효책(有效策)을 가미하도록 결정한 것이다. 이것은 전방위 외교의 실현으로 연결되는 근년에 없던 외교방침의 대전환이며 新정권의 정치개혁과 궤를 같이 하는 시도"라고 논한다.10)

모리 기미유키는 개신정치를 '급진적인 고토쿠 천황의 개혁'과 '저항세력'인 나카노오에(中大兄)의 대립이라 평가하면서도 "소가 본종가 멸망의 배경에 외교노선의 대립을 상정하는 의견도 제시되고 있다. 그러나 고토쿠朝의 외교는 종래의 균형외교를 답습한 것으로 특별히 커다란 변화는 간취할 수 없다"라고 하여 외교노선의 변화에 대해서는 평가하지 않는다.11)

니시모토 마사히로도 "新정권은 고구려와의 수호(修好)를 확인하고 백제에는 임나의 조(調)를 계속해서 요구하였으며 신라에는 임나의 조 폐지를 통지하는 등 642년의 외교결정을 전면적으로 계승하는 자세를 보였다"라고 말한다. "왜국의 새로운 외교방침은, 신라로의 출병을 기도한 것은 아니기 때문에 신라에 대한 강경책이라고는 말할 수 없고 백제에

9) 鬼頭淸明, 「七世紀後半の東アジアと日本」, 『日本古代國家形成と東アジア』, 校倉書房, 1976[初出: 1970], 122쪽·127쪽·133쪽·141쪽.
10) 鈴木靖民, 「七世紀東アジアの爭亂と變革」, 『新版 古代の日本2 アジアからみた古代日本』, 角川書店, 1992, 287쪽·289쪽.
11) 森公章, 『戰爭の日本史1 東アジアの動亂と倭國』, 吉川弘文館, 2006, 235쪽.

대한 커다란 불신감을 전제로 하고 있기 때문에 친백제 정책이라고도 단언할 수 없다"라고 하여 백제의 가야점령을 전제로 한 임나부흥책의 연장에 개신정부의 외교를 자리매김한다.[12]

　백제뿐만 아니라 당·신라와도 통교하여, 백제·신라에 대한 종주적(宗主的) 입장을 유지했다는 이노우에 미쓰사다說 가운데, 스즈키 야스타미說은 '전방위 외교', '이면적 외교'라는 균형적 요소를 강조하고 기토 기요아키說은 백제와 신라에 대한 종주적 입장을 강조한다. 이에 대해 모리 기미유키·니시모토 마사히로의 경우 종래의 균형외교 계승이라는 점에서 개신정부의 외교방침에 대해 특단의 새로움을 인정하지 않는다는 점이 특징으로 지적될 수 있다.

　한편, 後者와 같이 개신정부의 외교를 '분열외교' 혹은 '이면외교(二面外交)'로 자리매김하는 설은 이시모다 쇼(石母田正)·야기 아츠루(八木充)·야마오 유키히사(山尾幸久)·김현구(金鉉球)·스즈키 히데오(鈴木英夫) 등에 의해 주장되고 있다.

　먼저, 이시모다 쇼는 스이코 조(推古朝) 이래의 외교기조를 친백제적인 소가방식(蘇我方式)과 친신라적인 태자방식(太子方式)의 불일치와 대립이 현재화(顯在化)한 것이라 자리매김하고, "친백제적인 소가방식은 개신정부의 정책이 신라를 매개로 하는 당과의 결합, 조공국(朝貢國)으로서 당에 신종(臣從)하는 것을 목적으로 하는 이상, 여기에서 최종적으로 방기하지 않으면 안 되게 되었"지만, "소가방식이 반동(反動)으로써 늘 국내에 대두할 수 있다"라고도 한다.[13] 단, 그 권력적인 구조에 대해서는 "명목적인 권위로서의 고토쿠(또는 사이메이[齊明]) 천황 아래에 황태자가 집중적 권력을 장악하는 체제"라고 논하면서 나카노오에를 중심으

------

12) 西本昌弘, 「東アジアの動亂と大化改新」, 『日本歷史』468, 1987.
13) 石母田正, 「日本の古代國家」, 『石母田正著作集』3, 1989[初出:1971], 56쪽·58쪽.

로 하는 체제는 개신부터 백촌강의 패배까지 일관되고 있었다고 한다.[14]

야기 아츠루는 이시모다의 논의를 발전시켜서 외교방식의 주도자를 해명하고, 고토쿠를 '소가파적(蘇我派的) 反개신의 왕권'이라 하여 다이카(大化) 이후의 고교쿠(皇極)·가츠라기(葛城) 정권에 의한 친신라적인 태자방식과 백치연간(白雉年間) 고토쿠파 정권에 의한 친백제적인 소가방식과의 대비로써 이해한다.[15]

야마오 유키히사도 야기說을 기본적으로 계승하여 "고토쿠 시대의 권력중추는 덴지(天智) 이후의 그것과 같이 일원화되어 있지 않았고 대외정책도 친백제파와 친당파의 두 가지 입장으로 이루어져 있다고 볼 수 있다. 소가노 이시카와노마로(蘇我石川麻呂)의 변(649년)부터 아리마 황자(有間皇子)의 변(658년)까지를 통틀어 대략적으로 말한다면 고토쿠 시대에 고토쿠와 나카노오에를 권력핵으로 하는 두 개의 파벌세력이 길항(拮抗)하고 있었다"라고 하며 고교쿠·가츠라기의 '아스카 조(飛鳥朝)'에 의한 친신라·친당정책에서 고토쿠·아리마의 '나니와 조(難波朝)'에 의한 친백제정책이라는 분열외교로 평가한다.[16]

또 김현구는 '개신정권이 적어도 대화연간(大化年間: 645~649년)에는 친신라정책을 채용하고 있었음에 틀림없다. 그런데, 이것을 친백제정책으로 되돌린 것이 다이카 5년(649)에 그(=소가노 이시카와노마로)를 숙청하고 야마토 정권의 실권을 장악한 나카노오에 황자'라고 한다. 단, 나카노오에 황자는 다른 개신 멤버와 마찬가지로 '원래 親唐·親新羅論者'였지만, "백치연간 무렵이 되어 친백제정책을 채용하기 시작한다"고 설명한다.[17]

---

14) 앞의 논문, 138쪽.
15) 八木充,「七世紀中期の政權とその政策」,『日本古代政治組織の硏究』, 塙書房, 1986[初出: 1975], 68쪽·88쪽·90쪽.
16) 山尾幸久,『古代の日朝關係』, 塙書房, 1989, 395쪽·401쪽.

　스즈키 히데오는 나카노오에의 입장은 명확하지 않지만 국박사(國博士) 다카무코노 구로마로(高向玄理)와 에니치(惠日) 등을 중심으로 하는 친신라파와 좌대신(左大臣) 고세노토쿠다코(巨勢德陀古)를 중심으로 하는 친백제파의 대립이라는 '이면적(二面的)' 외교노선을 지적한다.18)

　이시모다 쇼가 제기한 친백제적인 소가방식과 친신라적인 태자방식을 계승한 분열외교라는 입장은 을사의 변 이후부터 일관되게 중심적 인물이었던 나카노오에 황자의 외교적 입장의 변화를 명확하게는 해결할 수 없기 때문에(이시모다도 그 점은 明言하지 않고 있다) 백치연간 이후의 친당·친신라노선에서 친백제노선으로의 변화에 대한 설명은 논자에 따라 큰 차이를 보이고 특히 대화연간에 있어서의 그가 가진 외교적 입장은 불명확한 상태로 남아 있다.

　이상과 같이 효덕기의 외교기조를 고찰한 대표적인 견해를 소개해 보았지만 그 견해는 다양하여 일치되지 않고 있다. 종래의 연구에서 먼저 문제라고 생각되는 것은 수(隋)와 당(唐)이라는 각 단계에 있어서의 동아시아에 대한 영향도(影響度)의 강약(強弱)이다. 중국왕조에 의한 고구려 원정에 대한 대응이 스이코期 이래의 계속적 과제라는 점은 분명하다. 그러나, 그 심각도(深刻度)에서 수(隋) 왕조와 당(唐) 왕조 간에 커다란 낙차가 존재했다고 생각된다. 즉, 『隋書』倭國傳에는「新羅·百濟皆以倭爲大國多珍物, 並敬仰之, 恆通使往來」라고 되어 있는 것처럼 왜국(倭國)의 '대국(大國)'적 주장이 어찌되었든 기재되어 있는 점에서 보면 수에 대한 조공과, 왜국의 신라나 백제에 대한 '대국(大國)'적 주장이 불완전하게나마 병존할 수 있는 것으로써 인식되고 있었음에 틀림없다. 이 경우, '대국'이란, 어디까지나 영토적인 지배관계가 아니라 예적(禮的)인

17) 金鉉球, 『大和政權の對外關係研究』, 吉川弘文館, 1985, 391쪽·393쪽.
18) 鈴木英夫, 「七世紀中葉における新羅の對倭外交」, 『古代の倭國と朝鮮諸國』, 青木書店, 1996[初出: 1980], 318~320쪽.

상하관계에 중점을 둔 것이며[19] 비공식적인 600년의 遺使 이후에 가시적인 예적 질서인 관위 12계(冠位十二階), 그리고 禮(제4조)와 信(제9조)을 중시한 17조 헌법(十七條憲法)을 제정한 것이 일정 정도 평가되어 그 주장이 607년의 遺使에 의해 수(隋) 측에도 받아들여졌다고 생각된다.[20] 이 때문에, 스이코期 이후에 외교노선에 대한 논의는 확인되지만 완전한 속국화나 군사적 결전 등의 극단적인 선택은 회피할 수 있었다고 생각된다.

이에 대해 고구려 원정을 배경으로 하고 있는 당(唐)의 동아시아에 대한 개입은 고압적이었고 당의 신라에 대한 속국적 요구(643년)와 백제에 대한 신라로의 영토반환 명령(649년), 왜국에 대한 군사지원 명령(654년) 등은,[21] 애매함을 배제하고 속국인가 적대인가 라는 궁극적 선택을 강요하는 것으로, 국론(國論)을 이분하는 긴장도는 보다 높아졌다고 생각된다. 631년(舒明3, 貞觀5)의 일로서『舊唐書』倭國傳에는, 사자(使者)인 고표인(高表仁)과 왕자가 禮를 다투고, 이후 얼마간 견당사(遺唐使)가 단절된 것은 당에 대한 책봉이나 신라에 대한 원조요구 등의 대립점이 노출되어 타협점이 쉽게 찾아지지 않는 단계에 접어들었음을 보여준다.

이러한 의미에서, 이시모다說에서의 친신라 태자방식(太子方式)은, 스이코期에는 친백제 소가방식(蘇我方式)과 명확하게 대립하는 것이 아니며, "태자가 소가씨에 「대항(對抗)」하여 외교를 추진했다는 종래 반복되어온 설을 지지하는 것은 아니다"[22]라고 논하고 있듯이, 오히려 백제로부터의 두터운 파이프에 암운이 드리우기 시작한 불교를 중심으로 하는

19) 黑田裕一, 「推古朝における「大國」意識」, 『國史學』165, 1998.
20) 拙稿, 「推古朝の改革と「聖德太子」」, 『別冊歷史讀本11大化改新と古代國家誕生』, 新人物往來社, 2008.
21) 『新唐書』高句麗傳, 『舊唐書』百濟傳, 『新唐書』日本傳.
22) 石母田正, 앞의 책, 35쪽.

선진문물 도입에 있어서는 보완적인 위치였다고 하지 않으면 안 된다.23)
초기의 견당사가 신라 경유였던 것에 대해, 견수사(遣隋使)는 백제 경유
였던 점을 중시한다면 對중국외교도 소가씨나 백제와의 대립적 요소는
적었다고 생각된다.

또 한 가지 문제가 되는 것은 효덕기의 권력구조를 어떻게 자리매김할
것인가 하는 점이다. 특히, 통설과 같이 나카노오에 황자와 나카토미노
가마타리(中臣鎌足)가 당초부터 중심적인 역할을 수행하고 있었다고 한
다면 대화기에 있어서의 친당·친신라적 노선에서 백촌강 싸움에 있어서
의 당·신라와의 전투까지를 일관된 기조로 설명할 수 없다는 모순을
안게 된다.24) 분열외교의 입장을 취하는 이시모다說에서는, 그 외교방침
은 친백제적인 소가방식이 폐기되고 개신정부의 정책은 신라를 매개로
하는 당과의 결합으로 하면서, 나카노오에를 중심으로 하는 체제는 일관
되고 있었다고 파악한다. 따라서 나카노오에를 중심으로 하는 개신정부
의 외교정책은 도중에 전환된 것이 되지만 그에 관한 명확한 설명은 없다.
다이카 이후의 고교쿠·가츠라기 정권에 의한 친신라적인 태자방식과
하쿠치년간에 있어서의 고토쿠파 정권에 의한 친백제적인 소가방식 사이
의 대립을 지적하는 야기 아츠루(八木充)·야마오 유키히사(山尾幸久)
說도 마찬가지로 모순에 빠진다. 이 때문에 야마오 히데키와 같이 나카노
오에의 외교적 입장은 명확하지 않다고 하든지, 김현구와 같이 하쿠치期
이후 나카노오에에 의한 정책의 전환을 상정하는 방법 외에 달리 해석의

----

23) 高句麗·新羅에서 倭國으로의 佛敎導入에 대해서는, 金鉉球, 앞의 책, 第3
　　編 第2章을 참조.
24) 鬼頭淸明, 앞의 책, 123쪽에는, 균형외교(均衡外交)를 전제로 하면서도,
　　親신라적인 정책이 채용되었다고 한다면, 얼마 안 있어 백촌강 싸움에
　　이르게 되는 일과 같은, 백제에 대한 일본 지배자층의 志向은 이해할 수
　　없다는 지적이 있다.

길을 찾을 수 없게 된다.[25] 나카노오에를 중심으로 하는 체제는 일관되고 있었다는 입장을 취하는 한, 을사의 변 전후에 있어서도 소가씨의 외교와 나카노오에의 외교는 전체적으로 변화하지 않는다는 니시모토 마사히로(西本昌弘) 說이나 모리 기미유키(森公章) 說 쪽이 합리적이다. 을사의 변이 발생한 이유가 '韓政'이라고 한다면 커다란 외교방침의 변경이 상정됨에도 불구하고, 장기적으로는 친백제적 외교가 소가정권에서부터 백촌강 싸움에 이르기까지 변화하지 않는다는 모순은 지금까지의 논의에서는 정합적으로 해석되지 못하고 있다고 여겨진다.

여기에서 전제를 바꾸어 을사의 변의 주모자가 통설과 같이 나카노오에 황자와 나카토미노 가마타리가 아니라 가루 황자(輕皇子)와 소가노 이시카와노마로(蘇我石川麻呂)였다고 하는 근년의 논의를 지지한다면,[26] 정권 내부는 정치적으로도 외교적으로도 분열적이었고, 나카노오에 황자와 나카토미노 가마타리의 경우 을사의 변 당시에는 상대적으로 입장이 가볍고,[27] 두 사람의 사후(死後)에 유력화(有力化)한 것이 되어,

---

25) 井上光貞는 651년 新羅가 唐服을 입고 나타난 시점 이후에 처음으로 균형외교와 강경외교라는 두 가지 노선의 대립이 나타난다고 하지만, (井上光貞ほか, 『大化改新と東アジア』, 山川出版社, 1981, 202쪽) 개인적으로는 이미 노선대립의 징후는 推古朝부터 존재하고 있었고 신라에 대한 군사력에 의한 위협도 행사되고 있었다. 군사대결노선으로의 최종적인 결단은, 뒤에서 서술하는 바와 같이 657년 이후에 있었던 신라의 對倭友好政策의 전환이었다고 생각한다.

26) 門脇禎二, 『「大化改新」史論』上, 思文閣出版, 1991[初出: 1989]; 篠川賢, 「乙巳の變と蘇我倉山田石川麻呂」, 『日本古代の王權と王統』, 吉川弘文館, 2001[初出: 1983]; 遠山美都男, 『大化改新』, 中央公論社, 1993.

27) 女帝와 大兄의 관계로부터 상대적인 연령에 있어서 孝德期의 中大兄의 정치적 지위가 낮았던 점, 鎌足·不比等에 대한 情報操作='功臣傳의 創出'이 藤原仲麻呂 시대에 행해져, 그 이전에는 功臣의 평가도 ①難波朝廷에 대한 奉仕, ②天智朝의 近江令 編纂, ③皇極朝의 乙巳年 功績 등으로 분산되어, 하나로 정해지지 않았던 점 등을 지적할 수 있다(拙著, 『女帝의

대화기의 친당·친신라정책은 가루 황자와 소가노 이시카와노마로에 의
해 주도된 정책이 된다. 그와 같이 해석한다면, 을사의 변은 친백제에서
친당·친신라 노선으로의 전환이라는 다름 아닌 '韓政'의 문제가 되고,
하쿠치期 이후의 나카노오에와 大王 사이메이(齊明)의 권력탈취에 동반
하는 소가씨적인 친백제 외교로의 회귀는 설명이 가능하게 된다.

　즉, 개인적인 견해로는 모리 키미유키와 같이 개신정치를 '급진적인
고토쿠대왕의 개혁'과 '저항세력'인 나카노오에의 대립으로 평가한다.
그러나, 조화로운 균형외교가 아니라, 야마오 유키히사와 같이 "고토쿠
시대의 권력중추는 덴지 이후의 그것과 같이 일원화되어 있지 않았고,
대외정책도 친백제파와 친당파의 두 가지 입장으로 이루어져 있다고 볼
수 있다. 소가노 이시카와노마로의 변(649년)에서 아리마 황자의 변(658
년)까지를 통틀어 대략적으로 말한다면, 고토쿠 시대에 고토쿠와 나카노
오에를 권력핵으로 하는 두 개의 파벌세력이 길항(拮抗)하고 있었다"라
는 분열외교의 입장이 나의 의견에 가깝다. 이하에서는 이러한 나의 의견
을 사료에 입각하여 검증한다.

3. 大化期의 '任那'認識

　『日本書紀』에 의하면 신라가 金官四邑을 점거한 후에 왜국은 신라에
대해 '임나(任那)의 조(調)'를 요구하게 되지만 신라는 한정적으로밖에
대응하지 않았다. 저명한 『日本書紀』 大化 元年 7月 丙子條에는 大化期
의 '임나'정책의 변화를 보여주는 기록이 있다.

....
　世紀』, 角川書店, 2006, 98~100쪽·228~233쪽; 同, 「中臣鎌足と「大化改新」」,
　『東アジアの古代文化』137, 2009).

高麗·百濟·新羅, 並遣使進調. 百濟調使, 兼領任那使, 進任那調.
唯百濟大使佐平緣福, 遇病留津館, 而不入於京. 巨勢德太臣, 詔於
高麗使曰, 明神御宇日本天皇詔旨, 天皇所遣之使, 與高麗神子奉
遣之使, 旣往短而將來長. 是故, 可以溫和之心, 相繼往來而已. 又
詔於百濟使曰, 明神御宇日本天皇詔旨, 始我遠皇祖之世, 以百濟
國, 爲內官家, 譬如三絞之綱. 中間以任那國, 屬賜百濟. 後遣三輪
栗隈君東人, 觀察任那國堺. 是故, 百濟王隨勅, 悉示其堺. 而調有
闕. 由是, 却還其調. 任那所出物者, 天皇之所明覽. 夫自今以後, 可
具題三國與所出調. 汝佐平等, 不易面來. 早須明報. 今重遣三輪君
東人·馬飼造<闕名>又勅, 可送遣鬼部達率意斯妻子等.

이 백제사(百濟使)에 대한 조(詔)는, '始', '中間', '後'라는 3期 구분에
의해 '任那'인식의 변화를 보여주고 있다. 즉, '始'에 백제국을 '內官家'
로 하였을 때에 왜국과의 관계가 개시되고 '中間'에는 '任那'를 백제에
주고 있으며 '後'에는 미와노 쿠루쿠마노키미 아즈마히토(三輪栗隈君東
人)를 파견하여 임나의 경계를 관찰하도록 했지만 백제왕이 그 경계를
모두 보여주었다. 그런데 調物에 부족함이 있었기 때문에 돌려보냈다고
한다. 임나의 소출물(所出物)은 천황이 어람(御覽)하는 것이기 때문에 국
명(國名), 품명(品名)을 명기하라고 되어 있다. 또, 백제에서 인질(人質)
을 보내도록 하는 정책은 계속되어, 이듬해에 '任那之調'를 중지하는 대
신에 인질을 요구하는 신라에 대한 정책이 같은 정책으로 자리매김 된다.

『日本書紀』大化 2年 9月條
遣小德高向博士黑麻呂於新羅, 而使貢質, 遂罷任那之調.

이들은 어디까지나 『日本書紀』의 인식이고 사실(史實)과 일치하지 않지만 지배층의 외교적인 인식을 고려할 경우에 전제가 되는 기록이다.

먼저 '始'에 백제국을 '內官家'로 한 일의 내실을 검토한다. 神功紀에는 신라의 복속에 동반하여 고구려나 백제도 복속했다고 되어 있고, '從今以後, 永稱西蕃, 不絶朝貢. 故因以定內官家. 是所謂之三韓也'[28]라 하고 있다. 신라왕이 '圖籍·文書'를 헌상한 것을 전제로 '八十船之調'를 보냈다고 전하는 것은 '任那之調'의 전제로써 임나의 경계를 관찰하는 것과 대응한다. 『古事記』仲哀段에는 '渡屯家'라는 표기가 있고, 屯倉도 마찬가지로 '屯家'로 표기되어 있다는 사실에서, 이것이 보다 오래된 표기라 생각된다. 雄略紀에는, '百濟國者, 日本國之官家, 所由來遠久矣'[29]라고 명기되어 있다. 한편, 繼體紀에는, '夫住吉大神. 初以海表金銀之國, 高麗·百濟·新羅·任那等, 授記胎中譽田天皇. 故, 大后氣長足姬尊與大臣武內宿禰, 每國初置官家, 爲海表之蕃屏, 其來尙矣'·'夫海表諸蕃自胎中天皇, 置內官家'·'自胎中之帝置官家之國'[30] 등이라고 되어 있는 것처럼 오진 조(應神朝)에 國마다 內官家가 설치되었다고 하여 고구려·백제·신라는 물론 '임나'에도 '官家'가 설치되었음을 명기하고 있다.

이미 언급한 것처럼 '삼한(三韓)' 그 자체를 '內官家'라고 하는 용례는 확대된 語義이고, 原義로써는 繼體紀에는 國마다 '官家'를 설정했다고도 되어 있듯이 屯倉과 마찬가지로 공납봉사(貢納奉仕)의 거점을 보여주고 영역적인 지배는 전제로 하고 있지 않다고 생각된다.[31] 또, 仲哀·繼體紀에는 '조공(朝貢)'을 단절시키지 않기 위해 '官家'를 설정했다고 되어 있으며, '官家' 설정 이래, '加羅多沙津'을 '朝貢의 津涉(路)'라 했다

---

28) 『日本書紀』 神功攝政前紀 仲哀 9年 10月 辛丑條.
29) 『日本書紀』 雄略 20年 冬條.
30) 『日本書紀』 繼體 6年 12月條·同23年 4月 是月條.
31) 拙稿, 「古代王權とミヤケ制」, 『考古學ジャーナル』533, 2005.

고 보이는 것처럼,[32] ‘官家’와 공납의 밀접한 관계가 기술되어 있다. 나아가 官家는 직할적인 영토가 아니라 킨메이(欽明)의 유조(遺詔)에 임나를 ‘封建’한다고 되어있는 점을 중시한다면, ‘任那復興’이란, 任那王에 의한 간접통치를 전제로 ‘任那之調’를 납부하도록 하는 관계의 회복이라는 인식이 나타나고 있다.[33]

　다음으로 ‘中間’에서 백제에 임나를 屬賜한 시기(실질적으로는 백제에 의한 가야지배의 진전)에 대해서는 스에마쓰 야스카즈(末松保和) 이래, 백제가 낙동강 서안지대를 탈환한 642년으로 하는 견해가 통설로 되어 있다.[34] 그러나 그보다 이전인 6세기 전반부터 ‘今賜百濟, 合爲同國’, ‘以己汶・帶沙, 賜百濟國’, ‘以津賜百濟王’, ‘賜夫余’[35] 등의 기재가 확인되는 것처럼 ‘任那四縣’이나 ‘多沙津’을 백제로 屬賜한 것이 명기되어 있어 이 이후의 단계로 비정할 수 있다. 543년의 백제왕에 의한 상표(上表)에는 ‘爾屢抗表, 稱当建任那, 十余年矣’[36]라고 보이고 있어 백제왕에 의한 ‘임나’ 재건의 헌책(獻策)은 543년보다 ‘十余年’ 전, 즉 532년의 신라에 의한 금관국(金官國) 멸망 이후의 일이 된다. 따라서 임나부흥은 임나 전역(全域)을 대상으로 하는 것이 아니라, ‘今新羅違元所賜封限, 數越境以來侵’[37]이라 되어 있는 것처럼 어디까지나 신라에 불법 점거된 금관국에 한정된 것으로 임나 전역의 문제는 아닌 것이 된다. 이는 임나를 백제에 ‘屬賜’했다는 것을 전제로 하지 않으면 이해하기 어렵다. 그 후의 상황은 ‘北敵’인 對고구려관계의 긴장을 배경으로 550년부터 552

---

32) 『日本書紀』繼體 23年 3月條・同是月條.
33) 『日本書紀』欽明 32年 4月　壬辰條.
34) 末松保和, 『任那興亡史』, 吉川弘文館, 1949, 210쪽.
35) 『日本書紀』繼體 6年 12月條・同7年 11月 乙卯條・同23年 3月 是月條.
36) 『日本書紀』欽明 4年 11月 甲午條.
37) 『日本書紀』繼體 23年 4月 戊子條.

년에 걸쳐 안라(安羅)·가라(加羅)와의 일체화라는 형태로 백제에 의한 가야지배의 진전이 시도된다. 즉 백제왕이 임나를 '堅守'하는 것을 선언하고 신라·임나 2국의 병사를 이끌고 고구려에 대항하였고, 안라왕·가라왕·백제왕이 왜국에 원군(援軍)을 요청하고 있다.[38] 그리고 549년부터 이듬해에 걸쳐서는 안라 왜신(倭臣)들의 영향력 저하가 확인된다. 549년에는 에나시(延那斯)와 마쯔(麻都) 등이 고구려에 밀사(密使)를 파견한 것이 확인되기까지 왜국에 의한 원군의 파견을 연기(延期), 이듬해에는 안라에 대해 독자적인 영향력을 가지고 있었던 에나시와 마쯔 등의 영향력이 저하됨에 따라 백제왕이 이 건을 문제 삼지 않게 된 것은[39] 백제의 안라에 대한 영향력이 강화된 결과라고 생각된다. 최종적으로는 553년에 '勅云, 所請軍者隨王所須'[40]라고 나오는 것처럼 왜병의 군사권이 백제로 위임되는 일이 이루어지고 가야 제국(加耶諸國)의 외교·군사권은 백제가 장악하게 된다. 백제가 '임나'에 있어서 왜병의 의복(衣服)이나 군량(軍糧)의 부담을 보증하고, '임나'를 백제의 '番'으로 자리매김하고 있는 것은 상징적이다. 어쩌면 '中間'에서 백제로 임나를 屬賜한 시기란 이 당시의 상황을 보여주고 있는 것이라 생각된다.

예외적인 것은, 신라가 金官의 四村을 '抄掠'했다는 기록으로[41] 『日本書紀』의 인식에서는 본래 금관국을 포함하여 백제에 '屬賜'했기 때문에 '任那之調'는 백제로부터만 공납(貢納)하도록 해야 할 테지만, 신라가 이것을 불법 점거했기 때문에('新羅打滅任那官家')[42] 금관국의 四邑에 한해서는 신라로부터도 공납을 요구했다고 생각된다. 575년의 비다츠(敏

---

38) 『日本書紀』 欽明 11年 4月 庚辰朔條·同12年 是歲條·同13年 5月 乙亥條.
39) 『日本書紀』 欽明 10年 6月 辛卯條·同11年 4月 庚辰朔條.
40) 『日本書紀』 欽明 14年 6月條.
41) 『日本書紀』 繼體 23年 4月 是月條.
42) 『日本書紀』 欽明 23年 正月條.

達)에 의한 '임나부흥'의 詔에는 '百濟遣使進調. 多益恒歲. 天皇以新羅
未建任那'[43]라고 나오지만, 백제가 평소보다 調를 많이 공상(貢上)한 것
은 거기에 '任那之調'가 포함되어 있다는 왜국 측의 인식을 보여주는
것이라 생각되며 거기에 대해 신라가 임나를 봉건(封建)하지 않는 것이
문제시되고 있다.

이상의 검토에 의하면, 다이카 원년(大化元年)의 '임나'인식은, 642년
에 백제가 가야를 탈환한 것을 전제로, '任那之調'는 금관국의 몫을 포함
하여 백제로부터만 납부시키는 것을 선언한 것이라 추측된다. 이것에 대
응하여 이듬해 2월의 조공기사는 '高句麗·百濟·任那·新羅, 並遣使
貢獻調賦'[44]라고 되어있는 것처럼 백제가 임나의 조(調)를 겸하여 부담
하는 것으로부터 기재순(記載順)이 변화하고 있다. 또 인질정책에 대해
서는 형식상, 백제와 신라에 대한 취급의 차이가 없어진 것이 된다.

이후 신라에 의한 金官四邑의 불법 점거가 해소됨에 따라 백제가 임나
의 조를 겸하게 되고, 『日本書紀』에는 사실성(史實性)의 문제가 있지만,
660년의 백제멸망까지 최대 6회(646년 2월, 651년 6월, 652년 4월, 653년
6월, 655년 7월과 是歲, 656년 시세)의 조공 기록이 남겨져 있다.

4. 大化前夜의 外交基調

을사의 변 전후의 외교관계를 생각하는 경우, 외교상의 파벌적 대립이
확인되는 것은 623년 이후의 일이다.

---

43) 『日本書紀』 敏達 4年 2月 乙丑條.
44) 『日本書紀』 大化 2年 2月 戊申條.

『日本書紀』推古 31年 是歲條
是歲, 新羅伐任那. 任那附新羅. 於是天皇將討新羅. 謀及大臣, 詢
于群卿, 田中臣對曰, 不可急討. 先察狀, 以知逆後擊之不晚也. 請
試遣使覲其消息.. 中臣連國曰, 任那是元我內官家. 今新羅人伐而
有之. 請戒戎旅征伐新羅, 以取任那附百濟. 寧非益有于新羅乎. 田
中臣曰, 不然. 百濟是多反覆之國. 道路之間尙詐之. 凡彼所請皆非
之. 故不可附百濟.

　여기에서는 新羅征討의 가부(可否)에 대해 다나카노 오미(田中臣)는
'百濟是多反覆之國', 즉 백제는 신뢰할 수 없다고 하여 신라와의 협조외
교를 주장했다. 이에 대해 나카토미노 무라지쿠니(中臣連國)는 '戒戎旅
征伐新羅, 以取任那附百濟', 즉 백제와 협조하여 신라를 칠 것을 주장했
다. 종래의 소가씨적 노선(蘇我氏的 路線)인 친백제적 입장에 대해 친신
라적인 입장이 대두하게 된 점이 주목된다. 이보다 이전에도 우마야도
왕자(廐戶王子)에 의한 신라와의 교섭이 확인되지만 소가노 우마코(蘇我
馬子)와의 명확한 대립적 양상은 확인되지 않고, 불교로 대표되는 선진문
물의 수요가 고조된 데에 대응하여 백제뿐만 아니라 신라·고구려로부터
도 보완적으로 도입하고 있었던 단계로 이해된다.[45] 외교노선의 대립이
현재화한 이유로는 소가씨와 협조적이었던 우마야도 왕자의 죽음뿐만
아니라 신라 경유로 중국에서 歸朝한 학문승(學問僧) 에니치(惠日)에 의
한 奏上이 커다란 계기였다고 생각된다.

　『日本書紀』推古 31年 7月條
新羅遣大使奈末智洗爾, 任那遣達率奈末智, 並來朝. 仍貢佛像具
及金塔幷舍利, 且大灌頂幡具·小幡十二條. 卽佛像居於葛野秦寺.

---

45) 金鉉球, 앞의 책, 第3編.

以余舍利・金塔・灌頂幡等, 皆納于四天王寺. 是時大唐學問者僧
惠齊・惠光及医惠日・福因等, 並從智洗爾等來之. 於是惠日等共
奏聞曰, 留于唐國學者皆學以成業. 應喚. 且其大唐國者法式備定
之珍國也. 常須達.

여기에서도 불교문물이 신라 경유로 전래되고, 우마야도 왕자(廐戶王
子)와 관계가 깊은 우즈마사데라(太秦寺)나 시텐노지(四天王寺)에 신라
계의 불교문물이 奉納되어 있는 것이 우선 주목된다. 종래 수(隋)와의
관계는 백제 경유가 기본이었지만, 당(唐)의 성립 이후, 신라를 창구로
교류가 이루어지게 되었다는 점은 중요한 변화이다. 귀국한 사람들이,
'大唐國者法式備定之珍國也. 常須達'이라 한 것처럼 친당・친신라 노선
의 채용을 요청했을 것이라 추정된다.

그러나, 소가씨는 백제 경유로 수와 교섭하는 것은 허용하고 있었지만,
신라 경유로 당과 교섭하는 것에는 반드시 적극적이진 않았다.

『舊唐書』倭國傳
貞觀五年, 遣使獻方物. 太宗矜其道遠, 勅所司無令歲貢, 又遣新州
刺史高表仁持節往撫之. 表仁無綏遠之才, 與王子爭禮, 不宣朝命
而還. 至二十二年, 又附新羅奉表, 以通起居.

여기에서 소가노 이루카(蘇我入鹿)로 상정되는 왕자와 당의 사신 고표
인(高表仁)은 예(禮)를 다투었기 때문에 교섭이 결렬되어[46] 귀국하였다
고 한다. 『日本書紀』에는 이때의 唐使가 新羅送使와 함께 來倭하고 있

---

46) 王과 禮를 다투었다는 記載가 많지만(池田溫,「裴世淸と高表仁」,『日本歷
史』280, 1971), 難波에서 되돌아가고 있어 王과는 대면하고 있지 않다.
王子의 후보로서는 山背大兄王도 생각할 수 있지만 舒明朝에서는 정치적
으로 실각해 있었다고 생각한다.

다는 점에서 신라 경유라는 사실이 확인된다.

『日本書紀』舒明 4年 8月條
大唐遣高表仁, 送三田耜. 共泊于對馬. 是時學問僧靈雲·僧旻及
勝鳥養, 新羅送使等從之.

　이때의 대립점은 예를 다투었다고 되어있는 사실에서 중국의 책봉국
(冊封國)으로서 취급되는 것이 문제가 되었다고 생각된다. 나아가 헤이
안(平安)期에 신라로부터 '貞觀中, 高表仁到彼之後, 惟我是賴'[47]라는
이야기가 있었다는 것을 중시한다면, 고구려가 당에 대해 長城을 쌓는
등 긴장관계가 고조되고 있고 신라에 대한 군사원조가 문제시 되었다고
도 생각된다.[48] 당은 630년에 동돌궐(東突厥)을 물리친 이후, 동아시아
의 여러 나라에 대해 고압적인 태도로 책봉질서(冊封秩序)로의 편입을
도모하고 책봉제국(冊封諸國) 상호간의 전투를 금지하고 있었다. 이러한
상황에서 왜국이 수(隋)의 단계에는 그럭저럭 중국에게 인정받고 있던
신라·백제에 대한 예적 우위(禮的 優位)라든지 백제와 연대하여 옛 금
관국을 신라로부터 탈환하는 일은 불가능하게 된다. 그 때문에 당(唐)이
나 그 교섭창구로 지정된 신라[49]에 대해 대립이냐 종속이냐 하는 명확한
태도를 취하도록 요구받게 되었다고 생각된다. 당에 대한 완전한 속국화
(屬國化) 혹은 결정적인 대립에 의한 전쟁상태를 회피하면서도 당에 대
하여 종속적인 입장에 설 것인지 아니면 상대적인 독립을 유지할 것인지
하는 선택을 요구받게 된 것이다. 당 왕조의 성립에 의해 동아시아 여러

47) 『續日本後紀』承和 3年 12月 丁酉條.
48) 門脇禎二, 『蘇我蝦夷·入鹿』, 吉川弘文館, 1977, 85쪽.
49) 石母田正, 앞의 책, 52쪽.

나라의 정치질서에 직접 개입하는 정치압력이 강해지고, 종래와 같이 대국적 입장(大國的 立場)을 중국왕조에게 승인받는 것이 곤란해졌기 때문에 종속적인 친당·친신라인가, 독립적인 친백제·친고구려인가 하는 외교노선의 선택이 중요한 의미를 가지게 되었다고 생각된다. 623년 에니치(惠日)의 귀국을 계기로 왜국 내부의 외교논쟁이 현재화(顯在化)하지만, 632년 唐使 교표인과의 교섭에서는 당에 대한 속국화의 노선을 거부하고 적어도 653년까지 견당사는 단절되기 때문에 친백제·친고구려 노선인 채로 이행하고 있었던 것이 된다. 639년과 그 이듬해에도 당으로부터 大唐學問僧들이 新羅送使를 따라 歸朝하지만 소가씨 정권 아래에서는 중용되지 않았다. 신라는 일시적으로 당의 적극적인 지지를 잃었기 때문에, 그 대책으로 왜국으로의 접근을 강화했다고 생각된다.50) 이 때, 新羅客에 대해서 '給冠位一級', 百濟·新羅朝貢使에 대해서는 '各爵一級'이라 되어 있는데,51) 이와 같이 왜국에 의한 신라·백제에의 책봉국적(冊封國的) 취급이 이루어지고 있는 점에서 당에 대항하여 대국의식(大國意識)을 강화하고 있었던 사실을 엿볼 수 있다.

도식적으로는 스이코期 이래의 親백제·親고구려·親수反신라 노선이 632년 이후 親백제·親고구려-反신라·反당으로 변화한다고 해석되지만, 신라로부터의 선진문물 도입에 대한 욕구라든지 신라를 경유하여 당에서 歸朝한 사람들의 요청에 의해 수면 아래에서는 친당·친신라파도 대두하게 된 상황이 상정된다.

---

50) 『舊唐書』百濟傳과 高句麗傳에 의하면 637년에 백제가, 640년에는 고구려가 당에 각각 入朝하였는데, 이에 대하여 太宗은 '優勞'했다고 되어 있으며 당에 대한 신라의 외교적 우월은 일시적으로 상대화되고 있다. 그 때문에 당의 不介入을 확신하였던 것으로 보이며 兩國의 新羅攻擊 記事가 630년대에는 자주 보인다.
51) 『日本書紀』舒明 11年 11月 庚子條·同12年 10月 乙亥條.

640년대가 되자, 당의 외교 · 군사압력에 대항하기 위해 전제적 체제를 정비할 필요에서 백제와 고구려에서는 쿠데타가 발생하고 왜국에도 그 정보가 전해지게 된다. 백제는 신라領을 침략하고, 고구려와 연대하여 반당(反唐)적 입장을 분명히 한다. 그 결과 신라는 고립되어 당에게 원조를 요청하지만 여왕 퇴위 등 무리한 요구에 대해 비담(毗曇)의 난으로 이어지는 국론의 분열이 현재화한다. 백제에서는 의자왕에 의해 親왜국파의 숙청추방이 단행되어 친백제노선의 소가씨 외교는 난관에 봉착하게 되고 친백제노선에 대한 반감이 고조되었다고 생각된다. 644년에는 백제와 고구려에 대한 당의 정전명령(停戰命令)에 따르지 않았다는 이유로 고구려 원정(遠征)이 개시되고, 백제와 신라에 대해서 참전명령이 내려지게 된다.

당에 의한 고구려 원정이나 신라에 대한 여왕의 퇴위요구는, 왜국의 대국적 입장(大國的立場) 주장이라든지 고교쿠 여제(皇極女帝)의 존재에 대한 무언의 압력이 되어, 커다란 정책전환의 요구가 乙巳의 變이라는 형태로 발생한다.

5. 孝德期의 外交基調

을사의 변이 발생한 원인에 대해서는 『日本書紀』에 후루히토노오에(古人大兄)의 말로 '韓政'의 대립이 소가 본종가(蘇我本宗家)가 멸망한 이유라고 나와 있다. 이 '韓政'의 구체적인 내용에 대해서는 외교노선의 대립이라고 하는 견해도 있지만, 반드시 충분히 해명되어 오지는 않았다. 그 이유로는 앞서 언급한 바와 같이 다이카(大化) 新정권의 외교방침이 혼란스러워 일원적인 외교방침을 읽어내기가 어렵다는 점, 그리고 개혁의 중심인물을 나카노오에(中大兄)라고 보는 통설의 이해가 고토쿠(孝德)의 정책과의 대립점을 명확하게 제시하지 못한 점에 있다고 여겨진다. 근년 유력시되어 온 고토쿠를 개혁의 중심에 자리매김하는 논의에 따른다고 한다면,[52] 개신期에 있어서 외교정책의 대립 축은 개신의 중심이었던 고토쿠와, 고교쿠(皇極=사이메이[齊明])·덴지(天智) 사이에 존재한 것이 된다.

그리고 고교쿠의 생전양위(生前讓位)는 외교방침의 대립에 의한 강제적인 퇴위였을 가능성을 지적할 수 있다. 구체적으로는 643년에 당이 '國女君, 故爲鄰侮, 我以宗室, 主而國'이라 제안하고 있다는 점을 들 수 있다. (『新唐書』高句麗傳) 이것은 對고구려戰에서 신라 원군의 조건으로 여왕을 폐위하고 당 왕족을 왕으로 삼자는 제안이었다. 고교쿠 여제를 옹립하고 있는 왜국의 입장에서도 이러한 제안은 강 건너 불구경으로 치부할 수 없는 문제였다. 신라에서는 647년에 '女王不能善理'를 주장하며 여왕의 폐위를 계획한 비담의 난이 발생하고 있다.[53]

왜국 내의 지배층에게도, 당에 의한 고구려 원정(645년), 백제領 '임나'의 신라로의 반환명령(649년), 왜국에 대한 신라 원조명령(654년)으로 이어져가는 대외적 압력이라든지 고구려의 백제 접근이라는 사태에 대해 당에 거리를 두고, 긴메이(欽明)期 이래의 소가씨 노선을 계승하면서 백제와 친밀한 관계를 유지해가고자 하는 독립파와 초대국 당에 영합하는 친당·친신라파의 노선대립이 존재했을 가능성이 있다. 어쩌면, 개신의 중심인 고토쿠는 여제를 승인하지 않는 당에 영합하기 위해 고교쿠의

52) 門脇禎二, 「「大化改新」から壬申の亂へ」, 『東アジア世界における日本古代史講座』5, 學生社, 1981; 篠川賢, 「乙巳の變と「大化」の新政權」, 『日本古代の王權と王統』, 吉川弘文館, 2001[初出: 1992].
53) 武田幸男, 「新羅「毗曇の亂」の一視角」, 『三上次男博士喜壽記念論文集』歷史編, 平凡社, 1985.

강제퇴위를 선택하고 남제(男帝)로 즉위한 것일지 모른다.

이에 대해 본의 아니게 퇴위당한 고교쿠(사이메이)와 나카노오에의 경우, 당에 대해서는 독립적인 입장, 신라에 대해서는 대국(大國)적 입장에서 백촌강 싸움으로 이어지는 종래의 친백제 노선을 중시한 것이라 생각된다.[54]

고토쿠의 나니와 천도(難波遷都)는 당·신라와의 적극외교를 상징한다. 이 시기에는 다카무코노 구로마로(高向玄理)의 신라파견(646년)이나 '任那之調'에서 人質(=실제로는 외교관적 성격)로의 전환이 행해졌으며 당에 대해서는 신라 경유의 교섭(648년)이나 견당사 파견(653년·654년)이 이루어졌다.

고교쿠(사이메이)와 나카노오에는, 백제와의 교섭을 계속하였고(651~656년), 국토방위를 중시한 아스카 환도(飛鳥還都: 653년)와 오쯔 천도(大津遷都)를 단행하였으며 본의 아니게 강제퇴위된 데 대항하고자 사이메이 여제(齊明女帝)로 重祚한다. 사이메이의 아스카에서의 興事도 이와 같은 일관된 관점에서 이해된다. 세계의 중심이라 여겨진 슈미센(須弥山)을 아스카에 만들고, 하야토(隼人)와 에미시(蝦夷)를 복속시켰으며 견당사에 에미시를 데려가 중국황제에게 헌상하고 있는 것은 자기의 대국(大國)적 입장을 수대(隋代)와 마찬가지로 인정받고자 시도한 것이다. 결국, 이러한 시도는 실패하고 백촌강에서 당·신라와의 군사적 대결을 맞게 된다.

---

54) 拙著, 『女帝の世紀』, 角川書店, 2006.

6. 맺음말

   이상, 개관적으로 효덕기의 외교를 검토하였다. 상세한 점에 대해서는 지면의 제약으로 인해 논증을 생략한 부분이 존재하지만, 구상의 큰 틀은 제시할 수 있었다고 생각한다. 커다란 논점은 다음과 같다. 첫 번째로 수대(隋代)와 당대(唐代)의 동아시아에 대한 영향도(影響度) 차이의 강조이다. 두 번째로는 여제(女帝)와 오에(大兄)의 자리매김이라든지 대왕 고토쿠를 둘러싼 효덕기의 권력구조 양상에 대한 재검토이다. 세 번째로는 ‘官家’는 ‘屯倉’과 마찬가지로 영토적 지배를 전제로 하지 않는 공납봉사(貢納奉仕)의 거점을 의미하고 ‘封建’된 임나왕에 의한 간접통치를 전제로 貢納物(任那의 調)를 헌상시킨 것이 『日本書紀』의 인식이라는 점. 네 번째로 金官四邑에 대해 ‘任那之調’는, 임나 전역을 백제에 屬賜(=실제로는 백제에 의한 加耶全土 병합의 승인)하는 것을 전제로 한 신라의 불법 점거에 의한 것으로, 대화기에는 백제의 신라領에 대한 침공에 의해 해소되었다고 이해한 점이다. 拙稿가 조금이나마 한일관계사의 공통이해를 얻는 데 도움이 되었으면 한다.

6

동대사(東大寺)
대불조립(大佛造立)과
일본 율령국가

佐藤信*

1. 서론

752년 4월, 동대사 대불의 개안공양(開眼供養)이 거행되었다. 개안공양회에는 쇼무(聖武)태상천황과 고묘(光明)황태후, 고켄(孝謙)천황을 비롯하여 관인 및 만 명이나 되는 승려들이 참가하였으며, 인도승을 도사(導師), 당나라의 승려를 주원사(呪願師)로 하는 동아시아의 일대 이벤트였다. 불법동류(佛法東流)를 상징하는 거대한 대불의 건립이 일본 율령국가에 있어 어떠한 의미를 가졌는지, 그 배경에 대하여 고찰하고자 한다.

2. 동대사대불조립(東大寺大佛造立)과 그 의도

1 대불조립(大佛造立)의 전사(前史)

평성경(平城京. 710~784)을 수도로 하는 나라(奈良)시대는 <天平의 로망>이라고 일컬어지는 한편, 많은 정치적 변란이 잇달아 일어났던 시

* 일본고대사 東京大學 大學部 敎授

대였다. 율령제의 형성 및 평성(平城)천도를 주도하였던 후지와라노 후히토(藤原不比等)가 720년(養老 4)에 사망하자, 나가야왕(長屋王)이 수반이 되었다. 나라시대 전기의 조정에서 차지하는 나가야왕 지위의 대단함이나 왕가의 일상생활에 대해서는, 평성경의 좌경 삼조 이방(左京三條二坊)에서 발굴된 대규모의 나가야왕 저택유적 및 거기에서 출토된 나가야왕 목간에 의해 그 실상이 밝혀지게 되었다. 이러한 나가야왕을 729년(天平 元年)의 나가야왕의 변을 통해 제거시키고 난 후, 후히토의 딸인 고묘코(光明子)를 쇼무(聖武)천황의 황후로 책립시켰으며 후히토의 자식들, 이른바 후지와라 사형제(南家武智麻呂·北家房前·式家宇合·京家麻呂)가 세력을 휘두르게 된다. 나가야왕의 변은 고묘코가 727년에 낳은 황자(태어나자마자 황태자로 책립)가 다음해에 요절하자, 쇼무천황의 부인인 아가타노 이누가이노히로토지(縣犬養廣刀自)가 낳은 아즈미(安積)친왕의 성장과 함께 후지와라씨가 다치바나(橘)씨에게 천황의 외척의 지위를 빼앗겨버릴 수 있는 상황이 되어 버렸기 때문에, 고묘황후의 책립을 염두에 두고 있었던 후지와라 사형제에 의하여, 방해 인물인 나가야왕을 제거한 것이라고 생각한다(岸俊男, 『日本古代政治史研究』, 塙書房, 1966). 그러나 737년(天平 9)에 사형제가 천연두에 걸려 잇달아 병사하자, 후지와라씨의 세력은 일시적으로 후퇴하여 쇼무천황의 휘하에서 황족출신인 다치바나노 모로에(橘諸兄)가 수반이 되었으며, 정권의 브레인으로서 당에서 돌아온 겐보(玄昉)와 기비노 마키비(吉備眞備)들과 활약하는 시대를 맞이하게 된다.

740년(天平 12)에 식가(式家) 후지와라노 우마카이(藤原宇合)의 장자인 후지와라노 히로쯔구(藤原廣嗣)가 임지인 대재부(大宰府)에서 겐보와 기비노 마키비의 제거를 요구하며 반란을 일으키자 중앙정계는 요동쳤고, 난이 진압된 후에도 쇼무천황은 평성경을 떠나 공인경(恭仁京.京都

府相樂郡加茂町)과 난파궁(難波宮. 大阪市), 자향락궁(紫香樂宮.滋賀縣 甲賀市)으로 천도를 계속하는 가운데, 다시금 평성경으로 되돌아 온 것은 745년(天平 17)의 일이었다.

정치적으로는 고묘황후가 낳은 아베(阿倍)내친왕이 738년에 이례적으로 여성 황태자가 된 후에도, 쇼무(聖武)천황 뒤의 황위계승을 둘러싼 귀족들간의 쟁탈전은 암암리에 전개되고 있었다. 특히 율령국가의 형성과 함께 탄생한 신흥세력인 후지와라씨와 전통적인 중앙의 유력귀족인 오토모(大伴)씨·사에키(佐伯)씨 등과의 세력싸움은 무시할 수 없다. 천황의 외척의 지위를 둘러싸고 후지와라씨와 다치바나씨(大伴씨와 佐伯씨등이 결탁)간에는 격렬한 대립관계가 존재하였다.

천평(天平)시대는, 기상이변에 의해 흉작이 계속되기도 하였으며, 정계뿐만 아니라 민중들에게도 예외 없이 국가와 사회가 혼란했던 시대였다. 이처럼 혼란이 가중되는 시대였기 때문에 쇼무천황이나 고묘(光明)황후는 741년(天平 13)에 국분사(國分寺)건립의 조칙을 반포하여, 국(國)마다 국분사를 건립토록 하는 사업을 명령하였다. <國家佛教>라고 일컬어지듯이, 불교의 옹호를 받아 국가지배의 안정과 사회 평화를 도모하려 했다고 말할 수 있을 것이다.

2 | 대불조립(大佛造立) 조칙

743년(天平 15) 10월에 쇼무천황은 오미(近江)의 자향락궁(紫香樂宮. 滋賀縣甲賀市의 宮町遺跡. 小笠原好彦, 『聖武天皇と紫香樂宮の時代』 新日本出版社, 2002, [天平の都紫香樂] 刊行委員會編, 『天平の都紫香樂─その實像を求めて』, 滋賀縣甲賀郡信樂町, 1997)에서, 대불조립의 조칙을 반포하였다(『續日本紀』同月 辛巳條).

…ここに天平十五年歳癸未に次る十月十五日を以て菩薩の大願を發

して, 盧舍那佛の金銅 像一軀を造り奉る. 國の銅を盡して象を鎔, 大
山を削りて堂を構へ, 廣く法界に及して朕が智識とす.…夫れ, 天下の
富を有つは朕なり. 天下の勢を有つは朕なり. この富と勢とを以てこ
の尊き像を造らむ. 事成り易く, 心至り難し. 但恐るらくは, 徒に人を
勞すことのみ有りて能く聖に感ること無く, 或は誹謗を生して反り
て罪辜に墮さむことを. 是の故に智識に預かる者は懇に至れる誠を發
し, 各介なる福を招きて, 日毎に三たび盧舍那佛を拜むべし. 自ら念
を存して各盧舍那佛を造るべし. 如し更に人有りて一枚の草一把の
土を持ちて像を助け造らむと情に願はば, 恣に聽せ.…國郡等の司, こ
の事によりて百姓を侵し擾し, 强ひて收め斂めしむることなかれ.…

대불에 대한 쇼무천황의 강고한 의지를 엿볼 수 있음과 동시에 <事成
り易く, 心至り難し> 및 <徒に人を勞すことのみ>라는 현실적인 상황
아래에서, <一枚の草, 一把の土>의 이동이라는 민중의 원조(知識)까지
도 기대하고 있었던 것이다.

이러한 민중 지식(知識)에 대한 기대에 부응이라도 하듯, 교기(行基.
668~749)와 그의 집단이 대불 건립사업에 협력해 갔다. 교기는 사회사업
을 행하면서 평성경(平城京)과 그 주변의 민중들에 대한 포교에도 힘을
쏟아, 도시 민중들을 포함하여 많은 사람들의 지지를 모으고 있었다.『續
日本紀』 천평승보(天平勝寶) 원년(749) 2월 丁酉條의 전기에,

都鄙を周遊して衆生を教化す. 道俗化を慕ひて追從する者, 動もす
れば千を以て數ふ. 所行く處和尙來るを聞けば, 巷に居る人无く, 爭
ひ來りて禮拜す. 器に隨ひて誘導し, 咸善に趣かしむ. また親ら弟子
等を率ゐて, 諸の要害の處に橋を造り陂を築く. 聞見ることの及ぶ
所, 咸來りて功を加へ, 不日にして成る.

라고 하듯이, 교기 집단은 다리의 건조나 제방의 축조 등의 대규모 토목
사업을 완수할 수 있는 능력을 겸비하고 있었다. 처음에 율령정부는 717
년(靈龜 3) 4월에 <小僧行基>라고 비난하며 승니령(僧尼令)을 따르지
않는 교기와 그의 제자들을 탄압하였지만, 731년(天平 3)에는 교기를 따
르는 우파새(優婆塞), 우파이(優婆夷)의 재가(在家) 남녀 불교신자 일부
에게 득도를 허락하는 등 율령정부의 태도가 변화하게 된다. 또한 745년
(天平 17) 정월에는, 교기가 대승정(大僧正)으로 발탁되어 교기 집단은
대불 건립사업에 협력하게 된다. 이와 같이 정부의 태도가 변화하게 된
배경에는, 역시 대불건립 사업에 대한 협력을 기대하였기 때문일 것이다.
이리하여 교기와 그의 제자 및 민중들의 <知識>의 힘을 얻어 대불건립
사업을 진행하게 되었다.

　오미(近江. 滋賀縣)의 자향락궁(紫香樂宮)의 터에서 시작된 화엄경에
근간을 두는 금동 노사나불(盧舍那佛)의 건립사업은, 745년(天平 17)에
수도를 다시 평성경(平城京)으로 옮기자, 평성경 동쪽 교외에 위치한 동
대사(東大寺)의 전신인 금종사(金鐘寺. 大和國金光明寺)의 땅으로 이전
하여 건립사업을 계속해 나갔다. 금종사는 대불 건립과 동대사 조영에
있어 중추적인 역할을 담당하여, 나중에 동대사별당(東大寺別当)이 된
료벤(良弁. 689~773)이 있었던 사원이었다. 조상(造像)사업은 동대사 조
영을 위해 설치된 국가기관인 조동대사사(造東大寺司)에 의해 이루어졌
다. 구체적으로는 불상의 높이가 오장 삼척 오촌(五丈三尺五寸. 약 16m)
에 이르는 거대한 금동 대불은, 747년(天平 19)년 9월부터 749년(天平勝
寶 元年) 10월에 걸쳐 3년간 8번의 연속 주조과정을 거쳐 완성되었다.

　이러한 대불과 함께 조영이 이루어진 동대사는, 평성경 외경(外京) 동
쪽에 면한 지역에 세워진 일본열도 최대 규모의 관사(官寺)이며, 제국(諸
國)에 조영된 국분사(國分寺)중에서 총국분사로서의 지위를 차지하였다.

대불전은 금당에, 대불은 본존에 해당된다. 사원의 규모는 평성경의 조방 (條坊)단위인 <坊>으로 세어 약 50방분의 넓이를 가진다. 나라시대 초기 를 대표하는 황족 정치가인 나가야왕(長屋王)의 4방분에 해당되는 저택 이 대규모라고 한다면, 평성경에 조영된 관대사(官大寺)의 규모는 두드 러지는데(大安寺·興福寺·元興寺가 15방, 藥師寺가 12방, 西大寺가 31방), 그 중에서도 동대사의 규모는 단연 으뜸이며, 일본 율령국가에서 차지하는 동대사의 중요성을 보여준다고 하겠다(佐藤信, 「古代宮都と寺 院」, 『出土史料の古代史』, 東京大學出版會, 2002, [초출 1998]).

　원래 쇼무(聖武)천황이 대불건립을 결의하게 된 것은, 740년(天平 12) 에 가와치국(河內國. 大阪府)의 지식사(知識寺)를 방문하여, 그 절의 노 사나불(盧舍那佛)을 배례하였을 때의 감동에서 시작되었다고 할 수 있다. 『續日本紀』 天平勝寶 원년(749) 12월 丁亥條의 선명(宣命)에 의하면,

　　去にし辰年(740年)河內國大縣郡の知識寺に坐す盧舍那佛を禮み奉
　　りて, 則ち朕も造り奉らむと思へども, え爲さざりし間に, 豊前國宇
　　佐郡に坐す廣幡の八幡大神に申し賜へ, 勅りたまはく, 『神我天神·
　　地祇を率ゐいざなひて必ず成し奉らむ. 事立つに有らず, 銅の湯を水
　　と成し, 我が身を草木土に交へて障る事無くなさむ』と勅り賜ひな
　　がら成りぬれば, 歡しみ貴みなも念ひたまふる.…

라고 전하고 있다. 쇼무 천황은 가와치국 지식사의 노사나불의 무엇에 감동하여 대불건립의 결의를 굳히게 된 것일까. 가와치국은 다수의 도래 계 씨족이 분포하고 있으며, 선진문명을 전해 받아 민도가 높은 지역으로 서, 경제적으로도 비교적 윤택할 뿐만 아니라 불교신앙도 널리 유포된 지역이다. <知識寺>라는 사원명칭에서의 <知識>이란, 단결된 신도들,

혹은 불연(佛緣)을 위해 자주적으로 기진(寄進)한다는 뜻으로서, 자주적인 민중들이 불교를 통해 단합하여 힘을 모아 노사나불을 만들어 노사나불에 대한 신앙을 공유하며 윤택한 사회를 실현해 가는 모습 속에서, 쇼무천황이 이상향을 본 것을 아닐까 생각한다. 그렇다고 한다면 일견 막대한 낭비라고도 생각할 수 있는 대불건립을 통해 불교신앙을 유대하는 가운데 귀족과 민중들의 마음을 결속시켜 평화스럽고 윤택한 국가를 실현하고자 하였던 쇼무천황의 의지를 읽어낼 수 있을 지도 모르겠다.

또한 당의 고종황제가 황후인 측천무후(則天武后)와 함께 조영한, 낙양(洛陽) 남쪽에 위치한 용문석굴(龍門石窟)안의 봉선사(奉先寺)의 노사나대불(盧舍那佛大佛. 675년 완성)의 영향도 충분히 생각할 수 있다(瀧川政次郎,「恭仁京と河漢崇拜」,『京制並びに都城制の硏究』, 角川書店, 1967). 동아시아에서의 거대불상 건립의 유행이라는 시류 속에서 일본대불의 의의도 인식할 필요가 있을 것이다.

3 ▎대불개안공양회(大佛開眼供養會)

대불이 드디어 완성의 시기를 맞이하게 된 것은, 대불조립(大佛造立)의 조칙(743년)이 반포되고 나서 9년이 지난 752년(天平勝寶 4)의 일이었다. 이 해 4월 9일에 동대사에서 드디어 개안공양(開眼供養)이 이루어졌다. 『續日本紀』 天平勝寶 4년 4월 乙酉條에,

盧舍那大佛の像成りて, 始めて開眼す. 是の日, 東大寺に行幸したまふ. 天皇, 親ら文武の百官を率ゐて, 設齋大會したまふ. その儀, 一ら元日に同じ. 五位已上は禮服を着る. 六位已下は当色. 僧一萬人を請ふ. 既にして雅樂寮と諸寺との種々の音樂, 並びにことごとく來たり集まる. また, 王臣諸氏の五節・久米儛・楯伏・蹋歌・袍袴等の歌

儺有り. 東西より聲を發し, 庭を分けて奏る. 作すことの奇しく偉き
こと, 勝げて記すべからず. 佛法東に歸りてより, 齋會の儀, 嘗て此の
如く盛なるは有らず.

라고 전하듯이, 불교의 동방유전(東方流傳)을 기념하는 성대한 의식이었
다. 이 기사에 따르면 쇼무(聖武)태상천황과 고묘(光明)황태후, 고켄(孝
謙)천황을 비롯한 백관이 정렬한 가운데, 승려들도 만명이나 모였다고
한다. 『東大寺要錄』에는 모인 승려의 수를 <請僧千卅六口><衆僧沙弥
尼幷九千七百九十九人>으로 기록하고 있다. 개안사(開眼師)는 승정(僧
正)이자 인도승인 보제선나(菩提僊那)가 맡았으며, 주원사(呪願師)는 당
승인 도선율사(道璿律師)이며, 당악(唐樂), 당산악(唐散樂), 고려악(高麗
樂)등의 악무예능이 주상(奏上)되는 등, 대불개안공양회는 국제성이 풍
부한 의식이었다.

　정창원(正倉院)의 보고에 전해지는 정창원 보물 중에는, 보제승정(菩
提僧正)이 대불의 눈을 점찍는 개안에 사용하였던 붓과, 붓에 연결되어
참가자들이 함께 개안공양을 거들었던 루(縷.芇) 등, 이 때의 개안공양회
에서 사용된 물건들이 다수 전해지고 있으며, <天平勝寶四年四月九日>
이라는 당일 날짜가 적힌 기진물(寄進物)도 다수 존재한다.

　또한, 정창원 문서중 진개(塵芥)문서에 부속된 <蠟燭文書>라고 불리
우는 문서군의 조사 결과에 따르면, 『續日本紀』등이 전하는 개안공양에
봉사한 만명의 승니(僧尼) 숫자는 결코 과장이 아니었다는 것이 밝혀졌
다. <蠟燭文書>란 습기 등에 의해 21권의 권물(卷物)이 그대로 굳어져
버린 문서로, 납촉(蠟燭)과 같은 형상을 하고 있다고 하여 <蠟燭文書>라
고 일컬어지고 있다. 이 문서의 조사 결과, 만명에 달하는 것으로 추정되
는 막대한 수의 승니(僧尼)들의 이름을 한 사람씩 열기한 문서(「僧交名」)

의 권물이 15권정도 있었던 사실과, 그 중에는 개안공양회에서 개안도사
(開眼導師)나 주원사(呪願師)라는 큰 역할을 담당한 보제(菩提)와 도선
(道璿)들의 이름도 기록되어 있음을 알 수 있다(杉本一樹,「蠟燭文書と
塵芥雜張一東大寺盧舍那佛開眼供養供奉僧名帳の發見一」『日本古代文
書の硏究』, 吉川弘文館, 2001, [초출 1996]). 만명이나 되는 승니(僧尼)
의 존재를 통하여, 이른바 나라시대 일본에 있어서 얼마나 불교 교세가
확장되었는지를 알 수 있을 것이다.

2. 나가토(長門) · 장등동산(長登銅山)과 대불(大佛)

　쇼무(聖武)천황의 대불조립(大佛造立)의 조칙에는(『續日本紀』 天平
15년(743) 10월 辛巳條)에는 <盧舍那佛の金銅像一軀を造り奉る. 國の
銅を盡して象を鎔, 大山を削りて堂を構へ, 廣く法界に及して朕が智
識とす>라고 전하고 있다. 여기에서 거대한 동상을 주조하기 위해 <國銅
を盡くす>라는 사실을 강조하고 있는데, 이러한 쇼무천황의 말은 결코
과장이 아니었다.

『東大寺要錄』 卷1에,
奉鑄用銅卌萬一千九百十一斤兩　熟銅卅九萬一千卅八兩　白＊一萬
七百廿二斤一兩 八箇度所 用合四十萬二千九百斤兩 <始天平十九年
九月廿九日, 迄勝寶元年十月廿四日, 合八箇度所用> 二萬三千七百
十八斤十一兩 <自勝寶二年正月, 迄七歲正月, 奉鑄加所用也>
　　右, 奉鑄尊像御體所用鑄銅幷白臘如前
御螺髻(略) 用生銅九千三百廿四斤十二兩 <箇別九斤十兩>
　　右, 始勝寶元年十二月, 迄三年六月, 奉鑄御螺髻如件

御座(略)

　　且宛銅卄二萬四千九百卄九斤九兩, 白銅一百八十四斤十三兩

라는 기록이 보이듯이, 500톤에 가까운 대량의 숙동(熟銅)이 대불주조를 위해 사용되었다. 또한『東大寺要錄』卷1에는, 동대사 조영을 위해 목재 및 금속을 제공한 목공과 금공 등의 노동에 봉사한 사람들의 수를 다음과 같이 기록하고 있다.

　　造寺材木知識記
　　材木知識五萬一千五百九十人
　　役夫一百六十六萬五千七十一人
　　金知識人七萬二千七十五人
　　役夫五十一萬四千九百二人
　　奉加財物人(略)

　이 기록을 통하여, 금속관계만 보아도 금속 기진자(寄進者) 72,075명, 금속관계 노역자 514,902명이라는 막대한 수의 사람들이 동대사의 조영에 자발적으로 참여하고 있는 것을 알 수 있다.
　이러한 대불이나 동대사의 조영에 필요한 대량의 동(銅)은 대부분이 나가토국(長門國)의 장등동산(長登銅山. 山口縣美祢郡美東町)에서 보내진 것으로 밝혀졌다. 나라의 정창원(正倉院)에 전해지고 있는 <丹裏文書>라고 불리우는 문서 중에는, 나라의 조동대사사(造東大寺司. 동대사의 조영을 담당하는 관청)가 나가토국사(長門國司)앞으로 보낸 나라시대의 공문서가 전해지고 있으며(『大日本古文書』25권, 155~157쪽), 이에 따르면 나가토 국사가 26,474근(약18톤)이나 되는 대량의 동을 바닷길을 이용하여 조동대사사 앞으로 보낸 사실을 확인할 수 있다.

造東大寺司牒　長門國司

　　錢拾柒貫肆伯捌文

十三貫六百文挾抄四人・水手十六人幷廿人往還功 (略)

　　　三貫八百八文往廿箇日食料 (略)

　　　　右, 挾抄・水手功食, 幷部領舍人食料如件

　銅貳萬陸仟肆伯柒拾肆斤

一萬百十五斤八兩 <欠六百五十一斤八兩　枚二百六十二　破一>

　　　七千六百卅八斤熟銅　枚八十八□

　　二千六百廿六斤未能熟銅　枚七十四<破一>

　　　　已上中, 從國解斤數所, <欠六百五十一斤八兩>

　　　右, 有未熟銅數, 自今以後, 能熟上品銅可進,

　一萬六千二百十斤生銅　枚一千四百十<破卅三>

　　上品三百廿三斤　中品二千二百五十八斤

　　下品一萬二千六百廿九斤<以上斤數如員>

　右熟銅, 從國解文所欠, 問其由, 君長等申云, 常權官不懸他權懸, 緣
此未明

　이 사료에 따르면, 보내진 동은 조동대사사(造東大寺司)가 나가토국사 (長門國司)가 보낸 송부장(解文)과 조회하면서 숙동(熟銅), 미숙동(未熟 銅), 생동(生銅)등과 같이 품질별로 검사하는 한편, 부족분의 지적과 함께 <앞으로는 상질의 숙동을 보내도록>이라는 주문이 붙어 있다. 이처럼 대불 및 동대사의 조영에 있어 대량의 동이 나가토 국사로부터 조동대사 사에 보내졌음을 알 수 있다. 또한 동은 나가토국사 감독하에 장등(長登) 광산에서 국가적으로 채광과 제련이 이루어지고 있었다고 말할 수 있을 것이다.

　동대사 대불전의 회랑서지구(回廊西地區) 발굴조사에서는, 대불의 주

조와 직접적으로 관계되는 주동(鑄銅)시설 유구가 발견됨과 동시에, 용
해로의 파편 및 용동괴(溶銅塊), 비우구(轆羽口)등 다량의 주동유물이 출
토되었으며, 이와 함께 대불주조 관련 목간도 출토되었다(中井一夫·和
田萃, 「奈良·東大寺大佛殿廻廊西地區」, 『木簡硏究』11, 1989). 이들 출
토 목간을 통하여, 대불주조 현장으로 동의 공진(貢進)과 집적(集積)이
이루어졌다는 사실과, 그 중에서 고묘(光明)황후에 의한 대량의 동의 시
입(施入)이 있었던 사실 등이 밝혀지게 되었다.

　　　自宮請上吹銅一萬一千二百卄二斤

　　　□宮宿□□□丘□足宮□人 [ ] 百□

　　　　[舞力] [百力]　　　　　　　　　縱(218)×橫32×厚2㎜ 019型式

　　이는 동대사의 대불주조 현장에서 고묘황후의 황후궁으로 부터 대량
의 원료인 동을 수취한 사실을 보여주는 목간이다. 제련된 상질의 동(熟
銅)이 대량으로 11,222근(약7.6톤)이나 고묘황후측에서 보내졌다는 것
은, 대불건립에 고묘황후가 깊이 관여하여 실제적으로 전력을 기울이고
있었다는 것을 구체적으로 보여주고 있는 것이라고 하겠다.

　　(表) 右二竈卅一斤 投一

　　　　　　　　　度

　　(裏)　□□一日　　　　　　　　139×38×5　032

　　이 목간은 대불주조를 위하여 동을 녹인 용해로인 조(竈. <右二> <右
四> <五> <七>등의 번호가 붙어 있다)에 동의 원료를 투입한 것을 기록
한 것이라고 생각된다.

卅五斤卅斤　卅斤　卌斤卅斤　　[卅カ]卅
更遣 []　卌五斤卅斤 []　斤卅五斤卅二斤□斤廿 [

(320)×(30)×5　　019

이 목간은 대불주조의 원료가 되는 동의 지출 기록이라고 생각되며 몇 번이나 동의 원료가 용해로에 투입된 상황을 엿볼 수 있다.

그런데, 장등동산(長登銅山) 유적에서 출토된 목간(長登목간)중, 동의 생산과 관계되는 목간군 안에는 <製銅付札木簡>이라는 것이 알려져 있다(八木充, 「奈良時代の銅の生産と流通」『日本歷史』621, 2000). 이는 제련된 동괴(銅塊)에 붙여진 부찰이며, 거기에는 제련기술자명(銅工集団), 제동(製銅) 생산량(근수, 매수), 제작월(「□月功」), 제출월일, 제동(製銅)수신처 등이 기재되어 있다. 또한 생산된 동을 송부할 때에 붙이는 <配分宛先木簡>도 알려져 있다.

○ (表) 大殿七十二斤枚一
　(裏) 日下部色夫七月功　　　　　　　　　　127×29×7　032

○ (表) 大斤七百廿三斤卅一　　　　　　朝庭不申銅
　　　掾殿銅　　　　少斤二千四百廿四斤枚八十四　天平二年六月
　　廿二日
　(裏)　　　借子(略)
　　大津郡
　○ (表) 豊前門司卅斤枚一
　　　　　　　□
　　(裏) 神部辛三月功　　　　　130×34×7　　032

이들 목간을 통하여 장등동산(長登銅山)에서 제련된 동괴(銅塊)가, <大殿> <掾>(長門國司의 3등관) <豊前門司>등, 제 방면으로 보내진 사실이 밝혀졌는데, 주목하고자 하는 것은 다음 목간이다.

○ 太政大殿□□首大□上□
五十三斤枚三 163×29×8 032

<太政大殿>은 <太政大臣>을 뜻하는 것으로, 이 시기의 <太政大臣>은 증위(贈位)된 고(故) 후지와라노 후히토(藤原不比等)가를 가리킨다. 따라서 이 동(銅)은 평성경(平城京)의 고 후지와라노 후히토의 집으로 보내진 셈이 되는 것이다. 그런데 후히토의 저택(나중에 法華寺가 됨)을 비롯하여 고 후지와라노 후히토의 자산의 대부분은 고묘(光明)황후에게 전령되었기 때문에, 장등동산(長登銅山)의 동이 고묘황후의 처소로(고 후지와라 후히토의 집)보내지면 앞서 동대사 대불전 회랑서지구(回廊西地區)출토 목간에 보이듯이, 그 동은 다시 황후궁에서 대불 조영현장으로 보내지는, 이른바 동의 경로를 추정해 볼 수 있는 것이다(佐藤信,「長門長登銅山と大佛造立」『出土史料の古代史』, 東京大學出版會, 2002 [초출 2001]).

나가토(長門國)의 장등동산의 동이 고묘(光明)황후를 경유하거나 혹은 조동대사사(造東大寺司)앞으로 보내져 대불의 조영에 사용된 사실이 정창원(正倉院)문서 뿐만 아니라, 대불조영현장(奈良市)과 장등동산유적(山口縣美祢郡美東町)에서 출토된 목간과의 연결고리를 통하여 밝혀지게 된 것이다. 장등동산의 동은 화동개진(和同開珎)등의 일본 율령국가가 독자적으로 발행한 동전의 재료로서도 크나큰 역할을 수행하는 등, 장등동산의 역사는 나가토국 한 지역만의 역사가 아니라, 일본열도의 고

대사와 크게 상관관계를 맺으며 교류해 나갔다는 점에서 의미를 가진다
고 하겠다.

3. 무쓰(陸奧) · 천평산금(天平産金)과 대불(大佛)

대불의 건립이 완성단계에 들어간 749년(天平勝寶 元)에는, 무쓰국(陸
奧國. 宮城縣)의 장관(守)인 백제왕경복(百濟王敬福)이 관내 오와다군
(小田郡)에서 산출된 금을 헌상하였다.『續日本紀』동년 2월 丁巳條에는
<陸奧國에서 처음으로 황금을 공진하다>라고 전하고 있으며, 동년 4월
乙卯條에는 <陸奧守從三位百濟王敬福, 黃金九百兩을 바치다>라고 적
고 있다. 이와 함께『續日本紀』동년 4월 朔條의 선명에는,

> 天皇(聖武), 東大寺に幸し, 盧舍那佛像の前殿に御しまして, 北面
> して像に對ひたまふ. 皇后(光明)・太子(阿倍內親王)並に侍りたま
> ふ. 群臣百寮と士庶とは分頭して殿の後に行列す. 勅して, 左大臣橘
> 宿禰諸兄を遣して佛に白さく, <三寶の奴と仕へ奉る天皇が命らま
> と盧舍那の像の大前に奏し賜へと奏さく, 此の大倭國は天地開闢け
> てより以來に, 黃金は人國より獻ることはあれども, 斯の地には無き
> 物と念へるに, 聞こし看す食國の中の東の方陸奧國守從五位上百濟
> 王敬福い, 部內の少田郡に黃金在りと奏して獻れり.…>

라고 전하고 있다. 국내에서는 산출되지 않는 것으로 여겨지던 금이 동북
지역의 무쓰(陸奧)에서 산출된 사실을 듣고 쇼무(聖武)천황 등이 크게
기뻐하였다는 사실을 알 수 있다. 쇼무천황이 <三寶の奴>라고 칭하며,
즉 불교 앞에서 스스로를 노예라고 위치지운 것은 고대 일본의 국가불교

를 이해하는 데 있어 흥미로운 사실이다. 또 한편 위정자가 금속에 대해 깊은 관심을 가지고 있었다는 사실도 이 선명을 통해 알 수 있다. 연호가 <天平>에서 <天平感寶>로 개칭된 것도, 산금의 영향을 받아 일어난 일이며(이 해 7월에는 쇼무천황이 딸인 고켄(孝謙)천황에게 양위하자 다시 <天平勝寶>로 바뀌었다), 무쓰에서의 산금은 실로 당시의 중앙정계에 크나큰 영향을 끼쳤던 것이었다.

이 때의 <天平産金>유적이, 지금도 사금이 채취되는 미야기현 도오다군 와쿠야쵸(宮城縣遠田郡湧谷町)에 있는 황금산금유적이며, 발굴조사에 의하면 나라시대의 육각형 건물터가 발굴되었고, 주거으로 <天平>이라 쓴 와제보주(瓦製寶珠)가 출토되었다(伊東信雄,『天平産金遺跡』, 涌谷町, 1960). 무쓰국에서의 사금을 이용한 산금관련 광업기술은, 쇼무천황에게 신임을 받았던 무쓰국의 장관(守)인 백제왕경복(百濟王敬福)의 휘하에서, 백제계 도래인의 기술이 발휘되었을 것으로 생각된다.

4. 일본열도 제 지역(諸地域)과 대불(大佛)

1▌ 에츄(越中) 장관 오토모 야카모치(大伴家持)와 대불(大佛)

무쓰국(陸奧國. 宮城縣)에서의 산금이 각 방면에 끼친 파급 영향의 예로서 들 수 있는 것이, 에츄(越中)지방의 장관(守)으로 에츄국부(越中國府. 富山縣高岡市)에 부임한 오토모 야카모치(大伴家持)가 읊은 <陸奧國より金を出せる詔書を賀く歌>(『萬葉集』권18, 4094)라는 노래이다.

葦原の 瑞穂の國を 天降り 領らしめしける 天皇の 神の命の 御代重

ね 天の日嗣と 領らし來る 君の御代御代 敷きませる 四方の國には
山川を 廣み厚みと 奉る 御調 寶は 數へ得ず 盡しもかねつ 然れども
わご大君の 諸人を 誘ひ給ひ 善き事を 始め給ひて 黃金かも たしけ
くあらむと 思ほして 心惱ますに 鷄が鳴く 東の國の 陸奧の 小田な
る山に 黃金ありと 申し給へれ 御心を 明め給ひ 天地の 神相珍なひ
皇御祖の 御靈助けて 遠き代に かかりし事を 朕が御世に 顯してあ
れば 食國は 榮え むものと 神ながら 思ほしめして.....
(反歌) 天皇の御代榮えむと東なる陸奧山に黃金花咲く

이 장가안에는 천황에게 군사적으로 봉사해 온 오토모씨의 씨족적 전
통을 강조하면서, <海行かば 水浸く屍 山行かば 草生す屍...>라는 내용
의 가사를 담고 있다.

오토모 야카모치의 이 노래는, 에츄국에 전해진 천평산금(天平産金)에
대한 쇼무(聖武)천황의 조칙을 환영하며, 오토모씨로서 쇼무천황이 추진
하는 대불건립 사업에 대한 협력을 표명하는 노래였다. 나라시대에 후지
와라(藤原)씨와 다치바나(橘)씨·오토모(大伴)씨·사에키(佐伯)씨들과
대립하는 정치적인 상황속에서 대불건립을 추진하려던 차에 황금의 출현
이라는 매우 경사스러운 일이 하나의 계기가 되어, 쇼무천황 휘하의 각각
의 씨족들이 천황에 대한 충성을 재확인하려는 정치적인 결집의 움직임
을 가져왔던 것이다.

2 ▏ 분고(豊後)·우사하치만신(宇佐八幡神)과 대불(大佛)

대불 건립에 있어 규슈(九州)의 분고국(豊後國)의 우사신궁(宇佐神宮.
大分縣宇佐市)도 크게 관여하였다. 앞서 언급한 바와 같이 쇼무(聖武)천
황의 대불건립의 결의를 전하는 선명(『續日本紀』天平勝寶 元年<749>12

月丁亥條)을 보면, 지난 740년에 가와치국(河內國) 오가타군(大縣郡)에 있는 지식사(知識寺)의 노사나불(盧舍那佛)을 배례하고 난 후 노사나불 건립을 계획하였지만 실행이 되지 않았을 즈음에,

> 豊前國宇佐郡に坐す廣幡の八幡大神に申し賜へ, 勅りたまはく, 「神
> 我天神・地祇を率ゐいざなひて必ず成し奉らむ. 事立つに有らず, 銅
> の湯を水と成し, 我が身を草木土に交へて障る事無くなさむ」と勅り
> 賜ひながら成りぬれば, 歡しみ貴みなも念ひたまふる.…

라고 전하듯이, 우사하치만신(宇佐八幡神)의 조력을 얻어 비로소 대불건립 사업이 시작된 것이었다. 749년 12월에는 우사하치만신의 신여(神輿)가 신주(神主)와 함께 평성경(平城京)으로 모셔져 와 대불을 배례하였고 이 지역이 동대사의 수호신이 되었다(東大寺手向山八幡宮). 이 해에 하치만대신(八幡大神)은 일품(一品)을, 비미신(比咩神)은 이품(二品)의 신위를 얻었다. 이러한 대불, 나아가 쇼무천황과 우사하치만신과의 강한 결속은 오가미(大神)씨 및 가라시마(辛島)씨 등과 같은 우사지역의 지방호족과 중앙정부와의 관계에서 생겨난 것이라고 하겠다. 우사의 지방호족의 동향이 나라 시대 대불의 건립사업과도 밀접하게 연결되어 있었던 것이다.

3 ┃ 구니나카노 기미마로(國中君麻呂)와 대불(大佛)

　대불의 건립에 기술 관인으로서 중추적인 역할을 한 사람이 기미마로(國君麻呂, 나중에 國中連公麻呂로 개성, ~774년)이다.『續日本紀』寶龜 5년(774) 10월 己巳條의 졸전(卒傳)에는, <天平年中, 聖武皇帝弘願を發して盧舍那銅像を造らしむ. その長五丈なり. 当時の鑄工, 敢へて手を

加ふる者無し. 公麻呂, 頗る巧思有り. 竟にその功を成す. 勞を以て遂
に四位を授く>라고 적고 있다. 기미마로는 746년~7년(天平 18~19)경에
<造佛長官>의 직에 있었던 것이 확인되며, 동대사법화당(東大寺法華堂.
三月堂)에 현존하는 불공견색관음상(不空羂索觀音像)의 조불(造佛)에
도 관여하였는데, 749년(天平勝寶 元) 쇼무(聖武)천황이 동대사 대불전
으로 행행(行幸)하였을 때, 대주사(大鑄師)들과 함께 서위된 것으로 보
아, 대불건립의 공로에 따른 것이라고 생각된다. 761년(天平寶字 5)에는
조동대사사(造東大寺司)차관에 임명되었다. 기미마로의 조부는 백촌강
전투의 패전 후, 663년(天智 2)에 백제에서 망명해 온 덕솔(德率, 백제의
4품관직)출신인 국골부(國骨富)이며, 대불건립시에 백제계 도래인의 기
술이 발휘되었던 것이다.

구니나카노 기미마로뿐만이 아니라 무쓰국(陸奧國)의 장관(守)이었던
백제왕경복(百濟王敬福)의 존재도 생각해 볼 때, 대불건립 사업에 백제
계 도래인의 기술협력이 이루어지고 있었다는 점을 지적할 수 있겠다.
그러한 의미에서 대불건립은 동아시아 역사안에서 실현된 것이라고 말할
수 있지 않을 까 생각한다.

5. 결론

파격적인 규모로 진행된 대불건립과 동대사 조영사업은, 이를 통하여
국가와 사회의 안정을 도모하려던 쇼무(聖武)천황과 고묘(光明)황후의
의도아래 추진되었으며, 일본 율령국가가 세제(稅制)등을 정비하여 제국
(諸國)의 지배를 확립해 나가려는 움직임과 연동되어 완성되었다고 말할
수 있을 것이다.

대불건립은 평성경(平城京)·기나이(畿內)의 교기(行基)집단으로 대표되는 민중들을 비롯하여, 무쓰(陸奧)의 금이나 나가토(長門)의 동(銅)을 포함한 광범위한 제국(諸國)과 그 지역의 민중들의 부담에 의한 국가적인 기반위에서 완성된 것이었다. 한편 역으로 생각해 보면, 대불건립사업을 통하여 비로소 제국으로부터 부를 집중하는 집권적(集權的)인 일본 율령국가의 국가적 기반이 정비되었다는 측면을 지적할 수 있지 않을까 생각한다. 이러한 대사업을 통하여 혼란된 제 씨족들이나 민중들의 정신적 결집을 꾀하려던 목적이나, 교기 집단의 <知識> 및 오토모 야카모치(大伴家持)의 천황에 대한 충성심, 백제계 도래씨족의 기술 협력등의 예에서 알 수 있듯이, 일정한 성과를 올렸다고 말할 수 있을 것이다. 대불 건립은 정치적으로나 사회적으로도 불안정한 시대 상황이었지만, 대보율령(大寶律令)이 완성(701년)된 후 거의 반세기가 지난 8세기의 천평(天平)시대에, 일정부분 일본 율령국가의 충실한 모습을 상징해 주는 사건이었다.

　무릇 등원경(藤原京)이나 평성경(平城京)의 조영의 예와 같이, 거대한 궁도의 대규모 조영사업을 통하여 일본 율령국가가 중앙집권적인 국가조직을 형성해 왔다는 점을 지적할 수 있겠다(佐藤信, 「律令國家の成立と宮都制」, 『出土史料の古代史』, 東京大學出版會, 2002, [초출 2001]). 이어 대보 율령이 완성(701년)된 후 반세기 가까이 지난 시점에서 이루어진 대불의 건립도, 분열·산재하는 8세기의 귀족·지방호족·민중들의 관심을, 천황 아래로 모으는 국가적·정신적 통합의 실현을 위한 대규모의 조영사업으로 위치지울 수 있지 않을 까. 역으로 생각해 본다면, 대불 건립사업을 통하여 일본율령국가의 중앙에서 지방에 이르는 국가조직의 기능 발휘가 실현가능하게 되었다는 측면을 지적할 수 있겠다. 거대한 대불은 동방에 전래된 불교를 상징하는 유적임과 동시에 일본율령국가의 상징이기도 한 것이다.

대불 건립에 있어서는, 평성경·기내의 교기 집단, 나가토(長門)의 장등동산(長登銅山) 유적, 무쓰(陸奧)의 황금 산금유적, 에츄장관(越中守)인 오토모 야카모치, 분고(豊後)의 우사하치만신(宇佐八幡神), 무쓰장관(陸奧守)인 백제왕경복(百濟王敬福)이나 구니나카노 기미마로(國中君麻呂)들의 백제계 도래인등, 각 지역의 귀족과 지방호족 및 민중들의 협력이 있었기 때문에 비로소 완성이 실현된 것이었다. 이 점에서 일본 열도의 각 지역의 고대사는 각기 폐쇄적으로 전개해 나갔던 것이 아니라, 경계를 뛰어 넘는 다양한 교류 안에서 일본 열도 전체의 고대사와 엮이면서 역사를 기록해 왔다는 점을 다시금 확인해 두고 싶다.

그러나 한편으로는, 대불이 완성됨에 따라 반드시 나라시대의 사회나 민중들에게 안정과 평화를 가져다 준 것은 아니었다. 이러한 종교적인 금자탑은 오히려 현실적으로 존재하는 국가적·사회적인 불안정과 공존하는 것이었다고도 말할 수 있을 지도 모르겠다.

헤이안(平安)시대의 문인귀족인 미요시 기요유키(三善淸行)는, 914년(延喜 14) 4월의 『意見十二箇條』안에서,

> …天平に及りて, 弥尊重をもてす. 遂に田園を傾けて, 多く大寺を建つ. 堂宇の崇く, 佛像の大なること, 工巧の妙, 莊嚴の奇, 鬼神の製のごとくなるあり. 人力の爲に非ざるに似たり. また七道諸國をして國分二寺を建てしむ. 造作の費, 各その國の正稅を用ゐたりき. ここに天下の費, 十分にして五.

라고 전하고 있는데, 화려한 대불이나 동대사의 조영은 그 파격적인 규모 때문에 크나큰 국가재정의 부담을 가져왔다고 날카롭게 비판하고 있다.

　　무엇보다 누가 보아도 승복할 정도의 막대한 노동력을 쏟아 부은 파격적인 규모의 종교적 문화유산이며, 대불과 동대사는 중세 이후의 역사 속에서도 승려나 천황, 귀족들만이 아닌 많은 사람들의 힘에 의해 존속되어 갔으며, 규모를 축소하면서도 유지해 가려는 노력을 계속적으로 기울여 나갔던 것이었다.

제1장 | 대외관계로 본 고대

7

日本古代의 大黃의 공진(貢進)에 대하여

傳田伊史*

1. 서론

고대 일본열도의 대륙문화의 수용에 대해서는 지금까지 정치, 문화, 사상 등의 여러 방면에서 많은 연구의 축적이 있었으며, 역사적 사실로서 일본 고대사회의 형성이 대륙문화를 수용하는 과정 위에서 이루어져 왔음은 말할 필요도 없을 것이다.

한편, 다방면에 걸쳐 추정되는 지역사회에 미친 대륙문화의 제상에 대한 해명은 지역에 있어서의 사료상의 제약도 있으며, 주로 고고학에서의 접근을 중심으로 이루어져 왔기 때문에 개별실증적인 성과로서 축적되고 있다. 또한 근래에는 궁도(宮都) 이외의 각지에서 출토된 목간 등의 문자사료를 통하여, 7세기 중앙집권체제 성립기의 지방호족층에 의한 대륙문화의 수용 실태가 밝혀지고 있는 중이다. 이 또한 발굴조사에서 출토된 문자사료라는 유물에 의거한다는 점에서 고고학을 주체로 한 성과의 하나라

* 일본고대사 長野縣立歷史館 專門主事

고 말할 수 있을 것이다.

　본고에서는 고대의 제국(諸國)에서 궁도에 공진된 약물의 하나인 대황 (大黃)[1])에 대해 소개를 하지만, 그 전제가 되는 의약 지식도 또한 고대의 일본 열도에 들어온 대륙문화의 하나이다. 정창원(正倉院)에 전해지는 대황을 포함한 고대약물은 대륙에서 들어온 것이며, 조사를 통하여 이미 많은 정보가 제공되고 있다. 그러나 그것들은 모두 박재품이기 때문에 당시 일본열도에서 산출된 대황에 대한 지식은 알 수가 없다. 또한 지역 사회에서의 대륙문화의 실상에 대해 많은 성과를 남기고 있는 고고학상 의 지견도 약물에 대해서는 극히 한정적이다. 따라서 본고에서는 종래의 연구성과를 바탕으로, 문헌사료를 중심으로 하여 대황에 대해서 여러 측 면에서 고찰을 해나가고자 한다. 그리고 그것을 통하여 지역사회의 대륙 문화의 수용의 문제, 나아가 고대 일본의 지역성의 문제라는 점에 대해서 도 언급하고 싶다.

2. 일본고대 사료상에 보이는 대황

1┃ 후지와라궁(藤原宮)의 약물 목간

　1966년부터 1968년에 걸쳐 실시된 나라현(奈良縣) 교육위원회의 후지 와라궁 발굴조사에 따라, 후지와라궁의 내리(內裏) 외곽을 북쪽으로 흐 르는 도랑 SD105(내리 동측의 남북간선 수로)와 그것이 흘러들어가는 궁의 북면 바깥쪽 해자인 SD145로부터 약물명 등을 기록한 목간이 한꺼 번에 출토되었다. 이들 약물목간은 7세기 말부터 8세기 초 무렵의 것으로

----

1) 본고에서는 사료에서 약물로 확인되는 것을 大黃이라 표기하며, 현재 생 약으로 사용되는 약용식물은 <다이오>라고 표기한다.

보이며, 출토지점에서 수 십 미터 북쪽에 <덴야쿠(天役)>의 글자가 확인
되는 것으로 보아 약물을 다루는 관사, 전약료(典藥寮)에 관계되는 목간
이었다고 생각한다.[2] 그런데 후지와라 궁터에서는 1988년 나라국립문화
재연구소가 실시한 조사에서, 서면 남문 부근의 서면 안쪽 해자 SD1400
에서도 SD105출토의 목간보다도 이전 시기로 보이는 약 100점의 약물목
간과 광물성의 약물이 출토되었다.[3] 따라서 이들 약물목간이 출토된 두
지점에 대해 전약료가 궁의 서남에서 동북방면으로 이전했다고 보는 견
해 및 서남에 전약료가 있었고 동북방면에는 이른바 약원(藥園)과 같은
전약료의 부속시설이 존재했다는 설 등이 있다. 어느 것이든 SD105 ·
SD145와 SD1400의 양지점에서 출토된 목간의 내용은 기본적으로 동일
하며, 모두 전약료와 관계된 것으로 생각된다.[4]

  이들 약물목간 중에 SD105에서 출토된 1점을 소개하면 다음과 같다.

  藤原宮木簡(『藤原宮』68号) 142×27×3 032
  ·「高井郡大黃＜」
  ·「十五斤　＜」

SD105 · SD145출토의 목간은 표기된 연대로 볼 때 대보(大寶) 3년(703)
경에 일괄 폐기된 것으로 생각된다. 이 68호 목간에는 <高井郡>이 보이
는데, 701년 대보율령제정 이후의 郡표기가 보이는 것으로 보아 701년에

2) 奈良縣敎育委員會, 『藤原宮跡出土木簡槪報』, 奈良縣文化財調査報告제10
   집, 1986 ; 同 『藤原宮』, 奈良縣史跡名勝天然記念物調査報告제25책, 1969.
3) 奈良國立文化財硏究所, 『飛鳥藤原宮發掘調査出土木簡槪報』9, 1989 ; 同 『飛
   鳥·藤原宮發掘調査槪報』19, 1989.
4) 丸山裕美子, 「年料雜藥の貢進と官人の藥(諸國輸藥條·五位以上病患條)
   －藤原宮出土の藥物木簡－」, 『日本古代の医療制度』, 名著刊行會, 1998.

서 703년사이의 시기에 시나노국(信濃國) 다카이군(高井郡)에서 후지와라궁에 공진된 대황에 붙여져 703년 경에 전약료 관계시설에서 폐기된 것으로 생각할 수 있다.

　또한, 이 목간과 같은 형상의 시나노국관계의 부찰로서 다음과 같은 목간이 존재한다.[5]

　　　平城京木簡76号　159×26×4(二片接續)　032
　　　　「播信郡五十斤

　　　　　　　　合百卄斤＜
　　　　讚信郡七十斤　　　　　　　　」

　양자의 형상의 특징은, 부찰로서 아래쪽에만 양측면에 패임이 있는 점으로 일본에서는 극히 사례가 적은 것이다.[6] 이 평성경(平城京) 목간은 평성경 좌경(左京) 삼조(三條) 이방(二坊) 팔평(八坪) 중앙 남쪽에서의 구획담장 동쪽 우물 SE4770에서 출토된 226점 중 하나로, 소위 나가야

---

5) 奈良國立文化財硏究所,『平城京木簡』1, 1995. 이하 유구나 출토상황에 대해서도 이에 의거한다.
6) 아래쪽에만 깊은 패임이 보이는 동형상의 목간으로는 , 나라국립문화재연구소『平城宮發掘調査出土木簡槪報』(7, 1970)에 게재된 다음과 같은 것이 있다.
　・「吉備里海ア赤麻呂米六斗＜」
　・「靈龜三年六月　　　　＜　216×22×3　032
　또한, 한국의 함안성산산성(경상남도 함안군가야읍 광정리)에서 출토된 6세기 중엽의 목간중에 이와 같은 형상의 부찰이 존재하며, 平川南는「韓國・城山山城跡木簡」(『古代地方木簡の硏究』, 吉川弘文館, 2003) 및「屋代遺跡群木簡のひろがり－古代中國・朝鮮資料との關連」(同書, 초출은 1999)에서, 이러한 형상의 목간의 원류는 新疆省 尼雅 유적 출토의 晋簡이며, 중국의 오래된 요소가 한반도를 경유하여 고대 일본에 들어왔다는 사실을 보여주는 것이라고 하였다.

(長屋)왕가 목간이다. SE4770에서 연대를 확인할 수 있는 목간이 세점 출토되었는데 모두 영귀(靈龜) 3년 혹은 양로(養老) 원년이라는 동일 연대(717)이며, 76호 목간도 이 무렵에 폐기된 것이라고 생각된다. 목간에 표기된 <播信>과 <讚信>은 음표기를 검토해 보면, 각각 시나노국의 <하니시나>(=埴科)와 <사라시나>(=更科<級>)의 양 군명을 표기한 것으로 해석할 수 있다.[7] 물품명은 기록되어 있지 않지만, <播信郡五十斤>과 <讚信郡七十斤>을 합한 <百卅斤>은, 소근으로 치고 미터법으로 환산하면 26.76kg, 대근은 그 세 배에 해당하므로 80.28kg이 된다.[8] 이 목간이 시나노국에서 공진된 하찰목간이라고 한다면, 대근의 중량으로서 <一荷>로서는 과중한 무게라고 생각되므로, 이 <百卅斤>은 소근이었을 가능성이 높다. 또한 부찰의 짐은 앞서 소개한 후지와라궁 출토 목간의 짐과 같은 대황이라는 견해가 있다.[9] 이 <百卅斤>의 짐이 대황이었는지에 대해서는 현 단계에서 확정적으로 언급할 수 없지만 본고에서는 적어도 후지와라궁 출토목간에 의거하여, 대보령이 시행된지 얼마 안되는 이른 시기부터 시나노국에서 산출되는 물품의 하나로서 대황이 실제로 공진되었다는 점을 확인해 두고 싶다.

2 | 정창원(正倉院) 약물

정창원에는 쇼무(聖武)천황의 49재를 맞이하여 천평승보(天平勝寶) 8

7) 工藤力男, 「木簡類による和名抄地名の考察－日本語の立場から－」, 『木簡研究』12, 1990 ; 寺崎保廣, 「長屋王家木簡郡名考証二題」, 『文化財論叢』2, 1995 ; (財)長野縣埋藏文化財センター, 『長野縣屋代遺跡群出土木簡』, 上信越自動車道埋藏文化財發掘調査報告書 23－更埴市內その2－, 1996.
8) 본고에서는, 松嶋順正, 「正倉院寶物より見た奈良時代の度量衡」, 『正倉院よもやま話』學生社, 1989의 데이터를 참고로 하여, 小1斤을 223g, 동 1兩을 14g으로 환산한다.
9) 平川南, 『古代地方木簡の研究』.

년(756) 6월 21일에 고묘(光明)황태후, 고켄(孝謙)천황이 기증한 선대부
터의 귀중한 유품 약 650점의 보물과 함께 동대사노사나불(東大寺盧舍
那佛)에 헌납된 약물이 전해져 오고 있다. 이들은 <노사나불에 봉헌하는
종종(種種)의 약>(이하, 종종약장이라고 약술한다)에는, 헌납 시 품명과
수량이 기재되어 있는 60종(현재는 38종)의 <帳內品>과, 종종약장에 기
재되어 있지 않은 십수종의 <帳外品>으로 대별되는데, <帳內品>의 하나
로서 대황이 존재한다.

정창원 약물에 대해서는, 1948년부터 이듬해에 걸쳐 제 1차 조사가
실시되었고, 1994년부터 이듬해까지 2차 조사가 이루어졌는데, 그 결과
약물이 모두 박재품인 것으로 판명되었다.10) 아마도 간진(鑑眞)이 일본
에 왔을 때나 견당사 등을 통해 당에서 들어온 것이라고 생각되며, 산출
지는 중국을 비롯하여 서역 및 천축(인도) 등에서 실크로드를 따라 도래
한 것, 혹은 인도네시아나 그 보다 더 남방지역에서 들어온 것 등, 광범위
하다. 정창원 약물의 대부분은 당대(唐代)의 약물장인『新修本草』(후술)
에 이름이 기재되어 있으며 아마도 그 당시 중국에서 실제로 입수할 수
있었던 것이라고 생각한다.11)

정창원 약물인 대황은, 제 1차 조사에서 화북의 감숙성(甘肅省) 방면에
서 나는 여뀌과에 속하는 다년초인 Rheum palmatum L. 혹은 Rh.palmatum
L. var. tanguticum Maxim.의 근경으로 분류되었으며, 현재 대황 중에
최우량품인 금문(錦紋)대황과 일치하는 것으로 판명되었다. 또한 2차 조
사에서도 화학적 분석이 이루어졌는데, 원식물의 종이 Rh.palmatum인

---

10) 朝比奈泰彦編,『正倉院藥物』, 植物文獻刊行會, 1955 ; 宮內廳正倉院事務所
編,『圖說 正倉院藥物』, 中央公論新社, 2000 ; 이하 정창원 약물조사에 대
한 기술은 이들 견해에 의거한다.
11) 渡辺武,「正倉院寶庫の藥物」,『書陵部紀要』7, 1956 ; 柴田承二,「正倉院藥
物第二次調査報告」,『正倉院紀要』20, 1998 ; 同「正倉院藥物とその科學的
調査」, 宮內廳正倉院事務所編,『圖說 正倉院藥物』.

지, Rh.tanguticum인지를 확정하는 단계까지는 이르지 못하였다. 이들 약용 식물로서의 <다이오>에 대해서는 나중에 상세하게 언급하도록 하겠다.

이처럼 1200년 이상이나 된 약물의 실물이 보존되어 있기 때문에 다양한 지식을 얻을 수 있는데, 이밖에도 천평승보(天平勝寶) 8년 헌납 시의 약물량과 그 후의 증감이 판명된 것도 중요한 점이다. <종종약장(種種藥帳)>에는 헌납된 약물의 품명과 각각의 수량이 기재되어 있을 뿐만 아니라 원문에, 「若有緣病苦可用者, 並知僧綱後聽充用.」라고 하듯이, 헌납된 약물의 사용도 인정되고 있다. 또한 나라(奈良)시대 말기부터 헤이안(平安)시대 초엽에 걸친 <曝凉使解>에는 약물의 점검과 폭량이 실시된 시점에서의 수량이 기록되어 있어, 천평승보 8년부터 제형(齊衡) 3년(856)까지의 100년간에 걸친 실제적인 약물의 증감을 알 수 있다.[12]

[표1] 정창원 주요 약물의 증감

藥物	天平勝寶 8년(756) 6월 21일			齊衡 3년(856) 6월 25일			소비량
	斤	兩	kg	斤	兩	kg	kg
大黃	991	8	221.105	87	13.5	19.590	201.515
甘草	960	0	214.080	45	2	10.063	204.017
人蔘	544	7	121.410	60	6	13.464	107.946
桂心	560	0	124.880	51	9	11.499	113.381

[표1]은 증감이 비교적 큰 정창원 약물에 대해서, 근량(斤量) 및 미터법 환산량을 정리한 것이다. 종종약물장에는 헌납된 60종 중, 수량을 근량 표기한 것이 56종 있는데, 그 중 대황은 991근 8량(221.105kg)으로 56종 중에서 가장 많은 양을 차지하고 있다. 제형 3년에는 그것이 87근

---

12) 三宅久雄,「正倉院藥物の歷史」(宮內廳正倉院事務所編,『圖說 正倉院藥物』)에 상세하게 정리되어 있다.

13량 2분(19.59kg)으로 감소하고 있는데, 100년 동안의 감소량(소비량)인 201.515kg은, 감초의 감소량(소비량)인 204.017kg에 근소하게 미치지 못하지만, 감초에 버금가는 양으로서 헌납량의 90% 이상이 소비되고 있었던 셈이다.13) 이처럼 정창원 약물 중 헌납량과 감소량(소비량)이 극히 많은 대황은 감초와 나란히 고대에 수요가 대단히 많았던 약물임을 알 수 있다.

정창원의 대황은 동대사에 헌납된 국외산 우량품이며, 수요가 많았다고는 하지만 쉽게 소비할 수 있는 것은 아니었다고 생각되기 때문에 당시 일반적인 약물로서 이용된 대황의 소비량으로서는 [표1]의 소비량의 숫자가 상당히 적은 숫자라고 생각해야 할 것이다. 전약료를 비롯하여 당시의 정부로서는 현실적인 문제로서, 정창원에 보관되어 있는 것보다 훨씬 많은 양의 대황을 확보해야 할 필요가 있었다고 생각한다. 매년 필요한 상당량의 대황을 정창원 약물과 같이 수입으로 조달하기에는 불가능한 일이며, 이른 시기부터 국내에서 산출된 대황의 공진이 이루어지고 있었다고 생각한다. 앞서 언급한 다카이군(高井郡)의 대황 공진을 하나의 구체적인 사례로서 의의를 둘 수 있을 것이다. 이처럼 제국(諸國)에서의 약물의 공진이 정비되어 갔으며, 다음 항에서 언급할『延喜式』에서 나타나는 제도로서 성립한 것이라 생각한다.14)

3 ┃『延喜式』의 연료잡약(年料雜藥)

『延喜式』 권37 전약료의 <諸國進年料雜藥>(이하, <연료잡약>이라고

---

13) 소화 2년(1927)의 秤量으로, 藥形을 유지하고 있는 것이 14.625kg, 藥塵이 된 것이 16.687kg 잔존하고 있다.
14) 丸山裕美子,「延喜典藥式「諸國年料雜藥制」の成立と『出雲國風土記』」,『延喜式研究』25, 2009에서는, 이미 7세기 말에 약물 공진제도의 정비가 시작되었다고 보고 있다.

약칭)에서는 시나노국의 공진물에 대해 다음과 같이 17종을 규정하고
있다.

> 黃連十斤, 細辛卅五斤, 白朮廿六斤九兩, 藍漆五斤, 大黃卅斤, 女青
> 六斤, 汲茹卅七斤, 干地黃一斗四升, 附子三斗, 蜀椒一斗六升, 蕪夷
> 一斗, 石硫黃三斗八升, 熊胆九具, 鹿茸十具, 枸杞廿斤, 杏仁六斗, 大
> 棗大一斛.

[표2]는 이들 17종의 각각의 약물에 대해
<연료잡약>에서 공진이 규정된 국의 수를 정
리한 것인데, 女青(가바네구사), 蕪夷(히키사
쿠라), 大棗(오나쯔메)와 같이 시나노국에서
만 공진하는 것이 있는가 하면 獨椒(하지가
미), 白朮(오케라)와 같이 반수 이상의 제국에
서 공진하는 것도 있다. 각국의 공진품목이나
양의 다소에 대해서는 국의 대소나 연료잡약
뿐만 아니라 각각의 국에 부과된 부담의 총체
에 대해서도 고려하지 않으면 안되지만, 식물
에서 유래하는 약물의 채집은 당연히 분포에
크게 좌우되는 것이라고 말할 수 있겠다.[15]
이러한 관점을 바탕으로 <연료잡약> 중 대황
에 대해서 자세하게 살펴 본다면 공진국은 시
나노국을 포함한 7개국이며 시나노국 30근

[표2] 시나노국(信濃國)의 연료잡약과 공진국수	
藥物名	貢進國數
大棗	1
杏仁	4
拘杞	17
鹿茸	4
熊膽	3
石硫黃	3
附子	13
蕪夷	1
獨椒(子)	40
干地黃	10
汲茹	2
女青	1
大黃	7
藍漆	28
白朮	33
細辛	23
黃連	12

----

15) 富田徹男・大網功, 「延喜典藥寮式中諸國進年料雜藥に於る植物の地理的
分布について」, 『延喜式研究』1, 1976 ; 同 「延喜式中に現れた進貢植物の
地理的分布について」, 『延喜式研究』2, 1982 ; 奧村榮美子, 「日本古代の醫
療に於ける藥物徵集について」, 『古代文化』32-1, 1980.

외에 무쓰국(陸奧國) 140근, 미노국(美濃國) 10근, 무사시국 2근(武藏
國), 오와리국(尾張國)·에추국(越中國) 각 5근, 에치젠국(越前國) 26근
이며 이들 공진량의 총계는 218근(소근 환산으로 48.614kg)이 된다. 앞서
살펴 본 정창원 약물중 대황의 헌납량이나 감소량과 비교해 보면 역시
매년 상당량의 대황이 필요했다고 말할 수 있을 것이다.

　이처럼 대황의 수요가 많았으며 상당량이 필요한 약물임에도 불구하
고, 연료잡약으로 7개국에서만 공진되었다는 것은, 이 외에도 산출되는
지역이 있었지만 <연료잡약>의 공진대상이 되지 못했다기 보다는,『延喜
式』단계에서는 양질의 대황 산출이 거의 이들 7개국에 한정되었기 때문
이라고 해석하는 편이 자연스럽다. 7개국 모두 중부지방 이북 지역이며,
오와리를 제외하면 고지(한랭지)가 존재한다. 또한 지역별 공진량에서는
무쓰국이 압도적이며 시나노국이 그 다음 가는 양이다. 이러한 점에서
본다면『延喜式』에 규정된 대황은 아무래도 한랭한 기후의 토지에서 채
집되는 것으로 추정된다. 따라서 다음 장에서는 이러한 약물로서의 대황
의 특징에 대해 확인하고자 한다.

3. 약물로서의 대황

　약물로서의 대황은 이미 중국 전국시대의『山海經』에서 확인되고 있
으며 전한에서 기원전후에 걸쳐 편찬된 가장 오래된 본초서인『神農本草
經』에서는 병의 치료에 주로 사용되며 유독성이 있어 장기간 복용해서는
안되는 <下品藥>으로 여겨졌는데, 이러한 인식은 이후 본초서에까지 계
승되어 갔다.『본초의방(本草医方)』은 한 종류의 약물 효능만을 추구하
는 것이 아니라 여러 종의 약물을 처방한 방제(方劑)를 질병 등의 치료에

응용하는 데, 고대 일본에서의 대황의 처방사례를 보면 다음과 같다.

 藤原宮木簡(『藤原宮』69号) 302×34×5 011
  · 「漏盧湯方漏盧二兩升麻二兩黃芩二兩大黃二兩枳實二兩
   白歛二兩白微二兩夕藥二兩甘草二兩　　　　　　　　　」
  · 「麻黃二兩漏盧
   新家親王　湯方兎糸子□　　　　　　　　　　　　本草」

 위의 목간은 1절에서 언급한 후지와라 궁터 SD105에서 출토된 약물목
간의 하나로 <漏盧湯>의 처방을 기록한 것인데 8세기 초엽을 전후하여
방제에 대황이 이용된 실례라고 할 수 있다.

 또한 『延喜式』의 규정등에도 방제 합약(合藥)의 약물의 종류로서 대
황이 들어가 있다.[16]

 대황 한 종류의 처방으로서는 『朝野群載』 권21의 흉사(凶事)항에, 천
평(天平) 9년(737) 6월, 전약료 감문(勘文)에, 현재 천연두에 해당되는
완두병(豌豆病) 치료법의 하나로서 <初發覺欲作, 則煮大黃五兩服之>라
하여, 그 예를 확인할 수 있다.

 대황의 고어 음독은 <오호시>인데 <장군>등의 별명으로 칭해진 적도
있다. 현대의 한방의약에서도, 가장 중요한 생약의 하나로서 여겨지고
있으며 3년 이상의 근경을 건조시킨 것을 약용으로 한다. 소염성 건위(健
胃)완화제로 정체되어 있는 병독을 배출함으로써 가슴과 배의 팽만감
및 복통, 변비, 황달, 악혈등을 치료한다. 약효를 현대 의학적으로 해석하
자면 진통작용, 항균작용, 혈중요소질소 (BUN)저하작용, 항염증 작용,
면역부활작용(抗補體활성, 인터페론 유기활성), 앱트라키신이나 트립-P

---

16) 『延喜式』 卷5 神祇5 齋宮 및 卷37 典藥寮.

-2등의 변이원성의 억제작용이 있다.[17]

　대황의 약효 성분중 사하(瀉下)성분인 센노시드(센노사이드)A등의 지안스론 유도체는 경구투여에 따라 위, 소장에서는 흡수되지 않고 대장까지 이행하며, 거기에서 장내 세균(비피더스균이나 펩토스토렙토코카스균)에 의해 대사를 받아 레인안스론(rheinanthrone)이 생성되며 대장벽을 자극하여 연동운동이 활발해져 사하작용을 가지고 온다고 알려져 있다.

　약용식물로서의 <대황>은 버들여뀌과 당대황(唐大黃) 속의 레움오피시나레(Rheum officinale Baill.), 레움팔마툼(Rheum palmatum L.), 레움탕구티쿰(Rheum tanguticum Maxim.), 조선대황(Rheum coreanum Nakai.), 혹은 이들 종간의 잡종이라고 한다. 동속인 식용 대황(Rheum rhaponticum L.) 이나 당대황 등은 품질이 떨어져 현재 한방에서는 약용으로 적합하지 않은 것으로 여겨지고 있다. 이 중 중국의 약방국에서는 레움오피시나레, 레움팔마툼, 레움탕구티쿰 세 종류의 근경을 <정품대황>으로 규정하고 있다. 모두 표고 2,500~3,000m이상의 고랭지에서 자생하며, 원산지는 내륙 아시아의 중국 및 히말라야나 고산대로 생각된다. 또한 대황은 옛부터 실크로드 등을 거쳐 유럽에까지 흘러 들어가 유용한 설사약으로 사용되고 있는 등, 원산지와 근접한 중국이나 아시아에 한정되지 않고 범세계적으로 사용되고 있다.[18] 근대 중국에서는 감숙(甘肅)을 중심으로 하는 지방에서 산출된 대황을 서녕부(西寧府)에서 집화하고 박피, 건조시켜 섬서성(陝西省) 서안(西安)과 한구(漢口)를 거쳐 중국 각지로 운반

---

17) 柴田承二,「大黃」宮內廳正倉院事務所編『圖說 正倉院藥物』. 또한 다이오를 포함하여 이하 소개하는 약용식물에 대해서는 특별히 언급하지 않는 이상『中藥大辭典』, 小學館, 1985 ;『新訂原色 牧野和漢藥草大圖鑑』, 北隆社, 2002에 따른다.

18) 御影雅幸,「ダイオウ」,『週刊朝日百科 植物の世界』79, 朝日新聞社, 1995.

하였으며 혹은 상해에서 수출하였다.19)

　앞서 언급했듯이 정창원의 대황은 레움팔마튬, 레움탕구티쿰 혹은 그 중간형인데 근경의 단면이 적색과 황색의 모양을 만들어내고 있어 <錦紋大黃>이라고 불리우는 대륙산의 상급품이다. 그러나 일본열도에는 이와 같은 <정품대황>이나 조선대황, 즉 약용식물로서의 대황은 자생하지 않는다. 대황은 고산성(高山性)으로 생육에는 연간 평균기온이 섭씨 10도 전후의 한랭지가 적합하다. 이 때문에 에도(江戶)시대부터 쇼와(昭和) 초기에 이르기까지 재배가 시험적으로 이루어졌던 듯하나, 여름에는 고온 다습한 일본의 기후에는 적합하지 않았으며 또한 잡종이 생겨나기 쉬워 안정된 품질을 유지하는 것이 어렵다는 이유로 실패로 끝났던 것 같다. 현재 일본에서 재배되고 있는 대황은 레움팔마튬과 한반도 북부가 원산인 조선대황을 교배시킨 후, 다시 한번 조선대황을 교배시켜 인위적으로 만든 종간잡종으로, 나가노현(長野縣) 노베산(野辺山)의 야쓰가다케(八ヶ岳) 산록에서 탄생하였기 때문에 <信州大黃>이라고 불리우고 있다.20) 이 <信州大黃>은 <錦紋大黃>과 동등하거나 그 이상의 품질로 여겨지고 있는 데, 현재 재배는 한랭지인 홋카이도(北海道) 외에 나가노의 일부 고랭지에서 재배가 이루어지고 있다.

4. 일본 고대의 대황

　앞서 살펴보았듯이, 대황이 일본열도에서 자생하지 않는다고 한다면, 후지와라궁 목간의 <高井郡>의 대황이나 『延喜式』의 <연료잡약> 등에

....

19) 木村康一, 「正倉院御物中の漢藥」, 『正倉院文化』, 大八州出版株式會社, 1948.
20) 三川潮, 「大黃の原植物」, 『東京大學總合研究資料館ニュース』16, 1989.

서 확인되는 대황이란 도대체 어떤 식물일까. 지금까지 언급한 내용을 토대로 일본 고대에 공진된 대황에 대해서는 적어도 다음과 같은 조건을 설정할 수 있다고 생각한다.

　(1) 약물로서 <大黃>이라는 명칭이 사용되고 있기 때문에, 외견 및 약효 등은 대황에 가까운 것으로 생각된다.

　(2) 대황은 고지대, 한랭지에서 자생하지만 이미 언급한대로 『延喜式』의 <연료잡약>에 올라와 있는 공진국을 통해 유추한다면, 일본고대의 대황도 한랭한 기후의 토지에서 대량으로 채집되었을 것으로 추측된다.

　이를 바탕으로 하여 대황에 가까운 식물로서 일본열도에 자생하고 있었을 가능성이 있는 것들을 조사해 보면, <노다이오>가 후보로 꼽힌다.[21] 노다이오(Rumex longifolius DC.)는 버들여뀌과 참소루쟁이속으로 대황과는 속(屬)명이 틀리지만, 외견이 닮아 있으며 근경도 있는 것이 명칭의 유래가 되었다고 한다. 대황과 같은 약효가 있는지에 대해서는 불분명하다. 현시점에서는 멸종 위험도는 작지만, 생식조건의 변화에 따라서는 <멸종위기>로 이행될 가능성이 있다고 여겨지는 환경성의 준 멸종위험종으로 올라와 있다. 근년의 생육지의 분포는 시가(滋賀), 아이치(愛知), 기후(岐阜), 나가노(長野), 후쿠이(福井), 도야마(富山), 니이가타(新潟), 군마(群馬)의 각현과 후쿠시마(福島) 이북의 동북 각현 및 훗카이도로,[22] 나가노현에서는 8세기 초에 대황을 공진한 <高井郡>을 포함한 거의 모든 전역에서의 분포가 확인되며, 산지대의 습지나 초지 등에서 자생한다.[23]

....

21) 가나자와(金澤)대학 약학부의 御影雅幸의 교시에 따른다.
22) 環境廳自然保護局野生生物課編, 『改訂・日本の絶滅のおそれのある野生生物　レッドデータブック18　植物Ⅰ(維管束植物)』, 2000.
23) 長野縣自然保護研究所編, 『長野縣版レッドデータブック－長野縣の絶滅のおそれのある野生生物－維管束植物編』, 2002.

앞서 언급한 조건에 <노다이오>를 비교해 보면, <노다이오>는 외견이
나 분포지역의 항목에서 상당부분 조건과 합치된다. 특히, 근래의 생육분
포는 『延喜式』의 <연료잡약>에 올라와 있는 공진국의 그것과 상당부분
겹치고 있다. 그러나 약용식물로서 가장 중요한 약효에서는 의문이 생긴
다. 따라서 약물로서의 품질을 중시한다면, 일본열도에 자생하는 식물
중에 일본고대의 대황에 해당하는 것은 없게 되는데 그렇다면 다른 가능
성도 고려하지 않으면 안된다. 그것은 대륙에서 들어온 대황이 적합한
곳에서 인위적으로 재배되어 공진되었던 것은 아닌가라는 가능성이다.
따라서 먼저 이점에 대해서 고찰해 본 후, 고대 일본에서의 약용식물의
재배에 대하여 확인해 두고자 한다.

일본의 의질령(醫疾令) 약원(藥園)조에는 다음과 같은 규정이 있다.[24]

凡藥園, 令師檢校. 仍取園生, 教讀本草, 弁識諸藥幷採種之法. 隨近
山澤, 有藥草之處, 採掘種之. 所須人功, 並役藥戶.

이 조문은 전약료가 관리하는 약원에 대해 규정한 것으로, 후지와라궁
에도 약원의 존재를 상정할 수 있다는 점에 대해서는 이미 1장에서 언급
한 바이다.[25] 이에 따르면 약원에서는 산야에서 채집된 약초를 재배하며,
약원사나 약원생은 약용식물의 <채종지법>을 익히던가, 혹은 익혀야만

....

24) 이하, 특별히 언급하지 않는 이상 醫疾令의 조문 복원은, 丸山裕美子, 「日
唐令復原·比較研究의新地平」, 『歷史科學』191, 2008 ; 同 「延喜典藥式
「諸國年料雜藥制」의成立과『出雲國風土記』」에 의거한다.
25) 奈良縣教育委員會, 『藤原宮跡出土木簡槪報』에 따르면, 후지와라궁 유적
SD105에서는 약원과 관계가 있는 것으로 생각되는 「薗官」 및 「薗司」이
기록된 목간이 출토되었다고 한다. 또한 후지와라궁의 동면을 경계로 하
는 二條의 바깥쪽 해자 SD170에서 출토된 목간에도 「薗司」라는 문자가
기록되어 있다(奈良國立文化財研究所, 『飛鳥藤原宮發掘調査出土木簡槪報』
12, 1996).

했던 사람들이었다. 이와 같은 약원은『延喜式』권23 민부하(民部下)의
조문에「凡太宰府充仕丁者, (中略)藥園駈使卄人, 主船一百九十七人.
廚戶三百九十六烟」이라고 나와 있듯이[26] 대재부(大宰府)에도 존재하고
있었음을 알 수 있다.

또한『延喜式』권37 전약료(典藥寮)에, 12월 그믐에 공진되는 식약양
(殖藥樣) 25종이 올라와 있다. 식약양은 연말연시에 행해지는 궁중의식
의 하나로 생약을 공진하는 것으로, 각각 4량 씩 정해져 있는 25종은
약원에 심어진 약초였다고 생각된다.[27] 그렇다면 약원에서는 적어도 이
들 25종의 약용식물이 재배되고 있었다는 것이 된다. 또한 그 중에 단삼
(丹參)이 보이는데 단삼은 자소과 가을산비장이속의 단삼(Salvia miltiorrhiza
Bunge.)의 뿌리를 약용으로 하는 것으로, 중국의 하북, 하남, 산동, 사천,
안휘성(安徽省)등에 분포하며 일본열도에는 자생하지 않는 것으로 알려
져 있다. 그러나『延喜式』의 <연료잡약>에는 미노국(美濃國) 14근, 사가
미국(相模國) 4근, 무사시국(武藏國) 25근이 공진되는 것으로 되어있다.
연희(延喜) 18년(918)경에 심근보인(深根輔仁)이 선찬한『本草和名』에
는 단삼에 대해서 <唐又殖美濃國>이라고 기록되어 있는 것으로 보아,
원래 당에 있었던 것이 일본에 들어와 전약료의 약원이나 미노국등의
특정지역에서 재배되게 되었던 약용식물이었음을 알 수 있다.

약원과의 관계는 확실하지 않지만 당에서 들어온 식물을 재배한 사례
는 다음의『續日本紀』신귀(神龜) 2년 11월 을축조에서 확인할 수 있다.

中務少丞從六位上佐味朝臣虫麻呂, 典鑄正六位上播磨直弟兄並授

---

26) 조문은 虎尾俊哉編,『延喜式 中』, 集英社, 2007에 따른다.
27) 和田萃,「藥獵と本草集注－日本古代における道教的信仰の實態－」,『日本
　　古代の儀禮と祭祀・信仰』中, 塙書房, 1995 [초출 1978] ; 丸山裕美子,「延
　　喜典藥式「諸國年料雜藥制」の成立と『出雲國風土記』」.

從五位下. 弟兄, 初齎甘子, 從唐國來. 虫麻呂先殖其種結子. 故有此
授焉.

여기서 말하는 <甘子>(가무시)는 감미가 있는 감귤류로서, 『延喜式』
권31 궁내성(宮內省)의 <諸國例貢御贄>에는 遠江, 駿河, 相摸, 因幡, 阿
波의 지역이 공진국으로 규정되어 있는 것을 알 수 있으며, 과자로서 식
용되고 있었던 것으로 생각된다. 그러나 과자의 대부분은 약물이기도 하
며, 『本草和名』에도 과자 45종 중에 柑子(훈은 加车之)로서 취급하고
있기 때문에 약용식물의 하나로서 생각할 수 있다.

그런데, 문제의 대황도 또한 『延喜式』의 식약양(殖藥樣) 25종으로 취
급되고 있는 것 중의 하나이다. 따라서 전약료의 약원에서는 대황이 재배
되고 있었던 것이 된다. 『本草和名』속의 대황의 항목에는, 단삼 항목에
보이는 <唐又殖美濃國>과 같은 기술은 없다. 그러나 감자는 앞서 언급한
『續日本紀』와 같은 기사를 근거로 하여 확실하게 당에서 들어온 것이
판명되었는데 『本草和名』에는 그와 같은 기사가 보이지 않는다. 따라서
『本草和名』의 대황 항목에 <唐>이라는 기술이 없다고 해서 고대 일본에
서 재배된 대황이 의질령(醫疾令) 약원조에 보이듯이 어디에서든 손쉽게
채취될 수 있는 약초라고는 할 수 없다.

물론 의질령 약품 수채(收採)조나 제국수약(諸國輸藥)조에는 각각,

藥品族, 典藥年別支料, 依藥所出, 申太政官散下, 令隨時收採. 國輸
藥之處, 置採藥師, 令以時採取. 其人功, 取當處隨近丁支配.

라고 하여, 약물은 주로 산야에서 채취되는 것이었다고 생각된다. 또한
『出雲風土記』에는 군마다 기재된 <凡諸山野所在草木>으로서 약용식물
이 올라와 있다. 그러나 약용식물의 경우, 광범위하게 자생하며 비교적

용이하게 채취될 수 있어야 한다는 점은 둘째 치고, 품질이 좋은 약물을
안정적으로 확보하려고 한다면 적당한 곳을 정하여 재배하는 것이 당연
취해졌으리라 생각한다. 원래 의질령 약원조에 규정된 약원에는 이러한
목적이 있었다고 생각해야 할 것이다. 또한 단삼에서 보듯이, 그러한 재
배는 전약료나 대재부(大宰府)의 약원에서만 행해진 것이 아니라 식물의
재배에 적합한 지역에서 주로 이루어졌던 것이라고 생각한다. 따라서 제
국에도 약원에 상당하는 것이 존재했을 가능성이 높다.[28] 의질령(醫疾
令) 제국수약(諸國輸藥)조에는 <採藥師>가 보이는데, 『貞觀交替式』의
다음 사료에서 알 수 있듯이, 그의 관리책임자는 국의사(國醫師)였다고
생각한다.

> 應拘留醫師公廨事
> 右年料雜藥, 每國立數, 須任土之貢, 依期進納. 而諸國狃怠, 未進猶
> 多. 非啻廢職, 輒闕供御. 被右大臣宣偁, 弁藥無, 雖未進之怠尤在國
> 司, 而採備藥種, 醫師應主当. 宜不論未進多少, 拘留醫師公廨, 待抄
> 返到而後充行. 國司寄言醫師, 不事催勘, 令致未進, 量狀科罪.
> 承和五年六月八日

이상에서 알 수 있듯이, 약물 중에서도 수요가 많으며 상당량을 필요로
했던 대황에 대해서는, 대륙에서 들어온 대황을 비교적 적소인 무쓰국(陸
奧國)이나 시나노국(信濃國) 등의 고랭지에서 재배했을 가능성을 상정해
볼 수 있지 않을까 생각한다. 덧붙인다면 후지와라궁에 대황을 공진한
<高井郡>에는, 동측에 표고 2,000m를 넘는 산악이 있으며 하계에도 서

---

28) 奥村榮美子, 「日本古代の醫療に於ける藥物徵集について」. 약물의 공진에
　　는 도래 약물의 진상, 당나라산의 약물을 이식 재배한 것의 진상, 국산품
　　중에서 유사 약물의 진상등 세 종류가 있었다고 상정하고 있다.

늘한 시가(志賀)고원이나 스가다이라(菅平)고원 등이 존재한다. 나가노현(長野縣) 스가다이라 약초재배 시험지에서는 현재도 <信州大黃>이 재배되고 있다.[29] 단, 전술한 바와 같이 일본에서의 대황 재배는 어려운 면이 있다는 점을 생각한다면, 이러한 추정을 어렵게 만든다.

실은, 일본에는 재배종으로서 대황과 근접한 종인 당대황(唐大黃)이 존재한다. 당대황에 대해서도 앞서 조금 언급하였지만 버들여뀌과 당대황속으로 시베리아를 원산지로 한다. <錦紋大黃>과 비교해 본다면 품질이 떨어지며, 중국에서는 <土大黃>이라 하여 약용하지 않는 것으로 알려져 있는데,[30] 일본에서는 <和大黃>이라고도 칭하는 대황의 대용으로 사용되었었다. 궁치관원(宮崎灌園)(常正)의 『本草圖譜』 등에서는 에도(江戶)시대의 향보(享保) 연간에 일본에 전래되었다고 하는데 상당히 시기를 거슬러 올라간 시대에 전해졌다는 견해도 있다.[31] 따라서 대황의 재배가 곤란했다고는 해도 당대황과 같이 품질은 떨어지지만 약효가 있고 재배가 가능한 대황의 근종이 들어왔을 것이라 상정된다. 뿐만 아니라 고대 일본에서는 원래, 도래와는 관계없이 중국의 본초서에 보이는 대황과 유사한 여러 가지 종을 약효의 좋고 나쁨을 떠나 대황으로 취급하고 있었을 지도 모른다.

그러나 앞서 보았듯이, 『本草医方』에서는 주로 여러 종의 약물을 처방한 방제를 이용하였으며, 합약(合藥) 중 약물의 양이 정해져 있다. 때문에 사용되는 약물에는 일정한 약효와 품질이 중요하며 약물이 제각각이어서는 안된다. 중국의 본초서에는 각각의 약물의 산출지가 표기되어 있는데,

---

29) 菅平고원의 거의 중앙부에 위치하는 쓰쿠바(筑波)대학 菅平고원 실험센터의 관측에 따르면, 1971년부터 2000년까지의 이 곳 평균기온은 섭씨 6.5도라고 한다.
30) 木村康一,「正倉院御物中の漢藥」.
31) 伊澤一男,『藥草カラー圖鑑』, 主婦の友社, 1992.

이는 그 지역에서 나는 것을 처방에 이용한다는 의미를 가지고 있다. 같은 약물에서도 산지에 따라 약효가 다르기 때문이다. 북송의 <天聖醫疾令>에 보이는 불행당령(不行唐令)조문에는 다음과 같은 것이 있다.[32]

> 諸藥品族, 太常年別支料, 依本草所出, 申尙書省散下. 令隨時收採.
> 若所出雖非本草舊時收採地, 而習用爲良者, 亦令採之.(下略)

천성령은 당의 개원(開元) 25년령의 모습을 보여준다고 여겨지는데, 이에 따르면 일본의 의질령 약품수채조에, <依藥所出>이라는 부분은, 당령 조문에서 <依本草所出>에 해당된다. 여기서 말하는 <本草>란, 현경(顯慶) 4년(659)에 소경(蘇敬)등이 편찬한 칙찬의 본초서『新修本草』이다.[33] 당령에서는 원칙으로『新修本草』에 기재된 산출지에 따라 약물이 공진되었던 것이며,『新修本草』에 기재가 없는 지역의 약물은 <習用>으로서 <양호>하다고 판단되면 채취할 수 있었다. <而習用爲良者>라는 것은, 구체적으로는『新修本草』에 기재된 산출지의 것과 동일한 약효, 동일한 품질인 것으로 확인되는 것이라는 의미일 것이다. 그 정도로 약물의 산출지가 중요시되었던 것은 역시 일정한 약효와 품질이 요구되어졌기 때문이다.

『延喜式』이나『延喜式』의 시행과 거의 같은 시기에 단바노 야스요리(丹波康賴)에 의해 편찬된『醫心方』에 기재된 방제의 처방은 전부 중국

---

32) 天一閣博物館・中國社會科學院歷史硏究所天聖令整理課題組,『天一閣藏明鈔本天聖令校證 附唐令復原硏究』, 中華書局, 2006.

33) 石野智大,「唐令中にみえる藥劑の採取・納入過程について」,『法史學硏究會會報』12, 2008 ; 岩本篤志,「唐『新修本草』編纂と「土貢」－中國國家圖書館藏斷片考ー」,『東洋學報』90-2, 2008 ; 또한 丸山裕美子,「延喜典藥式「諸國年料雜藥制」の成立と『出雲國風土記』」에서, 당령과 일본령의 <藥品收採條> 및 약물징수와 관련된 조문에 대하여 상세하게 언급하고 있다.

의 당 이전시기의 의서를 전거로 한 것이며, 일본에서도 약물의 처방은
중국과 마찬가지였다는 것을 알 수 있다.[34] 따라서 거기에서 사용되는
대황은 엄밀하게 말하면 중국의 대황과 동일한 약효가 아니면 안되는
셈이 된다. 이와 같이 사료의 고찰을 통해 보았을 때, 일본 고대에 공진된
대황은 약효가 다른 <노다이오>나 당대황이 아니라 정창원(正倉院)약물
중의 대황에 가까운 <다이오>로, 일본에서 재배된 것이었다고 생각하는
것이 합리적이다. 그러나 현시점에서는 그것을 입증할만한 실제 자료가
존재하지 않아 본고에서는 어디까지나 가능성을 지적하는 것으로 한정시
켜 두고자 한다.

5. 일본에서의 대황공진의 시작

  앞서 살펴보았듯이 일본 고대에 공진된 대황에 대해서 몇 가지 가능성
에 대해 고찰해 보았는데 원래 일본열도에 자생하는 <노다이오>와 같은
유사 식물을, 본초서 안에 보이는 대황과 같은 과로 분류한 것인지 혹은
대륙에서 들어온 대황 또는 대황의 근종을 재배한 것이었는지, 어떤 경우
이던간에 그것이 공진되기 위해서는 전제로서 약용식물에 관한 상당한
고도의 지식과 기술이 필요했었던 점은 틀림이 없다. 후지와라궁 목간을
통하여 대황의 공진이 8세기 초에 이루어졌다는 것을 알 수 있으므로,
대황에 대한 지식과 기술은 7세기 이전에 전해진 셈이 된다.
  이미 지적한 바와 같이, 7세기 이전에 일본에 들어온 의료나 본초의
지식과 기술은 한반도, 특히 주로 백제였다고 하겠다.[35] 8세기 이후부터

---

34) 丸山裕美子,「延喜典藥式「諸國年料雜藥制」の成立と『出雲國風土記』」.
35) 和田萃,「藥獵と本草集注－日本古代における道敎的信仰の實態－」; 丸山

는 당의 영향이 커지게 되는데, 의질령의 의생등취약부급세습(醫生等取藥部及世習)조에는,

> 凡醫生, 按摩生, 咒禁生, 藥園生, 先取藥部及世習. 次取庶人年十三以上, 十六以下, 聽令者爲之.

라고 하여,[36] 사료에서 보이는 의생이하 전약료 소속의 학생으로 채용되는 <藥部>라는 것은, 나라약사(奈良藥師)나 하치다약사(蜂田藥師)등의 약사의 성을 가지는 씨족이었다.[37] 『續日本紀』 천평보자(天平寶字) 2년 4월 기사조에는,

> 內藥司佑兼出雲國員外掾正六位上難波藥師奈良等一十一人言, 奈良等遠祖德來, 本高麗人, 歸百濟國. 昔泊瀨朝倉朝廷詔百濟國, 訪求才人. 爰以, 德來貢進聖朝. 德來五世孫惠日, 小治田朝廷御世, 被遣大唐, 學得醫術. 因号藥師, 遂以爲姓. 今愚闇子孫, 不論男女, 共蒙藥師之姓. 窃恐名實錯亂. 伏願, 改藥師字, 蒙難波連. 許之.

라고 하여, 약사씨족의 하나인 나니와(難波)약사가 백제에서 도래한 씨족이었다는 것을 알 수 있다. 약사의 성을 가지는 대부분의 씨족들은 한반도에서 건너온 도래씨족이었다고 생각된다. 이들 중에는 스이코(推古)천황 시기에 당에 건너간 혜일(惠日)과 같이, 당의 의술을 익혀온 사람도 있었다. 또한 그의 자손인 나니와노 구스시나라(難波藥師奈良)가 내약사

　　裕美子, 「延喜典藥式『諸國年料雜藥制』の成立と『出雲國風土記』」.
36) 『日本思想大系3 律令』, 岩波書店, 1976.
37) 『政事要略』卷95 至要雜事(學校)에 인용된 令義解에 <藥部者, 姓稱藥師者. 卽蜂田藥師, 奈良藥師類也. 世習者, 三世習醫業, 相承爲名家者也.>라고 전하고 있다.

(內藥司)의 스케(佑)직에 임명되었던 것에서 알 수 있듯이, 8세기 이후에
도 전약료나 내약사를 중심으로 한 의료와 약학방면에서는 주로 7세기
이전에 일본에 도래한 사람들의 후예들에 의해서 계승되어 갔던 것이다.
　한편, 백제에서 들어온 약물관계 사료로서『日本書紀』긴메이(欽明)
천황 14년 6월조에 다음과 같은 기사가 있다.

　遣內臣, 闕名. 使於百濟. 仍賜良馬二匹・同船二隻・弓五十張・箭
　五十具. 勅云, 所請軍者, 隨王所須. 別勅, 醫博士・易博士・曆博士
　等, 宜依番上下. 今上件色人, 正当相代年月. 宜付還使相代. 又卜
　書・曆本・種々藥物, 可付送.

또한 동 15년 2월조에는 다음과 같은 사료가 보인다.

　百濟遣下部杆率將軍三貴・上部奈率物部烏等, 乞救兵. 仍貢德率東
　城子莫古, 代前番奈率東城子言. 五經博士王柳貴, 代固德馬丁安.
　僧曇慧等九人, 代僧道深等七人. 別奉勅, 貢易博士施德王道良・曆
　博士固德王保孫・醫博士奈率王有㥴陀・採藥師施德潘量豊・固德
　丁有陀・樂人施德三斤・季德己麻次・季德進奴・對德進陀. 皆依請
　代之.

　이들 기사를 통해, 긴메이천황 14년에 야마토 왕권에서 사절과 함께
의박사 이하의 교대와 각종의 약물의 송부를 백제에 요청하여, 이듬해
15년에 백제에서 의박사 나솔왕인타와 채약사 시덕반양풍 등이 일본으
로 보내진 것을 확인할 수 있다.
　이 무렵, 즉 6세기 중엽에서 말기에 걸쳐 한반도에서는, 백제, 신라,
고구려 삼국간의 정세가 긴박해져 백제는 대고구려, 대신라 관계에서 괴

로운 입장에 놓여 있었다. 이 때문에 백제와 야마토 왕권의 관계는 야마토 왕권이 백제에 대해 군사, 말, 화살, 선박 등의 군사지원을 했다면, 그 대신에 야마토 왕권은 백제로부터 선진문물을 도입하는 호혜관계를 맺고 있었다.[38) 이들『日本書紀』의 기사는 그 일단면을 보여주는 것으로, 어느 정도 신빙성을 인정해도 좋다고 생각한다. 따라서 이 무렵부터 백제출신의 의박사나 채약사를 통하여, 본격적으로 의료나 본초의 지식과 기술이 야마토 정권에 도입되게 되었다고 생각할 수 있다.[39)

또한 긴메이천황 14년조에 <種種藥物>의 송부를 백제에 요청했다고 하였는데, 이듬해 15년조를 보면 <種種藥物>이 보내졌다는 기록은 없다. 혹은 백제는 <種種藥物> 대신에 채약사를 보냈다고도 생각할 수 있는데, 당시에도 대황은 이 <種種藥物> 안에 마땅히 포함되어져야 하는 약물은 아니었을까.

한반도의 대황에 대해 말하자면, 한반도에는 대황의 일종인 조선대황이 자생한다. 또한 1975년부터 2년에 걸쳐 발굴된 안압지 출토 목간에는 다음과 같은 것이 있다.[40)

　　　안압지 목간(『한국의 고대목간』198호) 308×39×26
　　　・ 大黃一兩[九力] 黃連一兩　皁角一兩　靑袋一兩　升麻一兩
　　　　　　□分

----

38) 金鉉球,『大和政權の對外關係研究』, 吉川弘文館, 1985.
39) 『新撰姓氏錄』左京諸蕃下에는 和藥使主에 대해 <出自吳國主淵孫智聰也. 天國排開廣庭天皇 明. 御代, 隨大伴佐弖比古, 持內外典, 藥書, 明堂圖等百六十四卷, 佛像一軀, 伎樂調度一具等入朝.(後略)>라고 기록하고 있다. 和藥使主의 출자를 <吳國>으로 하고 있으나, 여기서 등장하는 <藥書>등은, 아마도 남조와 교류가 있었던 백제에서 건너온 것이라고 생각된다.
40) 국립창원문화재연구소,『한국의 고대목간』, 2004. 해독문은 三上喜孝,「慶州・雁鴨池出土の藥物名木簡について」, 朝鮮文化研究所編『韓國出土木簡の世界』, 雄山閣, 2007에 의거한다.

甘草一兩　　　胡同律一兩 朴消一兩　□□□一兩
・ □□□□　青木香一兩 支子一兩 藍淀一兩

안압지는 문무왕 14년(674)에 조성된 것으로 알려져 있으며, 출토된 목간은 통일신라시대인 8세기 대의 것이 중심이 되고 있다. 여기에 소개한 목간에는 약물명과 그 중량이 표기되어 있어 어떤 처방과 관계되는 것으로 여겨지는데, 그 중, 대황이 확인되며 약의 종류로 사용되어졌던 것을 알 수 있다. 앞서 언급한대로 본초의방에 약물로서 대황의 수요가 많았던 점을 생각한다면, 문물의 도입이 활발히 이루어졌었던 6세기 후반 경에 한반도를 거쳐 일본열도로 대황에 관한 지식, 혹은 대황이 그대로 들어왔을 것이라 상정하여도 그다지 무리한 논리는 아니라고 생각한다.

　다음으로 백제로부터 약물에 관한 지식이 도입된 경우에 이를 바탕으로 대황을 공진했을 가능성이 있는 지역에 대해 검토해 보고자 한다. 『延喜式』의 연료잡약에 보이는 대황의 공진은 무쓰국(陸奧國)이 중심이 되었는데, 7세기 이전 시기의 공진이라는 점에서, 먼저 무쓰국은 대상에서 제외하기로 한다. 다음은 시나노국(信濃國)인데, 앞서 언급한 『日本書紀』긴메이 천황의 기사 전후에는, <斯那奴阿比多>, <科野次酒>, <科野新羅>등 시나노(시나누)라고 칭하는 인물이 등장한다.[41] <次酒>와 <新羅>는 관위가 있는 것으로 보아, 백제와 야마토 왕권간에 군사와 외교에 종사했던 이른바 일계백제관인이라고 간주해야 할 인물들로서, 그 이름은 출신지인 시나노에서 따온 것이라 생각되어진다.[42] 그 배경에는 당시

----

41) 『日本書紀』繼體天皇 10年 9月 戊寅條, 同 欽明天皇 5年 2月條, 同 6年 5月條, 同 11年 2月 庚寅條, 同 11年 4月 朔條, 同 14年 5月 乙亥條, 同 14年 8月 丁酉條, 同 15年 5月 丙申條.
42) 笠井倭人, 「欽明朝における百濟の對倭外交－特に日系百濟官僚を中心として－」, 『古代の日朝關係と日本書紀』, 吉川弘文館, 2000 [초출 1964] ; 坂

의 시나노가 말의 생산을 중심으로 하여 야마토 왕권의 군사면에서 깊이
관여한 지역이었다는 것과 함께, 한반도 남부 사정에 정통한 지역이었다
는 점이 있을 것이라 생각한다.

　일본열도에서 말의 생산은 5세기 대에 본격적으로 시작되지만, 최근의
발굴조사를 통해 보면, 이는 한반도 남부 사람들의 이주가 계기가 되었다
는 사실이 명확해 지고 있다.43) 시나노에서도 5세기 후반에는 말의 생산
이 시작되고 있으며, 마골이나 마구가 다수 출토되는 상황을 보면, 일본
열도 내에서도 말 생산의 중심지역임과 동시에44) 한반도에서 유래된 선
진문화나 기술을 보유하고 있었던 지역의 하나라고 생각한다. 앞서 언급
한 6세기 후반 이후의 한반도의 국제정세를 볼 때, 기마병력은 상당히
중요하였다. 그리고 실제로 백제에 대한 군사원조로서 말이 꼽히고 있는
점을 볼 때, 시나노 지역은 야마토 왕권의 한반도를 둘러싼 외교·군사정
책면에서 중요한 역할을 담당하는 지역이었을 것이라고 추측된다. 또한
7세기 후반 이후의 사료 등에 나타나는 시나노 각 지역의 군사(郡司)층의
대부분은 가나사시노 도네리(金刺舍人)나 오사다노 도네리(他田舍人)를
이름으로 내세우고 있는데, 이는 긴메이천황의 시키시마(磯城嶋)의 가나

本太郎,「古代信濃人の百濟における活躍」,『歷史と人物』, 吉川弘文館, 1989
　　[초출 1966] ; 金鉉球,『大和政權の對外關係硏究』.
43)　大阪府敎育委員會,『讚良郡條里遺跡發掘調査槪要Ⅱ』, 1991 ; 大阪府立近
　　つ飛鳥博物館,『河內湖周辺に定着した渡來人』, 發掘された日本列島2006
　　地域展圖錄, 2006 ; 大阪府敎育委員會,『蔀屋北遺跡發掘調査槪要Ⅵ』, 2007
　　등에 따르면,『日本書紀』등에서 확인되는 <河內馬飼>의 거주지에 비정되
　　는 大阪平野의 北河內 지역 유적에서는 5세기에서 6세기경의 마골 및 마
　　구와 함께, 한반도 남서부의 백제 지역에서 들어온 토기 및 외양항해도
　　가능했던 것으로 보이는 準構造船의 부재가 출토되고 있다.
44)　岡安光彦,「馬具副葬古墳と東國舍人騎兵」,『考古學雜誌』71-4, 1986 ; 桃
　　崎祐輔,「古墳に伴う牛馬供儀の檢討」,『古文化談叢』31, 1993 ; 松尾昌彦,
　　「中部山岳地帶の古墳」,『新版 古代の日本』7中部, 角川書店, 1993.

사시궁(金刺宮)이나 비다쓰(敏達)천황의 오사다(譯語田)의 사키다마궁
(幸玉宮) 등, 6세기 중엽부터 말기에 걸쳐서의 대왕가의 궁호(宮號)를 딴
명칭이다. 따라서 시나노 각 지역의 수장들 혹은 그 일족들의 대부분이
이 시기에 대왕의 궁에 출사하여 인적, 물적인 부담을 하고 있었던 점을
생각해 볼 때, 이들은 야마토 왕권의 직제에 편입되는 형태로 편성되었을
가능성이 높으며, 그 배경에는 역시 말의 생산을 기반으로 하는 시나노
수장들의 군사력이 있었다고 생각된다.[45]

　이상을 종합해 볼 때, 시나노 지역의 기후나 식생은 어느 정도 야마토
왕권을 비롯하여 백제에도 알려져 있었다고 생각한다. 따라서 6세기 후
반경에 대황에 관한 지식이 백제를 통하여 들어왔다고 한다면, 그 지식과
기술을 바탕으로 시나노에 자생하는 식물을 대황으로 분류하여 정해놓고
그것을 채취하거나, 혹은 한반도에서 들어온 대황을 시나노의 고랭지에
서 재배하는 등의 형태로, 대황이 약물로 시나노에서 대왕의 궁 등에 공
진되었을 것이라고 생각할 수 있지 않을까 한다. 만약 이러한 가정이 성
립된다면, 제1절에서 소개한 후지와라궁 목간에서 보이는 시나노국에서
의 대황의 공진은 빠르면 6세기 후반으로 그 연원을 거슬러 올라갈 수
있을 것이다.

6. 결론

　본고에서는 일본고대의 대황과 공진에 대해 고찰해 보았는데, 이상을
요약하면 다음과 같다.

45) 졸고, 「五·六世紀のシナノをめぐる諸問題について」, 地方史硏究協議會
　　編 『生活環境の歷史的變遷』, 雄山閣, 2001.

　　대황의 공진을 기록하고 있는 사료로는 후지와라궁 유적에서 출토된 약물목간으로, 대보령이 시행됨에 따라 8세기 초에 시나노국(信濃國) 다카이군(高井郡)에서 대황 15근이 공진된 사실을 확인할 수 있다. 대황은 正倉院 약물로서 현존하는데, 이것은 박재품이자 중국산의 품질이 뛰어난 약물이다. 그러나 <종종약장(種種藥帳)>이나 <폭량사해(曝凉使解)> 등의 사료를 통해, 헌납량과 감소량(소비량)이 극히 많았던 사실을 알 수 있으며, 대황의 수요가 대단히 많아 상당량이 필요한 약물이었음을 알 수 있다. 이를 정창원 약물과 같이 수입으로 조달하는 것은 불가능하며, 후지와라궁 목간에서 알 수 있듯이 이른 시기부터 국내에서 산출되는 대황을 공진하였다고 생각한다. 『延喜式』에 규정된 <연료잡약(年料雜藥)>은 이러한 공진이 제도로서 정비된 것이며, 공진량으로 보아 대황을 공진하는 7개국 중 무쓰국(陸奧國)과 시나노국이 주된 공진국이며, 대황은 한랭한 기후의 토지에서 채취되었을 것으로 추정된다.

　　한편, 『本草医方』에서는 약물 한 종류의 효과만을 추구하는 것이 아니라 여러 종의 약물을 처방한 방제를 질병 등의 치료에 응용하는데, 대황은 현대 한방의학에서도 가장 중요한 약 종류의 하나로 여겨지고 있다. 현재 처방되고 있는 대황은 약용식물인 <다이오>의 3년 이상된 근경을 건조시킨 것으로, <다이오>는 일본열도에서 자생하지 않는다. <다이오>에 가까운 식물이며 일본열도에 자생했을 가능성이 있는 것 중에 <노다이오>라는 것을 꼽을 수 있는데 약효면에서는 의문이 간다. 처방에 사용된 약물에는 일정한 약효와 품질이 필요하며, 고대 일본에서도 중국과 동일한 처방이 이루어졌던 것으로 보아, 고대에도 대륙으로부터 들어온 <다이오>가 비교적 적소인 무쓰국이나 시나노국 등의 고랭지에서 재배되었을 가능성을 상정하였다.

　　또한, 대황의 공진에 대해서는 6세기 중엽부터 말엽에 걸쳐, 백제를 통하여 본격적으로 의료나 본초의 지식 및 기술이 야마토 왕권에 도입되기 시작했다고 생각할 수 있는 점, 한반도 <다이오>의 일종인 조선대황이 자생하며 대황이 처방되었다고 여겨지는 점, 동시기의 시나노가 야마토 왕권이나 백제와 깊이 연결되어 있는 지역이었던 점 등을 종합해 볼 때, 후지와라궁 목간에서 보이는 시나노국의 대황의 공진의 연원은 빠르면 6세기 후반까지 거슬러 올라갈 수 있지 않을까라는 점을 지적하였다.

본고에서는 주로 대황만을 한정시켜 고찰해 보았지만, 다른 약물에 대해서도 마찬가지로 검토가 필요하다는 것은 말할 필요가 없을 것이다. 이를 통해 약물뿐만 아니라 고대 의료 전반이나 대륙문화 수용의 실상이 한층 더 명백해 질 것이라 생각하지만, 이 점에 대해서는 금후의 과제로 해 두겠다. 한정된 사료속에서 추론을 거듭한 부분이 많지만, 여러분들의 기탄없는 교시와 질정을 바라 마지 않는다.

8

'貞觀 11년(869) 新羅海賊'의 來日航路에 관한 小考

정순일*

1. 머리말

『日本三代實錄』貞觀 11년(869) 6月 15日條에는 다자이후(大宰府)가 '新羅海賊'의 출현을 朝廷에 보고하는 내용이 전해지고 있다.

[사료1] 『日本三代實錄』貞觀 11年(869) 6月 15日條
大宰府言. 去月卄二日夜, 新羅海賊 乘艦二艘, 來博多津, 掠奪豊前國年貢絹綿. 卽時逃竄, 發兵追, 遂不獲賊.

[사료1]에 의하면, 죠간(貞觀) 11년 5월 22일 밤에 '신라해적'이 두 척의 배를 타고, 하카타 진(博多津)에 나타나 부젠국(豊前國)의 年貢 絹綿을 탈취한 후, 즉시 도망하였다고 한다. 이에 다자이후는 병사를 보내어 쫓았지만 끝내 잡을 수 없었다는 것이다.

....

* 일본고대사 早稻田大學 文學研究科 박사과정

'죠간 11년(869) 신라해적'이란 바로 이 사건에 등장하는 신라인들을
가리킨다.[1] 이와 관련된 선행연구는 크게 두 가지 흐름으로 이루어져
왔다고 할 수 있다. 하나는, '신라해적'의 출현이 신라말기의 지방호족
및 사원세력의 동향과 밀접하게 연관되어 있는 것으로 이해하는 시각이
다. 그에 따르면, '죠간 11년 신라해적'이란 바로 한반도(=신라) 서남해
연안에서 발호한 해상호족이 해적화(海賊化)한 실체라고 한다.[2] 다른 하
나는, 9세기 일본이 대외자세를 전환하게 된 직접적인 원인으로써 이 해
적사건을 다루는 시각이다. 즉, 그 이전까지는 개방적이었던 대외교류의
방침이 폐쇄적·소극적인 방향으로 바뀌게 된 계기가, 바로 '신라해적'의
출현에 있다고 보는 분석이다.[3]

두 가지 흐름에서 공통적으로 보이는 특징은 '신라해적'의 활동을 한
반도와 일본열도라는 영역범위에 한정하여 생각해왔다는 점이다. 그러나
관련된 사료를 검토해나가다 보면, '죠간 11년 신라해적'이 日本과 唐

1) 『日本紀略』과 『扶桑略記』에 의하면, 寬平 5(893)年~寬平 6(894)年에 '新羅
賊', '新羅賊徒'가 쓰시마 등 규슈 북부지역에 나타난 것으로 되어 있어
주목된다. '죠간 11년 신라해적'이라는 용어는 바로 그 寬平年間(889~898)
의 신라해적과 구별하기 위한 표현이다. '신라해적'의 분류방법 및 寬平年
間의 신라해적에 대한 고찰은 別稿에서 다룰 것을 기약한다. 본문에서
별도의 설명 없이 '신라해적'이라고 사용하는 경우는, 모두 '죠간 11년
신라해적'을 가리킨다.
2) 濱田耕策, 「王權と海上勢力―特に張保皐の淸海鎭と海賊に關連して―」,
『新羅國史の硏究』, 吉川弘文館, 2002[初出: 『東アジア史における國家と地
域』, 刀水書房, 1999] ; 권덕영, 「신라 하대 서·남해 해적과 장보고의 해상
활동」, 『對外文物交流硏究』창간호, 2002 ; 권덕영, 「신라 하대 서·남해역
의 해적과 호족」, 『韓國古代史硏究』41, 2006 등.
3) 佐伯有淸, 「九世紀の日本と朝鮮-來日新羅人の動向をめぐって-」, 『日本古
代の政治と社會』, 吉川弘文館, 1970[初出: 『歷史學硏究』287, 1964] ; 石上
英一, 「日本古代10世紀の外交」, 『東アジアにおける日本古代史講座7 東ア
ジアの變貌と日本律令國家』, 1982 ; 石上英一, 「古代國家と對外關係」, 『講
座 日本歷史』古代2, 東京大學出版會, 1984 등.

사이의 交通路로써 널리 알려져 있는 고토열도(五島列島) 경유루트를
통해 來日하였다고 되어 있어 문제시된다. 이에, 本稿에서는 '신라해적'
이 이용한 航路를 재검토하여, 그것이 가지고 있는 역사적 의미를 추적해
가고자 한다.

2. '新羅海賊'과 고토열도

　다음의 [사료2]에는 '죠간 11년 신라해적'과 관련된 서술이 있어 주목
된다. 우선, 그 본문과 해석문을 제시하면 아래와 같다.

　[사료2] 『日本三代實錄』 貞觀 18年(876) 3月 9日條
　九日丁亥. 參議大宰權帥從三位在原朝臣行平, 起請二事…(中略)…其
　二事, 請合肥前國松浦郡庇羅値嘉兩鄕, 更建二郡, 号上近下近, 置値
　嘉嶋曰. 撿案內, 元有九國三嶋, 至于天長元年, 停多褹嶋, 隷大隅國.
　是只貢百領鹿皮. 費三萬六千餘束稻之故也. 今件二鄕, 地勢曠遠, 戶
　口殷阜. 又土産所出, 物多奇異. 而徒委郡司, 恣令聚斂, 彼土之民, 厭
　私求之苛, 切欲貢輸於公家. 惣是國司難巡撿, 鄕長少權勢之所致也.
　加之地居海中, 境隣異俗. (a)大唐新羅人來者, 本朝入唐使等, 莫不經
　歷此嶋. 府頭人民申云, (b)去貞觀十一年, 新羅人掠奪貢船絹綿等日,
　其賊同經件島來. 以此觀之, 此地是當國樞轄之地. 宜擇令長以愼防
　禦. 又去年或人民等申云, 唐人等必先到件嶋, 多採香藥, 以加貨物, 不
　令此間人民觀其物□. 又其海濱多奇石, 或鍛練得銀, 或琢磨似玉. 唐
　人等好取其石, 不曉土人. 以此言之, 不委以其人之弊, 大都皆如此者
　也. 望請, 合件二鄕, 更建二郡, 号上近下近, 便爲値嘉島, 新置嶋司郡
　領, 任土□貢. 但其俸祈擧定正稅公廨之間, 令兼任肥前國權官. …(後

略)… (밑줄·기호는 필자; 이하에서도 동일)

<해석> 9일 丁亥. 參議 大宰權帥 從3位 在原朝臣行平. 두 가지 일을 起請합니다. …(중간생략)… 그 두 번째 일로, 히젠국(肥前國) 마쓰라군(松浦郡)의 히라(庇羅)·치카(値嘉) 두 鄕을 고쳐서, 두 개의 郡을 세우고, 가미츠치카(上近)·시모츠치카(下近)로 이름붙이고, 지카노시마(値嘉嶋)를 두도록 청하여 말하기를, 案內를 검토하니, 원래 9國 3嶋가 있었으나, 天長 元年(824)에 이르러, 다네가시마(多褹嶋)를 정폐하여 오스미국(大隅國)에 예속시켰습니다. 이는 단지 100領의 사슴 가죽을 바치고, 3만 6천여속의 稻를 낭비했기 때문입니다. 지금 이 두 鄕의 지세는 曠遠하며, 戶口는 殷阜합니다. 또한 土産이 나는 바, 기이한 물건이 많습니다. 그런데 공연히 郡司에게 맡겨, 제멋대로 聚斂하게 하여, 그곳의 백성들은 私求의 부담을 꺼리고, 자꾸만 公家에 貢輸하려고 합니다. 모두 國司가 巡撿하기를 어렵게 하고, 鄕長의 권세가 약해지는 데 이르도록 하는 점입니다. 뿐만 아니라 땅이 바다 가운데 있고, 경계는 異俗과 이웃하고 있습니다. (a)大唐新羅人으로 오는 자와, 本朝의 入唐使 등은 이 섬을 지나지 않는 경우가 없습니다. 府頭의 인민이 말하길, (b)지난 貞觀 11年(869) 新羅人이 貢船의 絹綿 등을 약탈하던 날, 그 賊도 마찬가지로 이 섬을 지나서 왔다고 합니다. 이로써 보건대, 이 땅은 當國의 매우 중요한 지역입니다. 마땅히 슈長을 택하여 방어에 신중을 기해야 할 것입니다. 또한, 지난 해 어떤 인민이 말하길, 唐人 등은 반드시 먼저 이 섬에 이르러, 香藥을 많이 채취하여 貨物에 더하고, 이곳의 인민으로 하여금 그 물품을 보지 못하게 했다고 합니다. 또한, 그 해변에는 奇石이 많아, 혹은 鍛鍊하여 銀을 얻고, 혹은 琢磨하여 玉과 비슷하게 만듭니다. 唐人 등은 그 돌을 채취하기 좋아하여, 土人에게는 알려주지 않습니다. 이로써 말하건대, 그 사람으로 하여금 맡기지 않는 폐단은 대체로 모두 이와 같은 것입니다. 바라며 청하건대, 이 두 鄕을 합쳐, 다시 두 郡을 세우고

上近・下近이라 이름하고, 値嘉嶋로 삼아, 새롭게 嶋司・郡領을 두
고 土貢을 맡게 해주십시오. 단, 그 俸祿는 正稅와 公廨에서 擧定하
고, 肥前國의 權官을 겸임하도록 해주십시오···(이하생략)···4)

   冒頭 기록에서도 확인이 되듯, [사료2]는 大宰權帥 아리하라노 유키히
라(在原行平)의 기청문이다. 본래 이 기청문은 2개조로 이루어져 있는데,
본고의 주요 분석 대상이 될 [사료2]는 그 가운데 두 번째 항목에 해당하
는 내용이다.

   이 기청문 가운데 특히 유의하고자 하는 부분은, 밑줄 친 (b) 구절이다.
그 내용에 따르면, 죠간 11년(869), '신라인'들이 貢船의 絹綿 등을 약탈
할 때 '이 섬(=件島)'을 지나서 왔다고 되어 있다. 여기서 말하는, '신라
인'이란 [사료1]에 보이는 '신라해적'을 말하며, '이 섬'이란 지카노시마
(値嘉島), 즉 오늘날의 고토열도를 가리킨다.

   [사료1]과 [사료2](b)를 통해, '죠간 11년 신라해적'이 고토열도를 경유
하여 하카타에 이르렀다는 사실을 확인할 수 있는 것이다. 그러한 의미에
서 유키히라의 기청문(=[사료2])을 '죠간 11년 신라해적'의 來日航路를
전하는 사료로써 자리매김할 수 있으리라 생각된다.

   이 사료에 대해서는 일찍이 도다 요시미(戶田芳實) 씨에 의한 고찰이
학계에 보고된 바 있다.5) 도다 씨는 유키히라의 기청문에 대해, "고토열
도의 행정적 지위를 격상하도록 중앙정부에 上申하여, 지금까지 히젠국
마쓰라군 소속의 히라・지카 2鄕이었던 고토를 히젠국에서 분리하고, 다

---

4) [사료2](a)의 '大唐新羅人來者'를 둘러싼 해석에 대해서는 본고 제4절에서
   상세히 논하고자 한다.
5) 戶田芳實, 「平安初期の五島列島と東アジア」, 『初期中世社會史の硏究』, 東
   京大學出版會, 1991 [初出: 岩見宏編, 『東アジアにおける國際秩序の形成
   と展開』, 1980].

자이후 管內 9國2島에 필적하는 독립 행정구역(壹岐·對馬급의 '値嘉島')으로 할 것을 제안"한 것이라 지적하였다.[6] 또 고토열도의 지리적 위치에 대해서는, "대륙에 가장 가까운 섬들이었기 때문에, '大唐·新羅人의 오는 자, 本朝 入唐使 등, 이 섬을 경유하지 않고서는 안 된다'라고 할 만한 국제항로의 중계요지가 되었고, 지난 죠간 11년(869)에 하타카 진(津)에서 부젠국 官物 絹綿의 공납선을 습격한 新羅船 2척도, 이 섬을 경유하여 왔다고 이야기되고 있는" 것이라 하였다.[7] 아울러, 다자이후 측에서 고토열도의 방어체제 강화를 언급하게 된 것도, "고토열도에는, 新羅船이 정박하여 하카타 진의 정보를 캐치할 수 있는 基地가 존재했고, 그것과 제휴된 西海의 海人集團이 활동하고 있었"기 때문이라 지적하고, 일본에 來航하는 "唐船·新羅船의 다수는, 고토열도를 중계기지로 하고 있었"음을 논하였다.[8]

한편, 도노 하루유키(東野治之) 씨는 [사료2]를 두고, 고토가 중국은 물론 한반도·쓰시마 지역에 대해서도, 基地로써의 의미를 가지고 있었음을 보여주는 것이라 평가하였다.[9] 『萬葉集』의 기록에서는 고토에서 쓰시마로의 항해가 확인되고, 『日本書紀』나 『續日本紀』등에는 고토에서 한반도로 향하는 사례가 확인되는 사실로부터,[10] 고토경유루트가 일본과 쓰시마·한반도 사이를 이어주는 "항상적 루트"로써 존재했을 가능성이 있다고 논한 것이다.[11] 즉, "고토열도는 北路·南路 쌍방의 기점"이었다는 것이며,[12] [사료2]에 보이는 '신라인'(='신라해적')도 한반도에

6) 戶田芳實, 앞의 논문, 321쪽.
7) 戶田芳實, 앞의 논문, 322쪽.
8) 戶田芳實, 앞의 논문, 322쪽.
9) 東野治之, 「ありねよし對馬の渡り―古代の對外交流における五島列島―」, 『續日本紀の時代』, 塙書房, 1994.
10) 이와 같은 분석에 대해서는 본고 제3절에서 비판하고자 한다.
11) 東野治之, 앞의 논문, 175~178쪽.

서 고토를 경유하여 來日하였다는 의미이다.

'고토열도와 신라의 교류'라는 항목 속에서 [사료2]를 분석하고 있는 야마우치 신지(山內晋次) 씨의 논고도 주목을 끈다.13) 그는 "고토열도가 對중국교류뿐만 아니라 對한반도교류에 있어서도 중요한 위치를 점하고 있었다"고 하면서, [사료2]는 "고토열도와 신라 간의 민중교류 양상"을 보여주는 것이라 평가하였다.14) 이와 같은 견해는 중세 한일관계 연구에도 그대로 계승되고 있다는 점에서 영향력을 얻어가고 있는 듯 보인다.15)

9세기 중후반에 규슈의 고토열도, 쓰시마, 이키를 중심으로 전개된 지역 간 교섭의 실태를 분석하고 있는 이병로 씨의 연구에도 [사료2]에 대한 언급이 확인된다.16) 이병로 씨는 "죠간 11년 5월 부젠국 관물인 견면 약탈사건을 일으킨 신라해적도 이 섬을 지나고 있다"는 부분에 주목하여, "신라해적이 한반도에서 경유지 없이 갑자기 다자이후까지 와서 일본의 공물을 약탈했다고는 도저히 상상할 수 없다. 적어도 그 보급지의 역할을 하는 장소가 존재하였다고 보아야 하며, 그것이 바로 고토열도였을 가능성은 상당히 높다고 생각된다"고 논하였다.17)

일본열도의 '古代統一國家'를 분석하는 소재로써 [사료2]를 다룬 연구도 있다. 신카와 도키오(新川登龜男) 씨는 이키·쓰시마를 일본열도에 존재한 '고대통일국가'의 '邊要'로 파악하고, 해당 지역의 역사가 '국가'

---

12) 東野治之, 앞의 논문, 178쪽.
13) 山內晋次, 「九世紀東アジアにおける民衆の移動と交流—寇賊・反亂をおもな素材として—」, 『奈良平安期の日本とアジア』, 吉川弘文館, 2003 [初出: 『歷史評論』555, 1996].
14) 山內晋次, 앞의 논문, 120쪽.
15) 關周一, 「壹岐・五島と朝鮮の交流」, 『中世日朝海域史の研究』, 吉川弘文館, 2002, 191~192쪽.
16) 이병로, 「일본열도의 '동아시아 세계'에 관한 일고찰 -주로 9세기의 규슈 지방을 중심으로-」, 『日本學誌』17, 1997.
17) 이병로, 위의 논문, 17쪽.

안에서 어떻게 전개하였는지를 논하였다.[18] 그러한 논의의 과정에서 大宰權帥 아리하라노 유키히라의 2개조 기청을 면밀히 분석한 것이다. 기청의 두 번째 내용에 해당하는 [사료2]에 대해서는, 値嘉島(=고토열도)가 "이키·쓰시마 兩島와는 달리 풍요롭고, 唐이나 신라의 집단이 와서, 섬사람 몰래 향약을 채취하고, 해변에서 奇石을 줍고, 그것을 단련하여 銀을 얻거나, 혹은 琢磨하여 玉을 만드는 등의 행위"가 왕성히 이루어지는 장소가 된 새로운 상황에 대응하기 위해, 다자이후가 중앙정부에 행정조직 개편을 제안한 것이라 하였다. 즉, '肥前國-松浦郡-庇羅鄕·値嘉鄕'로 되어 있던 행정조직을 해체하고, '値嘉島-上近郡·下近郡'으로 재편하여, 그것을 이키·쓰시마와 같은 수준으로 승격·독립시켜, 島司와 그 아래에 郡領을 두도록 건의하였다는 것이다. 한편, "新羅人 賊"(='신라해적')에 대해서는 그 "到來도 문제가 되고 있"었음을 간략하게 언급하였다.[19]

이상, [사료2]에 대한 선행연구의 이해를 검토해보았다. 각기 주안점을 달리 하고 있는 논고라는 측면을 감안하더라도, '죠간 11년 신라해적'의 來日航路에 대해서는, 대부분의 경우가 '한반도 신라→고토열도→하카다' 루트를 상정하고 있다는 점을 특징으로써 지적할 수 있을 것이다.

사실, 사료 상의 표기가 '新羅海賊'(내지 '新羅人')으로 되어 있기 때문에, '신라의 해적' 즉, '신라에서 온 해적'으로 해석하는 선행연구의 자세는 일면 자연스럽다고도 할 수 있다. 그러나, '신라인' 내지 '신라해적'이라는 표현으로부터 곧바로 한반도에 존재했던 新羅本國을 떠올리는 데에는 상당히 신중한 자세가 요구된다. 특히, 9세기 고토열도의 상황

----

18) 新川登龜男, 「東アジアのなかの古代統一國家」, 『長崎縣の歷史』, 山川出版社, 1998.
19) 新川登龜男, 앞의 논문, 48~50쪽.

을 전하는 [사료2]의 '신라인' 문제를 다룰 때는 더욱 그러하다. 신라인의 해상활동이 비약적으로 활발해지기 시작하는 9세기 단계에 들어서면, 일본 측 사료에서 '신라인'의 존재가 확인되는 것과, 일본열도와 한반도 간에 交流가 있었다는 것은 별개의 문제가 되기 때문이다.[20] 따라서, [사료2](b)에 보이는 '去貞觀十一年 新羅人掠奪貢船絹綿等日, 其賊同經件島來'를 둘러싼 해석도, (1)당시 고토열도가 해상교통 상에서 차지하고 있던 위치라든지, (2)신라인의 활동범위, (3)신라인의 항로이용 패턴 등이 우선적으로 검토된 뒤에 이루어져야 하리라 생각된다.

'죠간 11년 신라해적'의 來日航路와 관련하여, (1)·(2)·(3)의 문제를 본격적으로 검토하기에 앞서, 반드시 고려해야 할 사항을 언급해두고 싶다. 첫 번째, 해당 航路가 意圖性을 가진 항해에 사용되고 있는가 하는 점이다. [사료2]에 보이는 新羅人, 唐人 등은 漂流·漂着이 아닌 의도적·성공적인 항해를 통해 고토를 왕래하고 있기 때문이다.

두 번째는 당시 신라인들이 고토를 경유하여 국제항해를 하는 경우, 출발점과 도착점을 어디로 하고 있는가 하는 점이다. 즉, 고토열도는 어느 지점과 어느 지점을 이어주는 역할을 하고 있었는지에 주목해야 하는 것이다. 이것은 교류의 頻度 및 傾向性의 문제와 연결될 수 있을 것이다.

끝으로는 해당 항로가 直航路인가 하는 점이다. [사료2]에서 그려지고 있는 고토는 일본열도의 현관문 역할을 하고 있다. 일본으로의 입국 시에는 最初 到着地·외국으로의 출국 시에는 最終 出航地로 기능하고 있었

---

20) 무라카미 씨는, 다양한 형태의 신라인 내항자(來航者)를 재당신라상인, 신라본국에서 온 歸化 희망자(=流民), 표류민 등으로 구분하지 않고, 일괄하여 '新羅國人'으로 파악하였던, 다자이후 관리 후지와라노 마모루(藤原衛)의 인식에 대해 '實態에서 乖離된 것'이라 지적한 바 있다(村上史郎, 「九世紀における日本律令國家の對外意識と對外交通─新羅人來航者への對應をめぐって─」, 『史學』89-1, 1999, 31쪽).

다는 것이다. 특히, [사료2]에서 보이는 신라인 등은 일본열도의 다른 지역을 경유하여 고토에 도착하는 것이 아니라, 외국의 한 지점에서 곧바로 고토에 도착하고 있는 듯 묘사되고 있다는 점에 유의해야 할 것이다.

3. 對外交通路로써의 고토경유루트

이상의 이해를 바탕으로, 여기에서는 고토열도가 일본의 대외교통에서 어떠한 위치를 점하고 있었는가에 대해 생각해보고자 한다.

[사료3]『日本書紀』敏達 12年(583) 是歲條

於是恩率·參官臨罷國時…(中略)…參官等遂發途於血鹿…(中略)…於後海畔者言, 恩率之船被風沒海. 參官之船漂泊津嶋, 乃始得歸.

<해석> 이에 恩率·參官이 나라로 돌아갈 때…(중간생략)…參官 등은 드디어 치카(血鹿)에서 출발하였다…(중간생략)…나중에 바닷가에 있는 자들이 말하길, 恩率의 배는 바람을 만나 바다에 침몰하였고, 參官의 배는 쓰시마(津嶋)에 표착하여, 비로소 돌아갈 수 있었다고 하였다.

[사료4]『續日本紀』天平 12年(740) 11月 戊子(5日)條

廣嗣之船, 從知駕嶋發, 得東風往四ケ日, 行見嶋. 船上人云, 是耽羅嶋也. 于時, 東風猶扇, 船留海中, 不肯進行. 漂蕩已經一日一夜. 而西風卒起, 更吹還船…(中略)…然猶風波弥甚, 遂着等保知駕嶋色都嶋矣…(後略)…

<해석> 廣嗣의 배가 지카노시마(知駕嶋)에서 출발하여, 東風을 얻어 4일을 가다가 섬을 보았다. 배 위의 사람이 말하길, 이는 耽羅嶋라 하였다. 이 때, 東風이 더욱 불어 배가 바다 가운데 멈추어 나아가려고

하지 않았다. 표류하여 하루 낮, 하루 밤이 지났는데, 西風이 갑자기 불어, 다시 배를 돌려놓았다…(중간생략)…그러나 오히려 風波는 더욱 심해져, 마침내 도오치카노시마(等保知駕嶋)의 色都嶋에 도착하였다…(이하생략)…

도노 하루유키 씨는 위의『日本書紀』·『續日本紀』記事를 들어, 고토열도와 한반도의 교류를 보여주는 사례라고 주장한 바 있다.21)

먼저 [사료3]에 대해, "한반도로의 渡航에서, 血鹿島(=値嘉島=고토열도)를 최종 기항지로 한 예"라고 평가하면서, "그 중 參官의 배는, 조난하고 나서의 일이긴 하지만, 쓰시마를 경유하여 돌아갔다"고 논하였다. 또 [사료4]에 대해, "다자이후에서 반란을 일으켰다가 패배한 후지와라노 히로쓰구(藤原廣嗣)는, 海路 西方으로 도망하고자 했지만, 그 때 출발점으로 한 것도 고토열도였다"고 지적하면서, "이 경우, 히로쓰구는 고토까지 바람에 밀려 돌아왔고, 그 지역에서 붙잡혔지만, 이것은 耽羅嶋(=濟州道) 방면을 향하고 있었다고 보이는 점에서 신라로의 도망을 계획했던 것이라 생각되며, 그렇다면, 고토가 한반도에의 起点이었다는 방증이 될 것이다"라고 논하였다.22)

과연 [사료3]·[사료4]에서는 도노 씨가 이야기한대로, 恩率·參官 및 히로쓰구(廣嗣)가 고토열도를 출발하여 한반도로 도항하고자 하였던 시도가 엿보인다. 다만, 유의해야할 점은 항해의 성공 여부이다. [사료3]에 보이는 恩率·參官의 경우, 은솔은 바다에 침몰하고, 참관은 쓰시마에 표착한 후 겨우 귀국에 이른다. [사료4]의 히로쓰구는 한반도로의 도항에 실패하였을 뿐만 아니라 바람과 파도에 밀려 출항지 근처로 돌아와, 그곳

---

21) 東野治之, 앞 주9)의 논문.
22) 東野治之, 앞 주9)의 논문, 177쪽.

에서 최후를 맞이한다. 遣唐使 時代 以前에 고토열도를 출발점으로 한 한반도로의 도항사례 대부분이 遭難에 이르렀다는 야마나카 고사쿠(山中耕作) 씨의 지적은 실로 타당하다고 하겠다.[23]

이와 같이 고토열도에서 한반도로 향하는 항해가 대부분 실패로 종결되었다는 점은 매우 큰 의미를 갖는다고 할 수 있다. 두 지역 간의 왕래가 풍향, 해류 등 항해에 필요한 諸 조건에 위배되는 것이었음을 보여주기 때문이다. [사료3]에 보이는 參官의 배가, 쓰시마를 경유하는 루트로 전환한 이후에야 비로소 귀국할 수 있었던 것도, 고토열도를 출발하여 곧장 한반도로 향하는 항해가 자연·환경적 조건상 적절하지 못하였다는 점을 반증한다.

다음의 [사료5] 또한 그와 같은 상황을 말해주고 있어 주목된다.

[사료5-①] 『日本書紀』 天武 6年(677) 5月 戊辰(7日)條
戊辰, 新羅人阿飡朴刺破·從人三口·僧三人, 漂著於血鹿嶋.
[사료5-②] 『日本書紀』 天武 6年(677) 8月 丁巳(27日)條
丁巳, 金清平歸國, 卽漂著朴刺破等, 付清平等, 返于本土.

[사료5]는 지카노시마(血鹿嶋), 즉 고토열도지역에 표착한 신라인 朴刺破 및 종 3인·승려 3인을, 일본에 와 있던 신라사신 金清平이 귀국하는 길에 함께 돌려보냈다는 내용을 전하고 있다. 여기서 유의해야 할 점은 신라인 朴刺破 등이 고토열도에 '漂着'하였다는 사실이다. 의도적인 항해에 의한 來着이 아니라, 예상외의 결과로써 그 지역에 도착하였다는 의미이다. 이 또한 [사료3]·[사료4]와 마찬가지로 한반도와 고토열도 간

의 해상항로가 일상적인 교통로가 아니었음을 보여주는 대목이라 할 수 있다.

그런데, 9세기 초반의 상황을 전하고 있는 기록 가운데, 신라인이 고토열도에 도착하였다는 내용이 있어 문제시된다.

[사료6] 『日本紀略』弘仁 4年(813) 3月 辛未(18日)條

辛未, 大宰府言, 肥前國司今月四日解稱. 基肆団校尉貞弓等, 去二月廿九日解稱. 新羅人一百十人駕五艘船, 着小近嶋, 與土民相戰, 卽打殺九人, 捕獲一百一人者.

[사료6]에 의하면, 5척의 배에 나누어 탄 신라인 110명이 오치카시마(小近嶋)에 도착하였으며, 島民과 싸웠다고 한다. 그에 대한 대응으로 신라인 9명을 죽이고, 나머지 101명을 체포하였다는 내용이, 肥前國 基肆団 校尉로부터 肥前國司, 大宰府를 거쳐 太政官까지 上申된 것이다.

문제시되는 것은, 신라인 110명이 오치카시마, 즉 고토열도 지역에 來着하였다는 사실이다. [사료6]에 전해지는 정보만을 가지고 이들 신라인이 어느 지역에서 왔는지 명확하게 판단하기는 힘들다. 다만, 사료 상에 추가적인 설명이 없는 한, 한반도를 출발하여 온 集團으로 이해하는 편이 상식적일 것이다. 그렇다면, [사료6]의 사례는 한반도와 고토열도 사이에 일상적으로 이용되는 항로가 존재하였음을 보여주는 증거가 될 수 있을 것인가?

그와 관련해서는 우선 [사료6]의 내용 가운데, 신라인과 고토열도 주민 간에 싸움이 발생하였다는 사실, 그리고 그 도중에 신라인 9명은 사망하였고, 101명은 체포당하기에 이르렀다는 사실이 주목을 끈다. 신라인과 고토열도 주민 사이에 갈등이 존재했던 원인으로, '言語不通'이 상정되는 것이다.24) 바꾸어 말하면, 이는 곧, 兩者 간의 만남이 그만큼 일상적이지 않았다는 의미이다. 사망자까지 발생한 싸움에 이르게 된 것도, 당사자들의 접촉이, 사전에 약속되거나 예상된 것이 아니었기 때문일 것이다.

결국 [사료6]에 보이는 신라인의 내착은 의도적인 항해의 결과라기보다는 표류에 의한 것이었을 가능성이 매우 높다고 할 수 있다. 그렇기 때문에 설령 그 신라인들이 한반도에서 온 사람들이라 하더라도, 그 사실 자체가 한반도와 고토열도 간에 恒常的 交流가 존재했다는 근거가 되기는 어려운 것이 아닌가 생각된다.

고토열도를 기점으로 하는 루트가 對한반도 교통에서는 정식 루트로 기능하지 못했던 반면, 對唐 交通에서는 충실하게 역할을 하고 있었던 것은 각종 사료를 통해 확인된다.25) 다음의 사료는 고토열도가 대외교통 상에서의 어떠한 위치를 점하고 있었는지를 명확하게 보여주고 있어 주목된다.

　　　[사료7] 『肥前國風土記』松浦郡 値嘉鄕條

　　　『肥前國風土記』松浦郡値嘉鄕條

....

24) 『類聚三代格』卷5 弘仁 4年(813) 9月 29日太政官符에는 '新羅之船來着件嶋, 言語不通, 來由難審. 彼此相疑, 濫加殺害. 望請減史生一人置件譯語者'라는 내용이 보인다. 新羅船이 쓰시마에 來着하고 있음에도 불구하고 언어가 통하지 않아 그 사유를 파악하기 어렵고, 그와 같은 상황이 상호간의 의심 증폭 및 살해사건으로 이어지고 있어 史生 1명 대신에 新羅譯語 1명을 두기로 한다는 법적 조치이다. 여기서도 '언어불통'의 상황이 확인되고 있다. 단, 이것은 쓰시마와 한반도 신라 간의 교류가 거의 없었기 때문이라기보다, 신라인의 내착 횟수가 급격히 증가함에 따라 발생한 상황이라는 측면에서, [사료6]의 그것과는 차이가 있다. 신라-일본 간 교류에서 쓰시마 경유루트가 사용된 예는, 田島公, 「日本, 中國·朝鮮對外交流史年表(稿)一大寶元年〜文治元年一」, 『貿易陶磁: 奈良·平安の中國陶磁』, 臨川書店, 1993을 참고할 것.

25) 新川登龜男, 앞의 주18)의 논문, 57~62쪽.

値嘉鄉<在郡西南之海中, 有烽處三所> …(中略)… 西有泊船之停二
處<一處, 名曰相子田停, 應泊廿余船. 一處, 名曰川原浦. 應泊一十余
船> 遣唐之使, 從此停發, 到美弥良久之埼<卽川原浦之西埼是也> 從
此發船, 指西度之.   (< > 안은 原文의 割註)

[사료7]에 따르면, 지카향(値嘉鄉)에는 아이코다(相子田)·가와라(川
原)라는 항구가 있는데, 그곳에 각각 20여 척의 배와 10여 척의 배를
정박시킬 수 있었다고 한다. 일본의 遣唐使는 이들 두 항구를 거쳐서
미미라쿠(美弥良久)에 도착하였고, 최종적으로는 그곳을 출항하여 서쪽
의 큰 바다로 나갔다고 한다.

이키·쓰시마를 거쳐 한반도 서해안을 따라 북상하다가 황해를 가로
질러 山東半島로 상륙(=北路=新羅道)하였던 7세기 단계와는 달리, 고토
열도에서 출발하여 東中國海를 한 번에 횡단(=南路)하였던 8세기 이후
의 현실이 [사료7]에서 잘 드러나고 있는 것이다.[26]

한편, [사료2](a)에 '大唐新羅人來者, 本朝入唐使等, 莫不經歷此嶋.'
(大唐新羅人으로 오는 자와, 本朝의 入唐使 등은 이 섬을 지나지 않는
경우가 없습니다)라고 보이는 것에서, 『肥前國風土記』편찬단계에 이미
확립되어 있던 견당사의 항로이용 패턴이 9세기 후반까지도 지속되고
있었음을 알 수 있다.[27]

대외교통로로써의 고토열도를 생각함에 있어 빠뜨릴 수 없는 것이, 바
로 일본 승려들의 入唐求法活動이다. 아래의 세 가지 사례를 통해 살펴

----

26) 견당사의 入唐路에 대해서는 石井正敏,「外交關係—遣唐使を中心に—」,
   『古代を考える唐と日本』, 吉川弘文館, 1992, 81~82쪽을 참조.
27)『肥前國風土記』의 찬술시기에 대해서는 여러 가지 견해가 있으나, 여
   기서는 8세기 초반說을 따른다. 이에 대해서는 東野治之, 앞 주9)의 논
   문, 176쪽.

보도록 하자.

[사료8] 『平安遺文』164号 「案祥寺伽藍緣起資材帳」28)

…(前略)…逮則承和九年, 卽大唐會昌二年<歲次壬戌>夏五月端午日, 脫驪兩箇講師, 卽出法觀音寺在太宰府, 博多津頭始上船, 到於肥前國松浦郡遠值嘉島那留浦, 而船主李處人等, 棄唐來舊船, 便採嶋裏楠木, 新織作船舶, 三箇月日, 其功已訖, 秋八月廿四日午後上帆, 過大洋海入唐, <得正東風六箇日夜, 船着大唐溫州樂城縣玉留鎭守府前頭>經五箇年巡禮求學, 承和十四年卽大唐大中二年<歲次丁卯> 夏六月廿一日, 乘唐人張友信·元靜等之船, 從明州望海鎭頭而上帆, <得西南風三箇日夜, 歸著遠值嘉嶋那留浦, 纔入浦口, 風卽止, 擧船歡云, 奇快奇快也云云>…(後略)… (< > 안은 原文의 割註)

[사료9] 『平安遺文』4494号「太政官牒」29)

…(前略)…至仁壽二年閏八月, 値大唐國商人欽良暉交關船來, 三年七月十六日上船到值嘉島, 停泊鳴浦, 八月初九日, 放船入海 …(中略)…六月八日辭州, 上商人李延孝船過海, 十七日申頭, 南海望見高山, 十八日丑夜, 至止山島, 下矴停住待天明, 十九日平明, 傍山行至本國西界肥前國松浦縣管旻美樂埼, 天安二年六月廿二日, 廻至大宰府鴻臚館 …(後略)…

[사료10] 『入唐五家傳』「頭陀親王入唐略記」30)

…(前略)…九月五日去向壹伎嶋, 嶋司並講讀師等亦來迎圍繞, 親王彌厭此事. □□左右自波渡着小嶋. <此小嶋名云班嶋云云> 於是白水郎多在, 仍不細, 更移肥前國松浦郡之柏嶋. 十月七日仰唐通事張支信令造船一隻. 四年五月造舶已了. 時到鴻臚館. 七月中旬, 率宗叡和

---

28) 『入唐五家傳』「惠運傳」(『續群書類從』卷212)에서도 同文을 볼 수 있다.
29) 『入唐五家傳』「智証大師傳」(『續群書類從』卷212)에서도 同文을 볼 수 있다.
30) 『續群書類從』卷193.

尙・賢眞・惠萼・忠全・安展・禪念・惠池・善寂・原懿・猷繼, 並
船頭高岳眞今等, 及控者十五人.<此等並伊勢氏人也> 柁師絃張支
信・金文習・任仲元.<三人並唐人> 建部福成・大鳥智丸.<二人
並此間人> 水手等, 僧俗合六十人, 駕舶離鴻臚館, 赴遠値嘉嶋. 八月
十九日着于遠値嘉嶋. 九月三日從東北風飛帆, 其疾如矢.…(中略)…
七日午剋遙見雲山, 未剋着大唐明州之揚扇山.…(中略)…同年六月,
延孝舶自大唐福州得順風, 五日四夜着値嘉嶋.…(後略)… (< > 안은
原文의 割註)

　먼저 [사료8]에 대해서이다. 이에 의하면, 승려 에운(惠運)은 죠와(承
和) 9년(842)에 李處人의 배를 타고 하카타를 출항하여, 히젠국(肥前國)
마쓰라군(松浦郡) 오치카시마(遠値嘉嶋)의 나루우라(那留浦)에 도착하
였다고 한다. 船主 李處人은 그곳에서 배를 새로 만들고, 출항하여 大洋
海(=동중국해)를 건넜다고 한다. 그 후, 唐에서 5년간의 '巡禮求學'을 마
치고, 죠와 14년(847) 6월 21일, 張友信・元靜 등의 배로 귀국길에 올랐
는데, 그 때 도착한 항구 또한 오치카시마의 나루우라였다고 한다.
　다음은 [사료9]에 보이는 智証大師 엔친(圓珍)의 사례이다. 그에 의하
면, 엔친은 닌쥬(仁壽) 3년(853) 7월 26일, 이미 1년 전 일본에 와 있던
大唐國商人 欽良暉의 交關船에 탑승하였다고 한다.[31] 엔친을 태운 흠량
휘의 배는 치카노시마(値嘉嶋)의 나루우라(鳴浦)로 향하여 거기서 일시
정박한 후, 8월 9일에 바다로 들어갔다고 한다. 이후, 5년간의 求法活動

---

31) 여기서는 欽良暉가 '大唐國商人'으로 나오지만, 『入唐求法巡禮行記』大中
　　元年 6月 9日條에서는 '新羅人'으로 나와 일반적으로는 在唐新羅商人으로
　　이해되고 있다(坂上早魚, 「九世紀の日唐交通と新羅人──円仁の『入唐求法
　　巡禮行記』を中心に」, 『Museum Kyushu』28, 1988; 龜井明德, 「鴻臚館貿易」,
　　『新版 古代の日本③ 九州・沖繩』, 角川書店, 1991; 榎本涉, 「新羅海商と唐
　　海商」, 『前近代の日本列島と朝鮮半島』, 山川出版社, 2007 등).

을 마친 엔친은 商人 李延孝의 배를 타고 귀국길에 올랐는데, 이번에는 肥前國 松浦郡 旻美樂埼에 도착하였다고 한다. 여기에서 보이는 미미라쿠(旻美樂) 또한 고토열도의 한 지역이다.

[사료10]에 등장하는 眞如親王(=高岳親王)의 行蹟도 주목을 끈다. 죠간(貞觀) 3년(861) 9월 5일, 入唐을 앞둔 眞如親王 一行이 향한 곳은 이키(壹岐) 섬([사료10]에서는 '壹伎嶋')이었다. 일행은 거기서 嶋司 및 講讀師 등에게 영접을 받았으나, 親王이 그러한 것을 싫어하였기 때문인지, 親王은 班嶋라는 작은 섬으로 건너간다. 그 섬은 白水郎이 많은 곳으로 알려져 있었는데, 일행이 그곳을 들린 것도 어쩌면 遠距離 航海에 필요한 인력을 구하고자 했기 때문이었을지 모른다. 이후, 肥前國 松浦郡의 柏島로 이동한 친왕 일행은 10월 7일에 唐通事 張支信에게 명하여 배 한 척을 만들도록 한다.[32] 이듬해 5월, 비로소 배가 완성되자, 일단 大宰府 鴻臚館으로 돌아갔다가, 거기서 張支信·金文習·任仲元 및 僧俗 60인 등과 함께 배에 탑승하여 7월 중순에 다시 출발한다. 8월 19일, 오치카시마(遠値嘉島)에 도착한 일행은 9월 3일 東北風을 만나 출항한다. 그리고 4일 후인 9월 7일, 唐의 明州에 도착한다. 그로부터 3년 후인 죠간 7년(865) 6월, 구법활동을 마친 眞如親王은 唐商人 李延孝의 배에 올라 唐의 福州를 출항하여 5일 만에 귀국한다. [사료10]에는 그 때 도착한 지점이 바로 지카노시마(値嘉嶋)였다고 나온다.

흥미로운 것은 이상의 세 가지 사례에서 몇 가지 공통점이 확인된다는

----

32) 唐通事 張支信은 [사료8]에 보이는 張友信과 동일인물이라 생각된다. 그에 관해서는, 森公章, 「大唐通事張友信をめぐって─九世紀, 在日外國人の存在形態と大宰府機構の問題として─」, 『古代日本の對外認識と通交』, 吉川弘文館, 1998 ; 村上史郎, 「九世紀における日本律令國家の對外交通の諸樣相─大唐通事·漂流民送還·「入唐交易使」をめぐって─」, 『千葉史學』33, 1998 등을 참고할 것.

사실이다. 첫째, 일본의 승려들이 入唐하는 경우, 唐商人(혹은 在唐新羅商人)의 배를 편승하고 있다는 점이다.[33] 이것은 당시의 국제상인들이 唐과 일본 사이를 일상적으로 왕래하고 있었을 가능성을 엿볼 수 있게 하는 부분이라 주목된다.

둘째, 승려들이 일본을 떠날 때도, 일본으로 돌아올 때도, 고토열도를 寄港地로 삼고 있다는 점이다. 구체적인 지명으로는 [사료8]의 '遠値嘉嶋 那留浦', [사료9]의 '値嘉島 鳴浦' 및 '肥前國 松浦縣 旻美樂埼', [사료10]의 '遠値嘉嶋' 및 '値嘉嶋' 등이 확인된다.[34] 이 가운데 [사료9]의 '旻美樂埼'의 경우, 『肥前國風土記』([사료7])에서는 '美弥良久之埼'로써 등장한다.[35] 이는 遣唐船의 最後 寄港地로써 중요시되었던 고토열도의 항구가 실질적으로는 國際商船의 發着地로써도 기능하였음을 보여준다는 측면에서 큰 의미를 가진다.

지금까지 대외교통로로서의 고토경유루트에 대해 한반도와의 直航路로서의 한계, 견당사의 최종 기항지로서의 역할, 구법승의 출입항로라는 관점에서 고찰해보았다. 이를 통해 알 수 있었던 것은, 해당 항로가 한반도와의 교통에 있어서 전형적인 '뒷길'이었다는 사실이다.[36] 고토열도에서 한반도로 향하는 항해가 거의 예외 없이 실패에 이르렀다는 점, 漂流記事를 제외하고는 한반도에서 고토열도로의 내착 사례가 보이지 않는다는 점은, 고토경유루트가 對한반도 교통로로써 분명한 한계를 가지고

----

33) 당 상인과 신라상인의 협업관계에 대해서는 榎本涉, 「新羅海商と唐海商」, 『前近代の日本列島と朝鮮半島』, 山川出版社, 2007을 참고할 것.
34) 고토열도의 여러 지명에 대한 고찰은 山中耕作, 앞의 논문을 참고할 것.
35) 日本語로는 두 경우 모두 '미미라쿠 노 사키'라고 읽힌다. 한편, 『萬葉集』卷16「筑前國志賀白水郎歌十首」에는 '美禰良久埼'로 나온다.
36) 山中耕作, 앞 주23) 논문, 44쪽에서는 고토열도경유 항로를 '裏通り(우라도오리)'에 지나지 않았다고 하였으며, 新川登龜男, 앞 주18)의 논문, 60쪽에서는 그것을 '裏ルート(우라루트)'라고 표현하고 있다.

있었음을 말해준다.

반면, 遣唐使와 求法僧의 入唐航路로써의 기능은 충실히 수행하고 있었음이 확인되었다. 물론 고토열도가 큰 바다를 횡단해야하는 遠距離 航海의 發着地였다는 측면에서 다양한 위험성을 내포하고 있는 바닷길이기도 했지만,[37] 빈번한 왕래를 통해 얻어진 항해기술의 진전과 함께 日唐交通의 大動脈으로써 각광을 받게 된 것이 아닌가 한다.[38]

4. '大唐新羅人來者'와 '新羅海賊'

그러면 다시 아리하라노 유키히라(在原行平)의 2개조 기청문([사료2])으로 돌아가, '죠간 11년 신라해적'의 來日航路에 대해 생각해보자.

결국 본고의 논점은 '신라해적'이 신라에서 왔느냐 그렇지 않느냐, 만약 그렇지 않다면 어디에서 온 것인가, 라고 하는 데 있다. 대개 '신라해적'이라고 하면 '신라의 해적' 즉, '신라에서 온 해적'이라고 이해하기 쉬운데, [사료2](b)에 '去貞觀十一年, 新羅人掠奪貢船絹綿等日, 其賊同經伴島來.'라고 보이는 것처럼, '신라해적'이 일반적으로 日唐間 航路의 중계지로 알려져 있는 고토열도를 지나서 왔다고 되어 있어, 한반도 신라가 아닌 다른 지역에서 왔을 가능성이 상정되는 것이다.

이와 관련해서는, [사료2](a)의 '大唐新羅人來者, 本朝入唐使等, 莫不經歷此嶋.'라고 하는 구절이 주목된다. 여기에도 [사료2](b)에서와 마찬

37) 茂在寅男, 「遣唐使船と日中間の航海」, 『遣唐使時代の日本と中國』, 小學館, 1982.
38) 榎本涉, 「明州市舶司と東シナ海海域」, 『東アジア海域と日中交流─九~一四世紀─』, 吉川弘文館, 2007 ; 橋本雄, 「中世の國際交易と博多─'大洋路'對'南島路'─」, 『前近代の日本列島と朝鮮半島』, 山川出版社, 2007.

가지로 '新羅人'의 到來가 보이고 있기 때문이다. [사료2](a)의 '신라인'
과 [사료2](b)의 '신라해적'은 [사료2]의 전체구조 속에서 보면, 유사한
항로 이용패턴을 가진 집단으로 볼 수 있는 개연성이 있다.[39] 따라서,
本節에서는 [사료2](a)의 해석을 통해, [사료2](b)에 보이는 '신라해적'의
이용항로를 推察해보고자 한다.

먼저, [사료2](a)의 '大唐新羅人來者'의 해석에 대해서이다. 앞에서는
(a) 구절 전체를 '大唐新羅人으로 오는 자와, 本朝의 入唐使 등은 이 섬
을 지나지 않는 경우가 없습니다.'로 해석한 바 있다. 거기서는 일단 '大
唐新羅人來者'를 '大唐新羅人으로 오는 자'라고 이해해두었지만, 매끄
럽지 않은 게 사실이다.[40] 따라서 이 부분의 해석을 보다 명확하게 해둘
필요가 있다고 생각된다.

여기서 특히 문제가 되는 것은 '大唐新羅人'의 해석이다. 이것을 '(大)
唐의 新羅人'으로 이해할 것인가, 아니면 '(大)唐人과 新羅人'으로 이해
할 것인가가 관건이다. 그런데, '大唐新羅人'이라는 文言을 보면, '나라
이름(大唐)+나라이름(新羅)+사람(人)'의 구조로 되어 있다는 것을 알 수
있다. 그렇다면 이와 유사한 용례를 찾아 그로부터 합리적인 해석을 도출
할 수 있지 않을까?

'나라이름+나라이름+사람'의 구조를 가진 文言이 보이는 사례로 우선
新羅의 金石文을 들 수 있다. 新羅 下代에 만들어진 이들 塔碑에서 '有唐
+新羅國+僧侶名'을 비롯하여, '大唐+新羅國+僧侶名', '唐+新羅國+王
名'의 용례가 확인되는 것이다.[41] 그러나 종래의 연구는 그 해석을 둘러

---

39) 본고 [사료2]의 <해석>부분을 참조할 것.
40) 위의 주39)와 동일.
41) ①「雙溪寺眞鑑禪師大空塔碑」(887年)의 '<u>有唐新羅國</u>, 故知異山雙谿寺, 教
諡眞鑑禪師, 碑銘幷序', ②「聖住寺郎慧和尙白月葆光塔碑」(890年以後)의
'<u>有唐新羅國</u>, 故兩朝國師, 教諡大朗慧和尙, 白月葆光之塔碑銘幷序', ③「深

싼 논란을 명확하게 해결해주지 못하고 있는 형편이다.[42]

다만, '有'라는 글자가 경우에 따라 사람의 집단이나 나라이름 등에 붙는 말로도 사용된다는 점에서,[43] '有唐'은 '唐(國)'과 같은 의미라는 것을 미루어 짐작할 수 있다. 게다가 '唐'을 '大唐'으로 표기하는 경우는 비교적 흔한 예이기 때문에, '有唐新羅國' 혹은 '大唐新羅國'을 '唐新羅國'과 같은 의미로 이해해도 좋을 것이다. 이렇게 되면 그 다음 단계로써 '唐新羅國'을 구체적으로 어떻게 해석하는가하는 문제가 남는다.

금석문에 보이는 용례의 경우 僧侶名 및 王名이 單數로 나타나고 있기 때문에, '당국의 아무개 승려(혹은 왕)와 신라국의 아무개 승려(혹은 왕)'과 같은 식으로 해석하기는 힘들다고 생각된다. 남은 것은 '唐의 新羅國'으로 이해하는 방식이다. 다만, 이와 같이 해석하게 되면, 당시의 唐과 新羅가 상하관계·종속관계에 있었는가가 자연스레 문제시된다.

이와 관련하여 권덕영 씨는 최근의 논고에서, '有唐新羅國' 혹은 '大唐

源寺秀澈和尙楞伽寶月塔碑」(893年/1714年重建)의 '有唐新羅國, 良州深源寺, 故國師, 秀澈和尙, 楞伽寶月靈塔碑銘幷序', ④「崇福寺碑」(896年)의 '有唐新羅國, 初月山, 大崇福寺碑銘幷序', ⑤「鳳巖寺智證大師寂照塔碑」(893年撰述/924年建立), '大唐新羅國, 故鳳巖山寺, 敎諡智證大師, 寂照之塔碑銘幷序', ⑥「寧越興寧寺澄曉大師塔碑」(924年撰述/944年建立)의 '有唐新羅國, 師子山, □□□□□, 敎諡澄曉大師, 寶印之塔碑銘幷序', ⑦「鳳林寺眞鏡大師寶月凌空塔碑」(924年)의 '有唐新羅國, 故國師, 諡眞鏡大師, 寶月凌空之塔碑銘幷序', ⑧「太子寺郞空大師碑」(954年)의 '新羅國, 石南山, 故國師, 碑銘後記(中略)白之所記者, □以, 大師於唐新羅國景明王之天祐年中, 化緣畢已, 明王諡號銘塔, 仍勅崔仁滾侍郞, 使撰碑文.(後略)', 이상 여덟가지 사례가 확인다. ①~⑤·⑦은 韓國古代社會硏究所 編,『譯注 韓國古代金石文』Ⅲ, 駕洛國史跡開發硏究院, 1992을 참고하였으며, ⑥·⑧은 韓國歷史硏究會 編,『譯注羅末麗初金石文』上·下, 혜안, 1996을 참고하였다.

42) 韓國古代社會硏究所 編, 앞 주41)의 책; 韓國歷史硏究會 編, 앞 주41)의 책에서는 그를 단순히 '新羅國'으로 해석하고 있다.

43) 藤堂明保 編,『漢字源(改訂第4版)』, 學硏, 2009, 733쪽.

新羅國' 등의 표현으로부터 자국을 貶下하면서 唐 중심의 세계질서에 충실하고자 하였던 신라 하대의 사회풍조를 엿볼 수 있다고 지적한 바 있다.[44] 구법승, 유학생 등에 의한 '西學' 활동의 영향으로 신라사회 전반에서 自尊意識이 약화되었다는 것이다. 즉, '有唐新羅國' 혹은 '大唐新羅國'이라는 용어는 실질적인 상하・종속관계의 산물이라기보다 신라인들의 특수한 자기표현 방식이었다고 해야 할 것이다.

이상의 검토로부터, '唐의 新羅國 아무개 승려(혹은 왕)'이라는 해석방법을 도출할 수 있었지만, 이는 '당의 영향력 아래에 있는 신라국 아무개 승려(혹은 왕)'이라는 뉘앙스가 강한데다가, 신라 국내에서 사망한 사람들에 대한 신라인의 자기인식이 고스란히 반영된 표현이기 때문에, [사료2](a)에 보이는 '大唐新羅人'의 성격과는 차이가 있다고 판단된다.

형태만 비슷할 뿐 전혀 다른 성격을 가진 신라의 금석문보다는, 일본 측 사료에 보이는 유사 용례에 주목할 필요가 있다.

[사료11] 『續日本紀』 寶龜11年(780) 正月 癸酉(7日)條
癸酉. 宴五位已上, 及唐新羅使於朝堂, 賜祿有差.

위의 [사료11]에는 '唐新羅使'라는 표현이 보인다. 이는 '나라이름 (唐)+나라이름(新羅)+사람(使)'의 구조를 띠고 있다는 점, 일본인의 인식에 바탕을 둔 외국인 표기법이라는 점에서 [사료2](a)의 '大唐新羅人'의 용법과 매우 유사하다고 할 수 있다. 바꾸어 말하면, [사료11]의 '唐新羅使'가 '唐의 新羅使(혹은 唐에 있던 新羅使)'를 가리키는지, 아니면 '唐使와 新羅使'를 가리키는지에 따라 [사료2](a)에 보이는 '大唐新羅人'의 해

----

44) 權悳永, 「8, 9세기 신라인의 '西學' 활동」, 『(專修大學社會知性開發研究센터)東アジア世界史研究センター年報』2, 2009, 99쪽.

석방법도 결정될 수 있음을 뜻한다.

[사료11]은 5位 이상의 귀족 및 '唐新羅使'를 위해 조당에서 향연을 베풀고, 차등을 두어 祿을 지급했다는 내용을 전하고 있다. 따라서 향연에 참석한 '唐新羅使'의 실체를 알기위해서는 당시 외국 사절의 訪問現況을 살펴보면 되리라 생각된다.

호키(寶龜) 11년(780) 정월 이전에 來日한 사절로는 우선, 호키 10년의 新羅使 金蘭孫을 들 수 있다.45) 이어, 일본 조정이 大宰府에 勅하여, 唐客 高鶴林 등 5인과 신라사신을 함께 入京시킬 것을 명하는 기사로부터 당사신 高鶴林의 존재를 확인할 수 있다.46) 게다가 이듬해인 호키 11년 정월 2일에는 고닌천황(光仁天皇)이 大極殿에서, 唐使 判官 高鶴林과 新羅使 薩湌 金蘭孫의 朝禮를 받고 있는 장면이 보인다.47) [사료11]의 향연은 바로 그 며칠 후에 베풀어진 것이라 생각할 수 있는 것이다. 따라서, [사료11]의 '唐新羅使'란, 唐使 高鶴林과 新羅使 金蘭孫을 가리키는 것이라 볼 수 있으며, 결국 이것은 '唐使와 新羅使'의 축약된 표현이라 이해할 수 있다.

이상을 참고한다면, [사료2](a)의 '大唐新羅人'는 '(大)唐人과 新羅人'이라 풀이할 수 있다. '大唐新羅人來者'도 '당인 및 신라인으로 오는 자'로 해석하면 자연스러울 것이다.

단, 여기서 유의해야 할 점은, '大唐新羅人'이 '唐의 新羅人', '唐에 있던 新羅人' 즉 在唐新羅人을 직접적으로 가리키는 표현이 아니라 하더라도, 그 '新羅人'이 唐으로부터 왔을 가능성은 여전히 존재한다는 사실이다. 왜냐하면, [사료2](a)의 '大唐新羅人來者, 本朝入唐使等, 莫不經歷此嶋.'라는 文言 속에서는 '新羅人'이 '(大)唐人'과 '本朝入唐使 等'의

----

45) 『續日本紀』 寶龜 10年(779) 10月 乙巳(9日)條.
46) 『續日本紀』 寶龜 10年(779) 10月 癸丑(17日)條.
47) 『續日本紀』 寶龜 11년(780) 正月 巳巳(2日)條.

가운데에 위치하고 있어, 문맥의 전후에 나오는 사람들, 즉 당인 및 견당사와 같은 방식으로 고토경유루트를 이용했다고 볼 수 있기 때문이다. 앞에서 살펴본 바와 같이 당시 '당인'들은 '商人' 내지 '通事'의 신분으로 고토열도를 왕래하고 있었고,48) 일본의 견당사절 또한 고토열도를 최종 기항지로 하여 唐을 오고갔는데,49) 그와 마찬가지로 신라인들도 고토열도를 경유하여 일본과 당 사이를 왕래하였을 가능성을 점쳐볼 수 있는 것이다.

다음으로는 '莫不經歷此嶋'에 대해서 살펴보고자 한다. 이것은 '이 섬을 지나지 않는 경우가 없다'는 의미이다. 다시 말하면, '당인, 신라인, 견당사가 거의 예외 없이 이 섬, 즉 고토열도를 경유하여 오고 갔다'는 뜻이다. 항해의 頻度와 傾向性을 이야기하고 있는 것이다.

日唐間의 交通은, 8세기 초엽을 기점으로 하여, 이키・쓰시마경유루트(=北路=新羅道) 중심에서 고토경유루트(=南路) 중심으로 전환되어 갔지만, 일본・신라 간의 왕래에서는 9세기 이후에도 여전히 이키・쓰시마경유루트가 우세했다.50) 반면, 일본・신라 간의 항해에서 고토경유루트가 제대로 기능한 예는 찾아보기 힘들다.51) 따라서, 9세기 이후 신라인이 거의 예외 없이 고토열도를 경유하여 來日하였다는 것은, 그들이 唐과 日本을 잇는 직항로를 이용해서 왔다는 것을 의미한다고 말할 수 있다.

신라인이 한반도와 일본열도 사이가 아니라, 당과 일본열도 사이를 왕래했다는 것을 입증하기 위해서는, 신라인이 당의 어딘가에 거점을 두고 있었다는 것이 전제조건으로써 성립해야 한다. 즉, 신라인 거류지의 존재가 확인되어야 하는 것이다. 山東半島 주변의 신라인 사회에 대해서는,

48) [사료8], [사료9], [사료10] 등.
49) [사료7] 등.
50) 田島公, 앞 주24)의 논문.
51) [사료3], [사료4], [사료5], [사료6] 등.

『入唐求法巡禮行記』의 많은 기사로부터 그 실체가 상당 부분 밝혀졌지만,[52] 江南地域, 즉 長江 以南 지역의 신라인 사회에 대해서는 상대적으로 관심이 적었기 때문인지 주목을 받지 못했던 것이 사실이다. 그러나 최근 몇몇 연구들에 의해 그 모습이 점차 분명해지고 있다.[53]

그 가운데, 9세기 중엽 동아시아의 정치적 변동에 의해 長江 以南으로 내려온 신라인들이 증가하게 되었다는 사실은 매우 주목된다.[54] 바로 그와 같은 움직임이 교류의 형태에 있어서도 새로운 변화를 초래하였기 때문이다.

강남 지역에 거점을 두게 된 신라인이, 그 무렵 성장한 唐人集團(=唐商人)과 協業關係를 맺고 日唐間의 海域에서 활동하게 된 것은 변화의 대표적인 사례라고 할 수 있다.[55]

당시의 현실을 잘 반영하고 있는 것이 아래의 [표]에 보이는 商人의 國籍表記 混在이다. 이에 대해, 에노모토 와타루(榎本涉) 씨는, "唐商人이란, 당에서 일본으로 온 상인, 즉 신라로부터 온 것이 아닌 상인, 일반을 가리키며, 민족적 구분으로 말하면 원래부터 신라인을 포함할 수 있는 개념"이라고 지적하고, "재당신라인이 교역에 있어 좋은 대우를 받기 위해, 의도적으로 당상인으로서의 측면을 강조한 것일 수도 있다"고 설명했다.[56]

....

52) 小野勝年, 『入唐求法巡禮行記の研究』全4卷, 法藏館, 1964 등.
53) 권덕영, 『在唐新羅人社會研究』, 一潮閣, 2005; 田中史生, 「江南の新羅人交易者と日本」, 『前近代の日本列島と朝鮮半島』, 山川出版社, 2007; 朴現圭, 「台州地區의 羅麗遺跡과 地名에 관한 考察」, 『新羅文化』31, 2008; 田中史生, 『境の古代史 : 倭と日本をめぐるアジアンネットワーク』, ちくま新書, 2009 등.
54) 田中史生, 앞 주53)의 논문 및 앞 주53)의 책.
55) 榎本涉, 「新羅海商と唐海商」, 『前近代の日本列島と朝鮮半島』, 山川出版社, 2007.
56) 榎本涉, 앞 주55)의 논문, 86~87쪽.

협업관계 속에서 주도권을 쥐고 있었던 것이 신라인이었는가, 당인이었는가 하는 점을 판단하기는 매우 어려운 일이지만, 적지 않은 신라인이 9세기 중후반까지 日唐交流에 참가하고 있었던 것은 분명하다고 할 수 있을 것이다. [사료2](a)의 내용이 그와 같은 시대상과 부합한다는 것은 결코 무시할 수 없는 일이라 하겠다.

[표] 9세기 일본에 來着한 商人의 국적표기

區分	商人名	移動時期	國籍表記	移動	記事의 性格	出典	備考
A	李少貞	820	唐人	唐→日		『紀略』弘仁11/ 4/ 27	新羅人 王請, 唐人張覺濟 형제와 관련이 있는 것으로 추정됨(行記:開成4/1/8)
		842	新羅人	羅→日		『續後紀』承和9/1/10	
	欽良暉	847	新羅人	唐→日		『行記』大中元/6/9	
			*唐人			『續後紀』承和14/10/2	
			*新羅商船			『續後紀』承和15/3/26	
			*本國船		円仁卒傳	『三代』貞觀6/1/14	
		852	大唐國商人	唐→日	円珍, 公驗신청을 위해 求法旅程을 奏上	『平安遺文』4494(『園城寺文書』42)	円珍 入唐船
		853		日→唐			
	金珍	847	新羅人	唐→日		『行記』大中元/6/9	
			唐人·唐客		太政官符	『行記』承和14/10/19·11/14	
			*唐人			『續後紀』承和14/10/2	
			*新羅商船			『續後紀』承和15/3/26	
			*本國船		円仁卒傳	『三代』貞觀6/1/14	
	金子白	847	新羅人	唐→日		『行記』大中元/6/9	
			*唐人			『續後紀』承和14/10/2	

	王超	853	大唐商人		大宰府公驗(渡航証明書)	『平安遺文』102	入唐할 때 신청
			大唐商客	日→唐	円珍, 大宰府公驗을 申請	『平安遺文』103(『園城寺文書』14-1)	円珍, 入唐할 때 다시 신청
			新羅商人		円珍, 台州公驗(求法証明書)을 申請	『平安遺文』124(『園城寺文書』17-3)	歸國 전에 台州公驗을 申請. 乘船으로 報告
B	李延孝	853	大唐商客	日→唐	円珍, 大宰府公驗을 申請	『平安遺文』103(『園城寺文書』14-1)	
		856	渤海國商主	日→唐	円珍, 台州公驗(求法証明書)을 申請	『平安遺文』124(『園城寺文書』17-3)	
		858	本國商人	唐→日	円珍, 台州公驗(求法証明書)을 申請	『平安遺文』127(『園城寺文書』16-3)	歸國 전에 歸國予定船으로 報告
			商人			『平安遺文』4492(『園城寺文書』42)	
		861	大唐商人	在日	眞如親王, 入唐을 위해 大宰府로 이동. 鴻臚北館에 滯在	『五家傳』頭陀親王入唐略記	李延存으로 표기되어 있음. 李延存=李延孝인가?
		862	大唐商人	唐→日		『三代』貞觀4/7/23	安置供給
		865	大唐商人	唐→日	大宰府言上	『三代』貞觀7/7/27	安置供給
	李英覺	856	渤海國商主	日→唐	円珍, 台州公驗(求法証明書)을 申請	『平安遺文』124(『園城寺文書』17-3)	
			本國商人	唐→日	円珍의 求法目錄	『平安遺文』4480(『園城寺文書』29)	目錄은 歸國 전에 작성, 歸國 후 요시후사(良房)에게바침
C	李隣德	842	-	唐→日	惠蕚의 歸國船 提供에 관한 대화	『行記』會昌2/5/25	
			-		円仁이 會昌2年의 일을 회상	『行記』會昌5/7/5	
		845	-	日→唐	譯語 劉愼言 의 서신	『行記』會昌6/1/9	日本客과 함께 歸唐
	陶中	841	-	日→唐	円仁과 新羅譯語 劉愼言를 맺어주는 인물로 묘사	『行記』會昌2/5/25 · 10/13	入唐僧을 위해 물품을 운송
		846	-	在唐	譯語 劉愼言 의 서신	『行記』會昌6/1/9	

| 金文習 | 862 | 唐人 | 日→唐 | 眞如親王 入唐船의 乘船員 | 『五家傳』頭陀親王入唐略記 | |

[범례]

1) *표시는 商人 개인에 대한 표기가 아니라, 그 선박 전체에 대한 것을 가리킨다.
2) 구분 A는 '新羅人一唐人', B는 '渤海人一唐人'의 國籍表記 혼재. C는 국적표기는 보이지 않지만, 新羅人으로 간주되는 경우이다. C의 '李隣德'을 신라상인으로 보는 이유에 대해서는, 龜井明德, 「鴻臚館貿易」, 『新版 古代の日本③ 九州・沖繩』, 角川書店, 1991 및 田中史生, 「江南の新羅人交易者と日本」, 『前近代の日本列島と朝鮮半島』, 山川出版社, 2007을, '陶中'과 '金文習'을 신라상인으로 보는 이유에 대해서는, 李炳魯, 「고대 일본열도의 '신라상인'에 대한 고찰-장보고 사후를 중심으로-」, 『日本學』15, 1996을 참고하면 좋다.

　항해의 자연·환경적 조건이라는 관점에서도, '죠간 11년 신라해적'의 來日航路를 추정해보는 것은 가능하다. 모리 가쓰미(森克己) 씨는 시기별 계절풍을 분석하여, 4·5월~7·8월 무렵, 대체로 南風이 우세함을 밝힌 후, 이 기간 동안, 많은 이들이 바람을 이용하여 당에서 일본열도로 이동하였다고 논하였다. 통계적으로 보더라도 中國商船이 大宰府에 도착하는 것은 6월 무렵이 가장 많았다고 한다.[57] 흥미로운 점은, '죠간 11년 신라해적'이 하카타에 모습을 드러낸 것도 5월말이었다는 사실이다. 이로부터, '신라해적'이 계절풍이라는 자연·환경적 조건을 이용하여, 來日하였을 가능성이 상정되는 것이다.

　15~16세기 무렵에 성립된 일본지도에서는 이키·쓰시마 및 고토에 대한 인식차이가 확연하게 드러나는데, 이와 같은 사실에서도 '신라해적'의 來日航路를 推察해볼 수 있다. 다나카 다케오(田中健夫) 씨가 지적하고 있는 것처럼, 朝鮮人·中國人의 壹岐·對馬 및 五島에 대한 인식의 차

---

57) 森克己, 「日宋交通と海洋の自然的制約」, 『續日宋貿易の硏究』, 國書刊行會, 1975.

이로부터 지역 간 교류가 띠고 있던 양상을 엿볼 수 있는 것이다.[58]

　　먼저, 朝鮮王朝의 申叔舟가 편찬한 『海東諸國紀』(1471년 성립) 所收 「海東諸國總圖」의 지리인식에 대해서이다. 이 지도에는 壹岐와 對馬가 상세하게 그려져 있는데 대해, 五島는 하나의 자그마한 섬으로 묘사되고 있어, 한반도 측에서 이키・쓰시마 경유루트를 중요시 하였다는 것을 짐작할 수 있게 한다. 한편, 明 末期에 鄭若曾이 편찬한 『籌海圖纂』(1561년 성립) 所收 「日本國圖」에는, 이키・쓰시마가 간소하게 그려지고 있는데 대해, 고토는 규슈(九州)의 반 정도 되는 크기로 그려져, 고토가 중국 측으로부터 중요시되었다는 것을 엿볼 수 있다.[59]

　　이상의 내용은 15~16세기 단계에도, 한반도-일본 간 교통에는 이키・쓰시마경유루트, 중국-일본 간 교통에는 고토경유루트의 도식이 적용될 수 있음을 말해주고 있다. 이것은 역으로 [사료2]에서 고토열도를 경유하여 來日했다고 되어 있는 '죠간 11년 신라해적'이 한반도가 아닌 중국대륙의 한 지점에서 왔을 가능성을 웅변해준다고 할 수 있다.

5. 맺음말

　　종래에는, 죠간 11년(869) 하카타에 나타나 부젠국의 연공 견면을 탈취하여 달아난 '신라해적'을, '신라에서 온 해적'으로 파악하는 게 당연시 되었다. 그러나 그와 같은 이해는 9세기 이후 급격하게 확대된 신라인의 해상활동의 범위를 간과하고, 일본열도와 한반도라는 제한된 영역 속에

---

58) 田中健夫, 「海外刊行の日本の古地圖」, 『對外關係と文化交流』, 思文閣出版, 1982.
59) 田中健夫, 앞 주58)의 논문, 356~357쪽의 지도를 참조.

서 생각해온 결과물이기에 받아들이기 어려운 측면이 있다.

이에 본고에서는 '죠간 11년 신라해적'이 고토열도를 경유하여 來日하였다는 사실에 주목하여, 그것을 日唐交通의 맥락에서 바라봐야 함을 지적하였다. 실제로, 고토경유루트는 한반도와 일본열도를 잇는 교통로로써 제 기능을 하지 못한 반면, 일본과 당 사이에서 遣唐使, 求法僧, 商人 등의 왕래를 돕는 바닷길의 역할을 담당하였던 것이다.

한편, 일본열도의 대외교역관리시스템이 변화한 것에 대해 唐商人과의 協業體制로 대응했던 在唐新羅商人의 동향은, '죠간 11년 신라해적'의 성격을 究明하는 데 있어 하나의 실마리가 될 수 있기에 금후의 상세한 검토를 기약한다.

제1장 | 대외관계로 본 고대

9

10세기 일본의
정치적 상황과
한일관계

김현우*

1. 서론

동아시아 세계에서 10세기는 변혁의 시기였다. 중국에서는 당제국의
멸망 후 분란의 시대를 거쳐 송이 건국되었고 한반도에서는 후삼국으로
의 분열을 거쳐 통일신라와 발해가 붕괴하고 고려가 성립하였다. 일본의
경우는 국가가 바뀐 것은 아니었지만, 율령체제를 기반으로 한 통치체계
가 무너지고 지방각지에서 난이 일어났다.

이렇게 10세기의 동아시아 세계는 동란에 휩싸여 시대변혁을 겪고 있
었으나 이러한 시기에도 한중일 삼국은 교류를 지속해왔다. 또한 동란
속에서 각국은 각자의 이익을 위해 이 교류관계를 이용하여 왔다. 특히
한국과 일본은 지리상의 가까움에 의해 사적으로 잦은 교류가 이루어졌
다. 이러한 사적인 교류를 공적인 것으로 전환하려는 노력도 종종 보여지
고 있다. 특히 후백제는 일본에 사신을 파견하여 국교를 맺기 위한 노력

* 일본중세사 京都大學 文學研究科 석사과정

을 한 것으로 알려져 있다. 이러한 후백제의 시도는 비록 실패하였으나 이 사건은 후삼국시대의 한일관계를 보여주는데 중요한 단서를 제공해주고 있다.

이후, 후삼국을 통일한 고려는 일본에 사신을 파견하여 국교를 맺기 위해 노력하였다. 이 요구에 대해서도 일본은 거부의 자세를 보였다. 일본은 중국에서 온 사신에게 대해서는 비교적 우호적인 태도를 보였던 것에 반해 한반도의 국가들에게서 온 사신들에 대해서는 소극적이며 경계적인 태도를 보였던 것이다.[1]

일본의 이러한 소극적인 태도에 대해서는 이전 시기 신라와의 관계가 악화되면서부터 생겨난 태도라는 것이 기존의 설명이다. 그러나 이러한 고려에 대해 일본이 경계적 자세를 지니고 있었다는 정리를 통해서는 대한반도 정책을 통해 일본이 얻고자 하였던 이익들에 대한 충분한 설명이 되지 못한다고 생각한다.

한반도 국가들의 국교 수립 요구에 대해 일본이 수락 혹은 거부의 의사를 결정할 때는 분명 그로 인해 얻어지는 이익을 상정할 수밖에 없다. 한국과 중국에서 발생한 동란의 영향을 받지 않기 위해 이를 거부하였다는 설명은, 이미 동란의 시기를 맞이한 일본을 생각해 볼 때 재검토되어야 된다고 생각된다. 따라서 10세기에 일본이 후백제와 고려의 요구에 대해 어떻게 대응하였는가를 재검토하고, 일본이 이를 통해 어떠한 이익을 창출하였는가를 밝히고자 한다.

---

1) 石上英一, 「日本古代10世紀の外交」, 『日本古代史講座』7, 學生社, 1982.

2. 후백제의 일본교섭의도

후백제는 922년과 929년 두 차례에 걸쳐 일본에 사신을 파견하였다. 이 사신 파견에는 공통적으로 조공할 뜻을 표명하고 있었다. 한반도의 국가가 스스로 일본에 조공하겠다고 표명한 것은 이때가 처음이었다. 후백제가 일본에 교섭을 시도한 것에 대해서는 中村榮孝와 石上英一, 石井正敏, 나종우, 신호철에 의해 언급된 바 있다.[2]

후백제의 대일본 교섭시도와 일본의 거부에 대해 中村榮孝는 견당사 폐지 이후 일본의 소극적 외교성향을 보여주는 하나의 일례로 파악하였다. 그리고 石井正敏는 후백제가 대 고려·신라 전쟁을 유리하게 전개하기 위해서였을 것이라고 간략하게 언급하고 있다. 石上英一는 후백제의 의도가 신라와 일본의 접촉을 막고 후방의 안전을 도모하기 위함으로 파악하였다. 나종우는 후백제의 교섭시도는 지배의 정당성을 대외적으로 확인받기 위함으로 파악하고 있으며, 신호철은 후백제가 일본과 무역을 원했기 때문이라고 언급하였다. 이들의 연구는 모두 타당하지만 부족한 면이 없지 않다.

왜냐하면 中村榮孝의 의견은 후백제사 파견의 의도를 파악하지 않은 채, 이를 거절한 일본의 대외자세만을 바라보았다는 점에서 미흡한 부분이 있다고 생각된다. 石上英一의 의견은 신라와 일본의 접촉 가능성에 대한 설명이 없는 것이 아쉽다. 후백제 성립을 일본에게 인정받으려 했다는 나종우의 설은 900년에 성립한 후백제가 20여 년이 지난 시점에서

---

2) 羅鍾宇, 「高麗前期의 對外關係史硏究」, 『國史觀論叢』29, 國史編纂委員會, 1991, 163~164쪽; 申虎澈, 『後百濟甄萱政權硏究』, 一潮閣, 1993, 140~145쪽; 中村榮孝, 『日鮮關係史硏究』上, 吉川弘文館, 1965, 131~133쪽; 石井正敏, 「日本と高麗」, 『海外視点 日本の歴史』5, ぎょうせい, 1987, 162쪽; 石上英一, 위의 논문, 118~123쪽.

이를 일본에게 인정받고자 하는 의도에 대한 논증이 없다. 후백제가 일본과의 교역을 원했다고 하는 신호철의 의견 또한 쉽게 받아들여지지 않는다. 후백제가 다른 국가와 달리 일본에게만 무역의 목적을 가졌다는 것이 쉽게 납득이 되지 않기 때문이다.[3] 石井正敏의 연구 역시 고려와 일본의 관계를 설명하기 전에 후백제가 일본에 사절을 파견했다고 하는 사건의 존재를 알려주는 것에 불과하다. 따라서 후백제가 일본에 사신을 보낸 목적에 대해 좀 더 고찰할 필요가 있다고 생각된다.

　　먼저 후백제사의 도일에 대한 사료들을 살펴보자.

[사료 1]『扶桑略記』廿四 裡書 延喜 廿二年 六月 五日條(922)

六月五日, 對馬嶋新羅人到來, 早可從却歸之由, 官符給宰府了,

[사료 2]『本朝文粹』第卷十二 牒

太宰府苔新羅返牒　　　　菅 淳 茂
却歸使人等事
伏思, 当國之仰貴國也, 禮敦父事, 情比孩提, 唯甘扶轂執鞭, 豈憚航深棧險, 而自質子逃遁, 隣言矯誣, 一千年之盟約斯渝, 三百歲之生疎到比, 春秋不云乎, 親仁善隣, 國之寶也, 魯論語曰, 不念舊惡, 是宜恩深含垢, 化致慕羶, 今差專介, 冀藏卑儀, 都統甄公, 內撥國亂, 外守主盟, 聞彼勳賢, 孰不欽賞, 然任土之琛, 藩王所貢, 朝天之禮, 陪臣何專, 代大匠而採刀, 慕庖人而越俎, 雖誠切攀龍, 猶嫌忘相鼠, 縱宰府

---

3) 특히, 신호철은 후백제가 정치, 군사적 필요에 의해 오월, 거란 등과 관계를 맺으려고 하였다고 서술하는 반면에 일본의 경우는 다만 교역을 원해서였다고 서술하고 있다. 이는 재고의 여지가 있다고 생각된다.

忍達金闕之前, 而憲台恐安玉條之下, 仍表函方物, 併從却廻, 宜稽之
典章, 莫疎隔, 過而不改奈其余何. 但輝嵒等, 遠疲花浪, 漸移葭灰, 量
給官粮, 聊資歸路, 今以狀牒, 牒到准狀, 故牒,

延喜 年 月 日

[사료 3] 『扶桑略記』廿四 醍醐 延長 七年 五月 十七日(929)

五月十七日, 新羅甄萱使張彦澄等二十人, 來着對馬嶋, 持送太宰府
司書狀幷信物, 又送嶋守坂上經國書及信物等, 請向府, 彦澄辭云, 彼
國如古欲進調貢, 爲蒙大府仰, 奉向彦澄等云々, 嶋司守憲法拘留, 彦
澄等俯地申云, 本國之王深存人觀之情, 重致使信之勞, 空從中途歸
去, 身命難爲存, 嶋司猶狗使, 以事由言上府, 々卽申太政官其送府書,
序欲事朝廷之由, 送嶋書謝送歸彼國飄蕩人之事, 先是, 去正月十三
日, 新羅交易海藻於貪羅嶋之□, 飄蕩着對馬下縣郡, 嶋守經國加安
存給粮食, 幷差加擬通事長岑望通, 檢非違使泰滋景等, 送歸全州, 三
月廿五日, 滋景獨還來, 申云, <u>全州王甄萱擊幷數十州, 稱大王</u>, 望通
等到彼州之日, 促座緩頰, 慇懃語曰, 萱有宿心, 欲奉日本國, 前年不
勝丹疑, 進上朝貢, 而稱陪臣貢調被返却也, 一日欲稱寡者, 且爲奉本
意, 本意已遂, 裝船特進朝貢之間, 汝等幸過來, 因狗留望通慇免滋景,
初經國歸飄蕩人之時, 牒送全州, 全州後寄彦澄送返牒, 陳謝恩情, 兼
述願朝貢之深疑, 及注可進發復禮使李榮等之由, 而李榮遂不來,

[사료 4] 『扶桑略記』廿四 醍醐 延長 七年 五月 廿一日(929)

廿一日, 太政官符太宰府, 新羅人張彦澄等資粮從放歸, 幷令文章博
士修太宰對馬返牒書狀案下遣, <u>太宰牒略云, 潘固致計, 自成警關之
勤</u>, 人臣無私, 何有逾境之好, 故猥存交通, 春秋遣加貶之誠, 曲求面

觀, 脂粉絶爲容之勞也, 輝嵒早歸, 區陳旨意, 何亦彦澄重到, 頻示晤
言, 空馳斷金之情, 未廻復圭之慮, 爰守典法, 卽從却歸, 云々, 對馬牒
略云, 前救溺頂之危, 適成援手之慮, 非是求隣好, 唯爲重人生云々,
其廻放之旨, 同府牒, 其大貳書略云, 納貢之禮, 蕃王所勤, 輝嵒先來,
已乖□例, 彦澄重至, 猶有蹇違, 縱改千萬之面, 何得二三其詞, 所贈
方奇, 不取依領, 人臣之義, 已無外交云々, 對馬守書, 且絶私交, 不受
贈物,

위의 [사료 1]과 [사료 2]는 922년의 것이고 [사료 3]과 [사료 4]는
929년의 것이다. 위 사료들에서 공통적으로 보이는 것은 사신들이 다자
이후에는 들어오지도 못하고 쓰시마에서 돌려보내졌다는 것과, 일본 측
에서 후백제사를 신라사로 표현하고 있는 점이다. 일반적으로 이 사료들
은 이후의 시기에 고려에서 보낸 서신들과 함께 일본의 소극적 외교대응
과 신라에 대한 적대의식 표출의 근거로 제시되었다.[4] 그러나 한반도의
국가를 번국으로 생각하고 있던 일본의 입장에서 후백제의 조공은 그렇
게 나쁜 이야기만은 아니었을 것이다. 그럼에도 불구하고 일본 측이 이를
거절한 이유는 무엇이었을까. 또한 후백제는 吳越에게 조공한 것[5])에 이
어서 왜 일본에까지 조공을 하려던 것이었을까.

선행연구에서는 후백제의 조공사 파견에 대하여 일본과의 교역을 위
한 것이었다고 언급하는 것이 대부분이다.[6] 조공과 보빙이라는 고대 동
아시아 지역의 무역형태로 파악하기 때문이다. 그러나 후백제의 일본 교
섭은 무역을 위함이라고 단정할 수 없는 여러 가지 요소가 존재한다. 이

---

4) 中村榮孝, 앞의 책, 132~133쪽.
5) 『三國史記』卷50 列傳 甄萱 孝恭王 4年條.「遂自稱後百濟王 設官分職 是唐
　　光化三年 新羅孝恭王四年也 遣使朝吳越 吳越王報聘 仍加檢校太保 餘如故」
6) 申虎澈, 앞의 책, 140~145쪽; 中村榮孝, 위의 책, 131~133쪽.

에 대해 살펴보고자 한다.

옛 백제의 영역을 점유하고 있던 甄萱은 900년 신라로부터 독립하여 후백제를 세우고 왕이 되었다. 스스로 왕이 된 견훤이 가장 먼저 한 대외 교섭은 중국에 사신을 파견하여 책봉을 받는 것이었다.[7] 이는 대외적으로 독립국이 되었음을 인정받는 것이다. 당시 중국은 당이 멸망하기 직전으로 각 지역에 여러 세력이 난립하고 있던 때로, 그중에서도 견훤은 현 저장성(浙江省)에 위치했던 吳越에게 사신을 파견하였다. 그 후 후백제는 신라를 공격하여[8] 신라와의 전쟁상태에 들어갔다.

당시 북쪽에 위치했던 弓裔는 고구려를 계승하였다는 의미에서 국호를 '고려'라 칭하고 왕이 되었다. 이 궁예는 신라의 왕자 출신으로 태어나 자마자 살해당할 뻔했기 때문에[9] 신라에 대한 적의가 심하여[10] 신라의 북쪽 지역을 자주 침공하였다.[11] 따라서 900~910년의 기간 동안 후백제는 궁예와의 충돌 없이 안정적인 체제유지가 가능하였다. 그러나 910년 궁예가 진도공격[12]을 시작으로 911년 錦城(현 전라남도 나주)을 침공하자 후백제는 궁예와 전쟁상태에 돌입하게 되었다.[13] 실질적으로 진도는

----

7) 앞의 사료.
8) 『三國史記』卷50 列傳 甄萱 孝恭王 5年條.
9) 『三國史記』卷50 列傳 弓裔傳條.「弓裔 新羅人 姓金氏 考第四十七憲安王誼靖 母憲安王嬪御 失其姓名 或云 四十八景文王膺廉之子 以五月五日 生於外家 其時屋上有素光 若長虹 上屬天 日官奏曰 此兒以重午日生 生而有齒 且光 焰異常 恐將來不利於國家 宜勿養之 王勅中使 抵其家殺之 使者取於襁褓中 投之樓下 乳婢竊捧之 誤以手觸 其一目 抱而逃竄 勞養育」
10) 『三國史記』卷50 列傳 弓裔 孝恭王 9年條.「(前略)…意欲幷呑 令國人呼新 羅爲滅都 凡自新羅來者 盡誅殺之」
11) 『三國史記』卷12 孝恭王 9年 8月條.「八月 弓裔行兵 侵奪我邊邑 以至竹嶺 東北 王聞疆場日削 甚患 然力不能禦 命諸城主 愼勿出戰 堅壁固守」
12) 『三國史記』卷12 孝恭王 13年條.「十三年 夏六月 弓裔命將領兵舡 降珍島郡 又破皐夷島城」
13) 『三國史記』卷12 孝恭王 14年條; 卷50 列傳 弓裔 孝恭王 14年條; 列傳 甄萱

신라영역이었으나 금성은 후백제에게 있어서 중요한 거점이었다. 또한, 이 지역들을 상실함으로써 후백제는 남북으로 궁예에게 포위됨과 동시에 중국으로 가는 항로를 위협받게 되었다. 궁예의 금성 점령으로 인해 후백제는 궁예와 긴장상태에 들어갔지만, 본격적인 전쟁은 하지 않았다. 이는 공통된 적이 신라였기 때문으로 생각할 수 있으며, 이후 궁예의 국정이 매우 혼란한 상황에 접어들었으므로 당시 궁예 세력의 존재가 후백제에게 직접적인 위협이 되지는 않았다.

그러나 918년 궁예의 실정을 바로잡기 위해 봉기한 왕건에 의해 궁예의 정권이 붕괴하고 새 정권이 등장하면서 후백제는 새로운 위기를 맞이하였다. 견훤은 왕건의 신정권이 들어서자 사신을 보내 우호의 뜻을 전달하는 등, 북쪽의 위협을 제거하기 위해 노력함과 동시에 오월에 재차 사신을 파견하여 외교적 안정을 도모하였다.[14] 이 때 고려와 후백제는 화친을 맺었으나, 고려가 신라와 동맹을 맺어 920년 후백제의 신라 대야성 침공의 때에 원군을 파견하는 등,[15] 고려와 후백제는 여전히 대치 상태에 있었다.[16]

이렇듯 한반도 내에서 고립되었던 후백제는 922년에 처음으로 일본에 사신을 파견하였다. 후백제가 [사료 2]에서와 같이 조공하기를 원한 것은 단순한 무역이나 왕위를 인정받는 행위는 아니었다고 볼 수 있다. 그것은 [사료 2]의 밑줄 친 부분에서 알 수 있듯이 견훤의 서신에는 맹약이 거론

孝恭王14年條.

14)『三國史記』卷50 列傳 甄萱 景明王 2年 8月條.「秋八月 遣一吉湌閔邰稱賀 邃獻孔雀扇及地理山竹箭 又遣使入吳越進馬 吳越王報聘 加授中大夫 餘如故」

15)『三國史記』卷50 列傳 甄萱 景明王 4年條.「萱率步騎一萬 攻陷大耶城 移軍於進禮城 新羅王遣阿湌金律 求援於太祖 太祖出師 萱聞之 引退 萱與我太祖陽和而陰剋」

16) 申虎澈, 위의 책, 130~135쪽.

되고 있는 것에 알 수 있다. 1천년의 맹약과 이것이 끊어진지 300년이라는 얘기는 이전의 백제와 일본의 관계를 거론한 것이라고 할 수 있다. 이전의 백제와 일본의 관계라는 것은 바로 특수한 용병관계,[17] 쉽게 얘기하자면 군사동맹인 것이다. 왕건의 고려가 등장하고 고려와 신라의 동맹에 의해 후백제는 한반도 내에서 고립되었다. 우호관계를 맺고 있던 오월은 중국남부의 소국이므로 군사적 지원을 바랄 수 없는 상황이었기 때문에, 견훤은 백제의 계승국으로 일본과의 동맹관계를 재건해 군사적 지원을 얻고자 하였다고 생각된다.

그러나 이 시도는 일본의 완강한 거부로 인해서 실패하였다. 이 교섭이 실패한 이후 후백제는 양국과 전쟁을 하지 않은 채, 대치국면은 소강상태가 되었다. 그 후 924년 7월 후백제는 고려의 曹物城을 공격하였으나 실패하였다.[18] 조물성의 위치에 대해서는 경북 선산의 금오산성과 경북 금릉군 조마면, 경북 의성 등으로 여러 의견이 있으나 어찌하였든 이 성의 위치가 경상북도에 위치하고 있었다는 사실은 후백제의 조물성 공격이 지닌 의도가 고려와 신라의 교통로를 차단하기 위함이었다고 생각할 수 있다. 925년 10월에도 견훤은 조물성을 재침공하였다. 이 전투는 고려가 조물성을 수성하는데 성공하였지만 후백제와의 전쟁은 국가체제를 정비하던 고려에게 큰 부담으로 작용한 것으로 보인다. 그것은 고려가 전투 직후 후백제와 화친교섭을 하고 서로 인질을 교환하여 정전하였기

----

17) 특수용병관계론은 백제가 일본에 선진문물을 제공하는 조건으로 일본은 백제에 군사력을 제공한다는 것으로, 김현구는 5세기의 백제와 일본의 관계를 특수용병관계로 파악하고 있다(金鉉球, 「對百濟關係と傭兵」, 『大和政權と對外關係研究』, 1985; 同, 「6세기의 한·일관계 -교류의 시스템을 중심으로-」, 『한일역사공동연구보고서』제1분과편, 한일역사공동연구위원회, 2005 등 참조).
18) 『三國史記』卷50 列傳 甄萱 景哀王 元年條.

때문이다.[19] 후백제의 입장에선 고려와의 정전은 지금까지의 고립에서
벗어날 수 있는 절호의 기회로, 바로 그 해 12월 신라를 공격하여 거창
등 20여 성을 차지하였으며, 곧장 후당에 사신을 보내 백제왕으로 책봉받
기에 이르렀다.[20] 이렇듯 후백제는 고려와 정전하자마자 신라를 압박하
여 영토를 확장하고 후당과 교섭하여 백제왕의 작위를 비로소 획득하게
되었다.

그러나, 후백제와 고려와의 정전은 그리 오래 가지 않았다. 후백제에서
보낸 인질이 926년 병으로 사망하였다. 이에 견훤은 인질을 고려가 살해
하였다고 주장하고, 고려에서 보낸 인질을 살해하였다. 이로써 고려와의
정전은 끝나게 되었다. 927년 후백제가 신라를 공격하자 신라는 고려에
원군을 요청하였다. 후백제군은 고려의 원군이 도착하기 전에 신라의 수
도를 공격하여 경애왕을 죽이고 경순왕을 세웠다. 그 후 신라로 진군하던
고려의 원군을 公山(현 대구 팔공산)에서 맞아 싸워 후백제는 대승을 거
뒀다.

그러나 이러한 후백제의 군사적 성공에도 불구하고, 고려와의 전면전
은 후백제에게 여전히 불리한 상황에 있었다. 나주, 강진, 진주 등 한반도
남부지역은 고려의 영역으로 후백제는 이 지역의 탈환에 계속해서 실패
하고 있었으며, 더구나 한반도 남부의 주요항구를 계속 상실하고 있었
다.[21] 즉 후백제는 고려에게 남북으로 포위되어 있었던 것이다. 따라서

---

19)『三國史記』卷50 列傳 甄萱 景哀王 2年 10月條.
20)『三國史記』卷50 列傳 甄萱 景哀王 2年 12月條.「十二月 攻取居昌等二十餘
   城 遣使入後唐稱藩 唐策授檢校太尉兼侍中判百濟軍事 依前持節都督全武
   公等州軍事行全州刺史海東四面都統指揮兵馬制置等事百濟王 食邑二千五
   百戶」
21)『高麗史』卷1 世家1 太祖 1 丁亥年 夏四月 壬戌條.「夏四月 壬戌 遣海軍將
   軍英昌能式等率舟師往擊康州下轉伊山老浦平西山突山等四鄉虜人物而還」

군사력을 한 곳에 집중시킬 수 없는 불리한 정세에 놓여있었다. 불리한 정세임에도 불구하고 927년의 후백제의 군사적 성공은 고려가 그 동안 후백제의 공격에 대해 방어만 하면서 국내의 안정을 도모하고 있었기 때문이었다.22) 불리한 정세에 있던 후백제는 오월의 중재를 이유로 정전의 뜻을 고려에 전한다.23) 그러자 고려는 이를 받아들이지만 후백제가 화친을 깬다면 방어만 하지 않는다고 전하였다. 그러나 후백제는 화친을 맺어놓고 강주(현 경상남도 진주)를 공격하였다.24) 후백제는 포위상황을 타개하기 위한 전략이었으나 이는 고려와의 전면전을 선포한 것이나 다름없었다.

929년, [사료 3]에서 보이듯, 때마침 일본에서 표류민을 송환하기 위해 擬通事 나가미네노 모치미치(長岑望通), 檢非違使 하타노 시게카게(泰滋景)가 후백제에 도착하였다. 견훤은 나가미네노 모치미치를 인질로 하고 하타노 시게카게만을 일본에 돌려보내면서 다시 한 번 조공을 뜻을 전하였다.

이번의 후백제사의 특징은 일본의 사신을 억류하였다는 것에 있다. 후백제는 조공하기를 원한다면서 왜 사신을 억류했던 것일까. 그것은 앞서 살펴본 바와 같이 후백제가 고려와 전쟁을 하는데 있어 불리한 위치에 놓여 있었기 때문에 일본과의 군사동맹이 보다 절실해졌기 때문이다. 남북으로 포위당한 후백제는 후방의 안전을 도모할 수 없는 상황으로 군을 북부로 집중할 수 없는 상황이었다. 따라서 남측 고려 영역을 먼저 해결해야할 필요성이 존재하였다. 그러던 중에 일본에서 사신이 당도했다.

22) 『三國史記』卷50 列傳 甄萱 敬順王 2年條. 「(前略)…頃以三韓厄會 九土凶荒 黔黎多屬於黃巾 田野無非於赤土 庶幾弭風塵之警 有以救邦國之災 爰自善隣 於焉結好 果見數千里農桑樂業 七八年士卒閑眠…(後略)」
23) 『三國史記』卷50 列傳 甄萱 敬順王 元年 12月條.
24) 『三國史記』卷50 列傳 甄萱 敬順王 2年條.

견훤은 922년에 파견한 사신이 다자이후에는 상륙도 못하고 쓰시마에서 귀환한 사실을 알고 있었다. 따라서 일본과의 군사동맹이 절실한 견훤은 사신을 억류하는 외교적 무례를 감수할 수밖에 없었던 것이다.

또한 922년의 사신이 신라의 신하이기 때문에 거절한다는 일본 측의 답변에, 자신이 독립한 왕이라는 사실도 같이 설명하고 있음을 [사료 3]에서 확인 할 수 있다. 견훤은 일본과의 군사동맹이 그만큼 절실하였다고 생각된다. 앞선 927년 거란과 동맹을 맺으려던 시도는 폭풍에 의해 후당에 도착하여 사신이 모두 몰살당하는 실패를 맛보았기 때문이다.[25] 따라서 후백제가 군사동맹을 맺을 수 있는 국가는 일본만이 남아있던 상황이었다. 그러나 견훤이 사신을 억류하는 무리수를 두면서까지 원했던 일본과의 동맹은 끝내 실패하고 말았다.

후백제는 한반도내에서의 고립상황에서 벗어나기 위해 많은 외교적인 노력을 기울였으나, 모두 실패하고 말았다. 특히 일본과의 외교교섭은 후백제가 고립에서 벗어나기 위한 최후의 선택이었으나 끝내 실패함으로써 고립의 위기에서 벗어나지 못하고 929년을 기점으로 수세로 몰렸으며, 결국 936년 고려에게 멸망당하였다.

2. 후백제사에 대한 일본의 태도

이번 장에서는 앞서 언급한 후백제사를 일본이 거부한 이유를 살펴보고자 한다. 그동안 일본이 후백제사를 거부한 이유에 대해서는 삼국의

---

25) 『三國史記』卷50 列傳 甄萱 敬順王 元年 10月條. 「(前略)…契丹使娑姑·麻咄等三十五人來聘 萱差將軍崔堅 伴送麻咄等 航海北行 遇風至唐登州 悉被戮死…(後略)」

동란에 말려들고 싶지 않기 때문26)과 일본의 대 신라의식과 태도의 연장선으로 바라보았다. 이러한 인식과 태도는 신라에서 후삼국, 고려까지 이어지는 것으로 파악되고 있다.27) 石上英一의 경우 후백제를 독립된 국가로 인정하지 않고, 신라의 신하임으로 그들의 외교권을 인정하지 않았던 것이라고 파악하고 있다.28) 분명 앞 장에서 제시한 [사료 2]에서 [사료 4]의 내용을 살펴보면 후백제의 사신을 신라사신으로 대우하고 있는 것은 사실이다. 그러나 사료의 내용을 보았을 때 일본의 소극적인 대외자세를 지적하는 것은 가능하나, 신라에 대한 적대, 경계심으로 인해 거절하였다고 보는 것은 무리가 있다고 생각한다. 그것은 [사료 2]와 [사료 3]에서 보이듯 거절의 이유는 어디까지나 신하가 조공할 수 없다는 것이었다. 또한 신라에 대한 경계의식은 분명 [사료 4]의 밑줄 친 부분에서 드러나고 있지만, 이것이 거절이 이유는 분명히 아니다.

지금까지 논의에서 후백제의 사신을 신라의 사신으로 보았다는 관점의 근거는 [사료 2]와 [사료 3]에서 보이는 신하는 조공할 수 없다는 것에 기인한다. 그러나 [사료 2]와 [사료 3]을 검토하면 기존과는 전혀 다른 관점이 보인다.

[사료 3]에서 보면 일본은 제주도와 교역하려고 하다 표류한 신라인을 후백제로 돌려보내고 있다. 분명 이는 후백제의 사람일 것이지만 일본이 후백제를 인정하지 않는다고 한다면 후백제로 돌려보내는 것이 아니라 신라로 돌려보내는 것이 타당하다. 이는 즉 [사료 2]를 통해 옛 백제지역

---

26) 吉川眞司, 『平安京』, 吉川弘文館, 2002, 90쪽.
27) 石井正敏, 앞의 논문, 162쪽 ; 同, 『東アジア世界と古代の日本』, 山川出版社, 2003, 20~30쪽 ; 渡辺誠, 「平安貴族の對外意識と異國牒狀問題」, 『歷史學研究』823, 青木書店, 2007, 12~13쪽 ; 山內晋次, 『奈良平安期の日本とアジア』, 吉川弘文館, 2003, 117~118쪽.
28) 石上英一, 앞의 논문, 122~123쪽.

에서 신라와는 다른 나라가 생겨났다는 것을 일본이 인지하게 되었다는 것이다.

그렇다면 일본은 후백제가 신라와 별개의 국가라는 것을 인지하고 있었음에도 왜 신라의 신하는 조공할 수 없다는 이유로 후백제의 요청을 거부한 것일까. 이는 일본의 당시 정치적 상황을 본다면 쉽게 이해할 수 있다.

당시 일본은 후지와라노 요시후사(藤原良房)와 후지와라노 모토츠네(藤原基經)에 의해 섭관제도(攝關制度)가 성립되어 기존의 율령체제가 흔들리기 시작하였다.[29] 또한 이 시기는 율령체제가 지방에서부터 붕괴되어가고 있었다. 특히 조세와 운송, 지방의 군제에서 율령체제에서의 이반이 발생하였고[30] 이로 인해 중앙에서 멀리 떨어진 동국(東國)지역에서부터 급격하게 치안이 악화되기에 이르렀다.[31]

게다가 이 시기에는 일본 중앙에서도 권력다툼이 발생하였다. 897년 우다(宇多) 천황이 다이고(醍醐) 천황에게 양위하였다. 새로운 천황을 후지와라노 도키히라(藤原時平)와 스가와라노 미치자네(菅原道眞)가 좌우 대신이 되어 보필하였다. 그러나 스가와라노 미치자네를 위협적으로 여기던 도키히라는 미치자네를 참소하여 901년에 그를 다자이곤노소치(大宰權帥)로 좌천시켰으며(昌泰의 변) 이후 도키히라를 수반으로 하는 체제가 성립되었다.

경쟁자를 밀어낸 후지와라노 도키히라는 延喜新制라고 불리는 일련의 법을 공표하여 율령체제의 원칙을 재확인하고자 하였다.[32] 또한 907년

---

29) 坂上康俊,『律令國家の轉換と「日本」』, 講談社, 2001, 217~238쪽.
30) 坂上康俊, 위의 책, 262~304쪽.
31) 川尻秋生,『平將門の亂』, 吉川弘文館, 2007, 30~32쪽; 吉川眞司, 앞의 책, 78~79쪽.
32) 吉川眞司, 앞의 책, 67쪽.

엔기격(延喜格)을 완성하였다. 그러나 914년 율령체제를 개혁하고자 진
언한 미요시노 키요유키(三善淸行)의『意見十二箇條』를 거의 수용하지
않았다.[33] 이것을 볼 때, 도키히라는 율령체제의 원칙을 고수함으로서
율령체제를 지키려고 하였다고 생각된다. 도키히라가 919년 사망한 후
이를 이어받은 사람은 동생인 후지와라노 다다히라(藤原忠平)였다.

후지와라노 다다히라는 도키히라가 추진한 엔기식(延喜式)의 편찬을
이어받아 927년 이를 완성시켰다. 그 역시 율령체제를 지키기 위한 정책
을 실시하였으나 원칙고수로는 율령체제를 지키기가 어려웠기 때문에
결국 그는 스가와라노 미치자네가 추진했던 율령제 개혁의 정책노선을
따르게 되었다.[34] 이렇게 율령체제를 지키려고 힘쓴 다다히라 정권에게
있어서 후백제사의 도일은 커다란 문제로 다가왔다고 생각된다.

후백제가 요구한 것은 일본에게 자신들을 인정해달라는 것이 아니라
조공을 칭한 옛 백제와 일본의 관계 부활이었지만, 일본에게 있어서 이는
후백제가 신라와는 별개의 국가임을 인정해야만 후백제의 요구를 받아들
일 수 있는 것이었다. 즉, 후백제의 요구를 받아들인다는 것은 중앙의
권력에 대항하여 지방에서 반란을 일으켜 독립한 후백제를 일본이 인정
하게 되는 것이었다.[35] 이는 율령체제를 지키려는 다다히라 정권이 지방
에서 반란을 일으켜 독립한다고 하는 반율령적 행동을 인정하는 선례가
되어버리는 것이었다. 따라서 후백제의 성립을 인지하고 있음에도 불구
하고, 후백제의 조공요구에 대해 후백제는 신라의 신하이므로 인정할 수
없다는 입장을 밝힌 것이라고 생각된다. 이는 [사료 2]의 답변을 들었던
후백제가 [사료 3]에서처럼 견훤이 왕이 된 경위를 설명하였지만, 이를

---

33) 吉川眞司, 앞의 책, 68쪽.
34) 坂本賞三,『攝關時代』, 小學館, 1974, 104~106쪽.
35) 일본이 신하가 독립하여 왕이 되는 것을 인정하지 않는 태도를 가지고
    있었다는 것은 石上英一이 언급한바 있다(石上英一, 앞의 논문, 123쪽).

인정하지 않고 신하는 조공할 수 없다는 원칙을 고수한 것과 일치한다.
후백제가 성립된 것은 충분히 인지하고 있지만 지방에서 반란을 일으켜
왕이 된 견훤을 율령체제를 고수하고자 하였던 일본의 입장에서는 절대
인정할 수 없었기 때문에 [사료 3]에서 보이듯 [사료 2]와 같은 답변으로
거부하였던 것이다.

　일본이 후백제를 공식적으로 인정하지 않으려고 했던 행위는 929년의
후백제사에 대한 대우를 통해서도 알 수 있다. 일본은 후백제의 사신을
類聚三代格의 夷俘幷外蕃人事 承和 9年 8月 15日의 太政官符에 의거하
여 대우하였다.

　[사료 5]『類聚三代格』卷十八 夷俘幷外蕃人事 承和 9年 8月 15日
　太政官符

　太政官符
　　應放還入境新羅人事
　右大宰大貳從四位上藤原朝臣衛奏狀稱, 新羅朝貢其來尙矣, 而起自
　聖武皇帝之代, 迄于聖朝不用舊例, 常懷奸心, 苞苴不貢, 寄事商買,
　窺國消息, 望請, 一切禁斷, 不入境內者, 右大臣宣 奉　勅, 夫德澤洎
　得廻易, 了卽放却, 但不得安置鴻臚以給食,
　承和九年八月十五日

　[사료 5]의 내용은 신라가 조공을 빙자하여 상행위를 하면서, 일본을
염탐하므로 이전의 예를 적용할 수 없다고 한다. 그래서 이들이 일본 국내
에 들어오는 것을 금지해 달라는 다자이노다이니(大宰大貳)의 보고를 받
은 태정관은 도착 즉시 돌려보내고 이 경우에는 고로칸(鴻臚館)에 안치하
여 식량을 제공할 수 없다고 하는 문서이다. 이 문서에 의해 신라인은

일본 내로 입국이 불가능하게 되었고, 도착 즉시 돌려보내어지게 되었다.

922년의 경우는 후백제의 성립을 인지하지 못하고 있었던 때이므로 당연히 신라의 예를 적용하여 다자이후로 들어오는 것을 막고 후백제라는 나라가 조공하러 왔다고 일단 보고하여 태정관의 조치를 기다린 것이지만 사신은 결국 쓰시마에서 돌려보내졌다. 929년의 경우는 일본이 922년의 사신을 통해 후백제의 성립을 인지하고 있음에도 이전 신라 사신의 예를 적용하였다는 것은 공식적으로 후백제를 인정할 수 없다는 일본의 입장을 보여준 것이라고 하겠다.

즉, 일본은 붕괴하고 있던 율령체제를 지키기 위해 후백제를 공식적으로 인정하지 않았던 것이다. 율령체제를 지키기 위한 중앙의 노력에도 불구하고 율령체제는 정치, 사회, 경제 다방면에 걸쳐서 붕괴해갔으며 결국 935년 다이라노 마사카도(平將門)와 후지와라노 스미토모(藤原純友)의 난이라는 내란의 시기를 맞이하게 되었다. 마사카도·스미토모의 난과 후백제사와의 직접적인 연관성은 찾아보기 힘들지만 마사카도가 동국에서 난을 일으킨 후 新皇이라고 자처해 독립하려 한 것을 볼 때, 일본 역시 당의 붕괴로 시작된 동아시아의 율령체제의 붕괴와 혼란을 피하는 것이 불가능했다는 것을 보여준다고 하겠다.

3. 10세기 여일교섭과 일본의 정치변화

한반도에서 후삼국의 분립에 의한 동란은 936년 고려의 통일에 의해 종결되었다. 고려는 통일 직후 일본에 몇 차례 사신을 파견하여 통교의 뜻을 전하였다. 이러한 고려의 시도에 대해서는 그간 많은 연구자들이 연구를 해왔다. 이들은 특히 당의 붕괴와 신라의 붕괴에 의한 중국과 한

반도에서의 고대의 종말로 인해 생겨난 동아시아 해역에서의 무역체제변
화에 관심을 집중하고 있다.[36] 일본도 발해의 멸망으로 인해 마지막 조공
무역국가가 사라져 동아시아 무역체제 변화에 자의이던 타의이던 간에
이에 합류하게 되었다. 한편, 야마우치 신지(山內晋次)는 10세기 생겨난
海商들에 주목하여 그들의 역할이 무역만이 아니라 조공무역체제에 있
었던 정보수집, 국서전달들의 역할이 있음을 논증하였다.[37]

　고려와 일본의 관계에 대해서는 모리 카츠미(森克己)의 연구가 오랜
기간 통설의 위치를 점하고 있다. 모리 카츠미는 고려전기의 여일관계에
대해, 일본은 신라에 대한 적대감으로 인하여 상당기간 고려를 적대시
해왔으며, 고려전기의 여러 교섭에 의해 특히 일본에 침입했던 刀伊賊[38]
에 대한 고려의 대응과 문종의 의사파견요청 등에 의해 우호적으로 고려
에 대한 인식이 변화하는 것에 주목하였다.[39] 일본 조정의 대고려인식에
대해서도 많은 연구가 진행되었다. 이러한 연구들은 일본조정의 소극적
외교자세,[40] 불간섭주의,[41] 대고려관의 변화[42] 등에 대해 서술하고 있다.

....

36) 무역체계의 변화에 관심을 가지고 연구한 모리 카츠미는 이 시대의 무역
　을 사헌무역이라 지칭하고 있다.(森克己,「日・宋と高麗の私獻貿易」,『朝
　鮮學報』14, 朝鮮學會, 1961)
37) 山內晋次,「東アジア海域における海商と國家」,『歷史學硏究』681, 青木書
　店, 1996.
38) 도이적에 대해서는 약간의 이견이 있으나, 현재로서는 東女眞族으로 보는
　시각이 통설이다.(石井正敏,「日本と高麗」,『海外視點 日本の歷史』5, ぎょ
　うせい, 1987, 164~165쪽; 田島公,「三, 高麗との關係」,『古文書の語る日本
　史』, 筑摩書房, 1991, 277쪽; 有川宣博,「刀伊の入寇」,『海が語る古代交流』
　はかた學3, 葦書房, 1990, 109~110쪽)
39) 森克己,「鎌倉時代の日麗交涉」,『朝鮮學報』34, 朝鮮學會, 1965;「日麗交涉
　と刀伊賊の來寇」,『朝鮮學報』37・38, 朝鮮學會, 1966.
40) 田村洋幸,「高麗における倭寇濫觴期以前の日麗通交」,『經濟經營論叢』28-
　2, 京都産業大學 經濟經營學會, 1993.
41) 青山公亮,「高麗國よりの來牒に對する日本政府の態度」,『日麗交涉史の硏

위와 같은 연구는 동아시아의 무역체제의 변화와 그에 따른 일본의 대외인식의 변화상을 파악하는데 많은 도움을 준다. 그러나 이들이 간과하고 있는 한 가지는, 10세기 일본이 11세기의 정치변화를 준비하는 단계에 있었다는 것이다. 10세기 말에 후지와라노 미치나가(藤原道長)의 나이란(內覽)취임에 의해 성립된 후기섭관정치는 그 앞선 시기에 격한 권력쟁탈이 존재하였다. 이러한 정치권의 혼란은 분명 적게나마 대외관계와 연관이 있을 것이며, 어떠한 형태로든 그것이 표출되었을 것이라고 생각된다.

따라서 고려의 교섭과 일본의 정치상황을 연동하여 살펴보아야 할 필요성이 있다. 특히 고려전기 일본의 대고려관은 고려를 신라의 계승국으로서 적대시하고 있었다는 것에 포인트가 있다고 하겠다. 고려가 후삼국을 통일하기 직전인 935년부터 997년의 사료를 검토하면서 이를 일본의 정치변화와 비교분석해보고자 한다.

[사료 6] 『日本紀略』後篇2, 朱雀 承平 5年 12月 30日條(935)

卅日庚寅 賜官符43)太宰府 殺害新羅人事

[사료 7] 『日本紀略』後篇2, 朱雀 承平 7年 8月 5日條(937)
五日乙酉 左藤原仲平右大臣藤原恒佐已下着左仗 開見高麗國牒等

究』, 明治大學, 1955.
42) 渡辺誠, 앞의 논문.
43) 이 때의 관부의 대략적인 내용은 『西宮記』7, 臨時, 外記政에서 유추할 수 있다. 「承平五年十二月卅日 昨日依無政 賜太宰可警固官符…(後略)」

[사료 8]『日本紀略』後篇2, 朱雀 天慶 2年 3月 11日條(939)
十一日癸丑 太宰府牒高麗廣評省 却歸使人

[사료 9]『本朝世紀』天慶 2年 6月 21日條(939)
六月廿一日 辛卯 政 請印書中 相模權助橘是茂 武藏權助小野諸興
上野權助藤條朝臣等 可追捕件國々群盜官符 上野符捺引漏也 外記
申此由於上卿 請結政印 又下東海 東山道 丹波國幷山陽 西海等府
國 祈佛神可勤警固官符五通捺印 件官符依去十五日三所虹事○^{其條ア}
^リ 御占之處 自東西方可奏兵革之由也

[사료 10]『日本紀略』後篇6, 円融 天祿 3年 9月 23日條(972)
廿三日乙卯 大宰府言上 高麗國南凉^原府使者 着對馬嶋之由

[사료 11]『親信卿記』天祿 3年 10月條(972)
[11-1]^{太宰府言上高麗船來由}天祿三年十月七日 大宰府言上高麗國船一艘到
來對馬嶼之由 高麗南原府使咸吉兢
[11-2]^{同船來事}同月十五日 重言上高麗國船一艘到同嶋之由 高麗金海
府使李純達 件二个船 州各殊 年號不同 有公家定 彼日記雜書等在別

[사료 12]『小右記』長德 3年 6月 12日條(997)
十二日甲辰 勘解由長官^{源俊賢}云 高麗國啓牒有使辱日本國之句 所非
無怖畏者 前丹波守^{藤原}貞嗣朝臣來云 大貳藤原有國消息.徵城六个國
人城內國々ヵ兵 令警固要害 又高麗國使日本人云

이상의 사료들을 종합해보면 다음 [표1]과 같다.

[표1]

서력	주제	대응	경고요해	일본내 주요사건
929	후백제사 도착[사료 4]	요청을 거부, 다자이후 경고요해 발령[사료 4]	○ [사료 4]	889 坂東에서 도적봉기(~929), 923 菅原道眞 怨靈사건(~930), 921 藤原忠平의 국정개혁(~949)
935	신라인 살해에 대한 것[사료 6]	경고요해를 지시한 관부발급[사료 6], 주43	○ [사료 6], 주43	931 畿內, 瀨戶內海의 해적들이 봉기함(~936), 935 將門의 난 시작
93744) 939	고려첩에 대해[사료 7] 고려광평성첩 도착[사료 8]	알 수 없음 사신을 되돌려 보냄[사료 8]	○ [사료 9]	935 將門의 난(~940), 940 純友의 난(~941)
972	남원부사, 김해부사의 사신도착[사료 11]	알 수 없음, 고려의 서신에서 연호가 다름을 이상하게 여김[사료 11-2]	×	969 安和의 변(~971)
997	고려첩에 일본을 욕하는 문구가 있음[사료 12]	경고요해[사료 12], 송의 계략일지도 모른다고 여겨 다자이후의 송인을 추방하도록 함45)	○ [사료 12]. 주45	977 섭관직 쟁탈전(~997) 996 후지와라노 미치타카(藤原道隆)의 아들들 좌천(~997)

위의 [표1]에서 알 수 있는 것은 한반도와 관계된 일이 발생할 경우 대부분 경고요해가 발령된다는 점이다. 이 경고요해는 신라에 대한 경계심의 연장선상46)에서 바라볼 수도 있지만 일본 내 주요 사건과 연관 지으

44) 937~939년의 고려첩에 대해서는 그 횟수가 문제시 되고 있다. 3회라는 설과, 1회라는 설이 있다.(石上英一, 「日本古代10世紀の外交」, 『日本古代史講座』7, 學生社, 1982, 132쪽; 장동익, 『日本古中世高麗資料研究』, 서울대학교출판부, 2004, 66~67쪽) 그러나 여기서는 횟수와는 관계없이 일본의 대응이 중요하므로 묶어서 생각하기로 하였다.
45) 『小右記』長德 3年 6月 13日條.
46) 신라를 경계하는 것은 백촌강 전투와 신라와의 국교단절, 신라해적사건 등에 비롯된다는 것이 통설이다(石井正敏, 『東アジア世界と古代の日本』, 山川出版社, 2003, 20~30쪽; 吉川眞司, 위의 책, 33~35쪽).

면 전혀 다른 모습을 알 수 있다. 먼저 각 시기에 발생한 경고요해의 성격에 대해 살펴보자.

먼저 929년의 경고요해는 후백제사가 도착한 뒤 다자이후가 발령한 것으로, 후백제가 일본사신을 억류한 것에 의한 자체적 경고요해였다. 이는 후백제의 태도에서 비롯된 것으로 다자이후의 본연의 임무였다. 즉, 통상적인 경고요해에 해당한다.

935년의 경고요해는 신라인이 살해된 것에 대해 경고요해를 발령한 것인데, 이는 신라인 살해에 의해 신라가 보복을 할 가능성에 대해 대비한 것으로 생각된다. 그러나 이 시점에 이르면 신라는 이미 멸망하고 없었으나,47) 이러한 사실을 일본은 아직 파악하지 못했던 것으로 생각된다. 이때의 경고요해도 통상적인 것으로 보인다. 그러나 경고요해가 신속히 이루어진 것으로 미루어보아 국내외의 혼란 속에서 일본 조정이 긴장을 늦추지 않으려는 모습을 볼 수 있다.

939년의 경고요해는 마사카도와 스미토모의 난(天慶의 난)에 의한 경고요해라고 이해하고 있다.48) 그러나 939년 6월의 경고처가 도카이도(東海道), 도산도(東山道), 산요도(山陽道), 사이카이도(西海道), 단바노쿠니(丹波國)이다. 그런데 [사료 9]를 보면 사이카이에 속한 모든 府國에 경고를 지시하고 있다. 사이카이는 현재의 규슈지방으로 여기에는 이키(壹岐), 쓰시마(對馬)도 포함된다. 사이카이도를 제외한 곳은 마사카도, 스미토모의 난과 관계있는 지역이나, 사이카이도 전체는 이해하기 힘들다.

여기서 일본 서부 지역이 무대였던 스미토모의 난을 살펴보면 931년에 기나이, 세토나이카이에서 해적들이 봉기하였다. 이에 조정은 932년 토

---

47) 『三國史記』卷12 本紀 敬順王 9年 11月條.
48) 重松敏彦 編, 川添昭二 監修, 『大宰府古代史年表』, 吉川弘文館, 2007, 173쪽.

벌대를 파견할 것을 결정하였고, 933년 전국에 경고사가 파견되었다. 934
년 해적들의 봉기는 가장 심각한 상황에 이르렀다. 드디어 934년 10월
기노 요시히토(紀淑人)의 토벌대가 구성되어 파견되었다. 토벌과 회유로
인해 해적봉기는 일단 진정되었으나. 936년 해적들이 재봉기하였다. 이
때 스미토모는 선지를 받아 이요(伊予)로 향하였다. 이 봉기는 6월 해적
들의 투항으로 진정되었다. 이때까지만 해도 스미토모는 해적들을 토벌
하는 입장이었던 것이다. 그러나 939년 12월 스미토모가 기노 요시히토
의 제지에도 불구하고 병사를 이끌고 바다로 나갔다. 이때부터 스미토모
는 해적들과 손을 잡아 그 수괴가 되었을 가능성이 높다.[49]

즉, 스미토모가 난을 일으킨 것은 939년 12월의 일이다. 그렇다면 6월
에 사이카이도, 산요지방에 경고요해가 발령된 이유는 무엇일까. 가장
쉬운 추측은 고려 사신과 관련된 것이다. 937년에 도착한 서신에 대한
오랜 심의가 진행된 끝에 939년 11월 11일이 되어서야 결정이 되었다.
즉, 고려에 대한 방비라고 할 수 있으나 경고요해의 발령 시점이 고려의
요구에 대한 일본의 답변이 결정되는 시점보다 앞서고 있는 것이 문제가
된다. 이때의 경고요해는 몇 년간 계속된 일본의 내란이 고려에 알려져
악용되는 것을 사전에 차단하기 위함 혹은 혹 있을지 모를 고려의 공격에
대한 대비라고 생각할 수 있다. 즉, 이때의 경고요해는 사전방비에 해당
한다. 고려에 성향에 대해 정보가 없던 일본에게 있어서는 당연한 경계였
다고 생각된다.

위와 같이 939년까지의 세 차례에 걸친 경고요해는 일본 국내의 불안
정에 따른 사전 방비의 성격이 강하다. 그러나 이 경고요해의 성격을 다
른 각도에서 살펴보면, 일본 조정이 이를 이용하고 있음을 알 수 있다.

---

49) 吉川眞司, 앞의 책, 84쪽.

실질적으로 신라와 고려는 한 번도 일본을 침략한 일이 없다는 사실에 주목해야 할 것이다.

　일본은 한반도에서의 위협을 상정하여 경고요해를 발령함으로써 전시체제 혹은 비상체제에 들어갔다. 이는 국내의 불만요소, 특히 정치, 사회적 불만을 누를 수 있는 가장 효과적인 방법이다. 당시 일본은 율령체제가 붕괴해 가던 시점으로 이로 인해 국내에서 내란이 발생하였다. 내란을 해결하기 위해서는 진압도 분명 중요하지만 근본적인 해결이 이루어지지 않는 진압은 미봉책에 불과한 것이다. 일본을 제외한 다른 국가들에서는 유랑민, 농민들의 봉기가 일어났을 때 이것이 원인이 되어 국가 자체가 붕괴하고 새로운 국가가 등장하기도 하였다. 그러나 일본은 정치체제의 변화는 있더라도 천황제 체제는 변한 적이 없었다. 즉, 체제의 위기 때마다 체제를 개혁해 왔다는 것이다. 이 체제 개혁에는 당연히 정치적 불만과 갈등이 생겨나기 마련이다. 특히 9세기 중엽 후지와라노 요시후사와 모토츠네에 의해 섭관제도가 생겨났지만 아직 항속적인 것은 아니었으며, 학자출신 관료와 사성겐지(賜姓源氏)의 등장은 후지와라씨의 권력 장악에 여전히 불안요소로 존재하고 있었다.[50] 또한 친정을 하려고 하는 천황과 많은 알력이 존재하였다. 형 도키히라의 뒤를 이어 후지와라씨의 대표가 된 다다히라에게는 권력 장악과 율령체제를 지키면서 국내문제를 해결해야 하는 숙제가 존재하였다. 이 때 마침 후백제가 만들어 준 일본 관인 억류라는 트러블에 대해 다자이후가 취한 조치는 다다히라에게 좋은 참고가 되었을 것이다.

　930년 우다 천황 사후, 다다히라는 드디어 섭정에 취임하여 일본 조정을 지휘하였다. 그러나 그의 섭정취임 후 얼마 안 되어 일본은 내란상태

---

50) 坂本賞三, 위의 책, 192~195쪽; 加藤友康, 『攝關政治と王朝文化』, 吉川弘文館, 2002, 10~13쪽.

에 접어들었으며, 지방의 혼돈은 일본 조정에게 있어서 크나큰 위기였다. 이 때 2차례에 발령된 경고요해가 한반도와 관련된 사건에 맞춰서 발령 되었다는 점은 국외로부터 위협이 있을지도 모른다는 것을 부각시키기 위한 수단으로 사용되었다는 것을 말해준다고 하겠다. 다다히라는 국내 문제의 해결을 위해 국외로 부터의 위협을 상정하여 권력을 집중시키고 개혁을 진행하는 방법을 취한 것이다. 그 후 난의 진압에 성공한 다다히 라는 집중된 권력을 바탕으로 946년 무라카미 천황의 즉위 때에 좌우대 신을 모두 자신의 아들들로 임명하는 것이 가능했던 것이다.

이렇게 구축한 후지와라씨의 권력은 949년 다다히라의 사망 이후 균열 을 보이기 시작했다. 그 시작은 무라카미 천황이 관백을 임명하지 않았던 것이었다. 좌우대신이 다다히라의 두 아들인 후지와라노 사네요리(藤原 實賴)와 모로스케(師輔)였으며 中納言에는 모로타다(師尹) 삼형제가 포 진해 있었기 때문에 후지와라씨 권력 자체는 견고해 보였으나, 관백이 임명되지 않음으로 인해 형제사이에 섭관직을 두고 알력이 발생하게 되 었다.

삼형제는 모두 자신의 딸을 무라카미 천황의 妃[51]가 되게 하였으나 사네요리의 딸은 황자를 생산하지 못하고 947년 사망하였다. 반면 모로 스케의 딸이 958년 황후가 되고, 노리히라(憲平), 다메히라(爲平), 모리 히라(守平)세 황자를 낳았다. 이 중 노리히라(憲平)친왕이 황태자가 되었 다. 이대로라면 모로스케가 관백이 되는 것이었으나 960년 모로스케가 사망하였으며, 964년 모로스케의 딸마저 사망하였다. 이후 967년 무라카 미 천황 사후 노리히라 친왕이 취임하여 레이제이(冷泉) 천황이 되었다.

......

51) 천황 비의 중요성은 외척이 된다는 것에 있다. 외척의 지위 확보는 섭관의 취임에 중요한 요소이다. 또한 외척의 지위 없이 섭관에 지위에 오르는 경 우, 정치적 권위가 크게 저하되어 정국운영을 원활하게 할 수 없게 되었다.

레이제이 천황에게 광기가 있었기 때문에 후지와라노 사네요리가 관백에 취임하였고, 좌대신에 미나모토노 다카아키라(源高明)가 우대신에는 모로타다가 취임하였다.

　좌대신에 임명된 미나모토노 다카아키라는 다이고 천황의 아들로, 미나모토노 아손(源朝臣)의 성을 하사받은 황족출신이었다. 다카아키라의 딸이 다메히라 친왕에게 시집 가 천황가와 인척관계에 있었다. 따라서 후지와라씨에게는 외척의 지위를 빼앗을 수 있는 위협적 요소였다. 무라카미 천황의 때에 발생한 후지와라씨 내부에서 외척의 지위와 섭관직을 둘러싼 알력, 미나모토노 다카아키라의 등장은 후지와라씨의 권력에 위협이 되었다. 따라서 969년 다카아키라를 무고하여 大宰權帥로 좌천시킨 안나(安和)의 변이 발생하였다. 이는 외척지위를 둘러싼 알력에서 타성을 배제하기 위한 후지와라씨의 획책이었다.52)

　이런 시기에 도착한 고려 사신에 대하여 어떠한 조치가 있었는지는 알 수가 없다. 이는 중앙에서의 권력다툼, 특히, 안나의 변 이후 발생한 모로스케의 아들들의 권력다툼 속에서 고려의 사신, 그것도 연속으로 도착하여 진위여부 조차 파악하기 힘든 상황에서는 이를 정치적으로 이용할 수 없었다고 생각된다. 더구나 그 이후로도 계속된 모로스케의 아들들의 섭관직 임명을 둘러싼 다툼과 여기서 승리한 후지와라노 가네이에(藤原兼家)의 아들들 역시 섭관직을 둘러싼 다툼을 벌였다. 이 다툼은 가네이에의 손자 후지와라노 미치나가가 사촌들을 모두 좌천시킨 997년에 끝이 났다.

　이와 동시에 고려가 일본을 모욕했다고 하는 사건이 발생한 것이다. 이 사건은 [사료 12]의 밑줄 친 부분과 같이, 사신이 일본인이라는 것과 송의 계략일지도 모른다는 등의 불분명한 것이 많음에도 불구하고 즉각

----

52) 坂本賞三, 앞의 책, 200~202쪽.

경고요해가 발령되었다.[53] 더구나 일본에 체류하던 송인들 모두에게 귀국조치가 내려졌다. 이는 송과 고려에 의한 위협이 있다는 것을 부각시켜 일본 조정을 비상체제로 만들려는 후지와라노 미치나가의 의도였다고 생각된다. 섭관직 쟁탈에서 승리한 직후 경쟁자들을 제거한 미치나가는 자신을 권력을 견고히 하기 위해 송과 고려로 부터의 위협을 부각시킨 것이다. 이후 미치나가는 외척지위 확보 및 이치죠(一條) 천황과의 주도권 쟁탈에서도 승리하여 섭관정치를 확립하게 되었다. 자신의 권력체계가 확립된 이후 발생한 1019년 도이적의 침구 당시 일본을 침략한 상대가 고려일지도 모른다는 의심[54]과 귀족들의 반대[55]에도 불구하고, 고려의 사신을 처음으로 다자이후로 불러들였던 미치나가의 정반대의 대응에서 쉽게 유추할 수 있다고 생각된다.

이렇듯 경고요해는 사료 자체에서 보이는 것처럼, 일반적인 외부침입을 대비하기 위한 것이 아니라 일본의 정치 변동에 맞추어 권력자가 권력을 강화하기 위한 수단으로 사용되었던 것이다. 외부로부터 위협을 구실로 하는 비상체제는 권력자가 권력을 강화하는 데 있어서 발생되는 불만을 효과적으로 누를 수 있는 것이기 때문이다.

10세기 여일교섭은 고려의 통교요구를 계속해서 일본이 거부한다는

---

53) 고려전기에 양국은 공식적 관계를 맺지 않았지만 사적인 왕래가 빈번했다는 것은 기존의 연구자들 이미 밝힌바 있다. 이 왕래에는 정보의 이동도 분명 존재하였다.(山內晋次, 『奈良平安期の日本とアジア』, 吉川弘文館, 2003) 이를 미루어 봤을 때 고려가 일본을 침략할 의도가 없다는 정보를 미치나가 스스로 알고 있었을 가능성이 높다.(吉川眞司, 「다자이후 국제교역론의 재검토」, 『7~10세기 동아시아 문물교류의 제상』, 재단법인 해상왕 장보고 기념사업회, 2008, 72~74쪽에서 다자이후의 관원들과 중앙귀족들이 여러 형태의 관계를 맺어 국제관계의 정보를 얻고 있었다는 것을 설명하였다.)
54) 『小右記』寬仁 3年 6月 29日, 8月 3日條.
55) 『小右記』寬仁 3年 9月 23日條.

소극적 외교라는 측면뿐만 아니라, 일본의 권력자가 고려와의 외교사건을 정치적으로 활용하였던 측면도 분명 존재하였다고 생각할 수 있다.

4. 결론

후백제는 후삼국의 동란 속에서 고립된 자신들의 입지에서 벗어나기 위해 옛 백제-일본의 관계, 즉 특수용병관계를 재건하여 군사적 도움을 받고자 하였다. 두 차례에 걸린 교섭에 대해 일본은 붕괴되어가던 율령체제를 고수한다는 정치적 이념을 지키기 위해 후백제의 성립을 인정할 수 없었다. 따라서 일본은 신라의 신하라는 이유를 들어 후백제의 요구를 거부하였다. 결국 후백제는 고립상황을 타파하지 못하고 고려에 의해 멸망당하고 말았다.

후삼국을 통일한 고려는 일본과 통교를 맺기 위한 교섭을 진행하였으나, 번번이 쓰시마에서 발길을 돌려야만 했다. 일본은 한반도에서 사신이 오거나, 관련 사건이 발생할 때 경고요해를 발령하였다.

이 경고요해는 한반도로부터의 위협을 상정하고 발령하는 것이었으나 실질적으로 위협은 존재하지 않았다. 율령체제를 지키기 위해 여러 개혁을 실시한 후지와라노 다다히라는 내란의 효과적 진압과 개혁에서 발생되는 불만을 누르기 위해 외부로부터의 위협을 부각시켜 일본 조정을 비상체제로 만들어 정국을 운영하여 나갔다. 이와 동시에 후지와라 북가(北家)의 권력을 견고히 해 나간 결과 天慶의 난이 종료된 이후 태정관의 대신을 독점하기에 이르렀다.

다다히라의 죽음과 무라카미 천황의 즉위에 의해 일본 조정은 그 중심을 잃고 분열되었다. 섭관의 자리를 두고 후지와라씨 내부에서 다툼이 발생하였으며, 이에 동시에 사성겐지가 등장하여 최고권력자의 자리를 놓고 다투게 되었다. 이 다툼에서 승리한 후지와라노 미치나가는 그 자리를 견고하게 하기 위해 997년의 사건을 이용해 위기상황을 만들어 일본 조정을 비상체제로 돌입시켰다. 이로 인해 미치나가는 자신의 권력을 안정적으로 만들어 후기섭관정치를 이룩하였으며 섭관직을 자신의 후손이 계승하게 만들었다.

이렇듯 10세기의 한일관계에 있어서 일본은 한반도와의 관계를 국교의 성립여부를 떠나 국내의 정치적 갈등의 해소 등에 이용하였던 면이 존재하였다. 특히 사적인 교역을 허용하면서도 공식적으로는 경계심을 가진다는 일본의 이중적 태도는 필요에 따라 필요한 물품을 수급하는 데에는 문제가 없도록 하면서 공식적으로는 상대국과의 갈등 상황에 있음으로 인해 정치적 갈등 등의 국내문제가 발생할 때 필요해 따라 이를 이용하였던 것이다.

그러나 10세기 일본의 이러한 이중적 태도는 10세기말 미치나가에 의해 권력이 장악되고 후지와라 북가 구죠류(九條流)의 우위가 확정된 이후 점차 변화를 맞이하게 되었다.

제1부
고대사

제2장 ▎ 인물로 본 고대

동아시아 속의 한일관계사

제 2 장 | 인물로 본 고대

제 1 부
고대사

1

推古天皇의
즉위와 蘇我氏*

김선미**

1. 머리말

현대 일본에서는 황자만이 천황이 될 수 있다.[1] 그러나 일본 역사에는
女帝가 10대 8인[2]이나 있다. 이들 중에서 에도막부 시기의 두 천황을

. . . .

* 본 논문은 『女帝 推古 · 皇極의 출현과 蘇我氏』(고려대학교 석사학위논문,
2000.12)의 I 장을 수정 · 보완한 것임.
** 일본고대사 고려대 사학과 박사과정
1) 1947년에 제정된 新「皇室典範」에는 천황 자격을 직계의 황자로 규정하고
있다.
2) 推古(593-628) · 皇極(642-645) · 齊明(665-661) · 持統(689-697) · 元明(7
07-715) · 元正(715-724) · 孝謙(749-758) · 稱德(764-770) · 明正(1629-16
34) · 後櫻町(1762-1770)이고, 이중 皇極과 齊明, 孝謙과 稱德은 동일인물
이다. 「천황」은 율령 상의 칭호로서 대체로 7세기말 天武 · 持統朝 경에
성립했다는 것이 통설이다. 따라서 본 연구의 검토 대상인 大化改新(645)
이전 시기는 「大王」이란 명칭을 쓰는 게 연구사 상 정확하나, 편의상 「천
황」으로 표기하고 「황후」 · 「황자」라는 호칭도 천황 칭호에 맞추어 그대
로 쓰기로 한다.
「여제」라는 용어는 「여성천자」을 말하는 것이다. 여제는 일본고대의 법제

제외한 8대 6인은 모두 6C 후반부터 8C 후반까지 200여 년에 걸쳐 집중
적으로 등장한다. 여제가 다수 등장한 6-8C의 일본은 고대 율령국가의
완성기라고 볼 수 있는 시기이다. 천황을 중심으로 한 고대국가가 발전하
는 과정에서 최초로 등장하는 여제가 推古天皇(593-628)이다. 따라서
추고의 출현 이유를 명확하게 밝히는 것은 비단 여제 뿐 만이 아니라
일본고대천황제의 특성을 파악하는 단서가 되리라고 판단된다.

  일찍부터 여제의 등장은 여러 각도에서 연구되었다.[3] 하지만 적극적
으로 여제의 등장을 황위계승과 연결하여 설명한 것은 井上光貞[4]의 中
天皇論이다. 여제는 황위계승과정에서 곤란한 사정이 있을 때, 예외적으
로 즉위했던 자로서 持統 이전의 경우는 모두 전천황이나 선천황의 황후
였다는 특징을 가지고 있다. 특히 6・7세기의 황위계승법은 형제상속과
직계상속적인 성격의 대형제[5]를 축으로 했는데 여제의 즉위는 직계상속

상의 용어는 아니지만, 몇 사람의 여제가 정식으로 즉위했기 때문에 법제
상의 용어처럼 이해해도 무리가 없을 것이다. 고대 법제에서「천자는 제사
에서 칭하는 것, 천황은 조서에서 칭하는 것, 황제는 화이에 대해서 칭하
는 것」(儀制令)이라고 되어 있기 때문에 여제라는 표현의 정합성을 논한
다면「여성황제」의 준말로 보는 것이 무난한 설명이라고 할 수 있다.(門脇
貞二,「古代の女帝」,『女帝の世紀』, 每日新聞社, 1978, 16쪽)

3) 최초로 여제의 존재에 주목한 것은 '여제는 무녀'라는 민속학적 입장의
   학자들이었다. 그들은 여제를 샤만적 존재로 이해하고 여자라는 측면에
   초점을 맞추어 무녀로서의 성격을 찾아내려고 하였다.(喜田貞吉,「中天皇
   考」,『喜田貞吉著作集』3, 平凡社, 1981; 折口信夫,「女帝考」,『折口信夫全
   集』20, 中央公論社, 1976) 이후 上田正昭(『女帝』, 講談社, 1971)와 小林敏
   男(「女帝考」,『古代女帝の時代』, 校倉書房, 1987) 등에 의해 여왕을 3단계
   로 구분하는 견해로 계승된다.
4) 井上光貞,「古代の女帝」,『日本古代國家の研究』, 岩波書店, 1965.
5) 大兄制의 특징을 ①山背大兄王을 제외하고는 모두 천황의 장자이거나 혹
   은 그의 외아들이었고, ②대형은 원래 천황이 될 수 있는 출생성분이었고,
   ③대형의 실례는 5세기 履中天皇에서 시작해서 7세기 중엽 中大兄皇子의
   세대에서 끝나고 있다고 하였다. 대형은 율령제의 황태자와 같은 존재로

의 확립을 위한 선택이었다고 한다. 따라서 井上光貞은 추고천황도 황위
계승분쟁을 방지하기 위해서 즉위한 중천황으로 파악하고 있다.

중천황론은 오늘에 이르러서도 여제를 이해하는 통설로서 위치하고
있다. 그러나 중천황론의 전제가 되는 대형제를 바탕으로 한 황위계승설
은 현재 수정되고 있다.6) 또한 황위 계승의 곤란한 사정 때문이라는 설명
은 여제가 등장하는 데에 필요조건 일 뿐 충분조건이 될 수는 없다.

그 이후의 여제 연구경향은 중천황론을 비판·계승하는 형식으로 전
개되고 있고, 세대내계승론,7) 왕권론8) 등 남녀의 성차를 구분하지 않는
방향으로 진전되었다.9)

....

서 대형제는 율령이 도입되기 이전의 일본의 고유한 황위계승법이라고
하였다.(井上光貞, 「古代の皇太子」, 『日本古代國家の硏究』, 岩波書店, 196
5, 184-185쪽)

6) 대형은 荒木敏夫의 연구에서 명확히 되었듯이 그들이 어느 정도 유력한
지위를 가지고 있었다고 하더라도 천황가 만의 독특한 제도가 아니고,
대형이 계승한 것은 황자궁과 같은 경제적인 측면으로 황위의 직계계승과
는 직접적인 연결고리가 없다고 한다.(荒木敏夫, 『日本古代の皇太子』, 吉
川弘文館, 1985)

7) 왕위계승 형식은 형제상속이 아니라, 같은 세대 내에서 뛰어난 능력을
가진 사람이 등극하게 되는 '세대내계승'이다. '세대내계승'은 왕권후보
자를 탄력적으로 확보할 수는 있는 장점이 있지만, 유력한 황자가 다수
존재할 경우 왕권계승의 분쟁은 불가피해져서 이를 미연에 방지하기 위한
것이 대형·대후제였다. 또한 왕권계승에 있어서 형제·부자 '상속'이라
는 관념 대신에 '추대'라는 형식으로 천황위가 계승되었으며 6·7세기에
천황으로 추대될 수 있는 조건 중의 하나로는 개인적인 輔政 능력이 필요
했다. 그런데 대후로서 이런 보정 능력을 가지고 있던 인물이 추고천황이
었다고 한다.(大平聰, 「日本古代王權繼承法試論」, 『歷史評論』 429, 1986;
遠山美都男, 「古代王權の諸段階と在地首長制」, 『歷史學硏究』 586, 1988)

8) 荒木敏夫, 『可能性としての女帝』, 靑木書店, 1999.

9) 최근에는 '왕권론', 義江明子의 젠더론,(義江明子, 「古代女帝論の過去と現
在」, 『天皇と王權を考える』 7, 岩波書店, 2002.) 중계론을 근거로 비혈연
적인 모-자관계에서 여제를 파악하는 논리가(仁藤敦史, 「古代女帝の成立」,
『國立歷史民俗博物館硏究報告』 108, 2003; 同, 「古代女帝論の現狀と課題」,

　중계론과 그 이후에 등장하는 여제에 관한 연구들의 공통점은 '천황은 천황가 내에서 스스로 재생산된다.'는 논리에 바탕을 두고 있다. 그러나 추고가 천황으로 출현하는 시기는 천황가를 능가할 정도의 힘을 가졌던 蘇我氏의 전성기에 해당된다. 소아씨가 황위 계승에 관여한 흔적이 명확할 뿐만 아니라, 기존의 연구에서도 소아씨가 추고의 등극에 영향력을 미쳤던 사실은 누구나 부정하지 못하고 있다. 그럼에도 불구하고 여제 등장의 결정적인 힘은 천황가에 있었다는 모순된 주장을 하고 있다. 따라서 추고의 등장에 소아씨가 어떤 역할을 했는지를 밝히는 것은 추고의 출현 이유 검토에서 재고되어야 하는 부분이라고 생각된다.

2. 蘇我氏의 성장

　蘇我氏[10])가 大和朝廷에서 두각을 나타내게 되는 것은 蘇我稻目(?-57

....

　　『歷史評論』642, 2003; 同,『女帝の世紀 － 皇位繼承と政爭』, 角川書店, 2006) 주목할 만한 연구 성과이다.
10) 소아씨에 관해서는 일찍부터 많은 연구가 행해져 왔다. 우선『日本三代實錄』元慶 元年(877)12月27日條 중에「始祖大臣武內宿禰男宗我石川 生於河內國石川別業 故以石川爲名 賜宗我大家爲居 因賜姓宗我宿禰」라는 부분은 소아씨의 기원을 파악하고, 별업이란 石川과 대가라는 宗我(蘇我)와의 관계를 나타내는 중요한 사료로서 이해되어 왔다.「蘇我氏」라는 명칭은 대부분의 臣姓豪族들처럼「蘇我」라는 이름도 지명에서 온 것은 명확하다. 소아씨에 대한 기존의 연구사는『日本古代史研究事典』(阿部 猛・義江明子・槇 道雄・上曾貴志 編, 東京堂出版, 1995)에 잘 정리되어 있다. 대표적인 연구로는 日野昭,『日本古代氏族傳承の研究』, 永田文昌堂, 1971; 門脇貞二,『蘇我蝦夷・入鹿』, 吉川弘文館, 1977; 加藤謙吉,『蘇我氏と大和王權』, 吉川弘文館, 1983; 阿部武彦,『日本古代の氏族と祭祀』, 吉川弘文館, 1985; 黛弘道 編,『古代を考える 蘇我氏と古代國家』, 吉川弘文館, 1991: 이재석,「소아씨 세력 성장의 토대-대신 취임의 기반-」,『백제문화』29,

0)이 宣化天皇 원년(536)에 大臣[11])으로 임명[12])된 이후부터이다. 이후 도목은 欽明朝(540-571)에도 대신에 임명되었고, 그의 아들인 蘇我馬子(?-626)와 손자인 蘇我蝦夷(?-645)로 대신의 지위가 세습되어 나갔다.

蘇我氏가 성장한 중요한 이유는 크게 2가지 점에서 이해되고 있다. 하나는 도래인을 지배하에 두고, 屯倉의 설치와 관리를 통해서 경제적 기반을 확충한 점이다. 그리고 또 하나는 천황가의 외척으로 소아씨의 혈통을 이어받은 천황을 배출했다는 점이다.

야마토조정은 磐井의 亂(527-528)을 진압한 후에 전국 지배를 강화하기 위해서 둔창의 설치에 적극적으로 나서게 된다. 특히 규슈 지역에 많은 둔창을 설치하고 있다. 이 무렵에 대신으로 취임한 稻目은 둔창 설치에 앞장서게 된다.『서기』에 기록된 둔창 설치와 정적 기사가[13]) 모두 역사적 사실을 그대로 반영한다고 할 수는 없지만, 적어도 宣化朝(536-539)의 筑紫・豊・火 등 三國의 둔창 정비와 欽明朝의 吉備國 白猪屯倉, 備前國

2000 등이 있다.

11) 『日本書紀』에는 蘇我稻目 이전에 대신으로 임명된 자로서 武內宿禰大臣・葛城圓大臣・平群眞鳥大臣・許勢南人大臣 등의 이름이 보이고 있지만, 이들은 모두 실존을 인정하기 어려운 전설상의 인물들로서 이해되고 있다. 따라서 최초의 실존성을 인정할 수 있는 대신은 소아도목이다.(李在碩,「大化前代의 大臣制」,『東洋史學硏究』61, 1998, 137~142쪽)

12) 宣化紀 元年 2月 壬申朔 以大伴金村大連爲大連・物部麤鹿火大連爲大連 並如故 又以蘇我稻目宿禰爲大臣 阿倍大麻呂臣爲大夫 (이하,『日本書紀』(日本古典文學大系67, 岩波書店)는『서기』로 약칭하고,「○○천황」은「○○기」으로 약칭하여 표기하기로 한다.)

13) 둔창 설치 기사는 宣化 元年條에 보인다. 이때에 도목은 那津의 관가로 곡식을 옮겨놓는 일 중에서 尾張國의 곡식 운반을 담당하고 있다. 이후 白猪屯倉(欽明 16년 추7월 임오), 兒嶋屯倉(欽明 17년 추7월 갑술삭기묘), 大身狹屯倉・小身狹屯倉・海部屯倉(欽明 17년 동10월)의 설치에도 참여하게 된다. 또한 欽明天皇(540-571)과 敏達天皇(572-585) 시기에 이르러서는 白猪屯倉의 籍을 만들었다는 기사도 나온다.

兒嶋屯倉의 설치는 도목이 적극적으로 관여했다고 인정된다.[14]

그런데 蘇我氏가 경영했던 둔창은 대륙과의 교섭 거점인 세토나이카이 연안에 밀집되어 있었다. 이곳은 대륙으로부터 선진 문물이 수입되는 길목이기 때문에 소아씨가 관리했던 둔창은 당시 일본에서는 비교적 선진 지역에 속하는 곳이었다. 소아씨는 둔창의 경영과 관리에 도래인 또는 도래계 씨족의 노동력과 능력을 활용하고 있다.[15] 이것은 소아씨가 도래인과 밀접한 관계에 있었던 사실을 나타나는 것으로 소아씨가 한반도에서 일본으로 건너 왔다는 蘇我氏渡來人說[16]의 근거가 되기도 한다.

蘇我氏가 둔창을 경영하면서 도래인을 휘하에 두고 있었고, 야마토조정의 재정 부분을 장악했던 점이 세력 성장의 바탕이 되었으며, 이 경제적인 기반이 그들이 중앙에서 성장해 나가는데 결정적인 요인이 되었음

14) 기존에 도목의 대두 계기를 흠명을 옹립했기 때문이라는 것보다는 磐井의 亂 이후 규슈지역에 집중적으로 설치된 둔창 기사에 도목의 이름이 집중적으로 등장하는 것을 통해서 볼 때 도목이 둔창의 관리를 통해서 중앙정계에서 힘을 얻었다고 한다.(中渡瀨一明,「敏達朝から推古朝に至る政治過程の分析 ― 大臣蘇我馬子の活動を中心に ―」,『日本書紀研究』10, 1977, 255~261쪽)

15) 日野昭,「蘇我氏と天皇家」,『古代天皇のすべて』, 新人物往來社, 1991, 136~140쪽.

16) 소아씨가 한반도로부터 이주해 온 도래인이라는 것이다. 도래인설에서는 蘇我滿智를『三國史記』,「百濟本紀」蓋鹵王條(475)에 등장하는 고구려가 침략했을 때, 문주와 함께 남쪽으로 간 木劦滿致와 동일인물로 이해하고 있다. 이후『삼국사기』에서 사라진 木滿致의「南行」과『서기』에 기록된 일본에서 그를「召之」했다를 연결해서 木滿致가 일본에 간 것으로 이해하고, 그가 소아씨의 실질적인 시조인 蘇我滿智라고 한다. 그리고『古語拾遺』雄略條에 소아만지가 三藏을 검교했다는 부분을 그가 대조선 외교에서 뿐만이 아니라, 재정부분에서도 수완을 발휘하여 대화조정에서 주목받게 되었다고 한다.(門脇禎二,「蘇我氏の出自について」,『日本文化と朝鮮』1, 1975, 81~87쪽) 또한 蘇我滿智의 자와 손으로 기록된 韓子와 高麗라는 이름에서 소아씨가 한반도와 관계가 깊은 씨족이었다는 것을 뒷받침한다고 하였다.

은 누구나 인정하는 사실이다.

한편 蘇我氏는 천황가와 돈독한 외척관계를 맺고 있었다. 소아씨 이전
에도 葛城氏[17]와 和珥氏[18] 등 천황가와 외척관계를 맺고 있었던 씨족이
없었던 것은 아니었다. 그러나 소아씨는 외손의 천황 배출이라는 면에서
는 갈성씨에 앞서고, 권력 지향적이라는 면에서는 화이씨에 앞선다.

蘇我稻目은 자신의 딸─堅塩媛과 小姉君─을 欽明의 비로 들여보냈
는데 견염원은 用明天皇과 推古天皇을 비롯한 13인, 소자군은 穴穂部皇
子와 崇峻天皇을 비롯한 5인의 황자녀를 낳았다. 흠명 이후 민달을 제외
한 용명·숭준·추고는 그녀들이 출생한 황자로서 43년 동안 천황의 자
리를 차지했다. 그뿐만이 아니라 蘇我馬子의 딸들인 刀自古郎女와 法提
郎女도 각각 廐戸皇子(聖德太子)(574-622)와 田村皇子(舒明)(629-641)
등과 혼인관계를 맺고 황자를 낳게 된다. 이런 혼인관계를 바탕으로 마자
는 막강한 권력을 휘두르면서 천황의 후계자 문제에 적극적으로 개입하
게 된다.

....

17) 葛城氏는 5세기 대 천황가의 외척으로 그들이 권력을 얻게 되는 원인은
한반도에서의 활동 때문으로 이해되고 있다. 특히 仁德天皇에서 仁賢天皇
까지의 7대 중에서 安康天皇을 제외한 모든 천황은 갈성씨의 여자를 비로
맞이했거나 어머니가 갈성씨 출신으로 기록되어 있다. 따라서 5세기 대의
갈성씨는 천황가의 외척으로 번영을 누렸다고 볼 수 있다.(井上光貞,「帝
紀からみた葛城氏」,『日本古代國家の研究』, 岩波書店, 1965)
18) 和珥氏의 경우 應神·反正·雄略·仁賢·繼體·欽明·敏達의 일곱 명의
천황에게 9명의 후비를 들이고 있다. 후비의 배출을 주된 속성으로 한
씨족으로 이해되고 있다. 특히 갈성씨가 5세기 대에, 소아씨가 6세기말에
서 7세기에 걸쳐서 후비를 배출했던 것과 달리 화이씨는 2씨와 모두 중복
되게 후비를 배출하고 있다. 그렇지만 갈성씨와 소아씨의 황자녀들이 천
황이 되었던 것과 달리 화이씨의 경우는 황녀가 황후가 되는 경우가 많은
것이 특징이다.(岸俊男,「ワニ氏に關する基礎的考察」,『日本古代政治史研
究』, 塙書房, 1966)

3. 蘇我氏 독주체제의 형성

蘇我馬子가 황위계승에 적극적으로 관여할 수 있게 한 가장 중요한
사건은 大連인 物部守屋(?-587)[19]을 멸망시키고 대신독주체제를 구축
하게 되는 丁未의 役(587)[20]이라고 생각된다. 이전에 「정미의 역」은 소
아마자와 물부수옥을 각각 숭불파와 배불파의 수장으로 규정하고, 그들
이 불교의 수용 여부를 둘러싸고 벌인 불교전쟁으로 이해하기도 했었
다.[21]

그렇지만 정미의 역은 蘇我馬子가 당시 황태자였던 彦人大兄皇子와
物部大連守屋을 암살한 쿠데타로[22] 규정된 이후, 일종의 황위계승을 둘
러싼 다툼이었다는 것이 통설로 되어 있다.[23] 필자도 황위계승싸움으로
정미의 역을 파악하는 것에 동의하지만, 황위계승을 둘러싸고 대립했던
인물들에 대해서는 재고의 여지가 있다고 본다.

정미의 역의 계기는 敏達 14년(585) 추8월에 시작되었다.

---

19) 物部氏는 대화전대에 大伴氏와 함께 대화정권의 군사를 담당했던 씨족이
　　었다. 그들은 많은 예속민을 소유하고 있어서 「80물부」라고 칭했다.
20) 「정미의 역」은 소아마자가 물부수옥을 토멸했던 사건을 말한다. 그 사건
　　이 일어났던 用明 2年(崇峻卽位前紀)이 정미년이기 때문에 붙여졌던 이름
　　이다. 그것 외에도 「정미의 변」 혹은 초기에는 불교수용 때문에 난이 발생
　　했다고 해서 「숭불전쟁」이라고도 칭해졌다.
21) 物部氏의 본거지였던 涉川 지역에 있는 涉川廢寺에서 飛鳥時代 初期의
　　것으로 비정될 수 있는 유물이 발견되고 있고, 이 절은 물부씨의 씨사로서
　　이해되고 있다.(安井良三, 「物部氏と佛教」, 『日本書紀硏究』 3, 塙書房, 196
　　8, 146-150쪽) 이것은 물부씨가 불교수용에서 배타적인 입장이 아니었음
　　을 나타내므로 '숭불전쟁'이란 표현은 맞지 않는다.
22) 山尾幸久, 「大化改新論序說(上)」, 『思想』 529, 1968, 22쪽.
23) 岸雅裕, 「用明・崇峻期の政治過程」, 『日本史硏究』 148, 1975; 中渡瀨一明,
　　「敏達朝から推古朝に至る政治過程の分析 － 大臣蘇我馬子の活動を中心
　　に －」; 遠山美都男, 「「丁未の役」の再構成」, 『國史學』 159, 1988.

(1) ⓐ천황은 병이 중하여 대전에서 붕하였다. 그때 빈궁을 廣瀬에 세웠다. 馬子宿禰大臣은 칼을 차고 뢰를 하였다. 物部弓削守屋大連은 비웃어, "화살을 맞은 참새와 같다."라고 말하였다. 다음에 弓削守屋大連이 팔과 다리를 떨면서 뢰를 하였다. 馬子宿禰大臣이 비웃으며, "방울을 달았으면 좋겠다."라고 말하였다. 이 때문에 두 신 사이에 점차로 원한이 생겼다. 三輪君逆은 隼人을 시켜 빈정을 경비하였다. ⓑ穴穂部皇子가 천하를 취하려고 하였는데, 화를 내며 "어째서 돌아가신 왕의 뜰에는 섬기고, 살아 있는 왕의 곳은 섬기지 않는가?"라고 말하였다.24)

(1)의 사료는 ⓐ의 敏達이 죽은 후에 物部守屋과 蘇我馬子가 군신을 대표해서 뢰25)를 하면서 서로를 비웃는 부분과 ⓑ의 穴穂部皇子가 황위를 노리고 있음을 암시하는 부분으로 구성되어 있다.

ⓐ의 뢰의 내용 때문에 소아씨와 물부씨의 원한이 생겼다고는 믿기 어렵지만, 당시 마자와 수옥이 좋지 않은 관계였다는 점은 부정하기 어렵다. 반면 ⓑ부분에 보이는 穴穂部皇子의 언행은 그가 황위에 뜻을 두고 있었음을 분명히 보여주고 있다고 생각된다.

24) 敏達紀 14年 秋8月 乙酉朔己亥 ⓐ天皇病彌留 崩于大殿 是時 起殯宮於廣瀬 馬子宿禰大臣 佩刀而誄 物部弓削守屋大連 听然而咲曰 如中獵箭之雀鳥焉 次弓削守屋大連 手脚搖震而誄 [搖震 戰慄也] 馬子宿禰大臣咲曰 可懸鈴矣 由是 二臣微生怨恨 三輪君逆 使隼人相距於殯庭 ⓑ穴穂部皇子 欲取天下 發憤稱曰 何故事死王之庭 弗事生王之所也
25) 誄儀禮의 경우는 敏達의 殯宮에서 최초로 행해진 것으로 기록되어 있지만, 실제로는 6세기 초 安閑朝 末年에 도입되어 행해졌던 것으로 천황의 빈이 시작되면 빈궁에서 뢰를 했던 사람은 혈연관계가 있는 사람－황자·황친－과 대신·대련을 필두로 한 집정자들이다. 위의 기사에서 뢰를 한 것을 듣고 서로 비웃었다는 것을 볼 때, 뢰의 내용은 정형화된 것이 아니라, 즉흥적인 창작이 필요했던 것으로 이해된다.(和田 萃,「殯の基礎的考察」,『史林』52-5, 1969, 57~59쪽.)

그런데 敏達 다음으로 즉위한 황자는 穴穗部皇子가 아닌 用明(橘豊日皇子)이었다. 용명은 欽明과 소아계의 堅鹽媛 사이에서 태어난 황자였다. 그는 흠명 말년부터 민달 초년에 걸친 대외관계26)에서 蘇我馬子와 함께 활동한 인물이고 그의 아들인 聖德太子도 推古朝에 항상 소아마자와 국정을 함께 할 만큼 소아마자와는 혈연적으로나 정치적인 면에서 대단히 긴밀한 관계에 있었다.27)

그런데 穴穗部皇子의 황위주장은 用明이 즉위한 이후에 더욱 노골화되었다.28) 용명 원년(586) 5월29)에는 혈수부황자가 炊屋姬(뒤의 推古天皇)가 머물고 있던 敏達의 빈궁에 침입하려고 하였다. 빈궁이라는 곳은

....

26) 敏達紀 元年 5月「天皇問皇子與大臣曰高麗使人 今何在」과 敏達紀 4年2月「天皇以新羅未建任那詔皇子與大臣曰 莫懶懈於任那之事」에서 황자를 彦人大兄皇子로 보기도 하지만, 언인황자가 「대형」·「태자」라고 기록되는 것은 天智·天武天皇과의 관계에서 계보 상 중요한 위치를 차지하고 있었기 때문이다. 또한 생몰 연도가 확실하지는 않지만, 민달기 초년에 그가 태자로 칭해지기에는 연령의 문제가 있다. 따라서 위의 기사에 나오는 황자는 橘豊日皇子(用明)로 보는 것이 타당하다고 한다. 또한 敏達紀 14年3月「詔橘豊日皇子曰 不可違背考天皇勅 可勤修乎任那之政也」라는 것을 통해서 볼 때도 민달조에 유력한 황자는 橘豊日皇子였고, 그가 소아마자와 긴밀한 관계에 있었음을 알 수 있다.(中道瀨一明,「聖德太子登場の背景をめぐって」,『日本書紀研究』9, 1976, 216~224쪽.)

27) 用明의 즉위과정을 보여주는 자료는 없다. 그러나 당시에 소아마자와 대립관계에 있던 물부수옥이 이후 혈수부황자와 손을 잡는 사실로 보아서 용명의 등극이 소아마자의 지지를 바탕으로 이루어졌다고 판단된다.

28) 그는 欽明과 蘇我系의 小姉君 사이에서 태어났다. 혈수부황자의 황위계승 자격에 대해서는 그가 敏達·用明과 같은 세대이고, 다음에서 검토하겠지만 佐伯連丹經手에게 피살된 곳이 자신의 皇子宮이었다는 사실로 보아서 혈통적으로나 경제적인 기반으로나 충분히 황위계승의 자격을 가지고 있었다고 판단되고 있다.(遠山美都男,「「丁未の役」の再構成」, 35쪽)

29) 用明紀 元年 夏5月 穴穗部皇子 欲姦炊屋姬皇后 而自强入於殯宮 寵臣三輪君逆 乃喚兵衛 重璋宮門 拒而勿入 穴穗部皇子問曰 何人在此 兵衛答曰 三輪君逆在焉 七呼開門 遂不聽入

천황이 죽은 이후부터 정식적인 장례를 행하기 전까지 시신을 모셔두는 곳이다. 빈궁을 지키는 사람은 대부분 황친의 여성들이었다.[30] 따라서 민달의 빈궁에 황후였던 취옥희가 머물고 있었던 것은 당연한 일이다. 기존의 연구에서 혈수부황자가 빈궁에 있던 취옥희를 찾아간 이유는 크게 2가지로 생각되어 왔다.

우선 彦人皇子가 태자로 임명된 것에 항의하기 위해 방문했다는 설은[31] 많은 연구자들이 동의하고 있다. 언인황자는 敏達과 廣姫 사이에서 태어난 장자이다. 사실 그가 정식으로 태자가 되었다는 기록은 없다. 다만 『고사기』의 彦人太子[32]라는 표현과 『서기』의 用明 2年 4月의 太子彦人皇子[33]라는 표기를 근거로 민달 말년 혹은 용명의 즉위와 함께 태자가 되었다는 주장을 하고 있다.

그러나 彦人皇子의 태자 임명은 사실이라고 보기 어렵다. 당시에는 아직 황태자제도가 확립되지 않았음으로 언인황자가 『서기』와 『고사기』에 太子라고 기록되어 있는 사실만을 가지고 그가 태자가 되었다고 할수는 없다. 『서기』의 太子라는 표현은 편찬 당시 편자에 의해 天智・天武의 조부인 언인황자를 추앙하여 고쳐 쓴 것이 아닌가 생각된다.[34] 또한 穴穂部皇子와 언인황자를 대립관계로 파악하는 것도 蘇我系皇子 대 非蘇我氏皇子라는 대립구도를 전제로 한 설정일 뿐이다. 언인황자가 민달

---

30) 和田萃, 「殯の基礎的考察」, 49~50쪽.
31) 坂本太郎, 『日本全史』 2, 東京大出版會, 1976, 12~13쪽.
32) 『古事記』敏達天皇段 「又娶息長眞手王之女比呂比賣命 生御子 忍坂日子人太子 亦名麻呂古王」
33) 用明紀 2年 4月 中臣勝海連 於家集衆 隨助大連 遂作太子彦人皇子像與竹田皇子像厭之 俄而知事難濟 歸附彦人皇子於水派宮 [水派 此云美麻多] 舍人迹見赤檮 伺勝海連自彦人皇子所退 拔刀而殺 [迹見姓也 赤檮名也 赤檮此云伊知毗]
34) 大橋信弥, 『日本古代國家の成立と息長氏』, 吉川弘文館, 1984, 199~200쪽.

의 장자이기는 하지만 그의 존재를 과대평가할 필요는 없다. 다만 用明
2년 4월에 물부수옥과 함께 혈수부황자를 지지했던 中臣勝海가 저주의
대상으로 敏達과 炊屋姬 사이에서 태어난 竹田皇子와 함께 언인황자를
택했던 사실로 보아 언인황자가 최소한 소아마자와 대립적인 관계는 아
니었다고 생각된다.

　한편 用明 원년 5월에 穴穗部皇子가 三輪君逆을 토벌한다고 하면서
용명의 궁이 있는 磐余池邊[35)]을 포위했던 사실을 바탕으로 용명 즉위에
대한 불만 때문에 용명을 토벌하려고 했다는 주장도 있다.[36)] 그리고 혈수
부황자는 대후인 炊屋姬와 관계를 맺음으로서 자신의 입장을 유리하게
하려 했다는 설도 있다. 당시에는 근친혼이 일반적이었고 취옥희는 풍부
한 재산－私部－을 소유하고 있었기 때문에 혈수부황자는 취옥희와의
혼인을 통해서 정치적 지위를 강화함으로서 용명의 즉위를 인정하지 않
고 자신이 즉위하려고 했다는 것이다.[37)]

　그런데 앞서 살펴봤듯이 彦人皇子가 입태자되었다는 것이 사실이 아
니라면 穴穗部皇子가 빈궁에 들어가려고 했던 이유는 소아마자의 지지
아래 등극했던 용명의 즉위에 대한 불만이었다고 밖에는 생각할 수 없다.

　용명 원년 단계에서 穴穗部皇子의 지지 세력은 物部守屋으로 이해된
다. 혈수부황자가 炊屋姬가 있던 敏達의 빈궁 침입하려 했을 때, 그것을

....

35) 鬼頭淸明, 「磐余の諸宮とその前後」 新版 古代の日本⑤『近畿Ⅰ』, 角川書
　　店, 1992.
36) 岸雅裕(「用明・崇峻期の政治過程」, 36쪽)의 이 주장은 敏達 사후에 用明
　　이나 崇峻이 아직 정식으로 즉위하지 않은 상태에서 炊屋姬가 臨朝乘政의
　　형태로 정치를 했다는 가설을 전제로 한 것이다. 그런데 용명이 즉위하지
　　않았다는 것은 입증하기 어렵다. 그리고 이전에 임조승정의 형태로 정치
　　를 했던 것은 전설적인 인물로 여겨지는 神功皇后가 유일한 예로 신뢰하
　　기 어렵다.
37) 遠山美都男, 「「丁未の役」の再構成」, 36쪽.

저지했던 자가 三輪君逆이었다. 그런데 혈수부황자가 삼륜군역을 토멸하려고 할 때 적극적으로 나선 인물이 바로 물부수옥이었기 때문이다.[38]

그런데 馬子의 후원 하에 用明이 즉위한다. 따라서 敏達의 후계자의 한 사람으로서 황위에 야심을 가지고 있던 穴穗部皇子로서는 당시 대련으로서 소아씨에 대항할 수 있는 유일한 세력이라고 할 수 있는 物部守屋의 지지를 바탕으로 황위를 주장하려 했던 것은 당연한 사실이라고 생각된다. 한편 蘇我馬子와의 대립관계에 있었던 물부수옥으로서도 소아씨계 황자이면서 용명 즉위에 불만을 품고 있던 혈수부황자보다 더 좋은 대상은 없었을 것이다.

이와 같은 사실이 인정된다면 物部守屋과 蘇我馬子의 배후에는 황위계승 문제가 존재하고 있었다고 할 수 있다. 그리고 소아마자의 지지가 없던 상황 하에서 穴穗部皇子가 빈궁침입이라는 방법을 택했다는 것은 敏達의 황후로서 천황가 내에서 일정한 위치를 점하고 있던 炊屋姬의 지지를 이끌어 내기 위한 행위였다고 밖에는 볼 수 없다.[39] 그러나 三輪

----

38) 用明紀 元年 夏5月 於是 穴穗部皇子 陰謀王天下之事 而口詐在於殺逆君 逡與物部守屋大連 率兵圍繞磐余池邊 逆君知之 隱於三諸之岳 是日夜半 潛自山出 隱於後宮 [謂炊屋皇后之別業 是名海石榴市宮也] 逆之同姓白堤與橫山 言逆君在處 穴穗部皇子 卽遣守屋大連 [或本云 穴穗部皇子與泊瀨部皇子 相計而遣守屋大連]曰 汝應往討逆君幷其二子 大連逡率兵去 蘇我馬子宿禰 外聞斯計 詣皇子所 卽逢門底 謂皇子家門也 將之大連所 時諫曰 王者不近刑人 不可自往 皇子不聽而行 馬子宿禰 卽便隨去到於磐余 [行至於池邊] 而切諫之 皇子乃從諫止 仍於此處 踞坐胡床 待大連焉 大連良久而至 率衆報命曰 斬逆等訖 [或本云 穴穗部皇子 自行射殺] 於是 馬子宿禰 惻然頹歎曰 天下之亂不久矣 大連聞而答曰 汝小臣所不識也 [此三輪君逆者 譯語田天皇之所寵愛 悉委內外之事焉 由是炊屋姬皇后與馬子宿禰 俱發恨於穴穗部皇子]

39) 황후의 권한에 대해서는 敏達紀 6年 春2月에「詔置日祀部・私部」라는 기사를 중요하게 다룬다. 「私部」라는 것은 황후의 부로서 炊屋姬의 권한 강화뿐만이 아니라, 이후 황후의 권한을 강화하는 원동력이 되었다고 한

君逆이 혈수부황자의 토멸군을 피해서 숨은 곳이 취옥희의 별궁이었고,
혈수부황자에게 삼륜군역의 토멸을 중지하도록 간한 것이 소아마자였다
는 사실로 보아 혈수부황자가 당시에 천황가에서 힘이 있던 취옥희와
소아마자의 지지를 얻는데 실패했음은 자명한 사실이라고 생각된다.

　用明天皇은 2년(587)이 되면 중병을 앓게 된다. 이때부터 연합관계에
있던 穴穗部皇子와 物部守屋의 관계가 변하게 된다. 4월에는 혈수부황
자가 물부수옥의 의사에 반해서 병이 든 용명을 만나러 豐國法師와 함께
내전에 들어가는 사건이 발생하고,40) 5월에는 물부수옥이 혈수부황자를
제거하려는 음모가 발각된다.41) 혈수부황자로서는 경쟁 상대이었던 용
명이 이미 중병을 앓고 있는 이상 馬子의 지지 없이 등극할 수 없는 상황
을 잘 알고 있었기 때문에 마자와 적대관계에 있던 물부수옥과의 결별은
불가피했을 것이다.

　그렇지만 蘇我馬子는 炊屋姬의 명령을 받들어 穴穗部皇子와 宅部皇
子를 죽인다.42) 혈수부황자를 죽인 후에 마자는 物部守屋까지도 토멸한
다.43) 소아마자의 뜻에 거역한 자가 등극할 수 없음을 분명히 보여 준

다. 더욱이 취옥희의 별업으로 표시되는 三輪君逆이 숨었던 장소는 취옥
희가 어느 정도 경제적 기반을 가지고 있었던 것을 보여주는 것으로 이해
된다. 경제적 기반뿐 아니라, 민달의 황후였던 취옥희는 민달 사후의 조정
에서 대모 격인 존재로서 이해된다.

40) 用明紀 2年 夏4月 乙巳朔丙午 … 於是 皇弟皇子 [皇弟皇子者 穴穗部皇子
卽天皇庶弟] 引豐國法師 [闕名也] 入於內裏 物部守屋大連 邪睨大怒
41) 崇峻紀 卽位前紀 5月 物部大連軍衆 三度驚駭 大連元欲去餘皇子等 而立穴
穗部皇子爲天皇 及至於今 望因游獵 而謀替立 密使人於穴穗部皇子曰 願與
皇子 將馳獵於淡路 謀泄
42) 崇峻紀 卽位前紀 6月 甲辰朔庚戌 蘇我馬子宿禰等 奉炊屋姬尊 詔佐伯連丹
經手・土師連磐村・的臣眞嚙曰 汝等嚴兵速往 誅殺穴穗部皇子如宅部皇子
是日夜半 佐伯連丹經手等 圍穴穗部皇子宮 於是 衛士先登樓上 擊穴穗部皇
子肩 皇子落於樓下 走入偏室 衛士等擧燭而誅 ◎辛亥 誅宅部皇子 [宅部皇
子 檜隈天皇之子 上女王之父也 未詳] 善穴穗部皇子 故誅

사건이라고 할 수 있다.

그런데 馬子가 物部守屋을 토멸하기 전에 여러 황자나 군신과 함께 모의했고, 守屋討滅軍이 泊瀨部皇子 이하 당시의 유력한 황자(ⓐ)와 대다수의 씨족들(ⓑ)로 이루어진 것을 보아 당시 마자는 지배층의 절대적인 지지를 받고 있었다고 할 수 있다. 반면 물부수옥의 군은 자제와 노군(ⓒ)만으로 구성되어 있었다. 수옥은 씨족들 사이에서 고립되어 있었다는 이야기가 된다.[44] 이것은 마자의 이해관계가 씨족과 황실의 그것과 일치하고 있다는 사실을 보여주는 것으로 마자의 지지가 없다면 유력한 씨족이나 황실의 지지를 얻을 수 없다는 사실을 나타낸다고 하겠다.

4. 崇峻天皇의 암살과 推古天皇의 즉위

用明이 재위 2년 만에 죽고 뒤를 이어 즉위한 인물이 崇峻이다. 그는 穴穗部皇子의 동모제인 泊瀨部皇子로 欽明과 小姉君 사이에서 태어났다. 그는 동모형인 혈수부황자가 馬子의 만류에도 불구하고 三輪君逆을

---

43) 崇峻紀 卽位前紀 秋7月 蘇我馬子宿禰大臣 勸諸皇子與群臣 謀滅物部守屋大連 ⓐ泊瀨部皇子・竹田皇子・廐戶皇子・難波皇子・春日皇子・蘇我馬子宿禰大臣・紀男麻呂宿禰・巨勢臣比良夫・膳臣賀拕夫・葛城臣烏那羅 俱率軍旅 進討大連 ⓑ大伴連嚙・阿倍臣人・平群臣神手・坂本臣糠手・春日臣闕名字 俱率軍兵 從志紀郡 到澁河家 大連親率ⓒ子弟與奴軍 築稻城而戰 …

44) 物部守屋은 연합 세력을 형성했던 흔적을 볼 수 없고, 物部氏의 지배하에 있었다고 할 수 있는 中臣連 정도가 守屋에게 협조하고 있다. 그리고 子弟・奴軍과 물부수옥을 위해 분전했던 이는 그의 資人이었던 捕鳥部萬인 것에서도 알 수 있는 것처럼 守屋軍의 주체는 물부씨의 씨족적지배가 미치는 수옥의 사병으로 이해된다.(加藤謙吉, 『蘇我氏と大和王權』, 吉川弘文館, 1983, 129쪽)

살해할 때 혈수부황자와 공모했다는 것이 『서기』의 분주45)에 기록되어 있고, 혈수부황자가 마자에게 죽임을 당하는 것 때문에 반마자계의 인물로 보이기도 한다.

그러나 崇峻의 이름이 馬子의 物部守屋 토멸군에 가장 먼저 보이고 있다. 그러므로 명확하게 어느 시점부터 마자가 그와 연결되었는지는 알 수 없지만 적어도 즉위 전인 7월까지는 竹田皇子 혹은 廐戶皇子 이상으로 마자와 밀접한 관계를 맺었다고 할 수 있다. 다시 말하면 그의 즉위는 마자와 炊屋姬의 협력을 바탕으로 하고 있었다.46)

그런데 崇峻은 즉위 5년 만에 마자의 손에 의해 살해된다. 그의 암살 과정을 나타내는 사료가 숭준기 5년(592) 冬10월조와 同11월조이다.

(1) 산돼지를 바치는 자가 있었다. 천황은 산돼지를 가리켜 말하기를 "언젠가 이 산돼지의 목을 자르는 것 같이 내가 싫어하는 사람의 목을 자르겠다."라고 하였다. 무기를 많이 모은 것이 여느 때와 달랐다. 임오, 蘇我子宿禰가 천황이 조한 것을 듣고, 자기를 싫어하는 것을 두려워하였다. 儻者(일족)를 모아 천황을 시해할 것을 모의하였다.47)

(2) 馬子宿禰가 군신들을 속여 말하기를 "오늘 동국의 조를 바친다."라고 하였다. 東漢直駒에게 천황을 시해하게 하였다. 이날 천황을 倉梯岡陵에 장사지냈다.48)

....

45) 用明紀 元年 5月 … 穴穗部皇子 卽遣守屋大連 [或本云 穴穗部皇子與泊瀨部皇子 相計而遣守屋大連]曰 汝應往討逆君幷其二子 大連遂率兵去 …

46) 山尾幸久, 「大化改新論序說(上)」, 27쪽.

47) 崇峻紀 5年 冬10月 癸酉朔丙子 有獻山猪 天皇指猪詔曰 何時如斷此猪之頸 斷朕所嫌之人 多設兵仗 有異於常 ◎壬午 蘇我馬子宿禰 聞天皇所詔 恐嫌於己 招聚儻者 謀弒天皇

48) 崇峻紀 5年 11月 癸卯朔乙巳 馬子宿禰 詐於群臣曰 今日進東國之調 乃使東

(3) 이 달 東漢直駒는 蘇我嬪河上娘을 훔쳐 처로 하였다. 馬子宿禰는 河上娘을 駒가 훔친 것을 모르고 죽은 것으로 알았다. 駒가 빈을 더럽힌 사실이 밝혀져 대신에 의하여 살해되었다.[49)]

(1)은 崇峻이 암살당하게 된 이유를 서술한 것으로 숭준과 馬子와의 불화 상을 나타내는 부분이다. 그리고 마자가 자신들의 일족(儻者)을 모아 천황을 암살할 것을 모의했다는 것은 신하였던 마자가 천황 암살을 계획하고 실현했다는 사실과 당시 고립되어 있던 숭준의 처지를 잘 보여주고 있는 부분이다. (2)는 구체적으로 숭준이 살해되는 과정이고, (3)은 마자의 명령을 받고 숭준을 죽인 東漢直駒를 죽임으로서 숭준 시역의 죄를 동한직구 한 사람에게 전가시킴으로서 사건을 마무리하는 사후처리 부분이다.

馬子가 행한 崇峻 암살은 穴穗部皇子와 物部守屋의 토멸사건 이후 절대적인 영향력을 행사하게 된 소아마자의 힘을 보여주는 사건이다. 더구나 이전의 황위계승을 둘러싸고 벌어졌던 황자끼리의 암살과 달리 신하에 의해서 이루어진 최초의 천황 암살이다. 따라서 이 사건은 천황을 암살할 정도의 영향력을 가진 소아씨의 모습을 보여준다.

崇峻은 다른 천황들과 달리 4년간의 재위에도 불구하고 정식 황후를 가지지 못했으며[50)] 사료(2)에서 볼 수 있는 것처럼 죽은 당일에 빈도

漢直駒 弑于天皇 [或本云 東漢直駒 東漢直磐井子也] 是日 葬天皇于倉梯岡陵

49) 崇峻紀 5年 是月(11月) 東漢直駒 儵隱蘇我嬪河上娘爲妻 [嬪河上 蘇我馬子宿禰女也] 馬子宿禰 忽不知河上娘 爲駒所儵 而謂死去 駒汚嬪事顯 爲大臣所殺

50) 崇峻紀 元年 春三月 「立大伴糠手連女小手子爲妃」이라는 기사를 제외하고 황후를 세우는 기사는 없다. 在位가 2년밖에 안 되는 用明도 원년에 穴穗部間人皇女를 황후로 했다는 것과도 비교된다.

없이 장례가 진행되었다. 한편 숭준 암살 한 달 후에 推古 즉위가 이루어
지는 것으로 보아 마자의 숭준 암살 사건은 당시 지배층에게도 무리 없이
받아들여졌다고 생각된다.

穴穗部皇子는 敏達天皇의 유력한 후계자였음에도 불구하고 馬子에게
제거되었다. 반면에 崇峻은 마자에 의해서 추대되었음에도 불구하고 또
한 마자의 손에 의해서 제거되었다. 이런 마자의 행위가 기본적으로는
소아씨의 권력을 유지하기 위한 것임은 자명한 사실이었다고 생각된다.
그러나 소아씨의 권력 유지라는 것도 황권의 안정이 없다면 지켜질 수
없다. 혈수부황자의 토멸이나 물부수옥 토멸, 나가서는 숭준천황암살 등
의 일련의 사건이 황실 내부의 황위의 계승을 둘러싼 권력 투쟁에서 촉발
되었다. 따라서 천황이 신하에게 살해되는 상황에서 황실을 안정시키고
소아씨의 권력을 안정시키는 길은 소아씨와 협력할 수 있으면서도 황실
내부를 안정시킬 수 있는 인물이 되어야만 했다.

推古[51]는 欽明과 堅鹽媛 사이에서 탄생한 用明의 동모제였다.[52] 敏達
의 황후로서 민달 사후에는 천황가의 대모로서 위치하고 있었고, 崇峻이

---

51) 推古의 「豊御食炊屋姫(とよみけかしぎや)라는 諡號에서 「とよみ」라는 것
은 수확물을 의미하고, 「かしぎや」라는 것은 부엌을 의미하는 것이다. 모
두 농경 의례와 관계 깊은 것이라고 할 수 있다. 하지만 推古는 이름 이외
에는 샤만으로 파악할 만한 사료는 거의 나타나고 있지 않다. 義江明子는
推古의 이름을 불교홍룡과 관계된 것으로 파악하고 있다.(義江明子, 「推古
天皇の讚え名 "トヨミケカシキヤヒメ"をめぐる一考察」, 『帝京史學』 17,
2002) 따라서 그녀의 출현에 샤만으로서의 성격이 강하게 작용했다고 단
정할 만한 증거는 없다고 생각된다.
52) 推古紀 卽位前紀 豊御食炊屋姫天皇 天國排開廣庭天皇中女也 橘豊日天皇
同母妹也 幼曰額田部皇女 姿色端麗 進止軌制 年十八歲 立爲渟中倉太玉敷
天皇之皇后 卅四歲 渟中倉太珠敷天皇崩 卅九歲 當于泊瀬部天皇五年十一
月 天皇爲大臣馬子宿禰見殺 嗣位旣空 群臣請渟中倉太珠敷天皇之皇后額
田部皇女 以將令踐祚 皇后辭讓之 百寮上表勸進 至于三乃從之 因以奉天皇
之璽印

蘇我馬子에게 살해당한 후에 즉위하여 최초의 여제가 된다. 그런데 추고의 어머니인 견염원은 마자의 누이동생이다. 따라서 추고는 마자의 조카로 소아씨와 혈연적으로 깊은 관계를 가지고 있었다([그림1] 참조).

馬子는 敏達 초부터 用明과는 협력관계를 유지하고 있었다. 이런 협력관계가 바탕에 있었기 때문에 용명의 등극이 가능했었다고 생각된다. 그 협력관계는 아들인 聖德太子의 대까지도 이어져 내려갔다.[53) 그런데 推古는 그 용명의 동모제인 것이다. 그리고 후일 용명의 아들인 성덕태자를 섭정으로 하여 함께 정치를 한다. 따라서 황실의 소아계의 외손 중에서도 推古는 누구보다도 마자와 가까운 관계에 있었다고 생각된다. 마자와 추고가 가까운 관계였다는 것은 추고가 마자에 의해서 추대된다는 사실에서도 입증된다.

그런데 推古는 敏達의 황후였을 뿐만 아니라 황실에서 결정한 황위계승에 반대하던 穴穗部皇子의 주살을 명령[54)한다던가, 用明 사후 崇峻에게 즉위하기를 권하는 등[55) 황실이 흔들릴 때 언제나 중심에 서서 이를 안정시키고 있다. 그가 황실의 중심에 있었음은 천황 위를 노리던 혈수부황자가 취옥희가 있던 민달의 빈궁을 침입하려고 했던 사실이나 三輪君逆이 혈수부황자의 토멸군을 피해서 숨은 곳이 추고의 별궁이었던 사실, 그리고 혈수부황자 토멸을 직접 명령하는 등의 사실로도 입증이 된다.[56)

---

53) 聖德太子와 馬子가 친밀한 관계였다는 것은 崇峻卽位前紀 秋7月의 物部守屋討滅軍에 廐戸皇子의 이름이 보이는 것부터 推古가 즉위한 후, 섭정 취임 이후에「皇太子와 大臣이 함께」라는 형태로 여러 곳에서 공치하는 모습이 추고기 곳곳에 나타난다.
54) 崇峻紀 卽位前紀 6月 蘇我馬子宿禰等 奉炊屋姬尊 詔佐伯連丹經手・土師連磐村・的臣眞嚙曰 汝等嚴兵速往 誅殺穴穗部皇子如宅部皇子
55) 崇峻紀 卽位前紀 8月 癸卯朔甲辰 炊屋姬尊與群臣 勸進天皇 卽天皇之位 以蘇我馬子宿禰爲大臣如故 卿大夫之位亦如故
56) 황후집정이란 정치체제의 출현으로 황후도 황자와 같은 황위계승자가 될

당시 천황가에서 推古는 가장 영향력이 있는 인물로 황실을 안정시킬 수 있는 유일한 인물이었다고 할 수 있다. 그러나 추고의 권위는 그녀가 민달의 황후가 된 순간부터 보유하고 있었던 것은 아니라, 민달 사후의 정국을 거치면서 점점 커졌던 것으로 이해된다.[57]

그것은 推古 등극 이전에는 穴穗部皇子의 주살 사건과 崇峻暗殺 사건이 있었고 사후에도 황위를 둘러싼 분쟁이 잇따라 일어났음에도 불구하고 추고조에만 황위를 둘러싼 분쟁이 전혀 없었다는 사실에서도 입증된다.[58]

그런데 崇峻의 암살사건 후 馬子의 의중에 반해서 아무도 등극할 수 없었다는 것은 부정할 수 없다. 그리고 推古가 마자의 힘에 의해서 추대되었다는 것도 부정할 수 없다. 따라서 마자가 추고를 추대한 것은 추고야말로 당시 황위계승의 분쟁을 종식시켜서 황실을 안정시킬 수 있고 소아씨 권력을 보장할 수 있는 유일한 인물이었기 때문이었다고 할 수

수 있는 자격을 가지게 됨으로서 최초의 여제인 推古가 출현하게 되었다는 설(岸俊男,「光明立后の史的意義」,『日本古代政治史研究』, 塙書房, 1975, 239~241쪽)과 황후집정론에 보정능력을 결합해서 추고의 즉위는 欽明의 자식 세대에서 손자 세대로 이행하는 시기였기 때문에 왜왕권은 모순의 폭발을 피하기 위해 추고를 여제로 추대했다는 논리인 세대내계승론(大平 聰,「日本古代王權繼承法試論」, 15~17쪽)은 위와 같은 과정을 통해 추고의 권한이 강화되었다는 것보다는 추고가 처음부터 그런 권한을 가지고 있었던 것으로 이해하고 있고, 더구나 추고가 강한 권위 혹은 권한의 형성에 중요한 역할을 한 것은 소아마자라는 것을 간과하고 있다.

57) 加藤謙吉,『蘇我氏と大和王權』, 140~141쪽.
58) 崇峻이 암살된 후에 황위계승을 둘러싼 어떤 움직임도 포착되고 있지 않다. 당시 황자들이나 군신들이 동요하고 있었다고 볼 수는 없다.(荒木敏夫,『可能性としての女帝』, 60쪽) 따라서 천황이 암살되는 상황에서 어떤 황자도 천황이 되기를 꺼렸기 때문에 정국 안정의 필요에 의해 임시적으로 민달의 황후였던 추고가 중천황으로 즉위했다(井上光貞,「古代の女帝」, 225~226쪽)는 중천황론은 이해하기 힘들다.

있다.

推古의 즉위는 蘇我馬子의 崇峻 암살과 동전의 양면 같은 사건이었다고 할 수 있다. 당시 마자는 用明·崇峻 즉위에도 적극적으로 개입했던 것을 알 수 있다. 더욱 마자가 추고 즉위 직전에 숭준 암살이라는 전무한 천황암살사건까지 일으킬 정도로 힘을 발휘하고 있었다.

그런데 당시에도 황위계승문제를 둘러싸고 物部守屋의 토멸, 穴穗部皇子의 살해, 그리고 천황인 崇峻의 살해사건까지 일어난 뒤숭숭한 상태에 있었다. 그리고 아직도 소아계의 廐戶皇子[59]나 竹田皇子[60]같은 유력한 황위계승후보자들도 존재하고 있었다. 따라서 마자의 권력을 보장하면서도 이런 불안을 해소할 수 있는 인물은 소아계이면서도 마자에 대한 협력자이고 황실에서 권위를 가지고 있던 推古 밖에는 없었다고 생각된다. 마자가 추고를 즉위시킨 것은 여기에 그 이유가 있었다.

----

59) 推古紀 원년 4월에 「立廐戶豊聰耳皇子 爲皇太子 仍錄攝政 以萬機悉委焉」이란 기사가 있다. 이 기사를 가지고 推古가 천황이 되었지만, 실제로 정치를 담당한 자는 廐戶皇子(聖德太子)라고 보기도 했었다. 하지만 구호황자가 태자가 된 것은 추고 10년경으로 볼 수 있고, 이 기사는『서기』편찬 당시에 이미 성덕태자신앙이 성립했던 것에서 기인한 것이라고 할 수 있다.(直木孝次郎,「廐戶皇子の立太子について」, 論集日本歷史 I『大和王權』, 有精堂, 1976) 이런 것을 볼 때 여제즉위 - 태자섭정이라는 것은 후대에 윤색되었던 것이라고 할 수 있다. 그러므로 추고의 즉위 후에 제1의 실력자는 소아마자라고 할 수 있고, 추고 즉위가 천황가에서만 의도된 것이라고는 할 수 없다.

60) 竹田皇子는 敏達과 推古 사이에서 태어난 황자로서 中臣勝海가 彦人皇子와 함께 저주했던 대상이고, 守屋討滅軍에도 가담한 것으로 나타난다. 그런데 추고가 즉위한 이후 기록에 나타나지 않고, 추고가 죽전황자릉에 합장하기를 유언했다는 기록에서 추고보다 일찍 세상을 떠났을 것으로 추측된다.

5. 맺음말

이상 본문에서 蘇我氏가 정국의 주도권을 장악하면서 推古가 즉위하게 되는 과정을 살펴보았다. 馬子는 아버지인 稻目을 계승해서 대신이된 후에 穴穗部皇子와 物部守屋을 토멸하고 대신독주체제를 구축하게된다. 이후 用明과 崇峻이라는 소아씨계 천황을 등극시켰지만, 그의 의도와 다르게 상황이 전개되었다. 그런데 마자의 조카인 추고는 敏達 사후의정국에서 중심에 서 있었다. 따라서 마자는 천황가 내에서도 권위가 있으면서 유력한 황자들의 불만을 잠재울 수 있는 추고의 즉위를 통해 소아씨의 권력을 강화하려고 하였다. 추고의 등극은 소아씨의 권력 강화와 불가분의 관계를 맺고 있음이 명확하게 되었다고 할 수 있다. 하지만 본고는고대의 6인 8대의 여제 중에서 추고만을 대상으로 하고 있다. 앞으로그 이후에 등장하는 여제의 검토를 통해서 고대 여제에 대한 출현 이유와성격을 검토하는 추가 작업이 요구된다.

[그림1] 推古天皇의 계보[61]

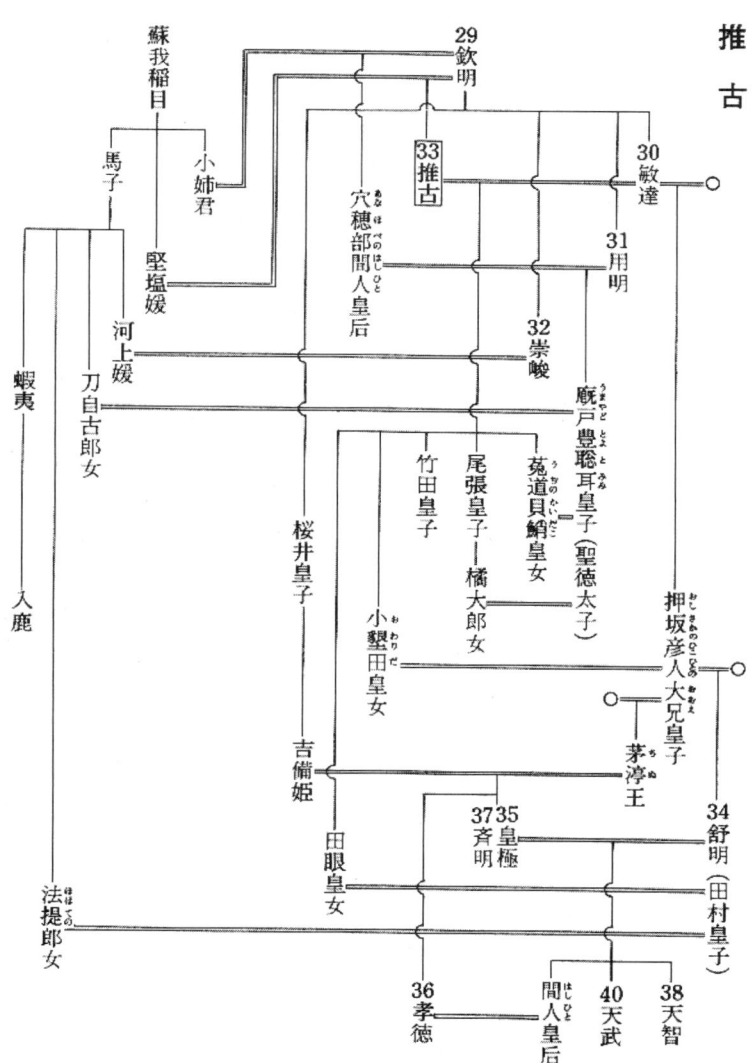

....

61) 武光誠 編,『古代女帝のすべて』, 新人物往來社, 1991, 211쪽 재인용.

제 2 장 │ 인물로 본 고대

2

『日本書紀』大化 5년의 新羅使 金多遂에 관한 小考

이재석*

1. 문제의 제기

640년대는 신라에게는 미증유의 위기의 시기였다. 주지하듯이 642년 의자왕의 對신라 공세가 성공하여 신라 서부 40여 성과 대야성이 함락 당하였다. 또 對당 관문에 해당하는 서해안의 요충지 당항성이 백제와 고구려의 연계 속에 공격을 받은 것은 곧 신라가 한반도에서 고립되었음을 상징적으로 보여주는 사건이었다. 신라는 외교적·군사적 고립을 타개하기 위해 백제를 제외한 일종의 全方位 외교를 모색하게 되었다. 그러나 642년 고구려와의 제휴가 어렵게 되자 그 이후 신라는 오로지 대당외교에 전력을 기울이게 되었으며 對왜국 외교의 전개도 그 연장선상에서 나온 조치였다. 이러한 신라의 외교를 주도한 것이 바로 김춘추였으며 647년 그의 왜국 방문도 이러한 외교적 노력의 소산이었다.

* 일본고대사 동북아역사재단 연구위원

그런데『日本書紀』에는 이 시기에 방문한 신라 사신에 대하여 '質'로 표현한 경우가 있다. 하나는 647년의 김춘추의 訪日이며 또 하나가 본고의 고찰 대상인 金多遂이다.『日本書紀』효덕천황 大化 5년(649) 是歲條 (후술)에 의하면 이해에 신라에서 사신 金多遂가 '質'로서 파견되어 왔다고 한다. 그의 訪日은 시기적으로 동 大化 3년(647)에 이루어진 김춘추의 訪日과도 무관하지 않은 것으로 생각된다. 종래 김춘추의 방일에 대해서는 많은 관심과 주목을 받았다고 할 수 있으나[1] 김다수의 방일은 그다지 주목을 받지 못하였다. 게다가 그 역시 김춘추의 경우와 마찬가지로 '質'로 표기되어 있는 점에서 김다수의 방일은 곧『日本書紀』의 '질'에 대한 이해의 심화로 직결될 수 있는 소재이기도 하다. 또한 김춘추가 신라의 고립을 타개하고 후일 삼국통일의 발판을 마련하기 위해 고구려, 당, 왜국을 오가면서 외교를 전개하였듯이 김다수 역시 당과 왜국을 왕래한(후술) 인물이었다. 그런 김다수에 대하여『日本書紀』는 김춘추와 마찬가지로 '질'로 기재하면서 무언가 특수한 의미를 부여하며 그의 행적을 전하고 있는 것이다.

김다수에 대한 사료는 그렇게 많이 남아 있지 않다. 김다수의 개인 신상에 대해서는 후술하는 상기 是歲條에 보이는 것처럼 그는 신라 6부의 하나인 沙喙部 사람이었으며 649년의 시점에 그의 지위는 沙湌(17계 관등제의 8위)이었다는 정도가 모두이다. 그리고 당의 사료인『文館詞林』(후술)에 그가 신라의 견당사절로 파견된 사실이 확인되는 정도이다. 김다수가 당과 왜국의 사신으로 기용되었다는 사실에서 아마도 그는 신라

----

1) 김춘추의 방일에 대한 연구로서 대표적인 것은 김현구,「日唐關係의 成立과 羅日同盟-『日本書紀』'金春秋의 渡日' 記事를 中心으로」,『金俊燁敎授華甲記念中國學論叢』. 1983 ; 양기석「三國時代 人質의 性格에 대하여」,「사학지」15, 1981 ; 三池賢一,「<日本書紀>"金春秋의 來朝"에 대하여」,『古代의 日本과 朝鮮』所收, 學生社, 1974.

조정의 외교관으로서 두각을 나타내고 있던 인물이었던 것으로 보인다.

당과 왜국을 오간 김다수는 왜국에서 어떤 임무를 수행하였던 것일까? 그리고 그는 『日本書紀』의 표현대로 과연 '질'이었을까? 본고에서는 신라사 김다수의 방일의 목적과 성격에 대해 살펴보고자 한다.

2. 김다수의 訪中과 목적

1 │ 관련 사료의 검토

먼저 김다수의 방중 관련 사실을 검토해 보기로 하자. 김다수에 관한 최초의 사료가 바로 견당사절로서의 행적을 전하는 것이다. 관련 사료를 제시하면 다음과 같다.

[사료-1] 『文館詞林』 664권 <貞觀年中撫慰新羅王詔一首>
皇帝問柱國樂浪郡王新羅王金善德…(중략)…高麗恃其險阻, 肆行凶慝, 數動干戈, 侵王境界. 朕愍王在遠遭其充斥, 頻命行人示其利害. 而凶愚之性,莫肯悛革. 故違朕命, 曾不休兵. 加以莫離支蓋蘇文苞藏禍心, 乃殺害偏於忠良, 凶虐被其土境. 逆亂旣甚, 罪釁難容. 朕是以大發師徒, 往申弔伐, 拯彼國之危急, 濟遼左之塗炭. 剋定之期, 在於旦夕. <u>去年王使人金多遂還日, 具有璽書, 以水軍方欲進路. 令王遣大達官, 將領人船, 來相迎引.</u> 訝王比來絶無消息, 爲是被高麗斷截, 爲是不遣使來, 引領東顧, 每勞虛想. 前本欲令禮部尙書江夏郡王道宗, 總統水軍. 今道宗別有任使. 仍先令光祿大夫刑部尙書長亮總統舟艦, 又令特進太子詹事英國公李勣亦爲大總管, 董率士馬, 並水陸俱進, 直指敵庭. 計四月上旬之內, 當入高麗之境. 若同惡相濟, 敢拒王師, 偏肆軍威, 俾無遺類. 王與高麗怨隙旣重, 所部之兵, 想裝束久. 弁宜與

左驍衛長史任義方相知, 早令募集應行兵馬, 並宜受長亮等處分. 朕
仍令行軍總管守右驍衛將軍東平郡開國公程名振等, 爲長亮前軍, 並
遣朝散大夫莊元表, 副使右衛勳衛旅師段智君等, 使往彼國. 元表等
之日, 王卽宜遣使到亮等軍所, 共爲期會. 仍須遣使, 速來奏. 朕今六
合之師, 百道俱進. …(중략)… 朕卽以今月十二月, 發洛陽至幽州. 便
當東巡遼左, 觀省風俗, 親問疾苦, 戮渠魁之多罪, 解黎庶之倒懸, 被
以朝恩, 播玆愷澤. 當令三韓之吏人, 五郡士庶, 永息風塵之警, 長保
丘山之安. 王早著迺誠, 每盡藩禮. 干戈所臨, 爲王除害. 忻悅之情, 固
當何已. 所遣之兵, 宜簡精銳. 破賊之日, 若能立功, 具錄聞奏. 當加褒
獎. (후략)

　먼저 사료의 출전인 『文館詞林』은 당 고종 10년(658)에 許敬宗과 劉
伯宗이 칙명을 받들어 편찬한 詩文叢書로서 원래 1,000권에 달하는 巨帙
이었다고 한다. 현재 20여 권만이 알려져 있는데 현존하는 『文館詞林』
664권에 상기 <貞觀年中撫慰新羅王詔一首> 외에 <貞觀年中撫慰百濟
王詔一首>, <後魏孝文帝與高句麗王雲詔一首> 등 한국 고대사와 관련
된 외교 사료 3점이 수록되어 있으며 이점은 이미 학계에도 보고되어
있다.2)

　[사료-1]의 내용을 간단하게 요약하면 다음과 같다. 이 조서는 당 태
종이 고구려 정벌을 단행하면서 선덕왕에게 내린 것이며 그 작성 시기는
문중의 '朕卽以今月十二月, 發洛陽至幽州'라고 한 점과 『구당서』 등의
관련 사료를3) 참고로 해서 생각해보면 貞觀 19년(645) 2월 12일보다

2) 주보돈, 「<문관사림>에 보이는 한국고대사 관련 외교문서」, 『경북사학』
　15, 1992 ; 石見淸裕, 「唐·太宗期の韓半島三國と中國との外交交涉史料」,
　『일본연구』22, 한국외대 일본연구소, 2004.
3) 예를 들어 『구당서』 태종본기 (정관) 十九年 春二月 庚戌조에 "上親統六軍
　發洛陽"이라고 나오며 여기서의 2월 경술은 곧 12일이므로 [사료-1]과

약간 앞선 시기의 낙양에서 작성되었다고 보는 것이 타당하다.[4] 그 내용
의 핵심은 고구려 연개소문의 무도함을 비난한 뒤 요컨대 고구려를 정벌
하기 위해 李勣과 張亮 등을 파견하였기에 신라군은 장량의 지휘를 받을
것이며 그것을 위해 지금 당에서 신라로 莊元表와 段智君을 사자로 파견
하였기에 신라는 이들이 도착하는 대로 장량과 연락을 취하고 또 당에도
보고하기 바란다는 것이다.

여기서 김다수와 관련된 부분은 '작년 즉 644년에 신라의 사신인 김다
수가 귀국하는 날에 자세하게 璽書에 쓴 것처럼 수군을 동원하여 나아가
고자 하며 신라왕으로 하여금 대달관을 파견하여 사람과 선박을 인솔하
여 와서 (당의) 수군을 맞이하게 하려 하였다.'고 언급한 부분에 나타난
다. 石見清裕는 이 부분에 대한 원문을 "以水軍方欲進路. 今王遣大達官,
將領人船, 來相迎引."으로 간주하여 '수군을 동원하여 나아가고자 하였
습니다. 지금 신라왕 그대는 대달관을 파견하여 사람과 선박을 인솔하여
와서 우리 수군을 맞이하여 인솔해 주었습니다.'로 해석하였다.[5] 石見의
해석대로라면 신라군과 당의 수군은 이미 만난 것으로 되어버리는데 이
것은 후속 내용과 배치된다. 즉 뒤에 나오는 것처럼 당의 수군을 이끄는
장량의 군과 신라군은 아직 만난 상태가 아니며 양군의 만남을 위하여
장원표 일행이 별도로 신라로 파견되고 있음을 볼 때 石見의 해석에는
문제가 있다. 이 문제는 원래 원문의 "今王遣大達官"을 "今王遣大達官"
으로 오독한 것에서 비롯된 것으로 보인다. 따라서 당 태종이 김다수에게
준 璽書에는 당이 고구려를 칠 때 당의 수군과 신라군이 만나 당의 지휘
아래 같이 움직이도록 하는 내용이 들어가 있었다고 보는 것이 타당할
것이다.

....

정확하게 일치한다.
4) 주보돈, 주2)의 앞의 논문, 164쪽.
5) 石見清裕, 주2)의 앞의 논문, 15쪽.

김다수의 입당 시기에 대해서는 644년 정월파견설이 유력하다. 즉『삼국사기』에 보이는 선덕왕 13년(644) 정월에 "遣使大唐獻方物"기사의 견당사 파견이[6] 곧 김다수 일행의 파견으로 해석하는 것이 통설이다.[7] 위의 [사료-1]에서 당 태종이 김다수의 귀국 이후에 신라로부터 사신 왕래가 끊어져 노심초사하였다고 술회하고 있는 점에서 볼 때 현재의 통설은 타당하다고 하겠다.

2 ┃ 김다수 파견의 목적

그렇다면 김다수의 당 파견의 목적은 무엇이었을까? 그의 파견과 관련하여 주목할 점은 640년대 들어 신라를 둘러싼 국제환경이 급변하기 시작하였다는 사실이다. 641년의 고구려 연개소문의 정변, 642년 백제 의자왕 주도의 정변의 발생을 계기로 백제와 고구려의 연계가 성립하여 신라를 압박하는 구도가 형성된 것이다. 642년(선덕왕 11) 7월 신라의 서부 40여 성이 백제에게 공략당하고 8월에는 대야성마저 함락되었다. 이해 겨울 신라는 김춘추를 고구려에 파견하여 교섭케 하였으나 교섭은 결렬되고 김춘추 자신이 영어의 몸이 되었다가 김유신의 출격으로 간신히 신라로 돌아올 수 있었다.

642년의 신라 견당사는『삼국사기』신라본기에 의하면 두 차례 있었다고 한다. 즉 동년 정월과 8월의 견당사가 그것이다. 이 중 전자는 백제의 대대적인 공세가 있기 전의 파견이며 다분히 의례적인 파견으로 생각되며 특별히 문제가 있는 것은 아니다. 그러나 8월의 견당사는『삼국사기』백제본기 의자왕 3년(643) 冬11월조에도 유사한 기사가 나오므로 생각해 볼 여지가 있다. 양쪽 모두 당항성 공격 직후에 나온 파견이었기

6)『삼국사기』신라본기 선덕왕 13년 춘정월조.
7) 권덕영,『고대한중외교사-견당사연구』, 일조각, 1997, 24~25쪽.

에 고구려-백제의 연계 및 당항성 공격 사실을 당에 알리기 위한 목적이었다는 점에 대해서는 충분히 납득이 간다. 하지만 가장 핵심적인 문제는 역시 당항성 공격의 시기이다. 여러 가지 정황상 백제본기의 기사가 사실을 전하는 것으로 생각되며 여기서는 일단 643년의 일로 간주하기로 한다.[8]

백제의 대대적인 공격 이후 나타난 신라의 군사적 대응 전략은 김춘추의 고구려 방문에서 알 수 있듯이 일차적으로는 고구려와의 연대에 희망을 걸고 있었던 것으로 보인다. 당에 대한 직접적 지원 요청은 고구려와의 교섭이 결렬된 이후에 본격화된 것으로 보인다.

643년에는 정월과 9월 그리고 11월에 각각 견당사 파견이 있었다. 정월의 견당사 파견에서는 당에 체류 중인 慈藏의 귀국을 요청하였으며[9] 자장은 당의 허락을 얻어 동 3월에 신라로 돌아왔다.[10] 9월의 견당사 파견 시에 당 태종은 이윽고 신라를 구할 세 가지 구체적 방안을 제시하며 신라사의 의견을 물었다고 한다.[11] 그 구체적 방안이란 당이 병사를

----

8) 이 문제에 대해서는 별도의 기회에 재검토하겠다.
9) 이성시, 「新羅僧・慈藏の政治外交上の役割」, 『古代東アジアの民族と國家』, 岩波書店, 1998, 222~225쪽.
10) 『삼국사기』 신라본기 선덕왕 12년 3월조.
11) 『삼국사기』 신라본기 선덕왕 12년 추9월조의 원문은 다음과 같다.
　　秋九月, 遣使大唐上言. 高句麗百濟侵凌臣國, 累遣攻襲數十城. 兩國連兵, 期之必取, 將以今玆九月大擧, 下國杜 稷必不獲全, 謹遣陪臣歸命大國, 願乞偏師, 以存救援. 帝謂使人曰: 我實哀爾爲二國所侵, 所以頻遣使人和爾三國. 高句麗百濟旋踵翻悔, 意在呑滅, 而分爾土宇. 爾國設何奇謀以免顚越. 使人曰, 吾王事窮計盡, 唯告急大國, 冀以全之. 帝曰, 我少發邊兵, 摠契丹靺鞨直入遼東, 爾國自解, 可緩爾一年之圍. 此後知無繼兵, 還肆侵侮. 四國俱擾, 於爾未安, 此爲一策. 我又能給爾數千朱袍・丹幟, 二國兵至, 建而陳之, 彼見者以爲我兵. 必皆奔走, 此爲二策. 百濟國恃 海之嶮, 不修機械, 男女紛雜, 互相燕聚. 我以數十百船, 載以甲卒, 銜枚泛海, 直襲其地. 爾國以婦人爲主, 爲鄰國輕侮. 失主延寇, 靡歲休寧. 我遣一宗支, 與爲爾國主. 而自不可獨王, 當遣兵營護, 待爾國安, 任爾自守. 此爲三策. 爾宜思之, 將從何事. 使人但唯而無對. 帝嘆其庸鄙非乞師告急之才也

조금 내고 거란·말갈과 합세하여 요동을 치는 안, 당의 朱袍·丹幟를 사용하여 적이 당병으로 오인하게 하여 물리치는 안, 신라의 여왕을 폐위 시키고 당 왕실의 종친을 신라왕으로 영입하는 안 등이 그것이다. 그러나 신라사신이 대답을 하지 못하자 그 재주 없음을 탄식하였다고 한다.

고구려와의 공조가 무산된 현실에서 신라로서는 당과의 관계 구축에 사활을 걸 수밖에 없었다. 고구려와의 공조가 어렵다는 것을 확인한 순간 곧바로 자장을 귀국하게 만든 것도 당과의 관계 구축을 위한 신라 조정의 사전 조치였음을 이해하기 어렵지 않다.[12]

643년 9월의 견당사 파견에서 비로소 신라와 당 사이에 구체적 군사적 지원 안이 논의되었다는 점은 주목할 부분이다. 비록 신라사신이 당 태종 의 갑작스런 제안에 대해 대답을 잘 하지는 못하였다고는 하지만 향후 두 나라 사이에 이러한 군사적 논의가 활발하게 개진될 것임을 시사하고 있다는 점에서 신라는 나름의 외교적 성과를 거두었다고 할 수 있을 것이 다. 물론 당 태종의 돌발적인 여왕 폐위 제안은 신라 지배층을 매우 당혹 스럽게 만드는 예기치 못한 전개였다고 할 수 있다.[13] 따라서 신라의 입장에서 볼 때 이 외교적 교섭이 성공적이었는가에 대해서는 별도의 평가가 가능할 수도 있다. 그렇지만 그 문제와는 별개로, 신라로서는 당 과의 군사적 공조 관계를 전개하는 길만이 유일한 활로였으니만큼, 궁극 적으로 당과의 연계가 성공하였다면 이 교섭에 대한 평가도 실패로만 규정할 수는 없을 것이다.

한편 동 11월의 견당사 파견은 전술한 것처럼 고구려-백제의 연대 속 에 단행된 당항성 공격에 대한 급보를 전하는 사신이었다. 김다수가 파견

---

12) 이성시, 주9)의 논문.
13) 당 태종의 여왕 폐위 제안이 신라 조정의 지배층을 분열시키고 급기야
　　647년 비담의 난으로 표출되었음은 주지의 사실이다.

된 것은 이러한 교섭이 있은 지 약 2개월 후인 644년 정월이었다.[14] 시기
적으로 보면 의례적 성격이 강한 기존의 정월 방문 경우와 크게 다르지
않으나, 이미 군사적 제휴 관계의 성립이 논의에 오른 직후였기 때문에
단순한 賀正使와는 성격이 다를 수밖에 없었다고 생각된다. 게다가 당항성
사정을 전하는 급보가 도착해 있는 상황에서 재차 당도한 신라 사신이었기
때문에 김다수 일행을 대하는 당의 태도도 남달랐을 지도 모를 일이다.

전술한 바와 같이 김다수가 귀국할 때 당 태종은 그에게 당의 고구려
침공 시 당의 수군과 신라군이 만나 당의 지휘 아래 같이 움직이도록
하는 내용의 璽書를 주었다. 이것은 불과 얼마 전 당 태종이 신라사신에
게 제안한 3책에는 없는 내용이다.[15] 즉 3책은 여왕 폐위 운운하는 제안
을 제외하면 모두 신라가 고구려와 백제를 물리치는 방책이며 그 방법으
로 말하면 소극적인 방어에 치중하는 내용이다. 즉 신라가 당을 도와 고
구려를 치는 이른바 공세적인 방안은 아니었던 것이다.

불과 3개월 남짓 사이에 당의 대고구려 정책이 급변하였던 것은 아니
다. 따라서 당의 고구려 공격과 관련한 신라와의 군사적 공조를 논의하려
고 하였다면 643년 9월의 신라 사신과도 논의할 수 있는 문제였다고 할
수 있다. 그런데 정작 신라 사신과 구체적 군사 협력 문제가 논의되는
것은 643년 9월이 아니라 644년 정월의 사신 때였다.

---

14) 643년 11월에 파견된 사신이 체류를 연장하여 정월 賀正使의 역할까지
   수행하고 신라로 귀국하는 것도 하나의 방안일 수 있었을 터인데, 김다수
   일행이 재차 정식으로 파견되는 것을 보면, 11월의 사신이 얼마나 시급을
   요하는 파견이었는가를 유추해 볼 수 있다.
15) 가장 유사한 내용이 거란, 말갈로 하여금 요동을 치게 한다는 첫째 안인데,
   이것은 고구려의 시선을 요동으로 향하게 유도함으로써 상대적으로 그
   예봉이 신라로 향하지 못하게 한다는 점에 주안점이 있다. 따라서 당의
   정규군이 총출동하여 전개하는 고구려 공략전과는 차원이 다르다고 할
   수 있다.

이 차이점에 유의하여 생각해보면 당과 신라 사이의 구체적인 군사 협력 방안이 논의되기 시작한 것은 김다수의 방중 시기의 일로 볼 수 있지 않을까 한다. 그리고 이것이 사실이라면 견당사 김다수의 역할은 신라와 당의 연계 자체를 성립시키고자 하였던 643년 9월의 견당사 파견 단계에서 한 걸음 더 나아가 양국의 연계를 직접 행동으로 옮기는 단계로 이행시켰다는 점에 의미를 부여할 수 있을 것 같다.[16] 그리고 이러한 변화의 촉매제로서 당항성 공격 사실이 일정 부분 기여하였을 것임은 추측하기 어렵지 않을 것이다.

지금까지의 검토에 의거해보면 김다수 일행은 643년 9월의 신라사 일행이 수행하고자 하였던 당과의 군사적 협조 관계 요청, 동 11월에 발생한 당항성 공격 사실 통보 등의 행보에 이어 보다 구체적이며 본격적인 당과의 군사적 공조 관계 구축을 위해 파견되었다고 보아도 좋지 않을까 생각한다.

3. 김다수의 訪日 목적

644년 정월 당을 방문하여 신라－당 사이의 구체적 협력관계 추진을 담당하였던 김다수는 그로부터 5년 뒤 이번에는 왜국을 방문하였다. 먼저 사료를 들면 다음과 같다.

....
16) 상기 『文館詞林』 664권에 전하는 <貞觀年中撫慰百濟王詔一首>에서 알 수 있듯이 당시 당 태종은 고구려 원정에 임하여 백제에게도 당을 위한 군사 지원을 요청하고 있다. 그러나 그 내용을 보면 신라에 대한 요청 경우와는 달리 실제 당이 백제에 대해 의도했던 것은 당을 위해 신라가 파병하고 있는 동안에 백제가 신라를 공격하지 못하도록 견제하려는 것이 었다는 견해(주보돈, 주2)의 논문. 166쪽)가 타당할 것 같다.

[사료-2] 『日本書紀』효덕천황 大化 5년(649) 是歲條

新羅王遣沙喙部沙湌金多遂爲質. 從者三十七人. 僧一人, 侍郎二人, 丞一人, 達官郎一人, 中客五人, 才伎十人, 譯語一人, 雜人十六人, 幷三十七人也.

　종자 37명을 대동하고 왜국에 온 김다수를 여기서는 質로 표현하고 있다. 大使 혹은 副使 등의 표현을 사용하지 않는 점이 통상 외국사신의 來日 기사와 다르다. 하지만 위의 종자 구성이 신라의 사절단의 일반 구성을 보여주는 것으로도 볼 수 있는 여지가 있으며 특히 侍郎, 丞, 達官郎, 中客 등의 직명은 그런 뉘앙스를 강하게 풍긴다.

　김다수는 과연 質이었을까? 통상 우리가 질을 연상할 때는 현대판 인질의 개념을 자주 떠올리는 경우가 많으며 또한 최소한 상하관계 내지 臣屬관계의 상징으로서 간주하는 경향이 강하게 남아 있는 것도 사실이다. 하지만 당시의 질을 그런 성격으로 보는 것은 사실과 맞지 않는 것 같다. 예컨대 『삼국사기』에 보이는 백제의 태자 전지를 왜국의 質로 표현하고 있는 것은 대표적인 사례라고 할 수 있는데 과거에는 이 質을 왜에 대한 백제의 服屬의 징표로 간주하였으나 현재는 그와 같은 견해는 많이 수정되었다. 나행주는 고대 한일관계사 사료에 보이는 질이 외교관으로서의 성격이 강하였음을 강조하고 있으며[17] 최근 熊谷公男도 質이 '무카하리(ムカハリ)'로 훈독되었으며 그 본래의 의미는 (왕의) '代理人'이라고 하는 개념이었고 그렇기 때문에 통상 왕족 출신이 많이 임명되었다는 점을 기술하고 있다.[18] 이러한 연구는 質이 원래 복속의 의미가 본질적이지 않았음을 보여주고 있다. 이러한 논의는 기존의 질=인질, 복속의 개념에 대한 비판으로서는 유효하다고 할 수 있지만, 그렇다면 왜 특정의 사

---

17) 나행주, 「古代朝・日關係における「質」の意味」, 「史觀」134, 1996.
18) 熊谷公男, 『日本の歷史03 大王から天皇へ』, 講談社, 2001, 46쪽.

람들에게만 일부러 질로 표현하게 되었는가에 대한 의문은 여전히 남기 때문에 완전히 문제가 해소되었다고는 할 수 없다. 무엇보다『日本書紀』는 어떠한 관념으로 질 개념을 사용하고 있는가에 대한 규명은 앞으로도 연구의 심화가 필요하다고 하겠다.

　『日本書紀』는 김다수에 앞서 왜국에 왔던 김춘추도 질이었다고 표현하고 있다. 그러나 이것을 흡사 인질의 개념으로 본다면 당시 신라의 최고 실권자 중의 한 사람이 일부러 왜국의 인질이 된다는 것이 이치에 맞지 않다고 하는 점 등 납득하기 어려운 요소가 많다.[19] 또한 복속을 위해 왔다고 한다면 복속을 증명하기 위해 일정 기간 체류하지 않으면 안 될 것이다. 그러나 그 체류 기간은 일반의 사신단의 그것과 별 다를 바 없이 그렇게 길지 않다. 김춘추는 647년에 왜국에 와서 이듬해 당에 가서 당 태종을 만나고 있다.『日本書紀』에는 그가 언제 귀국하였는지 아예 기사조차 없다. 하지만 그의 왜국 체류 기간이 단기간이었음은 그의 이후의 행적으로 볼 때 거의 확실하다. 이 점은 김다수의 경우에도 그대로 해당될 수 있을 것 같다. 예를 들어 다음의 사료를 보자.

　　[사료-3]『日本書紀』효덕천황 白雉 원년(650) 2월 甲申조
朝庭隊仗如元會儀. 左右大臣. 百官人等. 爲四列於紫門外. 以粟田臣飯中等四人使執雉輿. 而在前去. 左右大臣乃率百官及百濟君豊璋. 其弟塞城忠勝. 高麗侍醫毛治. 新羅侍學士等. 至中庭. 使三國公麻呂. 猪名公高見. 三輪君甕穗. 紀臣乎麻呂岐太四人代執雉輿而進殿前. 時左右大臣就執輿前頭. 伊勢王. 三國公麻呂. 倉臣小屎. 執輿後頭置於御座之前. 天皇卽召皇太子共執而觀. 皇太子退而再拜. 使巨勢大臣奉賀曰. …(후략)

．．．．．．．．．．．．．．．．．．．．．．．．．．．．．．．

19) 김춘추가 그런 의미의 '질'이 될 수 없음을 이미 김현구 주1)의 앞의 논문에서 입증하고 있다.

이 기사는 김다수가 방일한 이듬해 2월 왜국 조정이 白雉의 출현을 계기로 연호를 白雉로 개원하는 의식이 거행되었다는 내용이다. 여기에는 좌우대신과 백관인을 포함하여 백제군 풍장과 塞城, 忠勝, 高麗 侍醫와 新羅 侍學士 등이 참석하였다고 한다. 그런데 필자가 주목하는 것은 이 의식에 작년 신라에서 질로 왔다고 하는 김다수는 보이지 않는다는 점이다. 백제군의 구체적 인명과 고려 시의의 이름까지 나열되어 있는 점을 고려하면 단순 인명 누락으로 볼 수는 없을 것이다. 필자는 이 기사에 김다수가 보이지 않는 이유는 그가 사행의 임무를 다한 뒤 2월 이전에 이미 신라로 돌아갔기 때문이 아닐까 생각하고 있다. 이런 사신을 인질 내지 복속의 징표로 간주하는 것은 무리가 있다.

당초 김다수가 왜국에 오게 된 것은 아마도 왜국의 요청에 의한 것으로 보인다. 이 점과 관련하여 참고가 되는 것이 김춘추의 사례이다.

[사료-4] 『日本書紀』 효덕천황 大化 5년(649) 5월 癸卯朔조
遣小華下三輪君色夫, 大山上掃部連角麻呂等於新羅.
[사료-5] 『日本書紀』 효덕천황 大化 2년(646) 9월조
遣小德高向博士黑麻呂於新羅, 而使貢質. 遂罷任那之調. 黑麻呂,
更名玄理.
[사료-6] 『日本書紀』 효덕천황 大化 3년(647) 是歲조
是歲. … 新羅遣上臣大阿飡金春秋等, 送博士小德高向黑麻呂 · 小
山中中臣連押熊, 來獻孔雀一隻 · 鸚鵡一隻. 仍以春秋爲質. 春秋美
姿顔善談咲.

위의 [사료-5]와 [사료-6]은 김춘추가 訪日하게 되는 경위를 보여주는 것인데 왜국에서 먼저 신라에 사신을 보내어 사람(질)의 파견을 요청하고 있다. 김다수의 경우도 실은 이와 유사하다고 생각된다.[20] 즉 [사료

-4]는 김다수 訪日의 바로 앞에 배치된 기사인데 그 후속기사가 바로 김다수의 訪日인 것이다. 그리고 그들의 귀국 기사도 보이지 않는데 아마도 김춘추의 경우와 마찬가지로 김다수 일행과 같이 귀국하였을 가능성이 크다.

다만 위의 김춘추 관련 사료에서 한 가지 부언해 두고 싶은 것이 있다. 그것은 만약 위의 사료의 내용 그대로라면 김춘추를 질로 인식하고자 한 것은 왜국이지, 신라가 그것에 동의하고서 김춘추를 보낸 것은 아닐 가능성이 있다는 점이다. [사료-5]에서는 "使貢質"이라는 표현에서 알 수 있듯이 질을 요구한 쪽은 왜국이 된다. 그런데 [사료-6]의 문맥을 보면 신라의 행동은 "新羅遣上臣大阿飡金春秋等, 送博士小德高向黑麻呂・小山中中臣連押熊, 來獻孔雀一隻・鸚鵡一隻."까지이며 후속하는 "仍以春秋爲質"은 왜국에 도착한 후 왜국에서 그를 질로 간주한 것으로 해석된다. 다시 말해 신라는 어디까지나 高向黑麻呂 등의 송사를 겸해 김춘추를 왜국에 동행시킨 것에 불과하며 처음부터 김춘추를 왜국에 가는 질로 인식하고 보낸 것은 아니라는 것이다. 이렇게 본다면 당초 질에 걸맞지 않는 인물이 왜 여기서 질로 표현되었는가 하는 점을 알 수 있다. 그것은 당시 신라와 왜국 사이에 공인된 신분으로서 질이 있는 것이 아니라 왜국에서 일방적으로 김춘추를 질로 표현해버림으로써 불필요한 오해가 생겨나게 된 것이며 그를 질로 표기한 것은 『日本書紀』 편찬 단계의 소산으로 보아도 좋을 것이다.

앞서 질 개념에 대해 잠깐 언급하였지만, 요컨대 김춘추의 경우 그에게 붙은 질 표기는 인질─복속의 개념이 될 수도 없고 설사 그런 개념으로 『日本書紀』에서 사용되었다 하더라도 사료 자체에서 질로 규정하는 단

---

20) 김현구・박현숙・우재병・이재석 공저, 『일본서기 한국 관계기사 연구 Ⅲ』, 일지사, 2004.

계가 일본 자의적이었음이 드러나 있어 그 어느 쪽도 문제가 있다는 점을 지적해 두고 싶다. 김춘추의 경우에 비추어본다면 후속하는 김다수도 이와 크게 다르지 않다고 보아도 좋을 것이다. 이들 양자의 사행에서 가장 핵심적인 것은 신라 조정의 비중 있는 인물이 무언가 매우 중요한 안건을 가지고 왜국 조정의 요청으로 와서 논의를 하고 돌아갔다는 점에 있으며 문제는 그것이 무엇이었는가 하는 점이다.

김다수가 왜국에 온 목적은 무엇이었을까? 필자는 최근의 논고에서 김다수의 사행의 목적을 신라-당-왜국의 연계 강화에 있었다고 하며 구체적으로 648년 당과 신라 사이에 이루어진 향후의 전략적 대응 방안을 설명하기 위한 의도가 있었다고 설명한 바 있다.[21] 여기서 말하는 648년을 기점으로 변화하기 시작하는 향후의 전략적 변화란 백제 공격론이 본격적으로 신라와 당 사이에서 논의되기 시작하였음을 말한다.

종래 수-당의 한반도 정책은 큰 맥락에서 보면 對고구려 관계가 가장 핵심이었다. 전쟁도 오로지 고구려와 치른 것이었다. 그러나 660년 백제의 멸망은 이러한 기존의 전략 노선에 수정이 가해졌음을 말한다. 즉 당의 한반도 정책이 변한 것이다. 그 변화의 기점이 바로 648년이었던 것이다. 다음의 사료는 바로 이 점을 입증해 주고 있다.

[사료-7]『삼국사기』신라본기 文武王 11년(671)조
(전략) 大王報書云. 先王貞觀二十二年. 入朝. 面奉太宗文皇帝恩勅. 朕今伐高麗. 非有他故. 憐你新羅. 攝乎兩國. 每被侵陵. 靡有寧歲. 山川土地. 非我所貪. 玉帛子女. 是我所有. 我平定兩國. 平壤已南. 百濟土地. 並乞你新羅. 永爲安逸. 垂以計會. 賜以軍期. (후략)

21) 이재석,「孝德朝權力鬪爭의 國際的 契機」,『律令國家史論集』, 塙書房, 2010. 이하의 논리 전개는 이 글을 원용하며 참조하여 작성하였다.

[사료-8]『삼국사기』신라본기 진덕왕 2년(648) 冬조

(전략)春秋跪奏曰. 臣之本國. … 而百濟强猾. 屢肆侵凌. … 若陛下
不借天兵剪除凶惡. 敝邑人民盡爲所虜. 則梯航述職無復望矣. 太宗
深然之. 許以出師. (후략)

[사료-7]은 신라 문무왕의 소위 答薛仁貴書의 일부분인데 이 사료에
의하면 貞觀 22(648)년 구원을 청하기 위해서 입당한 김춘추에게 당 태
종이 백제와 고구려를 평정하면 평양 이남과 백제의 토지는 모두 신라에
게 준다고 약속을 하였다고 한다. 즉 660년 백제 멸망 이후에 대한 전후
조치가 이미 이 시기에 약속이 되었다는 것인데, 여기에 분명하게 백제
공격이 전제되어 있음을 주목하고 싶다. 그리고 그것은 [사료-8]에서도
확인된다. 이 두 사료를 통해 고구려를 주 타깃으로 한 종래의 수-당의
동방 정책이 백제까지도 정벌 대상으로 상정하는 쪽으로 선회하고 있음
을 보여주고 있다.

그런데 이 당의 정책의 수정을 촉구한 장본인은 다름 아닌 신라였다.
앞에서 제시한 사료(주 11)의 전게 사료)에서 알 수 있는 것처럼 신라는
643년 원군 파견을 당에 요청하였는데 이때 당 태종은 여왕 폐위를 비롯
한 소위 3책을 제시하면서 아울러 백제 공격 의사를 밝혔다고 한다. 하지
만 백제 공격에 관한 한 643년의 당 태종의 발언에 얼마만큼의 진의가
들어가 있는지는 알 수 없다. 그에 비해 648년의 발언은 문무왕의 회고에
서 직접 언급될 정도로 훨씬 구체적이며 정책 결정상의 무게감이 다르다
고 할 수 있을 것이다. 또한 643년의 당 태종의 대책은 고구려·백제
쌍방을 향한 것이었으나 648년의 경우는 김춘추가 백제만을 직접 언급하
고 있다는 점에서 알 수 있듯이 先백제공격론을 제기하고 있는 점도 눈여
겨보아야 하는 대목이다.

요컨대 상기 두 사료를 통해 알 수 있는 것은 신라는 대당 외교를 통해
지속적으로 당의 출병을 촉구하고 있었으며 그 결과 先백제 공격을 위한
나당연합군 결성의 단서를 확보한 것이 바로 648년의 일이었다는 점이
다. 즉 이것은 당의 先백제 공격이 하나의 전략적 정책으로서 본격 단행
될 수 있는 가능성이 열렸음을 의미한다. 다만 언제 어떻게 단행하느냐는
상황 조건에 따라 결정될 문제이므로 곧 바로 단행된다고는 할 수 없을
것이다. 또한 649년 당 태종의 죽음으로[22] 인해 생전의 이 결정이 계속
유효하게 지켜진다고도 장담할 수 없는 일이다. 그리고 당의 고구려 공격
은 이 문제와는 별개로 고종의 즉위 이후에도 여전히 지속되었다. 하지만
이런 유동성이 있음에도 불구하고, 중요한 사실은 648년에 백제 공격에
대한 합의가 이루어졌으며 향후 실제로 단행될 가능성 또한 상존하게
되었다는 점이다. 그리고 이것은 실제로 현실이 되었다.

그런데 이러한 신라와 당의 관계를 왜국과의 연계를 통해 확장시키려
고 하였던 인물이 바로 김춘추였다. 그는 647년 왜국을 방문([사료-6])
하였으며 이듬해 당을 방문하여 향후 對백제 공동 공략의 가능성을 열어
놓는데 성공([사료-7·8])하였다. 김춘추의 왜국 방문 자체를 의문시하
는 시각도 있으나[23] 그의 방문은 틀림없는 사실로 보아도 무방하며 그가
온 목적은 김현구가 지적한 대로 신라-당-왜국의 협력 체제를 구축하
기 위해 왜국에 온 것으로 이해하는 것이 타당하다.[24] 따라서 648년의
김춘추의 방중 결과에 대해서는 왜국으로서도 관심 사항이었음에 틀림없
고 그런 관점에서 본다면 [사료-4]의 견신라사 파견은 왜국과 관련한
신라-당-왜국의 협력 체제의 구축 내용에 관한 왜국의 적극적 대응의
일환이라는 차원에서 이해할 수 있다.[25] 648년 김춘추가 왜국의 표를

22) 예를 들어『삼국사기』고구려본기 보장왕 8년(649) 하4월조.
23) 三池賢一, 주1)의 논문.
24) 김현구 주1)의 논문. 同『大和政權の對外關係研究』, 吉川弘文館, 1985.

당에 전달함으로서 632년 이래 단절되었던 왜국과 당의 국교를 재개시켰
던 만큼,26) 왜국으로서는 당연한 관심사였다고 할 수 있다.

　추측컨대 아마도 이때 김춘추의 방중 성과가 이들에게도 전달되었을
것이며 한 걸음 더 나아가 보다 책임 있는 사신의 파견을 통해 서로의
입장을 다시금 확인하자는 의미에서 이번에는 김다수의 왜국 파견이 추
진되었던 것으로 생각된다. 그리고 649년 김다수를 통해, 혹은 [사료-4]
의 小花下 三輪君色夫와 大山上 掃部連角麻呂 등을 통해 왜국 조정에
도 신라와 당의 구체적 군사 협의 부분 즉 백제에 대한 군사 공격 가능성
이 하나의 현안으로서 일정 부분 통보되었을 가능성이 크다고 생각한다.

　다만 백제에 대한 군사 공격 안은 극비를 요하는 기밀이었기 때문에
섣불리 발설할 수 있는 내용이 아니었을 것이란 점을 고려하면 아마도
김다수가 나름의 절제된 방식으로 공격의 가능성을 통보(혹은 암시)하였
을 가능성이 크다고 생각한다. 신라-당-왜국의 협력체제의 구축이란
틀이 유지되기 위해서는 왜국과도 사전 정보의 공유는 필요하였을 것으
로 생각되기 때문이다. 전술한 것처럼 김다수는 644년에 이미 견당사로
파견되어 당 태종과 함께 양국 간 구체적 군사 협력 관계 형성의 기반을
다졌던 인물이다. 그런데 김춘추가 대당 외교에서 성사시킨 선백제 공격
안은 양국 군사협력 관계의 핵심 중의 핵심 사항이었다. 따라서 신라가
대당 외교의 경험이 있는 김다수에게 김춘추 방중 이후의 대왜국 외교를
맡긴 것은 그 나름의 일리 있는 선택이었다고도 하겠다.

....
25) 보는 시각에 따라서는 『日本書紀』효덕천황 大化 4년(648) 是歲조의 "新
　　羅遣使貢調"기사를 김춘추의 방중의 결과를 설명하는 사신의 파견으로
　　보고 [사료-4]를 그 답례사로 볼 수도 있다 다만 이 시세조의 사료의
　　구체성이 떨어지는 점이 약점이다. 하지만 시세조를 어떻게 평가하든지
　　간에, [사료-4]의 견신라사가 김춘추 방중 이후에 나온 왜국의 첫 움직임
　　이며 방중 성과와 무관할 수 없다는 점은 변하지 않는다.
26) 김현구, 주24)의 앞의 책.

김다수 등을 통해 전해졌을 신라-당의 백제 공격 가능성은 향후 신라
-당-왜국의 협력 라인이 무엇을 할 것인가에 대한 구체적인 전망이
처음으로 왜국에게도 제시되었다는 점에 의의가 있다고 생각한다. 하지
만 이것은 왜국의 지배층에 상당한 파장을 낳았다.

4. 맺음말

김다수의 왜국 방문 이후 왜국에서는 신라에 대한 강경파가 조정을
장악해나가기 시작하였다. 그것을 보여주는 대표적 사례가 바로 651년
신라 사신의 唐服 착용을 비난하며 추방하는 사건이다.[27] 고향현리와
김춘추의 상호 방문, 김춘추의 왜-당 관계 주선, 등으로 성사되었던 신
라-당-왜국 협력 관계는 적어도 왜국 조정에서는 점점 불신을 받아가
고 있었던 것이다. 별고에서도 언급하였듯이 신라-당의 군사적 밀착으
로 야기된 백제의 멸망 가능성은 왜국 지배층을 자극하여 오히려 反당-
신라 노선에게 힘을 실어주었다.

이것은 설사 단행될 지도 모를 백제 멸망 시나리오는 왜국 조정의 다수
에게 상당한 파문을 던졌다고 추정된다. 별고에서 필자는 왜국 지배층의
입장을 다음과 같이 정리하였다. "당과 신라의 구체적 전략을 접하는 순
간 왜국은 기존의 친신라-당 노선이 왜국으로서는 백제의 멸망 가능성
과 당의 세력 확대를 용인하는 카드라는 점을 인식하게 되었고 이것이
왜국 지배층으로 하여금 당의 과도한 세력 확대를 저지하기 위해서라도
친백제 노선으로 회귀하지 않을 수 없다는 공감대를 가지게 한 것으로

---

27) 『日本書紀』 효덕천황 白雉 2년(651) 是歲조.

생각된다. 정권의 발족 초기부터 어느 정도 지지를 얻었던 효덕천황의 입장이 지배층 다수로부터 소외당할 수 있는 논리구조는 여기에 있었던 것이다."[28]

원래 김다수의 왜국 방문은 김춘추의 뜻을 이어받아 신라-당-왜국의 결속을 강화시키려는 의도였다고 생각된다. 그러나 김춘추의 방중 성과 중, 신라로서는 최대의 수확이라고 할 수 있는 신라-당의 백제 멸망 추진 안은 도리어 왜국의 저배층을 긴장시키는 결과를 가져왔다. 김다수의 왜국 파견은 그런 의미에서 왜국 조정의 다수의 외교 노선이 친당-신라 노선에서 친백제 노선으로 회귀하는 하나의 분기점이 되었던 것이다.

....

28) 이재석, 주21)의 앞의 논문.

제2장 | 인물로 본 고대

3

高麗若光과 高麗福信
－高句麗系渡來人과 東國

加藤謙吉*

1. 고려 약광의 실상

『日本書紀』 덴지(天智)천황 5년(666) 10월 기미(己未)조에 따르면, 고려(고구려)가 대사인 을상암추(乙相庵鄒)와 부사 달상둔(達相遁), 이위(二位) 현무(玄武) 약광을 파견하여 조(調)를 진상하였다고 기록되어 있다. 덴지 5년은 고구려가 멸망하기 2년 전에 해당되는데, 당시 고구려는 전년도 혹은 그해 6월 이전에 막리지 연개소문이 죽고 아버지의 지위를 계승한 아들 남생이 동생들과 내분을 일으켜, 당에 구원을 요청하는 등 혼란상태에 빠져 있었다. 그 해 당의 고종은 고구려 원정을 결정하면서 12월에는 이적(李勣)을 요동행군대총관(遼東行軍大總管)에 임명하며 정벌군을 파견하게 되는데, 을상암추 등의 사절은 보장왕 밑에서 형인 남생을 대신하여 막리지의 지위에 오른 남건이 파견한 것으로, 나라의 곤경상태를 호소하며 일본에 구원을 요청할 목적으로 이

* 일본고대사 中央大學·成城大學·早稻田大學 兼任講師

루어진 것으로 추찰할 수 있다.

　　대사 을상암추의 <을상>은『三國史記』권40(雜誌제9. 職官下)에, 주
부(主簿)에 다음가는 고구려의 두 번째 관위에 해당하는 대상(大相)을
가리키는 것으로 보이며,[1] 부사인 달상둔이나 이위 현무약광의 달상(達
相)과 현무(玄武)도 이와 마찬가지인 고구려의 관위일 가능성이 있다.
<이위>는 다니가와 고토스가(谷川士淸)의『日本書紀通證』(보력(寶曆)
원년(1751) 성고)에서 지적한 바와 같이, 부사(副使)라고 보아야 할 것
일까. 어찌하였건 상세한 내용은 알 수 없지만, 그들이 막중한 임무를
띠고 긴급하게 일본에 파견된 것은 확실한 사실이며, 사절들도 고구려
의 고관 중에서 선발되었을 가능성이 높다고 봐야 할 것이다.

　　이들 사절에 앞서『書紀』(이하,『日本書紀』를『書紀』로 약칭)는, 텐
지 5년 정월에도 전부능루(前部能婁)가 조를 진상하기 위하여 고구려에
서 파견되었다고 전하는데,『新撰姓氏錄』좌경제번하(左京諸蕃下)의 복
당연(福當連)조에는 <出自高麗國人前部能婁也>라고 기록되어 있다.
복당연은 천평보자(天平寶字) 5년(761) 3월, 도래계 씨족에 대한 대량
사성(賜姓)의 일환으로써, 고구려 사람이었던 전부고문신(前部高文信)
에게 준 씨성이며(『續日本紀』, 전부고씨의 일족이었던 문신은 고구려
오부의 전부출신인 능루(高能婁)의 자손에 해당하는 인물임이 분명하
다.), 능루는 텐지 5년 6월 무술(戊戌)조에 <高麗前部能婁等罷歸>라고
전하듯이 반년 후에는 귀국한 것으로 보아 고구려 멸망 후에 망명자로
서 다시금 일본의 땅을 밟았을 것이다.

　　이에 반하여 을상암추들의 귀국기사는『書紀』에는 보이지 않는다.
고구려는 멸망직전인 텐지 7년 7월에도 일본에 사자(이름 미상)를 파견

----

1)『日本書紀』에도, <上部大相可婁>(天智 10年 正月 丁未條등), <上部大相桓
　父>, <下部大相師需婁>(天武 8年 2月 壬子條)등의 이름이 확인된다.

하는데, 『書紀』에는 「風浪高. 故不得歸」라고 하여 사자들이 귀국할 수 없었다고 전하므로 을상암추의 일행도 기회를 놓쳐 일본에서 고구려 멸망을 맞이했을 공산이 크다.

그런데 『續紀』(이하, 『續日本紀』를 『續紀』라 약칭) 대보(大寶) 3년 (703) 4월 을미(乙未)조에는 <從五位下高麗若光賜王姓>이라는 주목할 만한 기사가 확인된다. 여기의 고려약광에 대해서는 덴지(天智) 5년의 을상암추의 부사였던 현무 약광과 동일 인물이라는 설이 유력하며[2] 필자도 이 설을 지지하고 싶다. 약광이 내일한지 이미 37년이나 경과하였지만, 일본에 왔을 당시 약관의 나이였다면 약광이 아직 생존하고 있었을 개연성은 높으며, 8세기 초엽의 고구려계 도래인 중에서 장로격의 존재로서 그들을 결집시키는 지위에 있었을 것이라 추측해도 무방하지 않을까. 대보 3년의 왕성(王姓)사여는 율령정부가 이와 같은 약광의 입장을 배려하여, 일정한 처우를 마련해 주려던 조치였다고 생각할 수 있을 것이다.

단, 왕성사여의 실태에 대해서는 다음과 같이 두 가지 해석이 가능하다. 첫째, 『姓氏錄』(이하 『新撰姓氏錄』을 『姓氏錄』이라 약칭) 좌경제번하(左京諸蕃下) 고려조에 왕씨(王氏)의 본계를 들어, <出自高麗國人王仲文(法名東樓)也>라고 기록되어 있으며, 『續紀』의 천평보자(天平寶字) 5년 3월에 고구려계 도래인인 상부왕충마려(上部王蟲麻呂), 후부왕안성(後部王安成), 상부왕미야대리(上部王彌夜大理)가 각각 풍원연(豊原連), 고리연(高里連), 풍원조(豊原造)로, 신귀(神龜) 원년 5월에는 왕길승(王吉勝)이 신성연(新城連)으로 사성된 예를 통해 볼 때, 고구려 성인 <王>을 일본에서도 그대로 우지(姓)로 계승하는 사람들이 존재하였다는 것을 알 수 있으며, 따라서 고려약광도 어떠한 이유에 의해

----

2) 原島禮二, 『新編埼玉縣史通史編1』, 埼玉縣, 1987.

왕씨의 일원으로서 일본에서의 왕성의 사용을 공인받았다는 견해이다. 둘째, 후지와라(藤原)조정, 즉 지토(持統)조에 여선광(余禪廣)이 <백제왕>의 호칭을 사여 받았는데(『續紀』天平神護 2년 6월 壬子조), 그 자손들이 백제왕을 씨성으로 취하게 되었다는 것과 같은 의미로 받아 들여 고려약광이 <고려왕>의 호칭을 하사받은 것이라는 해석이다.

　먼저 첫 번째 해석에 대해 말하자면 도래계 씨족이 이주전의 본성(구성)을 대신하여 고국이나 고향명을 딴 새로운 우지(성)를 사성받은 예는 빈번하게 많지만 그 반대의 예는 있을 수 없다. 따라서 <고려>에서 <왕>으로의 개성이 이루어졌다고는 생각하기 힘들지만, 단 고려약광의 <고려>는 성이 아니라 고구려 출신자라는 것을 나타내는 통칭(일본에서)으로 인식해야 할 것이다.3) 약광이 통칭인 고려에서 본성인 왕성으로 정식으로 복귀한 것이거나, 혹은 본래 고구려의 왕씨와는 별개 씨족이었던 약광이, 의제적으로 동족이라고 이름을 올렸기 때문에 왕성을 하사받은 것이라고 해석한다면, 그 나름대로 개연성을 가진다고 생각한다.

　한편, 두 번째 해석은, 여선광이 의자왕의 아들로 백제 왕족이었다는 것을 감안한다면, <고려왕>의 칭호를 받은 고려약광도 또한 고구려 왕가의 출신이라고 생각하지 않으면 안된다. 이를 입증할만한 증거는 없지만, 텐지(天智) 5년 10월에 고구려의 사절이 군사지원을 위해 유력자를 파견한 것이라고 한다면, 사절 중에 왕족이 포함되었을 가능성은

----

3) 『日本書紀』에 따르면 信濃國 小縣郡 사람인 无位の高麗家繼, 高麗繼楯등은 延曆 18년 12월에 소청하여 <御井>의 성을 사여받았다. 이 때 아뢰기를, 선조들이 스이코, 조메이조에 고구려에서 도래한 이후 <累世의 평민>으로 오랫동안 본성에 머물고 있는데, 도래인의 무제한 사성을 인정한 天平勝寶 9년 4월 4일의 칙에 근거하여, 개성을 허락해 주도록 요청하고 있다. 또한 家繼등의 <高麗>도 또한, 출신국명에 기인한 통칭적인 성이라고 추측할 수 있겠다.

반드시 부정할 수만은 없으며, 하라시마 레이지(原島禮二)와 같이[4] 약
광이 고구려 왕족의 한 사람으로서 왕성(高麗王姓)을 인정받았다는 설
도 확실히 성립할 수 있는 것이다.

　여선광(余禪廣)이 <백제왕>호를 하사받은 이유는 그와 그의 일족들
을, 탄생된지 얼마 안되는 <일본>이라는 나라의 <천황>에 신종하는 내
신(內臣)으로 위치 지움으로서, 외신(外臣·外蕃)인 신라와 함께 일본
의 제국질서 체제하에 두려는 정치적 의도에 기인한 것이라고 생각한
다.[5] 따라서 약광의 경우도 두 번째의 해석에 의거한다면, <고려왕>은
단순한 사성이 아니라 천황이 고구려 왕족출신인 약광에게 <고려왕>의
호칭을 주면서, 내신으로서 <고려왕>을 지배한다는 것에 의미를 두려
했다고 인식해야 할 것이다. <백제왕>호칭이 성립된 구체적인 연대를
여선광과 그의 근친인 원보(遠寶), 양우(良虞), 남전(南典)이 하사물을
받은 지토(持統) 5년(691) 정월(『書紀』)에 비정한다면,[6] <고려왕>의
성립은 12년 후가 되는데, 대보(大寶)율령의 제정에 따라 당시 일본정부
는 <백제왕>에 이어 <고려왕>을 천황이 책립함으로서,[7] 신라를 포함한
내외의 번병을 종속시키는 <일본제국>의 확립을 기도한 것이 된다.

4) 原島禮二, 『新編埼玉縣史通史編1』.
5) 筧敏生, 「百濟王姓の成立と日本古代帝國」, 『日本史研究』317, 1989, 나중
　에 『古代王權と律令國家』校倉書房, 2002에 수록.
6) 山尾幸久, 『古代の日朝關係』, 塙書房, 1989 등. 후술하겠지만 余禪廣은 2
　년후 지토 7년 정월경에 사망하므로 이설이 가장 타당할 것이다.
7) 한반도 통일을 목표로 하는 신라는 문무왕 10년(670)에 고구려 유민 안승
　을 고구려왕에 봉하며, 영지를 하사하였고, 일본에도 재삼 조공을 바치게
　하였다. 일본에서 天武 10년(681)과 13년에 견고려사가 파견되었지만, 안
　승과 그의 족당세력은 신라 신문왕 4년(684)에 토벌되었다. 고구려 유민
　대조영이 건국한 발해가 처음으로 일본에 사자를 보내어 국교가 수립되는
　것은 神龜 4년(727)이므로, 바로 그 중간시기에 해당하는 大寶 3년에 약광
　이 <高麗王>왕에 책립되어 천황의 <內臣>으로 취급되었다 해도, 일단 해
　석상에는 무리가 없게 된다.

단, 두 번째 해석에 문제가 되는 것은, 약광 뒤에 <고려왕>을 씨성으로 하는 자가 고대 사료에 전혀 나타나지 않고 있다는 점이다. 백제왕씨가 여선광이래, 헤이안(平安)시대까지 계속적으로 사위(四位), 오위(五位)계층의 관인을 배출하였는데, 南典(從三位), 敬福(從三位), 明信(女官. 從二位), 慶明(女官. 從二位<贈從一位>)과 같이 고위 승진자나 사가(嵯峨)천황의 후궁인 貴命(忠良 친왕의 어머니)등이 보이는 것과는 분명히 성격을 달리한다. 백제왕 (여)선광은 지토 7년 정월 경에 사망한 것으로 보이며, 그 달에 정광삼(正廣參. 從二位 상당)에 추증되었는데(『書紀』), 정광삼이라는 지위는 지토 4년 우대신에 취임한 단비진인도(丹比眞人嶋)가 받은 관위인 것을 볼 때, 사후의 증위라고는 하지만 선광이 지토조에 얼마나 중용되었는지를 알 수 있다. 이에 반해 고려약광은 시기는 다르지만, 대보(大寶) 3년 당시 종오위하(從五位下)의 중급 관인에 지나지 않는다. <백제왕>과 <고려왕> 사이의 확연한 차이가 인정되는 대목이다.

이와 같은 점을 고려한다면, 설령 실체가 없는 것이라고는 하지만 약광이 일본의 제국질서의 이념속에 흡수되어 <고려왕>의 칭호를 받아 <백제왕>과 함께 천황의 번병으로서의 역할을 수행했다는 해석에는 약간의 무리가 있는 듯이 생각된다. 첫 번째 해석에 따라 고려약광에게 주어진 성은 <고려왕>이 아니라 <왕>이었다고 생각하는 것이 타당하지 않을까. 전술한 왕중문(王仲文), 상부왕충마려(上部王蟲麻呂), 후부왕안성(後部王安成), 상부왕미야대리(上部王彌夜大理), 왕길승(王吉勝) 외에도 고구려계의 왕성자로 보이는 인물에는, 나라(奈良)시대만 보더라도 후부왕동(後部王同.『續紀』和銅 5년 正月), 후부왕기(後部王起.『續紀』神龜 2년 閏正月외), 후부왕길(後部王吉.『續紀』天平勝寶 6년)등에서 확인되며, 출신국 미상의 왕성자까지 포함시키면 그 수는 더 더욱 증가하기 때문에 고려 약광의 자손들이 이들 왕성자속에 포함되었을 가능성은 크다. <고려왕>씨의 일족들이 사료상에 나타나지 않는 것은 원래 그러한 칭호나 성이 존재하지 않았기 때문이라고 이해해야할 것이다.

그러나 현재로서는 두 번째 해석, 즉 고려약광이 <고려왕>성을 사여 받았다는 설이 유력하다.[8] 무사시국(武藏國) 고마군(高麗郡)소재의 고마(高麗)신사(式外社)가 전하는 <高麗氏古系圖>(동경대학사료편찬소 장)에는 고려왕 약광을, 무사시국 고려씨의 시조이며 죽은 뒤, <從來貴賤相集, 埋屍城外, 且依神國之例, 建靈廟御殿後山, 崇高麗明神, 郡中有凶, 則祈之也. 長子家重繼世也.……>라고 기록하고 있다. 즉 고려왕 약광이 고려신사의 제신으로 되어 있으며[9] 그의 자손인 고려씨가 대대로 제사를 계승해 왔다고 하는데, 이 계보의 기사를 신용하면 고려약광이 동국으로 이주하여, 무사시국 고마군에 정주하여 고려씨의 조상이 되었다고 설명하고 있는 것이다. 나아가 약광이 무사시국 고마군에 정주할 때까지의 경위에 대해서는 별도의 구전이 존재하는데, 약광이 일본에 투화한 후 곧장 동해를 목표로 하여 사가미(相模)만에서 오이소(大磯)에 상륙하여 오이소촌 고려지에 저택을 조영하여 살았으며, 조정으로부터 종오위하(從五位下)에 서위되었고, 마침내 대보(大寶) 3년에 왕성을 하사받았다. 영귀(靈龜) 2년(716), 동국 7개국에 정주하는 고려인들에게 무사시노(武藏野)의 일부를 하사한다는 조칙이 내려졌을 때, 약

----

8) 原島禮二설 이외에도, 今井啓一, 『歸化人と社寺』, 綜芸社, 1969 ; 同 『歸化人と東國』, 綜芸社, 1977 ; 荒井秀規, 「古代相模の『渡來人』と『歸化人』」, 『三浦古代文化』48, 1990 ; 宮瀧交二, 「古代武藏國高麗郡をめぐる研究の現狀について」, 『地域のなかの古代史』, 岩田書院, 2008 등의 설이 있다.

9) 현재 고려신사의 제신으로 모셔져 있는 것은 고려약광과 猿田彦命, 武內宿祢의 3신인데, 고려약광을 제외한 나머지 두 신은 나중에 추가되었을 것이다.

광은 고마군의 대령(大領)에 임명되어, 오이소를 떠나 무사시국 고마군으로 향했다고 전하고 있다.[10)

　<高麗氏古系圖>에 의하면 정원(正元) 원년(1259) 11월에 화재가 일어나 고려씨의 고계보는 다른 보물과 함께 소실되으나, 일족 노신(老臣)을 비롯하여 고려의 백묘(白苗)가 상집(相集)하여 제가(諸家)의 고기록을 조사하여 다시 작성한 것이 현존의 계보라고 전하고 있다. 이것이 사실이라고 한다면 13세기에 재기록된 약광 관련 기술을 사료적으로 어디까지 신용할 수 있을 지가 의문이며, 약광의 전설도『書紀』나『續紀』에 보이는 7세기 후반부터 8세기 초엽에 걸쳐 이루어졌었던 고구려계 도래인의 동국 이주의 사실(후술)을 바탕으로 사가미국(相模國) 오스미군(大住郡)의 고려산(高麗寺山. 현神奈川大磯町)소재의 고래(高來)신사의 전설과 연결시켜 만든 이야기에 지나지 않는다. 고래신사(式外社)의 옛 이름은 고마(高麗)신사라고 하며, 명치(明治) 원년(1868)의 신불분리령 제정이전에는 별당사로서 고려사를 소유하고 있었으며 이 절은『吾妻鏡』에 따르면 건구(建久) 3년(1192)에 이미 그 존재가 확인된다.『續紀』영귀(靈龜) 2년 5월 신묘(辛卯)조의 무사시국 고려군에 이주된 동국 7개국의 고려인 중에는, 사가미국의 사람들도 포함되어 있으므로 고래신사나 고려사의 땅은 일찍이 동국에 이주한 고구려계 도래인의 거주지라고 보아도 틀림이 없을 것이다. 나아가 가마쿠라(鎌倉)초기에 성립된『筥根山緣起』(『群書類從』제2집)에는 <奉移高麗大神和光于当州大磯聳峰. 因名高麗寺云々>라고 전하는데, 여기에서의 <和光>은 아라이 히데키(荒井秀規)가 추정하듯이 고려약광의 <약광>과 관련된 것으로 볼 수 있을 것이다.[11) 따라서 고려왕 약광이 사가미(相模)의 오

---

10) 高麗純雄, [高麗神社宮司]編『高麗神社と高麗鄕』, 高麗神社, 1931에 의거.
11) 荒井秀規, 「古代相模の『渡來人』と『歸化人』」.

이소(大磯)에서 무사시(武藏) 고마군(高麗郡)으로 이주했다는 것은, 사가미와 무사시의 고마(高麗)신사의 연기(緣起)를 습합시킨 것이며, 동국의 고구려계 도래인의 자손들 사이에는 고려왕 약광의 전설이 널리 유포되고 있었다는 것을 입증하는 것으로 볼 수 있을 것이다.

단, 이것은 어디까지나 전설이며, 이와 같은 이야기가 만들어진 시기는 꽤 후대에 이르러서일 것이다. 앞서 필자는 덴지(天智) 5년의 (현무) 약광과 대보(大寶) 3년의 고려약광을 동일 인물이라고 추정하였는데, 영귀(靈龜) 2년의 무사시국 고마군 건군 당시에 약광이 건재하였다고 본다면, 텐지 5년부터 50년 후가 되므로 연령적으로 약간 무리가 발생한다. 나아가 대보 3년 당시 약광은 종오위하(從五位下)였는데, 위계로부터 추측해 보건대 그는 지방에 부임한 것이 아니라 중앙(京. 畿內)을 본관으로 하는 관인이라고 보아야 할 것이다. 약광을 영귀 2년에 무사시국(武藏國) 고마군(高麗郡)에 이주된 동국 7개국의 고려인의 한사람으로 가정한다면, 그는 대보 3년 이후에는 동국(사가미로 추정됨)으로 이주하여, 그 후에도 이동을 거듭하는 셈이 되므로, 이 또한 부자연스러운 논리임을 부정할 수 없다.

요컨대 무사시국의 고마신사의 계보나 전승은,『續紀』대보 3년 계미(癸未)조의 고려약광의 왕성하사의 기사를 바탕으로, 후세에 유포된 고려왕 약광전설을 집어 넣어 만든 고마신사의 연기로 이해해야 할 것이다. 따라서 이러한 기원담에 의거하여 <고려왕>성의 성립을 설명하는 두 번째의 해석은 부정되어야 하며,『書紀』의 (현무)약광이나『續紀』의 고려약광(王若光)은 본질적으로 무사시국 고마군이나 고마신사와는 무관계한 인물이라고 보지 않으면 안된다. 그러나 무사시국 고마군이 동국에 입식된 고구려계 도래인들의 가장 중요한 거점이었던 것은 틀림없는 사실이며, 이 지역에서는 후대에 중앙에서 활약하는 유능한 인재가

배출되고 있다. 이하 장을 바꾸어 동국의 고구려계 도래인의 양상과
무사시국 고마군의 건군 경위에 대해서 검토하고자 한다.

2. 동국(東國)의 고구려계 도래인

　동국지방으로 대량의 도래인이 이주해 온 시기는 백제와 고구려가
멸망한 7세기 후반부터이다. 필자는 일찍이 길사(吉士)계의 여러 씨족
이나 동·서한(東·西漢)씨, 진(秦)씨 및 그들 지배하의 집단들이 6세
기 중엽부터 기내 왕권의 명령에 따라 동국 각지로 보내져 미야케나
왕권 직할적 시설의 설치와 운영 등에 관여하였으며, 왕권에 의한 동국
지배의 선병(先兵)적 역할을 수행하였다는 사실을 지적하였다.[12] 이에
반해 7세기 후반부터 8세기의 이주정책은 백제·고구려의 멸망유민이
나 신참의 신라인을 동국의 미개척지에 안치시켜 개발에 임하게 함으로
써, 율령국가체제의 기반이 되는 생산력의 증강을 도모하고자 하였다.
후자는 호령(戶令) 몰락외번(沒落外蕃)조의 <化外人, 於寬國附貫安
置>의 조문에 해당되는 것으로서 전자와는 목적이나 형태를 달리하지
만 본격적인 도래인의 동국이주는 후자의 시기에 시작되었다고 보아도
지장이 없다.

　『書紀』와 『續紀』에서 확인되는 7세기 후반부터 8세기의 도래인의
동국이주의 사례를 제시하면 다음과 같다.

----

12) 加藤謙吉, 「上野三碑と渡來人」, 『東國石文の古代史』, 吉川弘文館, 1999 ;
　　동저 『吉士と西漢氏』, 白水社, 2001.

[표1] 도래인의 동국이주 일람(7세기 후반이후)

연차	기사의 내용
① 天智 5·冬(666)	백제의 남녀 2000여명을 동국에 배치
② 天武13· 5(684)	도래한 백제의 승속(僧俗)23명을 무사시국(武藏國)에 배치
③ 持統 1· 3(687)	도래한 고려인 56명을 히타치국(常陸國)에 배치
④ 持統 1· 3(687)	도래한 신라인 14명을 시모쯔케국(下毛野.下野國)에 배치
⑤ 持統 1· 4(687)	도래한 신라의 승니(僧尼) 및 백성 22명을 무사시국에 배치
⑥ 持統 2· 5(688)	백제의 경수덕나리(敬須德那利)를 가이국(甲斐國)에 배치
⑦ 持統 3· 4(689)	도래한 신라인을 시모쯔케국(下毛野國)에 배치
⑧ 持統 4· 2(690)	도래한 신라의 한나말허만(韓奈末許滿)등 12명을 무사시국에 배치
⑨ 持統 4· 8(690)	도래한 신라인들을 시모쯔케국에 배치
⑩ 靈龜 2· 5(716)	스루가(駿河), 가이(甲斐), 사가미(相模), 시모우사(上總), 가즈사(下總), 히타치(常陸), 시모쯔케(下野)의 7개국 고려인 1799명을 무사시국에 이주, 고려군을 건군
⑪ 天平寶字2· 8(758)	도래한 신라의 승니(僧尼)34명, 남녀 40명을 무사시국에 배치, 신라군을 건군
⑫ 天平寶字4·4(760)	도래한 신라인 131명을 무사시국에 배치

이 중 고구려계 도래인의 이주와 관련된 것은 ③과 ⑩의 두 기사뿐이지만 ①~⑫는 7세기 후반이후에 실시된 도래인의 동국이주의 전 내용을 전하고 있는 것은 아니라 그 일부에 지나지 않는다. 실제로 ⑩의 고구려계 도래인의 경우도 동국 7개국 중, ③의 히타치를 제외한 6개국에 대해서는 이주의 시기나 인원수·형태가 불분명하다. 6개국의 도래인의 대부분은 고구려 멸망시기에 일본에 망명하여 그 후 동국지역의 각국에 배치되었다고 이해해도 좋지만 『書紀』나 『續紀』는 그에 대해 어떠한 기록도 남기고 있지 않다. 기록에 이름을 남기지 않은 많은 도래계 이주자가 배후에 존재하고 있었다는 사실은 분명하다고 생각한다.

가이국(甲斐國)국에는 고마군(巨麻郡)이 존재한다. 군명인 <고마>는 헤이안 시대에 가이지역에 설치된 세 군데의 천황가 목장 중, 두 군데가 고마군에 존재하므로 駒(고마)의 산출에서 유래된 이름이라 여겨져 왔

는데 세키아키라(關晃)는 가와치국(河內國) 오가타군(大縣郡) 고마향
(巨麻鄉)이나 동국 와카에군(若江郡) 고마향(巨麻鄉)이 고구려계 도래
인의 이주에서 기인된 명칭이기 때문에 가이국의 고마군도 이와 같은
맥락에서 이해해야 한다고 논하고 있으며, 이 군은 고구려인들에 의해
개척된 군이거나 혹은 고구려인의 집락이 군의 중심을 형성하고 있었다
고 추정하고 있다.[13] 야마나시현(山梨縣) 가이시(甲斐市)(구, 中巨摩郡
敷島町)에 있는 7세기 제 사반기(四半期)의 덴구자와(天狗澤)가마터는
율령제하에서 가이국 고마군에 포함되었는데 이 가마터에서 출토된 소
변팔엽연화문헌환와(素弁八葉連華文軒丸瓦)의 와당 문양은 오우미(近
江)에 많았던 고구려계 문양으로 보여지며 고구려계 공인들이 가이에
파견되었을(혹은 이주함) 가능성도 생각해 볼 수 있다.[14] 세키아키라의
추정은 타당하다고 보여지며, <巨麻>가 향(里)명이 아니라 군명이라는
점을 감안한다면 이 지역은 고구려계 도래인의 일대 집주지였다고 보아
도 틀림이 없다.

　이밖에 사가미국(相模國) 오스미군(大住郡)의 高麗(高來)신사나 고
려사의 기원담에 대해서는 전술한 바와 같이 신용할 수 없지만 고려사가
적어도 건구(建久) 3년 당시에는 존재하였기 때문에 고려 지역이 옛부터
고려계 도래인의 거주지였다는 것은 사실로 보아도 좋을 것이다.[15]
　나아가 무사시국(武藏國)의 고마군(高麗郡)은,『和名抄』에 의거하면

13) 關晃,「甲斐の歸化人」,『甲斐史學』7, 1959, 나중에 關晃著作集第3卷『古代
　　の歸化人』, 吉川弘文館, 1996에 수록.
14) 末木健,「甲斐佛教文化の成立」,『研究紀要』5, 山梨縣立考古博物館・山梨
　　縣埋藏文化財センター, 1986 ;『山梨縣史』通史編1, 第4章 第4節(十菱駿武
　　집필).
15)『新編相模國風土記稿』(天保 12年<1841>)에 따르면, 高來신사나 大住郡高
　　來鄉(『和名抄』)의 <高來>(고우라이)에 대해, <高麗>를 음독한 고우라이
　　에 기인한다고 한다.

고마향(高麗鄕)과 가즈사향(上總鄕)의 두 개의 향으로 구성된 소군인데, 가즈사향은 가즈사국(上總國)에서의 이주자가 거처로 이용한 장소임이 분명하다. 따라서 동국 7개국 중 [표1]의 ③에서 이주의 사실이 판명되는 히타치(常陸)를 포함한 4개국 출신자의 족적을 확인하는 것이 가능하다면 다른 3개국도 이에 준하는 것으로 생각해도 무방할 것이다.

무사시국 고마군의 건군 목적이 동국 각지의 고구려계 도래인을 결집시켜 북무사시의 지역개발의 추진을 통한 생산력 증강의 도모에 있었다는 점은 쉽게 상상이 간다고 하겠다. 시기적으로 앞서 실시된 것으로 보이는 가이국(甲斐國) 고마군(巨麻郡)의 건군(建評?)도 이와 마찬가지로 해석할 수 있으며, 와당의 제작에 종사한 공인뿐만 아니라 많은 고구려계 도래인이 덴지(天智)천황조에 가이국의 서부에 입식되었을 가능성도 고려해 볼 수 있겠다. 무사시국 고마군의 영(領)이나[16] 가이국 고마군의 대령(大領)에 누가 임명되었는지는 사료의 기사가 없어 입증하기 어렵지만 다음에 소개하는 미노국(美濃國)의 세키다군(席田郡) 및 고즈케국(上野國)의 다코군(多胡郡)의 건군사례가 이를 추정할 수 있는 실마리가 될 것이다.

영귀(靈龜) 원년(715) 7월, 오와리국(尾張國)의 외종팔위상(外從八位上)의 석전군이금(席田君邇今) 및 신라인 74가구를 미노국에 이주시켜 새롭게 세키다군이 건치되었다(『續紀』). 세키다군의 경우는 신라계 사람들에 의한 건군으로서 세키다군의 초대 대령으로 임명된 자가 이 집단을 통솔한 석전군이금임에는 의심할 여지가 없다.[17] 마찬가지로 화동

---

16) 『율령』의 직원령에 따르면 小郡의 郡司는 領1人, 主帳1人으로 구성된다.
17) 『續紀』 天平寶字 2년 10월 丁卯조에 의하면, 席田郡大領外正七位上의 자손들이, 선조가 가라국에서의 도래인이며 無姓이었기 때문에 개성을 소청하여 <賀羅造>의 씨성을 받았다고 한다. 자손들은 신라계가 아닌 가야계의 도래인인데, 도래인의 집주지역인 席田郡에서는 건군이래 도래계의 씨

(和銅) 4년(711) 3월에는 고즈케국의 가다오카(片岡), 미도노(綠野), 간라(甘良)의 3개군 3백호(6리)를 분할하여 다코군이 건치된다(多胡碑 및 『續紀』). 다코비(多胡碑)에는 <上野國片岡郡・綠野郡・甘良郡幷三郡內, 三百戶郡成, 給羊, 成多胡郡>이라고 전하고 있는데, <羊>에 대해서는 현재까지 인명, 방각, 동물, 약자, 오자 등의 여러 가지 설이 대두되어 왔는데,[18] 오자키 기사오(尾崎喜左雄)가 논하는 바와 같이 <羊>을 인명으로 해석하고, <給>은 대령의 임명으로 이해하는 것이 타당할 것으로 생각된다.[19] 단 오자키는 <羊>을 고즈케국(上野國)에 있는 무성(無姓)의 도래계 호족의 인명이라고 보고 있는데, <羊>은 6세기 중엽부터 말엽에 걸쳐 기내에서 동국으로 이주된 가야계 도래씨족인 다호길사(多胡吉士)일족 중의 한사람으로서, 미노국(美濃國) 세키다군(席田郡)의 군명과 마찬가지로 건군작업의 중심이 되어 초대 대령으로 취임한 인물의 씨족명이 그대로 군명이 되었다고 이해해야 할 것이다.[20]

이처럼 세키다군이나 다코군의 경우를 비추어 본다면, 가이국(甲斐國) 고마군(巨麻郡)이나 무사시국(武藏國)의 고마군(高麗郡)의 초대군령(大領. 領)도 고구려계 도래인중에서 가장 유력한 인물이 임명되었다고 해석하는 것이 타당할 것이다. 그렇다면 무사시국 고려군의 군령(領)으로 임명된 최고 유력씨족은 어떠한 일족들이었을까. 고려왕 약광의 후손으로 자칭하며, 약광을 제신으로 모시는 고마(高麗)신사의 신관을

족이 군령의 직위를 점하고 있었다고 추정된다.

18) <羊>의 해석을 둘러싼 제설에 대해서는, 高島英之 「多胡碑を讀む」에서 자세하게 논하고 있다(『東國石文の古代史』, 吉川弘文館, 1999, 동저『古代出土文字資料』, 東京堂出版, 2000).
19) 尾崎喜左雄, 『上野三碑の研究』, 尾崎先生著書刊行會, 1980.
20) 加藤謙吉, 『東國石文の古代史』.

대대로 계승한 <高麗氏古系圖>의 고려씨 일족들을 이에 대응시키는 견해도 있지만, 전술한 바와 같이 이 일족들과 약광과의 관계가 의심된다. 뿐만 아니라 <高麗氏古系圖>의 씨족들 중, 군사(郡司)에 임명되었다는 기록이 한 사람도 없는 점을 감안한다면 이들 씨족이 실제로 그러한 입장에 있었는지에 대한 여부는 의심스럽다.

오히려 동계보에 의하면 고마신사는 제 4대 일풍(一豊) 때에 <大宮>호를 허락 받아 <高麗大宮大明神>으로 칭하며 고려씨가 신관이 되어 대궁사(大宮司)로 칭하게 되었다는 기록이 있으므로, 만약 이것이 근거가 있는 기사라면 고려씨가 고마신사의 제사(정확한 창사 시기는 미상이지만)에 관계하게 된 시기는 장덕(長德) 연간(995~999)무렵이라고 이해하는 것이 무난하지 않을까.21) 고마신사와 근접한 곳에 승낙사(勝樂寺)가 있는데 동계보에는 천평승보(天平勝寶) 3년 신묘(辛卯, 751)에 승려인 승낙(勝樂)이 사망하자, 제 3대 홍인(弘仁)이 약광의 셋째아들이며 승낙의 제자였던 성운(聖雲)과 협력하여 유골을 수습하여 승낙사를 창건하였다고 기록하고 있다. 이에 따르면 나라(奈良)시대 중반부터 후반에 걸쳐 고려씨의 손에 의해 승낙사가 창건된 셈이 되는 데 이 기술도 과연 어디까지가 사실을 전하고 있는지는 의문이다. 결국 고마신사 가문의 고려씨에 대해서는 불분명한 점이 적지 않으며, 고마군내에서 이 씨족이 대두하는 시기도 대궁사직에 취임하는 10세기 말 이후라고 추정된다.

아마도 고마군 건군 당시, 군내에서 가장 유력한 고구려계 씨족은, 저명한 고마아손(高麗<高倉>朝臣) 복신(福信)을 배출한 고려씨(肖奈公, 肖奈王, 高麗朝臣, 高倉朝臣으로 개성)로, 고마군 초대 령(領)에 임

---

21) 동계보의 一豊과 관계된 곳에 <長德二年七月五日>이라고 적혀있는데, 이는 一豊이 사망한 연도일 것이다.

명된 자도 이들 일족중의 인물들이라 보여진다. 이하 장을 바꾸어 이들 高麗氏(肯奈氏)에 대해 검토해 보고자 한다.

3. 소나공(肯奈公)에서 소나왕(肯奈王)으로

『續紀』연력(延曆) 8년(789) 10월 을유(乙酉)조에는 다카쿠라노아손(高倉朝臣) 복신(福信)의 서거 기록과 함께 홍전(薨傳)을 올리고 있다. 전문을 소개하면 다음과 같다.

> 散位從三位高倉朝臣福信薨. 福信, 武藏國高麗郡人也. 本姓肯奈. 其
> 祖福德, 屬唐將李勣拔平壤城, 來歸國家, 爲武藏人焉. 福信, 卽福德
> 之孫也. 小年隨伯父肯奈行文入都. 時與同輩, 晚頭往石上衢, 遊戲相
> 撲. 巧用其力, 能勝其敵. 遂聞內裏, 召令侍內竪所, 自是着名. 初任右
> 衛士大志, 稍遷, 天平中, 授外從五位下, 任春宮亮. 聖武皇帝, 甚加恩
> 幸. 勝寶初, 至從四位紫微少弼. 改本姓賜高麗朝臣, 遷信部大輔. 神
> 護元年, 授從三位, 拜造宮卿, 兼歷武藏·近江守. 寶龜十年, 上書言,
> 臣, 自投聖化, 年歲已深. 但雖新姓之榮, 朝臣過分, 而舊俗之号, 高麗
> 未除. 伏乞, 改高麗以爲高倉. 詔許之. 天應元年, 遷彈正尹, 兼武藏
> 守. 延曆四年, 上表乞身, 以散位歸第焉. 薨時, 年八十一.

복신의 본성은 <肯奈>라고 전하는데, 『續紀』천평(天平) 19년(747) 6월 신해(辛亥)조에는 肯奈福信, 大山, 廣山등이 <肯奈王>의 성을 하사받았다고 기록되어 있다. 본성인 <肯奈>는 복신과 백부인 행문(行文)의 이름을 『續紀』가 肯奈公福信(天平 10년 3월 辛未조, 동11년 7월 乙未조), 肯奈公行文(養老 5년 正月 甲戌조, 神龜 4년 12월 丁亥조)으로 기록하고 있어 이를 정정하면 <肖奈公>이 된다. 나아가 서거기사에는 <高麗朝臣>에 사성된 시기가 승보(勝寶)초년이며 복신이 상서하여 <高倉朝臣>으로 개성이 허락된 시기를 보귀(寶龜) 10년(779)으로 기록하고 있는데 이것도 『續紀』에 해당되는 기사가 있다. 먼저 천평승보(天平勝寶) 2년(750) 정월 27일에 <肖奈王>에서 <高麗朝臣>으로, 이어 보귀 10년 3월 17일에는 <高倉朝臣>으로 개성된 사실을 확인할 수 있다. 복신이외에 <高倉朝臣>을 씨성으로 하는 인물로는 高倉朝臣殿繼와 石麻呂가 있는데 석마려(石麻呂)는 『續紀』보귀 4년 2월 임신(壬申)조에 따르면 복신의 아들로 기록되어 있으며, 전계(殿繼)는 복신과 함께 <高倉朝臣>에 사성된 것으로 추정되므로 그도 복신의 아들이거나 아니면 근친일 것으로 생각된다. 홍인(弘仁) 6년(815)에 편찬된 『姓氏錄』의 좌경제번하(左京諸番下)에는 <高麗朝臣>의 본계를 싣고 있는데, 복신의 가족등 일부를 제외하면 일족의 대부분은 구성(舊姓)인 <高麗朝臣>으로 그쳤을 것이라 추정된다.

그런데 <肖奈公>의 <肖奈>는 『續紀』의 사본중에 <肖>를 <背>로 기록하고 있는 것이 있어, 종래 일반적으로 <肖奈>라고 쓰고 <세나>라고 읽혀져 왔다. 그러나 나고야(名古屋)박물관 봉좌(蓬左)문고 소장본을 저본으로 하는 신일본고전문학대계본(新日本古典文大系本)인 『續日本紀』는, <肖>가 본래의 글자로 '<肖>가 <背>로 전화된 것이므로, 복신의 성은 肖奈公·肖奴王(肖奴는 세누)이며, 이것은 고구려 5부인 <消奴部>에서 온 성'임을 지적하고 있다.22) 또한 사에키 아리키요(佐伯有淸)는, 肖奈行文의 이름이 보이는 『懷風藻』나 『藤氏家傳』하권의 고사본에도 <背奈>가 아니라, <肖奈>로 기록되어 있으며, 『萬葉集』권

----

22) 新日本古典文學大系本 『續日本紀』2, 校異補注 三五四-3, 641쪽.

16(3836번 왼쪽주)에도 <博士消奈行文大夫>라고 기록되어 있는 점, 肖奈公(王)廣山의 이름은『正倉院文書』에도 다수 기재되어 있지만 원문서의 사진판으로 한정시킨다면 전부 다 <肖奈>로 판독할 수 있는 점을 들면서 <肖奈>가 고구려 5부의 하나인 소노부에서 유래하는 것이라고 논증하여[23] <背>가 <肖>의 오자임이 밝혀지게 되었다.

고구려 5부인 <소노부>의 명칭은,『翰苑』소인의『魏略』이나『後漢書』의 동이전에서 확인되는데 원래는 소노부가 고구려왕이었지만 미약했기 때문에 나중에 계루부(桂婁部)가 이를 대신하였다고 한다.『三國志』위지동이전에는 <涓奴部>라 하여, <涓奴部本國主, 今雖不爲王, 嫡統大人得稱古雛加, 亦得立宗廟祠靈星社稷>라고 적고 있다. <涓奴部>의 <涓>자는 <消>의 오자로 보이는데,[24] 고구려 5부에 대해서는 <귀인 혈통 집단의 구분이며 왕도에 집주한 지배집단의 전통적인 오부조직>이라고 논하는 다케다 유키오(武田幸男)설[25]을 따라야 할 것이다. 소노부는 고구려의 옛왕가로서 그 적통의 대인(大人)은 왕족중 유력자의 칭호인 고추가(古雛加.『삼국지』위지 동이전)의 관직에 오르는 것이 가능하며 종묘를 세워 영성(靈星)과 사직을 제사지내는 권한을 가지고 있었다.

복신(福信)의 조부인 복덕(福德)은 고구려 5부인 소노부 계통에 속하거나 혹은 그렇게 주장하던 일족으로서, 일본에 도래했을 때 소노부의 이름을 따서 <肖奈>를 씨족명으로 했을 것이라 이해해도 틀리지는 않을 것이다.『日本後紀』연력(延曆) 18년(799) 12월 갑술(甲戌)조에는

---

23) 佐伯有淸,「背奈氏の氏稱とその一族」,『成城文藝』136, 1991. 나중에 동저『新撰姓氏錄の硏究』拾遺篇, 吉川弘文館, 2001에 수록.
24) 佐伯有淸,『新撰姓氏錄の硏究』.
25) 武田幸男,「六世紀における朝鮮三國の國家體制」, 東アジア世界における日本古代史講座4,『朝鮮三國と倭國』, 學生社, 1980.

시나노국(信濃國) 사람으로 외종오위하(外從五位下)의 괘루진노(卦婁眞老)가 <須須岐>의 성을 사여 받았다고 전하며 그의 선조는 고려인으로 스이코(推古)·조메이(舒明)조에 도래했다고 하는 데 옛성인 <卦婁>도 또한 고구려 5부인 <桂婁部>에서 유래한 것으로 보인다[26].

앞서 소개한 복신의 훙전(薨傳)에 따르면, 조부인 복덕은 고구려 멸망과 함께 일본으로 망명하여 무사시(武藏)의 주민이 되었다고 한다. 복덕이 언제 무사시에 이주했는지는 불분명하지만 고마군(高麗郡)이 건군된 영귀(靈龜) 2년(716)에는 이미 그가 사망했을 것이기 때문에, 무사시로의 이주는 도래시기로부터 그다지 경과되지 않은 7세기 후반경이라고 생각된다. 복신은 백부인 소나공행문(肖奈公行文)에 딸려 젊은 나이에 상경하였는데 『續紀』에 따르면 행문은 양로(養老) 5년(721) 정월, 명경제이박사(明經第二博士) 정칠위상(正七位上)의 지위에 있었고, <학문이 뛰어나, 사범이 될만한 사람>으로, 특별히 하사품이 내려지는 등, 이 때에 이미 중앙에서 이름을 날리는 저명한 학자였다. 따라서 거꾸로 추산하다면 그가 아버지인 복덕 등과 함께 무사시에 거주하였던 시기는 아마도 7세기대까지 거슬러 올라가게 될 것이다.

즉, <肖奈公>의 일족들은, 무사시국에 동국 7개국의 고려인 1799명을 이주시켜 무사시국 고마군이 건군되기 이전부터 무사시국의 주민이었던 셈이 된다. 종래는 그들도 7개국에서 온 이주자로 보는 견해가 유력하였지만[27] 연대적으로 보아 이 설에는 무리가 따른다. 무사시국

....

26) 고구려 평양성의 각자성석(刻字城石)에는 「卦婁盖切小 兄加群自 此東廻上 里四尺治」라고 적혀 있는 돌이 있는데, 6세기 중엽무렵의 석각이라고 보여지며(田中俊明, 「高句麗長安城城壁石刻の基礎的研究」, 『史林』68-4, 1985) <卦婁>는 『일본서기』의 <卦婁眞老>의 표기와 일치하기 때문에 계루부라고 생각된다.

27) 近江昌司, 「背奈福信と相撲」, 直木孝次郎先生古稀記念會 『古代史論集』中,

(武藏國) 다마군(多摩郡)에는 고마에향(狛江鄕)(『續日本後紀』·『和名抄』, 현재 東京都 狛江市)이 존재하는데, 중세 이후에는 駒井(고마이)의 지명으로 표기되므로 <狛江>은 <高麗居>로, 고구려계 도래인의 거주지를 나타내는 말이라고 보는 견해가 있다. 또한 무사시국 국분사(國分寺)터에서는 <狛>의 문자기와가 출토되었는데, 이는 고마에향의 향명을 표시한 것으로 보이며,[28] 狛首, 狛造, 狛染部, 狛人, 狛(無姓) 등 고대에 <狛>을 이름에 사용한 고구려계 씨족이 적지 않았던 것으로 보아 <狛>이 씨족명일 가능성도 부정할 수 없다. 결정적인 증거라고는 할 수 없지만, 무사시국에는 상당히 광범위하게 고구려계 도래인들이 거주하였고, 그 중에는 8세기 초엽이전부터 이주해 온 자도 존재했었다고 보아도 좋지 않을까.

아마도 <肖奈公>의 일족들도 이러한 이주자들이었으며 영귀(靈龜) 2년의 고마군(高麗郡) 건군 당시에는 무사시 지역에 거주하는 고려인들 중 이미 고참에 속하는 존재였고, 일찍이 고구려 5부인 소노부의 계통을 이어받은 명문가로 취급받았을 것이라 생각된다. 경학의 대가였던 행문(行文)이나 지방출신이면서 중앙의 관인으로 입신출세하여 종삼위(從三位)의 지위까지 오른 복신(福信)의 능력과 자질은 고국인 고구려 시대부터 길러진 전통에 바탕을 둔 것이라 생각한다. 이 씨족은 고구려의 지배계급에 속하며 유식자를 배출하던 가문이었을 것으로 추정되며, 실제로 소노부 출신이었을 가능성도 높을 것이라 생각한다. 적어도 일본

塙書房, 1988. 또한 近江은 『和名抄』 駿河國 廬原郡에 西奈鄕이 있는데, <西奈>의 훈이 <세나>이므로, 복덕 일족들의 씨족명인 <肖奈>는 이 지명에 기인한 것이며, 그들은 駿河國 廬原郡 西奈鄕에서 무사시국으로 이주되었다고 추정하고 있지만, 씨족명이 <背奈>가 아니라 <肖奈>인 이상 이 설은 성립하기 어렵다.

28) 石村喜英, 『武藏國分寺の研究』, 明善堂書店, 1960.

사회에서 그것이 <사실>로서 공인되고 있었다는 점은 분명하다고 해야 할 것이다.

　천평(天平) 19년에 복신 등, 8명이 <肯奈王>의 씨성을 받는다. 복신은 천평 15년 5월에 정오위하(正五位下)에 서위되었고 다음 달에는 춘궁량(春宮亮)에 임관되었다.29)(『續紀』) 차츰 중앙정계에 두각을 나타내었지만, 아직 이 시점에서 그는 중급의 관인에 지나지 않았다. 따라서 <肯奈王>도 복신의 개인적인 활동에 대한 사성이라기 보다는 고구려계 도래인 집단내에서 점하는 <肯奈>씨 일족의 정치적인 지위에 상응하여 사여되었을 가능성이 높다.

　앞서 필자는 고려 약광의 <王>사성에 대해 <고려왕>이 아니라 고구려계 도래인인 왕중문(王仲文)등의 성과 마찬가지로 <王>성(씨명)을 수여한 것이라고 추측하였다. 『續紀』의 약광과 복신의 사성기사를 비교해 보면, 전자가 <從五位下高麗若光賜王姓>이라고 기록되어 있는 것에 비해 후자는 <正五位下肯奈(公)福信……等八人, 賜肯奈王姓>이라고 전하고 있다. 약광이 <고려왕>성을 사여받은 것이라고 한다면 후자와 같이 <從五位下高麗若光賜高麗王姓>이라고 마땅히 표기되어야 하며 표기 방식을 보아도 약광에게 수여한 것이 <王>성이었다는 것을 엿볼 수 있는데, 그렇다면 반대로 <肯奈王>의 <王>은 <백제왕>의 사례와 마찬가지로 고구려 왕족의 혈통을 계승한 자를 대상으로 한 사성이라고 판단하는 것이 가능할 것이다. 즉 이 씨족이 원래 고구려의 왕가인 소노부의 계통을 잇는 일족이라고 인지되고 있었던 점이 <肯奈王>을 사성받은 요인의 하나라고 생각할 수 있을 것이다.

　한편, 연력(延曆) 18년 12월에 <須須岐>의 성을 하사받은 시나노국

29)『續紀』는 이때 복신의 씨성을 <肯奈王>이라고 적고 있지만 이것은 추기로 생각되며, 天平 19년 이전은 <肯奈公>이었을 것으로 보인다.

(信濃國) 외종오위하(外從五位下)의 괘루진로(卦婁眞老)도 전술한 바
와 같이 <卦婁>는 고구려 5부의 <계루부>를 지칭하는데, 진로는 <小治
田・飛鳥二朝庭時節, 歸化來朝. 自爾以還, 累世平民, 未改本号>라고
아뢰면서, 고려・백제・신라 등의 도래계 씨족에 대한 무제한 사성을
인정한 천평승보(天平勝寶) 9년 4월 4일의 칙에 의거해 개성을 신청하
는 바이며 시나노국 지쿠마군(筑摩郡)의 지명에 의거하여 <須須岐>성
을 사여받았다고 한다.30)(『日本後紀』) 계루부는 중국 사서에 의하면,
소노부를 대신하여 고구려왕이 되었던 왕족인데(전술), <須須岐>의 사
성은 <肖奈王>의 사성과 비교해 볼 때 현격하게 처우가 뒤떨어진다.31)

괘루진로와 함께 이 때 시나노국(信濃國)의 <後部>, <前部>, <上
部>, <下部>성 및 지이사가타군(小縣郡) <上部>, <下部>, <高麗>, <前
部>성의 고구려계 도래인이 각각 거주지의 지명을 따서, <豊岡>, <村
上>, <篠井>, <玉川>, <淸岡>, <御井>, <朝治>, <玉井>등의 성을 사
여받았는데, 지명으로 추측해 보건대 지쿠마군과 지이사가타군 외에도
<水內郡>, <更級郡>, <安曇郡>, <埴科>군의 주민도 포함되어 있기 때
문에, 연력 18년의 사성은 시나노국 전역에 걸쳐 분산적으로 거주하며
신분적으로는 거의 일반 서민층에 가까운 고구려계 도래인(대대로 평
민)을 대상으로 한 것이었다고 보여진다. 따라서 괘루진로와 계루부와
의 관계는, 여타 <上部>, <下部>, <前部>, <後部>의 성을 가지고 있는
사람들과 고구려 5부와의 관계를 아울러서 자칭, 가칭(仮昌) 했을 것이

30) <須々岐>의 성은, 『三代實錄』 貞觀 9년 3월 11일 辛亥條의, 神階가 正六
位上에서 從五位下로 승서하였다고 전하는 須々岐水神의 鎭座地(筑摩
郡山辺鄉, 現長野縣松本市里山辺)의 이름에서 기인한다.
31) 天平勝寶 9년(757)의 도래계 씨족에 대한 무제한 사성의 칙허가 내린 뒤
40년 이상 경과된 시점에서 처음으로 개성이 실현된 점, 게다가 <須々岐>
는 씨족 명뿐이며, 無姓(無カバネ)인 점등으로 볼 때 처우의 차이는 분명
하게 드러난다.

라는 의구심이 들며 <肖奈王>의 사성과는 근본적으로 다른 것이라고
해석할 수 있다.

　<肖奈公>에서 <肖奈王>으로 사성된 또 하나의 요인으로는 건군이
래 이 씨족이 무사시국(武藏國) 고마군(高麗郡)의 군령(郡領)의 직위를
점하고 있었던 점을 들어야 할 것이다. 고마군의 군사(郡司)직에 임명된
자의 이름은 사료속에서 전혀 확인할 수 없으며, 고마군의 거주자들도
<肖奈>씨와 <高麗氏古系圖>에 보이는 고마(高麗)신사 (대)궁사가의
고마씨(단, 전술한 바와 같이 군내에서 대두하는 시기는 10세기 말로
추정)외에는 확실히 알 수 없다.

　따라서 <肖奈>씨가 군령에 취임했는지에 대한 여부는 확실하지 않지
만, 영귀(靈龜) 2년에 고려군에 이주된 1,799명이라는 숫자는 앞의 [표
1]에 따르면, ①의 덴지(天智) 5년의 백제인 2천여 명에 버금 가는 인원
수로, 대부분은 평민층으로 구성되어 있다고 생각해도 지장이 없을 것
이다. 고려군내의 정치적인 유력자층이 한정되어 있는 가운데 <肖奈>
씨는 그 중에서 눈에 띄는 존재였을 것으로 추측되는 바이다. 신참의
많은 고구려계 도래인을 이끌고 북무사시의 미개척지 개발에 임하는
것이 이들 씨족에게 부과된 의무였으며 <肖奈王>의 사성도 고구려 왕
가의 후예인 점을 율령정부가 공인함에 따라, 그를 통해 권위의 확보를
도모하여 군사(郡司)로서 지도력을 발휘하고자 했던 그들의 의도가 바
탕에 깔려 있는 것이라 생각된다.

　<肖奈王>의 사성이 이루어진 8세기 중반은 율령정부가 발해를 고구
려의 후신으로 간주, 일본에 조공을 바치는 복속국으로서 취급하여 양
국간의 국제관계를 유지하려고 했던 시기와 맞물린다. 따라서 사성에
의해 <肖奈>씨를 고구려 왕가의 일원으로 인정하였다 해도 일찍이 여
선광(余禪光)대한 <백제왕>호의 사성과 같은 천황에 의한 백제왕 의

책립 및 내신화(內臣化)를 목적으로 한 것은 아니었다. 어디까지나 동국 경영 추진사업의 일환으로써, 고구려계 도래인을 결집시켜 신설된 군의 최고 책임자를 <貴種>으로 처우하려 했던 것이라 이해해야 할 것이다. 오미마사시(近江昌司)가 지적하듯이 백제왕의 일족들이 정육위하(正六位下)에서 종오위하(從五位下)로 승진하는 내계(內階)코스를 밟은 것과는 대조적으로, 복신(福信)은 외종오위하(外從五位下)에서 승진해 가는 외계(外階)코스를 거치고 있으며 <肖奈>씨는 중앙 관인사회에서 문벌귀족으로서 인정되고 있지 않다.[32] <貴種>으로서의 특권적인 지위는 동국이라는 지방사회에서만 한정되었던 것이다.

4. 행문(行文)·복신(福信)과 <肖奈>씨

『續紀』의 홍전(薨傳)에 따르면 고려복신은 연력(延曆) 8년에 81세의 나이로 서거하였고, 출생은 화동(和銅) 2년(709)이라고 전하고 있다. 전술한 바와 같이 백부인 행문은 양로(養老) 5년(721) 정월 명경 제 2박사 정칠위상(正七位上)의 지위에 있을 때, 학재가 뛰어나다는 이유로 녹(祿을) 하사받았는데,[33] 그것은 당연히 행문이 일정기간 수도에서 학자로

---

32) 近江昌司, 「仲麻呂政權下の高麗朝臣福信」, 『日本古代の政治と制度』續群書類從完成會, 1985.

33) 『續紀』에 따르면, 이 때 녹을 하사받은 명경박사는 4명인데, 율령제하에서 대학료의 박사정원(1명)과는 차이가 있으므로, 桃裕行가 지적하듯이 여기에서의 박사는 관직명이 아니라 명경분야의 전문 학자로 보아야 할 것이다(桃裕行, 『上代學制の研究』, 目黑書店, 1947). 나아가 近江昌司는 <明經第二博士>는, 대학 조교의 관위가 正七位下로, 행문의 위계(正七位上)와 거의 일치하므로, 이 때 그는 대학조교의 직에 있었던 것으로 추정하고 있는데(近江昌司, 「肖奈福信と相撲」), 그럴 가능성은 크다고 생각한다.

서의 실적을 쌓아올린 업적에 대한 논공행상이라고 생각되며 복신이
행문에 딸려서 입경한 시기는 홍전에 <소년(어린 나이에)......>라고 기
록되어 있으므로 아직 유년기인 화동연간 말년에서 靈龜(715~716)연간
에 이르는 시기라고 추정된다.

　홍전에는 복신이 내수소(內竪所)에서 내수(竪子<소년>)로서 궁중의
잡무를 담당한 후, 우위사대지(右衛士大志. 正八位下상당)에 초임되었
고 천평(天平) 10년(738) 30세의 나이에 외종오위하(外從五位下)에 서
위되었다. 오미마사시(近江昌司)는 지방출신자인 복신이 21세에 병위
(兵衛)로 관도에 올랐다면 30세에 외종오위하로 승진하는 것은 불가능
한 일이기 때문에 신귀(神龜) 4년(727)에 종오위하(從五位下)로 승진한
백부인 행문의 양자가 되어 적자 혹은 서자로 음위제의 적용을 받았을
것으로 추정하고 있다.[34] 수도에 입성했을 때의 복신은 너무나 어려서
입경에는 어떤 특별한 이유가 있을 것이라 생각되는데, 그럴 경우 오우
미가 말하는 양자설이 가장 합리적일 것이다. 행문의 동생이며 복신의
아버지에 해당하는 인물명이 사료상에 나타나지 않는데 아마도 그는
아버지인 복덕(福德)의 뒤를 이어 그대로 무사시국(武藏國)에 머물면서
그의 자손(복신의 형제와 그의 후예)이 고마군(高麗郡)의 군령(君領)이
되어 현지에서 세력을 확장해 갔을 것이라 생각된다.

　행문과 복신이 중앙에서 학자와 관인의 길을 걸어감으로써 <肖奈>씨
는 동일한 씨족의 형태를 띠면서도 사실상은 중앙으로 옮긴 일족과 무
사시를 기반으로 하는 군령가의 일족으로 이분되었던 것이다. <肖奈>
씨 일족에는 복덕, 행문, 복신외에 천평(天平) 19년 복신과 함께 <肖奈
公>에서 <肖奈王>으로 개성된 대산(大山)과 광산(廣山)이 있으며 복신
과 함께 보귀(寶龜) 10년에 고마아손(高麗朝臣)에서 다카쿠라아손(高

---

34) 近江昌司,「肖奈福信と相撲」.

倉朝臣)으로 개성된 석마려(石麻呂)와 전계(殿繼)가 있다. 이중 석마려는 복신의 아들이며(전술), 전계도 근친(아들로 추정됨)으로 보이는 인물이다. 한편, 대산과 광산은 복신이 천평승보(天平勝寶) 2년에 고마아손을 사성받았을 때 함께 개성된 것으로 보이며, 이후『續紀』나『正倉院文書』등의 사료는 그들의 씨성을 <高麗(巨萬)朝臣>이라고 기록하게 된다.

대산과 광산은『姓氏錄』좌경제번하(左京諸蕃下)에 올라와 있는 고마아손의 계통에 속하는 인물일 것이다. 이들 일족은 다카쿠라아손으로 개성한 복신등의 계통과는 일선을 그으며, 그대로 구성인 고마아손에 그치고 있다(전술). 무사시(武藏)로부터 입경한 시기도 행문이나 복신보다는 조금 늦으며 그들의 활약에 자극받아 수도에 이주한 방계의 일족이라고 추측할 수 있다.

중앙에 이주한 <肖奈>씨에는 대산(天平勝寶 6년, 遣唐判官, 天平寶字 5년, 遣渤海大使), 광산(天平寶字 6년, 遣唐副使), 전계(寶龜 8년, 遣渤海使)와 같이 대외교섭 임무에 종사하는 자, 특히 출신국과의 관계에 의해 견발해사(遣渤海使)에 임명된 인물이 적지 않았다는 점이 지적되고 있다.[35] 그것은 앞서 언급한대로 이 씨족의 씨족적 전통(고구려의 지배계급, 지식계급출신)에 기인하는 바가 크다고 생각되지만 이와 아울러 주목하지 않을 수 없는 것은 복신이 천평승보(天平勝寶) 8년, 보귀(寶龜) 원년, 연력(延曆) 2년의 세 번에 걸쳐 무사시국의 가미(守)를 겸임하였고(「法隆寺獻物帳」,『續紀』외), 한편 대산이 천평보자 5년, 석마려가 보귀 9년에 무사시국 스케(介)에 임명된 점이다(『續紀』).

중앙의 <肖奈>씨 일족 중에서 몇 사람씩이나 무사시국의 국사에 임관된 것은 애당초부터 우연한 일은 아니며 그들이 무사시국 출신자였기

---

35) 佐伯有淸,『新撰姓氏錄の硏究』考証篇5, 吉川弘文館, 1983.

때문이다. 특히 복신의 경우 대국인 무사시국의 장관인 가미(守)직의
상당위계는 종오위상(從五位上)으로 초임시의 천평승보 8년 당시 그의
위계는 이미 종사위상(從四位上)이었다. 이 때 복신은 자미소필(紫微少
弼)의 직에 있어 후지와라노 나카마로(藤原仲麻呂)의 신임을 얻고 있었
기 때문이기도 하며 혹은 무사시국 장관직의 겸임은 나카마로가 천평
17년에 오우미국(近江國)의 장관을 겸임한 이후 장기간에 걸쳐 포스트
를 독점하면서 오우미국의 실질적인 영국화를 도모한 점과 상통하는
부분이 있을 지도 모른다. 게다가 나카마로의 사후에도 복신은 두 번이
나 무사시국의 장관에 취임하고 있는 등, 그의 무사시국에 대한 영향력
은 보통 이상의 것이라고 생각된다. 필시 대산과 석마려의 무사시국의
차관 취임도, 석마려가 복신의 아들인 점을 염두에 둔다면 그의 정치적
인 배려에 의한 바가 크다고 해야 할 것이다. 무사시국 고마군의 군령가
인 동족의 <肖奈>씨와 밀접하게 연대하면서 적어도 복신이 사망하는
나라시대 말엽까지 중앙의 <肖奈>씨에 의한 무사시국의 사적인 지배가
이루어지고 있었다고 추측하는 바이다.

제2장 | 인물로 본 고대

4

'百濟王氏'의 成立과 日本律令國家*

송완범**

1. 서론

동아시아 고대사에서 「율령국가」라고 하면 고대 일본의 한 시대, 대개 7세기말에서 10세기 혹은 12세기를 일컫는다는 것은 이제 상식이 되었다. 현재 일본 고대사 연구의 주류는 율령국가의 연구라고 해도 과언이 아니다. 그럼에도 불구하고 율령국가를 정의하고 전체적인 시점에서 그 의미를 추구하려는 근본적이고 심화된 연구는 그리 많지 않아 보인다. 그 이유는 일본의 율령국가 성립을 동아시아 세계의 특이한 현상으로 이해하려는 경향이 강하기 때문이다. 그래서 여기서는 동아시아 세계의 역학 관계의 산물이며, 일본 율령국가가 창출해낸 「백

* 원래 이 글은 2005년도 동양사학회 추계학술발표회의 일본사분과(서울대학교)에서 발표했던 것(東아시아에서의 律令國家 成立의 意義「百濟王氏」을 중심 소재로 하여)을 기초로 하고 있으며, 이후의 지견을 더하여 개고한 것이다.
** 일본고대사 고려대 일본연구센터 HK교수

제왕씨」1)라는 씨족을 키워드로 하여 동아시아에서의 통일로 가는 현상들에 주목하는 가운데, 백제왕씨의 성립과 관련하여 일본 율령국가의 성립의 의의에 대해 나름대로의 분석을 시도해 보고자 한다.

나아가 백제왕씨의 모태가 되었던 백제의 망국민들을 「백제유민」이라고 부르기로 한다. 그들은 구백제 왕족이 지배하는 백제국의 부흥을 갈망하면서, 구백제 왕족의 밑에서 집결하고 집단적으로 생활을 영위하는 사람들로서 종래의 「백제계 도래인」이라는 틀로서는 이해하기가 곤란한 특수한 존재라고 생각된다. 왜냐하면 '도래인'이라던가 '귀화인'이라고 불리는 사람들은 다시 돌아갈 모국이 있는 경우에 해당하는 말로서 다시 돌아갈 곳이 없는 망국민들은 달리 불러야 하기 때문이다.

---

1) 지금까지의 백제왕씨에 관한 연구로는 今井啓一, 『百濟王敬福』, 綜芸舍, 1965의 고전적 연구를 시작으로, 大坪秀敏씨의 일련의 연구(「聖武天皇の難波行幸に關する一試論一百濟王氏との關連を中心に一」, 『國史學硏究』11, 1985, 「藤原仲麻呂政權下における百濟王氏」, 日野昭博士還暦記念 『歷史と傳承』, 永田文昌堂, 1988, 「大佛造營過程における百濟系渡來人一百濟王氏を中心に一」, 『國史學硏究』15, 1989, 「百濟王氏交野移住に關する一考察」, 『龍谷史壇』96, 1990, 「稱德・道鏡政權下における百濟王氏」, 『龍谷史壇』99・100号 合輯, 1992, 「光仁朝における百濟王氏」, 『龍谷史壇』113, 1999, 「桓朝武における百濟王氏」, 『龍谷史壇』119・120号 合輯, 2003) 등이 있는데, 이 논고들은 최근에 『百濟王氏と古代日本』, 雄山閣, 2008에 정리되었다. 그리고 利光三津夫・上野利三, 「律令制下の百濟王氏」, 『前近代の日本の法と政治一邪馬台國及び律令制の硏究一』, 北樹出版, 2002[초출 1988]과 田中史生, 『日本古代國家の民族支配と渡來人』, 校倉書房, 1997 등이 있다. 그 외에 김선민, 「일본고대국가와 백제왕씨」, 『일본역사연구』26집, 2007 참조.

2. 백제멸망 전후의 「백제왕」

백제 멸망 전후의 백제왕에 대해서는 우선 당·고구려·왜국의 여러
나라들에서의 존재 형태에 주목할 필요가 있다. 그 다음에는 동아시아
세계에서의 왜국과 백제와의 관계의 특수성에도 주목할 필요가 있을 것
이다. 이상의 두 가지 관점에 입각해서 융과 풍장에 대해서 살펴보기로
하자.

1┃ 의자왕과 태자 융

의자왕은 641년에 「백제왕」으로서 즉위하고 660년의 백제 멸망 때까
지도 왕의 지위에 있었던 인물이다. 그는 신라로의 적극적인 공격을 행하
는 한편, 왕비의 정치 개입이나 충신의 배제, 자신의 사치와 방종 등에
의해 백제의 멸망을 초래하였다고 평가되는 인물이다. 혼란했던 정치 상
황하에서 백제는 당·신라 연합군의 협공에 속수무책으로 당해낼 재주가
없었고, 660년 7월에는 태자 융에 이어 백제왕인 의자도 항복하고 백제
는 멸망하게 되는 것이다. 그 후 의자왕은 융을 필두로 다른 왕자들과
함께 당의 진장 소정방의 지휘아래 낙양을 거쳐 장안으로 이송된다. 당의
고종은 의자왕을 사면하여 처형은 하지 않았지만 「백제왕」의 칭호를 빼
앗고 구백제령의 통치권은 당이 장악했다. 의자왕은 장안에 도착하자마
자 병사했는데 「백제왕」 대신에 「金紫光祿大夫」(정3품 상당)·「衛尉卿」
(종3품 상당)이라는 당의 관직이 보내어지고, 장의에는 구신의 참가나
비를 세우는 것이 허락되었다.[2]

이처럼 장안에 호송된 의자왕은 당 왕조로부터 비교적 정중한 취급을
받고 있었다. 하지만 그 죽음에 임박해서는 당의 관직이 제수되고 「백제

---

2) 『구당서』 권199상 백제전 ; 『신당서』 권220 백제전 참조.

왕」의 칭호는 빼앗겼다는 것에 주목할 필요가 있다.

다음에 태자 융에 대해 살펴보자. 융은 의자왕의 아들로서 644년에 태자가 되고, 백제 멸망의 시점에서도 왕이 먼저 당에 항복하고 태자로서 왕과 함께 장안에 이송되었다. 그래서 융은 백제 태자라고 하는 칭호를 대신해「司稼卿」(종3품 상당)이라는 당의 관직을 받고 당 왕조에 출사하는 신분이 되었던 것이다.

663년의 백촌강의 싸움에서는 풍장이 이끄는 백제 부흥군과 왜의 백제 구원군에 대항해서 융은 당군과 함께 싸우고 있었다. 백제 부흥운동이 종식되자 융은「웅진도독」으로서 구 백제에 되돌아가 혼란에 빠져있던 구 백제지역의 사람들을 통합하여 신라와 화목을 맺기를 바랐다. 이리하여 664년에는 당의 칙사인 유인원의 입회 아래 신라왕과 화목의 서약을 행하였다. 그 후 유인원 등 당장이 백제 지역으로부터 철퇴하자 융은 신라를 두려워하여 장안으로 되돌아가고 만다. 그래서 당은 677년 융에게「대방군주」의 칭호를 주고 구 백제영토로 되돌려 보내려고 하지만 백제 지역에의 신라 세력의 신장은 세력을 더할 뿐이었다. 마침내 융은 백제 고지에 돌아가지 못하고 죽음을 맞이한다.[3]

「대방군주」라는 칭호는 원래 백제왕에게 전통적으로 주어져왔던 것이었다. 융에 대한 이 칭호의 수여가 구 백제 지역의 사람들을 결집시키는데 일정한 역할을 하였을 것이라는 생각은 의심할 바가 없겠다. 그러나 당은 융에 대해 끝내「백제왕」의 칭호는 허락하지 않았다. 당 왕조에 의한 직접 지배는 어렵기에 백제의 구 태자인 융을 이용한 간접 지배를 목표로 하였지만 결코 백제왕이라는 칭호의 수여만은 양보하지 않았던 당의 자세로부터「백제왕」이라고 하는 칭호의 무게를 짐작하고 남음이

----

3)『구당서』권199상 백제전 ;『신당서』권220 백제전 ;『삼국사기』백제본기 참조.

있지 않을까?

2 ┃ 풍장

풍장은 무왕의 아들이며 의자왕과는 형제, 융은 조카에 해당된다. 풍장은 부왕인 무왕의 치세 하에 백제의 외교 수단의 하나인 「質」으로 631년 (서명 3년·무왕 32년)에 왜국에 보내져 왜국과 백제와의 관계 개선에 큰 역할을 다했다. 660년에 의자왕, 태자 융 등이 항복하고 백제가 멸망하자 무왕계의 복신이 이끄는 백제 부흥 군의 요구에 응하여 풍장은 661년에 귀국했다.[4]

후술하는 것처럼 풍장은 부흥군에 의해 「백제왕」으로 추대되었으며, 왜국도 그 칭호를 인정한 후에 장군 복신을 파견하고 663년의 백촌강 패전을 맞이하였다. 백제 부흥군의 패배를 확인한 풍장은 고구려에 피신하지만 668년의 고구려 멸망에 의해 당에 이송되고 거기에서 영남으로 유배되어지고 있다.[5]

여기서 당의 의자왕과 융에 대한 융숭한 대우를 상기한다면, 영남에의 유배라고 하는 풍장의 처분은 상당히 엄한 것이라고 말하지 않을 수 없다. 이러한 당의 대응으로부터 보면 풍장은 연개소문의 사후 분열 상태에 있었던 고구려에서 망명 중의 신분이면서도 최후까지 백제 부흥을 목표로 반당·반신라 노선을 걷고 있었다고 상정할 수 있다.

그런데 고구려나 당에게 풍장은 「백제왕」으로서 인정되고 있던 것일까? 유배라는 처우를 받았던 당에서는 물론 아마도 고구려에서도 「백제왕」으로서는 인정되지 않았을 것이다. 그는 백제 부흥군의 지도자로 여겨지면서도 어디까지나 구 백제왕족의 일원으로서 여겨졌던 것에 지나지

4) 拙稿, 「7世紀の倭國と百濟」, 『日本歷史』686, 2005.7 참조.
5) 『자치통감』권201 총장 원년조 참조.

않는다.

　이처럼 660년의 백제 멸망 이후 당 뿐만아니라 반도 여러나라에서도 의자왕이나 융, 풍장이라고 한 구 백제왕족을 「백제왕」으로서 인정하는 일은 있을 수 없었다. 백제 부흥군이 풍장을 「백제왕」으로서 추대하는 일은 있었지만 나라로서 그 것을 인정했던 것은 뒤에서 서술하는 대로 왜국 뿐이었다. 「백제왕」에 대한 이러한 왜(일본)의 대응의 특수성은 풍장 이후도 계속된다. 왜(일본)는 어떠한 경위에서 「백제왕」을 용인했던 것 인가. 또 그 배경에는 어떠한 사정이 있는 것인가. 이에 대해서는 다음 장에서 검토해보기로 하자.

3. 「백제왕」에서 「백제왕씨」로

　이상의 분석을 바탕으로 제명조의 백제멸망으로부터 천지조·천무조·지통조의 각 시대의 백제왕에 대해서 왜왕권의 시점만이 아니고 백제 유민의 시점으로부터 검토하는 것에 의해, 「동이의 소제국론」6)으로는 보이지 않는 백제왕씨의 존재의의에 대해서 새로운 시점을 제시해보고자 한다.

1▌ 풍장의 「백제왕」 임명
　660년의 백제 멸망에 동반하여 백제 부흥군의 요청과 그것을 승낙한 왜왕 제명에 의해 풍장이 「백제왕」으로 되는 것 이지만 종래는 이것을 「소제국주의론」의 입장으로부터 백제왕 임명에 의한 왜왕권의 주체성을 중시하는 방향으로 이해해 왔다. 그러나 엄밀히 따지자면 풍장이 왜국

----

　6) 石母田正, 『著作集第3卷 日本の古代國家』, 岩波書店, 1989 참조.

내에서「백제왕」으로 임명되었던지 어떤지에 대해서는 다시 한 번 검토
할 필요가 있다.

우선, 관계있는 사료를 들어보자.

[사료 1]『日本書紀』齊明 6年 660 10月條
百濟佐平鬼室福信, 遣佐平貴智等, 來獻唐浮一百余人. (略)又乞師
請救. 幷乞王子豊璋曰, (略)方今謹願, 迎百濟國遣侍天朝王子豊
璋, 將爲國主, 云云. 詔曰, (略)云云. <(略)或本云, 天皇立豊璋爲王,
立塞上爲輔, 而以禮發遣焉.>

[사료 2]『日本書紀』天智 卽位前紀 661 9月條
皇太子御長津宮. 以織冠, 授於百濟王子豊璋. 復以多臣蔣敷之妹
妻之焉. (略)率軍五千余, 衛送於本鄕. 於是, 豊璋入國之時, 福信迎
來, 稽首奉國朝政, 皆悉委焉.

[사료 3]『日本書紀』天智 元年 662 3月 癸巳條
賜百濟王布三百端.

[사료 4]『日本書紀』天智 元年 662 5月條
大將軍大錦中阿曇比邏夫連等, 率船師一百七十艘, 送豊璋等於百
濟國. 宣勅, 以豊璋等使繼其位. 又予金策於福信, 而撫其背, 褒賜
爵祿. 于時, 豊璋等與福信, 稽首受勅, 衆爲流涕.

이것에 의하면 백제 부흥군의 중심 존재인 복신이 군사의 원조와「왕
자 풍장」의 귀국을 요청하고 ([사료 1]), 제명조는 약 1년의 준비기간을
거쳐「백제왕자 풍장」을 귀국시키고 있다([사료 2]). 다음 해에는 천지(중
대형황자)가 포 300단을 보내는데, 그 상대는「백제왕」이었다([사료 3]).
[사료 4]에는, 다시 풍장이 반도로 귀국하는 기사가 보이는데, 천지조에
는 종래부터 사료 상에 같은 기사가 중복되어 실려 있다는 것이 지적되었

고, 이 점으로부터 보면 이 기사는 [사료 2]의 일을 잘못된 연대에 이중으로 기록한 결과라고 생각해야 할 것이다.

즉 이 기사로부터는, 왜국에서는 「백제왕자」의 신분에 머물러 있던 풍장이 백제에 건너가서는 백제 부흥군과 복신에 의해 「백제왕」으로서 옹립되었다고 생각할 수가 있다. 단 문제가 되는 것은 [사료 1]의 「혹본에 이르기를 천황이 풍장을 세워 왕으로 삼았다」라고 하는 부분인데, 종래의 연구는 이 기사를 근거로 왜왕이 풍장을 「백제왕」으로 책립했다고 생각해 왔다. 그러나 이것이 「혹본」이라는 『일본서기』의 이설인 점7)이나, 그 당시에 쓰였을 리가 없는 「천황」호가 사용되어져 있던 점 등으로 미루어보아 이 기사의 신빙성에는 신중을 기해야 할 것이다. 오히려 [사료 2]에 있는 것처럼 「직관」을 받은 것은 「백제왕」풍장이 아니고, 「백제왕자」풍장이었던 점에 주의해야 할 것이다. 즉 풍장은 「백제왕자」으로 백제에 귀국하고 귀국 후에는 백제 부흥군에 의해 「백제왕」으로 추대되고 왜국도 그 것을 사후 승인했다, 라는 흐름으로 이해해야 할 것은 아닐까.

이 점으로부터 풍장의 「백제왕」임명을 왜왕권의 지배질서에의 포섭을 의미하는 것으로서 이해하고, 일본 고대국가의 「소제국주의」이지만, 위의 [사료 1~4]로 부터는 왜국에 의한 「백제왕」책립의 실태를 확인하는 것은 어렵고, 그 전제부터 고쳐 생각할 필요가 있을 것이다.

그렇지만 왜왕권이 주체적으로 임명했던 것은 아니었다 해도 당이나

---

7) 혹본을 포함하는 다양한 주에 관해서는 일본서기의 본주로서 신빙성이 높다는 설(坂本太郎, 『日本古代史の基礎的研究』上, 東京大學出版會, 1964)과, 본주가 아니기에 신빙성이 낮다고 하는 설(岩橋小弥太, 『增補上代史籍の研究』上, 吉川弘文館, 1973)로 나뉘어져 있다. 여기의 혹본에 대해서는 일본서기 편찬 시에 존재한 복수의 이본의 하나일 것이라는 후자의 설을 취하기로 한다.

고구려가 「백제왕」을 전혀 용인하지 않았던 것과 비교한다면 역시 왜국의 대응의 특수성을 지적할 수 있을 것이다. 이 점은 단순히 일찍이 왜국과 백제와의 우호 관계에서 그 원인을 구한다는 것 보다는 「백제왕」을 필요로 하는 왜왕권의 절박했던 사정 때문이었다고 생각해야 할 것 이다.

왜국은 이미 6세기 중반에는 지역의 쟁탈전에서 패배하여 반도 남부에의 영향력은 이전 같지 않고[8] 반도에의 발판은 우호 관계를 유지하고 있던 것은 백제뿐 이었다. 그 백제를 잃는다는 것은 신라와 강하게 밀접해 있는 당이 반도 전체에 세력을 확대하는 것이고, 또 이는 왜국에 있어서도 크나 큰 위협이 되는 것은 자명한 일이었다. 따라서 왜 왕권으로서는 스스로의 이익을 위해서도 백제 멸망을 두고 볼 수는 없었고, 어떻게 해서든지 백제 부흥을 성공시킬 필요가 있었다.

그러기 위해서는 백제 부흥군이 추대하는 「백제왕」을 추인하는 한이 있어도 부흥운동의 흥륭을 지지해야만 했다. 또 장기간에 이르는 왜국 체재로 인해 왜 왕권과의 유대가 강한 풍장이 백제왕에 즉위한다고 하는 것은 금후의 백제에 대한 영향력의 행사라는 측면에서도 왜에게는 좋으면 좋았지 나쁜 상황은 아니었을 것이다. 이렇게 절박했던 대외적 사정을 배경으로 왜국은 「백제왕」 즉위를 추인하지 않을 수 없었던 것이고, 여기에서 왜국의 「소제국주의」라고 하는 세계관을 도출하려고 하는 것은 너무나 궁색하다고 밖에 말할 수 없지 않을까?

어찌되었든 위와 같은 사정을 배경으로 왜국은 「백제왕」의 용인이라는 동아시아 세계 속에서도 특이한 결단을 내린 셈인데, 이러한 「백제왕」과의 특수한 관계는 일시적인 것에 그치지 않고 이후에도 계속되어 간다.

---

8) 김현구, 『大和政權の對外關係研究』, 吉川弘文館, 1985, 제2편 제3장 ; 鈴木英夫, 『古代の倭國と朝鮮諸國』, 靑木書店, 1996, 제9장 참조.

2┃ 천지조의 「백제왕」

천지조에서의 「백제왕」과 백제 유민에 관하여 다음과 같은 기사가
있다.

[사료 5] 『日本書紀』 天智 3년(664) 3月條
以百濟王善光王等, 居于難波.

선광은 풍장의 동생이고 무왕의 아들이다. [사료 5]에서는 선광을 「백
제왕」이라고 하고 있다. 이에 의하면 일찍이 왜왕권이 「백제왕」이라고
승인한 풍장이 망명처인 고구려에서 아직 살아있음에도 불구하고 이번에
는 동생인 선광을 「백제왕」으로 승인했다고 이해할 수 있는 것이다.

당시 당과 신라의 연합군의 침공이 언제 있어도 이상하지 않았던 국제
정세를 감안한다면, 왜국은 이미 도래하고 있었던 백제 유민의 힘에 의존
하지 않을 수 없었다. 예를 들면 森公章씨가 지적하고 있는 것처럼 천지
4년(665) 8월, 방위체제 정비를 위해 쓰쿠시(筑紫)국・나가토(長門)국에
파견되어 축성에 관계했던 憶禮福留・答㶱春初・四比福夫의 세 사람은
모두 「병법」에 뛰어난 백제 유민이었으며, 쌓은 성은 전부 조선식 산성이
었다. 나아가 오우미(近江)국과 동국의 국내 계발에서도 백제 유민이 담
당한 역할은 컸다.[9] 이러한 사정을 배경으로 왜 왕권은 백제 유민의 실질
적 통솔자였던 선광을 「백제왕」으로 승인하는 것에 의해 선광을 통하여
백제 유민 세력 전체를 장악하고, 당과 신라의 침략을 저지하기 위한 실
현적인 수단으로 하려고 의도했던 것이다.

이상을 정리하면 천지조에 있어서 선광은 왜국에 체재하면서 「백제

---

9) 森公章, 「朝鮮半島をめぐる唐と倭」, 『古代日本の對外認識と通交』, 吉川弘
　文館, 1998 참조.

왕」으로 인정되고 많은 백제 유민과 함께 나니와(難波)에 집주하는 일이 허락되는 등 조정으로부터 좋은 대우를 받고 있었다. 왜왕권이 이러한 일을 허락한 배경에는 당과 신라에 의한 압박에 대하여 왕권으로서 백제 유민의 통솔자인 선광과 계속 관계를 유지하려는 생각이 있었을 것이다. 즉 이 시점에서는 선광 등 백제 왕족을 중심으로 하는 백제 유민은 왜왕 권에 대하여 일정의 자립성을 가진 존재였다고 말할 수 있다.

3 ▌천무조의 「백제왕」

다음으로 천무조의 「백제왕」에 대해서 검토한다. 우선 주목하고 싶은 것은 이하의 두 개의 기사이다.

> [사료 6] 『日本書紀』 天武天皇 3年(674) 春正月 辛亥朔庚申(十日)條
> 百濟王昌成薨. 贈小紫位.
> [사료 7] 『日本書紀』 天武天皇 朱鳥 元年(686) 9月 丁卯(30日)條
> 僧尼發哀之. 是日, 百濟王良虞, 代百濟王善光而誄之. 次國國造等, 隨參赴各誄之. 仍奏種種歌舞.

昌成은 선광의 아들로 어렸을 때 선광과 함께 내왜하였는데 아버지보다 더 빨리 이 세상을 하직했다고 한다([사료 9]). [사료 6]은 그의 사망 기사이다.

그런데 앞에 든 [사료 5]의 단계에서 선광은 유일한 「백제왕」이었다고 생각되나 [사료 6]과 [사료 7]로부터는 동시기에 복수의 「백제왕」이 존재하고 있었던 것을 알 수 있다. 여기에 보이는 선광·창성·양우는 직계 친족에 해당하기에 아마도 이 시점에서의 「백제왕」은 선광 직계의 왕족의 집단적 호칭으로 변화했을 것이다.[10) 따라서 천무조의 「백제왕」은 천지조의 선광처럼 유일의 백제 유민의 통솔자로 볼 수는 없고, 그 존재 의의도 크게 저하하고 있다고 보아도 좋다고 하겠다.

천무조에는 「백제왕」이 백제 유민의 유일의 통솔자로부터 왕족의 집 단적 호칭으로 변화하고 또 구 백제 관인만이 아니고 사망한 백제왕에게 까지 왜의 관위수여가 진전하고 나아가서는 복속의례의 성격을 지닌 의 식의 참가[11) 등 「백제왕」의 자립성은 급속히 없어지고 왜 왕권에 의한 포섭이 심화되어간다.

이러한 변화의 배경으로서 다음의 두 가지가 상정될 수 있을 것이다.

첫째로, 천지 7년(668) 9월의 신라로부터의 사신과 그 것에 응한 동년 11월의 견신라사의 파견으로 상징되는 천무조의 신라와의 국교 정상화 라는 대외적 요인이다. 천지조의 전반기에는 사키모리(防人)나 봉수의 정비, 조선식 산성이나 수성의 건설, 나아가 오우미 천도 등의 기사가 보이고 대외 전쟁에 대한 경계가 강화되었던 것을 알 수 있는데, 그에 비하여 당과의 관계가 악화한 신라가 「조공」형식을 취해 오는 등 상대적 으로 불안이 적은 천무조에서는 이러한 위기의식은 완화되고 있고, 이 일은 백제 유민의 외교 수단으로서의 이용 가치의 저하를 불렀던 것이다.

두 번째로, 672년의 임신의 난이라고 하는 국내적 요인이다. 『일본서 기』를 읽는 한 선광을 비롯하여 백제 유민 세력이 대우황자 측과 대해인 황자 측의 어느 쪽에 붙었는가는 확실하지 않지만, 沙宅紹明을 시작으로 荅㶱春初・木素貴子・吉大尙・許率母 등은 대우황자의 「빈객」으로서 대우되었고, 오우미 조정의 수뇌부 역할을 담당한 일이 상정되고, 또 많 은 백제 유민은 오우미에 집중 이주되었다는 점으로 부터도, 오우미 조정

---

10) 田中史生, 『日本古代國家の民族支配と渡來人』, 校倉書房, 1997 참조.
11) 『일본서기』 天武 四年 春正月 丙午朔條 참조.

측에 있었던 백제 유민이 적지 않았을 것이다.[12] 그들은 승자 천무를 정점으로 하는 중앙집권 체제하에서 엄하게 재편성되어갔을 것이다.

　이러한 사정을 배경으로 「백제왕」은 서서히 왜 왕권의 내부로 포섭되었는데, 그 최종단계는 다음의 지통조를 기다려야 한다.

4 지통조의 「백제왕」과 「백제왕씨」

다음으로 지통조의 「백제왕」에 대해서 검토한다.

> [사료 8]『日本書紀』持統天皇 5년(691) 春正月 己卯(7日)條
> 賜公卿飮食衣裳. 優賜正廣肆百濟王余禪廣, 直大肆遠寶, 良虞與
> 南典, 各有差.

　이것은 후세의 「白馬節會」에 연결되는 儀式이라고 생각되고 정월 7일에 조정이 주최하는 연회가 열리고 祿으로서 衣裳이 지급된 것을 알 수 있다. 그때 「正廣肆百濟王余禪廣」(善光)·「直大肆遠寶」·「良虞」·「南典」의 4인이 후하게 대우를 받았다는 것이 특기되어 있다. 여기서 흥미로운 점은 「正廣肆」라는 冠位와 「余」姓이라는 두 가지 점이다.

　천무조에는 죽은 「百濟王」에게도 贈位된 일은 이미 지적한 바가 있다. 그러나 여기서는 아직 살아있는 「百濟王」善光에 대해서도 「正廣肆」라고 하는 왜의 冠位가 수여되고 있는 것을 확인할 수 있다. 같은 달 13일에는 「正廣肆」의 관위에 대응한 封祿이 수여되고 있고, 善光의 사망시에는 또 「正廣參」이 贈位되어 있다. 또 [사료 8]의 최후에 등장하는 南典에 대해서도 持統 10년에 「直大肆」의 冠位가 수여되었다.[13]

　또 백제 왕족의 성은 본래 「余」이었던 것을 알 수 있는데 [사료 8]의

---

12) 森公章,『白村江以後』, 講談社, 1998 참조.
13)『일본서기』持統 10년 春正月 甲寅條 참조.

시점에서도 그것은 변함이 없었던 것이 확인된다.

> [사료 9] 『續日本紀』天平神護 2년(766) 6月 壬子(28日)
> 條 刑部卿從三位百濟王敬福薨. (略)藤原朝廷賜號曰百濟王, 卒贈
> 正廣參. 子百濟王昌成, 幼年隨父歸朝, 先父而卒. (略)薨時, 年六
> 十九.

위 사료는 善光의 증손에 해당하는 敬福의 薨傳인데, 선을 친 부분에는 持統朝에 善光에 대하여 「百濟王」이 賜與되었다고 한다. 이 「賜與」은 「賜姓」을 의미한다고 하는 것이 통설로 되어 있는데, 그렇다고 한다면 이 이후 백제 왕족의 성은 「百濟王」이 되었다고 하는 것이 된다. 여기서 [사료 8]의 「百濟王余禪廣」라고 하는 기사를 보면 姓은 여전히 「余」이었 「百濟王」이 아닌 것이 확인될 수 있기 때문에, 이 단계의 「百濟王」은 아직 善光의 직계 왕족의 집단적 칭호에 지나지 않는 것 이고 이 이후에 성으로 변화하는 것을 알 수 있다.

이상과 같이 지통조에는 아직 살아있는 「百濟王」에 대해서도 왜의 冠位가 수여되게끔 되고 나아가 持統 5년 이후에는 善光의 직계 왕족의 집단적 호칭으로서의 「百濟王」이 성으로 변화하여 보다 광범위한 사람들을 대상으로 하는 씨족 명칭이 된다. 이러한 과정을 거쳐 「百濟王」은 드디어 본래의 「王」이 갖는 통솔력과 자립성을 완전히 잃게 되는 것이다.

5. 율령 국가 성립의 의의 -백제왕씨 성립의 의의-

660년에 백제가 멸망하자 「百濟王」의자왕과 태자 융은 당에 이송되어 왕과 태자의 신분은 빼앗기고 당의 官職秩序 속에 흡수되게 되었다. 당은

구 백제 지역의 지배를 위해 구 태자인 융을 이용하려고 하지만 어디까지
나「百濟王」의 칭호는 허락하지 않았다. 백제의 외교 수단의 한 형태로서
왜국에 채재하고 있던 백제 왕자 풍장은 백제 부흥 군의 요구에 응하여
661년에 귀국하고, 부흥 군에 의하여「百濟王」에 추대되고 왜 왕권도
그것을 추인했다.

백촌강에서 패전하자 풍장은 고구려로 피난하고, 고구려 멸망 후는 당
으로 이송되지만 고구려나 당이 풍장을「百濟王」으로서 취급한 흔적은
없고 어디까지나 백제 왕족의 일원으로서 인식하고 있었던 듯 싶다. 따라
서 왜국에 의한「百濟王」의 승인은 동아시아 세계에서도 특이한 대응이
라고 평가할 수 있고 왜국의 위기적인 대외 사정을 배경으로 한 결단이었
다고 생각된다.

종래 왜국에 의한 풍장의「百濟王」임명은 왜국의「小帝國主義」을 나
타내는 사례로서 이야기되어 왔다. 그러나 임명에 이르는 과정을 상세히
검토하면 임명 주체는 어디까지나 백제 부흥군측에 있고 왜 왕권은 스스
로의 대외적 사정을 배경으로 그것을 추인했을 뿐이라고 생각된다. 게다
가 왜 왕권과「百濟王」과의 이러한 특수한 관계는 일시적인 것에 머무르
지 않고 이후도 계속된다.

즉 천지조에는 풍장의 동생이고, 왜국 백제 유민의 실질적 통솔자였던
善光을「百濟王」으로서 추인하는 것을 통해 당과 신라의 외압에 대해
백제 유민을 이용한 정책을 수행함으로써 위에 실제적인 역할을 기대했
던 것이다.

이처럼 왜 왕권은「百濟王」과 백제 유민의 일정의 자립성을 인정하면
서도 한편으로는 왜의 冠位를 수여하기도 하고 복속 의례에 참가시키는
등 서서히 그 지배 하에의 포섭을 심화시켜가는 것이다. 그리고 지통조에
이르러「百濟王」은 드디어 성, 즉 씨족 명칭으로 변화를 하고 그 통솔력

과 자립성을 완전히 빼앗기게 되는 것이다. 다시 말하면 백제왕씨의 성립 과정은 그대로「百濟王」·백제 유민의 자립성의 붕괴 과정이었던 셈이다.

본고에서는 백제왕씨 성립에 이르는 과정에 대해서 倭國과 百濟와의 관계 만에 머무르지 않고 동아시아 세계 전체를 시야에 넣었고, 특히 백제 유민의 시점에 주의하면서 재검토를 시도했다. 이러한 시점에서의 검토는 왜국과 백제와의 관계를 상대적으로 위치 짓는다는 의미에서도 중요하다고 생각되고, 또 그것에 의해 종래의「小帝國主義論」에서는 보이지 않는 새로운「百濟王」의 모습을 발견할 수 있었던 것은 아닐까 생각한다.

나아가 이러한 백제왕씨의 성립과정의 검토는 동아시아에서의 일본 율령국가의 성립을 이야기하는데 크게 참고가 된다. 일본율령국가의 성립은 제국으로서의 일본의 성립을 말하는 것이고 제국일본은 번국이 필요한 구조인데, 그 번국을 두는데 있어 백제왕의 후예인 백제왕씨가 명실상부한 천황의 신하가 된다는 것은, 반도의 신라를 번국으로 함에 율령국가의 더할 나위 없이 중요한 이념상의 장치가 되었던 셈이다. 즉 백제왕의 후신인 백제왕씨의 성립은 백제왕＝신라왕＝고구려왕이라는 의식을 일본열도에서 재확인한 것이고 (『율령』), 나아가 율령국가로서의 제국의 논리(번국의 설정)를 명쾌하게 제시하는 구체적인 근거가 되었던 것이다.

6. 결론

마지막으로 위에서 서술해온 것들을 간단히 정리해 결론으로 대신한다.

1) 660년의 백제의 멸망에 의해 구 백제 왕족들은 뿔뿔이 흩어지게 되는데 오직 왜국에서만 또 다시 백제왕으로서 부활한다. 이는 7세기 후반의 급박한 동아시아 정세 속에서 왜국이 당과 신라의 압박을 백제유민과의 연대에 의해 극복할 수 있다고 믿었기 때문이다.

2) 백제왕으로부터 백제왕씨로의 변화는 천지·천무·지통조를 거치며 그 중요성이 약화한다고 하는 단계성을 갖는데, 이는 같은 입장이었던 당과 신라가 서로의 이익을 위해 싸운다고 하는 동아시아 정세의 예기치 않은 변화와 밀접한 관계가 있다.

3) 백제왕씨의 성립과정에 대한 검토를 통해 얻어진 백제왕씨 성립의 의의는 율령국가의 성립에서 제국에 필요한 이념상의 번국(신라, 발해)의 확보를 확인시켜주는 기능이라고 할 수 있다.

제 2 장 | 인물로 본 고대

5

동아시아사 속의
首親王(聖武天皇)元服

新川登龜男*

1. 서언

일본 고대, 특히 奈良時代(平城京時代)의 정치나 문화·종교를 생각할 때 聖武天皇이라는 존재를 무시할 수는 없다. 물론 聖武天皇이라는 인물 그 자체보다는 聖武天皇을 천황으로서 존재하게 한 다양한 사회조건이나 환경이 크게 주목된다. 그 일환으로서 문제가 되는 것은 聖武天皇 개인이 천황이 되기 위해 필요로 했던 자질이란 과연 어떤 것이었을까? 즉 당시의 사람들이나 사회는 聖武天皇이라는 인물을 어떻게 창출하려고 했던 것일까. 본론에서는 이러한 관점에서, 또한 동아시아사라는 시야를 전제로 하여 이 문제에 대한 고찰을 시도해보고자 한다.

* 일본고대사 早稻田大學 文學部 教授

2. 立太子에서 즉위까지

聖武天皇은 大寶 원년(701)에 태어나 天平勝寶 8년(756)에 56세로 죽
었다. 부는 文武天皇(683~707), 모는 藤原朝臣宮子(?~754)이다. 어머
니인 宮子는 藤原朝臣不比等(659~720)를 아버지, 賀茂朝臣比賣(?~73
5)를 어머니로 하여 태어났다. 한편 聖武天皇의 황후가 된 光明子도 大寶
원년 출생으로 天平寶字 4년(760)에 60세를 일기로 죽고 있다. 光明子도
宮子와 마찬가지로 藤原朝臣不比等를 아버지로 하고 있는데, 어머니는
縣犬養橘宿禰三千代(?~733)이다.

聖武天皇은 처음에는 首(오비토)皇子(親王)라 불리고 있었다. 그리고
和銅 7년(714)의 14세 때에 立太子하여 元明女帝(661~721)의 皇太子가
된다. 元明女帝는 죽은 文武天皇의 母이며 황태자에게는 祖母에 해당된
다. 그러나 元明天皇(太上天皇)은 聖武天皇(皇太子)을「我子」「我兒」등
으로 불렀다. 실제로는 祖母와 손자의 관계에 있었지만 女帝와 황태자,
혹은 女帝와 그 황위계승자 사이는 擬制的인 親子(母子)관계를 표방했
던 것이다.[1]

이 立太子로부터 2년 후인 靈龜 2년(716), 양위 직후의 元明太上天皇
의 주선으로 首親王은 光明子와 결혼하였다. 이 때 두 사람은 16세였다.
그리고 다시 2년 후인 養老 2년(718), 阿倍內親王(후의 孝謙·稱德天皇)
이 태어나고 있다. 그 후, 皇太子 首親王이 伯母(擬制的으로는 親·母)
인 元正天皇(680~748)의 양위를 이어받아 즉위하여 聖武天皇이 된 것은
神龜 원년(724)의 일이다. 이 때 나이가 24세였다.

이상이『續日本紀』기사를 근거로 한 聖武 즉위까지의 간단한 소개이

1) 新川登龜男,「『祖父』になった文武天皇」,『日本古代文化史の構想』13장,
名著刊行會, 1994.

다. 그러나 여기에서 立太子에서 즉위에 이르기까지의 사적을 다시 정리
하고 그 문제점을 지적하는 작업부터 시작하고자 한다.

a : 14세(이하, 세는 나이임)
(1) 『續日本紀』和銅 7년(714) 6월 庚辰條에 「皇太子, 加元服」이라
함. 同 聖武 卽位前紀에서는 이를 立太子라 하고 당시 나이 14
세였다고 한다.
b : 15세
(2) 『續日本紀』靈龜 원년(715) 정월 甲申朔條는 元明天皇의 元日
朝賀 時 「皇太子, 始加禮服, 拜朝」라 한다. 당시 15세.
(3) 同年 정월 癸巳條는 황태자 최초의 元日朝賀에서 瑞雲이 출현
하여, 天下大赦의 詔를 내렸다고 한다.
(4) 同年 9月 庚辰條는 元明天皇으로부터 氷高內親王(元正天皇)으
로의 양위의 詔를 싣고 있다. 그 속에서 首皇太子에게 양위하고
싶지만, 그는 「年齒幼稚, 未離深宮」이며, 황위는 「庶務多端, 一
日萬機」이기 때문에 氷高內親王에게 양위한다고 되어있다.
c : 16세
(5) 『續日本紀』天平寶字 4년(760) 6월 乙丑條의 光明皇太后崩傳
에는 光明子가 16세에 聖武天皇(首皇太子)의 妃가 되었다고
한다. 따라서 결혼은 靈龜 2년(716)이다. 元明天皇(太上天皇)
의 알선에 대해서는 同 天平 원년(729) 8월 壬午條의 光明子立
后勅에 보인다.
D : 19세
(6) 『續日本紀』養老 3년(719) 정월 辛卯條에 의하면 元正天皇의
朝賀에 있어서 從四位上藤原朝臣武智麻呂와 從四位下多治比
眞人縣守가 「贊引皇太子也」가 보인다.
황태자는 19세가 된다. 『武智麻呂傳』은 이때 「儲后始加元服,

血氣漸壯」이라 한다.

(7) 同年 6월 丁卯條는 「皇太子, 始聽朝政焉」이라 한다.

(8) 『武智麻呂傳』에서는 同年 7월에 藤原朝臣武智麻呂가 東宮傅
　 이 되었다고 한다.

(9) 『續日本紀』 養老 3년 10월 辛丑條에 실린 元正天皇의 詔에 의
　 하면 황태자야말로 황위를 계승해야만 하지만 「年齒猶稚, 未閑
　 政道」이다. 앞으로 황위에 오르기 위해서는 「輔佐之才」「翼贊之
　 功」이 필요하게 된다. 따라서 「宗室年長」인 舍人親王(676~73
　 5)과 新田部親王(?~735)을 황태자의 보좌역에 임명한다고 하
　 고 있다.

(10) 同年 12월 乙酉條에 의하면 春宮(東宮의 役所 : 春宮坊) 등에
　　 印을 맡긴다.

E : 21세

(11) 『續日本紀』 養老 5년(721) 正月 庚午條에 실린 元正天皇의
　　 詔에 의하면 佐爲王 이하 16名으로 하여 「退朝之後, 令侍東
　　 宮焉」이라 한다. 東宮(황태자)은 21세.

(12) 同年 9월 乙卯條는 「以皇太子女井上王, 爲齋內親王」이라 한
　　 다. 『政事要略』24 所引의 「官曹事類」에 이 원자료가 보인다.
　　 伊勢神宮(內・外宮)의 神甞祭일 것이다. 또한 여기에서는 井上
　　 王을 「齋王」이라 하고 있다. 井上王(內親王)(717~775)은 聖武
　　 天皇을 아버지, 縣犬養宿禰廣刀自를 어머니로 하여 태어났다.

F : 22세

(13) 『續日本紀』 養老 6년(722) 정월 壬戌條에 의하면 황태자의 奏
　　 에 의해 多治
　　 比眞人三宅麻呂의 「誣告謀反」죄와 穗積朝臣老의 「指斥乘輿」
　　 의 죄를 경감한다.

G : 24세

(14) 『續日本紀』神龜 원년(724) 2월 甲午條에 의하면 元正天皇의
양위를 받아 즉위한다.

대략 이상의 事跡에서 생각해야 할 점은 元服과 「幼稚」의 모순이며,
그러한 가운데 황태자라는 점이, 혹은 황태자로 삼으려 하는 점이 계속
문제로 되고 있다는 사실이다.

3. 元服과 平城宮 大極殿의 완성

소위 立太子 기사로 여겨지는 (1)의 和銅 7년 6월 庚辰條에는 「皇太
子, 加元服」이라고 보일 뿐이다. 후의 『續日本紀』延曆 7년(788) 정월
甲子條에도 「皇太子, 加元服」으로 완전히 同文의 기사가 있는데, 이 경
우의 황태자는 安殿親王(후의 平城天皇)(774~824)을 가리키며, 그는 이
때 이미 황태자였음이 명확하다(『續日本紀』延曆 4년 11월 丁巳條의 詔).
당시의 立太子가 12세, 元服이 15세였다.

나아가, 이 皇太子 安殿親王의 元服은 해당기사에 의하면 「加其冠」
(冠을 載하다), 「執笏」(笏을 들다) 등의 作法을 동반하고 있었다(『西宮記』
11 裏書에서는 「加其冠」이라고만 함). 또 『新儀式』5(『內裏式』도 인용)
나 『西宮記』11에 의하면, 나아가 「理髮」(髮을 정리함)도 행해졌던 것으
로 보인다.

지금, 이러한 사례들을 참조하면, 和銅 7년의 元服에서는 14세가 된
首親王에게 이발을 실시하고, 새로운 冠을 더하고, 笏을 지니게 한 것으
로 볼 수 있다. 이것은 (2)에 대한 준비라고 말할 수 있는데, 衣服令 皇太
子條에 따라 皇太子 예복의 冠(禮冠·玉冠)을 쓴 것일 것이다. 다만, 笏

의 사용은 養老 3년 2월 이후의 일로 보이며(『續日本紀』同年月壬戌條), 大寶令에는 규정이 없었던 것으로 여겨지기 때문에 「執笏」의 경우는 행해지지 않았을 가능성이 높다.

그런데 후의 安殿親王의 경우와는 달리 首親王이 元服 이전에 立太子하여 있었다는 명확한 기록은 없다. 따라서 이 경우의 「皇太子, 加元服」이란 불가해한 문장이다. 왜냐하면 이 一文은 중국에서 정형화되었던 것으로, 立太子가 먼저 있고, 그 후 해당 황태자가 元服을 한다는 文意에서 등장하기 때문이다(예를 들면 『唐會要』6의 皇太子加元服). 당연히 立太子와 元服은 별개의 일이었다.

그렇다고 하면, 동일한 「皇太子, 加元服」이라는 기술이라도 安殿親王의 경우와는 달리, 首親王의 경우는 매우 변칙적인 혹은 곡해한 표현이라 할 수 있다. 그래서 지금으로서는 (1)의 현실은 우선 元服을 우선시한 것이며, 앞의 의복령의 실천을 매개로 하여 여기에 立太子의 의미를 곁들인 것이라 이해하고 싶다. 역으로 말하면 聖武卽位前紀가 결과론으로서 立太子했다고 하는 해석을 내린 것이며, 立太子란 이렇듯 애매한 성격의 것이었던 것이다.

사실 후의 聖武天皇은 光明子와의 사이에 태어난 남자 아이를 탄생 직후 故藤原朝臣不比等의 邸宅(산실)에서 그대로 立太子 시키는 詔를 내리고 있다(『續日本紀』神龜 4년 11월 己亥·辛亥條). 이처럼 立太子란 개인적 내지 자의적인 의사표시에 불과하다.

물론 이 男兒의 立太子를 변칙적인 사태로 볼 수도 있겠지만, 조금 거슬러 올라가 보면 元明·元正 양 女帝 모두 立太子를 거쳐 즉위한 것은 아니었다. 그 만큼 立太子는 제도적으로도 의례적으로도 미성숙한 것이었지만, 立太子시키는 일, 혹은 황태자로 삼는 일이 황위계승에 대한 강한 의사를 표명하는 수단으로서 모색되고 있었던 것은 분명하다. 그것은 마치 貞觀 12년(638)에 唐 太宗이 발언했다고 하는「國家所以立太子者, 擬以爲君也」에 따른 측면이 있을 것이다(『舊唐書』71의 魏徵傳,『唐會要』25의 親王及朝臣行立位 등.『貞觀政要』7의 論禮樂은 貞觀13년이라 하며,「所以」「也」이 빠져있다).

그 점은 (1)에 이은 (2)(3)에 의해 분명해진다. (2)는 (1)의 元服의 意匠을 시행한 首親王을 황태자로서 널리 인지시키기 위해 행해진 행사였다. 이때의 元日朝賀에는 蝦夷·南島人들도 참가하고 있으며, 그 儀仗은 特筆되고 있다. 그러나 여기에는 이유가 있는 것으로 생각된다. 왜냐하면 和銅 3년(710)의 平城遷都 이후 平城宮 大極殿(제 1차)은 한참 동안이나 미완성이며, 이때 처음으로 준공한 것으로 보여지기 때문이다.[2] 즉 실질상은 이때의 元日朝賀가 平城宮의 大極殿을 활용한 것으로서는 그 최초가 되었던 것이며, 그 행사는 기념할만한 획기적인 것이 아니면 안되었다. 바꿔 말하면 (1)의 元服은 이 大極殿의 완성을 전제로 행해진 것이며, 그 大極殿을 활용한 元日朝賀에서 首親王이 황태자의 예복을 피로하고, 이로써 황태자가 되었다는 사실을 널리 인지시키고자 하는 의도가 농후하게 작용하고 있었다라는 것이다. (3)부터는 그것을 보완하는 의도를 엿볼 수 있다.

그러나 이 인과관계에는 역의 국면이 있었을 가능성이 높다. 그것은 首親王의 연령으로 미루어 짐작할 수 있다. 즉 元服이 14세, 元日朝賀가 15세라고 하는 것은 平城宮 大極殿의 완성시기가 우연히 14·5세였던 것이 아니며, 首親王이 14·5세가 되는 때에 맞추어 문제의 大極殿을 완성시켰다고 보는 것이 자연스러운 해석일 것이다.

확실히 14·5세는 인생의 고비가 되는 연령이었다. 이미 서술한 安殿

----

2) 渡辺晃宏,「平城宮第一次大極殿の成立」,『奈良文化財研究所紀要』, 2003.

親王이 元服한 것도 15세였으며, 아버지인 文武天皇(輕皇子)이 즉위한
것도 15세였다(『日本書紀』持統 11년 8월 乙丑朔條, 『懷風藻』등). 더
나아가 輕皇子의 立太子도 같은 15세였다고 되어 있다(『續日本紀』文武
卽位前紀 등).

　　이 연령 단계에 대해서는 나중에 다시 언급하고자 한다. 그러나 현재로
서는 首親王이 14·5세가 되는 시기에 맞추어 平城宮 大極殿을 완성시
키고, 그 元日朝賀를 예정하면서 14세에 미리 元服을 거행하고, 15세의
禮服披露를 예정했던 것이라고 생각된다. 물론 우연적인 요소도 섞여있
지만 매우 용의주도한 대규모 계획이었고, 그만큼 首親王의 황위계승이
일부에서 강력하게 염원되고 있었던 것이다.

4. 「耄期」라는 것

　　그런데 上記한 의도와 계획은 그리 쉽게 성취되지 않는다. 그것은 (4)
나아가 (9)에 잘 나타나 있다. 양쪽 모두 首親王의 즉위를 바라면서도
여전히 연령이 「幼稚」「稚」인 점을 이유로 들어 계속 보류하고 있었던
것이다. 이것은 도대체 어떻게 된 것일까.

　　우선 (4)의 양위의 詔를 다시 확인하면 그 취지는 다음과 같다. 즉 ①朕
(元明天皇)의 재위가 「九載」에 이르게 되었고, 「今, 精華漸衰, 耄期斯倦」
의 상황이기 때문에 양위하고 싶다. ②황태자(首親王)에게 양위하고 싶
지만 그는 「年齒幼稚, 未離深宮」의 단계로 「庶務多端」「一日萬機」을
감당할 수 없다. ③그래서 氷高內親王(元正天皇)에게 양위하고 싶다. 그
이유는 그녀가 「早叶祥符, 夙彰德音, 天縱寬仁, (後略)」이기 때문이라고
한다.

원래 이 양위의 詔는 많은 중국고전을 참조하면서 쓰여졌다. 예를 들면 ①의 경우 이미 지적되고 있듯이 『尙書』大禹謨의 一節(舜에서 禹로의 禪讓표명)을 참조한 흔적이 있다.[3] 그 僞孔傳에는 「八十九十曰耄, 百年曰期,頤」(頤은 養)라 하며 나아가 「言已年老, 厭倦萬機」이 한다. 후자의 「萬機」은 ②의 「萬機」에 대한 복선이 되는데 전자의 「耄」「期」설은 『禮記』曲禮上의 說과 같다. 그렇다면 ①의 「耄期」란 80·90세라는 것이 되며 사실 『續日本紀』養老 5년 6월 戊戌條의 詔에는 「年逾八十, 氣力衰耄」이 하여 80세와 「耄」의 관계를 시사하고 있다. 또 同 天平寶字 원년(757) 8월 庚辰條의 勅에는 多治比眞人廣足이 「年臨將耄, 力弱就列」이 보이는데 『公卿補任』에 의하면 이때 廣足은 77세였다. 만약 그렇다면 80세는 아니지만 80세에 가까운 연령이라는 점에는 변함이 없다.

그런데 이때 元明天皇은 55세였다. 이것은 「耄期」이 80·90세 이상인 본래의 어의에 비추어보면 너무나도 젊은 연령이라고 말하지 않을 수 없다. 그렇다면 이 용법은 『尙書』의 문맥(양위)만을 채용하고 「耄期」의 어의 그 자체에는 그다지 신경을 쓰지 않은 것으로 생각된다. 그 의미에서는 단순한 文飾에 불과하다. 그러나 당시에 「幼稚」이 인식된 首親王이 15세, 양위를 받은 氷高內親王이 36세인 점과 비교하면 확실히 상대적으로는 혹은 비유적으로는 「耄期」에 해당되는 것일까.

그러나 어쨌든 「耄期」라는 점을 과장할 이유가 없으면 안될 것이다. 그래서 주목하고 싶은 것은 우선 持統天皇(太上天皇)에 대한 것이다. 그녀는 『日本書紀』에 의하면 남편인 天武天皇이 死去한 朱鳥 원년(686) 9월부터 「臨朝稱制」을 개시하여 故天皇의 이장 후, 稱制 3년(689) 정월에 「朝萬國于前殿」했고, 나아가 草壁皇子의 사후 稱制 4년(690) 정월에 정식으로 즉위하였다. 그리고 소위 持統 11년(697) 8월에 皇太子 輕皇子

3) 新日本古典文學大系, 『續日本紀』一, 当該條脚注, 岩波書店, 1989.

(文武天皇)에게 양위하고 있다. 그 때가 持統卽位 8년이다. 가령「朝萬國
于前殿」의 해부터 起算하면 9년째의 양위가 된다. 또한 그녀는 大寶 2년
(702)에 死去했는데,『本朝皇胤紹運錄』등에 의하면 孝德(大化) 원년
(645) 탄생으로 58세에 死去했다고 한다. 지금 이에 따르면 정식으로 즉
위한 연령은 46세, 양위한 연령은 53세였다.

이 持統天皇(太上天皇)의 선례, 즉 46세 전후에서의 즉위, 8~9년간의
재위, 53세에서의 양위, 58세의 死去라고 하는 事跡에 비추어 맞추어
보면 앞의 (4)의 양위의 詔에서 재위가 9년간에 이르고 있는 점, 현재로
서는 죽음을 예기하지 않을 수 없는 연령(55세)에 도달한 점, 즉「耄期」
에 이른 점을 서술한 元明天皇의 뇌리에 혹은 주변 사람들의 기억 속에
持統天皇(太上天皇)이라는 존재가 의식되지 않았다고 한다면 그러한 사
고야말로 부자연스러운 것일 것이다. 아울러 元明天皇의 즉위는 47세
때였다.

이러한 女帝의 先例와 답습에 대해 더욱 유의하고 싶은 것은 연령에는
차이가 있기는 하지만 이어지는 元正天皇의 재위도 거의 9년으로 끝나
며, 首親王으로의 양위가 행해졌다는 점이다. 나아가 孝謙天皇의 재위도
10년에 이르지만 元明天皇의 경우와 완전히 같은「于玆九歲」라는 의식
내지 자각이 있었다는 점은 틀림이 없다(『續日本紀』天平寶字 원년 8월
甲午條의 勅).

이어지는 이들 女帝의 재위 연수가 거의 9년인 점, 혹은 그 햇수를
강하게 의식하고 있었다는 점은 도저히 우연이라고는 생각할 수 없다.
그러면 왜 9년이라는 숫자에 집착했던 것일까. 그 유력한 가능성으로 지
적해 두고 싶은 것은『周易』(易經)의 영향이다. 원래 (4)의 양위의 詔가
『周易』을 참조한 사실은 지적되어 있지만4) 그『周易』에서는 陽爻를 九,
陰爻를 六이라 하고, 그 최상의 爻를 上九, 上六이라 한다. 그리고 이

이념은 『周易』 전체를 관통하는 것으로 곳곳에 보이고 있다.

예를 들면 乾에 있어서 「上九曰, 亢龍悔, 何謂也, 子曰, 貴而无位, 高而无民, 賢人在下位而无輔, 是以動而有悔也」이 한다. 즉 上九란 「貴」「高」이지만 「無位」「無民」이며 下位의 「賢人」도 보필해주지 않는다. 따라서 아무런 준비 없이 「動」해서는 안 된다는 것이다.

또 小畜에 있어서는 「上九, 旣雨旣處, 尙德載, 婦貞厲, 月幾望, 君子征凶」이 한다. 즉 上九란 象傳에 의하면, 혹은 王弼注나 孔穎達疏에 의하면 「陰之盈盛」이 극에 달하고, 「陽」과 구극3의 조화를 이룬 단계에 도달함을 나타내고 있는데, 「陰」은 「婦」「月」에 비유되고, 「陽」은 「夫」「日」에 비유된다. 그리고 「陰之盈盛」은 마치 「月」이 「望」에 접근하는 것과 같으며 그 「盛極」이 「敵日」이 된다고도 한다. 따라서 이 경우의 上九는 우선 「陰」(月・婦)의 「德」이 최고도에 달하고 「陽」(日・夫)과 최고의 조화를 나타내고 있다. 그 의미에서는 九三의 「夫妻反目」을 넘어서는 것이지만, 「陰」(月・婦)의 바른 위치로서는 한계이기도 하며, 「厲」(危)와 종이 한 장 차이로서 이 이상의 「盛極」「盈盛」이 되면 「日」(夫)에 적대하지 않을 수 없다는 것이다.

지금 이러한 9라는 숫자의 極致的 이념에 따른다면, 전자의 경우는 소위 太上天皇이 되는 것에 대한 논리를 부여하고 후자의 경우는 죽은 남편의 후계자로서의 부인 내지 女帝의 재위 연수가 9년을 넘어서는 안 된다는 우려를 낳게 하는 논리가 될 것이다.

물론 여기에는 다음 황위계승자의 존재나 연령이라는 우연적인 요소도 混入되게 되지만, 持統・元明・元正・孝謙으로 이어지는 女帝의 재위 연수가 획일적으로 거의 9년이라는 점은 이러한 『周易』의 기본이념(의 일부)을 임의로 수용한 결과라고 생각되는 것이다.

4) 新日本古典文學大系, 『續日本紀』一, 当該條補注, 岩波書店, 1989.

다만 이 재위 9년이라는 숫자에 대해서는 달리 고려해두고 싶은 점도 있다. 그것은 唐의 건국자인 高祖(李淵)가 太宗(李世民)을 立太子시키고 곧바로 양위를 단행하여 스스로 太上皇이 된 것이 武德 9년(626)이었다는 점이다(『舊唐書』高祖本紀, 同 太宗本紀上 등). 이 양위 · 즉위(玄武門의 변)에 대해서는 다양한 이유를 생각할 수 있다고 해도 어쨌든 唐 건국자의 치세가 재위 9년을 한계로 여겨졌던 점에 유의하고 싶다.

나아가 거슬러 隋의 건국자인 高祖(楊堅)도 건국 연호인 開皇 9년째 (589)에 주목 할만한 詔를 내리고 있다(『隋書』 高祖本紀下 등). 즉 마침내 陳을 평정할 수 있었던 것이 「九載」이 지난 현재이며, 北周末 이래의 「喪亂」으로부터 「十載」이 되려 하고 있는 점을 자각하여 새로운 隋의 帝位가 재출발하는 것을 구가한 것이었다. 이 高祖의 경우는 「近代帝王」의 양위 유행을 부정적으로 보아 스스로는 양위를 거부하고 있지만(同高祖本紀上 등), 치세 9년을 중요한 고비로 의식하지 않을 수 없었던 점은 확실하다.

이들에게 기억된 9년이라는 숫자는 우연의 일치일지도 모른다. 그러나 모두가 隋唐의 건국 통치연수 내지 건국자(高祖)의 재위 연수(의식)에 관련되는 점에서는 공통되고 있으며, 이러한 기억이 『周易』의 이해와 혼합되어 持統天皇 이래의 倭(日本)의 女帝 통치 · 재위 9년(한계) 의식을 만들어냈을 가능성도 추측해 두고 싶다.

또한 굳이 덧붙이자면, 중국에서는 학문의 대성도 9년을 연한으로 하고 있었다(『禮記』學記, 同王制鄭玄注, 『大唐六典』21의 國子監主簿條 등). 신라에 있어서도 神文王 2년(682)에 창설된 國學에 같은 기준이 마련되어 있었던 것으로 여겨진다(『三國史記』 신라본기, 同職官志上). 일본에서도 이 점에 대해서는 마찬가지이다(學令先讀經文條). 이 學大成 9년론이 이번 경우에 어느 정도 적응될 수 있을지는 확실하지 않으나,

어쨌든 9년이라는 연수가 여기에도 엿보이는 것이다.

이상, 9년이라는 숫자에 너무 집착한 감이 없지 않으나 적어도 (4)의 양위의 詔에서 말한 元明 재위 「九載」란 의미가 있는 숫자였던 것으로 보여진다. 특히 「耄期」과의 관련 속에서 말하면, 이미 죽은 持統天皇(太上天皇)을 강하게 의식한 위에서의 발언으로 보아 큰 무리는 없을 것이다.

5. 「幼稚」과 이중의 元服

그러면 다음으로 「幼稚」하다는 것은 어떤 것일까. 그래서 우선 「耄」 「期」을 논하고 있는 『禮記』曲禮上이 동시에 「人生十年曰幼, 學, 二十曰 弱, 冠, 三十曰壯, 有室」이라 말하고 있는 점에 주목하고 싶다. 즉 배워야 할 연령을 「幼」라고 하고, 그것을 10세에 달한 者로 보았다. 이어서 20세 에 「弱」이 되며, 「冠」(加冠·元服)하게 된다. 나아가 30세에 妻帶하여 「壯」이라 불린다는 것이다. 또 同 檀弓上에는 「幼名, 冠字」이 하여 「名」 을 붙이는 「幼」과 「字」을 붙이는 「冠」을 峻別하고 있다. 여기에서도 「幼」 을 지나는 것이 「冠」하는 것과 같다고 말하고 있는 셈이다.

『儀禮』士冠禮도 「始加元服」에 대해 「棄爾幼志, 順爾成德」이라 말하 고, 初唐의 賈公彦 등의 疏에 의하면 加冠으로 「禮」을 갖춘 「成人之德」 을 겸비하는 것이라고 말한다.[5] 그리고 이 士冠禮 후에 士昏禮가 이어지 고 있는데, 『禮記』에서도 「冠義」에 이어지는 것은 「昏義」이다. 한편 당 의 顔師古는 『漢書』叙傳下의 「上正元服」을 注하여 「元, 首也 故謂冠爲 元服」이라고도 서술하고 있다.

---

5) 蜂屋邦夫編, 『儀禮士冠疏』, 汲古書院, 1984. 이하, 同疏參照.

　　여기서 이 禮의 원칙에 따른다면, 14・5세 이후 19세에 이르러도 首親王이 「幼稚」라고 말해졌던 데에는 그 나름대로의 禮的 근거가 있었던 것이다. 이에 대해서는 初唐의 孔穎達 등이 찬한 『禮記』曲禮上의 疏에도 「幼者, 自始生至十九時」 「十九以前爲幼」이 보인다. 그런데 首親王이 14・5세에 元服・加冠했다고 하는 점, 그리고 16세에 妻帶했다고 하는 사실은 상기의 禮的인 원칙에 맞지 않는다. 따라서 여기에는 어떤 차이나 모순이 인정되는 것이다. 그래서 다시 유의하고 싶은 것은 한편으로 「幼稚」라고 인식되면서도, 혹은 「幼稚」이 여겨지기 때문에, 20세 전후가 되면 春宮(坊)이 정비되어 朝政에 관련된 東宮의 인적 강화가 기도되고 있는 점이다.

　　이것은 일면에서는 앞의 禮的인 원칙에 맞는 「弱」 「冠」 연령을 근거로 했을 가능성이 있다. 왜냐하면 (6)의 단계(19세)에서 막 귀국한 遣唐押使 多治比眞人縣守가 藤原朝臣武智麻呂와 함께 首親王(皇太子라 함)을 「贊引」하여 大極殿의 朝賀에 임하고 있기 때문이다. 이 作法은 해당 견당사에 의한 정보를 참조한 것으로 생각되는데, 나아가 이 견당사는 당의 「朝服」을 가지고 돌아와 披露하고(『속일본기』 養老 3年 正月己亥條), 右襟・把笏의 制도 당에서 전해진 것으로 보인다(同年 2月 壬戌條). 따라서 그 일환으로서 禮的인 「弱」 「冠」 연령에 대한 이해가 초래되어, 首親王의 朝賀가 실현된 것이 아닐까 생각된다. 혹은 반대로 首親王이 19・20세가 되는 것에 대한 禮的인 무언가의 대응을 이미 예정한 위에서 해당 견당사가 파견되었을 가능성마저도 있다.

　　어쨌든 그 결과, 이 朝賀에 있어서의 「皇太子」의 「贊引」作法은 일단 「皇帝元正冬至受皇太子朝賀」(『大唐開元禮』 95의 嘉禮)에 따른 것으로 이해되고 있다.6) 그러나 여기에서 首親王이 처음으로 把笏을 披露했다고 한다면 이것은 재차의 元服・加冠이 되었을 가능성이 있다. 사실 「皇

太子加元服」의「嘉禮」(『大唐開元禮』110)나『儀禮』士冠禮에도 마찬가
지로「贊(冠)者」이 등장하는 것이다. 또한 이때의「贊引」者의 한 사람이
며, 직후에「東宮傳」에 취임했다고 하는 武智麻呂의「傳」이 이 朝賀를
「儲后始加元服, 血氣漸壯」으로 이해하고 있는 점은 역시 간과할 수 없을
것이다.

그렇다면 首親王에게는 두 번에 걸친 元服·加冠이 있었고, 그에 연동
하여 立太子도 또한 두 번에 걸쳐 표명된 것이 된다. 그것은 우선 14·5
세의 단계와 새롭게 중국적인 예를 도입한 19·20세의 단계라는 것이
되는데, 두 번이라기 보다는 이중으로 행해졌다고 말하는 것이 보다 정확
한 것이 아닐까 생각된다. 그리고 이 이중성은「幼稚」의 극복을 실천하는
것과도 서로 연결되어 있었다고 보여진다.

그러나 이에 대해서는 나아가 몇 가지 생각해야 할 점이 있다. 우선
이 이중의 元服·加冠은 禮의 해석상 그 나름의 근거가 존재하고 있었다
는 점이다. 예를 들면『禮記』曲禮上에 보이는 앞의 疏에 의하면 大夫의
子, 諸侯의 子는 모두 20세에「冠」하고, 天子, 諸侯, 그리고 天子의 子는
12세에「冠」한다고 한다. 이점은 같은 冠義의 疏에도 보이는데, 天子·
諸侯의 12세「冠」에 대해서는『春秋左氏傳』襄公 9년조나『尙書』金縢
을 典據로 들어「一星終也, 是十二年, 歲星一終」說(歲星·木星이 한번
도는12년)을 다시 소개하고 있다.

한편『儀禮』士冠禮에 보이는 앞의 疏도 이와 유사한 점을 설명하고
있다. 우선 鄭玄注에 의거하면서 20세의「冠」이란 士의 경우를 기준으로
한 것이라고 한다. 그리고 앞에서와 같은 典據에 의해 諸侯·天子의 12
세「冠」을 서술하고 있는데, 天子의 子의 경우는 20세「冠」이라고 하는
異見을 제시하고 있다. 그러나 下文의「天子之元子, 猶士也, 天下無生而

---

6) 新日本古典文學大系,『續日本紀』二, 当該條補注, 岩波書店, 1990.

貴者也」을 인용하여 「天子之子, 雖早冠, 亦用士禮而冠」이라고 설명하고 있기 때문에 天子의 子(元子·世子)의 경우는 비록 12세에 「冠」하여도 다시 20세에 「冠」한다고 하는 중층적인 「冠」의 존재형태를 서술한 것으로 보여진다.

나아가 주목하고 싶은 것은 20세 미만의 「幼」에 대해서도 이미 『禮記』內則이 구체적으로 나누어 설명하고 있는 점이다. 즉 숫자와 東西를 배우는 6세, 男女의 別을 배우는 7세, 양보하는 것을 배우는 8세, 날짜 세는 법을 배우는 9세에 이어서 10세에는 밖으로 나가 書計 등을 배우고, 13세가 되면 음악이나 詩, 勺舞 등을 배우며, 「成童」이 되면 象舞나 射·御(乘馬)를 배운다. 그리고 20세에 「冠」하고, 처음으로 「禮」을 배우게 된다고 한다.

이에 의하면 20세 미만의 「幼」에서도 소위 예를 몸에 익히는 준비기간으로서 6세부터 각각의 연령 단계가 상정되어 있었다. 이 가운데 鄭玄注에 의하면 「成童」이란 15세 이상이며, 13세에서 15세 이상에 걸쳐서는 「文武之次」을 배우는 과정이라고 한다. 즉 孔穎達 등의 疏에 의하면 13세에 「文舞」을 배우고 15세 이상에서 「武」의 舞를 배운다고 하고 있는 것이다.

그러면 여기에 15세 이상의 「成童」단계가 설정되어 있으며 15세가 하나의 중요한 고비(節目)가 된다고 하는 이해가 존재하고 있었음을 알 수 있다. 확실히 앞의 曲禮上의 疏도 「十五已下, 皆別有義」라는 鄭玄注를 소개하고, 나아가 스스로 「今謂庶人及士之子, 若卿大夫十五以上則冠」이라고도 서술하고 있다. 또 『後漢書』列傳53의 李固傳이 기술한 「年始成童, 遊學洛陽」에 대해, 唐의 李賢 등이 「成童, 年十五也」라고 주석하고 있는 그대로이다. 이것은 『論語』爲政이 「子曰, 吾十有五而志乎學」이라 설한 것과도 호응하며, 梁의 皇侃疏도 이 15세를 「成童之歲」로 보

고 있다. 또『禮記』王制의 鄭玄注도「尙書傳」을 인용하여「年十五始入
小學, 十八入大學」이라 하였다.

이상과 같은 禮에 대한 해석에 의하면,「幼」단계에 있어서도「成童」이
되는 15세가 하나의 기로가 되는 시점이었던 모양이다. 그리고「天子之
子」의 경우 예를 들면 12세라는「幼」단계에서 빨리 元服·加冠했다고
해도 다시 士禮에 따라 20세의「弱」「冠」연령에 이차적인 元服·加冠을
행해야만 한다고 하는 해석이 보이고 있다. 15세 전후와 12세는 차이가
있지만, 어쨌든 상기한 禮에 대한 해석은 首親王이 14·5세에 제1차적인
元服·加冠을 행하고, 이어 19·20세에 제2차적인 元服·加冠을 행한
다고 하는 이중성의 근거가 될 수 있었을 것이다.

그러면 이러한 지식·정보를 어떻게 입수하고 배운 것일까. 이에 관해
서는 우선 多治比眞人縣守를 押使로 한 견당사의 동향이 주목된다. 그런
데 여기에 불가해한 점이 있다. 그것은 多治比眞人縣守를 押使로 하는
견당사는 唐玄宗의 元正朝賀는 물론 황태자의「加元服」도 경험하지 않
았고, 그와 관련한 가까운 견문정보도 입수했을 리가 만무하기 때문이다.
왜냐하면 이 견당사는 唐開元 5년(717 : 養老 元)10월에는 적어도 長安
에 도착하여 활동하고 있으며(『冊府元龜』974 등), 養老 2년(718 : 唐開元
6) 10월에는 大宰府에 歸着해 있는데(『속일본기』養老 2년 10월 庚辰條),
이 사이 睿宗의 死去(開元 4년 6월)로 開元 5년에 이어 6년에도 唐에서
는 元正朝賀가 행해지지 않았기(『舊唐書』玄宗本紀上 등) 때문이다.

또, 황태자에 대해 말하면 開元 3년(715)정월에 玄宗의 第二子인 嗣謙
(후의 瑛)이 立太子하였다(『舊唐書』玄宗本紀上, 同列傳 57 등). 그 후
開元 7년(719)정월 혹은 다음해 8년(720)정월에「加元服」이라 전해진다
(同列傳 57은 전자, 同玄宗本紀上·『唐會要』26의 皇太子加元服 등은
후자). 그리고 어느 해의 경우에 있어서도 그 元服에 연동하여 황태자는

國子學에 나가「齒胄之禮」을 행하고(同列傳 57), 또 太廟에 인사하고, 大極殿에서의 피로도 행하고 있다(同玄宗本紀上·『唐會要』 26 등).

그렇다면 문제의 견당사는 唐玄宗의 황태자의 元服의례에 대해 직접 견문할 수가 없었다. 다만 立太子에 관해서는 비교적 가까운 시기의 정보로 입수했을 가능성이 있으며, 그것이 養老 3년의 朝賀에 어떠한 형태로든 활용되었을 것으로 생각되지만 이에 대해서는 후술하는 것처럼 별도의 시점에서 검토해야 할 것이다.

한편, 이상과 같은 상황을 전제로 하면 (6)의 단계에서 상정되는 首親王의 재차에 걸친 元服·加冠儀禮(立太子披露도 連環)는 비록 多治比眞人縣守 등에 의해 唐에서 초래된 중국적인 禮의 영향하에서 시도되었다고 해도, 그것은 문제의 견당사가 唐에서 직접 혹은 직접적으로 견문했던 구체적이고 또한 현재적인 해당 의례의 경험에 기초한 것은 아니었다. 어디까지나 부분적인 정보나 서적에 의한 지식에 힘입은 것이었을 것이다. 사실 이 견당사는 공자사당이나 寺觀에 들렀고 鴻臚寺에서 四門助教에게 경학을 약간 배울 수 있었다. 그리고 많은 문물을 무사히 가지고 돌아오는 역할을 다하고 있다(『冊府元龜』 974의 外臣部·褒異1, 『舊唐書』 199倭國·日本傳, 『唐會要』 100의 日本國, 『속일본기』 養老 2년 12월 甲戌條 등).

그러나 首親王의 제 2차적인 元服·加冠이 遣唐押使多治比眞人縣守 등의 부분적인 지식학습과 문물의 초래에 의해 실천으로 옮겨졌다고 해도 이전의 제1차적인 元服·加冠에 영향을 미칠 리는 없다. 다만, 이중의 元服·加冠을 이 견당사가 미리 예견한 위에서 입당하였고 또한 그 실시에 적합하도록 그 시기를 맞춰 서둘러 귀국했을 가능성은 남아있을 것이다. 만약 그렇다면 이 견당사가 임명된 靈龜 2년(716) 8월 단계(『속일본기』)에는 이미 이중의 元服·加冠을 정당화하는 앞서 말한 禮에 대한 해석이 일본에서도 알려져 있었던 것이 된다. 좀더 말하면 일찍이 제1차 元服·加冠 당시에 그러한 지식이 존재하고 있었을 가능성이 대두되는 것이다. 그리고 그 가능성은 다시 한번 제1차 元服·加冠에 대해 생각해야 할 여지를 남기고 있다고 할 수 있다.

6. 동아시아 속의 제1차 元服·加冠

그래서 주목해야 할 것은, 앞서 본 開元 3년 정월에 있어서 玄宗 第二子 嗣謙의 立太子가 기묘하게도 首親王의 제1차 元服에 기초한 朝賀禮服披露의 시기와 겹친다고 하는 점이다. 과연 이것을 단순한 우연이라고만 보아야 할 것인가. 원래 嗣謙의 立太子는 玄宗이 즉위한 712년(太極 1, 延和 1, 先天 1)8월 이후에 입안되었을 것임에 틀림이 없고, 그 정보가 714년(和銅 7) 6월의 首親王 元服이 행해질 때까지 일본에 전해졌는지의 여부가 문제가 된다.

이 짧은 기간에 일본과 당의 왕래는 없다. 그러나 일본과 신라, 그리고 신라와 唐 사이에는 각각 왕래가 보인다. 우선 일본과 신라 사이에는 和銅 5년(712) 9월에 임명되어 10월에 辭見, 다음 해인 6년(713) 8월에 귀국한 遣新羅大使道君首名의 船団이 있다(이상, 『속일본기』).

이어서 신라와 唐 사이에는 『冊府元龜』 971의 外臣部·朝貢4에 의하면 先天 원년(712) 12월에 신라견사가 來朝하고, 다음 2년(713) 2월 및 6월에도 신라견사가 來朝朝貢하여 당시에 太上皇(睿宗) 등은 문루에 올라 이를 보았다고 한다. 나아가 開元 2년(714) 2월에도 신라견사가 朝貢(賀正)하여, 이번에는 玄宗 등이 承天門에 올라 이를 보았다고 하는데, 記述에 따르면 突厥을 보았다고 하는 것인지도 모른다. 한편 『三國史記』

신라본기에 의하면 聖德王 12년(713) 2월에 入唐朝貢使를 파견하고 「玄宗御樓門, 以見之」이 보이며, 10월에는 귀국하고 있다. 그 귀국 시에 玄宗은 詔書를 내려 聖德王의 책봉을 거행한 것이라고 한다.

상기한 중국측과 신라 측의 기록에는 부합하지 않는 측면도 다수 보인다. 지금 道君首名의 신라 체재기간을 중심으로 살펴보면 『三國史記』에 전해지는 713년 10월 귀국편의 정보를 首名一行이 얻을 수 없다. 그러나 『冊府元龜』가 전하는 712년 12월의 신라견사의 귀국편이 언제인지는 불명이며, 다음 713년의 2월과 6월에 기록되어 있는 신라견사가 동일한 것인지의 여부는 분명하지 않다.

또 신라는 이 이전 712년 2월에 조공한 사자도 있으며(『冊府元龜』970의 同3, 『三國史記』同聖德王 11년 2월조), 3월에는 唐使가 방문하여 聖德王의 이름(玄宗의 諱와 같은 隆基)을 고치도록 했다고 한다(『三國史記』同聖德王 11년 3월조). 확실히 이 해에는 개명을 요구했던 것으로 보이는데(『唐會要』95의 신라 등), 3월은 아직 玄宗의 즉위직전이기 때문에 여기에 기사의 錯亂을 인정해야 할 것인지, 아니면 이미 玄宗 즉위가 예정되어 있었던 사실을 말해주는 것일까. 그러나 어쨌든 玄宗 즉위 전후에는 신라와 당 사이에 빈번한 왕래가 있었던 것은 확실하다.

따라서 道君首名 一行이 玄宗 즉위와 嗣謙立太子(예정) 정보를 신라에서 얻었을 가능성은 높다. 首名 본인은 大寶律令 編纂에 종사하고, 筑後·肥後 兩 國守로서 생업의 향상과 안정에 노력하였으며 漢詩도 남기고 있다(『속일본기』文武 4년 6월 甲午條, 同大寶 원년 6월 壬寅朔條, 同養老 2년 4월 乙亥條卒傳, 『懷風藻』 등). 따라서 平城遷都의 사실을 처음으로 신라에 전한 首名은 동아시아의 동향(정보)을 신라에서 입수하여 이해하는 데에는 매우 적절한 인물이었을 것이다.

그러면 道君首名 일행이 신라에서 초래한 정보에 기초하여 일본에서는 首親王의 元服을 미리 행하고, 예정된 嗣謙의 立太子 년월일에 맞추는 방향으로 또한 동시에 平城宮 大極殿 완성 시점을 조정하여 首親王의 朝賀披露를 단행한 것이라고 생각된다. 이리하여 首親王의 朝賀禮服披露(제1차 元服・加冠・立太子와 연동)에는 신라로부터의 使者도 참가하고 있었던 모양이다(『속일본기』 和銅 7년 11월 乙未條, 同 12월 己卯條 등).

한편 신라에서는 聖德王 14년(715) 12월에 왕자 重慶이 立太子한다(『三國史記』). 어쩌면 다음해 정월의 披露(元服 내지 朝賀)를 예정한 것이 아닌가 추측되는데, 이 重慶 立太子도 당의 嗣謙立太子와 일본 首親王의 元服・加冠・朝賀披露(立太子와 連環)와 서로 호응하는 의식을 간취할 수 있다. 요컨대 당・일본・신라에 있어서 각각 국가의 군주 육성과정을 서로 공유하고, 혹은 반대로 서로 分有하는 형태로 상호간의 경합이 인정되는 것이다. 그 의미에서 말하면 首親王의 元服・加冠(立太子와 連環)은 군주육성 즉 군주창조의 과정을 구축함으로써 동아시아 諸國의 새로운 편제에 참여하고자 하는 일본의 표명이기도 했던 것이라 할 수 있다.

또한 신라의 황태자인 重慶은 후의 聖德 16년(717) 6월에 죽어 「孝殤」으로 추존되었다(『三國史記』). 「殤」이란 20세의 「冠」에 이르지 못한 이의 죽음을 말하는 禮的인 용어이기 때문에 당시 신라에서 예적인 연령 단계에 대한 관념이 채용되어 있었던 사실은 확실하지만, 상세하게는 알 수 없다. 다만 首親王의 제 1차 元服・加冠이 신라로부터 입수한 당에 관한 정보에 의해 촉진되었다고 한다면 동시에 이중 元服・加冠에 관한 예에 대한 해석도 신라를 거쳐 일본에 초래되었을 가능성이 있다고 해도 좋을 것이다. 왜냐하면 7세기 후반 무렵의 신문왕 시대(재위 681~692)를 중심으로 한 신라에서는 이미 『禮記』의 수용 등과 함께 종묘나 국학의 구축이 진행되고 있었기 때문이다.[7]

7. 「幼稚」의 이유와 「深宮」

首親王의 이중의 元服·加冠(立太子와 連環)이 그 「幼稚」극복의 실
천이었음은 앞서 언급한 그대로이다. 그러면 그 「幼稚」의 진의는 어디에
있는 것일까.

하나는 이 또한 지적해 둔 것처럼 20세의 「冠」연령에 미치지 못한다는
중국적인 예 관념의 도입을 근거로 하고 있었다. 그런데 父인 輕皇子(文
武天皇)는 首親王이 제1차 元服을 감행한 14·5세의 단계에서 이미 立
太子하고 또한 즉위하고 있다. 이 차이에 대해서는 각각의 身位의 차이나
정치적인 조건의 상이를 상정할 수 있다고 해도 輕皇子의 단계에서는
아직 문제의 예 관념이 자각되어 있지 않았기 때문이라고 볼 수 있다.
그러나 그것만이 이유인 것일까. 그래서 또 다른 진의를 생각해 보고자
한다.

그 단서는 首親王이 「未離深宮」이라 말해지고 있는 점, 그리고 「未閑
政道」이 되어있는 점에서 찾을 수 있다. 예를 들면 『舊唐書』列傳57의
嗣謙傳에 의하면, 張九齡은 「太子已下, 常不離深宮, 日受聖訓」이라고
서술하고 있다. 즉 玄宗의 태자들은 오랫동안 玄宗의 至近(深宮)을 떠나
는 일 없이 날마다 玄宗에게 배울 수 있었다는 의미이며, 여기에서 말하
는 「不離深宮」이란 소위 긍정적인 의미에서의 발언이다. 그런데 首親王
에 관한 「未離深宮」은 결코 긍정적인 의미는 아니었다. 그것은 「幼稚」과
연계하여 사람으로서의 미성숙함을 서술한 것이었다.

실은 이러한 부정적(비긍정적)인 말투는 太宗의 정치 하에서 자주 볼
수 있다. 그래서 편의적으로 『貞觀政要』에서 그 사례를 소개하고자 한다.

7) 新川登龜男, 「新羅における立太子と別獻物の登場」, 『日本古代の對外交渉
と佛教』 제1장 제3절, 吉川弘文館, 1999.

예를 들면,「皇太子生長深宮, 不更外事」(貞觀 11年의 馬周上疏 : 卷6의 論奢縱),「爲幼主生長深宮, 少居富貴, 未嘗識人間情僞, 理國安危, 所以 爲政多亂」(貞觀 17年의 房玄齡曰 : 卷3의 君臣鑒戒),「曁夫子孫繼體, 多屬太平, 生自深宮之中, 長於婦人之手, 不以高危爲憂懼, 豈知稼穡之 艱難」(貞觀 7年의 魏徵「諸侯王善惡錄」序 : 卷4의 敎誡太子諸王),「古 來, 帝子, 生於深宮, 及其成人, 無不驕逸」(貞觀 11年의 太宗謂曰 : 卷4의 論尊師傅) 등이 있다. 요컨대 부인의「深宮」에 태어나 무엇 하나 자유롭 지 못한 것 없이 그곳에서 자란 왕자(황태자)는 바깥의 정치나 생활·생 업 그리고 사람들의 심정 등을 견문하지 않은 채 성인이 되기 때문에 교만하기 쉽고 실정이나 혼란을 야기할 우려가 있다고 하는 의구심을 표명한 것이다.

이러한 의구심은 당 창업에 직접 종사한 太宗(李世民)과 그 다음 세대 인 왕자(황태자)들과의 커다란 격차에서 생겨나고 있다. 원래 태종은「陛 下年甫弱冠, 大拯橫流, 平一區宇品, 肇開帝業」(貞觀 11年의 魏徵上疏 : 卷10의 論愼終)라고 말해지는 것처럼, 아버지와 함께 당의 창업을 20세 인「弱冠」연령에 이미 실현시키고 있었다. 또 長孫無忌가「陛下未冠, 身自行陣」(『三國史記』高句麗本紀 寶藏王 4년 5월조)라고 서술한 것처 럼 태종은 20세 미만에 戰陣에 있었던 것이다.

태종 자신도 이 점을 잘 알고 있었다. 스스로를「朕居深宮之中, 視聽不 能及遠」(貞觀 2年 : 卷3의 論擇官),「朕素無術學, 未聞政道, 一日萬機, 不能盡耳目」(貞觀 9年 : 附篇의 興廢) 등 경계하면서도「朕年十八猶在 人間, 百姓艱難, 莫不諳練」이라 술회하고 있으며, 이에 대해「況太子生 長深宮, 百姓艱難, 都不聞見」(貞觀 7年 : 卷4의 敎誡太子諸王)라는 의구 를 토로하고 있다. 이러한 대비는 貞觀 10년(636)의 태종의 발언에도 보 이는데,「朕歷觀前代撥亂創業之主, 生長人間, 皆識達情僞, 罕至於破亡」

혹은 「朕少小以來, 經營多難, 備知天下之事」이 서술한 후, 「逮乎繼世守文之君, 生而富貴, 不知疾苦」혹은 「至如莉王諸弟, 長自深宮, 識不及遠」(卷4의 教誡太子諸王)이라 말한다.

즉 태종을 포함한 역대의 창업주는 「幼」으로 이해되는 20세 미만의 단계에서 「人間」(실제 사회・세상)에서 生長하고, 「天下之事」(상기한 「外事」등)를 배우고 경험해 왔지만 창업 후의 「繼世守文之君」(상기한 「子孫繼體」등)은 「深宮」에서 生長하기 때문에 「人間」「天下之事」「外事」(전쟁도 포함함)를 알지 못한다. 따라서 국가를 「破亡」으로 이끌 가능성이 높다는 것이다.

그러면 「深宮」이란 어디인가. 그것은 물론 宮內이지만 「東宮」(春宮)과는 구별되어 있었다. 예를 들면 앞의 『貞觀政要』卷4의 論尊師傅은 貞觀 18년(644)에 태종의 第九子인 治(高宗)가 立太子 한 사실에 관한 기술을 수록하고 있다(『舊唐書』高宗本紀上, 同太宗本紀下 등에 의하면 立太子는 16세 때인 貞觀 17년). 즉 「太宗又嘗令太子居寢殿之側, 絶不往東宮」이라는 상황을 문제시한 劉洎는 「至若生乎深宮之中, 長乎婦人之手, 未嘗識其憂懼, 無由曉風俗, 雖神機不測, 天縱生知, 而開物成務, 終由外獎」이라 上書한 것이다.

요컨대 태종의 「寢殿之側」즉 「深宮」에 황태자를 오래 머물러두게 하는 것을 간언하여 황태자는 「東宮」(「東朝」이라고 함)에 나가서 배우고 生長하지 않으면 안 된다고 하고 있는 것이다. 그리고 그 「東宮」「東朝」에 있어야만 비로서 다양한 「外獎」(외부로부터의 가르침이나 외부와의 접촉)을 얻을 수 있는 것이며, 또한 그것을 얻을 필요가 있는 것이다 라고 설명하고 있다. 보다 구체적으로는 외부에서 「師傅已下」「嘉客」들을 초대하고, 「賓遊」「正人」들에게 접하고, 「圖書」「良書」「經史」「篇翰」「書札」「篇章」등을 익히고, 그리고 그것을 실천에 옮기며, 「政術」에 통하고,

「禮敎」을 「前知」한 황태자(「宗祧」나 「興亡」을 좌우하는 존재)로 키우는
것이 필요하다고 한다. 그러기 위해서는 부인이나 황제의 슬하인 「深宮」
에, 혹은 외부와 차단되어 있는 「深宮」에 황태자는 동거해야 하는 것이
아니며, 떨어져서 「東宮」「東朝」에 상주해야 한다고 한다. 이리하여 황
태자는 「東宮」으로 옮겨 複數의 인재가 「遞日往來東宮, 與皇太子談論」
하게 되었다고 말해지고 있다.

　당 태종 정치하의 정관연간을 중심으로 한 이상과 같은 기록 내지 기억
은 元服(立太子와 連環) 후의 首親王이 또한 「幼稚」라고 계속 말해지며
그 이유로 「未離深宮」「未閑政道」이 거론되고 있는 점에서 유익한 시사
를 주었을 것이다. 왜냐하면 首親王은 아직 「人間」「天下之事」「外事」
을 견문하지 않은 채 「深宮」에서 生長하고 그곳에 계속 거주하고 있는
점을, 동시에 다양한 「外奬」을 얻고 배우며 키울 환경인 「東宮」(春宮)이
완성되어 있지 않다는 점을 시사하고 있다고 생각되기 때문이다.

　그러나 여기에서 말하고 있는 「深宮」이 어디를 가리키는 것인지는
명확하지 않다. 首親王은 藤原宮시대에 태어나 平城宮에서 元服하였다.
따라서 「深宮」도 틀림없이 이동했을 것이다. 어쩌면 어머니인 宮子의
中宮(職)(『속일본기』 神龜 4년 10월 甲戌條 등), 혹은 祖母인 阿閇皇女
(후의 元明天皇)의 皇太妃宮(職)[8] 등이 후보로서 유력하지 않을까. 다만
어머니와의 관계는 탄생·출산 직후부터 相見하는 일이 없었다고 하기
때문에(『속일본기』 天平 9년 12월 丙寅條) 어머니와 같은 궁에 살고
있었는지는 의문일 것이다. 그렇다면 조모인 阿閇皇女의 궁이거나, 일시
文武天皇의 거처 가까운 곳에서 生長했던 것일까.

　어쨌든 「未離深宮」이란 「東宮」(春宮)이 존재하지 않는다는 점, 혹은 「東

---

8)『飛鳥藤原京木簡』一, 1476~78, 1736(奈良文化財硏究所, 2009),『木簡硏
　究』2, 16쪽(木簡學會, 1980), 同3, 17·19쪽(同, 1981).

宮」(春宮)에 거주하고 있지 않다는 점을 역으로 말해주고 있는 것일 것이다. 이 사실은 「未閑政道」과 마찬가지인데, 19세의 이차적인 元服・加冠(立太子와 連環)을 획기로 하여 마침내 「東宮」(春宮)이 구축되고 인사도 행해지게 되어 「朝政」도 개시되게 되었으며, 首親王 자신 그 「東宮」(春宮)에 살게끔 된 것이라고 생각된다. 나아가 외부로부터의 소위 「嘉客」들을 「東宮」에 맞아 들여 이들 「正人」들과의 접촉에 의해 본격적인 「政道」「禮教」의 학습이 개시되어 간다. 이 경위는 처음에 소개한 首親王의 事跡이 명료하게 이야기하고 있는 그대로이다.

8. 輕皇子의 즉위과정과의 차이

여기에서 首親王과 같은 14・5세에 일찍이 즉위(立太子와 연동)한 아버지인 輕皇子(文武天皇)와의 차이가 문제로 대두된다. 그 차이는 輕皇子가 그 당시 「幼稚」하지도 않았고, 또한 「未離深宮」하지도 않았다는 것이 되는데, 과연 그렇게 말할 수 있는지의 여부를 검토해 보고 싶다. 이 검토는 역으로 首親王의 상기한 것과 같은 사태의 가부를 다시 묻는 일과도 관련되어 있을 것이기 때문이다.

輕皇子의 경우는 『日本書紀』 持統 11년(697) 8월 乙丑朔條에 「禪天皇位於皇太子」이 하여 持統天皇이 15세의 손자인 皇太子 輕皇子에게 양위한 사실을 전하고 있다. 그런데 이 이전에 輕皇子의 立太子 기사는 보이지 않는다. 그래서 同年 2월 甲午條나 3월 甲辰條에 「東宮」「春宮(坊)」의 인사가 행해져 그 기구조직이 발족한 듯한 기록이 보이는 점에서 이를 근거로 立太子가 행해졌다고 상정되어 왔다. 확실히 『속일본기』 文武卽位前紀는 이 持統 11년에 立太子했다는 해석을 보여주고 있다. 이어

서『속일본기』文武 원년(697) 8월 癸未條는 夫人(宮子)과 妃의 결정을
전하고 있다.

이상에 의하면 輕皇子는 15세에 立太子와 즉위와 納妃를 거의 동시에
행한 것이 된다. 그러나 이런 일은 보통의 경우가 아니며, 사실이라고
한다면「後皇子尊」(高市皇子)의 死(『日本書紀』持統 10년 7월 庚戌條)
나 持統天皇의 재위기간의 한계(거의 9년) 등에 기인한 비상조치였을
가능성도 대두된다. 당시에 15세였던 점도 문제가 될 것이다.

그래서 우선 훗날의 文武天皇이「年雖足戴冕」(『懷風藻』)이라 읊고
있는 점에 유의하고 싶다. 여기에서 말하는「戴冕」이란 소위 戴冠 一般
을 말하는 것으로도, 天子(天皇)의 戴冠(冕)으로도 해석되는데, 어쨌든
「年」과 관련된 예적인 연령을 의식한 표현일 것이다. 즉 본래적으로는
加冠・元服 연령을「年」으로 보아, 그 연령을 일단은 지나고 있지만, 이
를 노래한 것으로 보여진다. 다만 그「년」이 즉위한 15세인지, 20세의
「弱」「冠」인지는 확언하기 어렵다.

다음으로 輕皇子의「東宮大傅」이 된 当麻眞人國見에 주목하고 싶다.
그의 직무는 후에「道德」으로 東宮을「輔導」한다고 하기 때문에(養老東
宮職員令. 古記도 類同), 東宮(황태자) 그 사람에게 근시하여 적절한 성
장을 촉구하는 역할이었다고 보아도 좋다. 한편 이 國見은 임신의 난의
공로자이며(『속일본기』大寶 원년 7월 壬辰條의 勅), 그 후 天武天皇의
殯庭에 있어서「左右兵衛事」을 誄하고(『일본서기』朱鳥 원년 9월 甲子
條), 文武 3년(699)에는「越智山陵」(齊明陵)의 修造에 참가하고 있다
(『속일본기』文武 3년 10월 辛丑條). 이러한 事跡으로 보아 그는 군사행
동에 뛰어나, 殯宮門을 포함한 內宮門의 호위지도・관리에 종사한 것으
로 보이며, 문자 그대로의「兵衛」관인이었던 것으로 생각된다(『일본서기』
用明 원년 5월조, 同 天武 8년 3월 丙戌條 참조).

그렇다면 輕皇子의 「輔導」에는 文的인 요소를 육성하는 「學士」의 참
여(養老東宮職員令)보다도 武的인 요소가 우선되었을 가능성이 있다. 물
론 文武卽位前紀에 의하면 「博涉經史, 尤善射芸」이 보이기 때문에 소위
文武 兩道에 통해 있었다고도 말할 수 있지만, 원래 「射」은 文武에 걸친
六芸(「經史」과 겹치는 부분이 있다)의 하나로 그 속에서 「射」芸가 뛰어
났다고 이해해야 할 것이다. 앞에서 살펴 본 『懷風藻』의 詩가 加冠・元
服을 거친 「년」임에도 불구하고 「智」의 노력이 미치지 않는 점을 한탄하
고 있는 것은 반드시 겸손이나 文飾이 아닐 가능성이 있다.

　그래서 『萬葉集』1의 45~49에 보이는 「輕皇子, 宿于安騎野時, 柿本朝
臣人麻呂作歌」이 주목된다. 이 일련의 노래는 此地에서 사냥을 한 적이
있는 草壁皇子의 사후, 천황이 있는 「京」을 떠나 輕皇子가 安騎野(大和
國 宇陀郡의 野)로 향하여, 혹은 여기에서 사냥을 했던 일을 노래한 것이
다. 그러면 이 노래가 대상으로 한 이 시기는 草壁皇子가 사망한 持統(稱
制) 3년(689) 이후 輕皇子가 즉위한 소위 文武 원년(697) 이전인 것은
틀림이 없다. 따라서 安騎野로 향한 輕皇子의 연령은 적어도 7세 이후,
15세 이전 이라는 계산이 되는데, 만약 持統 즉위 후라면 8세 이후, 藤原
천도 후였다고 하면 12세를 지나고 있었던 것이 된다.

　물론 이 安騎野 행을 「東宮」「春宮(坊)」 정비와 즉위 사이의 불과 수
개월 안에서 구하는 것도 불가능한 것은 아니다. 그 경우는 15세에 매우
가까운 시기가 되는데, 기록과의 관계에서 보면 『일본서기』持統 9년
10월 乙酉條의 「菟田吉隱」行幸이 주목된다. 이때의 行幸은 1박이지만
輕皇子 일행만이 천황일행과 헤어져, 더 나아가 安騎野로 향했을 가능성
도 생각할 수 있을 것이다. 그 경우는 13세가 된다.

　원래 문제의 일련의 萬葉歌에 의하면 이 安騎野 행은 천황이 있는 「京」
을 떠난 점, 「隱口의 泊瀬山」의 「山道」을 통과한 점, 草壁皇子(의 사냥)

를 추모하는 의식이 농후한 점, 그리고 「雪」 내지 黃葉의 계절인 점을 지적할 수 있다. 그러면 앞에 소개한 持統 9년(695) 10월의 「菟田吉隱」行幸을 別途 연장시킨 것으로 보는 것도 결코 불가능한 것은 아닐 것이다. 그러나 여기에서 가장 주목해야 할 것은 持統天皇(天武皇后)과 행동을 함께하지 않은 輕皇子의 安騎野 행에는 皇子의 성장을 촉구하는 획기적인 옥외행사의 의미가 있었던 점, 그리고 草壁皇子의 후계자임이 강하게 의식되고 披露되었다고 하는 점이다. 이것을 바꿔 말하면 輕皇子의 安騎野 행은 즉위에 앞선 立太子 내지는 그 준비로서의 행사의 의미가 있으며, 여기에 임신의 난의 공로자이며 무관적인 성격을 지닌 훗날의 「東宮大傅」当麻眞人國見이 이미 동행하고 있었을 가능성은 높다.

이상의 추정을 전제로 하면 15세에 즉위하기에 이른 輕皇子는 적어도 7세 이후 혹은 12세 이후나 13세 때의 安騎野 행(사냥도 포함한)을 거쳐, 15세 단계에서의 「東宮」「春宮(坊)」정비, 그리고 양위·즉위에 이른 것이 된다. 그리고 当麻眞人國見의 「東宮大傅」취임은 적어도 安騎野 행의 시기부터 준비되어 있었던 것으로 보아도 큰 무리는 없을 것이다.

그러면 그 획기적인 준비 시점(安騎野행)이 언제였는가 하는 점은 輕皇子의 실질상의 立太子(의식)가 언제(부터)였는지 하는 점과도 관련된다. 아울러 그 시기여하에 따라서는 文武즉위(立太子)에 있어 高市皇子의 死(輕皇子가 14세 때)가 어느 정도의 원인이 될 수 있었느냐 하는 문제로도 발전될 것이다. 다만 지금까지의 논의를 전제로 말하면 15세 단계에서의 「東宮」「春宮(坊)」정비에는 前史가 있으며, 그 前史인 행사(安騎野행)가 輕皇子의 실질적인 立太子 표명(草壁皇子의 후계자 인증)이였을 가능성이 대두된다. 그 의미에서 보면 輕皇子의 경우는 15세 이전(7세 이후 혹은 12세 이후 내지 13세)에 있어서 실질적인 立太子 표명(草壁皇子의 후계자 인증)⇒15세에 「東宮」「春宮(坊)」정비⇒같은 15세에 즉위와 納妃라는 과정을 상정할 수 있다.

여기서 이러한 과정을 상정한다고 하면 15세에 立太子와 즉위와 納妃
가 거의 동시에 행해졌다고 하는 앞서 언급한 이해에는 일부 수정이 필요
하게 된다. 확실히 각각 시간적으로는 근소한 차이가 있어서 특히 즉위와
納妃는 거의 동시로 보아도 괜찮지만 立太子와 즉위의 관계에 대해서는
15세 이전으로 거슬러올라가게 되는 一定한 시차가 상정되는 것이다.
그리고 오랜 동안 「深宮」에 있었던 首親王의 경우와는 달리, 사냥을 포
함한 安騎野 행이라는 「外事」 「人間」 경험이 輕皇子의 立太子와 15세
나이에의 즉위를 촉구한 것으로 볼 수 있다. 이를 바꿔 말하면 15세 단계
에서의 「東宮」 「春宮(坊)」 정비가 실질적인 立太子 표명(草壁皇子의 후
계자 인증)의 시작이 아니라, 반대로 결말의 형태 즉 「深宮」이탈의 달성
이었다는 것이다.

그런데 이 15세라는 고비가 되는 시점이 소위 萬機를 맡기고, 「朝政」
을 집행하기에는 불충분한 연령이라고 보여지고 있었던 것도 확실하다.
때문에 持統天皇은 양위 후에도 太上天皇으로서 文武天皇과 「並坐」하
여 정치를 續行하고(『속일본기』 慶雲 4년 7월 壬子條의 宣命), 이 太上
天皇(의 乘車)은 천황의 그것과 구별 없이 「車駕」이 칭해졌고, 「行」(ミユ
キ)에서는 독자적으로 叙位・改賜姓・賜封도 행하고 있다(同 大寶 원년
7월 辛巳條, 2년 11월 丙子條 이하). 이것을 중국식으로 말하면 「太皇太
后」 「皇太后」이 母(擬制的이기도 하다)로서 그리고 「慈母恩」으로서 성
인이 될 때까지의 「幼主」을 보좌・육성하고 「稱制」하는 형태가 된다
(『漢書』翟方進傳, 同王莽傳上 등). 이 점에서는 「幼年」의 王의 「보필」을
이야기 한 辛巳年(561)의 신라 진흥왕순수비(昌寧碑)도 있으며, 그 「보
필」은 「王太后攝政」이라고도 말해지고 있다(『三國史記』 신라본기 眞興
王卽位前紀).

그러나 보다 直接으로는 신라 孝昭王(理洪)의 경우가 참조할 만하다. 그는 아버지인 신문왕 즉위 11년째(691)에 5세에 立太子하고 父의 사후, 6세에 즉위하였다(『三國史記』 신라본기 신문왕 7년 2월, 11년 3월, 孝昭王卽位前紀 등의 各條). 이 幼主는 어머니인 神穆王后(大后)에게 보좌되었을 것이지만, 그녀는 唐 聖曆 3년(효소왕 9년 : 700)6월에 사망하며, 당사자인 효소왕(孝照大王)은 唐 大足 2년(효소왕 11년 : 702)7월에 死去하고 있다(皇福寺石塔金銅舍利函銘 등). 효소왕은 당시 16세에 사망한 것이 된다.

한편 倭에서는 理洪 立太子의 해가 持統(稱制·즉위통산) 5년이며 이미 草壁皇子는 사망하였다. 이 이후 『일본서기』에 남겨진 신라와 倭의 왕래는 持統(稱制·즉위 通算) 6(692) 11월, 同7년(693) 2~3월(이때 신문왕의 喪告知), 同9년(695) 3월(이때 신라의 國政報告), 同年 7월 이후로 이어져 『속일본기』에 의하면 文武 4년(700) 11월에 신라에서 「母王」(神穆大后)의 喪告知가 이루어지고, 大寶 3년(703) 정월에는 「國王」(효소왕)의 喪이 신라에서 고지되었다.

이상으로 보아 신라에 있어서 5세인 理洪(신문왕의 「元子」)의 立太子, 그 幼主 즉위, 「母王」(「王母」이 아님)에 의한 「國王」의 보좌·육성에 대해서는 倭側도 숙지하고 있었을 것이며, 『三國史記』 신라본기 효소왕 7년(왜·일본의 文武 2년 : 698)조에 의하면 신라 「王」이 「日本國使」을 「崇禮殿」에서 「引見」했다고도 보이고 있다. 이에 대해서는 왜·일본측의 자료가 보이지 않으나, 이 경우의 「王」이란 「母王」 「國王」의 「並坐」이었을 것일까. 그러나 어쨌든 신라의 「母王」 「國王」 체제가 15세의 輕皇子의 즉위 혹은 15세 미만의 輕皇子의 立太子 그리고 의제적인 母로서의 持統太上天皇과 文武天皇의 「並坐」관계를 직접적으로 가속시키는 역할을 담당한 것은 확실할 것이다.

그러면 輕皇子의 즉위는 安騎野行으로 이미 「深宮」에서 벗어나 있다고 하는 보증을 얻은 위에서 조기에 실현한 것이었지만, 한편으로는 太上天皇과 「並坐」하지 않을 수 없는 성격의 것이기도 했다. 이 가운데 후자에 대해서는 중국적인 「稱制」형태를 혹은 매우 가까운 거리에 있는 신라의 「母王」「國王」병립체제를 참조함으로써 성립되어 있었다고 생각된다. 그러나 여기에 커다란 모순을 안고 있었다는 점은 의심의 여지가 없으며, 그 모순은 15세라는 연령에 수렴되고 상징되어 있었다. 그리고 이 모순의 극복은 首親王의 이중의 元服·加冠(立太子와 連環)으로, 혹은 즉위의 보류로 넘겨지게 된 것이다.

9. 결어

本論은 일단 이상으로 擱筆하고자 한다. 그러나 남겨진 과제도 많다. 그것은 우선 首親王의 第二次 元服·加冠 이후, 즉위까지의 육성과정과 그 內實에 대해 분명히 할 필요가 있을 것이다. 특히 (9)에 보이는 族的결합과 황위계승과의 관계가 어떻게 이해되어 있었던 것일까. 또 (8)에 있어서 藤原朝臣武智麻呂의 東宮傳 취임과 (11)에 있어서 東宮에 시중들게 된 사람들의 선발에 주목하면 首親王을 어떻게 창출하려 했는지를 구체적으로 알 수 있을 것이다.

다음으로 15세 전후와 20세 전후라는 이중의 연령단계는 새로 도입된 예 질서의 관점만으로 이해하기에는 한계가 있다. 보다 거슬러 올라가 일본열도에 있어서 연령단계의 習俗에 대한 해명으로까지 이르러야 할 것이다[9]. 왜냐하면 그러한 전통을 기초로 하여 새로운 예 질서 의식이 그 위에 형성되고, 혹은 그 형성이 비교적 쉽게 가능해 진 것이라고 생각

되기 때문이다. 그리고 거기에는 열도에서 자기완결 하는 것과 같은 세계
는 없고, 동아시아라 불리는 세계가 항상 있으며 더욱이 그 세계는 二國
間·二民族間으로만 이해되어야 할 성질의 것도 결코 아니다.

마지막으로 다음과 같은 고대사의 논리를 얼핏 엿볼 수 있다. 그것은
한 사람의 인물이 강권과 권위로 지배하는 데에 고대사가 있는 것이 아니
라, 한 사람의 인물을 창조하기 위하여 많은 사람들이 영위하는 역사야말
로 고대사인 것은 아닌가 라고. 그리고 문제인 것은 그 한 사람에 누가
선택되는 것인가, 그 한 사람은 언제나 유일한 것인가, 그 한 사람을 창조
하기 위한 사람들은 어느 정도의 그룹이며, 그것은 또 유일한 것인가.
이리하여 어쨌든 사람들이야말로 역사의 주체인 것이며, 그 주체는 창조
되는 한 사람을 통해 비로소 나타나게 되는 측면이 농후하다.

9) 新川登龜男,「列島日本の社會編制と大陸·半島アジア世界」, 早稻田大學
アジア地域文化エンハンシング研究センター編, 『アジア地域文化學の發
展』, 雄山閣, 2006.

6

입당승 슈에이와 청구서적의 행방

川尻秋生*

1. 서론

입당구법(入唐求法)을 행한 고대 일본의 승려는 많은 수가 존재한다. 특히 헤이안(平安) 시대 초기에 중국으로 건너간 승려를 입당팔가(入唐 八家)라고 흔히들 부르고 있다. 즉 구가이(空海), 사이초(最澄), 에운(惠 雲), 조교(常曉), 엔코(円行), 엔닌(円仁), 엔친(円珍), 슈에이(宗叡)를 가 리킨다.

이중 구가이와 사이초, 그리고 엔닌과 엔친은 오래 전부터 잘 알려져 있고 이들에 대한 많은 연구가 이루어졌다. 또한 에운과 조교, 엔코에 대해서도 몇 편의 연구가 알려져 있다. 그러나 슈에이에 대해서는 헤이죠 (平城)천황의 자식이며 구스코(藥子)의 난 후에 태자의 지위가 폐위된 다카오카친왕(高丘親王. 眞如)과 입당했기 때문에, 신뇨(眞如)와의 관계 로 언급되는 일은 있어도, 슈에이 자체에 대한 정리된 연구는 거의 존재

* 일본고대사 早稻田大學 文學學術院 准敎授

하지 않는다. 따라서 본고에서는 슈에이와 그가 가져온 전적에 대해서 기초적인 고찰을 해보고자 한다.

2. 「宗叡傳」과 청래목록(請來目錄)

1 ┃『日本三代實錄』과『入唐五家傳』

나중에 졸전(卒傳)에서도 소개하겠지만, 슈에이는 원래 천태종을 수학하여, 당에 가기전에는 엔친으로부터 양부대법(兩部大法)을 전수받았다. 그 후 진언종으로 바꾸어 구가이의 유명한 제자인 지쓰에(實惠)로부터 금강계대법(金剛界大法)과 신쇼(眞紹)로부터 전법관정(傳法灌頂)을 받은 인물이다. 슈에이의 졸전은『日本三代實錄』원경(元慶) 8년(884) 3월 26일조에 실려 있다(이하「宗叡傳」이라고 약칭).

廿六日丁亥. 殞霜. 僧正法印大和尙位宗叡卒. 宗叡, 俗姓池上氏, 左京人也. 幼而遊學, 受習音律. 年甫十四, 出家入道. 從內供奉十禪師載鎭, 承受經論. 登棲叡山, 無復還情. 天長八年, 受具足戒, 就廣岡寺義演法師, 稟學法相宗義. 數年復歸叡山, 廻心向大, 受菩薩戒, 諮究天台宗大義. 隨円珍和尙, 於園城寺, 受兩部大法. 于時叡山主神, 借口於人, 告曰. 汝之苦行, 我將擁護. 遠行則双鳥相隨, 暗夜則行火相照. 以此可爲徵驗. 厥後, 宗叡到越前國白山, 双鳥飛隨, 在於先後, 夜中有火, 自然照道. 見者奇之. 久之移住東寺, 就少僧都實惠, 受學金剛界大法, 詣少僧都眞紹, 受阿闍梨位灌頂, 自內藏寮, 給料物焉. 淸和太上天皇爲儲二之初, 選入侍東宮. 貞觀四年, 高 丘親王入於西唐, 宗叡請從渡海. 初遇汴州阿闍梨玄慶, 受灌頂, 習金剛界法. 登攀五臺山, 巡禮聖跡. 卽於西台維摩詰石之上, 見五色雲, 於東台那羅延窟之

側, 見聖灯及吉祥鳥, 聞聖鐘. 尋至天台山, 次於大華嚴寺, 供養千僧.
卽是, 本朝御願也. 至靑龍寺, 隨阿闍梨法全, 重受灌頂, 學胎藏界法,
盡其殊旨. 阿闍梨以金剛杵幷儀軌法門等, 付屬宗叡, 用充印信. 更尋
慈恩寺造玄, 興善寺智慧輪等阿闍梨, 承受秘奧, 詢求幽賾, 廻至洛陽,
便入聖善寺善無畏三藏舊院. 其門徒, 以三藏所持金剛杵幷經論梵夾
諸尊儀軌等授之. 八年到明州望海鎭. 適遇李延孝, 遙指扶桑, 將泛一
葉. 宗叡同舟, 順風解纜, 三日夜間, 歸着本朝. 主上大悅, 遇以殊禮.
当時法侶皆望和尙之傳金剛界法・胎藏界法密敎. 和尙於東寺, 敎授
之. 學徒有數, 傾懷而說. 十一年春爲權律師, 十六年冬轉權少僧都,
奉授天皇金剛界大毘盧遮那三摩地法・觀自在菩薩秘密眞言法. 又
奉爲國家, 造胎藏・金剛兩部大曼茶羅, 安置宮中修法院持念堂. 十
九年, 天皇遷御淸和院, 禪位於皇太子, 歸念佛道, 深悟苦空. 宗叡奉
勸太上天皇, 令學華嚴・涅槃等大乘經. 元慶三年夏四月, 太上天皇
遷御円覺寺, 剔落入道, 設灌頂法壇, 受佛性三摩耶秘密乘戒, 以衣服
臥具珍寶車乘, 儭施於宗叡. 於是, 分捨東寺・東大・延曆等諸寺, 一
物不入己焉. 是年, 冬至僧正位. 太上天皇, 巡覽山城・大和・攝津等
國名山佛寺. 宗叡奉從引導, 到丹波國水尾山, 以爲終焉之地. 和尙
性沈重, 不好言談. 当於齋食, 口不言濃淡, 未嘗寢脫衣裝, 念珠不離
手. 年七十六, 終於禪林寺.

　이 밖에도『入唐五家傳』에 수록된 宗叡傳도 있다(이하,「五家傳」이라
약칭)1).『入唐五家傳』에는 에운전(惠雲傳)과 같이, 국사의 편찬 자료로
서 국사소(國史所)에 제출된 승전(僧傳)도 있기 때문에,「五家傳」의 사
료적 성격을 간단하게 부정할 수 없다. 두 사료는 약간의 자구를 제외하

---

1)『入唐五家傳』수록의「禪林寺僧正傳」,『大日本佛敎全書』遊方傳叢書 第1,
　또한『續群書類從 八』上에도 수록되어 있다.

면 거의 같은 문장이지만, 지금까지 양자의 관계는 밝혀지지 않았다. 즉, 둘 중 어느 한쪽이 인용했을 가능성을 생각해 볼 수 있지만, 이 점에 대해서 논해진 바가 없다는 것이다. 먼저 「五家傳」의 모두 부분을 인용하겠다.

元慶八年二月二十六日丁亥. 殞霜. 僧正法印大和尙位宗叡卒.(후략)

『日本三代實錄』에서 3월로 하고 있는 점이 다르다는 것 이외에는 완전히 일치한다. 특히 <殞霜>이 공통되고 있는 점에 주목하고 싶다. <殞霜>이란 서리가 내렸다는 것이며(遲霜), 슈에이의 죽음과는 전혀 무관하다. 즉, 『入唐五家傳』의 편자는 『日本三代實錄』에서 「宗叡傳」을 인용했을 때에, 부주의하게도 <殞霜>까지 베껴버린 것이다. 이와 같은 점을 볼 때, 자구의 교정은 차치하더라도 「五家傳」이 「宗叡傳」에 의거하였다는 사실이 명확해졌다.

2┃ 청래목록(請來目錄)의 복원

슈에이 이외의 입당승들이 귀국 후에 국가에 제출한 청래목록이 전해지고 있지만, 슈에이의 목록은 현존하고 있지 않다. 따라서 종래 그가 가지고 온 전적의 전체상에 대해서는 알 수가 없었다. 이 점에 대해서 먼저 생각해 보고자 한다.

슈에이가 청래한 경전류의 부분적인 목록이 있는데, 「新寫請來法門目錄」(이하, 「新寫錄」이라 약칭),2) 「禪林寺宗叡僧正目錄」3)과, 주로 「新寫

---

2) 『大正新脩大藏經』55, 目錄部, No2174A. 또한 『大日本佛敎全書』佛敎書籍目錄 第2에도 수록.
3) 『大正新脩大藏經』55, 目錄部, No2174B. 또한 『大日本佛敎全書』佛敎書籍目錄 第2에도 수록.

錄」에서 누락된 성교(聖敎)로 이루어진 「禪林錄外」4)를 들 수 있다. 「新寫錄」의 권두 및 도중에는 다음과 같이 기록되어 있다.

[先東寺法門錄中以外之者也.]
　合一百三十四部一百四十三卷, 一紙書十九張.
　右, 眞言經幷儀軌及雜法門等, 或雖他處先來是卽東寺未到. 因玆隨
分繕寫勤力但請. 苟思國家 增福, 寺院開道. 伏以誦先師傳敎之恩, 後
生學法之備. 巡禮請益意空哉.

　청래한 전적안에서 동사(東寺)가 소장하고 있지 않은 경전류를 발췌하여 없는 것에 대해서는 서사(書寫)해야 함을 제창하고 있다. 동사(東寺)를 기준으로 하고 있는 것은, 진언종의 중심 사원인 점과 자신이 정관(貞觀) 17년(875)부터 원경(元慶) 3년까지 동사이장자((東寺二長者)및 원경 3년부터 동 8년까지는 동사일장자(東寺一長者)의 직에 종사하고 있었기 때문일 것이다5).

　「禪林寺宗叡僧正目錄」에는, 권두 및 권말에 어떠한 표제나 표식어도 보이지 않으며, 단지 20여 권의 경전이 나열되어 있을 뿐이어서, 지금까지 사료의 성격도 불명료하다고 여겨져 왔다. 그런데 이번에 슈에이의 전기를 조사하는 과정에서, 지금까지 슈에이의 연구에 이용된 적이 없는 사료의 존재를 알게 되어 「禪林寺宗叡僧正目錄」의 성격이 판명되었다.

　그 사료란 「禪林寺入藏目錄」(이하 「入藏錄」이라 약칭)6)이며 권두에는

4) 「錄外經等目錄」, 『大正新脩大藏經』55, 目錄部, No2175.
5) 「東寺長者補任」, 『群書類從』補任部.
6) 『昭和法寶總目錄』3, No52.

　　眞言法門都錄一卷
　　禪林僧正集傳都合五百十五卷

이라고 적혀 있으며, 권말에는 「禪林寺叡僧正入藏眞言法文都錄卷一」이
적혀있다. 간기(刊記)에는

　　延喜三年六月二十日轉書寫了.
　　　　　　　　延曆寺僧惟弘
　　應德三年四月十日辰刻, 於南勝房寫了.
　　明德二年九月日感得之. 朽損之處加修複[復]了.
　　　　　　　　賢寶
　　此是本者賢寶法印所加修復. 可謂舊本也. 今又遂再修治. 後葉解
繙虫拂等忽怠.
　　元文四己未年八月十六日
　　　　　　　　　　　　　　　權僧正賢賀<春秋五十六>

이라고 전하고 있다. 이것은 동사관지원(東寺觀智院)에 전래되고 있었던
것으로, 연희(延喜) 3년(903) 6월에 연력사(延曆寺)의 승려 유홍(惟弘)이
전사(轉寫)하였고, 응덕(應德) 3년(1086) 4월에 남승방(南勝坊)에서 또
한번의 전사를 거치게 된다. 명덕(明德) 2년(1392) 9월에는, 『東寶記』의
편자로서 알려진 동사(東寺)의 학문승인 현보(賢寶)가 보정하였고, 원문
(元文) 4년(1739) 8월에 권승정(權僧正)인 현하(正賢賀)에 의해 다시금
보정하였다[7].

---

7) 刊記는『平安遺文』題跋編 93, 454호 문서. 또한 제9회『大藏會陳列目錄』
　　(京都佛教各宗學校聯合會, 1923)에도 수록되어 있는데, 현재 京都府立總
　　合資料館編集『東寺觀智院金剛藏聖教目錄』(1-10, 京都府教育委員會, 197

이 사료는 슈에이가 가지고 온 전적을 그 이전의 입당승인 구가이(空海), 엔코(行円), 에운(惠雲), 엔닌(円仁)의 그것과 비교하여, 권말에 슈에이가 처음으로 청래한 경전을 적는 형식을 취하고 있다. 그리고 권말의 부분이 「那咤句鉢羅陀羅尼經一卷」 한 점을 제외하면 순서를 포함하여 「禪林寺宗叡僧正目錄」과 완전히 일치하는 것이다. 다시 말하면 「入藏錄」에서 슈에이가 가지고 돌아온 전적의 부분을 독립시킨 것이 「禪林寺宗叡僧正目錄」이었다. 결론부터 말하자면 「新寫錄」과 「入藏錄」으로부터, 슈에이가 가지고 온 전적의 전체상이 거의 판명된다고 하겠다.

3. 슈에이(宗叡)의 입당(入唐)과 전적(典籍)

슈에이는 헤이죠(平城)천황의 아들로, 정관(貞觀) 4년(862)에 구스코(藥子)의 난으로 태자의 지위가 폐위된 다카오카친왕(高丘親王. 眞如)과 함께 입당청익승(入唐請益僧)의 자격으로 당으로 향하였다. 도당시의 상황이 「頭陀親王入唐略記」에 기록되어 있다(이하 「親王傳」이라 약칭).[8]

5~1986)안에서는 확인되지 않고 있다. 또한, 직접 확인해 보지는 않았지만, 靑蓮院吉水藏에도 內題와 尾題가 일치하는 「宗叡請來目錄」의 사료가 수록되어 있으며(별도지정분8「八家秘錄及諸眞言目錄」), 동일내용으로 추측된다. 靑蓮院吉水藏聖敎調査団編『靑蓮院門跡吉水藏聖敎目錄』, 汲古書院, 1999도 참조.

8) 『入唐五家傳』수록의 「頭陀親王入唐略記」. 高丘친왕의 입당구법에 대해서는, 杉本直治郎, 『眞如親王傳硏究-高丘親王傳考-』, 吉川弘文館, 1965, 田島公, 「眞如(高丘)親王一行の「入唐」の旅-「頭陀親王入唐記」を讀む-」, 『歷史と地理』502, 1997, 佐伯有淸, 『高丘親王入唐記-廢太子と虎害傳說の眞相-』, 吉川弘文館, 2002 등을 참조.

　정관 4년 7월 중순에 친왕은 슈에이화상(宗叡和尙), 현진(賢眞), 혜악
(惠萼), 충전(忠全), 안전(安展), 선념(禪念), 혜지(惠池), 선적(善寂), 원
의(原懿), 유계(猷繼)와 타사(柂師)인 당인(唐人) 현장지신(絃張支信) 김
문습(金文習), 임충원(任仲元)등, 승속자 총 60명 정도를 이끌고 바다를
건넜다. 그리고 9월 7일에 명주석단오박(明州石丹奧泊)에 도착하였고,
9월 13일에 명주사마(明州司馬)의 검사를 거쳐 수도에 상륙할 수 있도록
허가를 요청하였다. 12월에는 월주(越州)로 회선을 명하는 칙부(勅符)가
도착하여, 이듬해 월주의 관찰사가 일행을 기록하여 상부에 올렸다. 5월
에는 여러 곳을 순례했는데 친왕은 불교에 관한 의문이 있다고 하여, 월
주의 절도사에게 입경을 여쭙도록 의뢰하여 허가를 받았다. 이 때에 서사
(書寫)된 사료로서『涅槃經悉曇章』이 있다. 에도(江戶)시대의 전사본(轉
寫本)이다.9)

　本云,
　咸通三年十月卄日, 於明州開元寺就和上姓馬氏寫之.

라고 전하고 있는데, 슈에이 일행은 항구에 도착한 지 얼마 지나지 않아
명주개원사(明州開元寺)로 향한 것을 알 수 있다.10)「新寫錄」의「涅槃經
悉談章一卷<羅什·三藏翻譯>九張」과「入藏錄」의「悉曇章一卷」에 해
당한다.
　또한 슈에이는 실담학(悉曇學)에 밝아,『悉曇字記』의 주석서인『悉曇
私記』를 저술하였는데, 종래 슈에이가 바탕으로 삼은『悉曇字記』는 구

----

9) 馬渕和夫,「インド·中國における悉曇學」,『日本韻學史の硏究』I, 日本學
　術振興會, 1962에 의거한다.
10) 小西甚一「四聲および反切考」,『文鏡秘府論考』硏究篇上, 大八洲出版, 19
　48, 馬渕和夫,「インド·中國における悉曇學」.

가이(空海)가 청래한 것으로 여겨져 왔다.[11] 그러나 「新寫錄」에는 보이지 않지만, 「入藏錄」에는 「悉曇字記一卷」이라고 적혀 있기 때문에 슈에이 자신이 가지고 온 것임이 밝혀졌다.[12]

그런데 12월경에, 친왕은 슈에이(宗叡), 안전(安展), 선년(禪念), 이세흥방(伊勢興房), 임중원(任仲元) 사정(仕丁)인 장부추환(丈部秋丸)들과 함께 장안(長安)으로 향하였다. 견선(牽船)에 의하여 대운하를 거쳐 양주(揚州)와 초추(楚州)에 이르렀으며, 나아가 汴河를 거슬러 올라가 사주(泗州)까지 왔지만, 汴河가 동결되었는지 해빙될 때까지 보광사(普光寺)에서 체재하고 있었다.

이듬해 정관(貞觀) 6년 2월 중순에, 사주에서 汴州로 향하였다. 여기에서 친왕등은 육로를 거쳐 낙양(洛陽)으로 향했는데, 슈에이는 오태산(五台山)의 순례에 나섰다. 슈에이가 汴州에 체재하고 있었을 때의 사료가 석산사(石山寺)소장의 『理趣經曼荼羅』(중요문화재)라고 생각된다. 이 만다라는 『理趣經』을 바탕으로 밀교수법에 사용되는 각종 단도(壇圖)를 모은 것으로서, 불존의 이름을 기록하면서도 불존을 환(丸)으로 표현하는 백묘화(白描畵)이다. 미술사나 밀교학에서는 슈에이의 청래 가능성을 지적해 왔지만,[13] 일본 사학에서는 거의 주목받지 못하였기 때문에 언급해

---

11) 馬渕和夫, 「インド·中國における悉曇學」.

12) 『悉曇字記抄』(高野山持明院藏)에는 「此字記禪念律師請來之事, 見東禪院之抄」이라고 전하며(馬渕和夫, 「インド·中國における悉曇學」), 『悉曇字記』를 禪念이 청래하였다는 기사가 있다. 아마도 「入藏錄」에 보이는 『悉曇字記』일 것이다.

13) 小野玄妙, 「絶代至寶唐末古寫の粉本圖像について」 小野玄妙佛教芸術著作集10 『佛教の美術と歴史』下, 開明書院, 1977, 佐和隆研 ; 「白描圖像集にみる唐本密教繪畵」, 『白描圖像の研究』, 法藏館, 1982 ; 賴富本宏, 「宗叡請來の密教圖像-とくに理趣經曼荼羅を中心として-」, 宮坂宥勝·松永有慶·賴富本宏 『編密教大系11 密教美術Ⅱ』, 法藏館, 1994 등을 참조.

두겠다. 거기에는 다음과 같은 표식어가 있다.

咸通五年歲次甲申仲春月中旬, 於大梁相國寺粥院寫之.
大悲院玄慶三藏本　比丘(悉曇名略)

함통(咸通) 5년 2월 중순, 大梁(汴州, 나중에 開封으로 개칭)의 상국사
죽원(相國寺粥院)에서 현경(玄慶)이 소지하고 있는 사본을 서사했다. 2
월 중순이란, 「親王傳」에서 슈에이가 친왕과 汴州에서 헤어진 바로 그
시점이며, 게다가 「宗叡傳」안의, <처음으로 汴州의 阿闍梨玄慶을 만나
灌頂을 받았으며, 金剛界法를 배우다>라는 기사와 일치한다. 그들의 행
동을 증명하는 귀중한 1차 사료라고 하겠다. 서사한 인물로 생각되는 실
담명(悉曇名)은 있지만, 안타깝게도 특정지을 수 없다. 서둘러 가는 여행
이었을 뿐만 아니라, 또한 전문적인 화공도 없었기 때문에 도상(圖像)을
생략했을 것이다.

　나아가 슈에이 일행은 오태산(五台山)을 순례하였다. 그러나 천태산
(天台山)을 들른 다음에 대화엄사(大華嚴寺)를 방문하였다는 것은 미심
쩍다. 분명히 시간적으로 모순되며 대화엄사는 오태산의 중심적인 사원
이다. <天台山>이 <五台山>의 오류인지, 아니면 시간적인 착오인지 모
르겠으나, 만약 천태산을 방문했다하더라도 슈에이가 귀국하기 직전일
것이다.

　그러나 <本朝의 御願>을 위해, 대화엄사에서 천승공(千僧供)을 드
렸다는 내용은 중요하다. 종래, 이 점에 대해서는 간과되어 왔으나 세
이와(淸和)천황의 입원(立願)으로 생각할 수 있지 않을까. 슈에이는 세
이와천황이 어렸을 때부터 곁에서 보필하였으며, 천황의 낙식(落飾)때
에도 계사(戒師)를 담당한 사실은 「宗叡傳」에서 분명히 확인할 수 있

다.14) 단순한 청원이라면 신뇨(眞如)일 가능성도 있지만, <本朝>라는 문구와 천승공이라는 규모로 보아도 세이와천황의 청원으로 보는 것이 알맞을 것이다. 즉 슈에이가 신뇨(眞如)와 헤어지면서까지 오태산으로 향한 이유, 좀 더 말하자면 그가 도당한 가장 큰 목적은 세이와천황의 요청에 의하여 오태산에서 대규모의 법회를 실시하기 위함이었다고 생각할 수 있다. 일찍이 필자는 세이와 시대가 당풍문화의 정점기라는 것을 지적한 바가 있는 데,15) 이 점에 대해서는 불교의 측면에서도 보강할 수 있게 된다. 특히, 천황 스스로의 청원에 의해 중국에서 큰 법회를 개최하였다는 것은 일본역사상 유례가 없는 일일 것이다.

4. 장안(長安)·낙양(洛陽)에서의 슈에이(宗叡)

1 장안에서의 슈에이

2월 하순경, 친왕은 낙양에 들어왔지만 가르침을 청할 만한 승려를 못 만났기 때문에 5월 21일에 장안에 도착하였다. 「親王傳」에서는 장안에서의 생활을 엿볼 수 있는 사료가 없지만, 이 점을 보충할 수 있는 사료로서 「新寫錄」이 있다.

右, 雜書等, 雖非法門, 世者所要也. 大唐咸通大[五]年從六月迄于十月, 於長安右街西明寺日本留學僧円載法師院, 求寫雜法門等目錄具如右也. 日本貞觀七年十一月十二日却來左京東寺重勘定. 入唐請益

14) 이 점에 대해서는,『日本三代實錄』元慶 3년 5월 8일조 및 元慶 4년 12월 4일조에서도 확인된다.
15) 川尻秋生,「日本古代における 「議」」,『史學雜誌』110-3, 2001.

僧大法師位.<爲後記之.>

　슈에이는 함통(咸通) 5년 6월부터 10월까지, 장안에 있는 서명사(西明寺)의 엔사이(円載)의 밑에서 체재하고 있었던 것이다.[16] 단, 이 사료에서는 함통6년이라고 기록되어 있지만 함통 5년이 맞다.[17]

　엔사이란 엔닌(円仁)과 함께 입당한 유학승으로서, 엔친(円珍)을 결혼한 파계승으로 무섭게 매도하기도 하였는데,[18] 무종(武宗)의 폐불(廢佛), 즉 세상에서 말하는 회창(會昌) 법란(法難)에 조우하면서 중국에서 면학과 책의 수집활동을 계속해 나갔던 학승이었다. 슈에이가 장안땅을 밟은 것은 친왕과 같은 무렵이었을 것으로 생각된다.

　미술사나 밀교학에서 이미 지적되고 있는 점인데,[19] 슈에이가 장안 체재중에 관련했을 것으로 보이는 그림 중에, 동사(東寺)소장의 『蘇悉地儀軌契印』(중요문화재)이 있다. 소실지법(蘇悉地法)과 관계되는 인계도(印契圖)가 백묘(白描)로 그려져 있으며, 권말에는 다음과 같이 적혀 있다.[20]

. . . .

16) 円載에 대해서는, 佐伯有淸, 『悲運の遺唐僧 −円載の數奇な生涯−』, 吉川弘文館, 1999를 참조.

17) 이 점에 대해서는, 일찍이 杉本直次郞이 「入唐年次問題」(『眞如親王傳研究』)에서 지적한 바 있다.

18) 佐伯有淸, 「円載と宗叡」, 『智証大師傳の研究』, 吉川弘文館, 1989를 참조.

19) 小野玄妙, 「絶代至寶唐末古寫の粉本圖像について」; 佐和隆研, 「白描圖像集にみる唐本密教繪畵」; 眞鍋俊照, 「「蘇悉地儀軌契印圖」の考察−東寺觀智院藏本と石山寺藏本−」; 동 「石山寺藏 「蘇悉地手契圖」−譯圖における東寺本と供養法の圖像學的比較研究−」, 『密教圖像と儀軌の研究』上, 法藏館, 2000등을 참조.

20) 『大正新脩大藏經』 圖像編5에 의거한다. 표식어는 『平安遺文』 題跋編95호에도 수록되어 있는데, 「上都 東市」의 문언은 결락되어 있다. 또한, 이 전사본은 石山寺에도 있으며(『大正新脩大藏經』 圖像編5), 표식어는 「校倉聖教」 圖像函5 石山寺文化財綜合調査団編, 『石山寺の研究』, 校倉聖教・古

大唐咸通五年歲次甲申孟夏月中旬有八, 天水郡趙琮錄記.

上都 東市

　「請納　^{別 筆}

　　延喜元年八月五日

　　　五智院」

　함통(咸通)5년 4월 18일은 친왕도 슈에이도 장안에 들어와 있지 않은 시기이기 때문에 관계가 없다고 생각할 것이다. 그러나 이것이 장안의 동시(東市)에서 당인의 손에 의해 서사된 것이라고 해석해도 무방하다면, 서사 후 한참 뒤에 슈에이가 동시에서 구입했거나, 선물받았을 가능성이 있다고 생각한다. 덧붙여 말한다면 이 사료는「新寫錄」의「蘇悉地儀軌契印一卷」에 해당된다고 추측된다.

　다음으로, 석산사(石山寺)소장의 성교(聖敎)가 있다.

　　①步擲金剛修行儀軌[21]

　　　(奧書)「咸通五年六月廿八日, 比丘睿書.^{朱 書}(以上本奧書)

　　　　　　　　禪林寺」(此一行本奧書?)

　　　　　　　交了.

　　　「永曆元一五月四日, 於石山寺以禪林寺經藏本^{朱 書}

　　　　　　　　　　之令比交了. 朱□付是也.」

　　②田比沙門神妙章句陀羅尼[22]

　　　　(第一丁糊代部)永曆元一五月十一始之. 三十一

　　　　(奧書)咸通五年七月一日, 比丘禪念書.

文書篇, 法藏館, 1981에 수록되어 있다.

21)「校倉聖敎」第19函-82.

22)「校倉聖敎」第20函-36.

(以上本奧書)

永曆元年五月十四日, 於石山寺以

禪林寺御經藏之本書交了.

③寶藏天女陀羅尼法[23]

　(奧書)咸通五年七月一日, 左街安

　　邑坊趙家寫之. 比丘禪念書.

(以上本奧書)

以右本嘉應元年七月十一日, 於石山寺以

禪林寺御經藏本書寫了.

一交了.

④佛頂尊勝心陀羅尼[24]

　　(表紙見返)禪林寺

　　(第一丁糊代部)永曆六[元]一六月四日始之. 生年五十一

　　(奧書)咸通伍年七月七日寫之. 比丘禪念書.

以右本永曆元一六月四日, 於石山寺以禪林寺

御經藏本書交了.

⑤那羅延鬪戰法[25]

　　(第一丁糊代部)永曆元一六月十日始之. 生年五十一

　　(奧書)咸通五年七月五日, 比丘禪念書.(以上本奧書)

永曆元一六月十五日, 於石山寺以禪林寺經藏之本書交了.

⑥供養護世八天法[26]

　　(奧書)比丘禪念書. (白書ニテ抹消)(本奧書)

---

23) 「校倉聖敎」第20函─48.
24) 「校倉聖敎」第15函─23.
25) 「校倉聖敎」第20函─38.
26) 「校倉聖敎」第20函─64.

⑦供養護世八天法[27]

(外題)供養護世八天法<禪林寺>

(朱書校合記)(第二〇紙裏面にアリ)

已上イ本无之. 永曆元一五月八日, 於石山寺以禪林寺經藏本
比校之了. 異本付是也.

件本云,

比丘禪念書.

이미 이들 경전에 대해서는 田島公과 佐伯有淸의 대략적인 지적이 있
는데, 인명에 <睿>, 즉 슈에이와 「親王傳」안에서 확인되는 <禪念>, 또한
장소는 장안좌가(長安左街)의 안읍방(安邑坊)이 보인다. 앞서 『蘇悉地儀
軌契印』을 동시(東市)에서 구입했을 가능성에 대해 지적한 바 있는데,
안읍방은 동시의 바로 남쪽에 위치하고 있다.

그런데 「宗叡傳」에 따르면 슈에이는 장안에서 청룡사(靑龍寺)의 법전
(法全)에게 관정(灌頂) 및 태장계법(胎藏界法)을 받았으며, 금강저병의
궤법문(金剛杵幷儀軌法門)·인신(印信)등을 전수받았다. 또한 자은사
(慈恩寺)의 현조(造玄)와 흥선사(興善寺)의 지혜륜(智慧輪)등으로부터
비법의 가르침을 받았고, 나아가 낙양에서는 성선산선무외(聖善寺善無
畏)의 구원(舊院)에서 문도(門徒)로부터 삼장(三藏)이 소지하고 있었던
금강저(金剛杵)와 경론(經論), 범협(梵夾) 및 제존의궤(諸尊儀軌)등을 받
았다.

이러한 것들은 슈에이가 가지고 돌아 왔다고 추측되며, <大唐咸通六
[五]年八月十七日長安城左街慈恩寺造玄阿闍梨付屬師資血脈>이라고
기록되어 있는 「胎金兩界血脈」에는 법전(法全)에게 태장계(胎藏界)의

....

27) 「校倉聖敎」第20函—103.

가르침을 받은 8명 중에 円仁·円珍·円載·遍明(高丘親王)·宗叡의 이름이 보이며, 금강계(金剛界)의 가르침을 받은 6명 중에는, 円珍·円載·遍明·宗叡의 이름이 확인된다.[28] 또한, 지혜륜(智慧輪)은 엔친(円珍)도 면회한 저명한 승려이다.[29]

여기에서 주목하고 싶은 것은 「新寫錄」에 다음과 같은 기록이 보인다는 점이다.

曼荼羅儀軌一卷 <智惠輪傳文七紙. 具說次第·法則.>
供養護世八天法一卷 <青龍寺沙門法全集六紙. 策子末有如來十号梵字. 具說次第.>
大元帥禎子三副 <於東京聖善寺得之. 多時綵色不分明,>
金剛界大曼荼羅苗子一張 <天竺和尙所圖作者五副.>
胎藏檀面苗子一張 <著梵·漢兩字尊号, 於東京無畏三藏院得之. 多年已破三副.>
金剛界檀面月輪像等 <員具足. 於長安城慈眼寺造玄和尙付屬也.>
金剛王苗子一張 <玄和尙造之. 三副.>
右, 禎·苗子等阿闍梨付屬. 或有此間未將來, 爲道心者請求也.
三鈷杵 <一口, 小·此中有不空三藏平生執持. 杵中入佛舍利.>

또한 「入藏錄」에도 보인다.

建立曼荼羅法一卷 <林依敎略述.>
供養護世[八脫]天法一卷 <法全阿闍梨集.>

....

28) 『卍新纂大日本續藏經』59, No1074. 또한 法全에 대해서는 『明匠略傳』震旦上, 靑龍寺法全阿闍梨條(『大日本佛敎全書』阿娑縛抄7)도 참조.
29) 그의 전기에 대해서는, 『宋高僧傳』唐京師滿月傳을 참조.

이들 사료를 통해「宗叡傳」에 보이는 법전(法全), 조현(造玄), 지혜림(智惠林)등과의 관계 및 낙양 성선사(聖善寺)에서의 삼장(三藏)의 애장품의 입수등을 실제로 확인할 수 있다. 특히「新寫錄」의「供養護世八天法」과「入藏錄」의「供養護世天法」은 동일한 것으로 현존하는 ⑥ 혹은 ⑦이 법전(法全)의 소지본을 전사(轉寫)한 것이었다는 것을 알 수 있다. 사에키아리기요(佐伯有淸)는 엔닌전(円仁傳)의 원사료의 하나가 그의 청래목록이었다고 논하였는데,[30] 마찬가지로「宗叡傳」의 경우에도 청래목록에 의거했을 가능성을 지적할 수 있다.

나아가 입당팔가(入唐八家)가 청래한 성교(聖敎)를 종합한 안연(安然)의『諸阿闍梨眞言密敎部類總錄』上에는[31]「大毘盧遮那經義釋十四卷<有溫古序. 入唐遍明和上送來同叡和上本, 異仁和寺本.>」,「六波羅蜜經疏十卷 <超悟. 叡. 遍明和上送來.>」라고 전하고 있으며, 遍明(高丘親王)이 슈에이에게 부탁하여 가지고 왔다고 기록되어 있다. 사에키(佐伯)는 전자가「禪林錄外」의「大毘盧遮那經義釋一部十四卷」이며, 후자가「新寫錄」의「六波羅蜜經疏一部十卷」에 해당된다는 사실을 밝힌 바 있는데,[32] 전자는「入藏錄」에도「大毘盧遮那經義釋十四卷 <一行阿闍梨>」라고 기재되어 있다는 것이 새롭게 판명되었다.「禪林錄外」과「入藏錄」의 관계를 아는 데 흥미로운 사실이라고 하겠다.

2 슈에이(宗叡)의 종승(從僧)

그런데 선념(禪念)이란 어떠한 승려였을까. 이 점에 대해서, 사에키(佐

30) 佐伯有淸,「慈覺大師傳の基礎的硏究(一)」『慈覺大師傳の硏究』, 吉川弘文館, 1986.
31)『大正新脩大藏經』55, 目錄部, No2176.
32) 佐伯有淸,「長安での求法と天竺への旅」,『高丘親王入唐記-廢太子と虎害傳說の眞相-』, 吉川弘文館, 2002.

伯)는 슈에이의 제자일 가능성을 시사하였는데, 이 점에 대해 좀더 분명히 밝혀낼 수 있을 것이다.[33)

　먼저 석산사(石山寺)소장의 「八家祖師入唐求法年紀」[34)를 들 수 있다. 이것은 영구(永久) 2년(1114)에 성현(聖賢)인 자가 입당팔가의 전기를 약술한 것인데, 권말에 선념의 전기가 기록되어 있다. 지금까지 활자화된 적이 없기 때문에 사진을 통해 번각(翻刻)하기로 하겠다.[35)

　　權律師法橋上人位禪念, 眞言宗, 宗叡弟子也. 與宗叡僧正同舟入唐,
　　於漢家習眞言, 多渡法門. 延喜五年八月廿八日任權律師, 并補東寺
　　長者, 八年七月十八日入滅.<年臘.>

　선념이 슈에이의 제자로 함께 입당했으며, 많은 성교를 가지고 돌아온 것을 알 수 있다. 앞서 소개한 경전의 대부분이 선념에 의해 서사되었다는 것을 뒷받침해 주는 기록이다.[36) 또한 『血脈類集記』2, 슈에이의 부법(付法)에[37)

　　禪念<律師. 慈恩寺. 入唐歸朝與宗叡相共. 延喜八年七月二十一日卒.>

....

33) 佐伯有淸, 「眞如親王の入唐求法」, 『高丘親王入唐記–廢太子と虎害傳說の
　　眞相–』.
34) 「石山寺一切經」附129, 石山寺文化財綜合調査団編 『石山寺の硏究』 一切
　　經篇, 法藏館, 1978.
35) 石山寺文化財綜合調査団編, 『石山寺古經聚英』149, 法藏館, 1985.
36) 또한, 禪念은 仁和 3년(887)부터 延喜 4년에 걸쳐 神護寺의 別당직을 역임
　　하였다(「神護寺實錄帳寫」, 『平安遺文』 237호 문서 참조).
37) 『眞言宗全書』39, 眞言宗全書刊行會, 1934. 또한, 『血脈類集記』第1, 宗叡僧
　　正血脈에 의하면 禪念은 胎藏界와 金剛界 모두를 슈에이로부터 전수받고
　　있다.

라고 하며, 슈에이가 가르침을 전수한 제자로서 함께 입당한 사실을 적고
있다.

또한, 『涅槃經悉曇章』간기(刊記)에는,

right, 悉談章宗叡僧正請來也. 禪念律師同船入唐, 從智廣學悉談字記
云々. 僧正定謂智廣歟. 大宋高僧傳載開元寺智廣行迹, 今見此章批
文開元寺和上云々. 恐指彼智廣歟. 可決之也. 貞治元年十二月日賢
寶 <記之>

라고 하여, 현보(賢寶)는 슈에이가 『涅槃經悉曇章』을 가지고 온 일, 선념
이 슈에이와 함께 배를 타고 입당하여, 개원사(開元寺)의 지광(智廣)에게
『悉曇字記』를 수학한 일, 지광이란 『宋高僧傳』에 오른 지광(智廣)이 아
닐까라는 등의 내용을 전하고 있다. 지광으로부터 수학했다는 등의 오류
도 포함되어 있지만, 중세시기의 동사(東寺)에서도 슈에이뿐만 아니라
선념의 이름이 알려져 있었다는 것을 엿볼 수 있다.

나아가 『血脈類集記』第2에는, 슈에이의 부법제자(付法弟子)로서 선
안(禪安)이라는 승려도 보이는데,[38]

禪安 律師. 法務. 隨宗叡入唐. 延喜十四年三月十三日卒. 年七十.

---

38) 佐伯有淸, 「眞如親王の入唐求法」(『高丘親王入唐記—廢太子と虎害傳說の
眞相—』)에서도, 전거를 들지 않고 禪安의 존재를 지적하고 있다. 佐伯는
『血脈類聚記』를 확인하지 않은 것 같은데, 아마도 「禪林寺遺制記」(長谷寶
秀編纂 『弘法大師全集』10, ピタカ, 1977)의 표지와 내지에 적혀 있는 「隨宗
叡入唐」이란 자구를 전거로 했을 것으로 추측된다. 또한 이 사료는, 宮內廳
書陵部 소장의 『禪林寺古文書』를 서사한 것으로, 東寺의 觀智院에 현존하
고 있다. 후술하는 川尻秋生, 「『觀心寺緣起資財帳』의 作成目的」을 참조.

라고 전하듯이, 스승인 슈에이와 함께 입당한 것을 알 수 있다. 「親王傳」
이나 석산사(石山寺)의 성교(聖敎) 간기(刊記)에는 보이지 않지만, 이를
통해 또 한사람의 동승자를 확인할 수 있게 된다.[39] 아마도 슈에이의
사후(死後)에 국사편찬을 대비하여 그의 전기를 국사소(國史所)에 제출
한 것도 선념(禪念)이나 선안(禪安)들이었을 것이다. 엔닌(円仁)에게는
유정(唯正)과 유효(唯曉)라는 두 사람의 종승(從僧)이 따르고 있었으
며,[40] 유정(唯正)이 당에서 사경(寫經)을 행한 것이 알려져 있는데,[41] 이
를 통해 종승들의 공통된 역할을 알 수 있을 것이다.

　이밖에 『血脈類從記』第2에는 슈에이의 제자로서

　　三修 <律師. 東大寺. 法相宗. 安祥寺惠雲入室云々. 入唐歟. 昌泰二
　　年五月十三日卒. 七十三.>

라고 전하는데, 이 인물이 입당시에 동승했는지에 대한 확증은 없다.

5. 청래전적(請來典籍)의 행방

1▌ 석산사(石山寺)와 선림사(禪林寺)

그렇다면 슈에이가 가지고 온 전적은 그 후 어떠한 운명을 거치게 되었

---

39) 禪安은 延喜 10년부터 동 14년까지 律師의 지위에 있었으며(『僧綱補任』),
　　延喜 6년부터 延喜 14년까지 禪林寺座主를 역임하고 있다(후술하는 「禪
　　林・觀心兩寺座主職相承次第」을 참조).
40) 『入唐求法巡禮行記』.
41) 堀池春峰, 「円載・円仁と天台山國淸寺および長安資聖寺について」, 『南都
　　佛敎史の硏究』下 諸寺編, 法藏館, 1982.

을까? 구가이(空海)이하의 입당승에 대해서는 가지고 온 전적이 어떠한
사원에서 수합되었는지 밝혀졌지만, 슈에이의 경우는 지금까지 알려진
바가 없다. 이점을 규명해 보고자 한다.

먼저 사에키(佐伯)도 지적하는 바와 같이,[42] 슈에이와 선념(禪念)이
관계한 성교(聖敎)의 저본(底本)모두가 선림사(禪林寺)의 경장(經藏)에
보관되어 있을 뿐만 아니라 「新寫錄」에 게재되어 있는 점에 주목하고
싶다. 게다가 석산사(石山寺)의 성교이면서, 선림사의 경장본을 전사(轉
寫)한 것으로 판명되는 전적은 거의 「新寫錄」 혹은 「入藏錄」에서 확인된
다.[43] 또한 단순히 <經藏>이라 부르지 않고, <御經藏>이라는 경칭을 사
용하고 있는 경우도 많다. 이러한 점들을 통해 슈에이가 청래한 전적은
선림사의 경장에 보관되어 있다고 보아도 틀리지 않을 것이라 생각한다.

선림사란 교토시(京都市) 좌경구(左京區)에 있는 영관당(永觀堂)의 정
식명칭으로, 구가이(空海)의 제자인 신쇼(眞紹)에 의해 개창되었다. 정관
(貞觀) 5년에 정액사(定額寺)가 되었으며, 정관 10년에는 신쇼가 슈에이
에게 좌주(座主)의 지위를 이양하였고, 그는 선림사에서 사망하였다. 선
림사란 슈에이에게 있어 가장 중요한 사원이었다.[44]

그렇다면 왜 선림사의 성교가 전사되어 석산사에 전해지게 되었던 것
일까?

---

42) 佐伯有淸, 「長安での求法と天竺への旅」.
43) 예외로 「石山寺一切經」 第36函-3 「大智度論」 第3과 「深密藏聖敎」 第69函-
    22 「金剛界受三昧耶戒行儀」, 石山寺文化財綜合調査団編 『石山寺の研究』
    深密藏聖敎篇下, 法藏館, 1992가 있다. 전자는 저명한 奈良時代의 寫經이
    며, 후자는 「禪林寺之經藏之內平救阿闍梨之持本」이라고 하듯이, 別置本
    일 것이다. 禪林寺의 經藏에는, 슈에이 관계의 전적만을 소장하고 있는
    것은 아니지만, 주된 소장품은 그의 청래품이었을 것으로 생각된다.
44) 禪林寺와 슈에이의 관계에 대해서는, 川尻秋生, 「『觀心寺緣起資財帳』の作
    成目的」, 『日本古代の格と資財帳』, 吉川弘文館, 2003을 참조.

지금까지 석산사의 성교가 선림사와 깊이 관계되어 있다는 점은 지적되어 왔지만,[45] 양자의 직접적인 관계에 대해서는 밝혀지지 않았다. 그러나 양자의 관계는 『東寺文書』을호외(乙号外)에 수록된 「石山寺座主次第」과 「禪林・觀心兩寺座主職相承次第」에 의해 실마리가 풀리게 된다.[46] 「石山寺座主次第」에는 초대 좌주(座主)로서 제호사(醍醐寺)를 개창한 성보(聖寶)와 동사(東寺) 등에서 진언종의 재편을 이루게 한 이대 좌주 관현(觀賢), 「薰聖敎」을 서사한 것으로 알려져 있는 삼대의 순우(淳祐)가 보이는데, 사대 좌주인 관충(寬忠)이하가 특히 주목된다. 지금까지 활자화된 적이 없지만 사진을 통해 번각(翻刻)하기로 하겠다.

　　　石山寺座主次第

　　　　　(중략)

　　　号 池上 宮 僧 頭　　　　　　敎 宝
　　　少僧都寬忠　<寬平孫之. 敦固親王第三息. 淳祐付法. 又寬空弟
二長者

　　　子・付法.>

　　　　　　　貞元二年四月二日入滅 <七十三. 五十六.>

　　　　　　　以下門, 禪林寺付屬,

　　　禪林・觀心兩寺座主職相承次第

　　　　　(중략)

　　　根本權少僧都眞紹 <實惠僧都入檀.>

....

45) 예를 들면, 佐藤信의 「石山寺所藏の奈良朝寫經について－播磨國旣多寺知
　　識經 『大智度論』をめぐって－」(『石山寺の硏究』, 深密藏聖敎篇下)이라는
　　논문이 있다.
46) 단, 「禪林・觀心兩寺座主職相承次第」는, 宮內廳 書陵部 소장의 『禪林寺古
　　文書』를 바탕으로 작성되었다. 이점에 대해서는 川尻秋生, 「『觀心寺緣起
　　資財帳』の作成目的」 참조. 또한, 슈에이의 自署는 元慶7년에 작성된 「河內
　　國觀心寺緣起資財帳」의 권말에서 확인된다(『平安遺文』174호 문서).

　　(중략)

　　　　貞觀十年正月廿三日, 以二ヶ寺<禪林・觀心.> 付宗叡.

大僧正宗叡　^{寺務十五年}

　　　　元慶七年九月廿五日, 以禪林寺付峯學.

　　　　　　　　　　　　以觀心寺惠淑.

　　　　仁和二年三月十四日, 惠淑以觀心寺門付峯學了.

少僧都峯學 ^{寺務廿三年} <宗叡入檀云々.>

　　　　延喜六年八月十九日, 以二ヶ寺付大法師禪安.

律師禪安 ^{寺務八年}

　　　　延喜十四年三月十五日, 以二ヶ寺付大奉仕円性. 但以詞

　　　　讓置. 仍申請官裁, 以

　　同十五年六月五日, 賜宣旨.

　　(중략)

少僧都寬忠 ^{寺務廿三年} <寬平孫, 敦固親王息. 內供御房入檀. 寬空入
檀・> 仁和寺池上僧頭云々. 時々石山住.

　　　　貞元二年二月廿日, 以二ヶ寺付大法師深覺.

　　　　年 月 日, 以石山寺門付之.

大僧正深覺 ^{寺務四十五年} <九條右丞相第十男. 寬忠入檀. 寬朝僧正弟
^{一長者}
子・入檀.>

　　　　治安二年十月七日, 以禪林・觀心兩寺付大法師深觀.

　　　　長元三年三月廿三日, 以石山寺門付之.

　　(후략)

　이 사료를 통해 보면 슈에이가 선림사의 이대 좌주였으며, 선안(禪安)
도 사대 좌주를 역임한 것을 알 수 있으며, 10세기 후반 관충(寬忠)의
시기에 선림사와 관심사(觀心寺)의 좌주가 석산사의 좌주를 겸임하게 되

었음을 알 수 있다. 석산사에서 선림사의 성교를 서사한 근본적인 이유가 여기에 있다고 생각해도 무방할 것이다.

2┃ 석산사(石山寺)에서의 서사(書寫)사업

그렇다면 석산사의 사경(寫經)사업과 선림사와의 관계를 조금 더 살펴 보도록 하겠다.

석산사의 성교(聖教)에는 나라(奈良)시대의 사경외에 원정기(院政期)의 서사와 관계되는 다량의 성교가 존재한다는 것이 알려져 있다. 그들 성교에는「石山寺一切經」,「校倉聖教」,「深密藏聖教」의 구분이 있는데, 선림사 관계의 성교는 거의「校倉聖教」에 포함되어 있다.

「校倉聖教」에 대해서는 다나카 미노루(田中稔)의 연구에 의해 서사한 인물을 특정지을 수 있는 경우도 있다.[47] 본고에서는 앞서 언급한 ④「佛頂尊勝心陀羅尼」과 ⑤「那羅延鬪戰法」의 서사자(書寫者)가 주목된다. 이들 성교를 서사한 인물은 원력(元曆) 원년(1160)에 51세인 것으로 보아 천영(天永) 원년(1100)생으로, 다나카의 연구에 의해 관우(觀祐)라는 승려임이 판명되었다. 지면상에 제약이 있어 상세한 검토는 생략하겠지만, 이 인물은 상당히 많은 양의 선림사 관계의 성교를 전사하고 있다.

뿐만 아니라 관우는「禪林寺聖教目録」을 서사하고 있는데,[48]

(文首) 禪林寺 <此文八大師^{宗叡}請來錄內也. 可奉尋.>
(奧書) 以故宰相阿闍梨御房目録之中本. 於勸修寺寶滿院.
　　　 平治元年六月廿八日書寫之了.　　末資觀祐

선림뿐만 아니라 슈에이의 청래 성교라는 점을 의식하고 있다. 다시

---

47)田中稔,「石山寺校倉聖教について」,『石山寺の硏究』, 校倉聖教・古文書篇.
48)「石山寺一切經」附第5函-133.

말하면 슈에이는 석산사의 조사(祖師)로서 자리매김되고 있었던 것이다. 이밖에도 관우의 제자이며「校倉聖教」의 서사에 진력한 랑징(朗澄)[49]등도, 슈에이가 청래한 성교를 의식하면서 서사하였다.[50]

또한「校倉聖教」에서 관우의 서사는 구안(久安) 연간 무렵부터 본격화되는데,『平安遺文』제발편(題跋編) 1719호 문서에는「禪林寺請來目錄」의 간기(刊記)로서

久安二年二月九日, 於勸修寺大湯屋書了. 比交了.

라고 하며,[51] 서사한 인물은 확실히 알 수 없지만, 슈에이의 청래목록이라고 추정되는 것을 서사하고 있다. 결국「校倉聖教」은 상당히 이른 단계에서 슈에이의 청래성교를 의식하면서 서사사업을 진행하고 있었던 것이다. 또한 진언종에서 <大師>라고 한다면 일반적으로 구가이(空海)를 지칭하지만, 위의 사료에서 보이듯이「校倉聖教」에서는 슈에이를 지칭하는 경우도 적지 않다. 이를 통해 볼때「校倉聖教」서사 사업의 크나큰 목적의 하나로서는, 조사(祖師)인 슈에이의 청래성교의 전사에 있었던 것이라고 생각해 볼 수 있다.

그렇다면 표식어에 <禪林寺經藏>이라고 적혀있지 않아도, 책의 면지(面紙)나 간기(刊記)등에서 종종 확인되는 <禪林>, <禪林寺>의 주서(朱書) 및 묵서(墨書)등도 선림사의 성교를 서사했거나, 혹은 슈에이가 가지

---

49) 예를 들면 연령으로 추측하건대, 앞의 ②의「毘沙門神妙章句陀羅尼」서사자가 朗澄에 해당된다고 생각한다.
50) 또한, 책의 面紙에「海 珍 叡 仁」이라고 적혀 있는 경우에는, 전적의 청래자를 특정짓기 위하여 安然의『諸阿闍梨眞言密教部類總錄』上・下가 이용된 듯하다.
51) 현재까지의 조사 보고에서는 확인되지 않고 있다.

고 돌아온 성교임을 보여주는 것이라고 생각한다. 현재 이와 같은 자구를 가지고 있는 성교의 대부분은 「新寫錄」과 「入藏錄」에서 그 명칭을 찾아낼 수 있다.

　슈에이가 청래한 전적의 원본은, 현재 『理趣經曼茶陀羅』와 『蘇悉地儀軌契印』에서 밖에 확인할 수 없지만, 그들의 출처는 선림사일 것이다. 또한 원본은 소실되었지만 슈에이가 가져온 전적의 대부분은 전사되어, 석산사의 성교안에 전래되었을 가능성이 높다는 사실도 판명되었다.

　이왕 언급했으니 또 한가지 첨언해두도록 하겠다. 앞서 언급한대로 「新寫錄」에 따르면 당에서의 슈에이의 일행은, 엔사이(円載)가 있는 서명사(西明寺)에 거주하면서 서사활동을 계속하고 있었는데, 이 문언을 있는 그대로 읽는다면 엔사이가 수집한 전적을 슈에이가 서사했을 가능성도 지적할 수 있다고 생각한다. 이 점에 대해서는 성교등의 간기(刊記)를 통해 구체적으로 논증하기는 어려우나, 전법(傳法)을 받으면서도 겨우 5개월 동안에 상당량의 전적을 전사 할 수 있었던 것은, 제자들이 힘쓴 바도 있겠으나 정리된 저본(底本)이 있었기 때문은 아니었을까? 그리고 여기에는 엔사이가 수집한 것이 포함되어 있었다고 생각하는 것이 합당할 것이다.

　엔사이는 겐후(乾符) 4년(877)에 39년간의 유학생활을 거쳐 귀국길에 올랐는데, 일본을 눈앞에 두고 전적류와 함께 쓰시마(對馬) 해협에서 조난을 당했다.[52] 그러나 아이러니하게도 그가 수집한 전적의 일부는 슈에이의 서사작업을 통하여 일본에 들어왔을 뿐만 아니라, 석산사(石山寺)에서의 전사를 거쳐 전래되고 있다고 생각한다. 다시 말하면, 엔사이의 서적 수집활동은 완전히 헛수고로 돌아간 것은 아니라고 필자는 생각한다.

----

52) 佐伯有淸, 「円載の遭難と智聰の生還」, 『悲運の遺唐僧 −円載の數奇な生涯−』를 참조.

마지막으로, 「新寫錄」과 「入藏錄」의 관계에 대해 언급해 두겠다. 두 사료에는 공통되는 사료가 보이지 않지만, 각각의 독자적인 것도 많다. 「新寫錄」은 동사말수장(東寺未收藏)의 전적이며, 「入藏錄」은 먼저 입당한 승려들의 청래전적과 슈에이가 가지고 온 전적을 비교한 것이다. 「入藏錄」은 연희(延喜) 3년에 전사된 것으로 보아 슈에이의 생전이나, 혹은 그가 죽은 후에도 그다지 시간이 경과되지 않은 시기에 작성된 것이라고 추측된다. 또한 「禪林錄外」에 게재된 전적을 많이 수록하고 있는 점도 주목된다. 문제는 그것의 성격인데, 두 가지의 가능성을 지적해 두고 싶다. 한 가지는 선림사(禪林寺)에 수장된 전적의 목록일 가능성이며, 또 한가지는 「新寫錄」에서 동사(東寺)의 수장품과의 비교를 통해 동사에 없는 것은 서사하여 수록해야 한다는 언급이다. 이를 중시한다면, 동사에 납입한 목록일 가능성을 들 수 있겠다. 현재 어느 한 가지 설을 택하여 단정 짓기는 어려우며 앞으로의 크나큰 과제라고 하겠다. 그러나 두 자료를 합하여, 슈에이가 가지고 온 전적의 전체상을 대부분 살펴볼 수 있게 되었다는 점은 중요하다고 하겠다.

6. 결론

본고에서는 입당청익승(入唐請益僧)인 슈에이의 입당과 청래전적에 대해서 기초적인 고찰을 통하여, 입당의 목적과 그가 청래한 전적의 양상 및 전적의 전래상황 등에 대해서 언급하였다. 선림사(禪林寺)는 헤이안 쿄(平安京)내에 소재지를 두지 않고, 동산(東山)에 있었기 때문에 전란의 영향을 받았으며, 또한 중세에는 정토종으로 개종하여 창건당시의 모습을 거의 남기고 있지 않다. 또한 세이와(淸和)천황은 슈에이에게 깊이

귀의하고 있었지만, 그의 황통은 아들인 요제이(陽成)천황으로 끊기게
되어 이후의 왕권에 영향력을 행사하지 못하였다. 이와 같은 이유로 슈에
이에 대한 평가는, 현재로서 그다지 높다고는 말할 수 없다.

　그러나 실담(悉曇)연구에 크나큰 업적을 남겼으며, 입당팔가(入唐八
家)중에서도 가장 높은 지위인 승정(僧正)을 생전에 받았다(空海는 사후
贈位). 또한 선림사(禪林寺)와 석산사(石山寺)등에서는 조사(祖師)로 인
식되고 있었다. 실제로 슈에이가 세이와(清和)천황의 청원을 받아 오태
산(五台山)에서 천승공(千僧供)드렸다고 한다면, 전례가 없는 입당승의
활동이라고 말할 수 있을 것이다. 또한 그가 청래한 전적의 내용이 복원
가능하게 되어, 전사를 거치기는 했지만 석산사(石山寺)에 전래되고 있
다는 점도 확실하게 밝혀졌다. 앞으로 이점에 대해 조금 더 주목해 보고
자 한다.

▌ 찾아보기

제1부 :: 고대사

제1장 | 대외관계로 본 고대

瀧音能之	일본고대사	駒澤大學 文學部 教授
홍성화	일본고대사	고려대 동아시아문화교류연구소 연구원
서보경	일본고대사	고려대 동아시아문화교류연구소 연구교수
나행주	일본고대사	대진대 일본학과
仁藤敦史	일본고대사	國立歷史民俗博物館 研究部 教授
佐藤信	일본고대사	東京大學 文學部 教授
傳田伊史	일본고대사	長野縣立歷史館 專門主事
정순일	일본고대사	早稻田大學 文學研究科 박사과정
김현우	일본중세사	京都大學 文學研究科 석사과정

제2장 | 인물로 본 고대

김선미	일본고대사	고려대 사학과 박사과정
이재석	일본고대사	동북아역사재단 연구위원
加藤謙吉	일본고대사	中央大學·成城大學·早稻田大學 兼任講師
송완범	일본고대사	고려대 일본연구센터 HK교수
新川登龜男	일본고대사	早稻田大學 文學部 教授
川尻秋生	일본고대사	早稻田大學 文學學術院 准教授

제2부 :: 중근세사

무가정치와 대외관계의 굴절

고은미	일본중세사 東京大學 人文社會系研究科 박사과정
近藤剛	일본중세사 中央大學 文學部 박사과정
이세연	일본중세사 東京大學 總合文化研究科 박사과정
石井正敏	일본고대사 中央大學 文學部 敎授
윤한용	일본중세사 東京大學 人文社會系研究科 박사과정
김보한	일본중세사 단국대 교양학부 조교수
이 영	일본중세사 한국방송통신대 일본학과 교수
윤유숙	일본근세사 동북아역사재단 연구위원

제3부 :: 근현대사

일본의 팽창과 동아시아의 균열

박삼헌	일본근대사 건국대 일어교육학과 부교수
정애영	일본근대사 강제동원피해진상규명위원회 전문위원
이형식	일본근대사 국민대 일본학연구소 전임연구원
조명철	일본근대사 고려대 사학과 교수
한정선	일본근대사 고려대 국제학부 조교수

동아시아 속의 한일관계사 (上)
-반도와 열도의 교류

초판 1쇄 발행 2010년 05월 11일
2쇄 발행 2011년 06월 13일

저자 고려대학교 일본사연구회편

발 행 인 윤석현
발 행 처 제이앤씨
책임편집 김진화
등록번호 제7-220호

우편주소 서울시 도봉구 창동 624-1 북한산 현대홈시티 102-1206
대표전화 (02) 992 / 3253
팩시밀리 (02) 991 / 1285
홈페이지 http://www.jncbms.co.kr
전자우편 jncbook@hanmail.net

ⓒ 고려대학교 일본사연구회편 · 2010 All rights reserved. Printed in KOREA

ISBN 978-89-5668-784-1 93830
978-89-5668-783-4 (전2권)   **정가** 26,000원

* 이 책의 내용을 사전 허가없이 전재하거나 복제할 경우 법적인 제재를 받게 됨을 알려드립니다.
** 잘못된 책은 구입하신 서점이나 본사에서 교환해 드립니다.